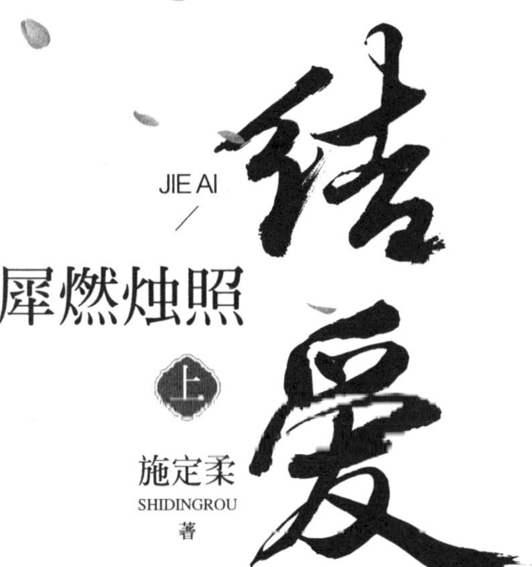

JIE AI

结爱

犀燃烛照

上

施定柔

SHIDINGROU

著

浙江出版联合集团
浙江文艺出版社

昔黄帝除蚩尤及四方群凶，

并诸妖魅，填川满谷，积血成渊，聚骨如岳。

数年中，血凝如石，骨白如灰，膏流成泉……

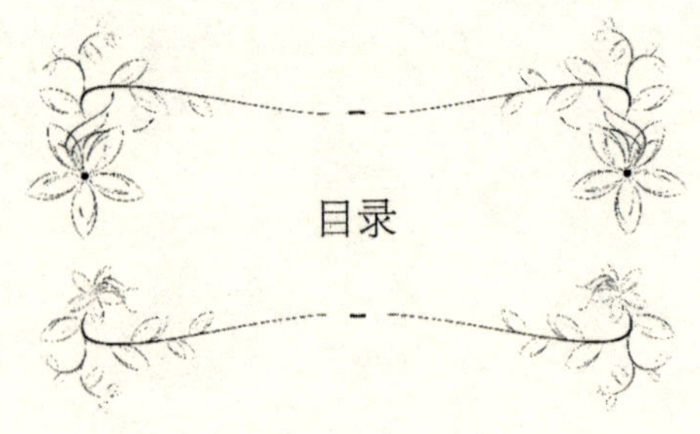

目录

contents

contents

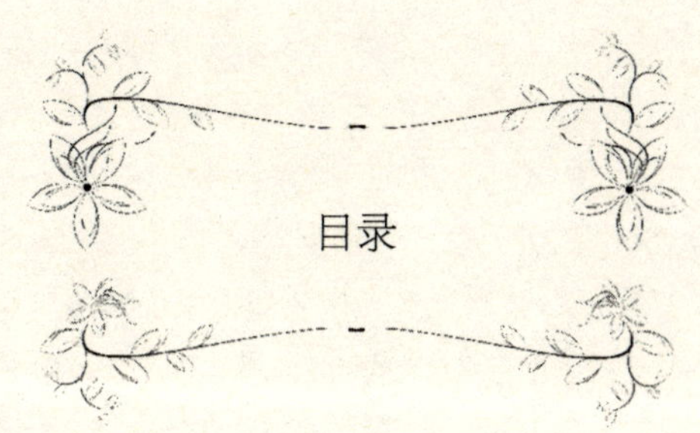

目录

第一章 不一样的祭司

“我做了一个梦。”关皮皮说。

贺兰觿抬了抬眉：“就在这张椅子上？白天？”

“嗯。”

“那叫白日梦吧？”

“不，我真的睡着了。”

“梦见了什么？”

“海。蔚蓝色的大海。”她笑了笑，朗朗日光照在她愉快的脸上，“和童话里说的一模一样。‘在海的深处水很蓝，就像最美丽的矢车菊，同时又很清，就像最明亮的玻璃……’”

“第一次听说有谁把大海的颜色比成花朵，”贺兰觿说，“不过，矢车菊清心明目，有段时间我天天拿它泡茶。”

“是吗？”皮皮反问。印象中贺兰觿是只喝水极少喝茶的。

“嗯。既然你喜欢园艺，知道矢车菊的花语是什么吧？”

“不知道。……你说，我听着呢。”

男人对女人谈起花，多半是要调情。而皮皮心中的情早已满得溢出来了。她的目光不由自主地落在身边那人的脸上，贪婪地凝视着。是他，就是他，她的贺兰，痴心不改的贺兰，高贵冷艳的贺兰，神采焕发的贺兰，青春永驻的贺兰，幸亏这张脸终日戴着墨镜，不然该有多么引人注目。

靠得太近，他捕捉到了她的呼吸，身形微微一滞。皮皮知趣地退开了。

他神秘兮兮地说出了答案：“遇见幸福。”

冬日的阳光夹着一丝凛冽的寒气。万里无云，天空无比湛蓝。小城的周日并不繁忙，路上行人几许，匆忙而懒散。一旁的美食街上，每家小店的上方都蒸腾着一团水汽。皮皮不禁想起自己与贺兰觿初遇的日子，也是这样一个冬天。熙熙攘攘的行人中，一个陌生人牵住了自己的手。有人说，一个人不可能两次踏入同一条河流，而这个陌生人却能两度走入她的人生，是喜？是悲？皮皮不敢多想。不过这一次与贺兰相遇，没有了前尘往事，没有了旧欢夙怨，那将是个干干净净的开始吧？

一缕熟悉的香气若有若无地盘旋在她的鼻尖，基调是幽冷的木蕨，又带着点柠檬的清爽。不知不觉，皮皮的眼睛湿润了。

“咱们走吧。”她站起来，“我睡了很久吗？”

——下了火车，存了行李，皮皮说下午空闲，可以陪他参观著名的C城博物馆。贺兰觿表示自己也希望能有个向导。两人一拍即合，便一路步行过来。走到街心公

园，皮皮说有点累，找了条长椅坐下来，闲聊几句，竟倚着贺兰睡着了。醒来时发现身上披着他的风衣——其实也没什么不好意思的——脸还是红了。

“不到一小时，”贺兰觽问，“睡够了吗？”

“够了。”

“等等，你的鞋带松了。”

他弯下腰去，几乎是半跪着，认真地将她的鞋带重新系了一系，打了个漂亮的花结。

“谢谢。”皮皮有些诧异，“你看得见我的鞋带？”

“我踩过一次，不记得了？过马路的时候，差点绊倒你。”

“对的。”

好几年过去了，博物馆没什么变化。外观有点发暗，楼梯有点发黑， 楼的屋檐上撒满了白色的鸽子粪。单独看去它还是个风韵犹存充满现代感的银色建筑，只是与身边崛起的两幢玻璃幕墙大厦相比显得有些落伍。

大楼北端闪着银光，有工人拿着面罩正在焊接，空气中飘着一股金属的酸味。

电梯墙边放着一尊古老的佛像，真人大小，海螺式的头发，看人的样子似笑非笑。贺兰觽随手摸了摸。

“你对这个还感兴趣？”皮皮问道。

“我一直喜欢北魏的东西。”

“你怎么知道是北魏的？”

“衣裳是紧身的，从技法上讲叫‘曹衣出水’。”

皮皮眉头打起了结：“你还记得你以前的职业？”

“什么意思？”他歪着头透过墨镜看着她，“我一直都干这一行。”

“在芬兰？”

他点点头。

皮皮急促地喘了一口气，一把抓住他：“那你还记得我吗？”

“我们认识？”

还是徒劳无益，倒显得自己很心急的样子。她沮丧地垂下头：“好吧，不说我。这个博物馆你认得吗？以前来过吗？”

他被她问得不胜其烦，又觉得她在等待答案，便说：“不认得，没来过。”声音很是敷衍。

“你曾经在这里工作过。”

“不可能。”回得比闪电还快。

皮皮从一旁的架子上抽出一本精致的宣传册，翻到其中一页，说：“瞧，介绍里有你的名字：‘贺兰静霆：资深顾问。著名收藏家、古玉专家、鉴定家，国家文物协会专家委员会委员。’”

一看印刷时间，是最近半年的，如此念旧，果然是博物馆。

“我看不见。”贺兰觿两手一摊。

她合上宣传册，一笑，将它塞入小包：“没关系，晚上再看。”

电梯门开了，迎面一条长长的走廊，彩虹般地悬在大厅的中央。贺兰觿抽出盲杖：“向左，还是向右？”

“左。”

她带着他向后厅走去。

博物馆周日开放，后厅里人来人往，夹着许多新面孔，偶尔也有几缕怀疑的目光，可谁也没停下来问候这位曾在此处工作近十年的资深顾问。皮皮想了想，觉得这现象倒也不奇怪。博物馆的固定职位不多，在前厅服务的大多是实习生和临时工，贺兰觿昼伏夜出，又消失了这些年，没被认出也属正常。

可是，也不至于连一个熟人也没有吧？祭司大人虽然孤僻，怎么说也曾是这馆里的红人啊。夜晚上班，桌上也是电话不断……

正感叹着世风日下人心不古，迎面有人叫了声“小贺”。是个发了福的中年汉子，五十来岁，秃顶、龅牙、面圆、耳方，穿着件混纺面料的咖啡色西装，腆着肚子，远远看去像只田鼠。那人的神态充满了惊喜。皮皮眉头微皱，贺兰是复姓，她还是头一回听见有人叫他“小贺”。

“哎呀！好久不见！找你找得好辛苦啊！小贺，这些年你到哪里高就去了？”那人抢步上前，握住贺兰觿的手，十分兴奋十分用力地摇着，“走得这么急，连个招呼也不打。我们差点以为你失踪了呢！”

贺兰觿笑了笑，有点尴尬。

皮皮连忙说：“对不起，贺兰先生在国外出了一场严重的车祸，记忆全部丧失了。我正努力帮他寻找失去的世界。请问您是——”

“赵国涛，馆长。”他掏出一张名片，双手递给皮皮。

“赵馆长，幸会幸会。”

“贺兰先生是我上任第一年请来的国家级专家，负责藏品的鉴定与选购，我们曾共同参加过多个考古项目。他虽名为顾问，在学问上却一直是我的老师。这些

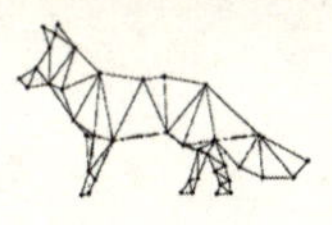

他——”

“全都不记得了。”皮皮遗憾地说。

“那么小姐您是——”

“我叫关皮皮。”

“关皮皮？记得记得。您是贺兰先生的太太，对不对？你们结婚那阵儿我还给你们开过证明呢，我问小贺什么时候办喜事，他说看您的时间。由于我经常出差，他让我开张空白的，填好名字盖好章，把时间空出来。您的名字很特别，我还开过小贺的玩笑，他还说会请我喝酒呢。后来您先生突然离职，当时我在四川，还给您打过电话，又派我的助手找您问情况，您说他有事出国了……想起来了吗？”

猛然间提起旧事，而且是从陌生人的嘴里说出，皮皮只觉头皮发炸，脑门手心全是汗。一路上她都在心中策划如何向贺兰觿点明身份，左想右想都觉得不能操之过急。相关步骤至少得有这么几步：一、积极互动；二、交流感情；三、回忆往事；四、推波助澜。待一切水到渠成再来个醍醐灌顶，效果应当是非常戏剧性的。急于求成只会适得其反。她看了一眼贺兰觿，果然无动于衷，只得说：“关于这件事……他恐怕也不记得了。”

“那怎么行！”赵国涛拍了拍贺兰觿的肩，又拍了拍自己的胸膛，“什么都可以忘，自己的太太怎么能忘呢！我做证！小贺，这位关皮皮女士是你的妻子，手续齐全、名正言顺。”

“是吗？”贺兰觿似笑非笑地说，“你有证据？”

“这不难找。”赵国涛说，“你们肯定有结婚证对吧？这玩意儿假不了，上面有你们的合影和日期，就算丢了，民政局里也有备份。我这里还有你签了字的存根呢，你若不信我叫人翻档案给你。”

“不着急。”贺兰觿说。

关皮皮悄悄用手指了指自己的大脑，对赵国涛使了一个眼色：“赵馆长，慢慢来，不能一下子给他太多的刺激。我只是想带他旧地重游，看能不能引起一些回忆，希望您能给点方便。”

“配合，绝对配合。”赵国涛大步向前，做了个带路的姿势，“来来来，我带你们去一个地方，小贺绝对熟悉。”

他带着他们穿过库房和资料馆，唤人用钥匙打开一间房。皮皮微微一怔，立即想起这就是贺兰觿的办公室。还记得第一次采访他时，自己便在这里吐了一回，那青铜“痰盂”仍在原处。

“这是你以前的办公室，我一直保留着。东西全都是你临走时的样子，没人动

过。我让人隔天打扫一回。当时我想，以你我的交情，你绝不会不辞而别，一定是出了什么大事。所以我一直相信你会回来，早晚会回来，而你，终于回来了！"

说着说着，他就激动了，嗓音哽咽了一下，紧接着，他掏出一张纸巾胡乱地擦了擦眼睛。

想不到馆长如此念旧！触景生情，皮皮亦暗自唏嘘。

就在这时，贺兰觿忽然伸出修长的手，按在赵国涛的肩上，用戴着墨镜的双眼注视着他，一字一字地说："别担心，她会好起来的。"

他的脸上有种奇怪而深邃的表情。

皮皮没听懂，问道："谁？谁会好起来？"

赵国涛的脸一下子变了，仿佛中了邪，又仿佛大白天看见了鬼："你……你怎么知道她会好起来？"

贺兰觿的声音充满了魔力："她会的。"

"可是医生说……最多只有两个月了。"这话说完，他的眼泪又掉了下来，几乎是失声哭泣起来。

皮皮越听越糊涂，正不知该如何安慰，忽听身后远远地有个人叫道："爸爸！"

回头往走廊上一看，一位工作人员推着轮椅，轮椅上坐着一个七八岁的女孩子，面色苍白，满脸病容，头发剃光了，戴着一顶柔软的布帽。

"玲玲。"赵国涛擦干眼泪快步走过去，将女孩子推进屋来，顺手整理了一下她腿上的毛毯，亲切地摸摸她的脸，"不是说让李阿姨带你看恐龙吗？怎么这么快就回来了？"

"我还以为有很多恐龙呢，原来只有一只。那些玉啊石头啊棺材啊都看过很多遍了，真不过瘾！"女孩子调皮地吐了吐舌头。她的眉毛很浅，眼睛很大，模样十分可爱。

"这是贺兰叔叔和关阿姨。"

女孩子冲着皮皮机灵地一笑，做了个"Hi"的手势。

"多大了还这么不懂事儿，也不知道叫人。"赵国涛叹了一声。

"叔叔你眼睛看不见吗？"看着贺兰觿手中的盲杖，玲玲大大咧咧地问道。

"是的。"贺兰觿微弯下腰，单膝跪在她面前。

女孩子咯咯地笑起来："叔叔你这是在向我求婚吗？"

"小丫头胡说。"赵国涛无可奈何地低喝。

贺兰觿不介意地笑了笑："玲玲，你喜欢魔术吗？"

"喜欢喜欢！"

“我给你变个魔术怎么样？”

“好哇好哇！”

“你在心中默默地想一个名字。请注意，这名字我绝对不知道，我身边的这位关阿姨也不可能知道，你也绝对不要说出来。”

小女孩闭上眼想了几秒，说：“想好了！”

“把名字写在一张纸片上，折好，交给你爸爸。”

女孩子顺手从书桌上抽出一张纸，写了一个名字，交给了赵国涛。

“你肯定这名字我们绝对不知道吗？”

“绝对不知道，连我爸都不知道。”

“那好，我让阿姨也写一个名字，交给你爸爸。”

说罢递给皮皮一张纸。

皮皮瞪上他一眼：“写什么？我什么都不知道啊。”

“现在你脑子里想的是什么，你就写什么。”

她愣了一下，随手写了三个字，折起来交给了赵国涛。

两张纸片打开，字迹不同，答案完全一样。

“大黄蜂。”

皮皮将信将疑地看了贺兰觿一眼，他的唇边挂着一抹自得的微笑。据她所知，祭司大人法力无边，自然有诸多神奇之处，可从没有听说他会通灵术啊。

“玲玲，大黄蜂是一个人的名字吗？”

“是啊。他是《变形金刚》里的人物，我特别喜欢他。阿姨你是怎么猜到的？”

皮皮哭笑不得：“我也不知道。鬼使神差？”

女孩子一下子拉住贺兰觿的手，兴奋地说：“叔叔，你真厉害，再变一个吧！”

“好啊。”贺兰觿的笑更加神秘，“你的胸前是不是挂着一颗蓝色的珠子？”

“是啊，我爸送给我的。”

“你看我的手上有什么东西？”他摊开手掌，掌心中忽然多了一颗鲜红的珊瑚珠。

“嘘——”他向手心吹了一口气，握住，再打开，珊瑚珠消失了。

“这个容易！我都看出来了，珠子滚进你的袖子里了。”玲玲跺跺脚，“叔叔你站起来，把手放下，珠子肯定会掉出来。”

贺兰觿站了起来，放下双臂，甚至当着她的面，甩了甩袖子，什么也没有掉出来。

皮皮被他那副煞有介事的样子唬住了，不禁在心中偷笑。她不记得祭司大人有变魔术的爱好，至少没主动在她的面前表演过。唯一一次变出狐狸的尾巴还是她央求的。

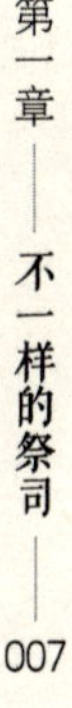

“咦——那去哪里了？难不成你的袖子上还有个口袋?”玲玲瞪大眼睛,抓住他的一只袖子,仔细地搜了搜。

贺兰觿索性把外套脱下来交给她检查。

玲玲翻了半天,摇摇头。

“看看你的脖子上,那颗蓝色的珠子还在吗?”贺兰觿说。

玲玲赶紧伸手往怀里一掏,掏出一根碧绿的绳子,上面的蓝珠不见了,取而代之的却是刚才还在他手心的珊瑚珠。

一屋子人的眼睛都直了。皮皮看了贺兰觿一眼,觉得难以置信。就算他手法再快,当着六只眼睛,也不可能解开玲玲胸前的绳子、换掉珠子再系回去。何况他的眼睛什么也看不见。

实际上,他的手指根本就没有碰过玲玲。

“哇！叔叔,您真是神人!”

“这颗红珠是我的宝贝,就送给你了。”

接着,他在空中打了一个响指,摊开手掌,上面有一颗碧蓝的珠子:“一物换一物,你的这一颗送给我,好吗?”

“当然可以!”

“你爸不会舍不得吧?”贺兰觿笑问。

“哪里。这珠子不值钱,是一位搞古玩的朋友二十年前送给我的。其实他送给我的是一把扇子,珠子是扇坠。这扇子呢被玲玲撕破了,她喜欢这珠子,一直戴在身上。”赵国涛拍了拍女儿的脸,见她如此高兴,不禁大为欣慰,“玲玲,东边的展区里有一批青铜器,刚刚送到的,你让李阿姨带你去看一圈我们就回医院吧。”

“……好吧。”玲玲不情愿地离开了。

赵国涛掩上门,重重地叹了一口气:“对不起,刚才我有点失态。她得的是白血病……晚期。”

“哦。”

“早就确诊了,一直没敢告诉她。她妈妈终日以泪洗面,只有我……还能面对着她假装淡定地笑几声。”

皮皮不由得捏了捏贺兰觿的手心。

“我妻子有不孕症,治了很久。我们直到四十岁才有这么个孩子。”赵国涛用力地抿了抿嘴,将悲痛压到心底,“我们一直期待着奇迹。”

“相信吗?”贺兰觿拍了拍他的肩,“这世界真的有奇迹。”

皮皮觉得,在这种时候不应当向病人的家长提供不切实际的希望。她看了贺兰

鵬一眼，忽然明白了什么，神色古怪地对赵国涛说：“……也许馆长您今天遇到了祥瑞。”

不知为何，这句话触犯了祭司大人。出了博物馆，贺兰鵬在大门口就开始发难：“刚才你说我是祥瑞？什么意思？”

“你是不是替那个女孩子治病了？”

“算是吧。”

“那我说得没错啊，对她来说，你就是祥瑞嘛。”

“祥瑞是一种表达天意的自然现象，天现彩云、地涌甘泉、禾生双穗、珍禽异兽——这些是祥瑞。”

“你就是珍禽异兽，凤凰麒麟白狼赤兔之属。”

贺兰鵬闭嘴。

“既然你功力不减，不如顺便把我的手也治好吧。”皮皮抓住他的手，让他摸了摸自己受伤的右手，“我这手肯定比白血病好治多啦。”

“嗯——这个——”贺兰鵬低头沉吟，片刻间，幽幽地笑了，“请恕区区不能效劳。”

“为什么？”

“原因很多，长话短说，我不给骗子治病。”

皮皮又好气又好笑：“我怎么成了骗子？”

“你不是我的妻子。”他一脸受骗的表情。

皮皮恼得踢了一脚地上的石子儿：“我有我们的结婚证，要看吗？”

“不用看，假的。”贺兰鵬道，“听说这个国家什么证件都可以造假。”

“别上纲上线，结婚证上有我们共同的合影。”

“PS的。”

“有你的亲笔签名。”

“模仿的。”

“模仿？”皮皮笑了，“我太有能耐了，胆敢擅闯狐族总部偷走机密文件。”

“不错。”贺兰鵬看着她，双手闲闲地插入口袋，“顺便问一下，除了文件你还偷了别的吗？”

皮皮生气了：“开什么玩笑？”

“小丫头，想骗我，修行还差得远呢。”

“你——”见贺兰鵬的脸色越来越冷，皮皮缓和了语气，“如果……我们真是夫

妻，你给我治吗？”

“那就更不能治了。”

“这又是为什么？”

“我们是一对相互扶持的残疾人。你的手不好，我的眼睛不好，多般配啊。这种微妙的平衡不能打破了，一旦打破，一方就会趁机欺负另一方，和平就会消失，战争就会开始。”

皮皮看着他，忽然间觉得无话可说，只得叹了一口气。

任务远比她想象的要艰巨。

有生以来，皮皮第一次迫切地希望天能够快些暗下来。贺兰觿就像一道流星从她面前划过，机不可失，时不再来，她必须立即抓住。

皮皮带着贺兰觿又逛了几处附近的古迹，热情洋溢地向他介绍了本地的奇闻逸事和风土人情，只可惜祭司大人看上去兴致缺缺、心不在焉，非但沉默寡言而且摆出一副对往事讳莫如深的样子。他拒绝提起过去，拒绝透露自己在C城的行踪，包括所住的宾馆、停留的时间以及此行的目的。

到了傍晚，累得脚跟发软的皮皮终于一屁股坐在了街旁的石凳上，一面喘气一面绝望地想：天啊，还有什么法子能留住祭司大人呢？实在是没辙了。

就在这个时候，祭司大人发话了：“谢谢你带我参观了一整天。天晚了，你也累了，应当回家了。”说罢，他将墨镜取下来，插进胸前的口袋，看了一眼天际中正在消失的阳光，很绅士地说，“请让我替你叫一辆出租车吧。”

“出租车？”皮皮急得又站了起来，拼命地摇头，“不不不，我不坐出租车。……我晕车。”

“那么，”他抬起头，淡淡地说，“我们就在这里告别？”

尽管多年不见，贺兰觿的身上发生了很多变化，可皮皮觉得他说话的语气没变，还是那么矜持，还是那么疏冷，还是那么若即若离，话音里也还是暗藏着戏弄和揶揄。

“等等，”皮皮灵机一动，“我饿了，能一起吃顿饭吗？我是说——我请客。”

主动邀请很丢面子，不过这件事远比面子重要。贺兰觿曾经为了她丢过命，丢点面子又算得了什么呢？

“不了，还有别的事。”他看了看表，毫不买账，“我得先去找家宾馆。”

“宾馆？”皮皮连忙说，“我特别熟悉这里的宾馆！说吧，想住什么样的？几星级的？”

贺兰觿严肃地看着她，目光充满了思考。大约觉得她多管闲事，又有点盛情难却，一时间不知道应当怎么回答。

“当然是五星级的。”皮皮替他说了，“这附近有一家全市最贵的‘钻石国际花园酒店’，床单一律是五百支纱以上的埃及棉，绝对符合你的标准。我带你去？”

——尽管皮皮和祭司大人在一起生活的时间非常有限，但这并不妨碍她得出一个结论，那就是祭司大人的生活非常讲究，对服装、浴具及床上用品在质量上有着近乎变态的挑剔。皮皮一度以为那是因为他的肌肤容易过敏，后来才知道在修炼过程中优质的棉布对狐族的精元有着培养及润泽的功效。

贺兰觿“哧”的一声笑了：“你怎么知道我要住五星级的？”

“你曾经说过，如果你住得太差，穿得太差，吃得太差，全狐族的人都会觉得受到了羞辱。”皮皮在心里继续：你就是狐族在人间的形象总代言。

他点点头，表示接受这个恭维：“没错。”

“宾馆离这儿不远，出街向右拐就到了。”

其实很远。这条街叫胜利大道，是贯通C城最长的一条街，步行的话，从头走到尾至少要两个半小时。骗人是不得已的，皮皮悄悄地想，如果能把贺兰觿骗得陪她走那么远，其间又说服他终于相信自己是他的妻子，那她就真的“胜利”了。

可是就在这时，她的肚子却不配合地叫了一下。

贺兰觿忽然停步：“对了，刚才你说你饿了。想吃什么？我请客。”

他们去了一家火锅城。

几乎一整天没吃东西，皮皮有点饿急了。比这更糟糕的是路过一家成衣店时皮皮不经意地从镜子里看见了和风度翩翩的贺兰觿并排行走的自己：个头矮一截，形象老一截，为了谈生意让自己显得老练还烫了个鸡窝头，像极了菜场上摆摊的中年妇女。她这才意识到自己今年二十六了，比永远停留在二十五岁的贺兰觿从外观上说已年长了一岁，不禁对未来灰心丧气。偏偏这时，不知从哪家歌厅里还传出来一首国荣哥哥的《当爱已成往事》……

歌里唱得不错，也许真要断了过去，明天才会好好地继续。皮皮有点打退堂鼓了。

不过路过一家花店时她没忘记买一大把白色的牡丹。

“你喜欢牡丹？”贺兰觿问。

“是的，你呢？”

“不大喜欢。”

她微微一愣，心底一阵发凉。

火锅是套餐，皮皮要了麻辣的汤底。来这里就是因为上菜快，不用炒，生的切好就端上来。这一家在本市有好几处连锁店，羊肉新鲜，汤味正宗，价格也十分公道。皮皮狼吞虎咽地吃了起来，同时指了指桌上洗干净的牡丹和一小碟蜂蜜："将就着吃吧。我问过了，没有添加剂，绝对绿色食品。"

出乎她的意料，贺兰觿举起了一双筷子："这是什么？羊肉吗？"

他夹了两片薄薄的羊肉，在火锅汤里涮了一下，学着她在味碟里蘸了一点沙茶酱，放进嘴里品尝："嗯——有点辣，味道不错。"

皮皮呆呆地看着他，见他随手打开一瓶可乐，慢慢地喝了一大口。

贺兰觿曾经说，他开始吃花是很晚的事。只有修炼到一定级别的狐身体才能够吸收鲜花的精华。现在他是什么级别呢？皮皮迷惑了。她对狐族的修炼程序一点也不了解，如果一切从零开始，他现在还变不成人形。不过保存了元珠，情况又很不一样。总之，祭司大人的饮食习惯发生了翻天覆地的改变。

"你……不再吃花了？"她问。

"不吃。"他给自己夹了两块豆腐，"谁告诉你我吃花来着？"

"那你吃什么？"

"你吃什么我就吃什么，百无禁忌。"

皮皮正在喝冻柠茶，差点呛住，只好说："那敢情好。要知道关于你吃花这一节，我一直觉得古怪。而且你也从来不喝可乐，偶尔喝点酒。你一向只喝蒸馏水。"

"那么，关小姐，"贺兰觿举了举手中的易拉罐，"可以肯定地说，你认识的那个人绝对不是我。"

"贺兰从没有告诉过我他有一个孪生兄弟。"皮皮从包里拿出一个红色的小本子递给他，"这是我们的结婚证，上面有我们的合影。"

他皱着眉头接过来，仔细地看了看，还给她："你看上去好像不大高兴嘛，确定当时没受到胁迫？"

"没有，"皮皮凝视着他的脸，轻轻地说，"我很愿意嫁给你……我们在一起的时候很幸福。"

虽然这是个陌生的贺兰，她却无法掩饰自己的爱怜。只要说话，口气不知不觉就温柔起来。

他用餐巾擦了擦嘴，不为所动："抱歉，我需要去一下洗手间。"

洗手间靠近楼梯，她以为他找借口偷溜，心一下子慌了，一把拦住他："别逗了，你从来不去洗手间。"见他的脸色一沉，抢着又说，"我知道让你一下子接受这些不容

易。不要离开我，给我一些时间，我会解释清楚的。”

说罢死死抓住了他的袖子。贺兰觿抽了一下，居然没抽动。

他的腮帮子动了动，按捺了一下说：“我真的需要去洗手间。”

皮皮将心一横：“我陪你去。”

贺兰觿的脸上露出厌恶的神态，眉头一皱：“你陪我去？”

“对。”

他很疑惑：“你究竟想干什么？”

“你以前告诉我，在修炼的时候你会将精元的摄入与消耗计算得十分精确，所以你不需要去洗手间，这是你从修炼第一天起就坚持的原则。你的马桶里养着几条金鱼。”

“以前的事我不知道，我现在需要去。”

“我陪你去。”

贺兰觿的脸已阴沉到了临界状态，忽将袖子猛地一抽，径直去了厕所，皮皮看了一眼四周，发现没人注意，便尾随其后。

厕所里弥漫着一股浓郁的香味，霸道地压制着里面产生的一切味道。环境还算干净，没有其他人。贺兰觿洗了洗手，从镜子里看见皮皮神经紧张地盯着自己，冷笑一声，说道：“关小姐，能评价你一句吗？”

“请说。”

“你很粗野。”

“谢谢。”

“我很文明。所以，请你回避一下。”

“不回避。”皮皮固执地说，“我知道你变了很多，可我不相信你连这个也能变。”

话音未落，贺兰觿忽然目露凶光，猛地将她往墙上一推，“咚”的一声，皮皮的脑袋撞在了墙壁上。她痛得眼冒金星，正要反击，贺兰觿伸出一只手，死死地卡住她的脖子，狠狠地将她按在了墙上。她痛得流出了眼泪，想求饶，喉咙如被火烧，咯咯咯地半天说不出一个字。而那只按住她的手臂却像是铁打的，几乎将她整个人举在了半空。皮皮的脸憋得通红，大脑陷入缺氧状态，急得用脚拼命乱蹬。

他们的脸挨得很近，她闻得到他身体散发的气味。她一度非常迷恋这种味道，祭司大人的表情不但冷酷，甚至带着点恶作剧的快感。他默默看着皮皮在自己掌中痛苦地呼吸着，过了十几秒，才突然松开手，做了一个“请”的姿势：“出去。”

他的声音冷淡、镇定而有礼貌。

皮皮身子一软，仿佛被人抽光了骨头，半天也站不起来。

门忽然开了，进来一个男人，诧异地看着他们。贺兰觿淡定自若地扶起皮皮，铁钳般的双手叉在她的腰后，将她送回座位，反身又去了洗手间。

被祭司大人刚才的一番粗暴举动吓得差点丢了魂的皮皮半天没缓过劲儿来。脑子里有一万种念头在翻腾，最后都化成了一缕轻烟。祭司大人什么都不记得了，所以他的一切粗鲁都可以原谅。可是皮皮也不是以前的皮皮了。她定了定神，用纸巾擦干了眼泪，掏出小镜子，用粉饼补了补妆。片刻间，祭司大人回来了。

皮皮若无其事地对他展颜一笑。

是的，她的小宇宙爆发了。如果这是一场战争，她一定要成为胜利者！

要了一杯威士忌，倒了半杯苏打水，贺兰觿慢慢地摇动着杯中的冰块。在灯光的照耀下，水晶般的玻璃发出琥珀的光芒，柔和地折射着他完美的侧面。她听见祭司大人慢慢地说："关小姐，我和你之间，有趣的部分已经结束了。"

"叮"的一声，皮皮将一把钥匙扔到他面前。

"我住在闲庭街 56 号——你的旧宅，"皮皮站起来，微微咳嗽了一声，喉咙中有一丝淡淡的咸味，"如果祭司大人什么时候怀旧了，欢迎你回来看看。"

他将钥匙拿在手中，对着灯光观察，目中神态捉摸不定。

这是一把古老的钥匙，虽然经常使用，端口处还是有些铜绿。

皮皮整理了一下自己的衣服，见他仍在犹豫不决，便果断拿出底牌："我还有另外一把更重要的钥匙，是你以前留给我的。"

祭司大人的脸上出现了一丝极细微的变化。

"关小姐，"他忽然笑了，向她晃了晃酒杯，"我和你之间，有趣的部分刚刚开始。"

第二章

深夜惊魂

独自去车站取回行李，皮皮沮丧地回到了闲庭街，心情失落得仿佛坠下了悬崖。亮出的底牌一无所获，祭司大人轻轻松松地拿走了钥匙，却在火锅城下与她分道扬镳，根本就没跟上来。

虽然皮皮替贺兰觿掌管了不少财产，这些年也拿出一些钱用于放生家狐的事业，据她所知，狐族的财富积累得很快。他们有一整套类似财政部一样的机构，但贺兰觿只掌握了其中一部分的支配权。也许再度出山的他已接管了赵松名下的财务，也许他已继承大统成为狐帝并总揽大权没把这点银子放在心上……总之，皮皮视若拱璧的另一把钥匙并未如她期望的那样具有吸引力。祭司大人像一朵被她不小心吹散的蒲公英，消失在了茫茫人海间。这千载难逢的机会，就这样从她手里白白地溜掉了。

不过，离家数月在外奔波，回家的心情还是愉快的。

夜风很大。街角上静立的宅院，漆红的大门上，响铜的六角门钹被吹得叮当作响。皮皮放下沉重的行李，打开门锁，累加挫败，各种心灰意冷，进门时被青石门墩绊了一脚，趔趄几步，差点摔个跟头。

这仿古的四合院大而无当，照壁挡住了所有的风光。四面的红砖墙又高又厚，上面布满了尘土。飞檐挑起月色，垂花门上起脊的屋顶，铮亮的琉璃瓦水波般在月光下起伏。中庭北角种着一株巨槐，夏季落得一地槐花。夜来风吹，枝叶摇动，如群魔乱舞。皮皮住了很久也不习惯，若不是为了后院里的那些花草盆景，她宁愿和爸妈挤在狭小阴暗的工厂宿舍里。倒是皮皮的奶奶曾经过来陪她住过几个月，老人耐不住寂寞，吵着闹着要搬回去，后来病了就更不来了。

卧室的灯坏掉了。皮皮径直去浴室洗了个澡，便钻进被子沉沉地睡了。

窗外风吹树杪，院中石隙呜咽，长途火车漫长的铁轨声仿佛还在耳边。

而她却再一次梦见了大海。

不过这一次的海是黑色的。无边无际，白浪滔天，整个世界仿佛是上帝手中一个晃动的酒杯。天空中的云是一个巨大的旋涡，跟《完美风暴》里的画面一模一样。她发现自己坐在一艘捕鱼船中，里面的人面目模糊，而她的心中只有恐惧。大家顽强地和风暴搏斗着，一个巨浪掀来，船翻了，她和所有的人都落入水中。水里没有光线，她却能看见身边的人一个个地离开她，向海的深处坠落。

她绝望，她惊恐，她拼命蹬水，想游出水面。

这时候不知从哪里伸出一只手紧紧拉住她，将她带入深渊。

皮皮猛地惊醒，发现自己的胸前环着一只粗壮的男人的手臂！

一声尖叫划破夜空。

惊魂未定，那只手迅速捂住她的嘴。屋内黑得不见五指，皮皮拼命挣扎，对床上的人是又掐又拧，又踢又踹，无论她怎么动，那手臂始终如铁箍一般紧紧地扣住她，过了片刻，见她不再抵抗，方低声道："是我，贺兰觿。"

他略微松开手，皮皮喘了一口气，立即狂叫："救命啊——"

手臂一紧，声音戛然而止。

皮皮企图掰开那只手，可惜她只有一只手能用力，几度使力都徒劳无效。

蓦然间那人附耳上来，低声又说："我从一数到五，你镇定，我松手，好吗？"

他声音如冰泉般从容淡定，仿佛在做听力测验，每一个字都说得很慢、很清晰。皮皮的胸膛满满的，已紧张得装不下自己的心跳，便在黑暗中点了点头。

"一，二，三，四，五。"

他放开手。她一跃而起，跳到床下，顺势从床架上抽出一把防身用的匕首："别过来！"

月光从窗外浅浅地照进来，她看见面前不远处有一道淡淡的白影，房间里的气息十分混乱，那个人声称自己是贺兰觿，惊慌中的她怎么也不敢相信。

所以当那白影突然向她扑过来的时候，她毫不犹豫地举起刀，向他刺了过去！

噗。

刀插进了血肉。

那人吃痛地"噢"了一声，捂着受伤的肩头，退了回去。

"开关在你那边，"他说，"我不过是想过来打开灯。"

"灯坏了。"

"哦。"

她占了优势，安静下来，这才闻到他身上飘来的深山木蕨的气息。因为方才一番打斗，似乎比往日还要浓郁。

"别动。"她说，转身找出火柴点燃一支蜡烛。

祭司大人的住所保留着他的许多古怪习惯。比如，他不喜欢点明亮的灯，家里的光线只能用"昏黄"二字形容，大瓦数的灯泡一个也没有。比如，他喜欢买粗重昂贵、可以连续点十几个小时的香蜡烛，这是除了古董和花卉之外唯一能让他逛商店的理由。祭司大人走后，皮皮害怕火灾，除了停电，这些蜡烛从没有用过。不过它们仍然摆在原先的位置，因为皮皮也很喜欢这种香味。

幽幽的烛光照着贺兰觿的脸。他的上身是赤裸的，肩头有一道两指来宽的刺痕，很深，鲜红的血不断地渗出来，滴在白皙的胸肌上，看上去刺目惊心。

“对不起，真不知道是你。”皮皮连忙放下刀，从一旁的小柜里找出酒精、药棉和创可贴。认真地清理好伤口，她用牙齿撕开一个包装袋，将一枚大号的创可贴歪歪斜斜地贴在伤口上，“这是防水的创可贴，里面有消炎药……”

手指触到熟悉的肌肤，想象着他的血液在血管里欢快地流动，曾经凋谢的生命再次绽放在眼前，皮皮难以抗拒诱惑，一时间情思涌动，往事奔腾。她微微地闭了闭眼，竭力控制住自己凌乱的心绪。

门外忽然传来门铃声。

凌晨三点，谁会在这个时间敲门？

——肯定不是小偷，小偷不会敲门。

皮皮披上睡衣，穿过中庭，将大门开了一条小缝。

街边停着一辆印有“社区保安”字样的黑色吉普。门口站着一位保安，四十来岁，宽脸，方额，一身笔挺的制服，身上别着的通话机里传来“咝咝”的线路声。

皮皮只得将大门打开，镇定地问道：“你好，保安大哥，有什么事吗？”

“有人报告说这院子里传出女人的惨叫，”保安道，“我想知道出了什么事。”

“惨叫？怎么可能！”皮皮摇摇头，仿佛听见了天外奇谈，“我就住在这里。倘若有惨叫我怎么没有听见？”

保安没有接话，只是上上下下地打量她，目光十分怀疑。

坏了。皮皮的心咯噔地一沉，这种事不能矢口否认，越否认越像杀人犯。遂连忙更正：“嗯……惨叫是没有的，我……我刚才是尖叫了一声。那是……那其实是……”

她搜肠刮肚地想了几秒，用力咽了咽口水：“惊喜的叫声。”

“惊喜？”保安向前逼进了一步，“什么惊喜？说来听听。”

正理屈词穷，身后传来脚步声。皮皮回头一看，贺兰觿披着件黑色的睡袍，趿着双帆布拖鞋，懒洋洋地走向跟前。

“对不起，保安大哥。这完全是我的错，我不该在这个时候搞恶作剧。”他抱臂而笑，声调轻松，“我在国外公干，今天刚刚到家，想偷偷进门给太太一个惊喜，不料却吓了她一大跳，以为家里有鬼。”

说罢他亲热地搂了搂皮皮。皮皮顺势将头靠在他的胸前。贺兰觿低下脸，在她额上轻轻地吻了一下。

多年不见，这些动作倒还默契。他们看上去像极了一对蜜月中的夫妻。皮皮假戏真做，脸上快乐得笑开了花。

“两位的身份证，”保安无动于衷地道，“请出示一下。”

“您稍等，”皮皮向贺兰觿使了一个眼色，自己回到里屋拿出证件。

“这是我们的身份证，这是我们的结婚证。”她将证件交给保安，“如假包换。”

保安举起手电筒，将证件仔细地检查，对照头像核实真人。过了片刻，终于点点头：“嗯，夫妻团圆是好事，但深更半夜的就不要搞恶作剧了，很打扰邻居的。还有，”他指了指贺兰觿，“你的身份证还是老式的，记得去办一张新的。”

“好的好的，明天就去办。”皮皮赔笑。

“那我就告辞了。”

“辛苦了，慢走慢走。”

见保安转过身，皮皮狠狠地瞪了贺兰觿一眼，心中悄悄地松了一口气。不料那保安走了两步，又停了下来，手里的电光直指贺兰觿的肩头：“咦，你这里怎么流血了？受伤了？”

睡衣的腰带滑开了，贺兰觿的胸膛半敞着，刀刺的伤口仍在流血，创可贴已成了红的，血仍然不断地从里面渗出来。他偏偏就站在灯光下，伤口显得极其刺眼。

“一点小伤。”他轻描淡写地说。

“嗳，”皮皮嗔道，“你皮肤这么容易过敏，要你别抓你偏要抓。你看你看，都弄成这样了。”说罢随手将睡衣一扯，遮住了伤口。

保安一双狭长的眼已警惕地眯了起来。他一动不动地盯着他们，沉默了几秒，忽然说：“我能进去看一下你们的房间吗？”

贺兰觿的手臂一直环在皮皮的腰上，他忽然悄悄地捏了她一下。

“您这是想搜查吗？”皮皮将大门一挡，“请问我们犯了什么罪？”

“我们接到电话说这院子里传来一声可怕的惨叫，怀疑有人受到攻击或伤害。我想知道这里除了你们之外，还有没有其他的人。”保安抬起头，目光凌厉，“让我进去看一眼，消除大家的疑虑不好吗？”

没做亏心事，不怕鬼敲门。皮皮既没卖过白粉也没拐卖儿童，这院子她住了四年多，每个角落都很熟悉，无论他怎么查也不可能查出问题。正要点头配合，自己的腰又被贺兰觿捏了一下。

“保安大哥，有搜查证吗？”皮皮问，“宪法规定，公民有人身的自由和住宅不受侵犯的自由。就算您想进来搜查也需要至少两位警官在场，万一您走后我们发现有财物失窃怎么办？”

那人还没来得及张口，皮皮又加上一句：“此外，我也想看一下您的证件。”

他立即掏出证件。

借着门上的灯光，皮皮看见小本子上写着“保安证”的字样。他叫许文辉，照片、

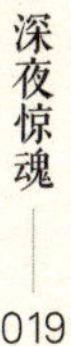

姓名、编号、部门、职务、印章样样齐全。

“我没有搜查证。”许文辉半笑不笑，“两位是想让我进去看一眼，没有可疑情况自动离开呢，还是想让我打个电话报警，让分局派警察过来搜搜？”

事实证明，跟有经验的保安叫板是错误的。

“皮皮你也是的，”贺兰觿笑道，“就让保安大哥进来看一看嘛，消除他的疑虑有什么不好？你越说越让人起疑了。许大哥，请。”

许文辉看了他一眼，下意识地摸了摸手中的警棍：“多谢。最近这一带治安不大好，警惕一点不是坏事。”

皮皮掩上门，带着保安走向中庭。作为一个遵纪守法的公民她没什么好怕的，可方才贺兰觿捏了她几下，显然在暗示不希望被搜查。难道他的行李里有什么违禁物品？

为了缓和气氛，她笑着说：“许大哥，这么晚巡逻多辛苦呀。进门都是客，您想喝点什么吗？”

“谢谢，不客气。辛苦点不要紧。你们这个区家庭平均收入高，这几年发生过几起大的盗窃、杀人及劫持事件。领导说了，发现情况要全力以赴。——你以为我是没事找事吗？”

“当然不是，当然不是，您这是一丝不苟、尽心尽职！”皮皮说，“正屋在那边，请——”话音未落，不知绊了什么东西，许文辉踉跄了两步，突然直直地倒了下去。

“许大哥？”皮皮大惊，正想一把扶住他，岂知他个头不大却很沉重，拉了一下没拉住，“砰”的一声，他正脸着地，仿佛被人一枪击中，没声儿了。

皮皮慌忙蹲下来，用力地推他，连声呼道：“许大哥？许大哥？”

许文辉一动不动地趴在地上，无论她怎么推都没有任何反应。皮皮急得叫了起来：“贺兰觿，快，快，打电话叫救护车！”

一回头，发现贺兰觿不知何时手里已多了一个酒杯。他靠着那棵槐树，向她浅浅地微笑。

“不着急。”他说，一脸神秘的表情。

皮皮愤怒地站起来：“喂！贺兰觿！你——你把他怎么了？”

“他没死。”

皮皮急急地走到他面前，一把拽住他的衣领，低吼：“你胆大包天啊！这是袭击知道吗？他的车还停在外面呢！”

“对的，我真是太不小心了，”贺兰觿走到许文辉面前，抿了一口酒，弯下腰将他的身体翻过来。

“啧啧啧，”他摇头叹道，“这人几天没洗澡了，味道真重。”

见皮皮目瞪口呆地看着他，举了举手中的酒杯：“没关系，等会儿我把他的尸体扔进车厢，再把车开到河里去。我们和他之间就一干二净了。”

“尸体?!”皮皮一下子蒙了，“你什么意思？想杀人？”

“刚才那把水果刀呢？”贺兰觿说，“拿来借我用一下。”说罢俯下身，将许文辉的上衣一掀，在月光下露出白皙的腹部。

不，不，不。

皮皮的脑子里仿佛有枚地雷爆炸了。她随手从花坛里拾起一块砖头冲到他面前：“贺兰觿，你别乱来！只要我在这里，你休想动这个人一根毫毛！”

“笑话。你是谁啊？我动他需要问你吗？”贺兰觿的一只手已准确地落在了肝脏的位置，脸上露出不满意的神态，“唔，脂肪肝——量很足，可惜不是我喜欢的。皮皮你说说看，这人年纪不大，看上去精瘦，锻炼得也很不错，怎么就得了脂肪肝呢？一定吃了很多贿赂。”

还没等皮皮反应过来，他已经像吩咐家奴一般地吩咐开了：“饭厅在哪里？刀子叉子碟子什么的，你去准备一下。对了，家里有番茄酱吗？”

皮皮气得咬牙切齿，晃动手中的砖头：“我再说一遍，别碰他。”

“你想拦我？关小姐？”他一把夺过砖头，随手扔出墙外，用冰凉的指尖摸了摸她的脸，似笑非笑地说，“在洗手间里，你的苦头还没吃够吗？”

月影斜斜地照在他的颧骨上，无论从哪个角度来看，祭司大人都英俊得无与伦比。他的嘴角有着戏谑的笑意，眼光幽深莫测。

她猛地推了他一下，没推动。

他不怒反笑：“你还是去厨房洗碟子吧。等会儿这里会有点乱，就不用你收拾了。我们有这么大一个后花园，就算天上掉下来一块陨石也能埋住。别害怕，我保证不会吃掉你。”

“别打这个人的主意，”皮皮恶狠狠地说，“不然我对你不客气。你一定知道赵松是怎么死的吧？”

他一直在笑，一直在捉弄她，可一听见“赵松”两个字就忽然安静了。

皮皮盯着他的脸，一字一字地道：“我能杀他，也能杀你。”

趁着祭司大人分心的当儿，皮皮用力推了推许文辉，拍了拍他的脸，又掐了掐他的人中，片刻间他才睁开眼，猛然苏醒。

“我……我这是怎么啦？”他坐起来，一脸迷惑，四处张望。

“许大哥，您是不是有心脏病啊？”皮皮将他扶起来，“走着走着忽然就倒下了，吓

死我了！”

说着，她帮他拍了拍身上的土，回头看了一眼槐树，贺兰觿已经消失了。

许文辉想了想，说：“可能是低血糖，我没吃晚饭。”

“我给您拿点饼干。”皮皮带着他进了正屋，将一盒夹心饼干塞到他的手里，“这是客厅。”

“啃，你家客厅真气派。”许文辉赞道。

“我先生是做古董生意的，对家具比较讲究。”

“难怪。”

她带着他参观了四合院所有的房间，没发现任何异常，许文辉谢了饼干，礼貌地告辞了。

“打扰了，”上车前他问了最后一个问题，“对了，你先生呢？”

“去洗手间了。”

皮皮头大如斗地锁好了门，在心里一迭声地念了几遍阿弥陀佛，回想方才的惊心动魄，只觉手足发软。而贺兰觿的忽然消失又让她松了一口气。谢天谢地，若不是她出手相拦，今天这里就要发生一起命案了！

她去厨房里喝了一口水，发觉自己已是冷汗湿背，关了灯，锁上门，轻手轻脚地回到卧室。眼前的场景又让她一惊。

祭司大人居然没有走，居然惬意地躺在被子里睡着了！

“喂——哎——贺兰觿！”她拍了拍他的脸，气不打一处来，“这是我的床！”

“你不是说——你是我的妻子吗？”他打了一个大大的哈欠。

“你不是说——我是个骗子吗？”

“好吧，我错了，你不是骗子。”他翻了一个身，将一个枕头抱在怀里，“我困了，得睡了。”

“要睡睡客房。”皮皮正要找他算账，“你先起来，今晚的事儿我们还没说清楚呢！”

“客房的床单有五百支纱吗？”

“没有。不是每个人都像你这样奢侈的。”

“那我只好睡这里了。”他闭上眼，“不要吵，让我睡。——我要是睡眠不好，整个狐族都会不安宁的。”

“贺兰觿，你坐起来，我有话要对你说！”

“……”

“贺兰觿，就算你睡，也要穿点衣服!”

“……”

“贺兰觿，把枕头还给我!”

“……”

祭司大人根本不理她。

这一夜，皮皮像一只猫在祭司大人的怀里找到了一个窝，安逸地睡了。她什么梦也没有做，一觉睡到大天亮。

四年来，皮皮第一次迎来了一个心满意足的早晨。

上天终于听见了她的祈祷，灵魂终于闻到了彼此的味道，祭司大人回来了！这来之不易的缘分，她一定会加倍珍惜。

所以，无论贺兰觿发生了多么不可思议的变化，皮皮都可以理解。他们在一起的日子本来就不多，其间夹杂着太多的惊奇和意外，又每每因争吵而中断，祭司大人究竟是什么脾气，一位活了近千年的狐仙——他的阅历、信仰、情感、心智——凡人轻易不可蠡测。皮皮所知道的那些至多算是皮毛。且不说回归北极之后，祭司大人所有的记忆全部消失，修行重新开始，又在异国生活了那么些年，他不可能是原来的那个贺兰。

雪后初晴，窗上还凝结着冰花。皮皮睁开眼，听见浴室里传来水声。

披着睡衣走过去，推开半掩的玻璃门，一团湿气迎面扑来。有人刚刚洗过澡，莲蓬头还在滴水。洗脸台上的大镜子，水雾还没有散开，朦朦胧胧地印着一个人影，贺兰觿正在刷牙。他的下身围了一条浴巾，上身赤裸着，上面挂了不少水珠。

多么温馨多么平凡的早晨啊，皮皮倚在门框上，幸福地笑了。

听见动静，他转过身，满嘴泡沫地说:“起来了?”

“起来了。”她应了一声，随手将挂在一旁的睡衣递给他，“暖气没开，快穿上，小心着凉。”

这话说完，立即觉得多余。狐族向来不畏惧低温，身体的抵抗力异于常人，生病的可能性几乎等于零。

但他还是接过来披上了，继续漱口。

水池边放着两管牙膏。贺兰觿只用高露洁，走后牙膏就放在原处，皮皮从没有动过。另外一支是皮皮自己喜欢的两面针。

“这高露洁的味道有点怪。”他擦擦嘴。

“这是四年前的牙膏，你喜欢用的。”

“会不会变质了?”

“很有可能。”

她感到好笑,又觉得安慰。祭司大人变了那么多,喜欢的牙膏没有变,早起的习惯也没有变。也许再相处几日会发现更多的老习惯。不是吗? 科学证明,人的很多心理现象其实是生物现象。只要生物特征不变,基因会复制一切。

她拿起牙刷挤上牙膏,贺兰觿盛了一杯水交给她。

“谢谢,放在一边就行了,我手不是很方便。”她笑着说。

“为什么你不试试你的右手呢?”他的眼神是空洞的,凝视她的目光却有一种奇异的穿透力,“我可是忙了一整夜呢。”

她诧异地举起右臂,惊喜地发现手指已能运用如初了。

“嘿——”皮皮简直是开心到了极点,“谢谢你!”

“小事。”

洗漱完毕,她回到卧室更衣,贺兰觿一按开关,灯亮了。

“嗒嗒——”他说,“所有的电灯都修好了。只有一盏是线路问题,其他的不过是灯泡坏了。”

头顶是一盏八角形的老式宫灯,仿绫纸镶的边,大红的绢纱上贴着犀牛望月的图案。灯泡是模拟烛光的,即使在晚上也显得很暗。皮皮睡前喜欢看书,特地在床头加了一盏台灯,不料这次回来,台灯也坏了。

“你没换一个亮一点的灯泡?”她说。

祭司大人的表情顿时变得很严肃:“这个家要节约用电,这个房间一个灯就够了。”

皮皮这才发现床头的台灯消失了。她不由得吐了吐舌头,促狭地说:“对了,厨房水池的下水管也是坏的,一直漏水。我只得把进水闸关掉了。”

“哦,”他摸到一把椅子,坐下来,“你觉得我哪点看上去像个管道工?”

皮皮被蜇了一下,赶紧换话题:“早饭想吃什么? 我来做。”说罢拉着他穿过客厅来到厨房。

他显然不情愿像个孩子一样被她牵着走,到餐桌面前坐下来后就立即开始抗议:“皮皮,在屋子里我希望你不要像牵着一个盲人那样牵着我。想去什么地方我自己会去,可以吗?”

“这屋子——我是指所有的摆设和过道——你还不熟悉吧?”她轻声说,“我怕你一不小心撞了。再说——”

由于祭司大人不在,又和爱收拾东西的奶奶住了几个月,屋子里的摆设已完全

变了样。简单地说就是不再以盲人的方便为中心。以前从卧室去餐厅，即使是笔直走也是畅通无碍的，如今却被一组沙发和两个落地灯挡住了，必须向左绕行。天花板上吊着几盆吊兰，稍有不慎，高个子的贺兰觿肯定会撞到头。

见祭司大人的脸板得很硬，皮皮只得把“再说”后面的话吞了进去。打开冰箱，拿出一盒速冻的葱油饼，放进锅里慢慢地煎了起来，随手点上茶炉。

“工具在哪里？”贺兰觿忽然问。

“工具？什么工具？”

“你不是说水管坏了吗？”

“晚上再修吧。”皮皮说，“刚洗了澡何必又弄得脏兮兮的。再说——”

再说这时候你什么也看不见。既然祭司大人对这话题敏感，皮皮只得又把“再说”二字吞进肚子。

“修这个还需要眼睛吗？”贺兰觿“哧”了一声，“我现在就开始修，等你早饭弄好了我也修好了。”

“漏的地方在这里。”她牵着他的手指，摸了摸管道的接口。

他打开水闸，拧开龙头试了试：“多半是垫圈坏了。”说罢，脱掉睡衣，接过工具箱，拿出一个电钻，一摁开关，电钻“吱”的一声响了起来。

皮皮看着他结实的胸肌，灵敏的手臂，以及奋不顾身地钻进满是蜘蛛网和尘埃的水池底部的样子，脑子里有一点点犯晕，又有一点点陶醉。

看来，并不是所有的变化都是消极的。

就在这么一个平凡的早晨，高贵冷艳的祭司大人眨眼间就变成了一个勤劳顾家的管道修理工，而且把活干得这么主动又这么卖力，皮皮被感动得天昏地暗。她不记得以前的贺兰觿会修这些东西。他一向都有严重的洁癖，脏一点的东西根本不想碰，如果真的有什么设施坏了，他的第一反应是打电话叫工人来修，从来不屑自己动手。当然，这也许只是他的一面，如果他完全不会修理，为什么还要备上一个工具箱呢？且不说这屋里的暗道和机关肯定是他独自修建的。

对于非人类的狐族，用人类的逻辑去理解是一件很累的事。皮皮决定不再深究。

“你们狐族的男人在家里也这么勤快吗？”皮皮将煎好的葱油饼分到两个碟子里，又泡好了一壶香片，端到他面前，“哎呀，我真是享福了。”

“发现问题，解决问题——这是我们的职责。”活干完了，贺兰觿洗了洗手，回到餐桌上，“至于女人，你们要忠诚于你们的男人。信任他，依赖他，接受他的保护。”

“这是十八世纪的观念。”皮皮忍不住想起了火锅城里的那一幕，忍不住想抬杠，

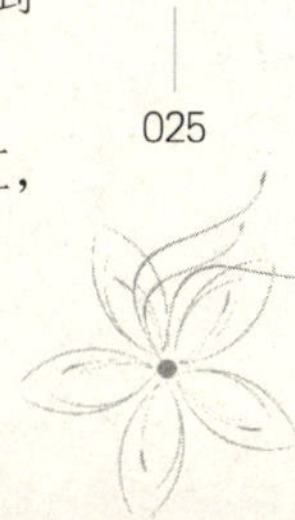

“很多的家暴都打着‘爱护家庭’这个幌子。”

“家暴?”他斯斯文文地用餐巾擦了擦嘴，“我有吗？我是你百年难遇的三好男人。”

皮皮正在喝茶，差点一口呛住：“三好男人?”

“技术好、脾气好、功夫好。”

他的嘴角弯了弯，露出一丝谐谑的笑。仿佛不屑开这种轻薄的玩笑，片刻间笑意又消失得无影无踪。他若无其事地拿起刀叉专心地切割着碟子里的葱油饼，再抬头时，他又成了那个清冷高贵、可远观而不可亵玩的祭司大人。

皮皮心中一声叹息，这忽冷忽热的毛病不但没改，反而严重了。

吃罢早饭，皮皮建议贺兰觿去后院散步，顺便欣赏一下她种的鲜花。皮皮在富春街花鸟市场开了一家花店，原来只是一个小小的摊位，四年下来已经营得有些规模。除了与附近的花农合作，她在自己的温室里也种满了鲜花：月季、百合、玫瑰、康乃馨、海棠、樱草、小苍兰、天竹……花店里的常规品种一应俱全。

院中的积雪消散、蜡梅芬芳，空气新鲜得像一只刚刚剥开的柠檬。

宁静的山间，微风吹拂着木叶，青石的地板上传来跫跫的足音。

朝思暮想的人回到了人间，皮皮却一下子得了失语症。她有很多话要说，也有很多问题要问，但身边的贺兰觿却紧皱双眉，摆出一副苦思的模样。

“从这里到温室，是一百五十七步。”她说。

“你怎么知道?”

“你以前告诉我的。”

“早说啊，省得我又数一次。”

说话间就到了温室的小门，他忽然笑道：“还真是一百五十七步，一步不多一步不少。”

“骗你干吗?”皮皮说，“其实你不用数，地上有专门的盲道，快到的时候有特别的标记。”

“谢谢你的提醒，”他偏头过去冷笑了一声，“我差点忘记了这里有一位盲人。”

皮皮只得闭嘴。

温室的门外有一个花坛，皮皮走到门口，忽然向后一退，猛地站住。

花坛的一角有三只死鸡。

仿佛死前被猛兽撕扯过，那三只鸡看上去羽毛凌乱、血肉模糊，上面还嘤嘤地飞着两只苍蝇。

那苍蝇仿佛直接飞进了她的脑子，皮皮身子一僵，不由自主地伸手抓住了贺兰觿：“怎么回事？为什么我的院子里会有三只死鸡？”

贺兰觿“哦”了一声，不说话了。

皮皮恍然而悟，深吸一口气：“你……你……”

“你不是说我不能碰活人的肝脏吗？”他轻描淡写地说，“那我只好不得已而求其次——”

皮皮的胃里好像被人放进了一枚炸弹，她冲出去，对着一个垃圾桶狂呕了起来。

把早上吃的东西吐得一干二净之后，贺兰觿递给她一瓶矿泉水：“喝点水吧。”

瞬时间，两人的距离又拉开了。皮皮绝望地看了他一眼，祭司大人的口味变了，这附近的生灵可要遭涂炭了。

“这鸡……”她努力镇定下来，“你是怎么找到的？”

“你邻居家的后院。”

“那是……赵奶奶家的鸡。以前我到这里来的时候，你还向她借过鸡蛋呢。”

“是吗？”贺兰觿假兮兮地说，“你觉得她会生气吗？”

“你说呢？”皮皮反问。

“我觉得不会，”他拧了拧她的脸，邪恶地笑了，“这总比吃她的肝要强吧？”

“贺兰觿，我想和你谈一谈！”

“谈什么？”他说，“劝我不要大开杀戒？劝我不要兽性发作？你有什么资格说我？扪心自问，你吃过的鸡比我少吗？别动不动就拿道德来说事儿，虚伪！天底下最虚伪的就是你们人类。关皮皮你给我听着，以后少提这个。不然小心我把你先吃了！”

祭司大人咄咄逼人的一通吼，皮皮吓得脑袋一缩，呆呆地看了他半晌，小声说：“我是想告诉你，我在富春街花鸟市场有个花店。市场里有新鲜的鸡肝卖——一般是用来喂猫的。你喜欢的话用不着自己动手，我去买给你……”

“嗯，这态度还差不多。”祭司大人息怒了，将她从椅子上拉起来，“孺子可教也。”

第三章

疯癫的真相

皮皮的花店叫作“花无缺”，起名字的人是她的同学兼好友辛小菊。皮皮承认这名字有点无厘头，不过又好记又响亮，用久了也产生了一种自豪感。刚入这行的时候皮皮没有很多钱，只在富春街租了一个很小的摊位，不足十平米的小房子，十几种鲜花随便那么一摆就没了插足之地。没过多久小菊的父亲辛志强中风，她急需一份时间灵活的工作，就拿着自己的积蓄入了伙。她那偏瘫的父亲成天躺在床上哼哼唧唧胡言乱语，非但吃喝拉撒靠人照顾，稍有不如意还撒泼犯痴，跟女儿吵架，将尿盆乱扔。小菊每天坐两个小时的公交车奔波于父亲与花店之间，累得精疲力竭。她婆家的公寓倒是近，也有多余的房间，辛志强搬去住了不到一星期就闹得人憎狗嫌，小菊无奈，只得将他送回老屋，请护工看护。

在花店里，小菊包揽了所有的重活：进货分货、定做花篮、上门送花。皮皮则负责看店做账、谈价采购，偶尔也应邀做插花及园艺指导。两人素来情同姐妹，偶有争执也能各自退让，相处得十分默契。

富春街一带是个热闹的所在，被一大片商业中心、高档公寓及写字楼团团包围着。花店虽多，竞争虽大，客源倒是不愁。街对面就是一家大医院，就算淡季也有销路。铺子经营了两三年，赚了些钱，皮皮换了个大一点的门面，除了鲜花还卖盆景和工艺品，生意越做越火。

在皮皮的印象里，从小到大辛小菊绝对是个好人。为人子，懂事；为人友，仗义；为人妻，贤惠。就算给人打工都是最勤快的伙计。偏偏这样一个好人，日子过得比谁都闹心。

就在贺兰觿离开皮皮的那一年，小菊嫁给了程少波——某科学院数学所的研究员。两人倒是非常相爱，只是少波的家中还住着他的寡母杨玉英，一位电力设计院的工程师。自从听说了小菊的家境，杨玉英便对这门婚事一万个不答应。倒不是嫌小菊家穷，而是担心她会像她父亲那样有精神方面的遗传病。这边杨玉英千般阻拦，恨不得以死相逼；那边热恋中的程少波却先斩后奏，偷偷地打了结婚证。玉英知道后暴跳如雷，差点气出心脏病。最后还是小菊委曲求全，上门给婆婆下跪认错，又挨了她好几个巴掌，这才勉强进了门。

婚后的日子自然不如意。小菊这一跪，跪掉了自己的威风，从此在婆婆面前就硬不起来。这杨玉英更是得理不饶人，对媳妇处处歧视、百般挑剔。程少波虽然心中不满，一来天生口吃讨厌争执，二来生性温和惧怕母亲，加之小菊那疯癫的父亲还动不动地找上门来闹事，一颗偏向妻子的心也渐渐地淡了，遂埋首学问，来了个不闻不问耳根清净。

婆媳两人明枪暗箭地斗了几年，原指望小菊生个孩子能有所好转，偏偏小菊一

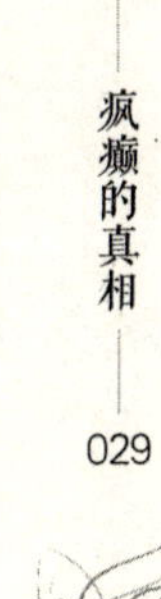

无所出，父亲又得了偏瘫，愈发增加了婆家的厌恶。在这种时候，于情于理，程家都得拿钱出来给老人看病。小菊于是更加理亏，玉英于是气焰更高。辛志强却是不可收拾地越病越重，医疗费成了个大窟窿。小菊好不容易有了一份事业，挣来的钱差不多全付给了护工，一年到头入不敷出，更不要谈什么成就感了。多年的折腾和劳累把一个好强爽快的小菊也熬成了超级怨妇。每天一到店里就痛陈革命家史，回到家中就神经紧张，听见父亲叽叽歪歪又忍不住发脾气，一提到婆婆更是火冒三丈。

皮皮带着贺兰觿来到花店时，上午刚刚开始。

店门大开，顾客稀少，小菊正蹲在地上给鲜花剪根，给花桶换水。一旁的小桶里装了半桶剪下的黄叶和枯枝。看见皮皮，惊喜地站起来，给她来了个大大的拥抱。

"你可回来了！"

"是不是生意太忙，累坏你了？"看着小菊脸上大大的黑眼圈和微微肿起的眼泡，皮皮不禁皱起了眉头。几个月不见，她显得面黄肌瘦，憔悴不堪，仿佛大病了一场。

"淡季，能忙到哪里去。"小菊苦笑，"一人守店太无聊，人家就是想你啦。"

皮皮心想，小菊一定又卷入了某种战争或烦恼，当下也不便多提，于是说："介绍一下，这是贺兰觿——我的先生。贺兰，这是我的好朋友兼生意合伙人辛小菊。"

两人礼貌地握了握手。

"哇！好帅！"小菊惊讶地打量着他，"皮皮，你不是说贺兰去国外公干了吗——"

"刚回来。"

"来来来，坐这边。贺兰，想喝什么茶？我们这里有花茶和绿茶。"小菊擦了擦面前的一张桌子，将几个花盆移开，殷勤地说。

"谢谢，不用。"贺兰觿没有坐，却问了一句题外话，"你父亲的病好些了吗？"

"他……嗯……老样子。"

皮皮低下头，微微纳罕。一路上她都沉浸在重逢的喜悦中，关于小菊的家事还来不及提起。这贺兰觿怎么会突然想起问候小菊的父亲，又怎么知道他有病？

"那你呢，过得好吗？"贺兰觿又问。

他的语气很平淡，听上去像是礼节性的问候，又仿佛话中有话。

偏偏这不咸不淡的问候让小菊一下子不自在了。她不安地看了皮皮一眼，支吾着道："不好不坏……老样子。"

贺兰觿点点头，不再问了。

皮皮脱下大衣，挽起袖子，将地上的花桶码好，将一排排的鲜花上架，电话响了起来。

“是订花的，我来接吧。”小菊抢着说。

“发现没？我的手已经好了。”皮皮扬了扬自己的手腕，“你歇着，我来接。”

果然是订花，一打玫瑰，周五送到海天大厦1107室。皮皮熟练地记下电话号码。继而又来了两位顾客，订三套花篮，小菊和皮皮连忙向客人询问场合、解释花语，又给他们看各种样品和照片。忙碌间，皮皮瞥了一眼贺兰觿，见他安静地坐在一旁，双眸凝视远方，仿佛参禅打坐一般，不禁好笑地过去推了推他：“别发呆了。等会儿我陪你到市场里走一走，看看有没有你喜欢的东西。”

“你们这里有鱼卖吗？”他问。

“你想吃鱼？那得去中南路的菜市场。”

“我指——观赏性的鱼类。”

“有有！我们这儿可多了，过了花市就是鱼市。”

“我去逛逛，你忙你的。”

“哎——你不熟这里的路，还是我陪你去吧。”皮皮赶紧说。

“不用。”贺兰觿拦住她，掏出折叠式盲杖，“你别跟着我。”

看着祭司大人固执的背影，皮皮长长地叹了一口气。

服务完客人，小菊过来说：“你看，老公回来了，什么都顺了，连你的手都好了。皮皮，我觉得你特好命，真的！”

她一面说，一面用墩布将地板认认真真地拖了一遍。然后去仓库拿出一个饭盒，掏出一个包子认真地啃了起来。啃了两口，忽然就开始啪嗒啪嗒地掉眼泪。

皮皮吓了一跳：“怎么啦？出什么事啦？”

“昨天少波说……要跟我离婚。”

这委屈大发了，小菊一难过，竟呜呜地哭了起来。

皮皮连忙递给她一盒纸巾：“不会吧？人家是开玩笑的啦。一定是你们吵架了，少波一动火就说了气话。”

“没吵，好久都没吵了。最近他都不怎么理我，上了床都不碰我。倒是他妈动不动对他使眼色。两个人当着我的面说悄悄话儿。”

皮皮跌足道：“我觉得，这事儿是他妈的馊主意。——少波肯定是被逼的。”

“以前又不是没逼过。老太婆寻死觅活地跟我们闹多少回了，不都挺过来了吗？是少波一直想要个孩子，我们一直也没有。去医院查了，说我们都正常。”小菊哽咽，“我什么办法都试过了，黄片都不知道看了多少，吃药烧香求仙拜佛都快成迷信了。”

皮皮一听也急了：“你们感情这么好，可不能顶不住压力说散就散啊！”

“我也这么说，可是少波昨天的语气特别坚决。昨晚说完这事儿就去了办公室，生怕我纠缠他。老太婆更闹心，直接把协议书拍在我脸上，行李都给我扔门外了，让我立即滚蛋。”

“恶劣，老夫人太恶劣了！”皮皮本来是宁拆十座庙不毁一桩婚的，这会儿也来气了，见小菊已气红了眼，又怕她不理智，赶紧强调重点，“先别管她！说到底，这还是你和少波的事儿，别让她轻易搅和了！”

“是啊，他们母子俩齐了心地要我离婚，我能不配合吗？昨晚我提着行李回到家，转身就打的到少波的研究所，当着他的面将字一签，给他一个大嘴巴，扬长而去。”

这是小菊的风格，这是绝对的小菊的风格，只是皮皮一下子不能接受。

“你……你这样啊！”皮皮傻掉了，“这不正中了老夫人的计吗？”

“我本来还想给他妈一个大嘴巴，看她年纪大了，实在不好意思动手。”小菊说，“我是冲动了一点，唉，反正也就是这样了，长痛不如短痛罢了！”

说罢，怒犹未尽，猛地一拍桌子：“都这时候了我能不冲动吗？是你你能镇定住？”

“……不能。”皮皮转身去冰箱给她倒了半杯豆奶，“我脾气比你还躁呢。话说当初你就不该去下跪服软，要是我——”

“能不提那事吗？我辛小菊这辈子就当了这一回琼瑶，还落得这么个下场！”小菊一仰头，将豆奶一饮而尽，磨刀霍霍地看着地板，胸口急切地起伏着。

“不提不提，那你打算怎么办？”

“还能怎么办？一切重新开始呗。就是脑子挺乱的。”

皮皮握住她的手，等她镇定下来，劝道：“我觉得你还得争取少波。无论如何他还是爱你的。生孩子的事情，慢慢来。”

“不求他了。和他过就永远少不了有个老太太在中间搅和。一辈子这么短，何必天天和自己过不去？上辈子又不欠他什么！”

“别这么说，少波对你还是挺好的。记不记得他还帮你伺候过你爸，你爸发疯将尿盆扣在他头上他都没生气。你给你爸买药，他也没少给你钱吧？当初为了和你结婚，不也跟他妈干过几仗吗？再说点实际的，以你现在的情况想重新认识一个男人，让他的父母接受你，也不是一天两天的事儿。”

“唉……也是。”小菊重重地叹了一口气，用纸巾擦了擦眼睛。皮皮虽然也天天在现实里打滚儿，毕竟经历过神奇，对生对死对人世都换了一种看法。而小菊却仿佛一直挣扎在死海之中，结婚的快乐转瞬即逝，除了发疯的老爸，又添了个找事的婆

婆，两座大山压得喘不过气来。小菊见这话没法往下说，越说越没个出头之路，便换了一个话题：“你家贺兰眼睛不好啊？”

“严重的青光眼，白天什么也看不见。”

“还有这种病？”小菊讶道。

“有啊，只是少见。”

“瞧，他回来了。这么快，没带钱包吗？”小菊指着远处的一个人影。

“怎么会呢，咦，他手里拿着个什么？”

“大玻璃瓶子，里面有一只……小乌龟？”

“小乌龟？”

皮皮伸长脖子正待细看，小菊忽然拉了拉她的衣服，向她使了个眼色，悄悄用手指了指门外。

一个穿着皮夹克披着长发的青年正向花店走来。他长了一张冬瓜脸，个子不高，五大三粗，乍然看去像个电声乐队的鼓手。

夏天的时候这人喜欢穿着背心在街头乱逛，故意让人看见他发达的胸肌和虎头刺青。

“钱老七又来了，上次的保护费我们不是交了吗？”皮皮低声问道，同时以最快的速度锁上钱柜。

“听说涨价了。他月初来过一次，我说我不管财务，得等你回来。他一怒之下就把抽屉里刚收的四百块钱拿走了。”

“那还不够他买白粉的吧。垃圾！”皮皮嘀咕了一声，“涨了多少？”

“一年六千。”

“乖乖，这不是翻倍吗？不如杀了我吧！”

“钱我已经准备好了。他实在要就给吧，不然会派人来砸店的。”小菊说。

话音未落，一抬眼，钱七已经到了。

“七哥早！”皮皮赶紧叫了一声。

“七哥早！”小菊也加了一句。

两个人并排站着，齐齐咧嘴，露出一副讨好的笑容。

“嗯，早。”钱七踱进店中，阴沉沉地往柜台边一坐，将脸对着收银机道，“丫头们，最近生意不错吧？”

“淡季，淡季。”

“咸季淡季我管不着！皮皮你是老板发个话，先把钱交了吧。”

“七哥，有话慢慢说，先抽根烟！”小菊将一包红塔山塞到他手中，见他伸手在口

袋里摸出一个银色的打火机，连忙道，“我们做小生意的也只能挣点小钱，这保护费我们肯定要交的，就是……最近手头上比较紧。要不，先交一部分？剩下的年尾再补上。”说罢用一双感人的悲伤的大眼睛凝视着他。

钱七将烟一点，“哼”了一声，只当没看见：“哪有那么多话？三千块，一次交齐。七哥保你们这一年没灾没难。”

“我们已经交了三千了。”皮皮小声地提醒了一句。

“涨了，你们生意这么好，老大说要交一万。我说算了，俩丫头不容易，就六千吧。”说话间，他将一口烟缓缓地喷到皮皮的脸上，笑道，“怎么样，看你们一贯这么老实，七哥还是挺够意思的吧？”

皮皮被烟气呛得一连咳嗽了好几声，也不敢发怒。小菊一生气，嗓门就大了：“街东头的温馨花坊大小和我们差不多，你们只收了三千。为什么我们要多交三千？这也太不公平了吧！”

“温馨花坊的郑如玉让我摸她的奶子，你们让吗？”

皮皮赶紧用账本挡住自己的胸口。

钱七龇着一口黄牙，邪邪地笑道：“如果你们哪位肯陪我睡上一个月，莫说这三千，连那交上去了的三千七哥也全给你们免了。怎么样？考虑考虑？是心疼钱呢，还是心疼下边？”

皮皮双手握拳，气得直想抽他，却被小菊死死拉住。

“六千就六千吧。”小菊说，“我们这里有两千，剩下的明天给你。”

“嗯，这还差不多，你这丫头比较懂事。”

小菊打开钱柜，掏出准备好的一叠票子交给钱七。钱七拿到手中数了一下，塞进一个信封里，站起来，扬了扬手：“两位慢忙。准备好剩下的钱，七哥我明天再来。”

他说罢转身正要出门，皮皮的心忽然怦怦地乱跳了起来。

她看见贺兰觿正从门外走进来。

两人正好在门口碰上，几乎要贴上了。钱七不耐烦地推了他一下。

“等等。”

贺兰觿忽然伸出盲杖，拦住了他的去路。

“你就是钱七？”贺兰觿斯斯文文地问道，一面说，一面折好盲杖，又将手中的玻璃瓶交给皮皮。

“老子就是钱七！”

“我叫贺兰觿，关皮皮是我的妻子。”

“哇，皮皮你眼光真厉害！与其找这么个白面瞎子，还不如找你七哥呢。”钱七哈

哈地笑了起来。笑到一半,脸上的肌肉僵住了。

贺兰觿忽然抓住他的手腕轻轻地一捏,只听得“噼啪”一响,不知什么骨头裂了,钱七痛得号叫了起来。

贺兰觿松开手:“把钱放下。”

钱七痛得冷汗直冒,只得将信封往柜台上一扔,口里却不肯服输:“你敢惹老子!你知不知道老子是谁?”

贺兰觿冷笑一声,忽然将他往墙上一推,一只手用力卡住他的喉咙,一字一字地说:“我不知道你是谁。不过关皮皮是我的老婆。下次若让我再看见你对她有半分不客气,我就拧断你的脖子。我的话听清楚了?”

“听……听清楚了。”

“滚。”

钱七的脸痛白了,半天喘不过气来。待贺兰觿的手一松,他像大白天见到鬼一样跌跌撞撞地往外逃。

皮皮和小菊在一旁看得心惊肉跳,不知是悲是喜。见钱七远去,小菊飞速地将摆出来的花统统收回仓库,然后将铝合金的卷帘门猛地一拉。

贺兰觿皱了皱眉头,问道:“怎么回事,现在就关门?不做生意了?”

皮皮拉住他的手,战战兢兢地说:“贺兰,快逃吧,我们有大麻烦了。”

每个城市都会有些暗势力,C城也不例外。

通常这些暗势力只会出现在《C城晚报》的法制版上,人人皆知是“偶发性”恶劣事件,平头百姓只要老老实实上班,不嫖不赌不吸白粉,深夜不在街头乱逛,一般不会成为暗势力的牺牲品。

十年前的C城地图上还没有富春街这一条路,而是一大片轰隆作响的厂区。本市最大一家国有企业富春机床厂就坐落在这里。因为设备陈旧、管理腐败、拖欠贷款、噪声严重等原因倒闭了,产生了大量下岗青年。在这一群人当中,有些人靠着自己的勤劳顺利地再就业,有些人却把怨气发在购买了这片地皮的房产商上。“虎头帮”老大钱三金就属于后者。当偌大的富春机床厂在地图上消失,热闹的工人村变成了一条街名时,钱三金觉得拿着这块地皮挣钱的人应当负责他及手下哥们儿的下岗工资。

其实皮皮对虎头帮的了解也仅限于传闻,至于这个帮会有多大,平日都干些什么勾当,她完全不清楚。只知道富春街上的每一家店都得向他们交保护费,敢于拒交的店子肯定被砸。此外,这个帮派还经常因地界纠纷与其他帮派斗殴,死过人,查

出过白粉，上过电视新闻。可是虎头帮的兄弟们口风紧，警方介入后抓走了好些人，却怎么顺藤摸瓜也没摸到钱三金的头上。

这个钱七就是钱三金的弟弟，虎头帮的主要打手之一。

一路上无论皮皮如何解释得罪虎头帮的严重后果，贺兰觽都充耳不闻，只是专心地捧着那个宠物玻璃缸，绿色的小乌龟在里面不安地爬来爬去。

"我从来没听说过你喜欢养小乌龟。"

"关于我的事，你没听说的多着呢。"贺兰觽说，"这不是一般的乌龟，这是海龟。"

"有时候我觉得，"皮皮皱起眉头，说了一句真心话，"你完全变成了一个陌生人。"

"就因为突然发现我养乌龟？"

"还有一些别的事……"她说，"不知道这是因为我本来就不了解你呢，还是因为你换了一种活法。"

贺兰觽双眉一挑，双唇勾出一缕笑纹："你这是在暗示我搬出闲庭街吗？"

"乱想。"皮皮将头一歪，脸靠在他肩上，柔声道，"人家只是想多了解了解你嘛。"

以前这种时候，贺兰觽都会立即转过身来用下巴蹭蹭她的脸颊以回应她的亲昵。这一次他的肩膀却是硬邦邦的。皮皮的脸红了红，有一点点受伤害。

出租车向北打了个左转。

"我们这是去哪儿？"贺兰觽问。

"去小菊的家。"皮皮说，"她爸生病在床，她要跟她先生谈离婚的事儿。护工昨天辞职了，所以我们要去帮她照应一下。"

"从什么时候起我要按照你的时间表生活了？"

"最多两个小时，"见他神情不悦，皮皮又说，"病人我自己照顾就行了，你在她家客厅坐一会儿。"

其实这话有点儿忽悠。小菊的家远离市中心，光坐出租车就去掉了一个小时。祭司大人显然不耐烦这个差事，下了车就发牢骚："你朋友的家怎么住得这么远？"

"这是新华书店的老宿舍，他爸以前在书店工作。听人说这一带的风水特别不好：左边是烈士墓，隔壁是花圈店，后面是火葬场，以前是乱葬岗，也就是埋死刑犯人的地方。再走一站路就是肿瘤医院——当然，书店的人天天跟知识打交道，倒是不信邪的。"

宿舍楼是老式的预制板结构，单薄得就像一层套着一层的火柴盒，用手指轻轻一推就会垮。说来也怪，小菊一家在这里住了二十年也没事。这片地区是个缓缓的大下坡，一下雨各路的水都向这边涌，只要下水道一堵，一楼的地板准淹。即便在干

燥的月份，台阶里也长满了打滑的绿藓。

上了二楼，打开门，一股刺鼻的臭气迎面扑来，直呛得贺兰觿咳嗽了几声。皮皮赶紧解开自己的丝巾递给他："拿着，捂住鼻子。"

见他的脸阴沉得跟要下暴雨似的，皮皮用力拍拍他的肩："我保证，绝对不超过两个小时。"

一室一厅的小宿舍里没什么像样的家具。老式的人造革沙发豁出了几个大口子，露出黄澄澄的海绵。沙发上堆着被子和枕头，没有暖气，屋里冷得跟墙外没什么两样。所幸卧室还有点温度，因为点着个小号的电热油汀。可那气味被油汀一烘，反而更浓烈了。皮皮只得走过去将窗子开了半扇，想换一换新鲜的空气，不料一道冷风直直地灌进来，冻得她连打了两个喷嚏。回头见床上熟睡着的辛志强也被冻醒了，操着难听的话向她骂过来，吓得赶紧又关上了。

床头柜上的花瓶里插着一大把梅花。这臭气竟连这么浓郁的花香也压不住。

皮皮暗暗地想，辛志强是幸福的。若是摊上个不孝顺的女儿，这么不省心的一个疯老头，恨不得让他死在大街上才好。何况中风时他就是倒在街头，只因脖子上戴着个写着小菊手机号的牌子才被解救。为了这个父亲，小菊受够了委屈，听她说辛志强神志清醒的时候对自己还是很慈爱的。每思及此，倔强的她都要掉眼泪："我就念着我爸这点好。再说他是有病，也不能怪他。除了他，我也没有别的亲人了。"

床上的老人瞪大眼珠，惊骇地看着她。

"辛伯伯，是我啊，皮皮。"她轻声说，"小菊有点事要见少波，让我过来看看您。您饿吗？想吃什么东西吗？"

辛志强的嘴里发出一阵含糊不清的咕哝声。一只手弯曲着，身子僵直地躺在床上。他的脸瘦得变了形，牙齿掉光了，胡子长，头发更长，看上去像个白眉老道。若在往日，皮皮见到辛志强总有些害怕，因为他有时很正常，有时却会在说话间突然跳起来，对你又拉又扯。若不及时拦住，他还会张口咬人。皮皮倒没被咬，却见过小菊手臂上的咬痕。难怪小菊总是拿着一把伞作防身之用。

现在他瘫痪在床，皮皮微微松口气，毕竟多了一分安全感。

"出去！"他忽然叫道，"让他出去！求你让他出去！"

说话间床上的人仿佛中了邪一般闹腾了起来。床架被摇得咯吱作响，辛志强的双手在空中乱抓，黄褐色的眸中燃烧着奇异的火焰。他拼命地爬向窗边，"咕咚"一声摔到床下，又忙不迭地扶着把椅子站了起来，伸手打开窗子就要往下跳。

"辛伯伯！"

一看架势不对，皮皮冲过去不顾一切地抱住他："是我啊！关皮皮！您不认得

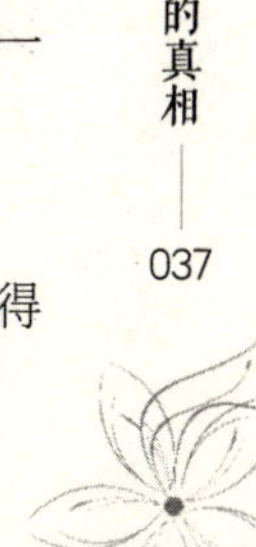

了？小菊马上就回来了，您别乱动！”

撕扯间，病人占了上风。辛志强伸出枯瘦的手紧紧扼住了皮皮的脖子。她一连挣了好几下也没有挣脱，脸立即憋得通红。

手腕松了一下，让她喘一口气，又扼了回去。这次他没用全力，给她留了一点呼吸的余地。她听见辛志强在她耳边低声说道：“你让他出去，我就放了你。”

“谁……让谁出去？”

“客厅里的人。”

“伯伯，我是关皮皮！”

“我知道。你听我的话，我不会害你的。”

“你……你……”皮皮刚想回答，脖子又被他死死地扼住了。

奇怪，这疯子怎么不疯了？皮皮在心里纳闷。转念一想这也是辛志强的常态，在疯与不疯之间频繁转换，搞得他身边的人不知道他说的哪一句话是真的，全都被折磨成了神经质。

正在这时，“吱”的一声，卧室的门开了。

传来盲杖点地的声音。

与此同时，皮皮听见了强烈的心跳声。辛志强的身子和她贴得很近，心跳是从他的身上传来的。

贺兰觽慢慢地走到他们面前，冰雪般冷漠的眸子空洞地看着前方。

“别过来，不然我掐死她！”辛志强道。

“请便。”贺兰觽嘴角动了动，一丝讥讽的笑浮到脸边，“肝留给我，剩下的归你。”

“她身上有你种的香，她是你的女人！”

“那你还敢威胁我？不怕我让你身首异处，万劫不复？”贺兰觽不动声色地说，“再说，你什么时候见我缺过女人？”

这话起了作用，辛志强的手松了松，皮皮拔腿就逃，躲到贺兰觽的身后。

“我放了她，请你放了我。”

贺兰觽摇头叹道：“没有获得许可而擅自修仙，我以为这样的人已经被赵松赶尽杀绝了……”

辛志强的目光黯淡了，他忽然低下头颤声请求：“请大人慈悲。”说罢扶着椅子坐回床上，深吸一口气，躺了下来。

贺兰觽缓缓开口：“你还有什么话要说吗？”

辛志强用力地咽了咽口水，面色苍白地看着皮皮，满眼是乞求之意。一滴泪从眼中滑落，他跳动不安的神经镇定了，身子却仍在颤抖，牙关紧咬，鼻孔翕合，仿佛在

等待着某种命运的降临。

“请大人赐福。”他忽然闭上眼，用手拂开额前乱发，“我一心向道，无奈未得女巫指点，元神缺失，以致入魔。”

贺兰觿不为所动：“碰了我的女人，还敢索要赐福？”

“我有罪孽，请保留元珠，我会自寻光明之处。”

贺兰觿默默地看着他，沉默片刻，既不同意也不反对，只是说：“张开你的嘴。”

辛志强慌张地看了一眼皮皮，目光中饱含着哀求。皮皮的心抽动了一下，觉得这目光似曾相识。

几年前在峰林养殖场，那只即将接受电刑的白狐便是这样一种绝望的目光。

她骇然拉住了贺兰觿：“哎，你想干什么？”

“不干你的事，这是我们的内务。”他摆出一副公事公办的样子，脸沉似铁，阴森莫测，全身上下散发着莫名的霸气。而这霸气皮皮一点也不喜欢，或者说以前与贺兰相处，从来也没有过，忽然间就觉得生分了。

“不行，他是小菊的父亲！”她大声抗议。

“他修炼不得法，走火入魔，以至于无法控制自己的意念身躯——”贺兰觿推开皮皮的手，“早晚有一天他会吃掉小菊，你愿意这种事情发生吗？”

“不不，你饶了他吧，他已经不能动了！”

“只要他的嘴能动，就可以杀人。”

皮皮怒道：“这不过是你编造的，好让我不要拦着你！”

“闭嘴，关皮皮！”

“别碰他，贺兰觿！”

他将她猛地一推，推到墙边，冷笑着说：“这就是你们人类，被软弱的感情牵制着，无法做出理智的决定。站在那儿别动，别妨碍我办事，小心我一不高兴吃了你。”

仿佛进入了某种仪式，床上的人伸出双手捂住了自己的双耳，然后，缓缓地，最大限度地，张开了嘴。

祭司大人用盲杖在他的小腹上狠狠地抽了一记。

——皮皮清楚地记得祭司大人以前的盲杖是黑色的，有笛子那么粗，可以折成三截。这根盲杖的颜色、长度、样式虽和前者一样，却细了很多，只有小指头那么宽。不知是什么材料做成，看上去异常坚韧，发出玳瑁般的光泽。

他并没有太用力，而辛志强的身子却触电般的猛然一弹，紧接着，整个人就在皮皮的面前消失了！

床上只剩下一堆凌乱的衣物。

皮皮惊讶地张大了嘴。她惊呆了。这场景和赵松消失的那次一模一样。她在心里问自己，和辛志强也算认识十几年了吧？他居然是狐族？这可能吗？可能吗？

与身体同时消失的还有满屋子的臭味，霎时间屋子里充满了蜡梅的芬芳。

空中飘着一颗淡黄色的元珠，在床边徘徊跳跃，仿佛对这一切充满了眷恋。

皮皮的眼睛一眨不眨地盯着它，忽然问贺兰觿："你打算把它怎么办？装进瓶子里？吞进肚子里？"

没有回答，也不用回答。

祭司大人的手掌向空中轻轻一展，那元珠仿佛受到了强大的引力，立即向他的手心飞去，在掌心上方一寸处停住，小宇宙般默无声息地旋转着。

皮皮拿眼在屋中四下乱看。

"你找什么？"他问。

"水晶瓶。"皮皮将花瓶里的花倒出来，看瓶底的商标，确信那只是玻璃瓶，沮丧地将花放了回去，"可以保存他的元珠。"

"保存？"贺兰觿"哼"了一声，"为什么要保存？"

"他有遗愿……要自寻光明之处……"

"是吗？"贺兰觿轻轻一笑，手指一合，"啵"的一声，珠子破灭了，"我不认为他有资格见到光明。"

她只觉脸上凉飕飕的，仿佛有一股来自北极的强冷空气拂面而过。更令她害怕的是贺兰觿残忍的神态。一个更可怕的念头向她袭来：

"等等，我问你，如果辛志强是狐族，那么他的女儿小菊——"

"她不是。"

"你是说——小菊不是她父亲亲生的？"

"不是。"

"那她的父亲是谁？"

"我怎么知道？"贺兰觿掏出一条白色的手绢，擦了擦自己的盲杖，然后将手绢往地上一扔，"她不过是被辛志强选中的宿体。狐族中总有这么些好高骛远的家伙，盲目追求修炼进度。一旦宿体临近死亡，他会迅速寻找新的宿体。"

皮皮恍然而悟："难怪他要住在这种地方……靠近很多死人。"

贺兰觿点点头："他属于食尸一类，偶尔也会寻找活人的肝脏。我相信这一带的治安一定很不好。"

这个世界这么大，皮皮完全不肯相信这种神奇的事情总是发生在她的周围。一个贺兰觿已够难招惹了，现在又多了一个辛志强："为什么一定是小菊？"

“元珠不能在空中裸露太久，必须确保死的时候宿体就在周围，还有什么比有一个孝顺的女儿更保险的呢？”

“我能提醒你一下吗，祭司大人？小菊是女的。”

“元珠没有性别。寄生在男人身上就是男人，在女人身上就是女人，在小孩子身上就是小孩子。”

皮皮忽然打断他：“刚才你说你不缺女人，这话是什么意思？难道你身边还有别的女人？”

贺兰觽怔了一下，随即笑了：“怎么，紧张了？吃醋了？”

“回答我！”

“女人如牙刷，三月换一把。”

皮皮的脸顿时气白了：“这么说你不是回来找我的，你是想要我身上的一样东西？”

“灵与肉，何必分得那么清呢？”见她气急败坏，他居然乐了，似乎很愿意看见她生气。

“贺兰觽，你这是在戏弄我吗？”

“老实讲，你身上缺点幽默细胞——”

皮皮不曾被亲近的人这样挖苦过。就是亲生母亲拿硬话说她，她都能立即反驳回去，教她气得吃不下饭。

“贺兰觽！请你立即搬出闲庭街！我关皮皮不是给狐狸精取乐的。”

“遵命，我这就走。”他不在乎地笑了笑，用盲杖指了指门外，“建议你收拾一下床上的东西。我怕你朋友回来了不好交代。”

接着，他居然向她摆摆手，说了声“再见”，便消失在了门外。

她冲着他的背影叫道：“嗳——喂——贺兰觽——”

第四章

冰奴

一个大活人凭空消失，还要让她清理现场，这是一项不可能完成的任务。

“完了完了！麻烦了！”皮皮头大如斗地对自己说。刚才光顾着好奇，竟把这顶顶重要的一件事给忘了。辛志强不见了，这怎么跟小菊说啊？如果他有钱，可以说被劫持了。如果他的腿走得了远路，可以说跳江了。如果他是黑社会大哥，可以说被清洗门户了。可他是个又脏又臭一穷二白没人要的疯老头，青天白日的，怎么可能就失踪了呢？

想来想去都没辙，三十六计走为上，皮皮冲到厨房翻出一个垃圾袋，将床上的衣物胡乱一叠，又将袋子里的空气一挤，卷成小小的一团塞进自己的双肩包里。扶好歪斜的椅子，理好凌乱的被子，将花瓶的花摆齐，一低头见地上的痰盂倒了，又找出一大卷卫生纸将流出来的痰液一吸，扔进马桶冲掉。在小屋里团团转地忙了十来分钟，正寻思还有什么需要掩盖的蛛丝马迹，客厅门锁“咔嗒”一响，她听见小菊大声说：“皮皮我回来了！中午就在这里吃吧，我买了卤鸡翅——”

正急得不知如何作答，眨眼间小菊已进了卧室，见床上空空如也，问道：

“咦？我爸呢？”

皮皮深吸一口气，转过身，紧皱双眉：“是啊，我也是刚到。正要问你呢，你爸呢？”

于是乎，皮皮花了整整一个下午加半个晚上陪着急得发疯的小菊四处寻找辛志强。先是问了楼上所有的邻居，大家纷纷表示上班时间不在家，没谁注意疯老头的行踪。接着又以这栋楼为圆心在方圆两公里处仔仔细细地搜索。连附近的商场、新华书店，以及辛志强常去露宿的公园都找了个遍。

最后不得已报了警。辛志强以前因发病多次失踪，公安局里光是案卷就有厚厚一叠。他一般消失几周后，饿得不行了，又会自动回家找吃的。有这前科，民警的态度便不积极，说要等过了二十四小时再说。

只有小菊笃信出了大事。从公安局回来，愤愤不平地找出一张公交线路图，拿着红笔和直尺，横横竖竖地划了几十个方格，又将找过的地方从方格中叉掉，坚定地对皮皮说：“太晚了，你先回家吧。我一格一格地找，不信找不到我爸！”

皮皮心虚地看着她，心中万分纠结：告诉她真相吧，不行。皮皮曾经对贺兰发过誓，她是这个城市唯一知道狐仙存在的人。不告诉她真相吧，以小菊的脾气定是不到黄河心不死，活要见人死要见尸。

在心里激烈地斗争了老半天，终究不忍看她失魂落魄地做此无用功，皮皮终于说：“小菊，别找了。”

这时大家都有些饿了，冰箱里没什么吃的，小菊拿出卤鸡翅，一人一个，自己先

啃了一口，道："干吗不找了？"

"你爸他——"皮皮低下头，咬咬牙，"已经不在了。"

"不在了？"小菊惊愕地看着她，用纸巾擦了擦嘴，"什么不在了？"

皮皮痛苦地捂着自己的脸："求你别问我细节了。……你爸他已经走了。"

"走了？你是指——"

"从这个世界消失了。"

小菊将鸡翅往碟中一放，顾不得一手的油，忽然一把抓住她："皮皮，这话什么意思？难道你知道我爸去哪儿了，故意不告诉我？"

皮皮艰难地点点头："我实在不想看着你这么徒劳无益地找下去……"

"好，我不找了，你告诉我发生了什么事。"小菊脸色一沉，仿佛猜到了什么，目光炯炯地盯着她，"别告诉我是因为你嫌疯老头碍事把他给杀了。是的，我是天天抱怨他，你也很想帮助我。可是就算我真的厌烦了，要杀也是我动手，还轮不上你。"

小菊与父亲的关系一直紧张，打架、对骂乃至互相咒对方早死的情况时有发生。皮皮很久没见小菊发飙了，但小时候她手拿雨伞四处打架的事儿还历历在目。这会儿她双目一瞪，气势汹汹，脸上的几粒雀斑仿佛要跳出来一般。

"我？"皮皮指着自己的鼻子，"对你爸动手？我哪敢啊！我什么也没干，还问他想吃什么来着。然后他突然跳起来就掐住了我的脖子，扬言要杀我。当时贺兰在身边，一怒之下，就……"

话倒不假。皮皮的颈子上还留着他的指印呢。小菊呆呆地看着她，将信将疑，眸中泪影忽现，沉默半晌，低声道："你们把他埋在哪儿了？"

"……江里。"

C城只有一条大江，江阔水急，离这个区只有两站路。

小菊目瞪口呆，气得双手发抖，过了片刻，克制住自己："你走吧，我不会报警的。"

"小菊，对不起……"

她多么想说：对不起，这不是我干的，事情不是你想象的那样。可话到嘴边又生生咽了回去。

"别说了！以后别再来找我了。"她站起身来，冷冷地拉开门，"你不再是我的朋友了。"

皮皮拾起自己的包，狼狈地走出门外。

她听见小菊在身后吼道："你们太狠心了！他是个病人，罪不至死。我恨你，关皮皮！"

门“轰”地一响，关上了。

夜路很长。

这一带往南地势平坦，两面是墓地和荒原，有几家废弃的工厂。没有高楼大厦，天空反而干净，星辰毕现，月亮像个洗了澡的娃娃在云间戏耍。报纸上说，这几年太阳活动增强，抛出大量粒子流造成“磁暴”现象。阳光中紫外线增多，短波通信异常，北极的极光格外绚烂。地球磁场受到干扰，也会导致人体的血压突变、头疼和心血管功能紊乱。

汽车缓缓地开着，像是打起了瞌睡。远处的地平线上闪着白光，近处又是漆黑一片，除了头顶的星辰，便是地上的长路，天地间仿佛什么也没有了。因和小菊亲近，这条街皮皮不知走过多少回。路线单调、景致乏味，售票员是位中年大叔，长着一个硕大的酒糟鼻，百无聊赖的时候和她攀谈过，记得大叔说特别怕丢饭碗，所幸是郊区的线路，市区的车早已全部改成无人售票了。车上七八位乘客，一人听耳机，一人看报，其余皆垂头若睡。只有一个坐在车门附近的男人老拿一双凤眼睃她。浅眉、尖嘴、薄唇，三十出头的样子，皮肤白得好像得了白化病。皮皮狠狠地瞪了他一下，他不以为意，反而幽然地笑了，眉眼中尽是调戏。

难不成他也是——？

皮皮将头扭向窗外，心烦、肚饿、内疚、委屈，心里像开了锅一般五味杂陈。贺兰归来，原以为可以重温旧好，现在看来，爱情是没有的，友情也赔了进去，过不了多久只怕连命也要搭上。可怜的小菊，婚姻被婆婆搅得一团糟，紧要关头又死了老爸，唯一的朋友也闹翻了，真不知这段时间她的日子怎么挨。皮皮越想越郁闷，看来这误会是没法解除了。辛志强之死——除非亲眼所见——无法向人解释。小菊不去报警已是宽宏大量，杀父之仇不共戴天，今后多半是断绝往来了。想到这里，皮皮又是纠结又是难受，恨不得自己也变成一只狐狸凭空遁走。

汽车“吱”的一声停了，为了避开那个人，皮皮提前一站下了车。毕竟在这城里住了二十几年，她知道不下六种转车的法子。换了一趟公汽，是个年轻的司机，车开得飞快，不到二十分钟就到了永新街。下车向前走两个路口有一个街心公园，过了公园再过一个红绿灯便是闲庭街了。

这公园是这一带唯一的热闹之处，逢年过节总有街头派对。皮皮想抄近路，便从当中穿过。大约某个派对刚刚结束，剩得一地的垃圾。塑料袋、易拉罐、报纸、饭盒、矿泉水瓶比比皆是。渌水山庄还算是高档住宅区，人的素质也不过如此。她弯下腰来，拾起脚边的一个泡沫饭盒，正要扔进垃圾桶，见桶上画着个三角形的标记，

是回收专用，便又住了手。里面的垃圾早已塞满，当中夹着些吃剩的零食和水果，还有人呕吐的东西，发出恶心的气味。皮皮叹了口气，抬起眼四下寻找，见不远处有个人背对着她，戴着一双黄色的橡胶手套，拿着个巨大的垃圾袋，正在捡垃圾，便连忙跑过去对他说："大叔，我这里有个饭盒……"

那人站直腰，路灯打在脸上，皮皮吓得倒退了一步："贺兰？"

贺兰觿将垃圾袋打开，面无表情地说："扔这儿吧。"

"你……你收垃圾啊？"皮皮结巴了。她知道现在的贺兰不如以前的贺兰有洁癖，但也不至于能干这种脏活儿。

他不理睬她，将塑料袋口一收，向前走了几步，弯腰拾起一个易拉罐。

"这个公园早上有人收垃圾的。"皮皮追上去继续说，"你不必——"

说到一半忽然省悟："天啊！出门的时候忘了给你一把钥匙。你是不是没带钱？捡这些东西也换不了多少钱啊。"

地上又有一个饭盒。贺兰觿拾起来，打开一看，里面有半只鸡腿，黑乎乎的，被人啃了几口。他将鸡腿拿出来，皮皮一把拦住他："嗳，脑子进水了吧？这还能吃吗？这是人家吃过的，没准有肝炎哪！而且也不知道放了多久，肯定坏掉了。赶紧扔了！"

贺兰觿看了她一眼，似乎嫌她多事。将鸡腿和饭盒分别放入两个袋子，说："饭盒是纸质的，可以回收。"

皮皮被他冷漠的样子气着了，加上他下午作的恶害她跟小菊闹翻，一肚子的火便要出在他身上："别假惺惺地捡垃圾了。让人看见了还以为你在做好事。刚才这里一定有很多人吧？你是不是躲在这里修炼？"

这回他倒是答得快："干吗说得这么邪恶？不过是有人搭了个台子唱摇滚，我正好没处去，便坐在椅子上听了一会儿。"

"就这么简单？没造成大规模杀伤性事件？"

"嘘——这是公共场合，我又一向低调，拜托你不要这么大声。"他警惕地看了看四周，见没有别的人，低声又说，"当然，这一带最近几年的出生率会降低一点，你们也提倡计划生育，算是帮这个区响应一下国策。"说罢恶作剧般地笑了。

皮皮哭笑不得，一时哑然。月光从松间照下来，给他的脸打上了一层柔光。她知道他是在逗她，眸子里尽是顽皮，心一下子软了，不禁用手摸了摸他结实的胳膊："虽说你不怕冷，但这么冷的天只穿个短袖，怎么不让人起疑？还说要低调。"

她明明记得出门的时候贺兰觿穿着一件灰色的休闲西装，那西装果然搭在一旁的椅背上。月光很好，也许他需要让更多的肌肤裸露出来，接收月光的精华？

“你要把这些垃圾全都捡完吗？”皮皮放眼一看，不远处已放了十个满满的垃圾袋，都是他的成果。但地上还是很脏，特别是花坛附近，因为可以坐人，扔了一地的啤酒瓶，“这么多，只怕你干到天亮也干不完呢。”

“那就干到天亮呗。”他看了看表，将手套一脱，耸肩说道，“反正我也没处去，远远地过来投靠你，却被你无情地赶出了家门。罢了罢了，省得被人种族歧视。”

皮皮“哧”的一声笑出来：“什么种族歧视，我敢吗，祭司大人？”

“你当然敢了。”贺兰觿一个劲儿地摇头，一副吃了大亏的样子，“你说我们是夫妻，那合影看上去倒也不假。可是当年我怎么会看上你呢？要才没才，要貌没貌，也就是有块肝，估计也没弄到手，所以你还活着……我这都是什么眼光啊？”

“喂，什么意思啊？狐仙哥哥，贬低我就能提高你吗？”皮皮被调侃了，气得一跳三尺高，“是你上天入地寻死觅活地来找我的，是你不择手段死乞白赖地要娶我，是你一片丹心三顾茅庐——”

他按住了她的嘴：“关皮皮，我不跟你说话。你走你的独木桥，我走我的阳关道。你把钥匙交给我，我保证没人动你的肝，这样行吗？”

皮皮的脸白了白，冷笑：“闹了这么半天，你找我还是为了那把钥匙。”

他拧了拧她的鼻子，不阴不阳地笑了：“不为钥匙，那为什么？难道是为了你的人？”

皮皮将他的手一推：“既然你不是来找我的，那我也不认得你。这把钥匙关系到狐族的最高机密，只有祭司大人可以启用。你想要可以，请向我证明身份。”

“身份？”他怔了怔，“什么身份？”

“我怎么知道你是贺兰觿？也许你是个做了易容手术的骗子呢？那可不是明珠暗投了？”

这话当真是刁难，从皮皮的口里说出，显得有恃无恐。

岂料贺兰觿劈手一扯，将她的包夺了过来，手拿胜利品似的扬了扬，说：“如果我猜得没错，钥匙就在你包里。”

没想到他的动作这么快，皮皮反手去拽，却被他的胳膊肘顶住。

“啧啧，没人告诉你这些化妆品有毒吗？”他一面翻一面将里面的口红、面霜、睫毛膏往垃圾桶里扔，最后找到一串钥匙，在她面前晃了晃，“是它吗？”

“怎么可能？我有这么弱智吗？城里小偷这么多，我怎么会随随便便把它放在包里呢？”皮皮一副无所谓的样子。

“嗯。”他点点头，“我也觉得不可能，不过总算有地方洗澡了。这是房门钥匙吧，皮皮？”

趁他不注意，皮皮就要去抢，无奈他个子太高，伸直了胳膊，便让她够不着。

皮皮骂道："贺兰觿，你抢劫啊？"

他将手中的垃圾袋塞给她："这是最后一个袋子，你把剩下的垃圾收拾了，我等着你一起回家。"

"你爱捡就自己捡，我又没这爱好！"皮皮气得将垃圾袋往地上一掼，不解恨，又狠狠地跺了一脚。

"爱护环境，人人有责。你是人吧？"

"我——"她气得无话可说，将袋子一提，径直向前走了几步，捡了五个饭盒、一叠报纸、一堆易拉罐和十几个啤酒瓶，满满地塞了一袋，系好封口，扔在一旁，"捡完了，你满意了不？"

"是个听话的好孩子。"贺兰觿呵呵地笑了两声，打开一瓶纯净水，"过来洗洗手。"

就着瓶子里的水，她胡乱地搓了两下，正要擦干，贺兰觿将她的手心一翻，问："手背呢？手背也要洗啊。你会洗手吗？"

怕她洗不干净，贺兰觿放下水瓶，硬是认真地帮她搓了搓，每个指缝都搓到，又将余水浇完，递给她两张餐巾纸擦手："嗯，这才叫干净。"

皮皮抬起脸，怔怔地看着他，忽然轻声说："太晚了，咱们回家吧。"顿了顿，又觉得多余，那钥匙不是在他手上嘛。一时间恨也不是，爱也不是，便将头垂了下去。

他将椅子上的衣服穿了回去，又从地上捧起一个玻璃缸，塞进皮皮的背包里："差点忘了我的小乌龟。"

闲庭街就在不远处，却是个大大的上坡。跟着小菊奔波了大半天的皮皮已累得精疲力竭，走了几步腿就开始发软，拉着贺兰觿的手，一磨一蹭地向前挪。过马路时也不看红绿灯，打了两个大哈欠就冒冒失失地往前走，"吱"的一声，迎面一辆小车及时地刹住。皮皮吓得退了两步，那司机骂骂咧咧地走了。

"困了？"贺兰觿拽住她问道。

皮皮点点头。

"来，我背你。"

他半蹲下来，让皮皮趴在自己的背上。她的脸不知怎么就红了，想起以前在观音湖出事，自己行动不便，贺兰觿也这么将她背来抱去。那时自己十分害羞，而贺兰的态度却十分恭敬，在她面前绝不做不该做的事。而此时的贺兰却像当年的家麟，仿佛邻家大哥那般亲切随意，自然而然。她没有客套，便伏在他身上，双臂环住他的脖子。她的脸紧挨着他的下巴，闻到一股松木的香气。想起早上他刮过胡须，是剃须水的味道。但他身上还有另一种更加诱人的气味，雄性的，阳刚的，野性的，骨骼坚韧而富有弹性，伏在上面就好像伏在了一头豹子的身上，令人掌心出汗，心跳如狂。皮皮的眼不禁蒙眬了起来，小声道："贺兰你还记得我吗？"

"不记得了。"

"那也没关系的。"她柔声地说。

就这么一路将她背上山，56 号是闲庭街的最后一栋宅子，到了大门口，皮皮睁开眼，忽然发现门口站着一个陌生人，提着一个拉杆的行李箱，看见了他们，脸上微微一笑，目中有点倦意。看样子他在这里等了很久。

皮皮从贺兰觿的背上滑下来，听见他向那人"Hi"了一声。

"什么时候到的？"贺兰觿上去拍了拍他的肩，很熟的样子。

"刚到。"那人说。

是个漂亮的男人，一头螺丝般的鬈发，穿着简洁，身量修长，眉眼长得有些像修鹇，不过颧骨更高，下巴更尖。他有一张饱满的嘴唇，唇峰微耸，唇珠凸起，看上去好像微微地噘着。他比贺兰年轻，估计也就二十出头。

"我们有客人，"贺兰觿说，"介绍一下，这位是金鸐，我的朋友。"

"你好，我是关皮皮。"她上前伸出自己的手。

那人礼貌而优雅地握了一下，目光深邃而神秘："你好。我想，这里可能不止我一位客人。"

他的目光移向门外的黑暗之处。

皮皮还没有完全清醒，心却猛然一跳，恍恍惚惚回过头。黑暗中传来沙沙的脚步声。紧接着，一切又静止了下来。

有一个人从树影下慢慢走出来。他的手里有把枪，"咔嗒"一响，保险栓开了，枪口对准了贺兰觿。

关于狐族，虽然消失之前的贺兰觿基本上是每问必答、知无不言，可皮皮觉得自己离他的世界很遥远，宁愿把他当作一个人来看待，所以不甚放在心上。狐族历史悠久，她只关心与贺兰有关的那几段；狐族部落众多，她也只想了解自己接触过的那几位。不过她知道狐族的寿命取决于修仙的年限及功力。他们的身体固然比人类强壮，受到伤害亦能迅速愈合，但如果心脏和头被摧毁，也还是会像人类一样立即死亡。就算妥善地保存了躯体和元珠，也不可能复活。一句话，他们绝不是超人。

因此，当枪口对准贺兰觿时，皮皮连想都没想就冲到他前面，用自己的身体挡住了他。

握枪人迅速将准星向上移了半寸,皮皮抬起头,正好看到贺兰觿的下巴。虽知这枪多半是威慑,心下还是慌张。况且这挡也是白搭,贺兰觿比她高出一个头,两人又如此紧挨着,要想射中他们,一颗子弹就够了。

“别开枪,别开枪!”她大叫,“有话好好说!”

西墙外有一排高大的水杉,枝叶扶疏,树荫蔽日,夜色中远离灯光,形成一道绝佳的屏障。除了这位暴露的枪手,皮皮不知道还有多少人潜伏其后。蓦然间,树影中又走出来一个人,嘴里叼着一根烟。走到路灯下,将烟头一吐,生怕会造成火灾似的,用脚踝了一下,又往上吐了一口痰。

皮皮完全不认得这个人。瘦脸,中等个儿,背有点佝偻,不肯正眼看人,脸往左边歪着,耸肩斜视,衣袖半卷,露出一双强壮的手臂。

“关皮皮,是你吧?”那人说。

“对。”她说。

——来者不善,善者不来。歹徒的行动分工明确,拿枪的只管拿枪,谈判有专人出面。

可皮皮也不是四年前那个胆小怕事的皮皮。她强迫自己冷静下来:“你是——”

“我们找你是为了钱七的事儿。”他拒绝介绍自己,“江湖规矩,我们不动女人。所以这是虎头帮和你男人之间的事情。”

贺兰觿的手动了动,立即被皮皮按住。她低声说:“你别说话,这事我来处理。”

强龙难压地头蛇。在这种时候,好勇斗狠没有任何意义,何况这也有违狐族一向低调的原则。皮皮于是朗声说道:“我先生刚从外地回来,不大了解贵帮。关于钱七的伤,我们很抱歉,愿意出钱赔偿。”

那人向她走近了几步,嗤笑:“怎么,你家男人不说话,难道是个哑巴?”

“家里的事我说了算,我先生全听我的。这位大哥,请开个价好吗?”

这几年经营花店、收购白狐,皮皮也算得上是个有经验的生意人。知道谈生意第一不能露底牌,第二不能露怯,虽然枪口对着自己,内心恐惧得发抖,但她仍然保持着稳定的语调。

那人的目光中果然露出另眼相看的意思:“我调查过这套房子,你家很有钱。为什么开花店,有点让人想不通。”

“一点个人的爱好。”

那人也不深究:“既然关小姐这么爽快,我就直说了。钱七的手算是废了,医生说经脉已坏,不可能接好。那是右手,将来生活成问题。所以我们要一百万,支票交易。”

一百万！皮皮倒吸一口凉气。真是狮子大开口。

沉默片刻，她说：“我没有那么多钱，可以给你二十万。”

“二十万？关小姐，你男人的命就值这么多吗？信不信我一枪崩了他？”那人说“崩”字的时候用了重音，皮皮的心脏仿佛中了一枪似的停跳了半秒。

“这位大哥，你也不想把事情弄大吧？渌水山庄里住了多少本市权贵，若是莫名其妙地死了个人，公安局会罢休吗？你不怕给你们老大添麻烦？”皮皮这话有点负隅顽抗的意思，声调却不自觉地颤抖起来。

那人干笑了一声：“想威胁我？有趣。一百万我们要定了。别急，条件还没说完呢。除了一百万，我们还要这套房子。我不是钱老大，住进来的那个人也不会是我。这宅子的新主人会是个清清白白、老老实实的生意人，所以我希望房产转让的手续齐全合法，你填好你们这边的所有文件，明天我会派人去和你办理过户手续。房产证现在就交给我，支票也请开好。关小姐，奉劝你莫拿你先生的性命开玩笑，我这兄弟可是方圆几十里最好的神枪手。这么近的距离，绝对脑袋开花。”

不管当真不当真，这话从他口里说出，还真是字正腔圆、铿锵有力，令皮皮怀疑他以前是演话剧的。当下只得苦笑：“大哥你也不多想想，死了一个人，就在这大门口，这屋子还能交易吗？”

那人眼光一横：“关小姐的先生是贺兰静霆吧？听说是个有名的古董商，常年在国外做生意。若是别人呢，我还真不敢开这么大的口。贺兰先生离开本地已经四年多了，杳无音信，这次悄悄地回来，又悄悄地死掉——除了你和我还有谁知道？——我觉得没有。”

罪犯的头脑往往清晰过人。那人阴笑数声，腔调中有一股杀气，显然是有备而来，志在必得。

皮皮的心哆嗦了一下：“如果交给你支票和房产证，你能保证我们全家的安全吗？”

“绝对不再打扰，这是虎头帮的保证。”

这么大一笔钱，还要交出房子，贺兰觿肯定不同意。可惜她挡在他胸前，一点也看不见他的神态。一旁的金鹮一直握着行李箱的拉杆，站在原地不动声色地冷观。皮皮知道黑暗中多半也有一把枪指着他，就算没有，这么近的距离，眼前的枪手也能在一两秒之内将二人同时击毙。

算来算去自己这边没什么筹码，若是贺兰、金鹮想动手，也不是没有胜算，只是不敢想象这两位真相毕露时会是什么样子。而这样子被这么多人看见，会有什么后果。她闭了闭眼，看见了血腥，看见了吃人，看见了爆炸新闻，不敢再想下去，连忙说

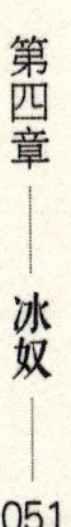

道："那好吧，我去拿支票。"

正欲动身，那人将她拦住："不，告诉我放东西的位置，我派人去取。关小姐，看你这么冷静，我可不知道你有什么花花肠子，该不会是想取把枪过来和我们拼个鱼死网破吧？"

"大哥多虑了。蝼蚁尚且贪生，为人岂不惜命？——东西都放在卧室床头柜左边的抽屉里呢。"

她细细地说了方位，有人进去拿来了支票和房产证，她写好钱数，签上了自己的名字。

那人熟练地检查了一下："嗯，关小姐很爽快。明早九点，会有人过来和你们办理过户手续。钱我也会在第一时间过账。——别跟我玩花样，也别想连夜潜逃，除非你们不想活了。"

说罢打了一个手势，和枪手同时撤入阴影。紧接着一阵杂乱的脚步声响，一辆小型黑色面包车的尾灯闪了一下，迅速离去。

人走光了，皮皮这才松了一口气，发觉自己早已紧张出一身冷汗，那心还兀自咚咚地跳着，不禁有点佩服自己的勇敢。只是紧绷的神经突然松懈下来，身子便仿佛被抽了魂似的站立不住，肺里的氧气也好似用尽了一般，只得扶着门框大口喘气。

身后有人吹了一声口哨。

她转过头去，见贺兰觿轻蔑地看着她，脸上的讥讽装得下满满一调羹，够她一口吞进去的。

"大方，真大方。"他轻轻地鼓了鼓掌，"一下子就把我的钱和房子全赔光了。"

皮皮急了，一把火烧到脸上："我知道你心疼钱，可人家拿枪指着你呢！"

可不是吗？千钧一发之际是皮皮舍命地维护了他，不领情就罢了还要挖苦，这是什么人啊？

皮皮的脸是红的，祭司大人的脸是黑的，仿佛受到侮辱一般。他一把将她的身子拉直，附耳过去，冷笑着说道："保护女人是男人的事，这里有两个活生生的大男人，居然要受你的保护。皮皮，这样做很不好，太不给面子了。你让我们今后怎么见人呢？"

"见什么人啊？你又不是人，还怕见人吗？"做生意这几年，别的没练，嘴皮子倒是磨炼了不少。见人说人话见鬼说鬼话，甜的酸的苦的辣的皮皮张口就来。

贺兰觿的力气自然大，皮皮给他一拉，身子一歪，几乎跌倒，正好跌进他怀里，他顺势一把搂住。那胸膛、那臂膀都硬如岩石，被他雄性的气息一吹，皮皮不禁浑身发

软，就这么半夹半抱地由着贺兰觿将自己拖进了院门。

转过照壁，穿过一道垂花门，一行人停在中庭。皮皮在他怀中挣扎了一下，贺兰觿放开她，举目打量四面的房间，似乎要给金鸐找一个落脚处。一直默默跟随的金鸐却忽然问："她是你以前的冰奴？"

皮皮这才发现他的头发挺长，几乎是齐肩的，夜风一吹，微波般在脸边荡漾着。令她奇怪的是，就算他有一头披肩带卷的长发，这脸，这身材，这气度，这神态，无论从哪个角度看都是个十足的男人。哪怕只是一个背影也不会有人将他误认成女人。与贺兰不同的是，金鸐不习惯抬头，走路微微地看着地，长发拂面，只露出小半个脸和一个挺直的鼻梁。他有一双与贺兰一样深邃的眼窝，远远看去像是两个黑洞，一双眸子仿佛岩穴中隐藏的蝙蝠静悄悄地栖息着。

"她应当是我的妻子。"贺兰觿更正。

金鸐淡笑不语，顿了顿方说："你的趣味一向歪斜，这次歪斜得更严重。"

贺兰觿不明白他的意思："你是指她很差，还是指我的品味低？"

"两者都是。"

祭司大人的脸阴沉了一下，不一会儿工夫，又自嘲地笑了。

说话间三人到了正房的客厅，贺兰觿说："进屋吧。"

"慢着。"皮皮突然向前一步，转过身来将门一挡，"话没说清楚之前，你们俩谁也别进去。谁敢进去我就报警说有人私闯民宅。"

面前的两个人微微一怔。皮皮这么说是有底气的。贺兰觿消失以前曾签过所有财产的赠送文件，房产证上写的是她的名字。

"冰奴是什么意思？"她叉腰问道，心念一闪，知道贺兰觿定会遮掩，便将目光锁定在金鸐的脸上，"金鸐，你先说。"

金鸐微微一笑，说道："冰奴是一种向狐族提供元气和精力的奴隶，他们是人类，主要提供性服务。"

"性服务？"皮皮的眉头皱成了"V"字形。

"是的。一般来说，冰奴非常热爱自己的主人，为他不惜牺牲性命。所以她们的服务热情主动、不计回报，犹如飞蛾扑火。不过我们有时也会告诫她们要劳逸结合，要注重锻炼、注重营养……要把服侍主人当作一项艰巨的任务长期持久地干下去。"

皮皮气得差点笑了："这么说来，你们还挺爱护她们的？"

"这是为她们自己好。若是精气衰竭，她们会迅速死亡。就算不死也会被抛弃。"金鸐的话音里多少有点恶作剧的意思。

"我不是贺兰觿的冰奴，我是他的妻子。"皮皮板起脸来纠正。

"对我们来说都是一个意思。"

"怎么可能是一个意思呢?这有本质的区别!"

见皮皮的表情颇具攻击性,眼似铜铃,仿佛立即就要将他们扫地出门,金鹳连忙又说:"不要误会。冰奴和主人之间没有强迫,大家都是自愿的。你们给我们精气,我们也给你们享受。有时候主人之间会交换冰奴,但事先会征得你们的同意。有时候冰奴紧缺,我们会去专门的机构租用。你若是心不甘情不愿,没人会勉强你。——我们有我们的节操,穷追不舍、死缠烂打之事不屑为之。——当然,绝大部分冰奴是狩猎获得的,跟主人的感情非同一般。"

比如说……九百年前的皮皮。

她傻眼了,不敢相信自己的耳朵:"还有专门机构?"

"对,叫作'甜水巷'。"

这名字她听过,在一首从小就会唱的歌谣中。每每问起这首歌的含义,祭司大人都拒绝解释。现在她明白了,那意思多半是:为了寻找冰奴,贺兰觽曾经逛过甜水巷,但没找到合意的,于是就狩猎了……

她一把拉住贺兰觽:"他说的全是真的?"

"是的。"他说,"难道我以前没告诉过你?"

"没有,不过我为你掉过头发。"

"噢,我不介意你光头。真的,千万别为这个感到羞愧。"他诚恳地说。

"你当然不介意,"皮皮指着自己的鼻子,"我,我很介意!"

贺兰觽的脸上露出无辜的表情。每次皮皮摆出寻衅闹事的姿态贺兰觽都有点怕,不是怕吵架,而是不屑于跟她胡搅蛮缠。这次果然又是。

"很晚了,皮皮,"他息事宁人地说,"你把门拦着算什么?难道你不想睡觉吗?"

"哦,对的。"皮皮眼珠一转,将大门一推,"请进。正房向东第三间是客房,金先生请休息吧。贺兰,去卧室,我有话要跟你说。"

两人一起进到主卧,因捡过垃圾,先去卫生间洗了个手,皮皮从镜台旁边的小柜里掏出一个药瓶,倒出三粒药丸,用手托着,送到贺兰觽面前:"把这个吃了。"

他的眉头立即皱起来:"牛黄解毒丸?"

"对。"

"我为什么要吃它?"

"因为你要那把钥匙。"

"吃了你就会给我?"

"还有别的条件,不过可以这么说。"

他喝下一口水，将药丸吞了进去。

“到床上躺着。”皮皮命令道。

他老老实实地躺下了。

皮皮走到床边，忽然伸出双手摁住他的头，目光炯炯，一句一顿地说：“贺兰觿，你听好啰。我，关皮皮，是你唯一合法的妻子。你记得也罢，不记得也罢，要学会习惯。习惯成自然，自然就更习惯。人生如此，我与你也是如此。”

床上的人“哧”的一声笑起来。可是，当他看见皮皮向他扑过来的时候，一下子又笑不起来了。

“现在，贺兰觿，”她跪坐在他身上，开始一件一件地脱自己的衣服，“如果你还记得我，就对我温柔点；如果不记得了，我也会对你温柔。我爱你，什么都可以给你。但我不是你的冰奴，这一点请你搞清楚！”

第五章

屋顶上的来客

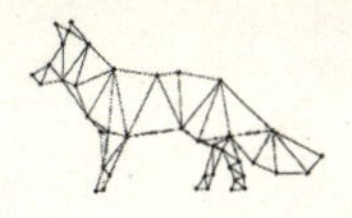

夜气透过窗棂，在乳黄色的灯雾间浮动。

山间气候多变，梅雨时节，润湿的山雾弥漫了整座庭院，皮皮的奶奶只住过一回就抱怨湿气重腿疼。而这林樾生风、桐槐弄影的羲皇之境却让往年的贺兰觿乐在其中。只是这曲曲折折的庭院对盲人来说太不方便，所以室内设计趋于西化，是清一色的简约风格：樱桃木地板，欧式铁床，客厅的北壁还有一个巨大的壁炉。

这院落仿佛属于另一个时代，被月光沐浴，被狐仙久居，无形中沾了仙气。檐上积雪初融，点点滴滴，敲打着廊外两尺多长的青砖，发出清晰的回响。每当与贺兰觿在一起时，皮皮的听觉就变得格外敏锐，近的远的，听得见一切细微的声音。

祭司大人懒散地躺在她的身下，眯着眼，半笑不笑。皮皮赤裸的身躯在空气中微微发抖，她一把扯开他的衬衣，发现纽扣很结实，于是拍了他一下："把衣服脱了。"

他不肯动："你来啊。"

她有点气急败坏，将纽扣一一解开，发现里面还穿着件白色的圆领衫，比较紧身，勾勒出结实的六块小腹肌。她一猫腰从床头柜的抽屉中拿出一把巨大的剪刀，咔嚓几下，一剪两半。

祭司大人的肌肤被冰凉的剪刀冻得一缩，终于不耐烦地捉住了她的手："干吗呢？好好的跟衣服过不去。"

皮皮将胳膊一抽，细小的身子毫无羞耻地缠绕在他身上，有些害怕，又顾不了许多。就算脑中的记忆消失，身体的记忆一定还在，一定藏在这男人最深的某处等待她来唤醒。皮皮觉得在这种时候要掌握主动，所以就以女王的姿态粗暴地征服了贺兰觿。祭司大人从头到尾表现出少见的驯服、配合、取悦，由她摆弄。不一会儿工夫，她就像个刚从井里打捞上来的投水者，浑身湿漉、体力虚脱，只得气喘吁吁地停下来，却发现了贺兰觿讥讽的目光。

"皮皮你就是喜欢我，是吧？"他说。

她怔了一下，辩解："以前你——"

"不要老是提起以前，你都快把我搞糊涂了。"他不耐烦地打断她，"为避免混淆，在我们今后的谈话中，你能不能叫以前的那个我'贺兰静霆'，现在的我'贺兰觿'？"

皮皮笑了："为什么？"

"第一，关于他和你的历史我一点也不记得；第二，我可不愿意你老拿这个人跟我比较。"

"这个人？"她笑得更厉害了。

"对的。贺兰静霆我不认识，老提他对我不公平。无论这个人以前欠了你什么，或你欠了他什么，你都甭想从我这里找回来，因为我一概不认账。"

“你精神分裂啊？”

“请你叫我贺兰觿。”他伸出食指按住她的嘴唇，仿佛要教她发音，“贺——兰——觿，多么简单，多么好记。”

“行，你喜欢我怎么叫你我就怎么叫你。”皮皮积极主动地说，“那我还是你的妻子吗？”

“你是贺兰静霆的妻子。想要嫁给我也可以，你得跟我重新举行婚礼，以便刷新一下我的记忆。”

不是问题，这绝对不是问题，皮皮心想，只要是跟你，什么样的婚礼我都可以。

“你愿意吗？”她问。

“愿意什么？”

“举行婚礼，娶我。”

“愿意。”贺兰觿认真地握着她的手，“经过刚才一番折腾，我觉得你没了我不行，日子过得不快活。所以这个忙我一定得帮。”

“只是帮忙吗？”皮皮窘了，“多没劲啊，好像我上赶着求你似的。就不能是你真心喜欢我吗？”

“哪能这么快就喜欢上呢，对吧？皮皮你肯定是个好姑娘，贺兰静霆的眼光也绝对没错。可是我——怎么说呢——强扭的瓜不甜。这种事急不得，要慢慢培养。多一点点时间，多一点点考验，最终定会水到渠成……”

这话听来像是推搪，皮皮却觉得是个大实话。如果眼前的人天花乱坠地许给她一张空头支票，最终不过是为了拿走那把钥匙，那才虚伪呢。这么一想，皮皮就更喜欢他了。于是点点头，双手握拳：“我可以等。我有耐心，也不怕考验！”

“戴上这个。”

他的手中不知何时多了一枚银色的戒指，上面有一颗甲虫大小的蓝色宝石，在灯光的折射下熠熠生辉。

皮皮脸红了，以为这是婚戒，看式样又不像，太普通、没特色，与祭司大人的品味严重不符。难不成魅珠没了，换成了这个？皮皮在心中呜咽，这也太低档了吧？难道她的待遇真的降成冰奴级别了？

贺兰觿将戒指套在她右手的中指上，低声说道：“那个金鹳来自狐族的游牧部落，是沙澜族的酋长。正常情况下，他是个招人喜欢的家伙。但是……”见皮皮有点走神，他将嘴凑到她的耳边，音量无端地高了两度，“他不能饿肚子，肚子一饿就变得极端危险。假如那时你恰好在他身边，得赶紧逃走。或来找我或去人多的地方，万万不能被他抓到。”

皮皮瞪大了眼睛:“为什么? 他会吃人吗?”

“是的,绝不心软,到时候你是他亲妹妹也没用。”

这都什么跟什么啊。刚从黑帮的枪管子下捡了条命,现在倒好,才出虎口又进了狼窝。皮皮不禁大发牢骚:“好嘛,这么大一个祸害你让他住到咱家,那我早晚还不成了他的腹中餐?”

“我需要他替我办些事,这些事只有他能帮我办。”贺兰觿说,“所以他不能走,得一直跟着我们。原则上来说他不坏,我跟他交情还可以。”

嫁狐随狐。虽然狐族是个陌生的世界,但她要尽力去理解。皮皮想了想又问:“那我怎么知道他什么时候肚子饿?”

“你记得观察这枚戒指,这上面可不是一般的宝石。它若是改变颜色,渐渐变成粉红,你就得赶紧去给他找吃的。若是越来越红,红若滴血,你就得扔下手头的一切赶紧跑,跑得离他远远的。记住了吗?”

皮皮点点头:“记住了。既然他是你的朋友,我会为他准备充足的食物。他都爱吃些什么?”

“肝脏。动物的、人的都可以。”

皮皮的头皮开始发麻,腿也开始发抖:“他是种狐,对吗?”

“种狐是你们人类的叫法,我们叫‘战狐’,最凶狠的一种。金鸐的父亲得罪了狐帝,整个部落被去籍驱逐。数百年来沙澜族人四处流浪、居无定所,正因如此,保存了狐族最野蛮最残忍的狩猎本能。饥饿的时候是绝对的野兽,连同类和亲人也不放过。”

本来皮皮只担心自己,听他这么一说,急了:“怎么,连你也攻击吗?”

贺兰觿摇头:“会攻击,但不是我的对手。只要有我在,你是绝对安全的。我只想提醒你尽量避免单独和他在一起,因为你的肝脏对他相当有吸引力。看过《西游记》吧? 你就是那个唐僧,他就是那个妖怪。明白?”

皮皮忽然笑了:“谢谢你告诉我这些,其实我一点也不怕。”

“你不怕?”

“我有我的杀手锏。”她从枕头下面摸出一个木头做的东西,掌心大小,圆圆的,扁扁的。

“这是什么?”贺兰觿正想接过来细看,皮皮将手一抽,将那东西塞回枕下。

“这里面装着一个用照石拼成的镜子。”皮皮说,“反光率很好的。谁敢碰我,我就用镜子照他。”

贺兰觿的脸色变了:“你应当知道我也很怕这东西吧?”

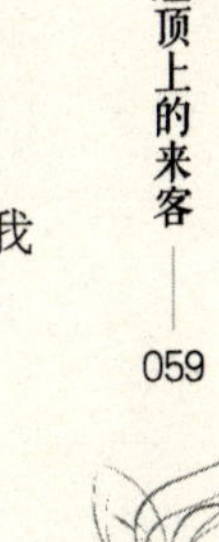

“知道。”

“那你还把它塞在我的枕头底下？”

“贺兰觿，现在你怕我了吧？”

无论怕还是不怕，关皮皮生活在一群狐狸中间。这成了铁一般的事实。

最最荒谬的是，在她认识的人当中，在这么大的一个城市里，她是唯一的一个生活在两界中的人。在人界，她是再卑微不过的花贩子。在狐界，本来她是贺兰觿的女人，现在才明白，她不过是个向祭司大人提供精气的奴隶。

在人类，她不被理解；在狐族，她是异类。想到这里，皮皮的心底一片悲哀。她望着窗外阴霾四布的天空，自怜自叹、自怨自艾地进入了梦乡。

没睡多久，檐顶的瓦块突然“咔嚓”一响。

皮皮顿时惊醒。

闲庭街靠近山间，庭院中常有小动物出现。每到春季，常可听见屋顶上叫春的野猫。但那“咔嚓”一响，却明显是瓦片断裂之声，乃是沉重的踩踏所致。

问题是，“咔嚓”了两下之后，声音又消失了，仿佛走在房顶上的人正好停在了她们的上方。

“贺兰，醒醒。”黑暗中，皮皮推了推贺兰觿，“屋顶上有人。”

“嗯。”贺兰觿说，“在对面的屋顶上。”

“不对，是在我们的屋顶上。”

“对我们有威胁的那个在对面的屋顶上。”他更正了一下。

“来的……不止一个？”

还有谁会来找他们？虎头帮吗？可是，皮皮觉得这完全不像是虎头帮的作风。一来支票已交，说好明天办手续，犯不着多此一举。二来，就算有此一举，他们有枪，用不着跑到房顶上打架。在皮皮的记忆中，穿林渡水、飞檐走壁、上百个来回的格斗那是冷兵器时代的事情。

那么，来者又会是谁呢？

透过半挑的窗帘，可见中庭的走廊里挂着一溜灯笼，装着最低瓦数的节能灯泡，浅浅微光如夜雾中的一排海上浮标。曲折的庭院四处都是阴影，皮皮起了疑，顿觉风声鹤唳，所有的犄角旮旯都藏着人，四方的围墙仿佛进了千军万马。

悄悄探出头去观察了半天，没发现什么特别的动静，便是青灰色的屋顶，也只有几丛茅草迎风摇曳。

便在这时，明月钻出云间，天际蓦然一亮，对面屋檐上忽然多出了一个人。穿着

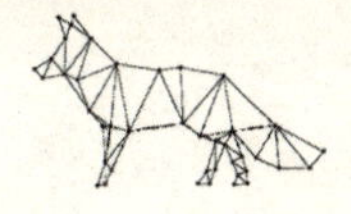

黑色风衣,斜背着一个大包,手中拿着根洞箫般长短的黑管。虽然看不太清楚,从轮廓上可判断那是个漂亮的青年,中等个头,象牙般奶白皎洁的肌肤,很年轻,似乎还不到二十岁。那人向对面的同党做了一个手势,足尖轻飘飘地一点,身形忽纵,隐于槐荫之下。

片刻间,庭院复归宁静,月华如水,山色空蒙,仿佛刚才发生的一切,不过是脑中的幻象。

皮皮正待说话,忽听"砰"的一声,房门大开,一团白影直冲了出去。恍惚间只见衣袂飘飘如仙人临世。定睛看去,却是穿着睡衣的金鹮,一头鬈发如群蛇乱舞。大约起得仓促,也没来得及穿鞋,凌空一纵,赤足踏过庭中的假山,倏忽间已到了对面的屋顶。

皮皮的心开始紧张。无论是敌是友,金鹮的准备都太不充足。他没带任何兵器,全身上下,除了真丝睡衣和一条短裤,一无所有。

见他飘然而至,穿风衣的青年轻轻一跃,从槐间跳了出来。

"金兄,"他的声音很清澈,"别来无恙?"

"大人夜半光临,"金鹮垂首,"有何见教?"

"奉青桑之命查问千花的下落。"那人打量着他,"有人在贺兰殿下的隐修之处见过你,特来相问。"

"怎么可能?"金鹮抱臂而笑,"荒野草民,岂可驻足北关?"

"可愿意与我同回北关面见青桑?"

"沙澜族与蓄龙圃的恩怨,你想必了解,女巫大人一向讨厌我。"

"也没那么讨厌,至少她还留了你一条性命,不是吗?"

"留我的命,不过是为了羞辱我。"

"桑中的朝会,千花错过两期,在以往是不可能发生的事情。就算是殿下的意思,也不是借口。"

"从什么时候开始,青桑连贺兰殿下的面子也不给了?"

"殿下闭关,帝位虚空,按狐律由青桑摄政。千花召而不至,便是藐视之罪。"

"我同意,关鹖。"金鹮笑了笑,"可这跟我有什么关系?我已经说过了,我没见过千花,也没去过北关。"

"请叫我祭司大人。"那人严肃地更正。

"好吧,祭司大人。"金鹮的嘴边浮出一丝嘲讽。

"跟你客套了半天都不领情,那我就直说了:我们怀疑你杀了千花。"

"证据是——"

“如果我杀了你，你身上蹦出了两颗元珠，这就是证据。”

大约觉得这句话很荒谬，金鹳笑了起来：“如果只有一颗元珠呢？你岂非枉杀一命？”

见金鹳态度轻慢，关鹖的脸也板得很硬，傲然说道：“沙澜贱族命如草芥，杀不杀你，都谈不上一个‘枉’字。跟我回去或者受死——你自己选！”

“沙澜族人什么时候选择过听话，或者受死？”金鹳冷笑，“你混得这个职位不过是靠拍青桑的马屁，有几年修行能收得了我？”

关鹖抽出腰间的黑管，在他的面前晃了晃：“我有这个，你有什么？”

金鹳扫了一眼他手中之物，不为所动：“峻锾铜管？青桑真是喜欢你，连这个都舍得送给你。”

“怎么样？现在改主意还来得及。”

“来不及。”金鹳说，“既然她给了你峻锾铜管，想必也给你了马脑、丹石——”

“你肯定不想我拿出来。”关鹖下意识地摸了摸腰间的鹿皮口袋，“我呢，也不怎么舍得用在你身上……”

“你来得正好。”

“什么正好？”

“这几样东西正好我也想要。”金鹳右手一扬，做了一个“请”的姿势，“我们去林间说话，留此地一个清静，如何？”

“好。”

一白一黑的两个人影向前一纵，倏然而逝。

皮皮趴在窗边听得很专心，一个字也没漏下，因为出现了太多的生单词，还是听得一头雾水。不过，至少有一点可以肯定，那就是她最讨厌的女人千花出了事，或失踪或死亡，总之不在贺兰的身边。皮皮按捺不住心头的喜悦，随手拍了拍贺兰，不料拍了个空。一回头，贺兰觿不知何时已穿戴整齐，正在弯腰系鞋带。

“我出去看一下，你先睡吧。”他说。

她连忙问道：“关鹖是谁？你们会不会有危险？”

“狐族的事，你不需要知道太多。”他拍了拍她的脸，“好好睡，我去去就来。”

“小心，他们不止一个人。”

“我知道。”

“带上这个。”她从枕下掏出镜子，扔给他。

他将镜子塞进口袋，忽然笑了：“万一用错了，照着自己了，可怎么办？”

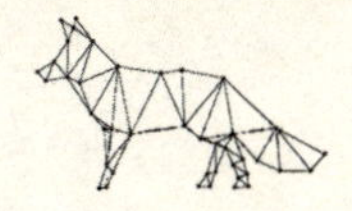

“那还是给我吧。”皮皮一听就急了，“这可错不得。只能照别人，不能照自己，一个反光也不行。要不这样，你去叫金鸖回来。你们藏好，我这里有剩余的龙膏，我去见那个人，火柴一划，立即完蛋。两个字：酸爽！”

“棒槌打在鼓点上行吗？”贺兰觿又不高兴了，“酸爽？你要去了，还没来得及划开火柴已经被人抓着吃了！——关皮皮，你这大女子英雄主义的毛病得治。”

“人家只是想帮帮忙而已，用得着这么损我吗？”

“你跟我们在一起，四个字：负担、麻烦。”

贺兰离去，皮皮在床间辗转反侧，猜想这一行人去了哪里。竖起耳朵也听不出什么动静，与困意搏斗了一个小时，贺兰仍未回家。这一天发生了太多的新鲜事，又有太多的担惊受怕，皮皮身心皆疲惫，终于进入梦乡。

不知是一夜未归，还是清晨早起，皮皮在啁啾的鸟鸣中独自醒来，并没有看见贺兰觿。她去浴室洗了个澡，到厨房喝了杯酸奶，发现蒸笼是热的，揭开蒸屉，里面是她喜欢的酱肉小包，皮皮一口气吃了四个。放下碗去中庭转了一圈，没找着一个人影，想着今早还要和那群虎头帮的人交接，这种事儿，贺兰觿不在身边可没安全感。正忖度间，不经意瞄了一眼手中的戒指，不知何时已变作粉红。皮皮霍然转身，发现金鸖站在不远处的槐树下正默默地打量着她。

狐仙们神出鬼没的范儿，皮皮已习以为常，便远远地向他招呼：“早！金鸖！吃早饭了吗？”

金鸖摇了摇头。

“我给你做去。”皮皮一阵小跑奔进厨房，拉开冰柜，里面放着一块块冰冻的牛肉。翻来翻去没找到昨天买的鸡肝，皮皮不信，以为贺兰觿挪动了位置，又从上到下地翻了一次。眼见戒指上的那滴粉红色越来越深，已接近血的颜色，想起贺兰昨夜的叮嘱，预备夺路而逃，身后却传来了脚步声。

“咣当”一响，皮皮扣住冰柜，情急中从刀架上抽出一把菜刀，握在手中。

也活该她倒霉。那枚“照妖镜”平日都是随身携带的，昨夜偏偏给了贺兰。真真是除了逃跑别无他路了。越这么想，腿却越发不争气地发起抖来。正在此时，门前光线一暗，金鸖已踱进了厨房。他没有完全进来，就是站在门边，高高的个子，正好将去路挡住。

“你在找什么？”金鸖问道。

“昨天给你们买了一些吃的，放……放在这冰柜里了。”皮皮将菜刀往身后一藏，脸色苍白地说，“现在找不着了。”

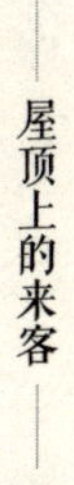

“嗯。”他走进屋来，一步一步地走向她，“那是谁偷吃了呢？”

皮皮不由自主地向后退了一步，身子便顶住了冰柜。慌张中，她猛然抽出菜刀，大喝一声：“别过来！”

金鹮身形一顿，低眉冷笑，手指了指冰箱：“别紧张，开个玩笑而已。东西在保鲜柜里呢。——冻得硬邦邦的怎么能吃？自然是需要先解冻的。”

皮皮警惕地看着他，他的目光却落在了她手中的戒指上，脸上浮出奇怪的表情：“这是贺兰给你的？”

“是。”皮皮说，“你认识它？”

他点点头：“它曾经属于我的一个冰奴，为了保护她的安全，我给她做了这枚戒指。”

也不能说这人没有一点感情啊，皮皮心想，神色渐缓：“那她……没跟你一起来？”

“她死了。”

皮皮手一抖，菜刀掉到了地上，幸亏她跳得快，不然正中脚尖：“死了？……是你杀的？”

这不是一件容易承认的事，他沉默了一下，点头。

皮皮怔怔地看着指上鲜红欲滴的宝石。

“该吃早饭了。”她勉强挤出一个笑容，正欲转身拉开冰箱，却被他一把按住。

他的身上散发出一股奇异的香味，双眸长久地凝视着她，手指略过她的脸庞，气息吹到她的脸上。

皮皮受到了诱惑，不禁微微地喘息。

“她是情愿的。”他说。

“不是的！没人情愿白白送死！”

“九百年前的你就是这样。”

“我不是！现在我不是！”

“冰奴都这样，”他看着她，目中含着迷惑，“这是冰奴的本性，你不必这么激动。”

“这么说，贺兰的母亲也是冰奴？”

“对。”

“别碰我！”皮皮紧张得快要崩溃了，“如果你伤害了我，贺兰不会放过你的。”

手指划过她的鼻尖，将冰箱的门拉开，从里面端出一个水晶的碟子：“我从来不吃冰冷的食物，一定要提前三小时解冻。下回不要让我帮你做，记住了吗？”

皮皮一下子来气了：“哎！你这什么意思啊？提前解冻——这是我的事吗？”

“当然是你的事。别忘了你的身份。”

“身份？什么身份？”

“你的身份是奴隶。”

他坐下来，款款地举起了刀叉。

皮皮气呼呼地坐到他的对面：“说说看，在你们狐族，冰奴主要都做些什么？”

“看过宫廷剧吗？那里面的奴婢对主人做些什么，你就做些什么呗。无非是伺候主人的起居。”

“退一万步讲，就算我是奴隶，也不是你的奴隶呀，”皮皮语重心长地说，“你不可以使唤我。住在我这，养成这种习惯不好。”

与贺兰觿一样，金鸐吃相优雅。皮皮尽量强迫自己将水晶碟内的鸡肝想象成生鱼片。看着他端坐在胡桃木长桌上，用刀叉气度非凡地切割着盘中的食物，时而佐以红酒，时而以餐巾拭嘴。皮皮有一种正在看电影的感觉。

“我使唤你，你又不是没有好处。”他说。

“我……我有什么好处？”

“你也可以使唤我呀，”他抿了一口酒，“比如将来你想让我帮你杀个人什么的，我一定会帮忙的。”

“谢了，这是法制社会，我才不会让你干这些呢。”

“话可不要说得太早哦。劳驾递瓶胡椒粉。”

“自己拿。”

虽这么说，胡椒粉瓶就在手边，小小方便何乐而不为，皮皮只得拿起来递给他。

“贺兰呢？”她问。

“去修炼了，在街心花园。”

皮皮低头看手中的戒指，已恢复成了浅蓝色。咚咚的心跳这才平静下来。

她微微舒了一口气，站起身来：“我去找他。”

皮皮闷头走在街上，心里别提多憋屈了。

贺兰的归来本来让人惊喜，紧接着却跟上来一个阴森森难伺候的金鸐，半夜里还有人找上门来打架。房子没了，钱也没了，明天不知道住哪儿。不当家不知道柴米贵，两位爷该干吗干吗，跟没事人一般。

皮皮一路走一路想，今早的头等大事就是跟虎头帮交接房产，这事得跟贺兰商量。转过一道围墙，她立即看见了不远处坐在一张长椅上喝豆浆的贺兰觿，样子很悠闲。

面前三步之遥，一群五六十岁的大妈正在欢快地跳着广场舞。大妈们的脸上都洋溢着熟透的苹果色，她们正在以她们那个时代的集体文化对抗着这个时代的个人主义。皮皮认为，对于老年人来说，这是一种很健康的娱乐方式，强烈地向妈妈推荐。可妈妈却说，跳大妈舞就说明她是个大妈，她是大妈吗？绝对不是呀！所以坚决不去。倒是奶奶很捧场地去了，跳完后顺路买个菜，回来的时候脸还是红扑扑的，欢乐地说以前菜场里的小贩都叫她“奶奶”，自从跳了广场舞后就改口叫“大妈”了，把她给乐的。

虽然戴着墨镜，祭司大人的视线直视前方，嘴角的右边微微挑起，露出一抹难以觉察的笑意。皮皮已经习惯了在白天通过祭司大人的嘴角而不是眼神来观察他的表情。作为广场舞唯一的观众，他正在懒散而愉悦地享受着什么。所有的大妈都盯着他，都冲他笑，都在享受着他身上挥之不去的荷尔蒙。特别是站在第一排的七位穿着大红毛衣的阿姨——“火辣辣的情歌，火辣辣地唱，火辣辣的草原，有我爱的天堂。”——阿姨们就是一群野马，贺兰觿就是那片草原。

“早，贺兰！一大早来这健身呢？”皮皮走到他面前，踢了他一下，压低嗓门，“你又不缺钱，还是买张票看 NBA 吧。偷这些年过花甲的老太太的元气，厚道吗？”

话还没说完，一位大妈从舞队中走出来，交给贺兰一支话筒：“小伙子，刚才那首歌唱得太好了，阿姨们都说了，你必须得再来一首！”

“行啊。”贺兰觿好脾气地接过话筒，站了起来。

祭司大人本来就帅，在这一群白发苍苍的老大妈面前就更加帅得突出、帅得抢眼。大妈一直把他拉到音箱的旁边，扭开迷你小音箱，几秒工夫，伴奏曲锣鼓喧天地响起来了。还没等皮皮回过神来，贺兰觿已经淹没在扇子舞的浪花里了。

不对吧！皮皮傻眼了。

就算前天、昨天见到的祭司大人就是祭司大人，这个绝对不是！

从认识贺兰的第一天起，在皮皮的字典里，祭司大人就是跟“高贵冷艳”“深居简出”“沉默低调”“孤芳自赏”，甚至“空谷幽兰”“遗世独立”之类的蓝色形容词联系在一起的。你会在很多公共场合的一个最不起眼的角落找到他，他会半闭双目直视远方潜心修炼，不会惊吓到一只苍蝇。

祭司大人绝对、绝对不会 Low 到在公园里为一群大妈献唱。

扇子的波浪里露出了一脸坏笑的贺兰觿，手举话筒，对着目瞪口呆的皮皮唱起了最受欢迎的广场歌：

春天的黄昏，

请你陪我到梦中的水乡。
那挥动的手，在薄雾中飘荡，
不要惊醒杨柳岸，那些缠绵的往事，
化作一缕青烟，已消失在远方……

祭司大人的嗓音完全没变，还是那么有磁性，就算从这音响效果差劲的设备里传出来，都像是原声正版。他在扇子丛中自 High，引来了行人陆续围观，大家听着听着都鼓起掌来。

趁着音乐的过门，皮皮将贺兰觿从大妈群里拉了出来，一直拉到一棵大树后面。

“从什么时候开始你喜欢上了广场舞？”

“一听见就喜欢。”

“你不是喜欢降 E 调小夜曲的吗？”

“什么小夜曲？我从来不听小夜曲，不管它是什么调。”

“你——”

皮皮一口气转不过来，索性不说了。远处的大妈热情地向贺兰觿招着手。贺兰觿看不见，皮皮也不告诉他，她双手叉腰向大妈狠狠地白了一眼，大妈知趣地走开了。

皮皮从包里掏出一个陈旧的手机：“拿着这个，你以前的手机。”

他将手机塞进口袋，“哼”了一句：“我比较喜欢崭新的东西。”

“你以前喜欢旧东西，越旧越好，你是古玉学家、收藏家——忘了？”

大约觉察皮皮的语气不对，贺兰觿决定不跟她计较：“找我有事？”

“回家吧，虎头帮的人九点钟要来交接。”

“你去办就好，我有几件行李在火车站，要去取回来。”

皮皮挡住他的去路：“办不了，这是夫妻共同财产，办手续时都得在场。再说，家里还有一个随时想要吃掉我的金鹮，你还是待在我身边比较好。”

“一位。”他更正。

皮皮的心猛地跳了一下，“一位”，多么熟悉的字眼啊。她看了他一眼，心情莫名其妙就平复了，语气也缓和下来：“要不你先回去对付虎头帮的人，我帮你取行李，马上回来跟你碰头？”

“也行。”他递给她一把钥匙，“东西放在寄存处，不用去那么早，八点才开门。”

两人换了张长椅坐下来，皮皮问道：“对了，昨晚你和金鹮干吗去了？”

“处理一些内部事务。”

“什么内部事务？”

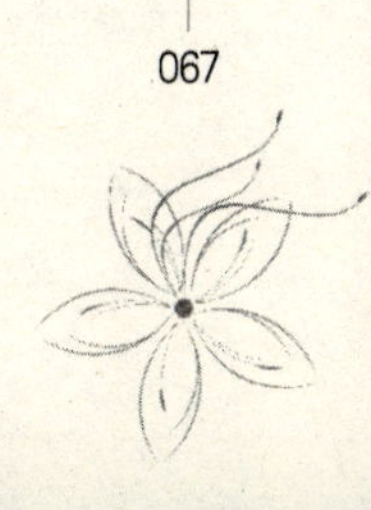

贺兰觿的头微微歪了一下，仿佛不习惯被人追问："跟你没关系。"

"有关系。"皮皮认真地说，"我是你的妻子，几年前你临走时，把狐族的财产交给我保管。当时你交给我一把钥匙，说东西在银行的地库里。万一你出了事，狐族会选出一个，啊不，一位新祭司，到时候这个人会来找我，我要亲手将这把钥匙交给他。"

"我有说过这话？"

"你的原话。"

"现在我不是好好地回来了？"

"你是好好地回来了，可你说你不是贺兰静霆。"

"一次严重的车祸让我失忆了。"

"打住！先别急着演韩剧——"皮皮说道，"如果你不能向我证明你就是我的丈夫贺兰静霆，我就要按照他的吩咐把这把钥匙交给关鶡。——他就是长老会新选出来的祭司，对吧？"

贺兰觿忽然沉默了，摘下眼镜，冷冷地凝视着皮皮。他的眼珠和常人没有任何不同，特别是在向人凝视的时候。皮皮高度怀疑他是不是真的看不见。

"继续说。"他道。

"昨天晚上，屋顶上的那个人不是来找你们的，是来找我的。按照狐族的程序，他是来找我拿钥匙的。对吧？"

贺兰不置可否，只是皱起了眉头。可是皮皮的心却开始一点一点地往下沉：本来只是抛出一些设想，贺兰的沉默让她觉得自己猜出了真相……

"我知道狐族有很好的整容医院，改头换面不是难事。你来找我，因为你听说了那把钥匙，你也想要那个宝藏。你派金鸐拦住祭司，说明你跟他们不是一伙的。我猜得没错？"

贺兰觿沉默。

皮皮的心更冷了："能告诉我你是谁吗？"

贺兰觿笑了，摸了摸她的脸："皮皮，如果我想要一把钥匙，需要百般地求着你吗？"

"当然需要。假如我不告诉你那把钥匙在哪儿，你永远别想找到。杀了我都没用。"

贺兰觿几乎笑出声来："狐族的宝藏就在银行的地库，而我，是你合法的丈夫，银行所有的文件都是我的名字。就算我现在去拿，说钥匙丢了，最多只需要填几个表格。假如这时候你恰好发生了意外，就更好办了。你说呢？"

祭司大人的这句话把皮皮身上所有的防御系统都启动了。贺兰觿，你以为我关

皮皮是吃素的吗？她不怒反笑:“对啊！贺兰大人，祭司大人，狐帝陛下——那您不远千里地来到这里，是为了什么呢？”

贺兰的回答让她觉得很意外。

“为了找到我自己。”

这下轮到皮皮沉默了。

“我知道我在C城住过，我知道我死过一回，我知道我和一个叫关皮皮的女人来往过……”

“一位。”皮皮更正。

“对，一位。我想知道一些过去的事。银行地库里除了宝藏之外，应当还会有一些记录，一些可以信赖的证据，一些关于我自己的真实往事……”

不知为何，听到这里，皮皮立即联想起了古代的那些被宦官和奸臣把持的皇帝，一叶障目，不见泰山。对自己的过去一无所知的帝王将怎样率领群臣？他信任谁又向谁推心置腹？或许他的手下正在酝酿着一场宫廷政变，故意给他灌输错误的信息，甚至——他已被新的政权推翻，成了流亡中的帝王？皮皮越想越多，心越来越乱——

“这么说来你真失忆了？”

他点点头。

“可是，”皮皮终于抛出了自己最想问的问题，“千花为什么不在你身边？她不是一直守着你吗？她知道你过去的一切，为什么不告诉你？她都对你说了些什么？”

“她失踪了。我是从她那里查到你的名字的。我以为……”贺兰觿淡淡地道，“她到C城找你来了。”

哦不！一股寒意笼上心头，皮皮觉得，这事不能扯上千花。一个真假难辨的贺兰已够头大，再加上一个千花？不，不，不……

假如千花知道贺兰觿来这里是为了找关皮皮，千花绝不会放过自己。皮皮答应过千花不再去找贺兰，还拜托她替自己好好地“爱”贺兰，皮皮是个讲信用的人。

因此，在一切都没有搞清楚之前，皮皮决定先跟面前的这个人撇清关系——无论自己多么地渴望他——现在的贺兰，是千花的。

她站了起来，说道:“贺兰先生，我不知道你是谁。也许你是贺兰静霆，也许你是贺兰觿，但你肯定不是我的丈夫。现在，我去车站帮你取行李，请你处理好虎头帮的事。那一百万他们拿走就算了，房子无论如何要留下来。今晚八点以前，请你，以及你的朋友搬出去。以后也不要再来打扰我的生活。”

说完这话，她扔下愕然中的贺兰觿，头也不回地走了。

第六章

沙澜方氏

皮皮以为去南站取行李是件小事,很快就能办完,可她忘了这个时间是上班高峰,全城堵车。好不容易挤上一辆塞满了乘客的公汽,五分钟后拐进大路,就结结实实地堵上了。C 城人有喜欢在外面吃早点的习惯,公汽上充满了酸奶、油条和肉包子的气味。身后两个说着北京话的中年人正在抱怨昨晚的夜宵不地道:“还说师傅是在天兴居学的艺,炒肝的味道根本不像!”

自打遇到贺兰,知道了狐族的风俗,“肝”就成了皮皮的敏感词。就算贺兰不在的那几年也不曾放松警惕,照石做的镜子随身携带。这个城里究竟住了多少狐族,她不知道。有时候她会给苏湄打电话,聊聊近况。半年前苏湄搬走了,说是有了男朋友,皮皮与狐族的联系就此切断了。走在马路上,她就是个平凡的女人。赵松死后,去北极处理完贺兰的事,再没有任何一位狐族人主动找过她,或者向她要什么东西。有时候皮皮独自守在闲庭街空旷的宅院里,心中觉得很孤独。她最爱的那个人在狐族,狐族却在她面前消失了。

现在贺兰来了,千花也来了。一个在明处,一个在暗处。如果他们同时出现在她面前,皮皮宁愿相信千花。千花可能有一千种让皮皮讨厌的毛病,但千花不装。从来不装。千花想要什么,就光明正大地说出来,哪怕一千个人觉得她的理由很可耻。相比之下,无论是以前的贺兰还是现在的贺兰,说话却总爱兜圈子,跟他交流累得就跟提审犯人似的。

皮皮在拥挤的车上胡思乱想,汽车像一只非洲巨蜥那般摇摇晃晃、走走停停。皮皮差点被挤得双脚腾空了。抓着扶杆的手酸了,她换了一只,忽然发现手上的戒指不知何时已变成了粉红色。

皮皮的第一个念头是:戒指坏了。

一个生活在二十一世纪的人,不大可能相信这世上会有一个不需要电池就可以永远不停发光的物体,除非是太阳。这个被金鹳戴了上百年的戒指,它发光的能量在哪儿?机理在哪儿?是感温、感湿、感电、感磁,还是感光?——这些都不是,贺兰说,它只对饥饿的沙澜族人有效。几年前皮皮与贺兰在一起的时候,他提起过狐族的一些部落。贺兰自己是帝王之脉的天星族;宽永、修鹇、赵松都属于凶猛好斗的柳灯族;千花属于醉心养生、习炼丹术的昆凌族。每个族都有自己的首领,都有自己的历史和习俗。真永之乱后,族群之间更加散乱,更趋于分离,狐帝的号召力远不如青木时代了。可这被狐帝驱逐的沙澜族……贺兰从没有提起过。皮皮甚至想起了这些日子关于太阳活动异常出现的“磁暴”现象——难不成是宇宙的活动影响了这枚戒指?

就这么琢磨了十几秒钟的工夫,眼前的戒指好像滴进了一滴血,渐渐鲜红了起

来，眨眼工夫就红里透亮了！皮皮的心开始狂跳，呼吸变得急促，她开始浑身发抖、东张西望。毫无疑问，在这辆车上，就在她的附近，有狐族人的存在！

皮皮假装淡定地扫了一眼周围，没发现什么特别人物。车上挤满了朝九晚五的工薪族、打扮入时的高中生、满脸菜色的民工以及赶火车的旅客。每一张脸都不一样，每一张脸都很平凡，可是没有任何一张脸露出对她——关皮皮——感兴趣的样子。记得贺兰说过，因为修炼的需要，狐族人的相貌会很漂亮，天生就会吸引人的注意。这车上倒是有几个长相不错的男女：一位二十出头的运动衫青年正在入神地听着 iPod，身子随着节奏不自觉地晃动着，侧脸看上去像萧敬腾，但气色比他红润，应该不饿吧？身旁的两个高中生模样的长腿女孩正叽叽咕咕地说着悄悄话，八卦得很兴奋的样子，一边说一边吃巧克力，应该不饿吧？后面那个干部模样的北京人倒是嘴角紧闭、一脸神秘，不是吃过炒肝吗，应该也不饿吧？

那这满满一车人，究竟是谁饿了呢？皮皮抓狂了，连忙掏出手机给贺兰打电话。居然占线！她连忙给他发了一条短信：戒指变红，速来救我。

皮皮等了一分钟，没回信，觉得不能指望贺兰了，应当马上下车离开这里。想到这，她用力地挤到车头对司机道："司机大哥，我需要立即下车！"

司机是位三十岁的中年人，看了她一眼，不以为然："还有几分钟就到下一站了，马路上不安全，到站再下车吧！"

"不成不成，路这么堵，别说几分钟了，几十分钟也到不了。我现在就得下！我得去医院！我想吐，大家让让，我要吐了……"

司机被皮皮的演技吓到了，车停了，门开了。

皮皮快步跳下车，还没来得及松一口气，身后传来一连串的脚步声。下车的不止她一个。除她之外还有两男一女，都穿着灰色的套头衫，难怪自己没注意。皮皮低头瞄了一眼手中的戒指，仍然鲜红欲滴。三人向自己走来，这么近的距离自己不可能逃开，或许跳上车还有一线生机。狐族低调隐蔽的传统令他们不大可能在公共汽车上或大马路的中央大开杀戒。贺兰收到短信会很快赶过来。皮皮拔腿向汽车奔去，汽车却在同一时间关上门开走了，而为首的男人挡住了她的去路。皮皮绝望地转过身来。

那人二十七八岁的样子，高个、平头、微须，像西部片的英雄那样非常非常有男子气。皮皮觉得一个男人如果剪了平头还能帅，那他的帅绝对是经得起挑剔的。可他脸上的那双冷酷的、与世隔绝的眼睛却让皮皮的心头起了寒意：你被这个男人盯上一眼，就不是死还是不死的问题，而是如何死得舒服一些的问题。

平头男淡淡地打量着她，忽然说："病了？要去医院？我们送你去吧。"

“救——”皮皮正要尖叫，有人拍了她一下，她晕了过去。

皮皮醒来的时候发现自己站在树林里，被捆在一棵大树上。她闻到了一股腥味，因为她的头在流血，血从眉间滴下来，滴到衣服上。树边有人燃起了篝火，一男一女，还有一个八九岁的小女孩正一人拿着一根树枝在火中烤棉花糖。树后传来脚步声，平头男提着一个水桶走了过来，放到地上，水桶边放着一块白毛巾。

平头男穿着普通的套头衫、牛仔裤，如果不拿怪眼盯人的话，倒还是一副居家男人的样子。另一个男生看上去比他小几岁，眉眼有几分相似，因为披着一头丝般光滑的长发，气质阴柔，像个忧郁的诗人。他身边站着个长腿细腰、凹凸有致的女子，大眼睛、小嘴巴，笑靥如花，像《街头霸王》里的春丽。她有一头凌乱的长发，上面还沾着几根枯草，身上的衣服也像是穿了好几天没换的样子。

皮皮的脑子还没有完全清醒，她闭了闭眼，再睁开时，见那个八九岁的小女孩正用树枝轻轻地戳着自己，小手指着上面晃动的棉花糖，细声细气地问道：“姐姐，你饿吗？我有棉花糖，要吃吗？”小女孩仿佛营养不良，脸色苍白，头发很少，眉毛稀疏到看不出来，整个人看上去像一幅淡淡的水彩画，如果拿毛笔用力描一下，她就是个漂亮的女孩。

皮皮摇摇头：“我不饿，谢谢你。”

女孩子将棉花糖扯下来，自己慢慢地吃了起来。

平头男抱着胳膊打量着皮皮，还没张口，皮皮问道：“你们是谁？”

平头男沉默了一下，说：“沙澜方氏。”

见皮皮一脸茫然，女孩子指了指自己：“我叫方梨花。他是我大哥方尊嵋。”她又指了指一旁站着的长发男子，“那是我四哥方辛崃，姐姐钟沂。”

“为什么绑架我？我得罪过你们吗？”

“没有。”方尊嵋道，目光扫向皮皮手中的那枚戒指，“你认识金鹳？”

皮皮没有回答，不知道认识金鹳在危险系数上是加分还是减分，于是反问：“你们想干吗？放开我！”

没人回答，所有人的目光都看向她的小腹，这就是答案。

“我估计有一千二百克，你说呢？”方辛崃捏着下巴对钟沂道。

“差不多。四等分的话——一人三百克的样子。”钟沂说，“走得太急了，没带秤。”

方辛崃笑了起来：“不用。这活儿干太多了。一刀下去，最多只有两克的区别。”

方尊嵋冷哼一声：“大人一人二百，剩下的给梨花。——哥哥姐姐怎么当的，不

知道孔融让梨啊。”

小女孩听见叫她的名字，好像马上有大餐吃一样，高兴地舔起了嘴唇。

皮皮差点急昏过去。自从知道自己的肝脏对狐族人有特殊“疗效”之后，她就没少关心这事儿。常人的肝脏重量一般在一千到一千五百克左右，女性会轻一点，一千二百克是个很正常的估值。敢情这群人正在想着怎么瓜分她的肝脏呢！

“等等！”皮皮大叫一声，“不要碰我！贺兰觿不会放过你们的！”

皮皮觉得提到“贺兰觿”三个字，对狐族的人一定会有震慑作用。不料方尊嵋没有半分反应，只是冷笑了一声：“贺兰觿怎么可能会在这里？他不是一直在蓄龙圃闭关吗？”

“我是贺兰觿的妻子！”

这回轮到钟沂笑出声来：“贺兰不是一直跟千花好吗？几时又插进来一个你？”

方辛崃道：“她有可能是贺兰以前的冰奴。”

“真的吗，妹妹？”钟沂打量着皮皮，大约觉得她长得不够好看，“贺兰的品味有点低哦。不论你是不是贺兰的冰奴，这事最好不要让千花知道。你死在我们手里比死在千花的手里可幸福多了。”

“别乱来啊！大家……大家有话好好说！”皮皮快哭了，“我现在心情不好，怒极伤肝，你们要吃我的肝，换个日子吧！”

“哥，我饿了。”方梨花小声地叫道。

方尊嵋蹲下身去，摸了摸梨花的脸：“不要急，马上好。”说罢向方辛崃使了个眼色。方辛崃走到皮皮面前，将她小腹上的衣服撩了起来，露出白白的肚皮。他摸了摸肝脏的部位，满意地点点头：“吃过这一顿，至少三个月不需要打猎了。”

皮皮正要尖叫，“啪！”方尊嵋用一块胶布贴住了她的嘴。皮皮发疯地扭动着、挣扎着。就算她想过自己有一万种糟糕的死法，但这一种绝对没有包括在内！这一刻，她恨自己为什么要认识贺兰！认识狐族！她宁愿自己是条蚯蚓，是只甲虫，这样就不会有肝脏……皮皮双目圆睁、惊恐万状地挣扎着——

方辛崃却视若无睹。他有条不紊地用毛巾擦了擦皮皮的肚皮，仿佛在进行一道消毒程序。擦完之后，他举起手，对着皮皮的肝脏量了量尺寸，仿佛在想从何处下刀，才能把肝脏完完整整地掏出来。做完这一切，他从腰后抽出了一把刀子。

我命休矣！皮皮已经感觉不到心跳了，也感觉不到呼吸了，她用力地闭上了眼睛。

正在这时，林中传来巨大的窸窣声，似有巨物向这边急掠过来。天色忽然暗了，皮皮连忙睁开眼，一群黑鸟劈头盖脸地向他们飞来，黄嘴、黑背、白腹、翅膀上有白色

的条纹，个个乌鸦般大小。方尊嵋向钟沂使了个眼色，两人分头钻入树林。似乎明白他们的伎俩，鸟群在空中打个急转，分成两拨向林间飞去。余下的数十只正以不可思议的速度向方辛崃、皮皮这边袭来。

方辛崃忽然一跃而起，一连数刀向空中砍去。那群黑鸟毫不躲避，直直地向刀锋迎来，刀锋过处，鸟形顿失，化作几十团黑烟向他的双眼追去。方辛崃斜蹿入一旁的水杉林，身形借着树枝的弹力一转，反手一削，黑烟顿如飞沙般弥散，空中突然多出了几十枚浅蓝色的光珠，在宁静的树叶中缓缓悬浮，一阵清风吹来，它们就像一串被吹起的肥皂泡，遇到坚硬的树枝，“啵”的一声，破灭了。

方辛崃松了一口气，从树上跳下来，正好落到从林中走出的方尊嵋面前。

“看来青桑是要跟我们拼了，豢灵师都派出来了。”方尊嵋道。

方辛崃“哼”了一声，将刀插回腰后：“为什么每到吃饭的时候，总会有事？”

钟沂从树丛中跑出来，手拿一把弹弓：“那边的都消灭了。大哥——”

“我这边也干净了。”方尊嵋说，“梨花呢？”

“我在这。”方梨花从皮皮身后探出头来，手里还紧紧地捏着那颗棉花糖。

看得出三人的警惕并未松懈，他们站在原地，不安地监视着林间的动静。看着两个男人脸上紧绷的肌肉，钟沂下意识地从腰间的鹿皮口袋中掏出一枚石丸放入弹弓。她扫了皮皮一眼，似乎在确认她是否还活着……

皮皮只在希区柯克的恐怖片中见过群鸟袭人的镜头。显然，这些鸟只是某种灵物的化身，被消灭后立即烟消云散，一具尸体也不留下，论情形倒跟当年柳灯族的赵松之死十分相似。它们也是狐族的一种吗？

一直以来，皮皮对狐族各部落的想象都是用类似于恐龙的知识来概括的。吃草的是雷龙，吃肉的是剑龙，天上飞的是翼龙，水里游的是鱼龙。同样，吃花的是天星族，吃肉的是柳灯族，吃素的是昆凌族，什么都吃的是沙澜族……可无论是哪个族，他们都会吃人类的肝脏。

钟沂将地上的几个包拢在一起：“我收拾一下东西。”

“不用，”方尊嵋淡淡地看向天际，“他们一定还在附近。豢灵师们总是成对出来的。”

一语未完便听见“嗖——”的一声，皮皮背后的树干强烈地震动了一下，一枚短羽箭牢牢地钉在她头顶上方一寸的位置。力道之大，树叶纷纷落下。若不是皮皮下意识地歪了一下脖子，这枚箭早已准确地射入她的眼中。

想到这里，皮皮感到眼珠一阵酸痛。还没来得及多想，又一道劲风袭来，“咄！”，第二枚短箭擦过她的右耳，钉在树干上。皮皮的耳际蓦地一凉，紧接着一阵火辣辣

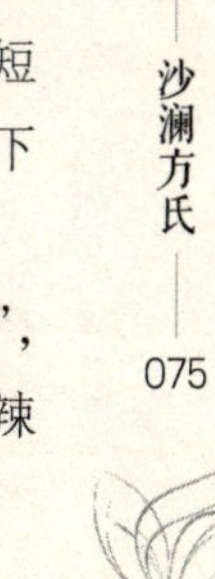

的疼痛。还没来得及想更多，又有数枚短箭向这边射来，大约主人分了心，大多没入林中。与此伴随而至的是更大的一群黑鸟。方氏三人已来不及撤入林间，只好背对背地将梨花围在正中，每人挥舞着手中的兵器，与不断涌来的群鸟缠斗。

皮皮突然意识到这是个极好的逃跑机会，因为此时此刻无人顾及自己。她深吸一口气，身子用力往里缩，让自己变成一个扁平的物体，企图让胸前的绳索松散开来。

绳索的确松开了一些，但她立即发现绑在脖子上的那一根是单独打结的。就算整个身子可以缩成一张薄纸，她的头也不可能缩小，更何况她的双手被结实地反绑在树后，就算身上的绳索全部松掉，她也不可能跑掉。哦，她是沙澜方氏今晚最后的一餐，饥饿中的人怎么可能犯这种错误？

当又一枚短箭向她的脸上飞来时，皮皮再次闭上双眼，如果真的在劫难逃，就让一切来得快一些吧！

"当！"一道黑影不知从何处飞过来，手中挥出一物，霎时间火花四溅，飞来的短箭掉落在地。皮皮睁开双眼，贺兰觿修长的人影轻飘飘地落在她面前。他穿着一件黑色的风衣，一丝不苟地打着一条深蓝色的领带，头发梳得一丝不乱，一副出席颁奖典礼的装束。如果此生还能再谈一次恋爱，皮皮会像大多数情窦初开的女孩那样，爱一个男人从最简单的外表开始，享受他英俊的脸、结实的胸肌、有力的手臂，不再纠结什么灵魂与过去……

"贺兰！"皮皮惊喜地道。

"关小姐。"祭司大人不冷不热地应了一声。

"你怎么知道我在这？……收到短信了？"

"与短信相比，"他将脸凑到她的面前，抬起她的下巴，摘下墨镜，阴森森地看着她，"我对你临走时说的话——印象更深刻。"

他的脸上没有笑容，一双冷酷的眼珠如大海般深不见底，凝视着她，却又视若无睹。

皮皮一下子结巴了："我……我说什么了？"

"你要我以后不要再来打扰你的生活。"

哎哟喂，祭司大人……要不要这么小心眼！——皮皮在心里怨着，嘴噘了起来。

"此外，昨晚你的某些行为也显得非常地不尊重你的夫君。"

夫君。皮皮在心底笑了。她还是第一次听见贺兰觿用这种古老的称谓，似乎这样称呼就多出了一些权威。她不觉得自己有任何不当行为。不就是为了证明自己不是冰奴很强势地和他……做了一回吗？祭司大人阴阳怪气的毛病又犯了，千不挑

万不挑，就挑生死关头来找碴。

“沙澜方氏——你认得？”皮皮看着远处与群鸟奋力搏斗中的方氏一家人，故意引开话题。很奇怪那些黑鸟为什么盯着他们不放，却放过了自己与贺兰觿。

贺兰觿微微点了一下头。

“你要再晚来一步，我就给这一家人活吃了。”

“是吗？关小姐，你怎么知道我是来救你的呢？”

“那你是来干吗的？那些鸟是怎么回事？”

“那不是鸟。”

“不是鸟是什么？”

贺兰觿不耐烦地吼了一声：“关皮皮，我到这里不是来科普的！”他从树上拔出一枚短箭，拿到她眼前，“这是豢灵师的无明箭，以前见过？”

皮皮摇头。

就在这一瞬间，箭头突然起火。她立即感到一股炙热。先前落在她耳边和头顶的箭也同时燃烧起来。火焰越来越大，头顶上的树也跟着烧了起来。

皮皮惊恐地看着贺兰，他站在一边，抱着胳膊，饶有兴趣地看向她，没有半分要帮她解开绳索的意思。

“好烫！快解开我的绳子！”皮皮呼道。

祭司大人无动于衷：“这是‘无明之火’，只有狐族和冰奴才会看得见。它像人间的大火一样发光发热，烧起来痛的感觉也完全一样。但它不会在你身体上留下任何痕迹，只会烧掉你的灵魂。”

“也就是说它烧不了我？!”

“也就是说它会把你烧成一个脑残。”

火焰是蓝色的，但烧起来的感觉与寻常的大火没有任何不同。皮皮只觉头皮发烫，头发像充电一般吱吱作响，蓝色的火舌疯狂地舔着她的背，如深度烧伤般钻心地疼痛，她不禁尖叫起来。

“想让我帮你？”他问。

这还用问吗！皮皮疼得眼泪都出来了，看着他，拼命地点头。

“求我。”

什么?！皮皮差点要骂人了。她咬紧牙关，愤怒地看着他。想到祭司大人未必看得见自己的表情，皮皮吼道：“求你？门儿都没有！”

祭司大人将手插进了口袋，转身向外走去。皮皮一下子气呆了。不能吧！祭司大人就这么眼睁睁地看着自己烧死在大树上？她的声音哆嗦了，语气软了。她不想

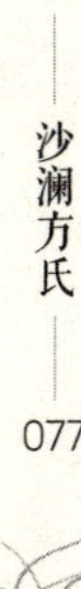

死，尤其不想这么轻易地死在贺兰觿的面前："贺兰——"

"贺兰觿，求求你放了我吧！"皮皮眼泪汪汪地道。

面前的身影终于停住，贺兰觿转身走到她面前，淡淡道："关皮皮，我是不是你至尊无上的夫君？"

"是……"

"果断点，大声点。"

"是！"

"今后要不要听夫君的话？"

"听！"

他的嘴贴近她的耳边："我可能相信你的承诺？"

皮皮只觉整个头颅就像方梨花手上的棉花糖那样被烤成了软软的一团，除了痛，已经不能思索了，潜意识也被烧光了，她一面哭一面用力地点头。

绳索松开了，她软绵绵地滑了下去，贺兰觿顺势一拉，将她拉到自己的怀中。他的胸膛如清水般冰凉，在碰到他肌肤的一刹那，炙痛的感觉消失了。

皮皮不顾一切地抱住了他的脖子，双腿紧紧地环在他的腰上，像个溺水的孩子那样死死地搂住了他。

祭司大人非常不爽却又无可奈何地抱住了她。

皮皮将自己的脸挨在他冰凉的肩头上，心中生出一股强烈的绝望。归来的贺兰可能不认识她、可能性情大变，但绝不可能置她的生死于不顾。假如真是这样，他们之间最本能的纽带都不存在了。

她遇到了一个纯粹的陌生人，陌生到说他来自另一个星球也不为过。他们之间没有任何关系，她是生是死，他也完全不在意。

想到这里，皮皮从贺兰的身上跳下来，挣扎着自己站了起来。赖在一个不喜欢自己的男人身上会显得很不识趣，而且祭司大人抱她的动作很生硬。果然，她的脚刚一落地，他就迅速放开了手，连扶都没有扶她一下。皮皮一个踉跄，很快站稳了。

"你真的能走？"他问了一声。

皮皮默默地点点头，颓丧地跟在他的身后。她注意到贺兰的手中仍然拿着那支短箭，前面方氏一家，仍在奋力地驱赶着空中的黑鸟。林间蓝光闪烁，黑影穿梭，仿佛一个童话的世界。

贺兰觿忽然将手中的短箭向空中一掷，一个黑衣人从对面的高树上掉下来，"砰"的一声，直直摔到地上，扬起一团尘埃。紧接着，所有的黑鸟都不见了，好像什么事也没发生过一般，消失得无影无踪。

方尊嵋收起手中的银棍,走到贺兰觿面前,微微垂首:“祭司大人。”

他是个有尊严的男人,不习惯服从任何权威,脸上一副桀骜不驯的样子。

贺兰觿并不介意:“南方禁猎,你们应当知道。”

方尊嵋双眼望天:“沙澜族自遭狐帝的遗弃,南岳北关无人收容。我们早已习惯了自生自灭,不曾沾得大人的恩泽,大人也不要太指望我们守规矩。”

“你们何止是不守规矩。”贺兰觿冷笑,“胆大包天！连我的女人都敢吃?”

四个人的脸都白了,八只眼睛齐刷刷地盯着皮皮。

过了片刻,方尊嵋道:“初来乍到认错了人,尊夫人还算安好,请大人不要责怪。”

“刚才是谁的手碰过她?交出这只手,我就暂且放过你们。”贺兰觿淡淡地道,“沙澜方氏,只此一家。你们总不想让这个姓氏消失吧?”

没有人回答。

方尊嵋的嘴唇抿成了一条横线,钟沂警惕地看着贺兰觿。看得出二人正在思考对策,看情形是准备拼了。眼看着方尊嵋手指微动,正要攻击,忽然间方辛崃大喝一声,手起刀落,一物飞了出去,掉到皮皮的脚边。定睛一看,是他的左手!

血把皮皮的鞋子溅湿了。她吓得倒退一步,胃中好像被点了鞭炮一般翻腾起来,连忙捂住口,将呕吐之意强行压住。钟沂迅速将自己的衣服脱下来,盖住方辛崃的断手。

“大人,您满意吗?”方辛崃脸色苍白地看着他。

贺兰觿斟酌不语。一旁的方梨花忽然走过来,拾起地上的断手,将其中的一只手指放到口中咀嚼着,一边吃一边笑,味道很香的样子。皮皮惊恐地看着她,忍不住道:“别吃,这是你哥哥的手!”

所有的人都奇怪地看了她一眼。

梨花笑嘻嘻地指着方尊嵋:“这是我大哥。”又指了指方辛崃,“这是我四哥。”她很认真地说:“我一共有六个哥哥,现在只剩下最后两个了。”

不会都被你吃了吧!——皮皮想道。

贺兰觿漠然地看了方梨花一眼,将豢灵师的尸体踢到方尊嵋的面前:“可以开饭了。”说罢转过身去,拉着皮皮离开了。

皮皮一面走一面回头看,只见四个人影向尸体走去,片刻间传来可怕的撕咬声,仿佛某种兽类在分享捕来的食物。她看了贺兰觿一眼,他只是笔直地向前走。

“对不起,等我一下。”皮皮走到一棵大树后面,终于忍不住狂呕了起来。

皮皮在大树下吐了足足五分钟,直到把胃中最后一点液体吐出来,才转过身。

空气中本来有股怪怪的酸味，瞬间就被泥土和树叶的气息吞噬了。皮皮这才意识到手腕处有两道深深的绑痕正在渗血，一时间痛如刀割。贺兰觿站在不远处，默默地看前方，皱眉思索。皮皮以为自己现在这副模样祭司大人至少会有些怜悯，可当她走到他面前时，他抬起头来看着她，眼神空洞、表情漠然，嘴角之下藏着一丝嘲笑。

"你的神经向来都这么脆弱吗？"他问。

皮皮没有回答，只是呆呆地看着他，心中难过极了。祭司大人已经不在乎她了，如果她手中没有那把钥匙，或许他连跟她说话的耐心都没有了。其实这个问题皮皮一直都在问自己。如果没有慧颜，没有那段刻骨铭心的过去，走在大街上，她是个再平凡不过的女人，贺兰觿会多看她一眼吗？

视她如草芥的祭司大人，见死不救的祭司大人，她还需要争取他的爱情吗？

皮皮的眼泪在眼眶中打转，她强行忍住，不让它流出来。

"我以前究竟看上你哪一点呢？"他冷哼了一声，一脸的不屑，"你这么胖、这么难看也就算了，还这么胆小。不知道在祭司面前呕吐非常失礼吗？"

"……"

"下次再想吐，先挖个坑，吐完之后用土把它埋掉，可以吗？"

皮皮无语了。尽管几年前的贺兰静霆也是个说话不饶人的主儿，但对她，却一直是客气的。就算是很生气，想骂她，也会绕着弯子说。他看自己的眼神也跟面前的这位大人不一样。虽然白天看不见她的脸，但神态是充满表情的，言语间总有一股怜爱，对她的任性更是宽容到纵容，觉得女孩子天生就应当这样。贺兰很少露骨地夸赞自己，但他反复地说喜欢皮皮的气味，而且说女人的气味在狐族比容貌更有吸引力。毕竟那些修炼之后的人脸不是他们本来的面目，只有气味是从来不会变的。想到这里，皮皮在心中已经得出了结论：这个贺兰觿极有可能是个伪装者，自己真心不必对他抱有期望，更不必太客气。

皮皮双手往腰上一叉，扬起脸，走到贺兰觿面前站定，淡淡地说道："第一，我不是猫科动物。第二，你说我失礼，说我难看，说我胖？——祭司大人，请问你的礼貌在哪？——我关皮皮不是你可以随便侮辱的！"

他的下巴也扬了起来，几乎戳到她的额头："嗯哼，关小姐，一活过来就有力气吵架了？刚才是谁喊我救命？是谁说要听夫君的话？是谁给了我她珍贵的承诺？——我没有侮辱你，我说的是实话。"

"比这更难听的实话是：你是个瞎子。"

他一把将她揪到自己面前："你不知道'至尊无上'是什么意思吗？"

"什么意思？说来听听。"

“意思是无论我说什么，你都得乖乖地听——”

这话还没说完，“啪！”皮皮一巴掌抽了过去，结结实实地打在了祭司大人的脸上。五个红红的指印清晰可辨。贺兰觿惊呆了，好像一辈子没被人这么对待过一般，半天没喘过气来。皮皮毫不畏惧地看着他，摆出拼命的架势。

贺兰觿的双手已经准确无误地掐在了皮皮的脖子上，正要使劲儿，身后忽然传来一声笑。他的手松了，皮皮趁机向后退了一步，转身一看，金鸐不知何时已经到了，看得出他在强忍笑意，却实在忍不住笑出声来。

“原来这世上，还真有人不怕祭司大人生气啊。”金鸐说。

贺兰觿摸了摸自己的脸，大约觉得继续跟皮皮斗嘴有失身份，于是决定不理睬她。他抛下皮皮，走到金鸐面前。

“她怎么了？被谁绑架了？”金鸐注意到皮皮狼狈的样子。

“沙澜方氏。”

“哦，他们？我看见了灵鸦，还以为是青桑的人呢。”

“青桑的人也有。你的族人不是一向在北方活动吗？”

“是我邀请他们过来的，以为下周才到，没想到这么快。”

“你？邀请他们？”

“方尊嵋是沙澜族第一勇士。他的弟弟也很厉害，多个帮手总是好的。”

贺兰觿想了想：“嗯，我们有多余的房间，让他们过来住吧。”他一面说一面和金鸐向林外走去，走了几步，发现皮皮没跟上，便又走了回去。皮皮还在原地生气。

“你不跟我一起回家吗，皮皮？”贺兰觿问道。

皮皮坚决地摇头。

“为什么？”

“如果我没理解错的话，你让沙澜方氏和我们一起住？”

“有问题吗？”

“有！我不同意！”

“你能听话一点吗？”祭司大人不耐烦地低吼了一声。

“不能！”皮皮的脸绷紧了，“这是我丈夫留给我的房子，我有权处置它。你究竟是不是我丈夫我不能肯定，看在你救我一命的分上可以收留你和你的朋友。但方氏兄弟，不！可！以！”

祭司大人淡淡地看着她：“收留？关皮皮，搞搞清楚，你为这房产花过一毛钱吗？白让你住这么久我还没收你房租呢！你倒以为我们来抢遗产了！会算术吗你！”

“我不会算术，但也不是傻子！”皮皮双手抱胸，对他们怒目而视，“你们搬进来，

无非是想吃掉我！"

贺兰觽一下子笑了，金鹮也笑了，两个人禁不住哈哈大笑起来。

皮皮板着脸，伸出手："把我的镜子还给我。"

"既然是来吃你的，那肯定不会还你镜子啊，关小姐。"贺兰觽道，"我已经把它扔掉了。"

"除此之外，我还有——"

"龙膏、照石？"贺兰觽笑道，"放在浴室柜子里那一盒？——也扔了。"

"你——"

"你究竟跟不跟我回家？"

"不跟！"

贺兰觽二话不说，走到皮皮面前将她拦腰一扛，扛在肩上，大步向前走去。

"放开我！贺兰觽你放开我！你这只臭狐狸！死狐狸！"皮皮用力地在他肩上挣扎、尖叫，又踢又抓。贺兰觽根本不理她，只顾着和金鹮说话。

"虎头帮的人来过了？"

"他们老大亲自把钱送回来了。"金鹮道。

"哦。"

"还问我们一年需要多少孝敬，我说三百万。"

"不错。"

"放开我！"皮皮叫道。

"不要弄得太张扬。"贺兰觽叮嘱了一句。

"放开我！"皮皮又叫。

"明白。"金鹮道。

"放我下来！放我下来！"无论皮皮怎么叫，贺兰觽就像扛一袋面粉那样扛着皮皮，皮皮气急之下在他的肩膀上狠狠地咬了一口。

"噢！"贺兰觽吃痛叫了一声，终于把皮皮放了下来。

"关皮皮，"祭司大人气坏了，"我还没咬你呢，你倒先咬我一口？金鹮，你肚子饿吗？"

"挺饿的。"

这不是假话，皮皮瞄了一眼戒指，戒指又红了。

"要不你把她吃了吧。"

贺兰觽和金鹮齐齐地看着皮皮，表情很严肃，而且他们都在看她的小腹。

"怎么好意思一个人吃呢？"金鹮道，"要不咱们一起吃吧？"

贺兰觿叹了一口气："遇到不听话的女人，消除烦恼的唯一办法，就是把她吃了。"

"您说得太对了……"

两人一问一答好像说相声一般，皮皮只听得头皮发麻，浑身发抖。她迅速从口袋里掏出一瓶药，仰起头倒豆子一般一口气吞下了十几粒牛黄解毒丸，大嚼几口之后全都咽了下去，然后将药瓶往地上一扔："吃啊，来吃啊，就算你们想吃，我关皮皮也要教你们吃得不舒坦，吃得犯恶心，让你们消化不良！"

这话不假，两个男人同时安静了。

皮皮觉得自己真的威胁到他们了。就在这时，她听见自己的肚子开始叫了。她瞪眼看着面前的两个男人。显然，祭司大人还没有消化不良，这十几粒牛黄解毒丸吃下去，自己要开始消化不良了。皮皮的胃拧痛起来，她捂着肚子，退了两步。

两个男人恐惧地看着她。

"关皮皮，你想干吗？"贺兰觿说。

"你不会是想当着我们的面……拉肚子吧？"金鸐说。

皮皮这下是真的哭了："呜呜呜……贺兰觿，你快帮我找厕所……"

"找厕所是来不及了，帮你就地挖个坑还是可以办到的。"贺兰觿说。

"真巧，我身上还有两张餐巾纸。给。"金鸐道。

自从贺兰觿帮皮皮挖过这个坑之后，皮皮觉得，这辈子都没办法在他和金鸐的面前抬起头来了。以至于事后她乖乖地走在贺兰的身后，半天也没好意思说话，甚至都不好意思靠近他。一想到贺兰觿敏感的嗅觉她就觉得……自己对他来说，就本质而言，就是个移动厕所。所幸两个男人都没有拿这个开她的玩笑。但这一辈子的笑柄——皮皮悲催地想——再也抹不掉了。

就这么走到树林边，皮皮看见以前贺兰开的那辆奥迪停在马路上，她想了想，忽然止步，大声道："贺兰，金鸐，闲庭街的宅子既然你们一定要住，就住吧。方家的人来住也可以。毕竟你们狐族也需要一个团聚的场所。"

"这就对了嘛。"贺兰觿的口气缓和了，走过来摸了摸她的头，"皮皮，你还是可以调教的。"

皮皮推开他的手："你们住进去，我搬出来。里面所有的东西都归你。我只有一个要求：从今往后，不要再打扰我的生活。"

"嗬，"祭司大人的样子，好像他又受到侮辱了，"你真以为我们那么愿意打扰你吗？如果你没有——"

“你要的就是它吧?”皮皮从衣服夹层的口袋里掏出一把钥匙扔给他,“拿去。你救我一命,我给你钥匙,你我两不相欠,就当谁也不认得谁,行吗?”

“很好。”贺兰觽将钥匙塞进口袋,淡淡一笑,“皮皮你确定以后真的不想找我了吗?”

“不想了,绝对不想了。祭司大人,我们曾经是夫妻,曾经相濡以沫,现在,就让你我相忘于江湖吧!”

“再见。”贺兰觽很优雅地伸出手,跟皮皮握了一下,“认识你是我的荣幸。”

“再见,认识你是我的灾难。”

贺兰觽头也不回地上车了,车立即开走了。皮皮转身向相反的方向步行而去。

第七章

临终遗言

皮皮回到家时，奶奶正把刚做好的豆瓣酱装进玻璃罐子。回到C城后，皮皮只给家里打过一个电话，一来是因为贺兰觿的突然出现让皮皮十分兴奋，急着帮他找回记忆，占住了她的时间；二来是因为皮皮不愿意回家。虽然名义上嫁给了贺兰静霆，但爸妈从没见过这个女婿，他们觉得皮皮受骗了。开始的时候他们还能听进去皮皮的各种借口，什么贺兰在海外做生意啦、生意遇到麻烦啦、签证有问题啦、航空公司罢工啦、遇到龙卷风啦……一年过后，明白人都知道她在忽悠，怕她难过也不揭破，只是再也不提这个女婿了。

既然女婿不露面，女婿在C城顶级富人区渌水山庄里的宅子就是皮皮的，至少皮皮妈这么认为。可惜闲庭街远离市中心，一家人要是住在那里，每天再去城里上班几乎不可能。皮皮妈于是鼓动皮皮把闲庭街的宅子卖掉，这笔钱在市中心够买好几个高档公寓，皮皮住一套，爸妈住一套，剩下的拿来出租，大家从此都不用工作了。如果再把宅子里的古玩字画拿去一卖，几辈子都够花了。如意算盘啪啪响，其实也不算异想天开：既然皮皮与贺兰是合法夫妻，又没签任何婚前协议，贺兰的财产当然就有一半属于皮皮，她怎么处置都可以。姑爷在国外滞留不归，多半是有了二奶，没准已经有孩子安家落户了，将原配抛诸脑后，皮皮只是出于面子死不承认而已。用脚趾想都是这逻辑呀：低调富豪一时冲动娶了小户人家的女儿，不见家长，不来提亲，一声不吭地把证拿了，没过多久便就地蒸发。就算旧社会娶妾也还要张罗一下呢，这不是明摆着瞧不起皮皮吗！姑爷如此不待见咱们，怎么花他的钱都无所谓——反正他有的是钱——也许这房产就是他在国外包二奶扔给皮皮的安家费呢。妈妈跟皮皮说了自己的提议，言语中有种报仇雪恨的快感。

提议被皮皮一口否决，妈妈为此赌了几天的气，一把鼻涕一把眼泪地劝说女儿面对现实，承认自己被男人抛弃，不要对这个婚姻再抱有任何幻想。皮皮听罢五内摧伤，与妈妈大吵一顿后独自搬去闲庭街了，从此之后，只在周末回家看看他们。

“哎哟喂，皮皮你回来了？”一看见孙女儿，奶奶立即放下手中的活儿，高兴地站了起来。

“奶奶。”

奶奶打量了一眼皮皮，立即看出不对劲：“怎么了？脸色这么差！病了？”

“有点不舒服，想在床上躺一会儿。”皮皮虚弱地说。

“赶紧躺下。”奶奶陪着皮皮进了里间。二十多年来，皮皮一直与奶奶“同房”，祖孙俩感情深厚。皮皮搬走之后，奶奶跟着她去闲庭街住了几个月，受不了山里的湿气又搬回来了。皮皮的床一直没撤掉，只在上面堆放了两个纸箱。奶奶打开橱子找出床单迅速铺好，皮皮第一时间就倒在了床上，直把奶奶吓了一跳。

"没发烧啊。"她摸了摸皮皮的额头，不仅不热反而发凉。但皮皮看上去脸色苍白、满头冷汗、浑身发抖、心跳飞快——不是病是什么！

"皮皮，哪里不舒服？我找你爸去，让他带你看医生。"奶奶转身要打电话。

"不用了奶奶。"皮皮轻轻地说，"是晕车，睡一会儿就好了。"

"怎么会晕车呢？你从来不晕车呀。"

"我只想躺一会儿……"

"也行。我去给你做姜汤，喝几口，杀杀菌没准儿就好了。"奶奶转身去了厨房。

皮皮咬牙侧卧在床上，只觉得整个背部、颈部包括后脑勺都像大火烧过一般疼痛，仿佛被人揭了皮，又仿佛被十万根钢针扎过，痛到没办法呼吸。

疼痛从贺兰觿的车离开自己十分钟之后就开始了。皮皮先头并不在意，觉得可以忍受。毕竟她被"无明之火"烧过。贺兰不是说过吗，被这种火烧过的人身上不会留有痕迹，但痛的感觉跟烧伤一模一样。可是贺兰将她松绑之后，她就一点也不痛了。皮皮于是想当然地以为无明之火虽然可怕，只要离开火源就没事了。

皮皮在剧痛中步行了半个小时，终于坚持不住倒在路边。一位好心的司机扶起她，把她送回家。在路上，皮皮痛到紧咬牙关、不能说话，司机觉得很可怜，递给她一瓶矿泉水。皮皮喝了一口，凉水进入体内，背部的灼痛略有减轻，于是她将冰凉的水瓶贴在火辣辣的后颈上，就这么一路不断地"冷敷"着，才勉强熬到终点。

接下来的三天，情况越来越糟。皮皮被疼痛折磨得神经过敏，通宵难寐，不能见光，不能听声，看见食物都想呕吐。她开始迅速消瘦，瘦到颧骨突出、眼眶凹陷、身轻如燕。她不停地流汗，开始还强忍着呻吟，渐渐地就说起了胡话，一家人全都吓坏了，要送皮皮去医院急诊，却遭到她果断拒绝，甚至威胁。爸爸想强行把她抱下床，手一碰到皮皮的身体，她就发狂尖叫，乱踢乱咬。

又这样连续折腾了两天，皮皮陷入半昏迷状态，半眯着眼，痛到睡不着，但也不清醒。皮皮妈搂着她哭了："皮皮啊，别跟妈妈犟了，妈妈带你去医院！"

"我不去……不管用……"皮皮迷迷糊糊地说。

"家麟来了。"奶奶说。

皮皮没有力气睁开眼，却感到屋内飘来一股陌生的气息。一个男人无声无息地走到她身边，不由分说地将她从床上抱起来。被他碰到的肌肤开始剧烈地疼痛，皮皮想尖叫，想回到床上，却已经失去了叫喊的力气。

"皮皮，你必须要去医院。就算一时治不好，至少可以打止痛针啊！"家麟说道。

止、痛、针？

对啊！怎么就没想到有止痛针呢？——已吃下大把止痛片的皮皮知道止痛药

是无效的，但止痛针应当是不同的成分吧？也许有效呢？

皮皮想到这里不再挣扎，居然自己站了起来，任由家麟将她扶到车上，送进了医院。

医生将皮皮检查了半天，疼痛部位的表皮没有变色、起泡、化脓、肿胀、发炎、发烫——没有任何伤口或瘢痕。但据皮皮的描述，其痛苦的程度相当于二度烧伤。医生怀疑皮皮的交感神经纤维受到损伤，但皮皮自己包括整个家族都没有这种病史，其他的症状也不像。皮皮有口难言，千求万恳，医生开了口服的镇痛剂。药一服下，皮皮顿时觉得好多了。她仍然很痛，但痛楚已变得可以忍受。整个过程家麟只是一言不发地站在一边，耐心地等着医生检查完毕。他替皮皮拿了药，然后开车带着她去了一家餐馆。

“吃点东西吧，”他说，“你需要营养。”

贺兰离去后不久，家麟曾向皮皮求过婚，被她拒绝了。对这个结果家麟并不感到意外，却也从此不谈爱情，把全部精力都投入到了事业当中，迅速崛起并成为C城地产界的新秀。每隔一段时间——尤其是节日——家麟一定会来看望皮皮。要是皮皮不在C城，他也会去看望皮皮的家人，请他们吃饭，给他们买礼物，甚至带他们去郊游。有次皮皮爸胆结石发作，正巧皮皮去了北方，从护送，到住院、开刀，前前后后十余天，家麟全程照顾。可以这么说，除了不是皮皮的丈夫，家麟一丝不苟地履行着女婿的责任。全家人不顾皮皮想与家麟保持距离的原则，跟准女婿越拉越拢，甚至把家里的存款都拿出来放心交给家麟去投资。就这么坚持了好几年，两人之间不愉快的往事很快就被原谅了。年轻人嘛，谁没犯过错呢？皮皮也不是十全十美的呀。以陶家麟现在的身份，能这样知错能改、委曲求全，已经难能可贵了。家麟用诚意、毅力和决心终于为自己扳回了一局。与此对照，贺兰的表现全都减成了负数。久而久之，高低立见，胜负已出。终于有一天，全家人当着皮皮的面开起了小会，一致要求皮皮离开贺兰，嫁给家麟。

哦，你们并不知道这中间发生了什么事！

皮皮一面摇头一面叹息。贺兰走后，皮皮最不愿意见到的那个人就是家麟。如果不是为了家麟，贺兰就不会受伤，就不会被赵松劫持，更不会在自己的面前消失。皮皮可以原谅当初家麟的背叛，不能原谅自己在最危险的关头竟然选择牺牲贺兰保住家麟。一切悲剧都起源于一个错误的念头：她没有关心过狐的世界，不知道那边发生了什么，只是一厢情愿地把贺兰当作了阿拉丁神灯。皮皮恨自己对贺兰的爱缺乏深度，甚至恳求老天的惩罚。

于是,惩罚来了……

忽然间皮皮对这个突然出现的贺兰觿又恨不起来了。甚至……一别数日,还有点想念他了。如果贺兰归来的代价是让她承受无明之火,她愿意。

“最近……你似乎有很多思想斗争?”家麟问道。他点了几样皮皮爱吃的菜,故意回避了海鲜、韭菜、羊肉、笋之类的发物。饿了这些天终于缓过劲来,皮皮毫不客气地大吃了起来。

“何以见得?”

“你经常自言自语。”

“是吗?”

“就在刚才,你还用力地摇了摇头,好像否决了什么事。”

皮皮笑了。

“还痛吗?”他看着她,柔声问道。

“好多了,谢谢你。”

“再找个权威点的专家看看?”

“不用了。”皮皮指了指自己的包,“开了这么多镇痛剂,够我用一段时间的了。”

“这只能治标,不能治本。我怕你用多了产生药物依赖。”

“放心吧,我会好起来的。”皮皮镇定地说。

“皮皮,”家麟忽然握住了她的右手,将它拿到面前仔细检查,“你的手——好了?”

“对,忽然间就好了。”

“你能嫁给我吗?”他凝视着她的脸,认真地说道。

皮皮这才想起来在自己说过的一千条拒绝家麟的理由当中,“身体残疾”也是其中的一条。她苦笑着摇了摇头。

“难道你真打算一个人一辈子这么过下去?”

“家麟,我不是一个人。我已经结婚了。”

“别再骗自己了好吗?”他急切地说,“如果贺兰静霆真的喜欢你、关心你,会一去几年不见人影?会连个电话都不来?我觉得阿姨分析得对,贺兰他——”

“你没有资格评价我的丈夫,”皮皮冷冷地打断他,“贺兰静霆就算一百年不回家,他也是爱我的。”

家麟静静地看着皮皮,觉得她已经陷入魔障,不禁长长地叹了一口气。

看着他一副受挫的样子,皮皮一下子心软了,觉得自己太过残忍,于是微微一笑地说道:“倒是你,家麟,应该成家了。你爸妈都盼着带孙子呢。”

“关皮皮，我非你不娶。如果你不嫁给我，我就一辈子不结婚。”

“要我说多少遍你才肯相信？我已经嫁人了！”

“那我就争取活得比他长，我会等到他死掉的那一天。”

皮皮正在夹一块水煮肉，筷子悬在空中，半天没有进口。心想这陶家麟是怎么了，爱情又不是打架，还越挫越勇了吗？唉，人生要不要这么无奈！

其实这些年来类似的对话在他们之间发生过很多次，谁也没法说服谁。总之，家麟是铁了心地要跟皮皮耗下去，无论怎么说“No”都不管用。

以前遇到这种情况，皮皮只能以闭嘴或转移话题的方式来休战。但今天，不知道是无明之火烧坏了她的神经，还是她忽然又强烈地想起了贺兰，皮皮终于狠下心来说：“你等不到那一天了。”

家麟的呼吸忽然停了一下。

皮皮抬起头看着他，慢慢地道：“贺兰静霆回来了。”下一句话皮皮没有说出来：他不是人，肯定活得比你长。

果然，听完这话家麟就沉默了，沉默地陪着皮皮吃完饭，沉默地将她送到家，一路上什么也没说。直到要跟皮皮再见时，家麟这才张口：

“他回来了也没关系。这一次，我要把你从他那里抢过来。”

“家麟——”

“贺兰和我都离开过你，但他的时间比我长。这还不算我们互相认识的时间。”家麟摸了摸皮皮的脸，“我有胜算。”

“得了吧你——”

“如果让我去和一个不存在的人争，可能会输。”家麟淡淡地道，“既然他回来了，事情反而好办了。”

皮皮越听越糊涂。

“他回来了，你病了。好几天过去了，他都没来看过你。——皮皮，你不觉得很奇怪吗？”

“不觉得。”皮皮死鸭子嘴硬。

“因为他不爱你。”

皮皮幽怨地看了家麟一眼，说了声“再见”，把门关了。

这一晚，在镇痛剂和安眠药的双重作用下，皮皮终于睡了一个囫囵觉，可天亮之后又被浑身的灼痛弄醒了。镇痛药剂量有限，不能乱吃，皮皮一边忍着痛，一边开始思考今后应该怎么办。

毫无疑问，她会在不久的将来死于无明之火的折磨。而且她把钥匙交给了贺兰觿，相当于交出了自己所有的存款。如果不打算依赖家麟的话，她需要一份收入。皮皮想起了花店。花店是皮皮开的，经过一番用心的打理，经营日趋稳定，收入上她与小菊按股分成，过日子没问题。既然与贺兰闹掰又拒绝了家麟，皮皮不能再失去小菊。想到这里，她从床上爬起来，将药剂装进包内，草草洗漱一番后去了花店。

出租车带着皮皮来到"花无缺"，店门已经打开，花卉已经摆好，小菊正要去水桶边剪枝，一抬头看见皮皮，愣了一下，没作声，她的头上还戴着一朵小白花。

皮皮走到她身边坐下，随手拿起一把剪刀，从花桶中抽出几枝玫瑰，像往日一样工作了起来。小菊瞪了她一眼，道："你来干吗？"

"上班。"

这话小菊没办法反驳。理论上说，皮皮是花店的创始人并占有最大股份，小菊只是合伙人。

"这几天生意好吗？"皮皮问。

"挺好的。"

"虎头帮的人呢？没来烦你？"

"他们已经不在这一带活动了。"

"嗯？"

"最近谁也没见过他们。"

皮皮不想多问，她知道贺兰和金鸐一定做了什么。

"小菊——"

"你不再是我的朋友了。"小菊冷冷地道，"不过你仍然是花店的主人，来这里工作是你的权利。想让我走也可以，你只用说一声就好。"

辛小菊素来吃软不吃硬，跟她抬杠只会把事态闹得更僵。皮皮于是笑了笑："这个店算是我们共同经营的，而且早有分工，就按着以前的样子工作就好。"

小菊将一张长长的单子递给皮皮："这是今天你要送的花和地址。"

皮皮本来想说身体不大舒服，但看着小菊的脸色，觉得这样说会让她觉得自己在拿乔，于是点了点头。她瞄了一眼地址，普安街 88 号，Rino Group，三十一层楼，三百零一束玫瑰，送到每层楼的指定办公室。皮皮在心里算了一下，三百零一束玫瑰，每束十一枝就是三千三百一十一枝，把它们订到、运来、分好、剪好、包好、装好就是个累活儿，这么短的时间，还有别的业务，估计小菊忙得一宿没睡，自己也没来帮忙，送货算是轻松的了。

"普安街 88 号不是普安大厦吗，怎么改成 Rino 了？"皮皮问道。

“还是那个大厦，新卖给这家公司就改名了，大家也不知道怎么念，一律简称R&G。”

“送的花这么集中，搞活动啊？”

“我也不清楚，大概是新公司装修吧。前天接到的订单，说如果满意的话，还会续订。”

“太好了，这可是大单哪！”皮皮笑了一下，随即咬了咬牙。看来身子已经开始对镇痛剂免疫了，她的背又火烧般地痛了起来。皮皮强忍着，装作没事人一般将两大桶花放到自行车的后座绑好。三百零一束玫瑰她需要搬运好几趟，好在普安街就在前面。皮皮用冷水拍了拍脸，骑上自行车一溜烟地走了。

普安街是C城的金融区，这个区的地标就是普安大厦。它是一幢五十层高的浅蓝色玻璃幕墙大楼，每一层都有网格状的银色边框，在附近一群以灰色为主色调的建筑物中非常显眼。晴天的时候，大厦的颜色与天空相仿，仿佛隐匿其中，可以看见大朵的白云。到了夜晚，大厦灯火通明，被玻璃折射成点点蓝光，与附近一道弧形立交桥上的橘黄色路灯交相辉映，拍下来就是一张代表C城的明信片。

皮皮熟悉这个区主要是因为花店的客户大都分布在这里，还因为家麟的公司也在这条街上。普安大厦皮皮以前每隔几天就会去送一次花，里面有三家大公司，活动特别多。大厦因为是新建的，一切规格都是C城的最高档，走进去一片金碧辉煌，特别是中央大厅的那盏巨型的欧式水晶吊灯，传说价格近千万。大楼门前“普安大厦”四字已被银灰色的“Rino Group”代替。这九个新罗马字体的英文字母似乎是大厦唯一低调的地方。皮皮看了一眼在大厦中进进出出的人：男的都是清一色的西装领带，就连清洁工也不例外；女的则是标准的西服、套裙、高跟鞋。皮皮看了看自己，因为病了几天没收拾，牛仔裙、T恤衫、球鞋，外加一路骑车被风吹乱的头发，与大厦富丽堂皇的风格太不搭了。她倒是不在意，提着一桶花走到前台，发现接待小姐已经换了。面前站着一位姿色好到足以演女一号的妙龄女郎，看着皮皮，一脸甜甜的微笑。

“你好，我是花店来送花的。”

皮皮将预约单递给她，女郎看了一下，说：“您贵姓？我帮您登记一下。”

以前来的时候都是前台递给皮皮一张表由她自己登记，而这次，居然是前台小姐亲自登记，皮皮感到新公司在服务态度上又上升了一个档次。

“姓关，关皮皮，花无缺花店。”

小姐记下姓名时间后向她点点头：“电梯在那边，您可以上去了。”

皮皮顿了一下，好奇地问道："请问这个 Rino Group 是做什么行业的？"

"远洋航运。"

"好神奇。"

再神奇也跟自己没关系，皮皮扛着花桶直奔电梯，开始从第二十层的办公室起，一间一间地送花。

新公司新气象，皮皮将每束花插到办公室的花瓶里，倒好水，向他们简要地介绍一下瓶花的保鲜方法，然后请工作人员签收，静悄悄地进，静悄悄地出，不影响人家工作。那些职员也很有礼貌，看见她会面带微笑地打招呼，收下花时不忘记道谢。皮皮心想，如果这些花瓶里的花每隔几天都要换新的，"花无缺"今年的业务就差不多满了。想到这里，更加觉得不能怠慢了大客户，态度要殷勤，声音要温暖，笑容要美好，有问必答，服务周到。

就这么一层一层地送上去，送到第四十五层时，皮皮的背已经疼到跟触电一般，脸上的肌肉也笑僵了。她开始不停地冒冷汗，脚步虚浮，头脑晕眩，但为了生意不得不振作精神，打起笑脸一间办公室一间办公室地送。等她终于送到第五十层最后一位客户时，皮皮已经支持不住了，但离吃下一次镇痛剂还有两个小时，于是她拐到卫生间用冷水浇了浇脸，强行镇定了一下，将最后一束花捧在怀中向前走去。

一位漂亮到可以上时尚杂志封面的女秘书接待了她。皮皮发现只化了淡妆的她有一张毫无瑕疵的脸，她用一种职业范儿的平静态度说道："关小姐？"

皮皮微微惊讶："你认得我？"

女秘书淡淡地笑了："花是我订的呀，说是会让一位关小姐送过来。"

皮皮将玫瑰递上去："已经全部送完了，这是最后一束。如果你有花瓶的话我可以帮你插进去。"

女秘书道："谢谢你。我这里没有花瓶，请把这束花插到里面办公室的花瓶里。"

皮皮看了她一眼，向前走了一步，忽然一个踉跄差点摔倒。女秘书及时扶住她："关小姐，你需要喝点水吗？"

"不需要，谢谢。"

见她一副有气无力的样子，女秘书抢先一步帮她拉开厚重的大门，里面吹来一丝凉风，原来是道宽敞的走廊，好像一道弧线向左弯去，很幽深的样子。皮皮禁不住问："请问是哪间办公室？"

"这层楼只有一间办公室。往前走，打开第二道门就是。"

皮皮已被剧痛折磨到极限了，她真想冲进去把花一扔，然后随便跑到哪个角落就地一躺，至少躺上半个小时才有重新站起来的力气。想到这里她加快脚步，拉开

第二道门，大步走了进去。

这是一间巨大的办公室，三面墙壁都是玻璃。阳光从玻璃幕墙照进来，暖暖地落在肩上。远处车流如蚁，大半个C城尽入眼底，皮皮有种站在云端的感觉。另一面墙壁其实也是玻璃的，只不过镶嵌着一个高达两米、长达十米的巨大水族箱。皮皮因为开着花店，常年与花鸟市场打交道，什么样的水族箱、什么样的鱼都见过。寻常的水族箱里一般都会有水草，竹叶兰、水芹、皇冠草、金鱼藻之类，以及一些假山、珊瑚、金鱼或者是色彩斑斓的热带鱼。而这个水族箱里却生活着几十只透明的水母，在蓝色灯光的照耀下，正以独有的优雅姿态随着水流一舒一张地漂动，伞状的顶部发着闪亮的荧光。皮皮的目光立即被这群神秘的生物吸引了，专心地看了好一会儿才注意到一位穿着深灰色西装的男人背对着她站在水族箱边，似乎也正在专心观赏。

就在这时，皮皮忽然意识到身上所有的疼痛莫名其妙地消失了。她想趁着还有力气尽快完成工作，最好不要打扰到人家，四下看了看却没找到花瓶，只得干咳了一声，道："先生，我是来送花的，请问花瓶在哪儿？"

一股熟悉的深山木蕨的气味若有若无地向她飘来。那个男人慢慢转过身，半笑不笑地看着她："你好吗，关皮皮？"

皮皮足足怔了两秒钟才反应过来站在自己面前的是贺兰觿。

其实看到背影就觉得眼熟，但皮皮与贺兰在一起的时间很短，贺兰也很少把自己的背面甩给她看。此外贺兰不爱西装，就算有些场合必须要穿，也绝不会穿皮鞋。而眼前的贺兰觿一身得体的西装，一看剪裁和质料就知道价格不菲。可他却能把这套衣服穿出一种休闲随意的味道，仿佛这不是西装，而是他的第二层皮肤。

皮皮呆呆地看着他，半天没有说话。祭司大人太帅了，这种帅只有两人在生分的时刻才能感觉到。倒不是距离产生美，而是美一定要有距离才能观察得到吧！

"贺兰先生，你的花瓶在哪？"

"从二十层送到五十层，不觉得累吗？不想坐下来吗？"他指了指面前的一套蓝色的沙发。

"不用了，"皮皮将那束花交到他手上，她只想赶紧走，"我还有别的工作。"

祭司大人幽幽地笑了，自己走到一旁的酒柜边，倒了一杯酒，淡淡地抿了一口："差点忘了，对你来说，忍痛也是一种工作。……一项艰巨的工作。"

他端着酒杯走到沙发边坐下来，不再看她，只是挥了挥手，意思是，既然不想留下，就请便吧。

他这么一说，正戳到皮皮的痛处，而且似乎有点幸灾乐祸，皮皮的血一下子涌到

头上，本来已经拎着花桶走到门边，又噔噔噔地跑到他面前，大声道："贺兰觿，不要告诉我我身上的痛跟你有关！"

"难道以前你没被祭司大人治疗过？"

"什么意思？"

"只要你跟我在一起，或者只是靠近我，就不会饱受无明之火的折磨呀。"

"请问你这是在用法术操纵我吗？"皮皮吼道，"贺兰觿你要不要这么无聊！"

"不是无聊，是治疗。"

"给这几十层楼的几百间办公室送花也是你的主意？耍我玩的？"

"请把这理解成我在支持你的生意。"

"流氓！地痞！无耻！"皮皮骂道，"钥匙给你了，你也答应了不再打扰我的生活！说话不算数！"

"我有打扰吗？"贺兰觿一下站起来，看着气势汹汹的皮皮，"我找过你吗？"

"那我身上的痛是怎么回事？请你马上让它消失！"

"痛是你自己招惹出来的吧，跟我有关系吗？无明之火这种东西，就连狐族人看见它都跟见了鬼似的，何况你们人类！"皮皮越生气，贺兰觿越发笑得好看。

道理说得没错，皮皮一肚子火被他一番话堵在胸口发不出来，于是咬咬牙："说吧，什么条件可以让我免除痛苦？"

事态正在向他喜欢的方向发展，祭司大人的眉头微微一舒："皮皮，你愿意做我的冰奴吗？"

什么？正经老婆变小三？皮皮的怒火噌地蹿出三尺高，想都没想就一拳头向贺兰觿的鼻子砸过去，"嗖——"被他头一扭敏捷地抓住了手腕。皮皮还想挥出第二拳，贺兰觿干脆将她双手向背后一拧。皮皮挣扎了两下，挣扎不动，贺兰觿的脸却已经贴在了她的脸上。他看着她，一字一字地说："又想动手？好好说话不行吗？"

祭司大人的声音永远是平静的，冷淡的，抑扬顿挫的，像配音演员那样字正腔圆。

"我绝对不会当你的冰奴！"

"关皮皮，我是不是你至尊无上的夫君？"

"不是！"

"你还听不听我的话了？"

"不听！"

"那你还想不想活了？"

"就算我死，也会先咬死你！"

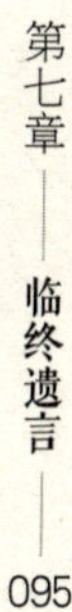

祭司大人怒了。

他忽然堵住了皮皮的口，忽然吻起她来。皮皮用力挣扎用力摇头，她想一口咬掉他的鼻子，却怎么也够不着。忽然间嘴唇一痛，自己居然被祭司大人咬了一口！

贺兰觿放开她的手，皮皮抹了抹自己的嘴，一滴血滴出来。她挥舞着拳头，凶狠而防范地看着他。贺兰觿冷笑一声，拉开自己的领带往沙发上一扔，一把将她拽到自己面前。

“给你最后一次机会，关皮皮，”他说，“你愿意做我的冰奴吗？”

“不愿意！”

“宁可去死也不愿意？”

“死一千遍也不愿意！”

他的喉结滚动了一下，仿佛在咽下某种想吃人的冲动。然后他坐了下来，跷起二郎腿，凝视着面前宁静漂浮的水母：“那你可以去死了。”

皮皮转过身，头也不回地大步离开了。

五十层的电梯几乎是瞬间到了楼底，皮皮也从天堂掉进了地狱。从迈出电梯门的第一步起，背部又开始火辣辣地灼痛起来。她咬牙快步向大厅走去，一位擦肩而过的蓝衣女子扭头奇怪地打量了她一眼。皮皮觉得嘴唇湿湿的，像涂了某种唇膏，用手指摸了一下，指尖上有一滴血迹。她赶紧掏出餐巾纸擦了擦嘴，嘴唇被贺兰咬破了，伤口很小，也不是很痛，可是血就像是橡胶树上被割了一刀，一滴一滴，源源不断地渗出来，丝毫没有停止的迹象。皮皮这才想起被天狐咬过的伤口是不会愈合的，当年贺兰因为身上的咬伤，流血不止，最终为此送命。如今被他咬回一口，天道也算公平。

盘算着就目前身上的疼痛来看，骑车回店不大可能，皮皮于是改坐出租车回到“花无缺”。店里一切如常，有几个顾客正在挑花，小菊正在理账。皮皮恍恍惚惚地下了车，一步一挨地蹭到门口，小菊抬头看见，吓了一跳，放下账本走过来扶住了她：“你怎么了？”

皮皮心中一暖，毕竟多年闺蜜，就算不和，见自己受苦，仍然不忍，语气中透出了关切。皮皮把痛出来的眼泪憋回眼眶里，抬起头，勉强笑了笑：“身子有点不舒服。”

“大姨妈来了？”一般来了月事的女人都会说这种话，小菊以为是痛经。

皮皮一边说着，身子虾米一般弯了下去，小菊将她半拖半拽地拉到里间沙发上躺下来，从柜子里翻出个水杯倒了点热水，加了一勺蜂蜜递给她：“喝点？”

皮皮摇头。

与无明之火相比，她的喉咙更痛，像被开水烫过一般，每吞咽一下都如有硬物强行通过刀割的伤口。在路上，皮皮就试图吞下止痛剂，可根本咽不下去，反而全部都呕出来了，所幸随身拿着花桶，才没呕到座椅上。此时此刻，剧痛愈发难忍，就算吞咽自己的口水整个食道都像岩浆流过一般，更别说喝水吃药了。

小菊看着她，片刻，忽然道：“皮皮，我得送你去医院。”

“我没事，歇会儿就成。”

“你病了，”她递给她一面镜子，“样子怪吓人的。”

镜子里面的自己不但面白如纸，满脸还爬满细小的血丝，眼珠充血，嘴唇发黑，看上去活像个吸血僵尸。皮皮吓了一跳，手一抖，镜子跌在地上摔成两半。

小菊掏出手机就要拨 120，皮皮忽然尖呼一声，一把夺过小菊的手机扔到一边：“不去医院，去了也没用！”

“皮皮，皮皮！”小菊强行把她从沙发上拉起来，“我们必须去医院！”

皮皮用力一挣，身子缩在沙发上，紧紧抱住一个枕头：“听我说……小菊……”

小菊只得坐下来：“究竟出什么事了？”

“贺兰静霆回来了。”

“我知道啊。前几天你不是带他来过我们店吗？他现在在哪？我帮你打电话。”

“别找他。”皮皮的眼泪终于涌出来了，“小菊，我恐怕活不过今天了。”

皮皮急促地喘气，小菊呆呆地看着她。

“有些事……关于你爸爸……我觉得你有权知道。”皮皮拉着小菊的手，“当时我是想救他来着……”

人之将死，其言也善。小菊轻轻地说：“皮皮，我知道你是想对我好。我也老嫌我爸。真的，自从他病了之后我就老在想，这老头怎么这么烦人啊，怎么老添乱啊，怎么还不死啊！可是——”

“我没有杀害你爸。”

小菊的身子猛地一怔，眼睛冒出了亮光：“我爸还活着？”

皮皮凝视着她，半晌，咬了咬嘴唇：“叔叔已经走了。只是事情不是你想象的那样。小菊，我想跟你说点事儿，现在不说以后就没机会了。在说之前，你得先帮我个忙。”

“你说。”

“咱们……装现金的箱子里，有面小镜子，你去拿给我。”

小菊打开柜子里面的一个小铁箱，一直以来都是用来存放现金和账目的，此外还有些两个女生觉得重要的零散的小东西，比如银行卡、存折、契据之类。有店里

的，也有自家的。各自装在密封的文件袋里。小菊打开锁，拿出写着“皮皮”的文件袋，从里面翻出一面小圆镜，递给皮皮。

小镜子其实是皮皮以前的一个粉饼盒，粉饼用完了，准备扔掉时，皮皮把里面的镜子抠出来，将几枚从燕王墓里挖出的“照石”用强力胶粘了上去，拼成一个镜子的形状。这样的小镜子皮皮一共做过两个，一个给了贺兰觿，一个悄悄地收在花店里，谁也没告诉，以备急用。皮皮心想，贺兰要她死，反正她也欠他一条命，就只求安安静静地死去。怕就怕他又想出什么折磨人的花招，逼着自己去当奴隶，做各种不想做的事情。如果真是那样，她也不能让他好过啰，就用这块“照妖镜”跟他同归于尽！想罢，将小镜子塞进贴胸的口袋，对小菊道：“小菊，你记性好，帮我……记一组密码。”

一听她这是交代后事的光景，小菊也急了：“干吗呀你！我什么密码都不听。走，看医生去，病好了该干吗干吗！”

“没时间了，我多半活不过今天了……”皮皮急哭了，“你听我一回行吗？”

见她如此郑重，小菊只好道：“说吧，我记着！”

皮皮在她耳边悄悄地说了一长串的密码，说了两遍，小菊记下了。皮皮于是拿起一旁的剪刀将自己的头发铰下一把，拧成一团塞到小菊的手中：“假如有一天，有位自称是‘祭司’的人来找我，我不在了，他可能会向你打听我。但他不会相信你，除非你把这个交给他。”

小菊看着手中的头发：“交给他，他就相信了？”

“对。上面有我的气味。”皮皮接着道，“他会报出这串密码的前十位数，如果完全正确，你就把剩下的全部告诉他。”

小菊越听越莫名其妙：“皮皮，你是加入了国安局，还是加入了黑社会？”

“都不是。”皮皮喘了两口气，摇摇头：“小菊，有件事说出来难以置信，我当初也不相信，可它们都是真的！因为是我亲眼看见的！”

小菊怔了怔，认真地听着。

“你爸爸他……不是人。”

小菊呆住。

尽管意识已有些模糊不清，但这并不妨碍皮皮把狐族的故事、贺兰的故事、小菊爸爸的死，前后不搭、简明扼要、一股脑儿地都说了出来。她一面气喘吁吁地说，一面紧紧地拉着小菊的手，生怕再过一小时喉咙就会肿得不能说话，或者一口气喘不过来小命交待了……

从头到尾，辛小菊一言不发，认真地听着。直到最后讲完才长长地嘘出一口气，

好像终于看完了一部强情节、高悬念的玄幻大片：“也就是说，我爸他……是只……狐狸？”

皮皮心想，坏了。她忘记了一个重要的事实：假如没有父亲的干扰，小菊将会成为一名数学家，或者说是科学家。怪力乱神这种事她从来就不信。果然，小菊看着自己的表情充满了同情，就像在同情一个高烧中的癔症患者。

“你不信？”皮皮绝望了。

“我信。”

“真的信？”

“信。说完了吧，可以去医院了哈！”

小菊不管三七二十一把皮皮从沙发上拉起来背在背上。这时的皮皮完全没有力气挣扎了，晕晕乎乎、东倒西歪地被她背出门外，一路都招不到出租车，唯一的自行车也留在普安大厦了。好在医院就在对街不远处，小菊背着皮皮一路狂奔……皮皮在小菊的背上颠来倒去，嘴唇不断滴血，背痛如割，胃里也翻江倒海地涌酸水，涌到喉咙痛如火炙，难受得喘不过气来……

“皮皮，你要挺住！知道吗！你不能死！皮皮，说话呀！关皮皮你跟我说话！”

皮皮被小菊的大嗓门吼醒了，赶紧叮嘱她：“小菊，刚才的话……不信就算了，请你一定保密。”

“我会的！你放心吧！”

小菊背着皮皮一路乱吼着向前冲，完全忘记了背上的这个人体重比自己还要重两斤。开始皮皮还哼哼几声，渐渐地就没音儿了，后来发生了什么事，她都不知道了。

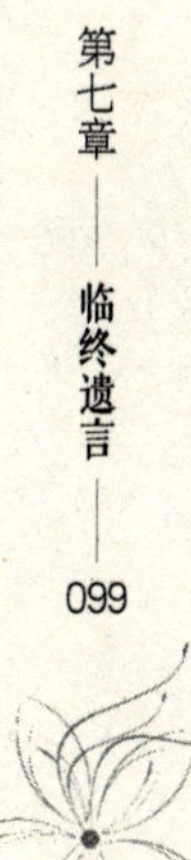

第八章 密码

皮皮醒来的时候发现自己躺在医院里，手背上吊着点滴。一旁的椅子上坐着奶奶和妈妈，爸爸、小菊和家麟站在床头，五个人将她团团围住。

“好些了吗，皮皮？”奶奶问道。

皮皮摇摇头，觉得一点也不好。喉头依然肿痛，背上的痛也丝毫没有减轻。妈妈向她解释说，根据小菊描述的病情，医生什么检查都做了，血、尿、X 光、B 超、脑部 CT 之类一切都正常，现在怀疑是不是有什么心理因素，问皮皮这段时间是否受过重大打击，大家都说没有。皮皮这才知道自己已在医院里昏睡了近两天，现在已经是次日的夜晚了。大家一筹莫展地看着皮皮，都愿意相信医生的话，皮皮没有病，只是产生了幻觉。却不知皮皮此时已痛得如上刀山、如下火海、了无生意、只求速死，想号啕大哭又怕奶奶伤心，只能默默地流泪。

“皮皮，喝点汤吧！来，银耳汤，你最喜欢的。”看着皮皮这个样子，妈妈拿着汤碗，一边哭一边劝。

“妈……我……喝不下……”

“你什么都没吃，连口水都没喝，不能光靠营养液啊！吃一点，会好得快一些！”

“喉咙好痛……吃不了……”

“好歹吃点儿，忍着痛也吃点儿，妈妈求你啦！”

“妈……我活不了啦……”

皮皮这么一说，奶奶和妈妈不禁抱头痛哭，爸爸也流泪了。小菊泪眼婆娑地看了一眼家麟，家麟低下头，长长地叹了口气。

“我想回家……送我回家吧。”皮皮轻轻恳求着。

“不成，医生没治好，咱不能回去，回去万一有个三长两短——再送医院来不及！”皮皮妈搂着皮皮放声大哭，“我就你这么一个闺女……”

正在这时，忽然传来敲门声。小菊以为是打针的护士，拉开门却是两个陌生的英俊男子，虽然肤色各异，但均是西装革履、衣冠楚楚。

“你们找谁？走错门了吧？”小菊道。

“没有。”为首的一位男子道，两人走进来，一左一右地站在门边，好像两个保镖。

屋内众人面面相觑，均觉十分诧异。奶奶站起来问道：“躺在床上的是我的孙女儿，请问你们是谁？”

两人都没有说话，只用下巴微微向门外一挑。门外传来脚步声，一个高个子男人走了进来。

屋内忽然安静了。正在号哭的皮皮妈也收音了。辛小菊第一个认出了他：“贺兰先生？”

贺兰觿穿着件深灰色的风衣，进门之后似乎嫌热，脱下来交给一旁的助手，然后缓步走到小菊面前，目光深邃、表情莫测地看了她一眼："你好，小菊。"

"皮皮病了。"

贺兰觿点点头，走到皮皮爸面前，微微鞠躬："爸，我是贺兰觿。"见皮皮爸呆住，似乎想不起来他是谁，又说，"皮皮叫我贺兰静霆。"

一听见这四个字，皮皮妈和皮皮奶奶都暗自心惊。这位叫贺兰静霆的女婿终于露面了！皮皮的家人谁也没见过他，只在结婚证上看过一张小小的合影。虽然照片上也是个很帅的男子，可那是平面二维的，与面前的这位不怒自威的"3D立体版"在气场上有很大的差异。贺兰觿走到她们面前，微微垂首："奶奶，妈妈。"

大家以为这个消失的女婿早已经不打算承认有过关皮皮这个老婆了，不料他居然很大方地叫着"爸妈"——显然承认自己是这个家庭的一员——多年的怨恨顿时一扫而光。

"贺兰？"奶奶伸手摸了摸贺兰觿的脸，仿佛不相信这是真的，"你回来了？终于回来了？"

"是的，奶奶。"

"怎么现在才回来呀？皮皮可是苦苦地等了你好几年呢！"皮皮妈泣道。

"对不起，我来晚了。我是过来接皮皮回家的。"

贺兰觿一面说着一面走到皮皮的床边，就在他进门的一刹那间，皮皮身上所有的疼痛都消失了。本来可以松口气，但一想到疼痛消失之后的代价，皮皮一点也高兴不起来了。一道黑影压了过来，皮皮抬起眼看着他。

"皮皮，我们回去吧。"贺兰淡淡地说。

"不。"

贺兰觿俯下身来，在她耳边低声说："皮皮，你真不跟我走？不怕我把你们全家人都吃了？"

他的语气是恶作剧的，皮皮怔怔地看了他两秒，大声道："不！"

祭司大人一贯不爱听见"No"这个词，此时此刻，在众人面前十分尴尬。这时家麟走上前来，对贺兰觿道："贺兰先生，也许你过几天再来看皮皮比较好。——她现在情绪不太稳定。"

贺兰觿沉默地盯了他一眼，不理睬他，转身揭开皮皮的被子就要把她抱起来。正在这时，家麟一把拦住他："她说了，不跟你回去。"

贺兰觿的脸阴沉下来，目光鹰隼般扫过来。家麟腮帮子很硬，冷静地看着他。

两个男人对峙着，数秒过去，贺兰觿道："皮皮，告诉他我是谁。"

“我不知道你是谁。”皮皮说。

“再说一遍。”

“我不认识你。”

这话还没说完，仿佛一阵大风刮过，贺兰觿将皮皮像小鸡一般从床上抓起来，抱在怀里。听见皮皮尖叫，家麟将贺兰觿推了一把，想从他怀中把皮皮抢过来，被贺兰觿的两个助手一左一右地拉住。贺兰觿将嘴贴到皮皮的耳边，低声说道：“皮皮，你再乱说我可要发脾气了。你一定不想知道我发脾气会是一种什么样子。”

虽然疼痛消失了，皮皮浑身上下还是没有一丝力气。她的头贴在贺兰觿的胸前，听得见他的心跳。她甚至认真地数了一下，一分钟的确只跳三下。同样的人，同样的气味，同样的心跳，为什么就不是以前的那个贺兰?

见皮皮半天不吭声，贺兰觿又说：“你真想我在他们面前露原形吗?”

“别！别！我回去！我跟你走!”皮皮立即投降了。

就这样，贺兰觿终于抱着皮皮向门外走去，路过皮皮爸时停了一下，说道：“爸，我接皮皮回家休养几天，等她好些了，再带她回家看望你们。”

大家都被贺兰觿的气场震住了，不由自主地移动脚步让出一条道，看着他抱着皮皮离开了病房。

皮皮此刻的心情自然是宁死不屈，可如果让英俊无敌的贺兰觿突然在家人面前变成一只毛茸茸的大狐狸并且张开血盆大口——这大大超过了她的心理承受力。爸妈是何反应不知道，奶奶有心脏病，年前还发作过一回，一定吓死过去。皮皮自找麻烦爱上狐族那是自寻死路、死不足惜，再赔上家人朋友的性命就不对了。所以明知凶多吉少，她还是硬着头皮跟着贺兰上了汽车。

后座很宽，皮皮想自己坐起来，可太虚弱了，身子软软地往下滑，贺兰觿只得抱住她，让她横躺在椅座上。于是乎皮皮的整个脑袋都倒在他的臂弯里，脸埋在胸前，好像吃奶的婴儿。她不安地扭动了一下脖子，立即被祭司的大手摁住：“别乱动。”

“头发缠在扣子上了。”

“我来吧。”

手指绕了几圈，头发撩开了。与几天前的粗暴相比，他的动作很轻，皮皮转过头，遇见一道调侃的目光。

“还以为你要咬我呢。”他半笑不笑地说。

祭司大人浑身散发着醉人的气息，音调充满诱惑，这种亲密、这种玩笑、这种呢喃耳语，皮皮难以抵御，内心的防线开始崩溃……她用力咽了咽口水，强迫自己回忆

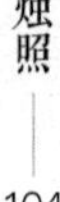

几分钟前的各种痛、各种难受、各种寻死觅活，强迫自己憎恨这一切的始作俑者——可是身体就像是坐了一趟站名为“疼痛”的地铁，下了车，疼就没了。

皮皮不禁想起当年贺兰静霆受伤时，躺在井中默默流血的日子以及自己照顾他的那些时光。贺兰静霆从不说痛，只是默然承受。皮皮一天帮他换三次药，看得见他身上可怖的咬伤，血不停地从撕裂的咬痕中流出来。究竟痛成什么样子，贺兰静霆拒绝描绘，她也无从得知。或许那时的他也中过无明之火，怕皮皮担心没有说。皮皮越想越多……

打成原形那一刻会痛吗？她看过很多狼人的恐怖片，当人变成狼的那一刻是很痛的，痛到筋骨暴出、睚眦俱裂，仿佛身体又长出了另一副骨骼，必须要用铁链把自己拴起来才不会胡乱咬人……

再说自己的确不能把无明之火的账算到贺兰觿的头上，认真算的话，还得感谢他的救命之恩。那咽喉肿痛不能吞咽也不知是无明之火的并发症，还是被祭司大人咬过的后果……不，不，不——皮皮拒绝这么想下去，她正在找理由原谅他，而且已经开始原谅他了。

此时的贺兰正用手机发着短信，不知道写了些什么，只听见“嗒嗒嗒”的触屏声。“嗖”的一下，短信出去了，“叮”的一声，回信来了，“嗖”“叮”交替地响着，谈论很热烈的样子。宽永死了，修鹇走了，千花失踪了，祭司大人身边的人都换了，生意也变了，他在跟谁交谈呢？……大约过了十分钟，指间“交谈”方才结束。贺兰觿将手机塞进口袋，将注意力转回到皮皮身上。

他刚要开口，皮皮忽然按住了他的嘴。

“别说话。”她说。

贺兰觿莫名其妙地看着她。

“让我睡一会儿。”她轻轻地说。

皮皮觉得，只要不说话，贺兰还是以前的贺兰。一张嘴，他们就要吵架了。以前贺兰就伶牙俐齿，每每争吵都以皮皮张口结舌告终。如今皮皮谈了几年生意，又是花店老板，也是得理不饶人的主儿，两强相遇，必是一场鏖战。皮皮痛了这些天，累了，高高挂起免战牌。

贺兰觿果然沉默了。皮皮于是闭上眼。汽车忽然颠簸了一下，贺兰的手臂紧紧地环住了她，不知为什么，皮皮感到一种莫名其妙的安全感，就算睡梦中被祭司大人吃掉也无所谓。她很快睡着了。

皮皮醒来的时候床前电子钟上显示为凌晨四点，窗外黑乎乎的没有半分动静。

她是被饿醒的，肚子咕咕乱叫，咽喉肿痛两天粒米未进，睡了一觉精神好多了，饭没吃体力仍然不足。皮皮坐起来打开床头灯，发现自己穿着睡衣坐在闲庭街 56 号主卧室的大床上。屋里只有她一个人，贺兰觹不知去向。这时，一个念头突然闪过——有人帮她换过睡衣。照妖镜呢？

她急得往床下一跳，脚一软，摔在地上，发现地上扔着一件自己在病房里穿着的混纺毛衣，是那种宽松式样的，两个口袋都有拉链。皮皮隔着厚厚的毛线一摸，里面有个圆圆的物件，掏出来一看正是那面镜子，不禁松了一口气，赶紧放回口袋将毛衣披在身上站起来。见贺兰的盲杖靠在床边，顺手拿来拄在手中向门外走去。

月光幽冷，庭中蜡梅盛开，清香袭人。皮皮深深吸了一口冰凉的空气，鼻腔里好像灌进了一杯冷饮，身子打了个激灵，脑子更加清醒了。抬眼望去，远处的屋顶积了薄雪，鳞次栉比的瓦面上闪着银光。夜空的繁星好像冻住一般，用手敲敲就能掉下。

就算在夜间，贺兰觹的手杖也是随身携带的。手杖放在床头，他大约就在书房。果然，书房的灯亮着，东西厢房也都或明或暗地有着灯光。厨房在东面不远处，皮皮信步走过去推开门，里面灯火通明，弥漫着一股水蒸气。一个女子穿着围裙卷着袖子正在揉一个巨大的面团，却是沙澜方家的钟沂。她显然已经干了好一会儿了，额头有汗，脸也被灶火烤得红扑扑的。

“早，王妃殿下！”钟沂拍了拍手中的面粉，微笑地打了一个招呼。

皮皮记得方梨花叫她“姐姐”，但她不姓方，跟方辛崃十分亲密，看样子是他的女朋友。贺兰为了皮皮令方辛崃斩掉一只手，如果钟沂真是方辛崃的相好，只怕不会放过自己吧？皮皮笑了笑，心里却起了防范之心。

“早！叫我皮皮就好。”

钟沂立即改口：“皮皮你是不是饿了？”

“有吃的吗？”

“正给大伙儿做早饭呢，坐，包子已经好了，我给你端过来。”

皮皮看着灶上的三层冒着白汽的蒸屉，另外两个大锅里咕咕作响不知煮的是什么东西，虽然香气扑鼻闻之可口……应当是狐族的食品吧？

“那个，解释一下，”皮皮尴尬地说，“我……不是狐族。”

“我也不是。”钟沂用筷子将一个大白包子从蒸屉里夹出来，放到一个碟子上，端到皮皮面前，“这是香喷喷的酱肉包子，猪肉馅的。尝一个？”

“谢谢！”皮皮咬了一大口，果然皮薄馅大、酱浓味美，钟沂的手艺非同小可，“真好吃！太香了！”

皮皮饿急了，也顾不上烫，三口并作两口地吃着，随口问道：“那你是什么族？”

"我是冰奴，负责照料主人的起居。"

皮皮看了她一眼，发现她用一种很自豪的语气提到"冰奴"二字，心中纳闷："你的主人是——"

"方辛峡。"

我这是穿越了吗？皮皮心想。钟沂啊钟沂，辛辛苦苦几十年，一朝回到解放前——你这么勤勤恳恳地为主人服务图的是什么呀。

"你每天都要起这么早吗？"

"是啊。有这么多人要吃饭，各有各的口味，如果不早起根本忙不过来。"钟沂微笑着说，"沙澜人挨不得饿，一饿准会出事儿，还是时时保证把他们喂饱比较好。"

说罢瞄了一眼皮皮手中的戒指，羡慕地说："这戒指我要有一个就好了。——至少知道他们什么时候会饿，也不用我来猜了。"

皮皮将戒指摘下来递过去："拿着，送给你。"

"不不不！"钟沂连连摆手，"这是金鸐的东西，轻易不送人，我可不敢拿，他会吃了我的。"

见她一脸恐惧，皮皮耸耸肩，只好将戒指戴了回去。

"别担心，我有我的办法，"钟沂神秘地拉开一个抽屉，从里面拿出几个玻璃罐子，"看，我做的干粮和零食——"

一个玻璃罐里码着一些棒棒糖，用各色的糖纸包着："这是八仙果。"

另一罐里的东西类似肉松："这是龙须松。"

"管用吗？"

"鸡肝做的，饿了赶紧塞给他们。"钟沂道，"实在不行还可以跑，我跑得可快了，一千米两分五十二秒。"

"哇！好强！"

皮皮心想，还能不快吗，不快还不给吃了啊！转念一想又蔫了。这钟沂要才有才要貌有貌，看气质不像苦出身，论谈吐也是读过书的——无论哪点都能秒杀自己啊。这么能干也只混得个冰奴——这冰奴的门槛也忒高了吧！皮皮一下子颓了，自卑感油然而生。

见皮皮吃完了肉包，钟沂又殷勤地给她夹了两个，还盛来一碗稀饭："再吃点！喝点小米粥吧？很补的。——慢慢吃，我去库房拿点菜。"说罢转身出门了。

"好啊！谢谢你钟沂！"皮皮对着她的背影说道。

小米粥香糯腻滑，皮皮就着肉包子喝完，顿觉精神倍涨，手足总算恢复了力气，于是拿着手杖站起来回房。

出门左转，庭院中多了一道白白的雾气，山间气候异常，往往在凌晨时分回暖，雾气大约是积雪融化所致。果然，对面清水脊上点点滴滴地往下滴水，一旁蜡梅花枝凌乱地伸进廊中。皮皮想起卧室的插花好些天没换水，早已枯了，不如掰下几枝插瓶，于是不顾石栏冰凉，赤脚爬上去。花枝太硬，半天掰扯不断，正想着要不要回去拿把剪刀，一只手伸过来，帮她掰断花枝。皮皮霍然转身，见贺兰觿站在自己身后，穿着那件黑色的睡衣，淡淡地道："吃饱了？"

皮皮忍不住打了一个嗝，被冷气一呛，又冲着他打了一个大大的喷嚏，鼻涕口水喷了他一脸。祭司大人居然没有发怒，也没有用手擦。

"对不起。"皮皮用袖子帮他擦了擦脸，擦了两下，贺兰觿板着脸避开了。

"你找我？"她问。

"我找手杖。"

皮皮讪讪地将手杖还给他，两人向卧室走去。

"院子里住了多少人？"

"七位。"

"你忍心让钟沂一个女生给这么多人做饭？"

仿佛这是一个很无聊的问题，贺兰觿怔了一下，既而答道："挺忍心的。"

"不公平！"

"沙澜族的家事我不管。有人想吃，有人愿做，就这么简单。"

"怎么可能是自愿呢？还不是你们逼的！"皮皮冷笑，"也许她身上也被你们烧过一把无明之火！"

这话还没讲完，她的身子就被贺兰觿揪了起来，双脚立即悬空了。

"放下我！"

贺兰觿将皮皮往腰边一夹，就像夹着个公文包那般将她"夹"进了卧室，扔到床上，反手将门狠狠地关了。

"贺兰觿，你想干吗？"皮皮慌了，"别乱来！"

他脱下睡衣甩到一边，露出赤裸的上身，将她逼到墙角："我何止是要乱来——"

"啊啊啊啊啊啊啊……"

皮皮放声尖叫，又踢又咬，抢过床头柜上的烛台向他抡去，被贺兰觿一把揪住。两人在床上打了起来，皮皮企图夺回烛台，双腿向他的裆部猛蹬，贺兰觿只得放开手，"嗖——"烛台飞了过去，又被他敏捷地抓住。皮皮双手挥拳在他胸前乱打，却很快被他捉住了双腕，将它们反扣在后，按在墙上。祭司大人的脸逼向她，气息扑面而来："我不喜欢耍花招的女人。皮皮，银行地库的密码箱是怎么回事？"

“这就是你来接我的动机?”

“回答我的问题。”

“不是说你要寻找回忆吗？所有的记录都在铁柜子里,都没有上锁。”

“那个东西在哪?”

“什么东西?”

“你不知道密码箱里放着什么东西?”

“不知道。”

“你没打开过?”

“没有。”

“但你知道密码?”

皮皮拒绝回答。

银行的地库里有一个沉重的保险箱,贺兰说里面有样东西十分重要,只能交给下一任祭司,让皮皮不要打开,因为密码很长,而且只能输入一次。只要有一次错误,箱内就会启动销毁程序,把里面的东西烧得一干二净。

“知道还是不知道?”

皮皮视死如归地看着他:“不知道！知道了也不告诉你!”

“马上告诉我,不然我会杀了你。”祭司大人的眼神凌厉了,语气中已饱含了杀意。

“你以为我怕死?”皮皮咬牙冷笑,“我都已经快死了,可我求过你吗？是你自己跑到医院来找我的吧？——祭司大人,你不是很了解人类的文化吗？不知道这样做意味着向我认㞞吗?”

贺兰觿被她的话咽了一下,冷哼一声,道:“你以为我是来求和的?”

“不求和你赶着我爸妈叫‘爸’‘妈’？一屋子人都知道新女婿上门认亲来了——”下面的话皮皮没有说出口,因为她的下巴被贺兰觿捏住了。令祭司大人受辱后果是不堪设想的。

果然,贺兰觿的腮帮子猛地硬了,下颚顶过来,他忽然张开嘴——皮皮以为祭司大人又要咬人了,决定不管三七二十一,先咬他一口！“啪”,四唇合一,咬在一起,而且彼此紧紧地吸住了!

这是咬吗？还是吻？皮皮不知道。只知道贺兰的气息太醉人了,身体贴得太近了,而自己期待这一刻的时间太久了……紧绷的神经松懈了,应当还是吻吧……不说话的贺兰还是以前的贺兰。在激情中从来充满了攻击性,皮皮喜欢他主动,喜欢他把自己弄得颠三倒四,喜欢他不间断地索取,有疼痛也有欢喜,她一百个愿意……

面前的这个人就是贺兰，只是失忆了，文明的那一面没了，动物的那一面还在，而且和以前一个样儿。皮皮想起了他们在一起的甜蜜时光，贺兰对自己从来没有霸道过，总是细心的温存的，当时自己是多么不知道珍惜啊！皮皮的心一下子软了，不禁轻轻地叫了一声“贺兰——”

“嗯？”

“忘掉那个密码，”她将头倒在他的肩上，“就在这住下来，咱们好好地过日子。”

“告诉我密码，我陪你住一个月。”

什么意思？皮皮怒了，霍然抬头：“祭司大人这是在牺牲色相吗？”

“皮皮，我是在请你把不属于你的东西还给我。”

“如果那是你的东西你应该记得密码啊。”

“我不记得了。”

“那就一切按规矩办。你把下一任祭司请过来，我当面告诉他。”皮皮说，“你以前吩咐过，这个密码只能交给狐族的下一任祭司——如果没记错的话，他就是那天在房顶上跟金鹮说话的人，名字叫关鹖——对吧？”

贺兰觿没有接话，将她一把推开：“也就是说你怎么也不肯告诉我啰？”

“是的。”

“啪！”祭司大人毫不客气地抽了皮皮一个响亮的耳刮子。

皮皮捂住脸，倒吸一口凉气，还没等她反应过来，“啪！”又是一掌，打得皮皮两眼金星乱冒。皮皮蒙了，一下子呆住——

“皮皮，你想我再打下去，一直打到你脑震荡吗？”祭司大人冷笑。

“祭司大人，不要企图惹怒我，”皮皮从口袋里掏出那面小小的圆镜，手掌在他面前摊开，“你要再敢打下去，我就让你在我面前消失。”

“你还有一面镜子？”贺兰觿不动声色。

“燕王墓里的照石，”皮皮“哼”了一声，“也叫‘照妖镜’。想看看你自己是个什么样子吗？”

贺兰觿不在乎地笑了：“想。只怕你不敢打开。”

“我敢。”

“请。”

祭司大人还真就跟皮皮叫上板了！贺兰觿毫不退缩，怡然抱臂，心神气爽地坐着，嘴角微微上扬，仿佛饶有兴味地要看一场好戏。

皮皮的脸变了变，热血涌到心头，立即有种想揭开镜子照死他的冲动，手指掂了掂，那镜子沉沉的，仿佛有千斤重。皮皮的神经紧绷着，心跳如狂，不禁大吼一声：

“你以为我真不敢？”

“你不敢。”

“我敢！我敢、我敢、我就敢！我说一二三马上就打开！”

“我帮你数。一，——”

“……”

“二。”

“……”

“三。”

贺兰觿双眉一展，示意她打开。皮皮抓狂地看着他，手不停地抖着，心乱如麻。没什么，真的没什么，像这样欺负她的贺兰她也不想要了，不如去死吧！可是……可是……皮皮的心越乱，攥住镜子的手握得越紧，仿佛根本不听她的话，坚决不让她打开。皮皮的呼吸越来越粗，眼泪开始大颗大颗地往下掉——

“为什么？”她呜咽，“为什么你要这样对待我？”

“因为你爱我。”他冷笑，“还有比这更严重的缺点吗？”

皮皮没有回答，只是默默地把镜子塞回了口袋，对着他垂泪。祭司大人毫不怜惜地将她拉下床，拾起地上的衣物扔到她身上：“换上衣服去厨房干活。从今天起，你和钟沂一起工作。她几点起床，你就几点起床。好好向她学习，不许偷懒。”

他向浴室走去，仿佛刚才的一场厮斗将他弄脏了：“你说得不错，让一个女孩给这么多人做饭太辛苦了，你应当分担一下。”

“门儿都没有！”皮皮冲着他的背影吼道。

“砰！”浴室的门关上了，里面传来水声。皮皮二话不说，冲到床头打开柜子拿出一大堆蜡烛扔到床上，又从书架里抱出一大捆书，划开一根火柴点燃一本画报往床上一扔。然后披上睡衣趿上拖鞋，拎着一把紫砂茶壶施施然地走到庭院正中，找到一把藤椅坐下来。

火“腾”的一下烧了起来，火苗蹿出窗外，屋顶立即冒出了黑烟。山顶风大，片刻工夫三间正房都着了火。一个人影光着身子、满身是水、腰上系着一条浴巾从屋内冲出来向她吼道：“关皮皮你想干吗？！”

贺兰觿的脸铁青着，两边厢房的门开了，金鹮、方尊嵋、方辛崃纷纷冲出来查看火势，立即掉头去厨房拿水桶救火。

皮皮扬着脸，狠狠地看着贺兰觿，冷笑：“叫我去厨房帮忙？想让我当冰奴？”她就着紫砂壶嘴喝了一口，跷起了二郎腿，“我先把房子烧了，让你们找不到厨房！”

一连烧掉五间正房之后，在所有男人的合力下，在消防员的帮助下，火终于灭了。但是，救火车来了，警车来了，社区保安队来了，就连居委会都派人来了，新闻转播车自然也跟着来了，这事儿就此闹大，上了C城的午间新闻。贺兰觿拒绝接待外人，皮皮作为女主人只好向方方面面解释原委：火灾系烛火未灭，不慎点燃窗帘所致。因无人伤亡又买了保险，街坊邻居过来慰问了一番后，人群很快就散了。

不论外面的世界如何，祭司就是祭司，领导地位不动摇。比如说院子里所有的人都在忙，要么整理现场，要么清扫垃圾。方辛崃少了一只手也在忙，只有贺兰觿双手插在口袋里，坐在藤椅上看着大家，好像一切与己无关。当然，他会说自己看不见，帮忙也添乱。但他记得使唤皮皮干苦力，一会儿打发她清点库房，一会儿叫她把三十多个麻袋扛去后院。想着这事怎么说也是自己造成的，皮皮心中有愧也只得听令。就这么来来去去地干了一上午，钟沂从厨房里探出头来："吃饭啦——"

彼时皮皮正在扛一袋土豆，早就饿慌了，扔下土豆就往厨房走，被贺兰觿叫住："站着！纵火犯还想吃饭？"

"我饿了！"

"你好意思吃？"

"我饿了！"

"干完活儿再吃！"

"我——"

"不许吃，干活儿去！"

皮皮郁闷地把一麻袋土豆扛回肩上向后院走去。刚走几步，身后有人叫道："皮皮！"回头一看，是金鸐。

"你妈来看你啦。"他说。

皮皮放下土豆向前门跑去，穿过庭院，绕过游廊，过垂花门的时候，有人快步跟上了她，一把拉住了她的手。贺兰觿道："我们一起去。"

大门外果然站着皮皮妈，焦急地向门内张望着。因一堵影壁挡住，什么也看不见。皮皮还没张口，就听身边的贺兰亲切地叫开了："妈，您怎么过来了？"

"听说你们家着火了，我过来看看。没事吧？"

"没事。"皮皮道。

"妈，进来坐。我们正要吃午饭呢，一起过来吃吧！"祭司大人居然很好客，扶着皮皮妈的手臂就要将她引进门。

你倒会装！皮皮在心里骂道。她可不想把妈妈搅进来，刚要张口，妈妈连连摆

手，递给她一个布包："你们平安就好，我不进去了，下午还要上班呢，出租车就等在前面的路口。皮皮，这是奶奶做的豆瓣酱，还有这个银耳汤。你拿着慢慢吃。——瞧你，气色好多了，都是贺兰照顾的吧？还是爱情有力量啊！"

皮皮妈欣慰地看着贺兰觹，毫不掩饰对他的喜爱。贺兰觹淡淡一笑，表示默认。

"皮皮你陪我走一下，有点话要跟你说。"

"行，我送送您。——贺兰，你快去收拾屋子吧，一地的垃圾瓦片呢！"皮皮拉着妈妈的手赶紧向门外走去，贺兰觹也不拦着，挥挥手说："妈，您慢走。"

母女俩拐过路口，皮皮妈忽然停步："皮皮，我来找你是为了别的事。——有个人要见你。"

"见我？谁呀？"

"一个很漂亮的小伙子，我不认识，他说认识你，有个挺重要的事要跟你说。"

"怎么不带他过来呢？"

"他想单独跟你说。"皮皮妈努努嘴，前面树丛中走出一位青年，身材修长，一身炭黑色的风衣衬出两条大长腿，小脸，面色白净，发际线很高，有一双智慧的眼睛，看上去不到二十岁，举手投足间却有一股说不出的高贵气度，腰间别着一根长长的黑管。皮皮见过这个人，他就是关鹖。

皮皮妈知趣地坐车离开了。黑衣青年向树丛中走去，示意皮皮跟上。两人一直走到树林深处方才停步。青年转过身来，沉默地看了她一下，似乎在确认身份，忽然单膝下跪、垂首致意："右祭司关鹖请求殿下赐福。"

皮皮的手掌在他的头顶上轻轻地摸了一下。

"谢谢。"他站起来，凝视着她，"殿下一切可好？"

皮皮一肚子疑团："你……怎么知道我是殿下？"

"殿下身上有贺兰殿下种的香。"

"……贺兰殿下？"

"王室从不轻易种香，在我们狐族，种香和册封是一个意思，您是殿下的正妻，狐族的王妃。"

OK，没穿越到古代也看过宫廷戏，皮皮心想，嗯，这下可好，社会地位大大地提升了。皮皮问道："你来找我，是想求见贺兰觹？"

狐族部落散乱但等级森严，贺兰觹不是什么人想见就可以见到，想说就可以说上话的。和他打交道需通过使者，或有人引荐才成。

"殿下，祭司大人——也就是贺兰殿下——原本一直在蓄龙圃闭关隐修，千花陪伴左右。一个月前，千花突然失踪了，祭司大人也出走了。大家都不知道发生了什

么事。青桑知道了消息,认为有人想离间天星族与昆凌族的关系,派人通知我务必找到千花,问清情况,解释误会。”

“天星族?”

“也就是狐族皇室一脉。”

皮皮纳闷:“那你为何不亲自面见贺兰问清缘由?”

“祭司大人拒绝见我。事实上天星族跟沙澜族的首领走在一起——在我们看来就好像是你们的皇帝跟造反者称兄道弟一样——是前所未有的事情。我们怀疑祭司大人受到了金鹮的挟持。”

“既然青桑如此担心,何不亲自过来问他?”

“狐律:左、右祭司与昆凌族首领终生不能相见,违者自焚。有事只能通过使者交接。”

“所以你想知道千花的下落?”

关鹖点点头:“我的确在追查千花的下落,但我来见殿下您,却是为了另外一件事。”

“请说。”

“我奉青桑之命特来取走天星族收藏的物件,殿下想必知道我所指何物。”

皮皮眼睛一亮:“我怎么相信你真的是下一任祭司?”

“贺兰殿下在去北极之前,一定告诉过你一个密码,我知道那个密码的前十位。”说罢,他走到皮皮耳边,低声将那十位数一字不差地报了出来。

皮皮默默地听着,想了想,点点头:“不错。剩下的密码你现在就要知道吗?”

“是的。那东西事关狐族的命脉,我要尽快拿到它带回蓄龙圃还给青桑。”

皮皮心里盘算了一下,狐族的事按狐族规矩办,如何交出密码贺兰以前都交代好了,这关鹖报出了前十位密码,程序正确、手续齐全,她没理由不交出来。于是在他耳边将后面的密码一一报出,只说了一遍关鹖就点头表示记下了。

“你的记性真好。”

“谢殿下夸奖。”他淡淡一笑,“此外,您还应当给我一把钥匙。不然就算我知道密码箱在哪儿,也进不去。”

“钥匙在贺兰觿手上。”

关鹖面色微变:“殿下,祭司大人临行前,是不是特地嘱咐过您,钥匙和密码只能交给下一任祭司?”

“可是祭司大人又回来了啊!活蹦乱跳的,找我要能不给吗?”

“但是——”

可能觉得向皮皮解释太复杂，关鹖张了张嘴，又闭上了：“还有什么办法可以拿到那把钥匙？”

皮皮两眼看天，心里却悄悄地打起了鼓。看来狐族的政治发生了极大的变化。青桑摄政，狐帝出走，新任的祭司显然站在青桑这边，她应当相信哪一方、帮助哪一边呢？

于情于理，皮皮都应当旗帜鲜明地拥护贺兰觿。可归来的贺兰觿性情大变又对她如此粗暴，她怀疑自己面对的究竟是不是贺兰本人。若按贺兰以前的吩咐，相信关鹖也没错。在事态不明朗的情况下坚持原则总不会有错吧？错了也不能怪她啊！可是万一这个关鹖窃取机密的目的是为了联合青桑推翻贺兰呢？那皮皮也绝对不能让他得逞啊！

皮皮越想越多，开始后悔自己太快把密码告诉他了——正暗自纠结间，身后传来了脚步声。正要回头看，“嗖”的一下，一物带着劲风袭向关鹖，关鹖抽出腰间铜管，反手一挥，身形一掠数丈向袭击者冲去。

“当”的一声脆响，关鹖的铜管击到金鸐手中的铁弩，火星四射中两人各退一步。金鸐喝道：“皮皮，这不是你待的地方，快回去！”

皮皮拔腿掉头就跑，关鹖与金鸐在身后厮杀起来，跑了十来步，天空忽暗，一群黑鸟向她扑来，皮皮双手抱头钻入树丛，耳边“嗖嗖嗖”一阵乱响，一排短箭钉在脚边，头顶树叶哗哗响，似有人在树中疾走。短箭不停地向她射来，其中一枚从她臂边擦过，哧地蹿出一串蓝火——

豢灵师的无明箭！皮皮的脸白了，跑得更快了，一头撞到一人身上，不禁尖叫一声。一只有力的胳膊拉住了她。

“贺兰！”

皮皮就像见了救星，不顾一切地跳到他的背上，死死地抱住他的脖子，将头缩在他背后。

“平时见我没好话，关键时刻才知道往老公身上跳，皮皮你不算笨呀。”某人气不打一处来。

皮皮不理他，只顾死死地搂着他：“那些鸟会吃掉我吗？”

“放心吧，那些鸟只吃智商超过一百的人，你的智商没那么高！就算对你感兴趣也不会把你吃光，最多吃掉你的眼睛而已——”

“啊啊啊——”

贺兰觿将她猛然一抱，腾空而起，一跃十丈，仿佛飞人投篮一般将皮皮往空中一扔——

"啊!!!"

皮皮身子飞了出去,一群鸟闻声向她追来,皮皮在空中急哭了:贺兰觿,敢情你这是向鸟投食啊!她赶紧蒙住双眼,生怕群鸟如贺兰所说要啄她的眼珠,身子到了抛物线的尽头猛然下坠,眼见要掉到地上,又被另一双手接住。皮皮定睛一看,是方尊嵋。没等搞清楚是怎么回事,方尊嵋又将她向远处一抛,眨眼间皮皮又到了空中,群鸟又追了过来,这回方向不对,眼看要撞到一棵大树,一人突然从树枝中钻出来,伸手稳稳地接住了她,却是金鸐。皮皮急得心脏都快停跳了,对金鸐叫道:"放我下去!"金鸐呵呵笑了两声,带着她跳下树枝,将她缓缓放到地上:"你先回屋吧。我们还得赶鸟。"

皮皮四下张望、左顾右盼:"那些鸟不会又追过来吧?"

"贺兰已经把它们引走了……"

"那贺兰他……安全吗?"

"不知道他是否安全,只知道我饿了。"

皮皮低头一看,手中的戒指又红了,顿时像见了鬼似的赶紧溜了。

第九章

井底逃生

大门虚掩着，皮皮快步跑回来正要进去，身后有人忽道："劳驾——"驻足转身一看，是个俏丽女子，二十出头，细挑身材，面白如玉，凤眼斜飞，像个工笔画上跑出来的美人儿。奇怪的是，她明明长得很古典，却是一副十足的军人打扮，军装马甲军装裤，下穿一双马丁靴，背着一个重重的军工包，外加一个军用大水壶，好像马上要去前线的样子。

"Hello！请问贺兰觽住这里吗？"

女子扬起脸，冲皮皮俏皮地一笑，凤眼眯成一条柳叶，鼻子也跟着皱起来，好惹人疼爱的样子。皮皮不禁也笑了，觉得似曾相识，仔细一想又毫无头绪，于是点点头："对。"

"谢谢！"女孩子推开门蹦蹦跳跳地往里走，被皮皮一把拉住："等等，你怎么知道贺兰觽住这？"

女子回头打量了她一眼，似乎觉得多话，但还是耐心地解释了一下："他给我发了短信啊！闲庭街56号，对吧？"

皮皮不记得贺兰什么时候有主动给女生发短信的习惯，越听越糊涂："你们……是亲戚？"

女子正要回答，恰好贺兰觽、金鸐等数人赶完鸟陆续走过来，不禁欢快地向他跑去，一路叫道："姐夫！姐夫！"

皮皮一肚子疑惑地看着她冲进贺兰觽的怀中，来了个夸张的熊抱。贺兰觽微微尴尬地抱了她一下，立即推开："千蕊？"

"姐夫怎么住在大山里？让我一顿好找！"千蕊嗔道。

皮皮的心咯噔一沉，顿时想起她为何眼熟——因为长得像千花。只是千花有一头红发且高傲冷淡，不似这女孩子大方活泼，所以一时没把两人联系起来。金鸐、尊嵋和辛崃的目光在贺兰与皮皮之间游走，狐族听力敏锐，他们当然知道正房的火是两人吵架烧起来的。以皮皮的脾气，两人之间只怕会有一场好戏——

意识到皮皮就在不远处，且一直沉默着，贺兰觽走到她身边："皮皮，这是千蕊，千花的妹妹，过来跟着咱们住几天。"

那口气似乎在征求她的意见，而且提到"咱们"，显见皮皮在贺兰心中地位不低。千蕊一双凤眼顿时明亮地射过来，一脸揣测地看着他们。一旁看热闹的众人也在猜想贺兰将如何向千蕊介绍皮皮，不料贺兰什么也没说，岔开话题："大家都饿了，开饭吧。"

众人一起向饭厅走去，千蕊抢上前挤在皮皮与贺兰觽的中间，拉着他叽叽呱呱地说个不停，将皮皮冷落在一边。皮皮越想越气：千蕊赶着贺兰叫"姐夫"，那千花就

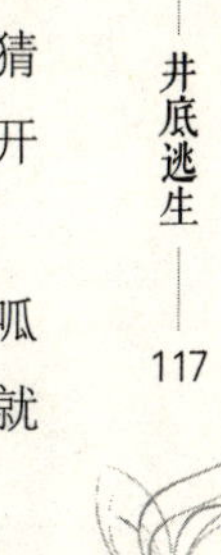

是贺兰的妻子啰。贺兰也不说皮皮是谁，显然怕千蕊介意啰。想到这里，皮皮肺都快炸了：贺兰觽你愿意娶千花我没意见，你们在芬兰、北极过你们的好日子，不要来C城招惹我！又不是二女共事一夫的年代，我可不想在闲庭街演什么宫斗戏码！她气呼呼地走了几步，忽然停住，冷冷地道："贺兰，过来一下，有点话要问你。"

贺兰觽向众人挥手："你们先去，我马上就来。"说罢跟着皮皮一路走进耳房。

耳房就是贺兰觽的书房，也是正屋中唯一没被烧毁的房间。皮皮走进去关上门，从柜子里拖出贺兰觽的行李箱，拉开拉链，"哗"的一声，将所有的衣物倒在地毯上。

贺兰觽不动声色地看着她："你想干吗？"

皮皮拿起一把大剪刀，拎起贺兰觽的衬衣、裤子就一通乱剪，剪得布片乱飞一气。

"生气了？"

"贺兰觽，你在狐族发生了什么事我不管，就算你在那边娶了千花也不关我的事。"她大声道，"但C城是我的地盘，咱俩是领了证的合法夫妻——"

"你要我怎样？"

"等下去饭厅，请你向千蕊正确地介绍我。"

"嗯哼。"

"嗯哼是什么意思？"

贺兰觽两眼看天，不理她。皮皮拿着大剪刀走到他面前，"咔嚓"一声，向空中虚剪一刀："如果介绍错了，下回剪的就不是你的衣服了！"

皮皮气昏了。在火车上遇见贺兰的美好时刻一溜烟地没影了，以前的甜蜜也被如今的猜疑搅黄了。如果贺兰到C城就是为了那个密码，明明可以骗她，以他的智慧皮皮绝对能上当，可他就是不骗，一定要不阴不阳、把一切弄得扑朔迷离，几度把皮皮逼到死路又把她拽回来。这人肚子里究竟打的什么主意？

皮皮觉得，与其遇到现在的贺兰，不如根本没遇见，她宁愿每天坐在院子里回忆、空想也好过如今的折腾。心中越这么想，情绪越发焦躁，不觉心跳加速，喘起了粗气，一副一点就燃的样子。

"先别提我该怎么介绍你，"贺兰觽说，"先告诉我你都跟关鹖说了些什么。"

"他问我要密码，我告诉他了。"

贺兰觽怔了一下，以为自己听错了："再说一遍？"

"他说他就是下一任祭司，一字不错地报了前十位密码，根据你以前的吩咐，我就把后面的密码告诉他了。"

贺兰觿一时气结，平静了几秒才道："关皮皮，在没征得我同意之前，怎能擅自把狐族最重要的机密如此轻易地交出去？"

"按程序办事。"

贺兰觿无语了半天，双眼一闭："那我也不怪你。现在，请你将功补过，把密码告诉我。"

"现在？此时此刻？"

"对。"

"No."

"也就是说，"贺兰觿尽量显得有耐心，"你宁可相信一个不认识的人，也不愿相信几度救你性命的老公？"

皮皮一想，也对，话不能说得太绝对，贺兰觿是帮她解过几次围，于是说："也……也不是这意思。"

"你觉得我不是你的老公？"

"有点怀疑。"

"是，还是不是？"

"我也不知道……"

"既然不知道，你要我怎么'正确'地介绍你呢？"

"就跟千蕊说我是你妻子。"

"也就是说刚才你吃醋了？"

"没吃醋！"

"那剪我衣服干吗？"

"我……生气……"

"那你究竟是想我当你的丈夫呢，还是当她的姐夫？"

"你是不是我丈夫不清楚，但你绝对不能是她的姐夫！"皮皮双手叉腰，大声吼道。

"皮皮，做人要讲道理。"

"怎么不讲道理啦！"皮皮一向口笨，这次感觉更深，她觉得自己快被贺兰觿绕晕了。

"要么你承认我是你老公，老老实实把密码告诉我；要么我去当千蕊的姐夫，自己想办法解决问题。——不着急，慢慢想，想明白了告诉我。我饿了，先吃饭去了。"

"别走，话还没说完呢！"

"饭厅里坐着一屋子的沙澜族，我再不走，他们可要吃人了。"

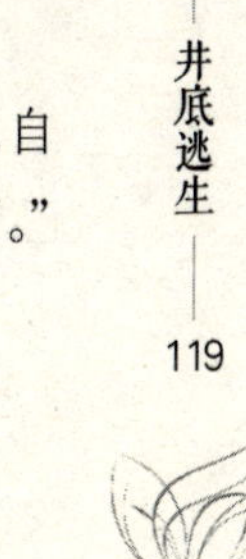

祭司大人说完话，潇洒地走了，把皮皮一人留在屋内。皮皮想了想，跺跺脚也去饭厅了。

饭厅在厨房北面，气派的红木长桌铺着金色的桌布，青铜烛台上烛光闪耀。皮皮走进来时贺兰觿刚刚落座。狐族规矩，祭司不起筷，谁也别想开吃。一桌子人都安静地坐着、等着。皮皮一瞄手上的戒指，早已鲜红欲滴。贺兰说得没错，再晚一步，这群人都得大开杀戒。果然，方尊嵋不安地啃着指甲，钟沂捧着菜盘站在贺兰觿左边准备布菜，紧张得手都抖了。

听见皮皮走进来，贺兰觿忽然站起来，将自己的椅子移开半尺，让皮皮坐下，自己则坐在她的身边，还很关照地给她夹了一块豆腐。众人见他举筷，都默默地吃了起来。唯有千蕊的脸越来越黑，终于忍不住叫了一声："姐夫——"

"忘了向你介绍，这位是关皮皮，我的妻子。"

千蕊的惊讶不异于皮皮，她双眼圆瞪，呆呆地看了他，半晌说道："那我姐呢？"

"你姐……是……"贺兰觿斟酌了一下，"陪伴我的人。"

千蕊的样子委屈得快哭了："我姐可不是这么跟我说的，她有你送给她的魅珠，姐夫——"

"别叫我姐夫了，让人误会不好。"

"可是——"

"吃饭吧。"

祭司大人想息事宁人，可千蕊根本不配合，将筷子一放，厉声问道："那我姐去哪儿了？怎么不见了？难不成你为了她把我姐杀了？"

贺兰觿的脸硬了硬，他没有回答，继续吃饭。

"放肆。"金鸐喝道，"你姐没教你规矩？怎么跟祭司大人说话的？"

"沙澜贱族，有什么资格教训我？"千蕊气得脸都白了，一跺脚站了起来，"我是昆凌族护法，不怕我灭了你！"

"啪！"钟沂将菜盘子放了下来，将千蕊面前的筷子、碟子、碗全部收到一边，恶狠狠地看着她："祭司大人正在用膳，请不要败坏他的胃口。"

千蕊冷笑："这是你们沙澜族的地盘吗？还不让我吃饭了？"

"请停止侮辱我们的酋长。"钟沂丝毫不让，岂料话音未落，脸上已经挨了千蕊一巴掌。

"冰奴有什么资格跟我说话？"

钟沂毫不客气地推了千蕊一下，千蕊猛地把她往墙边一推，钟沂一下没站稳差

点摔倒，被皮皮一把扶住。

“千蕊，”皮皮站了起来，“先吃饭，有什么事吃完饭再说，好吗？”

“怎么，”千蕊走到皮皮面前，挑衅地盯着她，“祭司大人一句话，你就以为扶正了？想挤走我姐，没那么容易！”说罢气呼呼地砸门而去。

饭桌上一下子安静下来，好像什么事也没发生。贺兰觿安静地吃着，皮皮时不时地看他一眼，发现除了食物变化之外，祭司大人吃饭的姿势没有半分变化，还是那么细嚼慢咽、从容不迫，就算天塌了也不能影响他进食的心情。在座的每一位，面前菜品各不相同，但他们也全都规规矩矩、有板有眼地吃着，好像面前放了一台摄像机，正在现场直播。贺兰觿没说话，谁也不说话，皮皮觉得憋闷，想开个玩笑活跃气氛，见一旁的贺兰觿面无表情，自己觉得没趣，只好作罢。

吃了大约十分钟，见钟沂仍然站着不停地替桌上的几个男人布菜，皮皮将一把空椅拉到身边，轻轻唤道：“钟沂，过来坐，你也吃嘛。”

“你们先吃，吃完了我再吃。”钟沂连连摆手。

“那怎么行，这顿饭是你做的，你这么辛苦，怎么可以最后吃呢？”皮皮心想，这群男人虽然吃饭慢吞吞，但狐族爱惜食物，绝对不会剩下什么。如果钟沂再不吃就连一片菜叶子都没了。

“嗯……没关系的。我不饿。”

明明是凌晨四点钟就爬起来做饭，中间火灾抢救古董、扛家具也是“巾帼不让须眉”，皮皮相信钟沂一定比自己更饿。

“祭司大人，”皮皮碰了碰贺兰觿的胳膊，“现在世界男女平等。咱们狐族与时俱进，规矩可以改一改了。没有让一个女人伺候一群男人吃饭的道理。从今天开始，大家轮流做饭，一人轮一天，明天我做，后天金鸐，大后天尊嵋……”

“是什么规矩就是什么规矩，不要多管闲事。”贺兰觿一句话呛过去，按以往脾气她是要据理力争的，这次声音却低了：“只是一个建议……”好不容易夺得正妻“名分”，蹬鼻子上脸不太好。这顿饭就在无比局促的氛围下结束了。皮皮觉得，这辈子都不想走进这种饭厅了。

饭后自然要散食，贺兰觿突然提出去后院的山顶，让皮皮陪他。两人进了院门拾级而上，贺兰觿道：“皮皮，这顿饭吃得好吗？”

“挺好的。”

“我是不是按照你的心愿消除了你的烦恼？”

“谢谢你。”

“为此，我得罪了千蕊。我倒不怕得罪她，但这丫头脾气烈，真要添乱，麻烦不少。”

“这事儿怪不到我头上吧？”

走着走着就到了井边。皮皮转身看见屋顶上用黄漆刷的六个大字，如今被山雨冲刷得只剩下了模模糊糊的轮廓，与之俱来的记忆却越发清晰越发沉重了，一时间千头万绪涌到胸前。

“还记得这口井吗？”她轻轻地问道。

贺兰觽摇摇头。

“你以前经常在下面月光浴。”

“是吗？”

“第一次到你家，你就把我推了下去，当时吓了我一跳。”

“真的？”

“后来你受伤了，也是躺在这里，我照顾过你。”

“哦。”

“一点也想不起来了？”

他摇摇头，将话题绕了回去：“皮皮，现在可以告诉我那个密码了吧？”

密码，又是密码。皮皮烦躁地想，难道你回来就是为了密码？

于是果断摇头：“不能！”

“关鹖已经知道密码，就差一把钥匙，一定还会再来，这里已经不安全了。如果你现在不告诉我，让我快些把东西取出来，后果不堪设想。”

“没法告诉你，我必须要按原则办事。——我没有办法证明你就是贺兰静霆本人。”

“说来说去你还是不肯相信我？”

“是的。”

“要我怎样证明我才是我自己呢？”

“我也不知道。”皮皮看着他，“你有很多地方还是以前的贺兰静霆，但也有很多地方变了，直觉告诉我——”

“嗤，直觉？”他冷哼了一声打断她。

“直觉告诉我你不是贺兰静霆。”皮皮坦荡地说，“我宁愿把密码交给关鹖，也不能交给你。”

“你要再不肯告诉我，我就把你推到井里去。”

“那岂不是更加证明了你不是贺兰静霆？”

皮皮以为他在开玩笑,岂知贺兰觽真的将她一推,皮皮一步没站稳,伸手一抓,抓了个空,整个人掉入井中,正好掉在躺椅上。

“贺兰觽!你卑鄙!”她在井下大叫,“拉我上去!”

叫了几声无人应,半晌工夫,空中飘飘荡荡地掉下来一张便笺纸,紧接着又掉下一支圆珠笔。贺兰觽的头探了出来:“把密码写好了扔出来,不然你就待在那儿吧。”

“无耻!!!贺兰觽,你究竟是谁?”

“记住,井下可没有水喔。快点写,不然的话,就算饿不死也会渴死的。”他淡淡地说,“这世界可以没有爱,但不能没有水。——你懂的。”

说完这话他的人影就不见了,皮皮听见他远去的脚步声,心一下子慌了。

皮皮在井中待了整整一下午,因为脑子乱,倒不觉得难挨,到了肚子咕咕叫时已是黄昏。抬头望天,天空是淡金色的,几片云朵镶着红边,看不见夕阳,一时半会儿下不了雨却是肯定的,皮皮的嗓子已经渴到发干了。

井底再熟悉不过,以前跟贺兰在一起,晒月光、疗伤、治病都在这里,虽然时日不多,里面的环境、机关她都熟悉。贺兰受伤昏迷的时候她曾经从甬道中多次往返运送食物。所以贺兰觽离开后她第一时间就去按了井下的机关。门开了,走进甬道,拐了几道弯,打开直通卧室的暗门,再按机关时却怎么也打不开了,大门的那边被锁住了。

祭司大人习惯黑暗,井下没有装灯。在甬道上走动,摸着黑走和拿着手电走,情形大不相同。皮皮看过太多的僵尸片,一路紧张到听见自己的脚步、呼吸都觉得有鬼跟着。就这么毛骨悚然地跑了个来回,试了各种办法都不能把沉重的铁门弄开,心情顿时焦躁了,连忙退回井底。井底虽然也是黑的,但毕竟有点光线照进来。

难道贺兰觽真要活活饿死自己?皮皮觉得不至于。身中无明之火疼得快死的时候,他不是来了吗?她宁愿相信这是祭司大人的一个恶作剧。既然他那么需要密码,不会不留她一条活命。皮皮于是抱着侥幸之心继续等待。天就这么渐渐地黑了下去。

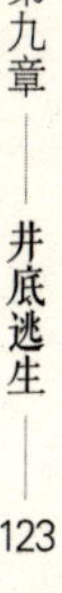

皮皮躺在躺椅上数星星,也不知过了多久,头顶传来脚步声。贺兰觽的头探出来:“皮皮,密码写好了?”

“去死吧你!”皮皮一声怒吼。她以为贺兰过来就算没套出密码,至少会给她送点饭或一瓶水什么的。岂知上面没声儿了。

“连个苹果也不丢下来吗!”皮皮对天吼道,“贺兰觽,我要是能出去,绝对不会放过你!有种你别跑,你下来,下来我跟你拼了!”

嗡嗡嗡，皮皮的声音在井中回响，耳膜快震碎了，肺也快气炸了。喊叫半天，无人答应，倒是外面山谷传来飒飒风声，把夜晚的寒气灌进井底。上午一直都在劳动，皮皮只穿了一件薄薄的羽绒服，不禁冻得浑身打战。C城的冬夜室外气温在零摄氏度左右，院里的花枝都带着溜溜的薄冰。皮皮把井底搜了个遍，只找到一条白色的浴巾，也不知道是什么时候留下的，掉在地上，沾着灰尘，已经发黑了。她不管三七二十一地披在身上，将身子缩进甬道的入口。

甬道在地底，温度反而高些，但也冷得牙齿咯咯作响。看来这贺兰觿不是要饿死自己、渴死自己，明明是要冻死自己的节奏呀！皮皮凄凉地想，下了火车，自己与贺兰觿初入C城的那天，他对她的态度还是好的，至少也算客气。帮她修过水管，与她同床共寝，钱七欺负她帮她打过架，见她走累了还会背着她——虽然以前的事情不记得了，但对皮皮不算坏。直到第三天早上皮皮怀疑他的身份，声明只能把钥匙交给关鹖，并要他搬出闲庭街后，贺兰觿的态度来了个一百八十度的大转弯。他来C城的目的就是为了那把钥匙和密码，原先的打算是尽量哄骗到手，关鹖的偷袭、豢灵师的出现让他意识到时间紧迫，于是改变策略，开始强硬。

贺兰觿来到C城并不是为了自己，更不关心自己，如果拿不到密码，有可能用残忍手段折磨甚至杀死自己——皮皮必须要抛弃幻想、接受现实：如果这个贺兰觿就是以前的贺兰静霆，那么无论他爱不爱自己，会不会在不明真相的情况下折磨自己，皮皮都会一如既往不计前嫌地爱他、帮助他，万死不辞。如果这个贺兰觿是假的，那么问题就大了！真的那位在哪儿？是不是被囚禁了？会不会有危险？一直跟在他左右的千花为什么会失踪？狐族人为什么没有察觉？——一切只能通过他来找真相。皮皮绝不能让假祭司利用自己的感情来实现不可告人的目的，最终伤害贺兰并窃取他的权力。更不能让狐族多出一个暴君，而自己沦为帮凶。

想到这，皮皮觉得责任重大，不能像当年被慈禧太后推到井里的珍妃那样不明不白地死掉，必须要逃出去查到真相。而自己身上仅有的一件东西就是那面“照妖镜”，不能当饭吃，不能当水喝……

冥思苦想中几个小时又过去了。到子夜时分，皮皮饿得腿都软了。若在以往，遇到这样极端的情况皮皮还能多挨些时候，旅途奔波，前村不挨后店，少吃两顿的事时有发生。偏偏前面大病几天，她几乎没进食。吃了钟沂做的包子有了气力，干一番体力活全花掉了。午饭倒是丰盛，结果千蕊一通吵闹也没认真吃——这样算下来，身子就不如以前经饿。皮皮东张西望地想辙儿，甬道里突然出现几点荧荧亮光。

空中飘着几只发着幽幽蓝光的小东西，钱币般大小。仿佛被皮皮的呼吸吸引，小东西越飘越近，一直飘到皮皮的鼻尖，轻轻浮到她的眼前。皮皮目不转睛地看着，

开始以为是萤火虫，仔细观察，那东西几乎是透明的，像个小小的吊钟，当中有几道灯丝般发光的经络。钟口处有一圈丝线般细小的触须，仿佛镶了一道流苏，在空中一张一合，随着气流上下飘动。

这不是……水母吗？虽然样子与贺兰觿水族缸里的水母很不相同，但这种一舒一张的移动方式，这或钟形或伞状的头部，这细长的触须，在皮皮印象中最常见的就是水母了。

水母不是生活在海里的吗？

就算不生活在海里，也绝对不会飘在天上啊！

皮皮不禁用手指轻轻地碰了一下，没有任何碰到实物的感觉，仿佛是道虚幻的投影，但那只水母在碰到皮皮的手指后却轻轻地弹开了。于是她对着那几只水母猛吹了一口气，水母沿着气流飘到井中，渐渐上升，忽然不见了。

说它有形，没有触感；说它无形，吹口气能跑掉。皮皮呆呆地想，我一定是饿出幻觉了。

又过了不知多久，头顶渐渐露出了天光，皮皮已经饿得有些虚脱了，越发着急想逃出去。思来想去，还得从甬道中找出路。

俗话说狡兔三窟，贺兰避难之处应当不止一个出口。他以前没交代，甬道曲折却无岔道，如果还有一个出口的话，会在哪里？皮皮坐不住了，鼓起勇气向里走，一路沿途摸索过去。洞内有些潮湿却无明显滴水之处，不然哪怕从岩缝上滴下两滴山水也能润喉。走了十几步，摸到岩壁上有个圆圆光滑的硬物，皮皮抠下来拿到手中摸索，从形状上看像是蜗牛，不禁心中一喜。连忙跑回井下察看，果然是只肥大的蜗牛。

电视上说，蜗牛这玩意儿高蛋白低脂肪，法国人最爱吃，一年要吃掉六万吨蜗牛肉。这蜗牛虽不是法国货，估计也能吃。皮皮早已经饿得不行了，当下用躺椅腿压破蜗牛壳，也不管干不干净，取下头上一个发卡拧直，将里面的肉掏出来吸入口中。

嗯，皮皮心想，这蜗牛如果用黄油大蒜来炒一定很香吧！原汁原味地吃就是满口泥土的腐味，还粘牙。吃下肚后非但不饱，反而更饿了。皮皮也顾不得怕黑，满墙壁细细地摸了一圈，也只摸到三只，掏出肉来放在一起还不够一勺，却也如法炮制统统吃光。肚子还是咕咕叫，总算有点货，叫得不似先前响亮。

皮皮觉得有了点力气，开始寻找可能的出口。在黑暗中四处摸索，地毯式搜寻，来回摸了两趟之后终于在靠近井底的那段甬道的右边摸到一条有规则的缝。仔细一摸，果然是道半人高的暗门，右下角有个隐蔽的凹口，伸进手指用力一按，“咯噔”一声，某个机关打开了。皮皮用力一推没推动，于是往回一拉，门开了，一股劲风倒

灌进来，差点没把皮皮吹到天上。她死死抱住门，过了片刻方将身子挨到门边，把头探了出去。

与其说是一道门，还不如说是一扇窗子。

门外就是悬崖，大小堆叠的岩壁笔直朝下，开始五米还有点坑坑洼洼，其间散落着碎石乱草矮树，再往下二十来米则是一整块光溜的巨岩。巨岩之下就是那片曾经被皮皮欣赏过无数遍的山谷，被密密麻麻的树木遮盖着，深不见底。虽然从悬崖到山谷之间还长着一些高大的松树，彼此也挨得很近，但对皮皮来说，真心冒险往下跳，百分之九十九的可能性是摔死。

皮皮一下子颓了，坐在地上抱住脑袋差点疯了。这道门对于弹跳力极强的狐族来说自然可以逃生。山谷里有那么多树，他们可以像猴子那样从这棵跳到那棵，一路跳下去，直达谷底。如果时光能够倒流，皮皮倒想从人变回猴子。这可能吗！皮皮不死心，伸长脖子又一次细细打量四周的地形。这一次，她发现脚下半尺之处有个岩缝。岩缝中有个破旧的鸟巢，里面居然有两个鸟蛋，一只老鹰一动不动地倒在一边。皮皮吓了一跳，怕被老鹰袭击，赶紧关上门，想了想，又将门拉开一条缝。

那老鹰看上去死去多时了。皮皮壮着胆从旁边拔出一根小树枝将它戳了戳，半天没有动静。于是眼疾手快地将两个鸟蛋掏回洞内。轻轻一敲，从里面掉出一只快要孵化的死雏，眼睛尚未睁开，身上也没有羽毛。皮皮大失所望地敲开另一只，也是同样情况。看来这老鹰大约是捕食遇了敌，抑或被猎人射伤，勉力飞回巢中护雏，来不及孵蛋就已死去。山高风大，那又是块阴凉之处，尸体连同这鸟蛋来不及腐化就被风干了。

刚刚吃下四只蜗牛，皮皮的胃就像一辆点火启动的汽车，整个消化器官的热情都调动起来了。食道颤抖着，胃咆哮着，皮皮双眼一闭，对着死鹰作了一揖："得罪了，鹰兄！"将雏鸟咬下一口，一顿乱嚼后强行咽下。第一口太不适应，各种酸腐难闻之味扰得肠胃狠狠地打了个激灵，一下全呕了出来。皮皮差点气哭，鸟没吃下，连同那四只珍贵的蜗牛也全都吐出来了。毕竟还是进化过的动物，回到茹毛饮血的状态实在困难。

看来还得吃熟的。皮皮想了想，伸手在外面捡起一块石头，又拔下一些枯枝、枯草带回洞中，将羽绒服撕了个洞，掏出一团细细的羽绒。就这么以石击壁，折腾半天，火星终于点燃羽绒，又点燃枯草，添进枯枝后，腾地烧起了一个小小的火团。皮皮将剩下的雏鸟放到火中，那鸟也没什么肉，烤熟之后只剩一层薄薄的肉皮，皮皮拿在手中一点一点地撕着吃掉了。一只下肚意犹未尽，将那只死鹰也拖了上来。那鸟看上去好大一只，皮皮想着，吃完这个肯定能饱，岂料老鹰虽大，却大在厚厚的羽毛

上，拔光之后掏出内脏，能吃的地方所剩无几。鹰肉本就是风干的，烤熟后越发坚硬如石，吃起来像啃一块木头。皮皮用力撕扯着肉的纤维，勉强咽下几口，希望强大的胃液能消化得动。

几样东西统统塞进肚子之后，皮皮终于觉得有力气了，但口也更渴了。她已经在清醒的状态下连续十几个小时没喝一滴水了，四只蜗牛本来有点水分也被她呕了出来。再不逃生，过几个小时就会处于严重的脱水状态，到那时就万事皆休了。

再一次研究地形之后皮皮得出了结论：往下走死路一条，往上爬或许还有几分希望。井底离山顶只有十米左右的距离。头顶岩石虽陡，却错落不齐，倒是不难攀爬，只是身体悬空、下临深崖，加之山风浩荡、冰雪打滑，一失足就真成了“千古恨”，心理的恐惧是最大的障碍。

小菊爱武术、爱散打、爱一切室外运动，曾经在一家攀岩馆打过工，闲暇时候皮皮也爱跟她去玩。也许是骨子里有着慧颜军人世家的DNA，皮皮从小翻墙爬树都很在行，很多人视为难学的攀岩，她玩了几次也能上道。想到这里，她突然想起井底的躺椅是绳子做的，于是用发夹捅开绳结，将绳索从躺椅上拆下来，接成长长的一条。再将躺椅拖到门边，将绳索的一端拴住自己的腰，另一端拴在躺椅的铁架上。皮皮试了试，无论绳索还是躺椅都算结实，窄小的洞门正好将长长的躺椅卡住。有了这层保险，就算失足掉下去，也不会无限下落，运气好的话还能爬回甬道……

做完这一切，也许是刚吃了“腊肉烧烤”的缘故，皮皮嗓子快要冒烟了。

不能再等了！她当下对着双手哈了两口热气，又抹了点沙土防滑，脱掉球鞋，咬咬牙拉开门钻了出去，双脚先落在鹰巢内，仰头打量四周的岩缝，看准了攀爬的路径，何处着手，何处着脚，往东还是往西，心中略有些底，双手抠住岩缝，腿用力一蹬，身子紧贴着岩壁，便开始往上爬。

山风很烈，在耳边呼呼作响，皮皮爬了几步，还算顺手，也不敢往下看，正要歇一口气，冷不防旁边“呼啦啦”一响，一群黑鸟向她冲过来，正是豢灵师的灵鸦。皮皮心一慌手一滑，“啊呀”一声，掉了下去。所幸被绳索拉住，那群鸟一路追上，就向她眼睛啄去。皮皮连忙抱住脑袋，掏出小圆镜对准那群鸟一照，“哧——”，被照到的那群顿时消失。没照到的仍然源源不断地向她涌来，皮皮伸长胳膊左支右绌将涌来的鸟一一消灭，赶紧抓着绳索继续向前。崖壁光滑无着力之处，皮皮只能像小时候玩吊绳那样，仅靠双手之力往上爬。那尼龙的绳索并不粗，勒在手上生疼，很快就擦出了血，皮皮咬牙爬到原先掉下之处时，手上已经鲜血淋漓了。

皮皮生怕又有黑鸟捣乱，越发加快速度，眼看快到山顶，腰间忽然一紧，绳索不够长了，而山顶有块突出的巨石，大大增加了攀登的难度。

皮皮只得解开绳索，看准巨石的两个凹口，手指用力插进去抓牢，身子倒倾着向上爬去。一连爬了七八步，眼看离山顶只剩下一步之遥了，双脚突然一滑，只剩下双臂悬空。皮皮一头冷汗地往下看，巨石的边缘结了冰，异常光滑。她穿着一双袜子，根本踩不住，四下都没有落脚之处。就这么悬空地吊了几十秒，皮皮心中生出一丝绝望和恐慌——难不成今天就要命丧于此？

抬头一看，左手上方有一处凹槽，只要被右手抓到，将身体抬升半尺，左脚就可以够到一处微微凸起的崖壁，虽然上面也有冰，但形状错落，应当可以踩得住。然后再用力一蹬，就能到达山顶。那个凹槽有点高，腾空右手非常冒险，因为光凭左手两指之力挂不住全身的体重。如果拼尽全力往上一纵，没够着，就会直直跌入深谷。

皮皮已经没有选择了，当下深吸一口气，双目圆睁，左臂微屈，右臂往上猛地一探，将凹槽牢牢抓住！左脚立即跟上用力一蹬。

站在山顶的感觉真好！

征服重力的感觉真好！

皮皮默默看了一眼白雾笼罩的群山，初升的太阳在滚动的云间荡漾，一片金光照在脸上，凌厉的山风令她感到了几许微薄的暖意。看尽了大自然的瞬息万变，生死不过如此，这些天的种种纠结、焦虑、怨念、喜怒一时间释然了。于是她慢慢转过身去……哦，不，她又见到祭司大人了。

祭司大人好像已经等了很久，皮皮走到他面前，不憎不怒。祭司大人的嘴角抽动了一下，不知是哭，是笑，还是嘲讽，他淡淡地递给她一瓶矿泉水：

“皮皮，我开始有点喜欢你了。”

第十章

协议

他们在山顶的八角小亭里坐了下来。

皮皮低下头，看着汉白玉石桌上铺着的水绿色桌布。此时的她对贺兰觿的恨意已经严重到不想看见他的脸，不想让这张令人分心的面孔提醒自己这是那个自己曾经深爱过的人的地步。而皮皮愿意坐下来听他解释的原因，仅仅是因为历经生死之后，仇恨已经不重要了，好奇心占了上风。她忽然特别想知道这个贺兰觿究竟是谁，密码箱里究竟有什么，为什么两个祭司都要不顾一切地得到它。

既然贺兰静霆把这么重要的秘密交给她，那么，把它交给正确的人就成了皮皮不可推卸的责任。她认为自己有权知道事情的来龙去脉以及那东西的最后去向。否则就无法判断到底做对了没有。想到这里，她觉得报仇事小，查明真相事大，而且手中有照妖镜，真狠下心来她谁也不怕。

石桌上摆着三只青花龙纹高脚盅，盖着盖子。皮皮记得那是永乐年间的瓷器，贺兰很喜欢，以前吃饭时经常拿来盛菜。贺兰觿揭开其中一只盖子，里面是三个热腾腾的大白面酱肉蒸包，弥漫着肉的鲜香。他以为皮皮一定饿极了，会不顾一切地抢过来吃掉，可是皮皮只是冷笑了一声。

“不饿吗？吃吧。”他说，语气里有股子罕见的殷勤，“请。”

皮皮冷冷地看着他，手指头动都没动。贺兰觿的眼中闪过一道阴影，自嘲地笑了：“皮皮，我知道你能爬上来。……就算爬不上来，我也不会让你掉下去。”

“哦？这么关心我？”

“倒也不是关心。你的使命没完成，怎能随便地死掉呢？”祭司大人又恢复了那种不阴不阳的口气。一番话说得皮皮怒眼圆瞪，想把他活撕了的心都有。

“大家都是成年人，心平气和地谈一谈不好吗？”

“我是成年人，可你根本不是人。”

“人兽之间也是可以沟通的嘛，以前不是沟通得挺好的吗？你都肯嫁给我了……”

“我嫁的那个人不是你。”

“不要这么说，皮皮。你我之间，与其相互猜疑，不如好好合作，各取所需。”他缓缓地道，“在你这边，我需要那个密码；在我这边，你不也需要点什么吗？我们可以交换的。”

“我什么都不需要。”

“你需要记忆中的那个贺兰静霆回到你身边，对吗？”

他抬起脸，似笑非笑地看着她。皮皮的脸苍白了，这话就像一只手伸进了她的胸膛，捏住了她的心脏。忽然间，她沉默了。

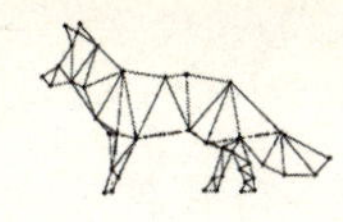

“不如咱们做个交易，”他淡淡地道，“你告诉我密码，然后陪我去做一件事，做完这件事，我就还给你那个——用你的话说是‘失忆前’的——贺兰静霆。此外还附送一件珍贵的礼物。——说实话，皮皮你一点没吃亏，还赚了。”

“你说把贺兰静霆还给我，也就是说你不是贺兰静霆？”

“我不是失忆前的那个贺兰静霆。”

“如果我答应了你的条件办完了那件事，你就可以变回去？”

“从某种意义上说……是的。”

“既然你能变回去，那就说明你知道以前是什么样子，只是故意装作不知道？”

“我的确不知道。”

“不知道你怎么变？要不你现在先变一下给我看看？”

“我变不了，但我是贺兰觿。”

“你不是！少跟我在这玩文字游戏。”皮皮冷笑，“跟你合作？三番五次让我死，你有诚意吗？我怎么知道你来找我干吗？你就是个改头换面的伪装者！可能你已经囚禁了贺兰，杀了千花，正在联合沙澜族夺取他的权力。又或者贺兰已经躲了起来，你是青桑派来抓我引他出来的。——别做美梦了！第一，我不信你；第二，我不怕死。想要密码？门都没有！贺兰觿，你要再来惹我，我就再去一趟燕昭王墓，那里有很多你害怕的东西，信不信我一把火烧死你！”

谈判陷入僵局。

“既然合作，当然要彼此信任。”贺兰觿想了想道，“说吧，你要我怎么证明我是贺兰静霆？我的脸还不算最直接的证据？DNA 可以吗？”他指着自己的头发，“拿我头发去化验行吗？”

“你宁死都不愿意与人类的医院打交道。”

“可以去千美医院。”

——苏湄走后，皮皮去过好几次千美医院，想与狐族接上头。但医院已经易主，里面倒有不少医生，皮皮一个也不认得，更无从判定他们是否来自狐族。皮皮以为自己身上有贺兰的种香会引人注意，虚构了一堆病情把专家门诊挨个儿地看了一圈，也没人过来找她联系。

“我怎么知道里面的医生不是你的人？”

“那你说还有什么办法？”

“我们曾经在一起说过很多很多的话，只要你说出哪怕一句——只有你我才知道的话——我就相信你。”

“可我真的什么也不记得了。”

“努力想——哪怕只有一星半点……哪怕只是破碎的……只要你能想到……”

祭司大人沉默了，他低下头用力地思索着，努力回忆着。

皮皮很有耐心地看着他，居然拿起一个包子吃了起来。

不知为何，皮皮忽然对他产生了一丝同情：毕竟曾经深爱过，如果他真是一个迷失的灵魂，应当给他机会证明自己、找回过去。

几乎过了大半个小时，贺兰觿迟疑地抬起头：“我只记得一件事……不知道发生在什么地方……也不知道跟你有没有关系……甚至不知道这是否真的发生过，抑或只是我的一个梦……”

“请说。”

他茫然地看着皮皮：“我躺在一个很黑很黑的地方，完全没有光……然后……有只手电突然照了进来。很强烈的光，非常刺眼，亮到无法忍受……我只好请求那个人关掉手电。”

皮皮怔住，呆呆地看着他。

——那一年贺兰受伤独自躺在井底，她就是拿着一只手电走过甬道找到他的。还记得他当时说的第一句话是：“关掉手电，皮皮。”

“然后呢？”她急切地问道，“那人是谁？”

“不知道。就记得有个人拿着手电进来了。男的女的都不知道，后面发生了什么事就更不知道了。”他看着皮皮，样子很无辜，“跟你……有关系？”

皮皮点点头：“你受伤了……就躺在井底。我拿着手电去找你，你很怕光，所以让我关掉手电。”

贺兰觿的样子也有些吃惊，似乎没料到皮皮就是那个拿着手电的人。而皮皮知道贺兰觿受伤后自己一直紧随左右，之后他再也没去过银行地库，没过多久就被打回原形。他本来就是个极端注重隐私的人，不可能向人透露这些两人之间的小细节。

但这证据就好似高山上的氧气……那样稀薄。皮皮仔细一想，这种情况可以发生在任何人的身上，也许只是巧合呢？“关掉手电”这四个字虽然不常说，但也不特别。如果他能说出两人之间的一些私密对白，而不是什么诸如“早上好”“吃饭了吗”之类的日常用语或许可信度更高。

就凭“关掉手电”四个字，就相信这个人是贺兰静霆，可以吗？

“因此你知道井底有暗门直通卧室？”皮皮问。

“不知道，不过我已经把这个宅子从里到外仔仔细细检查过一遍了，所以就发现了。看它的位置，再看那个井的位置，很容易猜到两者的关系。”

“你知道暗门的密码？”

“不知道，我只是把门堵上了。”

皮皮将另一个包子塞进嘴里，心中忽然有了主意：“好吧，虽然你提供的细节很少，但这个细节是真实的。如果你再向我证明一件事，我就愿意相信你是贺兰静霆。”

“我真的什么也想不起来呀。”

“不是指这个。”皮皮看着他，“我要看见狐狸的尾巴。”

——并不是所有的狐人都能像贺兰静霆那样控制自己的身体。狐族可以在人与狐之间变化，但所有的变化都会在瞬间全部发生，基本上不存在半人半狐的状态。只有天星族王室这一级别的狐才能自由地变出或隐藏自己的尾巴。而这尾巴的功能……其实是用来求爱的。

“皮皮，你知道这样做需要我在你面前脱光所有的衣服吧？”

“那就脱呗。”

“祭司大人很害羞好吗？”

“是害羞，还是根本没有？”

他开始脱衣服。

皮皮瞪大眼睛，吃着包子，睫毛都没动一下地看着他。

“过来。”他已经脱光了上衣，露出了漂亮的胸肌，身体在冰凉的空气中散发着白色的雾气。

皮皮咬了一口包子走到他身边，贺兰觿一把搂住她，将她抱在怀里。忽然间银光一闪，一条雪白的毛茸茸的大尾巴从她身后绕过来，轻轻地摩挲着她的脸颊。皮皮惊呆了，差点被包子咽住。她顺着尾巴摸下去，一直摸到底部，确信不是假的，然后讶然地抬起头看着他的脸。那尾巴仿佛有生命似的顽皮地在她身边闪来闪去……似乎在跟她捉迷藏。

皮皮的目光柔和了，贺兰以前很喜欢用尾巴这样逗她，撩拨她……

“这样证明……就可以过关？”他脸上的笑意很明显，却是嘲讽的，“早说啊。”

“是的。我愿意告诉你密码。”

尾巴不见了，他开始穿衣服：“太好了。”

“不过我要和你一起去地库把那个东西取出来。”

他怔了一下，立即说：“我不反对。”

“那东西——无论它是什么——必须要一直跟着我。我要知道它的最后去向。也就是说，你想用它干什么或者把它交给谁。我要亲眼看见。”

“说到底你还是不相信我。”

“我相信你，但万一判断有错，我更相信这东西一定能把我带到贺兰静霆的面前。”

“行。”

“不要企图偷走它。——给我你的承诺！”

“我向你承诺。”他将皮皮的眼睛拧到自己的眼下，四目相对。

“睁开你的双眼，不要动。”他说。皮皮目不转睛地看着他，忽然间，祭司大人的眼睛里滴出了一滴眼泪，滴到皮皮的眼睛里。皮皮眼睛眨了眨，莫名其妙地看着他。

“我从来不流眼泪，所以用珍贵的眼泪来承诺你。”他伸出了自己的手，“现在，请你按人类的习俗与我握手。”

皮皮把满是伤痕和鲜血的手交给他，两只手掌紧紧地合在一起，用力地握了一下。

仪式结束了，贺兰觿指着石墩道：“请坐。”

皮皮道：“祭司大人，你需要我怎样的效劳？”

“我要你陪我去蓄龙圃救一个人。他叫东灵，是金鸐的朋友。”

“这件事金鸐一个人干不行吗？”

“干不了，我需要帮他救出这个人以换取沙澜族的支持。”

“为什么一定要我去？”

“我不一定需要你，只是有你在，胜算更大。——你负责引开青桑。”

皮皮呆住，指着自己的鼻子：“我？我何德何能可以引开青桑？我根本不认识她。”

“你身上有我种的香。你要以王妃的身份去见她。她会同意的。”

“那你去见她不是更好吗？”

“见不了。狐律，祭司不能面见青桑，只要与青桑面对面相遇，双方都会立即自焚。”

“可你已经不是祭司了啊！”

“祭司是终身制，只要我当过祭司就不能见她。”

——皮皮觉得，狐族里有好些风俗好些规定都不可理喻，在他们看来却是天经地义，作为人类的她真要理论会显得鸡同鸭讲。于是叹了一声：“既然你已经全都想好了，这个任务又这么需要我，为什么还要折磨我？”

“因为我们走的是一条险路——假如这点折磨你都受不了，就算跟我去了也是白搭。很可能还没走到一半你就完蛋了，或者我们为了救你全部牺牲了。”

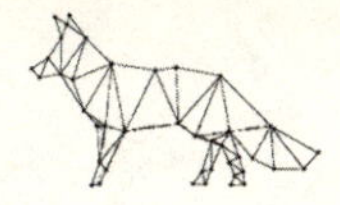

“哎哎哎，别整得这么道貌岸然的，”皮皮叫道，“折磨我是为了考验我，虐待我是为了我的安全——贺兰觿，道理全在你这边呀？”

“假如我真有恶意，会治好你的手？假如只有一只手，你掉到井底还爬得上来？”

“可是……”

“没什么可是不可是，与你将要面临的风险相比，那些灵鸦啊，豢灵师啊，无明之火啊，都不算什么。”

“求你别再说了，我快要后悔啦！”

“我保证从现在开始，会像对待我的妻子那样对待你。”

“那倒用不着。”皮皮果断地说。

“你不愿意？”贺兰觿有些惊讶。

“万一你不是贺兰呢？那我岂不是出轨了？”皮皮说，“我们是不是夫妻不重要，重要的是我们成功地救出你的朋友，然后活着回来。”

“很对。非常同意你的看法。”贺兰觿道，“真有主见。”

“再问你一个问题，可以吗？”

“你问。”

“你能看见我，是吗？”皮皮凝视着他的眼睛，“你的眼神和以前很不一样。”

贺兰觿沉默了一下，淡淡地说：“我能看见，但不是你理解的那种‘看’法，我看见的东西也和你不一样。”

“我不明白。”

“如果我想行动，我知道如何避开阻碍。”

“……红外线感光？声波探测？”

“没法跟你解释，就当我能看见吧。”他说，随即站了起来，“走吧。你需要吃点东西，手也需要上点药，还需要洗个澡……不要用那个椰子油的香波，里面有股酸奶的味道，我不喜欢。”

“你不喜欢我就不能用啊，真的吗？”

皮皮站起来，跟着贺兰觿向山下走去，转过一个弯，忽然愣住。

山下一片废墟，屋顶上的瓦掉光了，几个房顶都豁出了大洞，地上一片狼藉……

“昨天晚上……”

“是的。我们被袭击了。这里不能再待了。”

“哎哎哎，合约上还得加上一条：必须要赔偿损坏的财物！”皮皮叫道。

“已经给保险公司打过电话了。”

皮皮有点想哭，倒不是可惜那些房顶，而是房顶上以前贺兰写给她的几个大字

也跟着消失了。

“知道吗,这些瓦上有你以前写的字……”

“没注意。……上面都写了些什么?”

“六个大字:关皮皮,我爱你。”

祭司大人看了她一眼,想忍住笑,却还是“哧”地笑出声来:“不要这么自恋好吗?——我不可能这么肉麻。”

皮皮脸红了,不想继续理论。她的心中有一种莫名的兴奋,甚至是激动。一来是一向不与她联络的狐族居然大规模地出现在C城,令她或多或少地有了一种亲切感;二来是她居然要去蓄龙圃——狐族最神秘的圣地、贺兰静霆的隐修之处——她有种小媳妇回婆家的感觉。皮皮的心中涌起了各种好奇:蓄龙圃是个什么样的地方?在地球的哪一块?那里有多少狐族?他们一般都在干些什么?是一个精灵的王国,还是神话的家园?

出发之前总要有些准备工作。

皮皮回到山下的四合院,大家都在忙碌地准备自己的行李。贺兰觿说这些琐事不用皮皮操心,会有人代办,她只用跟他一起去银行取东西即可。

可是皮皮觉得,虽然这是一趟说走就走的旅行,但她也不能真的说走就走。爸妈那边,得交代一下吧?小菊和家麟,得知会吧?还有一些没处理完的业务,一些要报的税、要付的尾款、等待签字的订单……细算下来,怎么着也得两三天呀。

贺兰觿却说,当务之急是要拿到东西赶紧出发。如果他们离开了C城,关鹞也会跟着离开,皮皮的家人、朋友才会相对安全。当然,通知父母还是必需的。皮皮觉得有道理,于是两人去了皮皮家。

听说新女婿要带皮皮“去芬兰度蜜月”,皮皮妈都不知道芬兰在哪儿,就忙不迭地点头了。姑爷难得回来,皮皮也好久没有休息了,孩子大了成家了,皮皮妈觉得自己的任务完成了,是时候做甩手掌柜了。何况贺兰觿还体贴地把一套市中心公寓的钥匙交给她,让她帮皮皮“看房子”。爱唠叨的奶奶本想多问几句,架不住祭司大人送来的几大盒燕窝虫草,一辈子没吃过这样的好东西,老人家笑得合不拢嘴,便将心思放在如何拿燕窝虫草煲汤上。全家人到C城最好的餐馆隆重地吃了一顿后,皮皮跟着贺兰觿去了银行地库。

半路上,贺兰觿说要去一下公司交代点事,让皮皮在车里等着自己。皮皮闲着无聊便用手机上网看新闻,看着看着忽然想起一件事,开始搜索水母的图片。

皮皮对水母的所有接触仅限于“凉拌海蜇皮”。不查不知道,一查吓一跳,水母

居然是地球上最古老的生物之一,早在六亿多年前就已经存在了。所幸水母的品种并不多,只有两百多种,经过一番粗略的比照,皮皮很快认出在贺兰的水族缸里漂浮的是“海月水母”,而出现在井底的叫“灯塔水母”,因为它体内有一套红色的消化系统,远远看去像个灯塔。皮皮一面阅读,一面问坐在驾驶座的金鹮:“听说过‘灯塔水母’吗?”

金鹮摇头:“你对海洋生物感兴趣?”

皮皮笑了笑:“贺兰觿第一次去花鸟市场,买回来一只小海龟。而他的办公室里又养着一大群水母——所以我以为他对海洋生物感兴趣。”

金鹮没有接话,漫无目的地看着远方,似乎出神了。

皮皮只好说:“他的公司现在做远洋航运,对海洋感兴趣很正常。”

金鹮展了展眉,做出一副“随便你说什么我一概不评论”的表情。但这并不能制止皮皮继续往下说。

“你知道灯塔水母最奇特的地方在哪里吗?”皮皮一面翻着百科上的介绍一面说,“普通水母生殖之后就会死亡,而灯塔水母成熟到一定程度,身体细胞会变回到初生时的状态。它是动物界里唯一的一种能够返老还童的生物,理论上说可以长生不老。”

“嗯。”

“不觉得这很新鲜吗?”

“人看动物,怎么看都新鲜,生怕看不够,还搞动物园。”金鹮说,“动物看动物,只关心一件事。”

“哦?”

“它能吃吗?”

金鹮一脸恶作剧的表情,目光中充满了挖苦。皮皮下意识地瞄了一眼手中的戒指,还好,他不饿。皮皮决定闭嘴,她需要一些时间适应狐族人的玩笑。恰好这时贺兰觿打开车门进来了,坐到皮皮身边。一阵短暂的沉默之后皮皮看了他一眼,祭司大人显得不像以往那么……闲适。她能感到车内有一股紧张的气氛,好像有什么大事随时可能发生,他们时刻准备战斗。

“So,灯塔水母?”贺兰觿道。

皮皮差点忘了祭司大人听力超群:“在井底看见过,”她扬了扬手机上的水母图片,“很奇怪的幻觉。”

“小东西很可爱。”贺兰觿瞄了一眼,“开车。”

这是贺兰觿归来后第二次走进银行地库，他对里面的程序和路径显得驾轻就熟，仿佛来过多次。因为银行离家较远，皮皮并不常来，她在前面带路时走错了一道岔口，还是贺兰觿及时地纠正了她。赵松死后第二年，银行扩建过一次，地库搬到新楼的底层，安全设施更加严密，管理更加严格，几乎密不透风。穿过重重关卡，他们终于进入专有的储物室，找到了那个绿色的密码箱。皮皮深吸一口气，按下一串长长的密码，锁开了，两人同时低下头，又同时“噢”了一声。原来他们都很急切地想看见里面的东西，头不禁撞到了一起。皮皮瞪了他一眼，在她的记忆中，贺兰觿如此不淡定还真不多见。

里面是一个很普通的赤黑色木盒。

皮皮将它拿到手中，插销轻轻一拨，盖子就自动弹开了。一个黑乎乎、类似牛角一样的东西出现在眼前：有些像清宫贵妇手中的指套，细长的锥形，食指般大小，上面雕有细密的花纹。皮皮的第一感觉是：这东西非常陈旧，仿佛用过很多年，边缘处还有些破损，尾部有个小孔，拴着一根褐色的皮绳。皮皮将它递到贺兰觿的面前：“这就是你要找的东西？”

他点点头，伸手要拿，皮皮将手一缩，把那东西戴到自己的脖子上。

“这东西得跟着我。”

“对的。”

“依我看，这是一块牛角？”她将那东西拿到手中摸了摸，没发现什么特殊之处。

“犀角。”

“犀牛角？”

“对。”

“干什么用的？”

“辟邪。”

皮皮顿时觉得被忽悠了：“嗬！要不要太搞笑！千里迢迢跑到这里，就是为了辟邪？嫌你自己不够邪乎吗？——辟什么邪，说来听听？”

祭司大人的脸板了起来，一副受到侮辱的样子，转身向外走去。

“哎——等等我！”

皮皮赶紧关上保险箱追了出去。贺兰觿也不理睬她，径自往前走，皮皮只得跟在他身后。

就这么一路无话地走出银行，坐进汽车，皮皮还没来得及系好安全带，车就发动了。

“从现在起，不要擅自离开我的左右。”贺兰觿冷冷地道。

“嗯?”

“既然你一定要戴着这个东西,以后会经常遇到袭击。想多活几年就离我近点。”

祭司大人的语气很轻蔑,皮皮觉得被低估了,白眼一翻:“我倒觉得跟你越近死得越快。自从你回来,我已经死过好几回了!”

“关皮皮,从什么时候开始,你爱上了跟我唱反调?”

“从你忽悠我的那一天开始。犀角? 辟邪? 说出来谁信? 既然大家要合作,你至少得说点真话!”

“我说的是真话。”贺兰觿被皮皮搅得不胜其烦,终于毫不客气地拧起了她的耳朵,皮皮吃痛嗷嗷乱叫:“放开我! 放开我!”

“后面有人跟踪。”金鹮忽然道。

贺兰觿放开皮皮,道:“甩掉他们。”

汽车开始提速,正向渌水山庄所在的山区开去。皮皮将头伸出车外一瞧,果然有辆黑色的面包车跟在车后,保持一样的速度,两辆车的距离。路上还有很多其他的车,但面包车在金鹮一连拐了几个岔道之后依然紧追不舍,且越来越近,皮皮顿时有了一种好莱坞大片的即视感,但那是在电影院,这是正在发生的真事! 她的心脏开始怦怦乱跳,手不由自主地抓住了贺兰觿的胳膊。

“假如关鹖想要袭击我们,你不觉得现在就是最好的时机吗?”仿佛嫌皮皮的情绪不够紧张,祭司大人不阴不阳地加了一句,“东西取出来了,就在你的身上。要拿的话,现在最方便……”他歪过头去向她一笑,“怎么样,咱们商量商量,现在交给我还来得及。”

“我有镜子。”

“镜子在水里没用。”

“这里没有水。”

“前面有个湖。”

说是前面,几十秒的工夫就到了。汽车从市区进入渌水区要通过一个大湖,当中有一道石桥。皮皮还想多问,“砰”的一声,尾窗碎裂,漆黑如卵石大小的一物从车尾弹进来,落到皮皮的脚边,顿时冒出一股浓浓的红烟,还发出一股刺鼻的气味。

金鹮大叫一声:“是马脑!”

“刹车!”贺兰觿吼道。说罢脱下外套挡住皮皮的鼻子:“屏住呼吸,这种红烟千万别吸进去!”皮皮正冲着满身的玻璃碴发愣,又一枚“马脑”射进来,从她耳边擦过,哧地掉到前面金鹮的座位上。金鹮猛踩刹车正要减速,车尾轰然大响一声,有人开

车猛力地撞了他们一下，整辆车突然腾空而起，向下坠去，没等明白怎么回事，又听见“嘭”的一声，水花四起，汽车落入湖中。

我的天。

车窗是开的，汽车掉入湖中时没有立即沉下去，水哗哗地涌了进来。皮皮挣扎着要解开安全带，整个后座都被撞变了形，安全带卡住了，根本解不开。一旁的贺兰觿坐着没动，似乎在思考对策，皮皮推了他一下。

“不会游泳？”他问。

“会！”皮皮死死拽住他的胳膊，“安全带卡住了！”

这时水已经浸到了皮皮的脖子，她赶紧深吸了一口气，眨眼工夫，汽车带着一车的人全部向湖底沉去。

此时的皮皮已经忘记了水有多么冰冷，在绝望的挣扎中，她眼睁睁地看见金鸐迅速地从打开的那个车窗游了出去。贺兰觿身边的车窗也是开着的，要想逃走远比自己方便，在这种时刻，皮皮觉得就算祭司大人放弃自己选择逃生也完全可以理解。毕竟湖底很深，时间不多，狐仙和人类一样需要空气。想到这里，她放开了自己的手，将贺兰觿用力地往窗外推去。

果然，贺兰觿轻松地钻出了车外，但他的手一直紧紧地拉着皮皮，跟着车下沉了几秒后，他终于找到了一个特别的角度，用力将皮皮拖出了车外。两人好不容易松了口气向湖面游去，没游几步，贺兰觿忽将皮皮往左一拉，避过一柄刺过来的长剑。皮皮只觉喉头一紧，一只手不知从哪里伸过来，拉住了她戴着犀角的皮绳，以一种可以扯断她头颅的力量猛地向上一拽。皮皮只觉颈中一空，那犀角已离她而去，心下一急，不由得吞进一大口水，却也顾不了那么多，一把抢过皮绳，与身后的人撕扯起来。

一张英俊的脸出现在她的面前，是关鹖。哦，他不怕得罪王妃是吗！皮皮一拳头打在他的鼻梁上，关鹖根本不撒手，那皮绳也是意想不到的坚韧，皮皮用手抓着还不放心，索性用牙死死咬住，关鹖一连拽了几下没有拽断，干脆用皮绳勒住了皮皮的脖子。皮皮在水中本来就无法喘气，被人这么一勒，眼前一阵发黑，差点晕了过去。此时关鹖的身子突然一抖，仿佛受了伤。原来贺兰觿踢了他一脚，在水中向他扑去，关鹖只好放开皮绳与他厮斗，皮皮趁机将犀角挂回颈中游向水面。

第十一章

青阳

头伸出水面的那一刻，皮皮长舒一口气，一看天，黑压压的一片，扑头盖脸全是乱飞的灵鸦，自己就好像一只煮在锅里的青蛙。见水中露出一个头，群鸟齐齐向她冲来，皮皮慌忙将头闷进水里，去掏口袋里的镜子。不料一摸却是空的，不敢相信，又细细地摸索了一遍，镜子想必是在方才的一番撕扯中失落了，抑或留在沉下去的汽车里了。这一着急，身子在极冷的水中发起抖来，鼻子吸了一腔水，脑袋顿时蒙了。

也不知在湖中沉浮了多久，懵懂中有人拽了她一下，将她推出水面，皮皮想张口吸气，肺里进了水，眼被绿藻糊住，什么也看不清，身子被人向前拖着，片刻工夫就到了湖边。

因为喝了几口水，胸中有股死鱼的腥味，皮皮瘫倒在岸边，半个身子还在水中。恶心想吐，喘气又喘不出，正万般难受间，面前出现一个黑影，有人跪在一边双掌相叠，用力地替她按压胸腔。皮皮只觉喉咙里咯咯地冒水，想咳嗽咳不出。那人见状屈起一只腿，把她的身子翻过来趴在他腿上，用力地拍打她的背。皮皮这才"哇"地一连吐出几大口水。只听得一旁有人问道："她没事？"

是金鹮的声音。

见皮皮的身子还是软绵绵的，那人将她打横抱起，不惊不怒："差点淹死。"

是贺兰。皮皮缓缓睁开眼，天上云淡风轻，阳光明媚，灵鸦不知去了何方。

他的语气没有半点关切，救她也是走程序。抱她的样子就像拎着一个包，只顾着讲话连正眼都没看她。若不是湖中一劫与死神擦肩而过，皮皮不会这么脆弱，不会关心贺兰对待自己的态度。直到这个时候她才觉得自己真的很孤独。和一群完全不认识的人，去一个完全陌生的地方，要完成一个不大可能完成的任务。她唯一可以信赖的人只有贺兰，而这一刻她终于明白维系这种信赖的东西不是她一直想要的感情，而是贺兰作为首领的承诺。

贺兰现在给她的感觉就是：她是乙方，终于签了字，所以他在履行合约。合约需要她活着，因此他会救她。就这么简单。

仿佛刚经过一场鏖战，金鹮说话时还喘着粗气，浑身湿漉漉的。贺兰也是湿漉漉的，头发还滴着水，呼吸却极其稳定。湖边的风很大，带着一股水草腐烂的气味，皮皮冻得一哆嗦，不自觉地将身子紧紧地缩在贺兰的怀中。

两人向四周张望了一下，屏息聆听了一会儿，确定没有青桑派来的残党余孽。过了片刻，金鹮道："关鹖受伤了，豢灵师消灭了。下一个派过来的人会是谁？"

"我猜的话——不是青阳，就是子阳。"

金鹮微怔了一下，随即"呃"了一声。显然，无论是青阳还是子阳，都是他不愿意听见的名字。

皮皮忽然“咯咯”了两声，两人这才转移目光。皮皮示意贺兰放开她，挣扎着站了起来，因为喉咙被绳索勒过，十分疼痛，半天没说出话。一旁的贺兰觿凝视了片刻，手伸过去，轻轻地在她的颈间摸了摸。皮皮以为他想知道犀角是否还在，立即道：“放心，你的东西没掉。”

他的脸僵了僵，冷冷地道：“我知道。”

他当然知道。犀角有股独特的气味，皮皮自己都能闻到，何况是他。或许贺兰这么摸一下，只是想知道她颈上的勒伤有多严重。想到这里，皮皮的心莫名其妙地温暖了，但理智很快就回来了。贺兰会主动关心她的伤势？应当没有这么好心吧？但自己毕竟也是被他从水里救出来的，说话还是客气点好。当下轻轻地道：“是我的镜子掉了。”

“哦。”

“就在那边的水里。”皮皮指向湖中，“或许留在汽车上了。贺兰你水性好——”

皮皮还想细说具体方位，贺兰打断了她的话：“第一，我水性不好；第二，我是瞎子。让我替你找东西，不大合适。”

说得也对。贺兰变得越来越不好对付了。打架的时候躲闪腾挪，好像什么都看得见。真要麻烦他做事，他又说自己瞎。皮皮不好继续央求，于是转过身：“金鸐？”

金鸐也摇头，理由更加堂皇：“狐族最怕的东西就是照石。你是让我找镜子，还是找死？”

“可是——”

“且不说这湖污染得厉害，密密麻麻全是水藻。”

“且不说湖水的含磷量严重超标，下一次水就要得一回皮肤病。”

“且不说这附近有个养猪场，我不想知道猪粪是怎么处理的。”

“且不说……”

两人一人一句“且不说”，一连说了七八个理由不能下水，皮皮快哭了：“可是万一出了什么事，内讧反目什么的，这镜子是我唯一可以用来逃生的东西呀！”

“皮皮，你该不是随时都想着跟我们内讧反目吧？”贺兰道。

“怎么会……”

他们当然想不到皮皮先前之所以敢于答应陪他们去蓄龙圃走一遭就是因为手里有这面镜子。假如遇到险情，亮出镜子可以立即消灭面前所有的狐族。这相当于手握一枚核武器，就算不启用，自有其威慑的效果。而失去了它，就像被人抽了脊梁骨，皮皮在狐族面前就硬不起来。

皮皮望着一汪湖水，寻思着要不干脆自己跳进去摸一下。她的水性是可以的，如果不遇袭击，潜水找东西没问题。不过水中一战，自己元气大失，现在勉强能走路。湖底密密麻麻全是水草，真要找，困难重重。更何况湖面上一团雾气，她已经完全不能确定汽车落下的具体方位了。犹豫间，贺兰推了她一下："快走吧。丢了就丢了。有我们的保护，你还需要一面镜子吗？"

皮皮不肯走，却被贺兰拉着上了马路。一辆车驶过来停在路边，方尊嵋从驾驶座上下来拉开门，三人坐了上去，车向渌水山庄驶去。

一路无话，各人坐在车里盘算着心事。眼看汽车在沉默中驶进了闲庭街，过了转角看见了 56 号的院门，皮皮发现门外站着三个人，两男一女，正在理论着什么。其中一人手势夸张，争吵得十分激烈。

皮皮不瞧不要紧，一瞧心又提到了嗓子眼上。说话人是家麟和小菊，对面站着方辛崃，一脸阴鸷，抱臂冷笑，一副爱理不理的样子。

四人下了汽车向家门走去，家麟与小菊看见皮皮，都停下话，明显松了一口气。

"家麟？小菊？你们怎么在这？"

"谢天谢地，你还活着！"小菊走过来，拉住皮皮的手，"我还以为你被他们吃了呢。"

说者无心，听者有意。狐律第七条："混迹人间，不为所知。泄密者，诛。"即指严禁人类察觉狐族的存在，谁知道就消灭谁。小菊大大咧咧地说了个"吃"字，仿佛对方辛崃的身份略有所知。皮皮的手抖了一下，转头瞄了贺兰觿一眼，他的表情没有变化。

"怎么会？"皮皮笑着将小菊和家麟拉到一边，对贺兰觿道："你们先进去，我跟他们说会儿话。"

"怎么好意思让客人站在门外说话呢？"贺兰觿拉开大门，"请进。"

皮皮还想拦着，家麟和小菊却毫不客气地走了进来。"咣当"一响，金鸐把大门关了，向方尊嵋使了个眼色，两人去了自己的房间。贺兰觿将一行人引到内院的一圈藤椅上："抱歉，昨晚的大风刮倒了两棵树，屋顶坏了，房间有点乱。还是院子清静，请坐。"

大家坐下来，忽然间都沉默了。

贺兰觿淡淡地一笑，知趣地说："我去泡壶茶。"说罢拾起盲杖离开了。

一直看着他的背影进了屋，小菊才小声道："奶奶说你要去国外度蜜月？"

"对。"

“和他们一起走？”

“嗯。”

“什么时候回来？”

皮皮想了想，觉得很难回答具体时间，只好说“看情况”。

“你该不会受人胁迫吧？”家麟忽然说，“或许我不该用‘人’这个词。小菊说你家最近……闹狐仙？”

皮皮只觉头皮一紧，在心底叫道：家麟啊家麟，你在闲庭街56号提这个，是活得不耐烦了吗？狐族听力超群，大敌当前，格外警惕，相信他说的每个字都进了贺兰觿的耳朵。

“没人胁迫，我挺愿意的。”皮皮的语气很轻松，但笑得很僵硬，她看着小菊，怪她泄密，狠狠地瞪了她一眼。

“不怪我。”小菊两手一摊，“四处都找不到你，那个一只手的男人说话又阴阳怪气的，拦着不让我们进去。我以为他把你绑架了。你再不来就要打起来了。”

“你没乱说吧？”皮皮急了，“你没告诉他你知道——”

说到关键词皮皮吞声了。

“我怕他？不就是一狐狸精吗，”小菊从包里掏出一个喷雾罐，“我带了最毒的杀虫剂，他敢动手我喷死他！”

皮皮哭笑不得地看着她，为自己的一时糊涂懊恼。她忘了小菊天生逆反，人家越是避讳，她越是肆无忌惮。正恨不得掩住她的嘴——说狐狸精，狐狸精到——贺兰觿提着一壶茶走过来，随手将四只小茶杯放到四人面前。那壶形质古朴，乃万历年间的紫砂大师徐友泉亲制，贺兰一一将茶水注入杯中，信手倒来，居然一滴不漏。小菊怀疑地看了他一眼，这人真的眼盲吗？皮皮却知道贺兰一向把茶具摆在距离桌边一掌之距，注水的时间心中早就算好，因此从来不错。

“喝茶。”贺兰觿礼貌地笑着。

皮皮却从他的笑容中嗅出了杀气，连忙站起身来送客：“家麟、小菊，谢谢你们来看我。等我到了芬兰一定给你们发短信报平安。”

小菊和家麟端着茶杯喝茶，都没有站起来。

“不早了，我们还要收拾行李——”

家麟放下茶杯，淡淡地道：“皮皮，你什么时候动身？”

“明天。”皮皮慌了，难不成你们还要来机场送别？忙说，“你们不用送了。”

“嗯，我们不送。”家麟掏出手机滑开锁，打开一个页面飞快地输入着什么，“我们跟你一起走。”

“什么？”

“我刚订了两张去赫尔辛基的机票，应当和你们一个航班。”

皮皮笑不出来了：“别开玩笑。”

“没开玩笑。”家麟晃了晃手机，行程单上印着“携程网”的标记。

皮皮傻眼了，偷偷看了一眼贺兰，他淡定地喝着茶，不发话，表情莫测。

“我也是公干，顺路陪陪你们。”家麟也看着贺兰，话中有话，“毕竟你一个女生出这么远的门不安全。多个熟人多条路，贺兰先生，你说呢？”

沉默了几秒，贺兰道：“忘了告诉你，我们不坐班机。”

家麟微微一怔。

贺兰觿接着说：“我有私人飞机。”

家麟笑道：“没关系，赫尔辛基见。落地联系？”

贺兰道：“我们去的地方也不是赫尔辛基。”

“那你们去哪？”

“我带妻子度蜜月，想给她一个惊喜。陶先生，有必要告诉你吗？”

“没必要，你只用带着我和小菊一起去就好。”

贺兰冷笑：“不觉得你的要求有点过分吗？”

“是有点过分。不过你不想让‘狐族’这个词明天上头条吧？”家麟亮出杀手锏。

一时间皮皮吓得不知说什么才好，想让家麟住口已经太晚了。两个男人明显杠上了。皮皮在心中嗷嗷叫苦，只求贺兰觿不要较真。

一阵沉默之后，贺兰觿忽然笑了：“当然不想。飞机明早九点起飞，我们八点十分出发，先来这里集合？”他伸出手，“Welcome aboard.”

祭司大人越是做出礼貌的样子，皮皮越是觉得有妖气。根据她与贺兰觿打交道的经验，说祭司大人没肚量吧，不公平，他曾经牺牲自己救过家麟；说祭司大人有肚量吧，更不准确，因为祭司大人在一些小事上过分敏感，甚至……超爱生气。

究竟是哪些小事呢？很难界定。有些事情你觉得他肯定会生气，很紧张他会有什么反应，结果他并不介意。有些事你觉得稀松平常、没必要生气，他又偏偏放在心上，甚至向你咆哮。

皮皮从贺兰的语气中嗅到了一丝危险，不自觉地站起来，将身子挡在贺兰觿与陶家麟之间，企图息事宁人：“不用了。他俩不去。家麟、小菊，谢谢你们的关心。我很安全，不用你们陪。再胡闹我可就要以为你们是来搅局的哈！”说罢不由分说地将小菊和家麟拽出大门。

“你们疯了？”皮皮关上门带他们走到对街的角落，忍不住低吼，“不想活了？”

“想要我们不去也可以，你留下。”家麟道。

“要我说多少遍？我真的没事！”

“直觉告诉我，这一趟你走了，就是有去无回。”

“皮皮，别跟他们走！你很危险！”小菊也道，“人狐有别——”

“谁说他们是狐了？发烧说的胡话你也信？”皮皮冲着小菊吼道，“你信就罢了，家麟你是学理工的，几时相信起鬼神来了？”

“我的确不信鬼神，但我更不信这个贺兰觿。”

“他是我的丈夫。”

“他是一个骗子。”

“动动脑子，人家都有私人飞机了，骗我做什么？图财还是图色？我有吗？”

“不知道他在图什么。总之要走一起走，要留一起留。他要真想骗你，先得骗过我。”家麟斩钉截铁地道。

“家麟，回去！”

“不。”

“小菊？”

“也不。”

“算我求你们！”

“不。”

——最后一个“不”字是两人一起说的。换到平日，皮皮一定会被这浓浓的友谊感动得一塌糊涂。然而此时此刻，她的心中却因为恐惧而发起抖来。

“明天见。”说完这句话，家麟拉着小菊上了自己的汽车，扬长而去。

皮皮急得团团转，眼泪都快掉下来了，跺跺脚回到后院。

祭司大人仍然坐在那里饮茶。看得出，他在等她。

皮皮一腔心事地坐到他的身边，想了想，说道：“明天我们能不能早点走？我不想让家麟和小菊上飞机。”

祭司大人的脸很阴沉，半天没有说话。

直到喝完了手里的茶，他才转过头，目光幽深地看着她：“皮皮，关于我们的事，你全部告诉他们了？”

“嗯……不是你想的那样，”皮皮咬着嘴唇支吾半天，“请听我说——”

“听着呢。”

“……我中了无明之火，以为要死了，就向小菊交代后事……在神志不清的状态下……”

他打断了她：“陶家麟怎么也知道了呢？”

“家麟就算知道也不会相信这种事。”

“除了陶家麟和辛小菊，你没有告诉其他的人？”

“没有。”

“包括你的家人，也没有？”

“绝对没有。”

“那就行了。”

说完这话，祭司大人又给自己倒了一杯茶。皮皮觉得这事不会这么容易就完，这不像是贺兰觿的风格。不禁捉住他的衣袖问道：“那就行了——是什么意思？”

“那今晚我们只用杀这两个人就行了。”

说这话时贺兰觿一直目视前方，语带杀机却又漫不经心。

“呃？”皮皮怀疑自己听错了。

他换了一种句型：“也就是说，今晚你不用做饭了，我们出去吃。”

“嗐，”皮皮有种错觉，祭司大人在开玩笑，“这都哪儿跟哪儿啊——你……你不是当真的吧？”

“这是我的错吗？”他扭过头来，神色凝重，一字一字地道，“狐律第七条，你不知道？”

她当然知道。当初贺兰觿井下重伤宁死不去医院，更不愿受人治疗，就是因为狐律第七条。千百年来，狐族隐居人间，就像中古时期的神秘教派那样行踪诡秘、充满戒律。每个知道这个秘密的人要么是冰奴，要么早已死去。皮皮憎恨自己没能经受住无明之火的考验，居然把这个天大的秘密透露给了小菊。小菊口风不严又透露给了家麟，一下子把两条无辜的人命牵扯了进来。

“哎哎哎！”皮皮一下子急得跺脚，“怎么可以随便杀人？——‘南方禁猎’可是你立下的规矩！”

“不要偷换概念。南方禁猎是我的禁令，狐律相当于你们的宪法，这是两回事。”

“贺兰觿——”

“人生本就是一场接着一场的告别。刚才你已经向他们告别了，应当没什么遗憾了。”

祭司大人说话的语气好像这两人已经死掉了，皮皮只觉脊背发寒，依稀记得祭司大人一旦决心动手，说话总是充满诗意的。

“告别？遗憾？”皮皮火了，“他们是我最好的朋友！你要敢乱来……”她捂着胸口的犀角，“信不信我把这东西给烧了！”

他忽然站起来，摘掉墨镜，用一双黝黑无底的双瞳注视着她。仿佛嗅到威胁的母豹，皮皮仰起头，挺起下巴，也狠狠地瞪着他。怕他看不见自己愤怒的眼光，还伸出手指用力在他胸前戳了一下。

祭司大人的腮帮子硬了硬，不为所动：“第一，这不是你的东西，你不能随便处置。第二，你不能烧，因为我不会让你烧。对我来说，你的命没它重要。第三，就算你烧了，那位朝思暮想的人也跟着去了，你愿意这种事情发生吗？”

“我让他们发誓保密还不行吗？”皮皮快哭了，“不是说好了一起去蓄龙圃吗？风险那么大我都答应了，密码我也交给你啦！贺兰觿，你放过他们，我绝对精诚合作，你说一我绝不说二。帮帮我好不好？”

“不好。”他摸了摸她的脸，仿佛在安慰死刑犯人的家属，“我没有立即动手，没让他们血溅当场，我让他们活着走出这个门，皮皮，这已经是在帮你了。”

“……”

“本来这种事不用我亲自出手。沙澜方氏知道了，金鸐知道了，不用我说他们今晚都会行动。但看在合作的分上，我愿意辛苦一趟，保证让他们走得很快，痛苦的时间很短，整个过程不超过两秒。”

“贺、贺兰——”

“知道你的问题在哪吗？”

“……”皮皮已经急得喘不过气来了。

“你总是把我当成人类，总是以为我会像人那样可以搞关系，可以被说服，可以放弃原则。”贺兰觿摇头叹气，“什么时候你才能从狐族的角度思考问题呢？”

“我不能，因为我不是狐！”

“知道人类社会最大的问题是什么吗？”

“……”

“不是胆小、不是懒惰，而是不遵守规则。”贺兰觿道，“你以为多说几句，打个商量，就可以让我改变初衷，变得和你一样无视规章？如果所有的人都这么做，这个社会怎么会不乱？文明又怎么能进步？”

“贺兰觿，”皮皮气极反笑，“如果你真想当上帝，为什么不先拉一下选票，把我争取成你的选民呢？”

C城地铁的高峰时段拥挤得好像贴面舞会。

与贺兰觿一顿大吵后皮皮骑着自行车从闲庭街冲了出来，以最快的速度骑到地铁站。在路上，她给家麟打电话，正巧道路拥堵，他和小菊还在车上，于是约着在香鹤街站的出口见面。皮皮只说有急事，没提狐律第七条。倒不是怕吓到他们，恰恰相反，家麟和小菊都不信邪，都属于越受刺激战斗力越强的那一类。她不想掀起无谓的战争，只想先找个地方让他们躲起来。既然贺兰此行的目的是蓄龙圃，眼看就要出发，让他在这种关头四处找人，他一定耗不起这个时间。

两站之后，皮皮终于在车尾找到一个空位坐下，半闭双眼，专心想对策。身边乘客上上下下，不知不觉换了好几拨人。又过了三站，下去的人多了，空出大半个车厢。正在冥思中的皮皮忽觉肩头一沉，扭头一看，身边一位青年正在打盹，睡得香极了，头一歪，靠在自己肩上。

挨得太近且低着头，皮皮看不清他的脸。从打扮上看，年纪大约二十五六，高个儿，一双大长腿斜斜地伸着，穿一条浅灰色棉麻九分裤，斜挎一个斑马纹休闲包，炭黑色休闲鞋，身上有股淡淡的香味。皮皮天生对气味敏感，自从开了花店，更能分辨各色花香。这香味清爽独特，小众而不易识别，初闻之下以为是紫罗兰，品味良久方知是鸢尾花，散发着一种矜贵而阳刚的气息。

皮皮很想动一下肩膀，又不好意思打扰他的睡眠，于是继续沉思。大约过了五分钟，那人忽然醒了，连忙抬起头，不好意思地说："对不起。"

"没关系。"

面前出现了一张讨人喜欢的脸，轮廓柔和、双眸深邃、满含笑意，悠闲散漫得好像不是来挤地铁的，而是来度假的。

"巧克力？"他从包里摸出两颗 Lindt 巧克力，递给她一颗，自己吃掉一颗。皮皮忙碌了一早，还在水中搏斗过，肚子正好有点饿，于是道了谢，大方地接过来，剥开锡纸放进嘴里。

"知道我为什么长这么高吗？"他说。

"因为爱吃巧克力？"

"对。多吃还可以预防帕金森和老年痴呆。"

皮皮看了他一眼，笑了。怎么说眼前人也算个运动型男，这么年轻就开始预防老年痴呆，是不是太早？皮皮不想继续这个话题，含糊地"嗯"了一声后低头看地。坐地铁有时会碰到特别健谈的人，皮皮自己也很健谈，但此时此刻不是时候，心中有事、兴致全无。可那人并不罢休，指着她身上的毛衣又问："我猜——你喜欢紫色？"

皮皮摇头："白色。"

"白色有很多种，雪白、乳白、象牙白、珍珠白、百合白……"

“百合白。”

她急躁地打断他,转眼间又为自己的不耐烦而羞愧。毕竟刚吃了人家的东西,于是又抱歉地笑笑,掏出手机,假意要回短信。那人知道她不想多聊,略带尴尬地沉默了。

地铁靠站,又有一批人下去,车厢几乎空了。下一站就是香鹤街,皮皮收起手机一抬眼,吓了一跳,“运动型男”不知何时换装了:白衬衣、白裤、白鞋,甚至还多了一顶白色的棒球帽。

皮皮呆了两秒,以为认错了人。定睛一看,确实是他。他不是一直坐在自己身边吗?这样从上到下地换衣服,不可能没动静,她不可能不知道啊。

“哎,刚才你穿的不是这套吧?”轮到皮皮好奇了。

“你说喜欢白色,我就换了。”他笑着指了指自己的衬衣,“百合白。”

皮皮哑然:“这么短的时间从哪找来这些衣服?”

“这不是我的衣服。”他将帽子脱下来,拿到手里。

“这是别人的衣服?”

“这也不是别人的衣服。”

“那这是谁的衣服?”

“这不是衣服。”

“不是衣服?”皮皮越听越糊涂。

“这是我的器官。”

这话刚一说完,他身上的衣服在一秒之内又变成了天蓝色。皮皮只觉大脑“嗡”地一响,立即去看手指上的那枚金鹮的戒指。戒指冒着稳定的蓝光,并没变色。

也许他已经吃饱了。

那人的目光也停留在戒指上,笑道:“它不会变色,因为我不是沙澜族。”

说话间,帽子在他手中忽然渐渐延展,仿佛某种生态合成材料,变成了一只白色的手套。

“自我介绍一下:青阳。柳灯族。”他伸出戴着手套的手,礼貌地握了握皮皮的手。

皮皮只觉头皮发麻,却丝毫不敢露怯,决定在敌我不清的情况下,先搬出祭司大人的名号:“关皮皮。贺兰觿是我先生。”

“知道,你身上有他种的香。”

“如果你要找贺兰觿——”

“——我的确有事找他,不过我也找你,殿下。”

“找我？……什么事？”

“告诉你我喜欢你。”

“谢谢。”

“你接受了我的魅珠，说明你也喜欢我。”

“我没接受你的魅珠。”

“你吃了我送给你的巧克力。”

“那又怎样？”

“那不是巧克力。”

“那也是……”她笑了，觉得这个玩笑很有趣，“你的器官？”

“那是我的魅珠。”他温和地看着她，“为了取悦你，我的器官可以变成任何你喜欢的东西。”

皮皮差点当着他的面呕出来。

听见“青阳”二字，皮皮的第一个反应是：此人是青桑手下，跟关鹖一伙。上午在湖边时贺兰觿还提到过他，关鹖受伤后青桑最有可能派来的人就是青阳和子阳。她还记得金鸐当时的表情，此人应当非常棘手。照此算来，青阳此来毫无疑问就是为了皮皮胸前挂着的那枚犀角。

闷热的车厢中飘浮着一股高峰时期乘客们遗留下来的汗味。皮皮假装淡定，却早已急出一身冷汗，不禁在心底埋怨自己：真不该独自跑出来！

没有照石、没有龙膏，在狐族面前她什么也不是，身上最值钱的东西恐怕就是自己的肝脏。现在，她不但救不了家麟、小菊，自己能不能活着走出地铁都成了问题。

地铁进站，香鹤街到了。

皮皮没有起身。家麟和小菊的处境已十分危险，她不想再把青阳引到他们面前。

“你的站已经到了，不下车？”青阳忽然坐到她的对面，问道。

“我的站没到。”

“有人在站口等你。”

“没人等我。”

他轻轻地“哼”了一声，觉得这是个拙劣的谎言。皮皮抬起头，挑衅地看着他，也“哼”了一声。

两人目光在窒闷的空气中无声地交战着。

片刻之后，他双眉一展，微微动容：“一点也不怕我，嗯？”

“不觉得你有多可怕。”

“是因为你天生胆大，还是因为你死过很多次？”

皮皮无法回答这个问题，觉得现在最重要的策略是拖延时间，不能露怯，于是呵呵地笑了。

就在笑声中，地铁缓缓开动，驶离了香鹤街。

皮皮长长地吁了一口气。

“他们身上有你的气味，说明不久前你们曾经在一起。”似乎明白她的忧虑，他淡淡地解释，“一只普通的狐狸都能分辨两千米以外的气息，何况是我。”

皮皮冷喝：“有事冲我来，别打他们的主意！”

“所以这个‘他们’……是你的朋友？”

“……”

“你的朋友犯了戒，已经被点香了。”

皮皮的呼吸一下子停住。既然嫁给了狐族，关于狐族的事务，她一向显得很专业，但还是被这个专业术语难住了：“点香？”

“也就是说他们将在十二个小时内被处决。——点香是为了容易找到他们。”他看着她，研究着她的表情，身上的衣服渐渐变成了黑色——黑色的西装、黑色的领带、黑色的鞋子——一副准备参加葬礼的样子，“我猜是——狐律第七条？”

皮皮没有回答，反问道：“你呢？哪站下车？”

他看了看四周，道：“不下车。在这陪你。”

她从鼻腔里蹦出了两声冷笑：“呵呵。”

“保护你。”

“呵呵。”

“我不是你的敌人，皮皮。”

“呵呵。”

“你从没见过我，但在八百年前，我们曾经很熟很熟。”他转过头凝视着她，幽幽地说道。

“呵呵。”

“我在认真说话，”他也不生气，脾气明显好过贺兰觿，“请不要老是‘呵呵’好吗？”

“八百年前的事我怎么会知道？”皮皮看着他，“除了‘呵呵’，我无话可说。”

她跷起了二郎腿，摆出一副死猪不怕开水烫的样子，以为他会反驳，他却忽然沉默了，随手拾起一本乘客遗留的杂志翻看。身上的衣服又开始不断地变幻着颜色和

式样。开始的时候皮皮以为他像个 QQ 秀爱好者那样，无聊地做着某种“换肤”的游戏。渐渐地才注意到他拿的是本时装杂志，一面扫描里面的图像，一边试着里面的服装。换了二十来种，终于选了套中意的蓝色西装。

列车安静地行驶，沉默中又过了好几站，青阳忽然道：“你知道怎么种牡丹？白牡丹？”

“……”

“他没教你？没说牡丹宜寒恶热、宜燥恶湿？喜得新土而旺，惧烈风炎日？”

是的，这些贺兰都说过，皮皮在心里道，可我为什么要让你知道？

“你的后院种了不少。说明你在等他，是吗？——这是他最喜欢的食物。”

“所以你去过我的后院。”皮皮冷笑，“想要什么请直说，别兜圈子。”

“八百年前，贺兰第一次遇见你，是在一个元宵灯会上。”他忽然道。

——在狐族，这是个尽人皆知的故事，最早还是苏湄说的，皮皮不为所动。

“殿下年少，初次狩猎，青木先生很不放心，于是派了两个人陪他一起去，一个是赵松，另一个就是我。殿下对你一见钟情，我们还以为他是装出来的。回去的路上他悄悄告诉我，你很可爱，无缘无故地死掉有点冤……”

“你俩很熟？”皮皮问道。

他点点头：“后来他们抓住了你，青木先生亲自行刑，贺兰也被关进了地牢。接下来本该有一场火葬。按狐族的说法，为了防止灵魂转世，你的身体与头颅应当分别火葬，一个埋入深山，一个扬灰大海，灵魂便不可再生。执行这件事的人是我，当夜，我带着你的遗体出逃，安葬在一个隐秘的地方。”

皮皮沉默地看着他，过了一会儿，问：“青木先生……没发现？”

“发现了，我被处以重刑。但我始终没有透露藏尸的地点，直到殿下将我救出来。”他说，“真永之乱，不仅关于你，也关于我。”

所以故事又多出一条重要的支线？皮皮的眉头皱了起来。贺兰觿很少提起过去，一向回避这个话题。就算皮皮好奇地追问，他也像挤牙膏一般，问一句说一句，止于内容最简单、字数最少的答案。他一直为把皮皮牵扯进狐族这件事感到抱歉。可以肯定的是，在皮皮与他相处期间，他从来没有提起过“青阳”这个人。

想到这里，皮皮眉头一展，问道：“这么说来，你是贺兰的好朋友？——那就奇怪了，为什么他从没有提起过你？”

他怔了一下，笑道：“不可能，一定提过。你记错了。”

“我记性很好。他真没提过你。”

他的脸忽然红了，是那种生气的颜色，嘴抿成了一条直线，整个人都气得颤抖了起来。尽管他的声音很克制，也仍然低沉，但还是跟着颤动了起来："没提？一个字没提？"

皮皮呆呆地看着他，在刚才的印象中，青阳算是个好脾气的人。显然，他的脾气比天气还难预料。

"半个字也没有。"

他开始下意识地啃自己的手指。皮皮的眼睛瞪大了。开始时他只是在啃右手的指甲，紧接着就开始啃手指、手掌，就像在啃一穗玉米，一点一点吃进嘴里……皮皮吓得一把拉开他的手："请告诉我，你啃进去的东西还会变回来的，是吗？你只是啃着玩儿的，是吗？"

他开始神经质地看着四周，神经质地说："皮皮，我不喜欢来这里，我不喜欢地铁，我也不喜欢这座城市。也许我应当把遇到的所有人都吃掉……"

"不不不！别别别！"皮皮吓得直摆手。

"那你告诉我，"他凝视着她的眼睛，一字一字地道，"贺兰在你面前，提过我吗？"

"也许……提过……"皮皮自己的嗓音也抖起来了，"是这样，我跟他在一起的时间不长，也许他一直想提起你来着，就是没找着……机会……"

"也就是说，没提过？"

青阳的脸很阴沉，阴沉得快要下暴雨了，皮皮毫不怀疑如果他身上绑着一颗炸弹，他将在瞬间引爆它。炸死自己不要紧，这一车的人……

"咱们换个地方说话好吗？"皮皮道，"让我仔细回忆一下。"

他以一种奇怪的目光审视着她，似乎明白这是缓兵之计，沉吟片刻，他看着自己的右手，那只快被他啃光的手掌正一点一点长回来，顷刻之间，恢复如初。

"如果想救你的朋友，你应当好好地研究狐律。"

"嗯？"

"钻法律的空子，不正是你们人类擅长的吗？"

"我不大了解狐律——嗯，只知道其中的几条。"

"哦，你是殿下的妻子，狐族未来的皇后，你要学会使用你的权力。"他幽幽地道，"我发给你。"

"地铁里没信号。"

"我就是信号。"

皮皮还没想明白是怎么回事，就听见手机"叮"了一声，她收到一封邮件，主题词：狐律。

皮皮惊恐地看着他。

“看来你还需要一段时间相信神奇。”他怪怪地笑了，嘴角歪向一边，样子很好看，有种促狭的美。皮皮看着他，轻轻地道：“听着，青阳。我不知道你究竟是不是贺兰的好朋友。关于他是否提起过你这件事——”

“我知道，”他轻笑，看着窗外，“他没提。”

“如果事情真如你所说的那样，在贺兰心中，你绝对有最重要的位置。”

他淡淡地看着她，不置可否地“哼”了一声：“殿下这是在安慰我吗？”

“哪里……”

“或许不应当问你，”他的身上忽然多了一件黑色的修长风衣，手中多了一根乌黑却透着金属光泽的木杖。他一把拉起皮皮，“或许我应当直接问他。”

疾驰中的地铁猛然刹车，停了。

皮皮没站稳，倒在青阳的怀里。刹那间，吹来一股疾风，随之而来的，是地铁隧道阴凉腐败的气味。飞扬而起的风衣将她整个人都包裹了起来。青阳的一只手臂下意识地搂住了她，紧紧地，皮皮这才意识到车门不知何时已经开了。

“跟我来。”他带着皮皮跳了下去。

双脚刚一落地，仿佛来了电一般，地铁重新启动，迅速开走了。

第十二章

危险的旅程

皮皮的瞳孔一时还不能适应光线的变化，眼前一片模糊，只觉阴风袭人，面前一道幽深的洞穴隔开了阴阳两界。从青阳风衣的香气中钻出了一股子动物腐烂的恶臭。C城因为气候湿润，地铁隧道里生活着成千上万只耗子，有一年特大暴雨淹了地铁，抽水时发现水里漂着几万只死耗子，为此上了头条，吓坏了像皮皮这样每天坐地铁上班的工薪族。谁要不幸死在这里，不消一个钟头就会被群鼠啃噬，尸骨无存。

皮皮一面被青阳拖着快步走，一面在脑海中闪现着“侠胆雄狮”在下水道里奔跑的镜头。难怪到处找不到狐族，难不成他们也有个地下世界？这里就是大本营？可这肮脏的去处与狐族爱漂亮的本性根本不搭啊！而且他们个个都长得那么好看，是地地道道的“人面兽心”，活在人群中刷颜值就好了，有必要躲躲藏藏吗？

照这个逻辑，青阳带皮皮来这里就剩下了一个目的：吃肝。顺便拿走她脖子上的东西。

在知道青阳身份的那一秒，皮皮就知道只要他有恶意，自己就无路可逃。但垂死挣扎是必需的。她知道C城地铁靠第三轨供电，上面有高压电。据皮皮的经验，如果没有龙膏、照石这样的装备，或者狗血、雄黄这样的暗器，一个普通人想徒手杀死狐族基本上不可能，遇到骁勇好斗的柳灯族更是死路一条。火烧、电击或许管用，就算死不了，也会拖延一下时间。想到这里，皮皮突然甩开青阳的手，向一旁的电轨跑去。

没跑几步，“唰——”一团黑影闪到眼前，皮皮收不住脚，一头撞上青阳的胸膛。

青阳脸上的表情已经完全没有了在地铁车厢里的耐心和温暖，但还是礼貌的：“不要乱跑，那边有高压电。”

他的胸肌很硬，几乎像铁一样，皮皮下意识地倒退了两步：“地铁每五分钟一班，把我轧成肉酱对你有什么好处？”

青阳抱臂而笑，目光中有一丝戏谑：“你不是说要换个地方说话吗？”

“那也不能在这里呀！”

“这里怎么了？”

说话间，不知何处“哔啵”一响，仿佛冰块裂开一般，皮皮吓了一跳，不安地打量四周。隧道两边的水泥墙上装着一排壁灯，光线微弱，仅能照亮尺余之地，七八根手臂般粗细的管道蜿蜒向前，一根裸露的电线掉在半空，噼噼啪啪放着火花。

“这是杀人越货的地方好吗？”

“要我怎么说你才肯相信？”青阳看着她，摇头叹息，“我不是你的敌人。”

他的面孔闪出阵阵阴影，仿佛有几道光从不同的方向打过来，又好像一团乌云从头顶掠过。皮皮转身看了看，周围并没有变化的光源，不禁迷惑了：“你的身体除了可以变换颜色，还自带打光系统吗？”

“是的。”他淡笑，将脸微微一侧，做了一个很酷的造型，“三百六十度无死角。”

在地铁车厢的白炽灯下，他是绅士，是暖男，是阳光青年。在变化的阴影中，他就成了和修鹇、宽永一样的柳灯族。有一张和他们一样富有棱角的瘦方脸，高高的颧骨、强硬的下颌，目光神秘、藏着一股凌厉的杀气。被这样一张脸咬一口会很痛吧？

“怎么说都没用，”皮皮板着脸道，“我不认识你，不会相信你。”

他没有生气，更没有反驳，而是点点头，继续说道：“四年前的秋天，我见过贺兰，在西伯利亚。——他提起了你。”

皮皮微微心动。四年前的秋天，算起来应当是自己与贺兰从峰林农场解救了四千只狐狸之后。当时贺兰说，他会将其中的一批狐狸运往北极，途经西伯利亚。

皮皮咬着嘴唇低头寻思着。

“他说……又找到你了，办完事就回南边结婚。”

“……”

“我问他你长什么样儿，他给我看了你们的结婚证。”他顿了顿，“还说签字用的是‘一得阁’的墨水。”

皮皮心中一震，抬起头来。这事除了贺兰与自己，狐族中不可能有第三者知晓。像这样的细节贺兰只会说给关系亲近的人。

“匆匆一面后我们就分道扬镳了。他后来遇到了赵松，动了手——”

皮皮忽然打断：“既然你是贺兰的朋友，为什么要骗我吃你的魅珠？不怕他介意吗？”

“不怕，”他揪了揪她的脸蛋，“他知道我喜欢你。”

说到最后一个字时，他的语调忽然降了下来，意味深长，似有所指。而他的目光却有股可怕的魔力，黑幽幽的眸子深不见底，时而如一潭死水，时而又千变万化，吸引她往下看，往更深处探究……

“喜欢……我？”她喃喃地说。

一个淡淡的声音蓦然从青阳的身后传来：“我当然介意。”

青阳的脸上浮出一丝冷笑，似乎正在等待这一刻。他偏了偏头，摸了摸下巴，慢慢转过身去。

没有任何动静，没有半点脚步声，贺兰觿幽灵般地出现在数尺之遥。

青阳选择这个时候跳车当然是有目的的，贺兰觿已在这里等着他了。

“好久不见，”青阳缓缓地道，“贺兰。”

“请称呼我为祭司大人。”

祭司大人摘下了墨镜，声音如远山般疏离冷淡。

青阳的脸沉了沉，嘴唇用力抿了一下，仿佛受到处心积虑的侮辱：“殿下在蓄龙圃闭关，真气未定，修行未满，按律不可以妄开杀戒。何以手毙十七名侍者，不告而别，私会逆党？”

“所以你是来问罪的？”贺兰觿道。

“不敢。问罪是青桑和长老团的事。此番南下，我只需要做两件事：带回千花，以及马脑盒中的物事。”

“祝你顺利。”

“殿下若肯帮点忙会更顺利。”

“很遗憾，我不知道千花的下落。”

“这不大可能。”青阳的目光像一枚钉子钉在了贺兰觿的脸上，观察他，审视他，企图读懂他的每个表情、每个小动作，“从殿下闭关的第一天起，千花就随侍左右，寸步不离，四年没有出过灵霄阁。痴情可叹、忠心可嘉。如今凭空消失，而殿下也没有半分念想，未免让人怀疑——”

“——我杀了她？”贺兰觿连眼皮都没眨一下。

青阳沉默了两秒，嘴皮动了动，想说什么，却终于把话吞回了肚子里。贺兰觿也不分辩，眉头一抬，对着青阳身后的皮皮道：“皮皮，你过来。”

皮皮双眼看天，没理睬，大脑飞快地转动着：跟贺兰觿走，他一时半会儿不会要自己的命，但家麟、小菊的命肯定没了。跟青阳走，敌友不清，自己可能丢命，贺兰觿还是会杀家麟和小菊。——很简单的数学题，皮皮擦了擦脑门上的冷汗，向贺兰觿走去，刚一抬腿就被青阳一把拽住。

“别过去，”青阳淡淡道，“他不是贺兰觿。”

皮皮的心“咯噔”一下。自从再次见到贺兰，贺兰身边的人，金鸐、千蕊，甚至沙澜方氏一家，都叫他“祭司大人”。显然，狐族人都认得他，且毫不怀疑他的身份。认为贺兰觿不是贺兰静霆的只有关皮皮一个人。

如今，和他关系密切的青阳也说出了她的心里话。

“你怎么知道？有什么证据？”皮皮用力想甩开他的手，“放开我！”

“如果他是贺兰觿，就不会想杀我。”

那手不仅没有放开，反而越钳越紧。

“我怎么知道你没得罪过他，或者背叛过他？”皮皮看着他的脸，“他至少长了一张贺兰觿的脸，而你的脸我根本不认识。”

在这种时候，如果一定要皮皮去相信一个人，皮皮宁愿相信贺兰觽。

青阳的脸阴沉了，如暴雨将至，一团团阴影不断闪现："如果我有背叛，你和他的故事早就结束了。如果你走过去，你和他的故事，马上也会结束。"

"放开我！"皮皮吼道。

他的手松开了，皮皮却没动。

远处传来轰隆声，脚下铁轨开始震动，粉尘从水泥穹顶上掉下来。不到十秒，前面弯道上闪出了一对地铁的车灯，皮皮看看贺兰，又看看青阳，两人面部都没有表情，目光都充满杀机，看气势随时可能将对方撕成两半。

地铁轰鸣而来，整个隧道都在摇动，他们却好像没有听见。

皮皮不禁尖叫："别打啦！地铁来了！"

面前的两人互相冷冷地凝视着，谁也没动，似乎把这看成是考验定力的时刻。

不知道狐族有多少灵力？或许他们可以跳到半空，[illegible]上[illegible]爪，或者就在轨道的旁边过招。或许他们的身体可以像纸一样被地铁轧过，然后恢复如初。或许还能被地铁撞成碎片，在空中自行拼接。又或许他们本来就是一团雾气，可以被地铁从中穿过……狐族可以任性，皮皮可不行，什么都可以玩也不能玩命呀。

正胡思乱想之际，地铁已到了眼前，面前岿然不动的两人却在最后一秒间双双消失了！皮皮呆呆地看着眼前的一切，觉得太不真实，好像自己跳进了"超级玛丽"的游戏，想跑却无路可逃。轰鸣一声紧似一声，如狂风骤雨、千军万马，而自己的腿却重似千斤根本抬不起来，她惊恐地看着越来越刺眼的车灯——

正在这时，一股大力袭来，皮皮的整个身子忽然腾空而起！还没等明白是怎么回事，她已经跳进了逃生通道，几乎同时，地铁从耳边轰隆而过，犹如一把钢刀刮过锅底，刺得耳膜嗡嗡作响。皮皮本想留下来观战，转念一想，祭司打架，凡人能捡回一条命就算不错，何况自己还要去救命悬一线的家麟、小菊？当下顾不得许多，拔腿就向出口跑去……

皮皮从逃生通道跑出来，再跑到地面，已过了十五分钟。

街道一切正常，高峰已过，行人稀少。头顶晴空万里，阳光从两边的玻璃幕墙大厦反射过来，刺得两眼生疼。这一站叫"双峰路"，是小站，按理说乘客不多，可皮皮却发现身后快步拥来一大群人，有的走到路口招出租车，大多数跑到公交车站换车。皮皮一面给家麟发短信让他过来接自己，一面扯住一位提着公文包的中年人问道："大叔，地铁停了？怎么大家都出来了？"

"广播说是前方隧道发现异常，出现轻微塌陷，不知道是塌方还是地震……"

轻微塌陷？看来贺兰与青阳的确是大打出手了。

皮皮的心又开始怦怦乱跳：以青阳修行的年限和地位，功力绝不亚于贺兰。狐族的男人爱面子、讲尊严，特别是以勇武好斗著称的柳灯族。两强相交，必有一死。贺兰会失手吗？接下来的她应当怎么办？

皮皮在焦虑中等了十分钟，才看见家麟的汽车。她不假思索地跳上后座，发现小菊也坐在里面，正在用手机上微博。

"不是说在香鹤街见面吗？"家麟道，"怎么又改这里接头了？"

"你们去哪？"皮皮问。

"程少波的家。"家麟一面开车一面说，"小菊有一样东西落在他家了，临走前想拿一下。"

"先别急着去，有件性命攸关的大事需要知会你们。"

两人同时愣了一下。

"听说过狐律第七条吗？"

"乌豆咖啡"在双峰路的尽头，是家地道的意大利咖啡馆，里面弥漫着一股浓烈的蒸汽咖啡味道。一番解释之后，家麟和小菊已明白被狐族"点香"的后果，算起来现在离傍晚也就不到五个小时了。

虽然两人都不信邪，但都见过金鸐、贺兰，也见过沙澜方氏，这群人就算不是狐族，只是正常的男人，以他们的体格和身手，消灭家麟、小菊也不是难事。

见两人哑然不语，还以为他们不相信死期将至，皮皮又道："我知道这难以置信，但它真的会发生！实在想不通就这么理解：你们得罪黑社会了，大佬要派杀手做掉你们。"

"貌合神离，乌合之众而已。"家麟不以为然。

"别忘了我会散打，你会武术。"小菊看着皮皮，"家麟也是空手道高手。要我们死？我还要他们死呢！没那么容易！"

"家麟、小菊，请听我说——这不是赌气的时候……"

"让他们来呗，"家麟抿了一口咖啡，"我在这等着。"

"来一个杀一个，来两个杀一双。"小菊扬眉冷笑，"姑奶奶我本来就活得不耐烦了！"

皮皮急得两眼望天，就差在他们面前上吊了："相信我，你们不可能赢！"

"谁说的？"家麟看着皮皮，"倒是你，老跟他们混在一起，被洗脑了吧？"

"人家说有奇迹，你就相信奇迹。人家说你是只虫，你就往地上爬？"小菊也开始毒舌，"不记得以前你是怎么跟我说的？咱们没事不惹事，事来了也不怕事！"

“可是——”皮皮气得猛咽了一口咖啡，眼珠乱转地想了半天方道，“说到奇迹，家麟，你敢说你没遇到过？”

“没有。从来没有。”

“那次你躺在ICU里，病危通知都下来了，请问你是怎么恢复健康的？”

家麟的脸色忽然暗了下来：“不是气功大师？”

皮皮摇头。

“那是谁？”

皮皮低头想了一会儿，道：“贺兰静霆。”

陶家麟低头看手里的咖啡，半天没说话。

“他怎么会愿意？”

“是我求的他。”

家麟的脸僵了僵了下，抬起头，目深如水：“为什么不事先征求我同意？”

“你会不同意？”

“我宁死也不要这人救我。”

“家麟——”皮皮吞声。除了长相之外，家麟与贺兰最相似的地方大约就是这高傲的脾气吧。

“既然我欠他一条命……”家麟缓缓地道，“现在他要来拿，就拿去吧。”

他一脸坦然，一副视死如归的模样。皮皮长叹一声：“我不是这个意思……在他眼里，你们的命根本不重要，死也是白死了！”

小菊忍不住道：“照你这么说，我们除了慷慨赴死就没别的办法了？”

“倒是有一个办法。愿意听我安排吗？”

“当然愿意！”小菊道，“家麟肯定也愿意！”

家麟没有表态，小菊踢了他一脚，家麟眼看前方：“皮皮，无论怎么安排，我都不会让你独自一人跟这帮家伙离开C城。”

皮皮刚要接话，咖啡馆的玻璃门忽然开了。

门外施施然地走进来两位高个儿青年。

“乌豆咖啡”靠近C城传媒大学和戏剧学院，是C城头号文青聚居地。两所院校都出过一线影星，附近的酒吧、咖啡馆、夜店常有导演、策划、制片人出没。自从几个大二学生在K歌、蹦迪时被著名经纪公司相中，短短几年就在业界迅速蹿红后，这里就挤满了相貌出众、等待机会的大学生。就连打水、扫地的临时工都长得不差。漂亮的脸蛋看多了，也就习以为常了。弄到后来，如果没有一点姿色，都不好意思来这里喝咖啡了。

然而当金鹳和方尊嵋走进咖啡馆时，众人却是清一色地偏过头去，几个叽叽呱呱谈笑正浓的女生也忽然间得了失语症。

皮皮眯起双眼打量他们：无论是金鹳还是方尊嵋都没有奇装异服，举止都没有超过尺度。但他们身上都有一种说不清、道不明，又特别突出的范儿，比如金鹳的鬈发、方尊嵋的平头都不是C城流行的发型。又比如他们的双眸有种神秘、空虚、令人费解的内容：这一切都说明他们来自异乡，不属于眼前的这个世界。

家麟与皮皮、小菊坐在咖啡馆的包间内，包间与大厅只有玻璃门相隔。

金鹳与方尊嵋笔直地走进来，在皮皮身边的一个双人沙发上坐下，也不说话，只向三人淡淡地点了点头，算是打招呼。一位侍者走过来问道："两位想喝点什么？"

金鹳面无表情："等人。请稍后再来。"

侍者正要转身，小菊忽然叫住他："给他们来两杯咖啡。"

金鹳皱眉看了小菊一眼，似乎嫌她多事："我不喝咖啡，只喝清水或酒。"

"那就来两杯清水。顺便给我一份芝士蛋糕。"小菊指了指家麟，"给他一份通心粉沙拉。"

侍者应声离去，转眼间送上食物和清水。金鹳与方尊嵋对视一眼，出于礼貌，各取一杯清水喝了一口。

"请问贵圈的货币是什么？"小菊一面津津有味地吃着蛋糕，一面问道，"也是纸币吗？"

"你的胃口真好。"金鹳答非所问。

"两位既然是来打发我们上路的，自然要吃饱一点。"

"我们不是来打发你们上路的。"方尊嵋道。

"打发你们上路用不了三个人。"金鹳道。

"三个人？"皮皮问道，"还有谁？"

他们没有回答，门又被推开了，这一回进来的是贺兰觿。不知是因为照明的缘故还是经过一场鏖战，他的脸色有点苍白，但衣履齐整，毫发无损。见祭司大人过来，金鹳和方尊嵋立即起身，将沙发让给了贺兰觿，一左一右，站在他的身后。

咖啡馆内十分嘈杂，大家都假装在干着自己的事，其实很多双眼睛都在暗暗地注视着他们。只因为这是个看脸的世界，而皮皮面前三张脸的颜值实在太高了。

沉默片刻，贺兰觿抬起了头："皮皮，你的朋友准备好了吗？"

"呃……总不会在这里打发他们吧？"皮皮看了看左右，狐族从什么时候开始喜欢上热闹了？在公共场合杀人不是他们的做派啊！可是转念一想，他们即将远行，大约是不打算回来了吧？所以才敢这样肆无忌惮。

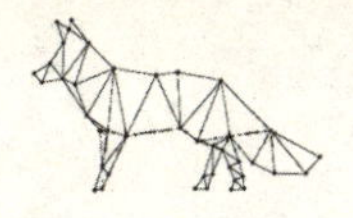

“就在这里。”贺兰觿冷笑，“你可以选择留下来观礼，也可以选择离开。我保证不会有太多痛苦，一切都会进行得很快。”

祭司大人一面说着，一面阴森森地扫了一眼家麟和小菊。刚才豪言壮语的两个人仿佛掉进了冰川，脸微微发白，呼吸都好像停止了。

“两样我都不选。”皮皮道。

“这是不可避免的，皮皮。”

“我知道。”

“那你选什么？”

“我选狐律第一百四十二条。”

贺兰觿的脸僵了。

“作为你的妻子，狐族的储妃，未来的皇后，我有权赐婚。”

面前所有的人都呆住了，生平第一次，皮皮看见祭司大人收起了嘴唇，一副恨不得捏死她的样子。

皮皮看着金鹮，一字一字地道：“沙澜金鹮，我的好朋友辛小菊现年二十五岁，善良敦厚、有情有义，现赐你为妻，望你们今后相亲相爱、琴瑟和谐。”说罢目光转向方尊嵋，“沙澜方氏，我的好朋友陶家麟现年二十六岁，温文尔雅、足智多谋。现赐予令妹方梨花为夫。望今后夫唱妇随，比翼双飞。”

贺兰觿的声音很低，害怕被人听见，皮皮的声音更低，低到方才说了什么自己根本听不见。但显然面前所有的人都听清楚了。家麟与小菊惊讶地看着皮皮，不知道该哭还是该笑。金鹮的嘴无端地咀嚼了一下，好像突然间嘴里多了一块肉。方尊嵋则双唇紧闭，腮帮晃动了一下，似乎在磨后槽牙。皮皮看了看贺兰觿，他鼻子轻轻“哼”了一声，似笑非笑，表情莫测。

“从今天开始，大家都是自己人了，就不用担心狐律第七条了。”皮皮一面假装欢喜地拍拍巴掌，一面在心中号叫：天啊，我竟然想出这么个“气死狐”的糟主意，一定是不想活了！说罢瞪大眼睛看着众人。

谁也没有说话，表情都很尴尬。

过了片刻，小菊干咳一声，对金鹮道：“声明一下，几天前我办了离婚，有个前夫叫程少波，你不介意吧，金兄？”

金鹮的脸紧绷着，双眼看天，半天方道：“岂敢。殿下赐婚，是莫大的荣幸。”

一旁的家麟忽然长舒一口气，对方尊嵋道：“请问令妹贵庚几何？”

“下个月满十岁。”方尊嵋道，“如果阁下想圆房的话——”

“——不着急，不着急，”家麟松了一口气，连忙打断他，“我可以慢慢等她长大。”

“那倒不必。在狐族她只有十岁，但在人间，已经三百五十多年了。”

家麟不笑了。

“前后吃掉过三十多个冰奴。”方尊嵋继续说。

家麟愕然，小菊亦倒抽一口凉气。

贺兰觿的脸上却终于有了一点笑容：“既然是王妃赐婚，就我而言，除了祝福就只有恭喜了。”

“对不起！对不起！对不起！一万个对不起！”

“赐婚”结束，皮皮知道自己捅了大娄子，于是把家麟、小菊拉到咖啡馆后门的停车场上解释。她是这么想的：金鸐是沙澜族首领，无论是狩猎还是挨饿，在族人中肯定最强，轻易不会吃人，这在皮皮与他打交道的过程中已经证实了。相较而言，方氏兄弟劫持过自己，甚至想吃掉自己，嫁给他们肯定不靠谱。方梨花还是个小孩儿，胆小怕事、易哄易骗，以家麟的智商足以对付她。

当然不是什么逃生妙计，婚姻岂能儿戏，但生死迫在眉睫，也只好这样了。

“不怪你，”小菊轻轻拍了拍她，“这么做也是为了救我们的命。”

“本以为贺兰觿会铁了心地甩掉我们，”家麟说，“现在跟你一起走就成了理所当然。”

“可不是！”小菊道，“我们又成了同一战壕的战友！”

看着面前说话不着边际的两个人，皮皮急得直冒冷汗，听他们的语气还是没把这事当真。

“万一有难，金鸐、梨花或许会顾及夫妻情分保护我们呢，是吧？”家麟居然眨眨眼，调侃起来。

“拜托！这只是权宜之计，你们——”皮皮咳嗽了一声，示意他们看自己的手机。为了不让贺兰觿听见，她在上面飞快地打字：

——不能跟我走，明早上飞机之前找机会离开C城！

两人对视一眼，双双摇头。

——贺兰说，鉴于你们新的身份，他取消了点香。我知道有个古墓埋着一些可以防身的东西……

皮皮还在疯狂地打字，家麟忽然拍了她一下，她赶紧关掉手机，一转身，发现金鸐向他们走来。似乎知道三人正在密谈，他没有走得太近，而是在距离三尺的地方停下了。

“Hi，金鸐！来得正好！我们打算去商场买点东西，准备下行李。”皮皮将手机

塞进口袋，“咱们这是往北走，去北方，对吧？”

“嗯。”

“一直说是去赫尔辛基，不是赫尔辛基？”

“不是。”

“那么，在芬兰境内？”

“不在。”

“去的地方……有人烟吗？”

“没有。”

小菊看了家麟一眼，面色沉重。

家麟反而很淡定：“这样的话，我们至少要买火柴、电筒、斧头、砍刀、帐篷、指南针、防湿塑料布、食物、纯净水以及一些药品。”

“那是一片净土，一个月内无法回收的东西都不能带去。”

众人面面相觑。

“比如塑料布，二百年才会腐烂。”金鹳道，“不能带。”

“尼龙绳？”

“三十到四十年。”

“罐头食品？”

“二百五十年。”

“电池？”

“一百年。”

小菊忽然道：“女性清洁用品总可以带吧？比如卫生巾？”

“八百年。”

皮皮掏出自己的手机：“iPhone？”

“更不能，它永远也不腐烂。”

“这么说来，我们能带的只有卫生纸了？”小菊两手一摊。

“差不多。”

“这也不能带那也不能带，到时候我们吃什么？”皮皮道。

金鹳的嘴中蹦出两个字：“狩猎。”

“不需要这么麻烦！”皮皮急了，“可以多带几箱方便面——”

如果说去蓄龙圃曾经令皮皮感到兴奋，这种兴奋渐渐被越来越多的恐惧与不安代替。皮皮越来越觉得自己完全不了解狐族，一个又一个的陌生人冒出来，都声称跟自己有关系。那个原本和自己最亲近的人，却越来越像个陌生人。

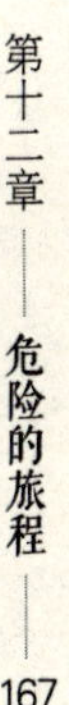

“狐族饿了才吃,饱了就睡。从不多吃多占。”金鹮道,“不像你们人类。——资源就是这么被浪费的。”

“哎哎哎——只是讨论一下荒野求生,不要动不动就上升到人与动物好吗?”小菊瞪了金鹮一眼。

金鹮看了她一眼,闭嘴。片刻之后,忽道:“你去哪?”

大家愣了一下,过了几秒才反应过来金鹮是在问小菊。猛然想起自己已被“赐婚”,她的脸顿时红了。

“我……去……去……少波……嗯……前夫家……拿件东西。”她一下子结结巴巴了起来。

“我送你。”金鹮按了按手中的钥匙,不远处停车场内,汽车响了两声。

“我也去。”皮皮一面说一面摘下了手中的宝石戒指,“送给你,——新婚礼物。”

小菊接过来戴到手上:“谢谢!”

皮皮瞄了金鹮一眼,发现他也在看自己,目光相接时他嘴角微微一挑,偏了偏头,神色幽然。

空中忽然有股淡而宜人的香气,盖过了炭烧咖啡的味道。

小菊深吸一口,叹道:“好香啊! 春天快来了!”

金鹮似笑非笑地看着她:“喜欢吗?”

小菊呆呆地点点头。皮皮目色微变,知道金鹮按照狐族的传统正给小菊种香。

“你也很香。”金鹮继续道。

“我?”小菊不好意思地摆摆手,“怎么会……人家昨天又没洗澡……”

“我指你的肝脏。”似乎在有意配合自己的话,他舔了舔嘴唇。

狐族爱惜容貌,拥有最佳整容技术,不论男女,个个天姿国色。所以夸人“好看”算不得恭维,夸人“好香”才是实打实的赞美。如果遇到人类,夸他们“好吃”就是最高级别的形容词。皮皮心想,是时候给家麟、小菊上一堂狐族的文化课了。不然以后在一起生活,这文化冲突可少不了。

正嘀咕着,家麟忽然冲过去一把揪住金鹮,挥着拳头吼道:“收回你刚才的话!”

一时间金鹮愣住,似乎不明白自己说错了什么。

“收回你说的话!”家麟又吼了一声。

“家麟——”皮皮正要拉住他的手,忽然一阵劲风袭来,一样东西重重地砸在家麟的脸上,令他整个人连退三步,向后倒去,就连企图扶住他的皮皮也被这股大力带倒在地。

那是金鹮的拳头。

“噗——”家麟一口血喷出来，推开皮皮，又玩命地向金鹮冲去，还没站直又被金鹮狠狠地踹了一脚。

皮皮还记得那天夜晚金鹮在屋顶上会见关鹖时仙袂飘飘的样子。知道他动手时姿势优雅、出手飞快，谁也看不清楚。等皮皮看清楚他的人影时，金鹮已在用一条纯白的丝绢擦着自己的手。

“住手，金鹮！”皮皮站起来喝道，“陶家麟是我的朋友。你竟敢在王妃面前无礼！”

“王妃？”金鹮一面擦手一面冷笑，“你以为有人叫你王妃你就是王妃？——狐族的王妃不是那么好当的。”

“……”

“你以王妃的名义赐婚，”金鹮看着她，“可知道狐族的婚姻是终身制的？”

“……”

“一句话就左右别人一生，很好玩，是吗？”

“……”

“我给了你我的尊敬、我的服从，你拿什么回赠我呢，殿下？”

“……”

“以后不要再打这张牌了，剩下的东西需要你自己去赢得。”

皮皮呆呆地看着他，又看了看一脸鲜血的家麟，急促地呼吸着，心跳声如此之大，耳膜都快爆裂了。

车内一片安静。

家麟坚决不要皮皮、小菊相伴，独自去了医院。贺兰、方尊嵋开车带走了皮皮，剩下小菊独自坐在金鹮的车内前往程家取东西。

一路上小菊一言不发，金鹮亦保持沉默。

汽车在街道上缓缓行驶，路过一家露天菜市，小菊忽然道：“请停一下。”

金鹮瞬间刹车，还以为她要下去买菜，不料她纹丝不动地坐着，连安全带都没解开。

菜市靠路边的一角有个卤味店，一位穿着鸡心领彩条拼色羊绒衫的女人正在熟练地切着一堆牛肉。与周边的小贩不同，她的围裙很干净，脖子上挂着一条亮得晃眼的足金项链。头发认真地做过了，摩丝有点多，也只有这样才能堆出高高的刘海。女人已年过五十，文了眉、文了唇，还文了眼线。相貌不算差，可惜在妆容上用力过猛，远远一看，发型、毛衣、眉头、嘴唇成了重点，其他地方都消失了，不认真看还以为

她是位脸上涂了迷彩的野战军战士。旁边藤椅上坐着个大学生模样的青年，估计是她儿子，右手玩着手机游戏，左手则不断地从肉堆里拿出一片片牛肉放进嘴中。女人也不介意，一边切肉，一边不时地瞟他几眼，目中露出关爱。

透着车窗，小菊对那女子注视良久，金鹳顺着她的目光看过去，问道："不过去打个招呼？"

"不用，"小菊轻轻地转过头来，"咱们走吧。"

车开了。

"是你妈妈？"金鹳道。

"你怎么知道？"

"你们长得很像。"

"我爸有精神病，我妈就跟他离婚了，在我很小的时候。自从她走出家门，就再也没有回来过。我一直以为她远走高飞了，没想到她还住在这个城市。"

"她都不来看你，你干吗还要看她？"

小菊叹了一口气："我也不知道。"

"所以你有个不愉快的童年？"

"我愿意嫁给狐族，"小菊喃喃地道，"因为我本来就过着不是人的日子。"

"什么意思？嫁给我是'下嫁'啊？"

小菊想反驳，想了想，自嘲地笑了，指了指窗外："到了，前面那栋房子就是。"

街道对面有幢老式的三层公寓楼，程少波的母亲杨玉英是局级干部，住房十分宽敞。小菊出嫁之后便一直跟他住在婆婆家。程家在一楼，有前院后院，还有一个可以独开的院门。小菊按了门铃，出来一位披着真丝大花披肩的妇人，手里还抱着一只泰迪犬，正是程少波的妈妈。

"阿姨。"

"你来干吗？"杨玉英抚着怀中小狗，阴阳怪气地道。

"少波卧室的壁橱里有个绿色纸盒，是我爸的遗物，我想拿回去。"辛小菊道。

"都不是我家人了，家里的东西自然就不是你的了。"杨玉英冷笑，"你进去一趟，我要丢了东西怎么办？"

小菊强忍着怒气："也不是什么贵重东西。我爸的一些手稿，上面都是算术公式……"

不提辛志强倒罢了，一提辛志强，杨玉英一下子嗓音高了八度："别跟我提那疯子！那神经病在墙角撒的尿我到现在还闻得到！手稿？好意思叫它手稿？没得玷

污了这两个字！辛小菊你也老大不小了，接受现实吧，你爸就是一地道的脑残！”

“阿姨您说话客气点，留点口德。……我爸刚去世。”小菊的脸通红了，双手紧握，努力地控制着自己。

“谢天谢地，这世界终于少了个——”

“砰！！！”

玻璃窗上突然多了个碗口大的洞。杨玉英手里的泰迪已经不见了，屋里传来一声小狗的呜咽。

杨玉英先是呆了一下，接着惨叫一声冲回屋内。金鹳也不理她，径直拉着小菊直奔卧室，打开壁橱，拿着纸盒走出门去，却与杨玉英撞了个正着，被她一把扯住："你谁呀你？敢杀我家晶晶！有种别走！来人哪！抢劫啦！”

金鹳厌恶地掰开她的手，又被杨玉英扯住袖子："辛小菊你个破落货，才离婚几天就勾搭上别的男人，你们——”

她的声音戛然而止，因为一团血飙到了她的脸上。杨玉英还以为是自己的血，惊恐中用手抹了一把脸，仔细一看，怀中的小狗不知何时已到了金鹳的手中，已被他撕成两半，狗血喷了她一身。仿佛嫌这一切不够血腥，金鹳慢条斯理地掏出了小狗的肝脏塞进自己嘴中，优雅地咀嚼着。

杨玉英双眼一翻，昏倒在地。

金鹳转过身，恶作剧般看着小菊，发现她居然很淡定。

“你不害怕？”

“你是人我会害怕，”小菊平静地回答，“但你不是人。——这世上狗咬狗的事情多了去了。”

金鹳幽然地笑了："爱吃冰激凌吗？我知道有家不错的冰激凌店。”

他们在冰激凌店的门口发现了皮皮与贺兰觞。看来金鹳与贺兰约好了办完事后在这里碰头。

趁着男人们去柜台排队交钱时，皮皮悄悄地塞给了她一瓶牛黄解毒丸："从现在开始，每天一粒，吃了它，金鹳就不想跟你在一起了。”

小菊点点头，将药瓶装进了手袋。一抬眼，贺兰、金鹳一人拿着一个大号的蛋筒冰激凌走到桌前坐下来。

尽管这些天发生了很多事，每件事都令人心烦，但无论是皮皮还是小菊，对冰激凌还是无限欢迎的。

“姑娘们，关于吃冰激凌，请让我们以狐族的礼仪来招待你们。”贺兰笑道。

皮皮、小菊对视了一眼。狐族礼仪繁多，皮皮耳闻甚少，只知道他们对吃东西有各种古怪的规定。

“你们的礼仪是什么？”小菊问道。

“我们的礼仪是冰激凌由男士拿着，女士只负责吃就好了。”贺兰道。

皮皮的脸一下子红了。

这是C城最大的一家冰激凌专卖店，顾客很多，全是年轻人。

贺兰、金鹮本来就很抢眼，抢眼到如果不戴口罩、墨镜基本上会导致一屋子的女人不淡定。见面前的男人双双将蛋筒举到自己嘴边……吃吧，不好意思；不吃，这么贵的冰激凌化掉可惜。皮皮一咬牙，舔了一口。小菊也舔了一口。

身后发出一片嘘声，有人鼓掌，有人吹口哨，很多笑声。

尽管笑声是善意的，皮皮还是觉得自己的样子很傻。为了尽快结束这尴尬的局面，她索性大口吃了起来。

越是这样，看上去就越暧昧，越狼狈。而且贺兰、金鹮故意不配合，皮皮、小菊吃得满脸都是。

终于，皮皮不干了：“哎，哪有什么礼仪，明明就是恶作剧！拿我们姐妹开涮是吧？”

贺兰觿的表情很认真，仿佛真在履行某种仪式，一脸庄重，不带半点笑容：“皮皮，记住这个冰激凌，记住它的味道。”

“呃？”

“接下来的日子，你会很怀念它的。”

皮皮觉得通往蓄龙圃的旅途一定充满了惊险，但她没想到这惊险从坐上飞机就开始了。

狐族人除了方氏一家拿着各种大包小包之外，其他人都轻车简从。贺兰觿与金鹮什么行李也没拿。千蕊背着自己的行军包。皮皮、家麟和小菊因为事先被金鹮嘱咐过要去的地方是“一片净土”，几乎什么都没带，只带了几件换洗的衣服，临行前百般恳求，贺兰觿才同意让他们带上一些必要的小工具。

飞机在空中飞行了七八个小时后进入了黑夜，又仿佛走进气流区，颠簸得厉害。大家安静地坐在餐桌前吃饭，吃到一半，空中一声巨雷，飞机剧烈地抖动了一下，灯光黑了黑又亮了。

“我想请问一下，还有几个小时到达目的地？”家麟忽然道。

“这个由关皮皮决定。”贺兰觿道。

“什么?”皮皮正在打瞌睡，一下子醒了，差点跳起来，“我决定？我不明白你的意思!”

“我们已经到达沙澜地界，正在上空盘旋。究竟在哪里降落，你说了算。”贺兰觿道。

开什么玩笑！皮皮揉了揉眼睛，以为自己在做梦，又以为是听错了：“我怎么会知道机场在哪？我又没去过沙澜，我又没有 GPS，机长是干什么用的？怎么可能——”

“——这里没有机场。”

“什么?!”

“没有机场怎么降落?”小菊也急了。

“跳下去。”贺兰觿说。

“跳？跳伞？”家麟道。

“没有伞。”

只有皮皮、小菊和家麟的脸在发白，其他人的表情都显得好像这不是一件难事。

“贺兰觿，搞搞清楚，我们不是狐族。”

“知道。”

“我们不了解你们的地理。”

“明白。”

“在这种时候请不要拿我们的生命开玩笑。”

“我没开玩笑，”贺兰觿道，“现在飞机在低空盘旋，皮皮你要决定跳下去的时间。因为只有你知道什么时候应当跳，什么时候不能跳。”

“我真不知道!”

“仔细想想，我以前一定告诉过你。”

“没有！我发誓你没有!”

“那就继续盘旋，直到你想出来。”

这一刻，周围所有的人都看着皮皮，都觉得真相就在她的嘴边。皮皮跺跺脚，都快急哭了。

“慢慢想，”千蕊啃了啃自己的指甲，“实在不行，航油烧光了，飞机也会掉下去。”

一个小时过去了。

又一个小时过去了。

飞机仍在天空打转。

皮皮觉得自己的心脏都快跳出口腔了，正在这时，她发现胸前的犀角忽然开始

发热，整个人都躁动不安起来，心跳越来越快，浑身的血都好像涌到了头顶上。她觉得这个地方无论如何也待不下去了，于是大叫一声："跳吧！"

"轰"！机舱门猛地打开了。一股劲风直贯进来。皮皮还没明白是怎么一回事，整个人就被卷到了半空……

昔黄帝除蚩尤及四方群凶，
并诸妖魅，填川满谷，积血成渊，聚骨如岳。
数年中，血凝如石，骨白如灰，膏流成泉……

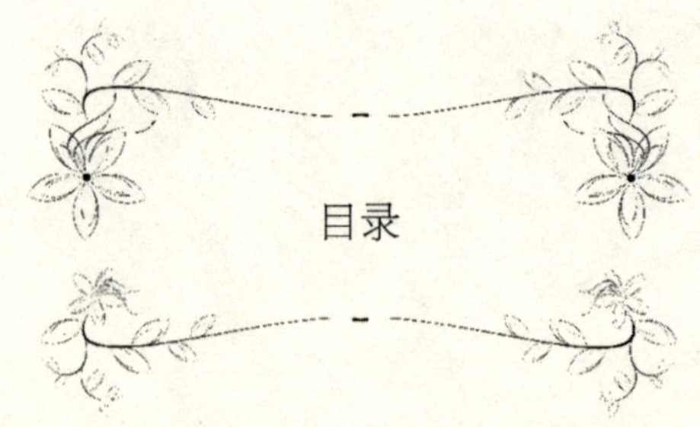

目录

contents

contents

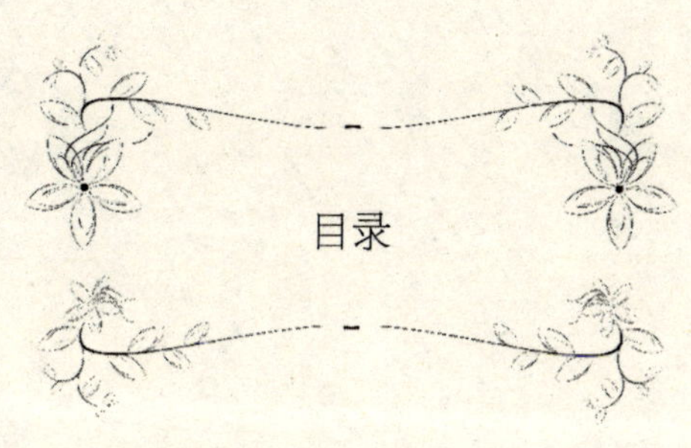

目录

第十三章

沙澜历险

空气异常冰凉。眼前一片黑暗。

一切发生得太快！慌张中，皮皮既不能控制下落的速度，也不能控制心跳的速度。只觉得耳边的风呼呼作响，像一把刀子刮着头皮。脸很烫，因为血液涌到头顶；无法思考，因为脑中一片凌乱。

舱门打开的那一瞬，自己一定失去了意识。因为她想不起任何细节，不知道是自己一个人掉出来了，还是所有的人都掉出来了；也不知道舱门是故意打开的，还是飞机失事了。

各种可能、各种念头闪电般涌来，滑过大脑，又闪电般消失了。一个也抓不住。

地面越来越近，薄雾氤氲，依稀可见连绵的群山。皮皮张开双臂和双腿，企图给自己增加一点张力，可下降的速度越来越快，根本控制不住。

这样掉下去，无论下面是什么，都不可能存活。

不知道是空气的压力还是恐惧，她感到心脏缩成了一团，全身的血液都好像被抽光了。

她在想还有几秒才是最后那一秒。为何自己在空中会逗留那么长。

听说临终的人会对时间产生错觉。

或许自己正走向另一个世界。

或许这一切都只是幻觉，自己已经死了。

穿过薄雾她看见了密密麻麻的树尖，哦，以这样的速度下坠结局只可能是自己倒插在树枝上，风吹日晒，变成肉干。

她用力摆动了一下身体，企图给自己增加一点缓冲。

重力压倒一切。她像一颗坠向地面的陨石，带着风，带着火，带着烟，带着摧毁自己的能量冲向灭亡。

几乎就在靠近树尖的最后一秒，有人推了她一下。

她的身子偏了偏，躲过一道坚硬的树枝，从一团树叶中穿了过去。

有人从空中抱住了她，带着她往下坠落了好几米，帮她消掉下坠的冲力，停在一根粗壮的枝丫上。

熟悉的味道，深山木蕨的味道，生命的味道。

皮皮不顾一切地抓住了他，像只猴子紧紧勾住了他的脖子，双腿死死地绞在他的腰上。

耳边响起一个慵懒的声音：“我的天，皮皮，你想勒死我吗？”

“来,喝口水。”

皮皮还在不断地喘粗气,浑身都在哆嗦,牙齿还在打战,她觉得头很沉重,根本抬不起来。似乎没有料到她会吓成这样,那人拧开盖子,喂了她一口水。

过了一会儿,呼吸平静了,皮皮方道:“贺兰?”

“嗯?”

“你是怎么找到我的?”

“一直在你附近。”

“干吗不出声?”

“看你很爽的样子就让你多享受一会儿呗,找找蹦极的感觉。”他的语气很轻松,明显在逗她。皮皮气得猛扯他的耳朵:“混蛋!”

“开你玩笑呢,我在空中东张西望,寻找降落地点啊。”贺兰低声道,“幸亏是晚上。”

“其他人呢?”

“金鹮、尊嵋一人带着一个,应当都安全着陆了,可能不在附近,需要去找他们。”

皮皮松了口气,随手摸了摸脖子,忽然“咦”了一声:“那东西呢?”

犀角不见了。

皮皮急得四下摸索,将每个口袋都翻出来找。

那东西一直挂在颈间,从没摘过。拴它的绳子又短又结实,不可能从头上滑出。算来算去只有一种可能——

“贺兰,你是不是拿了我的犀角?”

“纠正一下,”他道,“它叫‘夜光犀’,是上古灵物。一旦靠近沙澜,嗅到危险,会自己藏起来。”

“藏?”皮皮没听明白,“藏到哪?”

贺兰觿捉着皮皮的手指摸了摸她的颈窝,用力一按,摸到一处硬硬的凸起物:“在这。”

皮皮不禁头皮一麻,想起以前看过的很多恐怖片都有外星虫子入侵人体,在皮下四处游走繁殖出怪胎的情节,只觉魂飞魄散,忙用手指用力一抠,那物纹丝不动,仿佛身上多出的一块骨头。皮皮顿时焦躁起来,手指乱抓,被贺兰觿一把按住:“别动! 如果它感到安全,自己会出来,不会伤害你的。”

“不会伤害我? 请问这是不是意味着如果谁想夺走它,除了割下我的脖子就没别的办法了?”

贺兰觿拍了拍她的脸,点点头:“理论上说……是这样。”

皮皮气结良久，只得自我安慰，夜光犀既能一声不响、不痛不痒地钻入皮下，想抢它的人就不容易发现，也未尝不是件好事。虽然这么想，心中仍然怔忡不安，怀疑贺兰没跟自己说实话。

夜光犀的功能一定不止这些……对于狐族，一定还有更重要的意义。

“在这等我，我下去找他们。”贺兰觿道。

“我跟你一起去！”

“不行，太危险。”贺兰觿低声，“记住，留在树上，无论下面有什么声音，发生什么事，都不要下去。”

一听说贺兰要把自己单独留在树上，皮皮好不容易平静下来的声音又开始哆嗦：“不行不行！万一有东西爬上来呢？”

“拿着这个。”贺兰递给她一根黑乎乎的棍子，“打它。”

皮皮摸了摸，是他的盲杖，放在手中又轻又细，没什么力量，当下用手死死揪住他的衣服，惊惶地道：“别走！别丢下我！贺兰！我怕鬼！我怕黑！”

“你忘了，”他摸摸她的头，“你是王妃殿下。”

“……”

“狐族的王妃负责打猎，到了这里，你就得像一名勇士那样，事事打头阵。”

“头……头阵？——贺兰觿，”皮皮就差哀号了，“王妃我不当了，快休了我吧！”

“休不了哇，你都赐婚了。”他摇头叹气，“你看你，为了给自己的熟人谋福利，不惜利用职权钻法律的空子。现在要你尽义务就立马闪人，是吧？”

皮皮一时语塞。

“关皮皮，不带像你这样给我丢人的。”

“贺兰——”

“——嘘！”

树下草木拂动，一阵窸窣乱响，似有野兽正在追逐。

“呜——呜——呜——”

空中传来数声悠长的嚎叫，如女鬼夜哭，如冤魂呜咽，此起彼伏，循环不绝，一直传递到远山之外。

与此同时，林间升起一团团白雾，叫声忽然安静下来，仿佛在等待着什么，忽然又一声更响亮的长嚎，树叶猛然摇动，传来撕咬打斗之声。

皮皮屏息凝听，正要问贺兰是什么动物的叫声，反手一摸，身边人已经不见了。

“贺兰？”她冲着树下小声叫道，“贺兰？”

没人回答，看来已经走远了。

嚎声四起，似乎离自己躲藏的这棵大树更近了。

比起刚才从天上掉下来摔死，被野兽吞食的下场岂不更惨？

皮皮越想越怕，顿时心跳如狂、汗毛倒竖。她深吸一口气，强迫自己镇定，细心凝听、仔细琢磨，猛然记起那叫声一点也不陌生，喜欢看《动物世界》的人都知道——那是狼嚎。

胡思乱想间，远处追逐打斗之声越来越大，越来越近。眨眼工夫，似有几十只野兽向这边冲来，就在树下撕咬起来。一时间喘息声、咆哮声、挣扎声、跳跃声、踢打声、惨叫声不绝于耳，仿佛发生了一场战役。稍远处还有更多短暂欢快的鸣叫，仿佛看客起哄。

皮皮坐在树杈上，紧紧抱住树干，吓得大气不敢出。

很快，群兽互殴之声渐渐消散，一切归于宁静。四周只剩下了虫鸣。

一阵寒风吹过，树枝轻轻摇晃。皮皮忘记了害怕这件事其实也很浪费体力，她累极了，在摇晃中睡着了。

不知睡了多久，甚至做了个美梦，皮皮一翻身，忘了自己还在树上，身子的重心移到另一根细小的枝条上，“啪”的一声，枝条断了，皮皮掉了下去。

“噢！……噢！……噢噢！”

皮皮一路往下落，每一根伸出的枝条都抽打了她一下。

“噢噢噢！”

她摔在厚厚的灌木丛中，痛得嗷嗷乱叫。仰天一看，昨晚所栖之树是棵巨松，高不见顶，目测超过六十米。所幸睡的地方不高，松树枝杈众多，起了减速的作用，她与其说是掉下来，不如说是“溜”下来的。

林间很暗，密密麻麻全是参天大树。毕竟开过花店，皮皮比常人多懂一点植物学知识，勉强辨出主要是些类似冷衫、红松之类的北方树种，但也有不少南方的植物。阳光穿树而过，交织成道道光柱。四处乱石林立、草木披离，枯枝腐叶横陈其间。杳无人迹却一点也不安静：头上鸟鸣，地上虫鸣；远处枝叶簌簌乱响，是小兽穿梭的声音。

天已经亮了。

空气依然寒冷，吸到肺中凉沁沁的，有股淡淡的甜味。皮皮一连深吸数口，忽觉味道似曾相识，细辨下来正是贺兰觿身上常有的气息“深山木蕨”。

在草丛、在花间、在林中，是这片森林的味道。

原来这就是沙澜。

昨夜一场兽殴，地上满是凌乱的足印。树枝上挂着兽毛、树皮上溅着血迹，可以想象战况惨烈。皮皮想到贺兰的叮嘱，不敢在树下久留，决定爬回树上，忽然发现盲杖不见了。抬头看树，盲杖不在树上。昨晚自己是抱着盲杖入睡的，或许夜间翻身时失落了。于是绕树找了一圈，均不见踪迹。正纳闷时，身后忽然传来隐隐的歌声。

有人！

皮皮立即趴下，躲到树后，仔细聆听。

歌声很低，忽隐忽现，大约是从鼻子里哼出来的，听不清歌词。

可以确定的是，这是一个女孩的声音。

皮皮蹑手蹑脚地循声追去，走了大约两百米，前面出现了一块空地，一个小个子女孩背对着她，拿着一把锄头正在挖地。

看样子刚来不久，地上只有一个浅浅的小坑。

女孩梳着一条长长的麻花辫，身上穿着一件又灰又旧说不清是什么材料做成的衣服。她一面挖坑一面哼歌，累了就用衣袖擦擦汗，完全没注意到已有人悄悄潜伏其后。

在这几年走南闯北贩运狐狸的生涯中，皮皮遇到过不少事儿：抢劫、偷窃、诈骗、斗殴……吃过几回亏后好管闲事的毛病改了不少。既然那人正专心干活，和自己又没半毛钱关系，皮皮决定不打扰她，悄悄离去。正要转身，眼一瞄，那根纯黑的盲杖正安静地躺在女子的脚边，被太阳一照，发出玳瑁般耀眼的光泽。

虽不知是友是敌，皮皮对这人倒不怎么害怕。一来女孩个头小、胳膊细、声音嫩，大约只有十五六岁，论力气绝不是自己的对手。二来就算真的打起架来，人家有锄头，自己的腰后也别着一把锋利的猎刀，是家麟特地为她准备的。

她悄悄向前爬了几步，盲杖已在咫尺之间，正要伸手去拿——

歌声忽然停了。“啪！”女孩一脚踩在盲杖上，转过身来，看着皮皮。

皮皮倒抽一口凉气，只得从草丛里站起身来。

是个漂亮的女孩。白白的皮肤，尖尖的下巴，小巧的鼻子，樱桃般红润的嘴唇，线条简单得像个漫画中的小公主。

但小公主却有一双大到不合比例的眼睛，比鸡蛋还大，一眼看去皮皮还以为她戴着墨镜。因为C城近年流行一种镜面很大的墨镜，看起来很酷，但半张脸没了。这女孩的双眼就有墨镜那么大，黑幽幽的没有眼白，也看不见眼珠。要不是还有一头漆黑发亮的长发，看上去就像个外星人。

“Hi！”女孩举起手很文静地打了个招呼。

皮皮的心咚咚乱跳，不知又遇到何方神圣，脸上却不敢露怯，淡定地回了一个微

笑："Hi."

女孩弯下腰拾起盲杖，皮皮以为她要还给自己，不料她一反手把盲杖别在了腰后。

“嗯……”皮皮想了半天——与其兜圈子，不如直说——于是指了指盲杖，“这东西是我的。”

“这是我捡的。”她耸了耸肩，噘起嘴，“谁捡的就是谁的。”

也许她不知道这是什么东西，只是觉得好玩，皮皮只得解释：“这是一根盲杖，我先生他……眼睛看不见，需要用它探路。”

“这里满地都是树枝。”女孩不高兴地说，“你捡一根给他用就好啦。”

皮皮觉得她很不讲理，而且霸道，但还是很客气地说：“你能还给我吗？”

“不能。”她的声音斩钉截铁。

皮皮哑然，低头想了想，问道：“请问——你是狐族吗？”

“不是。”女孩的目光警惕了，“你是？”

“算是吧。”

“你是宫家的？”

“不是。”

“那你从哪边来？”

“……南边。”

“东门西河，南岳北关。——你是南岳的人？”

“算是吧。”

“不想死的话就赶紧走吧，敢来这里的只有沙澜宫家。”

“把东西还给我，我马上就走。”

“不还，你敢怎样？”女孩冷冷地道。

皮皮的眼睛眯了起来：“那我就只好抢了。”

女孩“呼啦”一下将锄头扛在肩上：“好啊，过来拿。”

看她摆出一副要拼命的架势，皮皮不禁想笑。原本只想吓唬她——毕竟是个小姑娘，样子也还蛮可爱的——为一根盲杖拼命值当吗？再说，就算是非要不可，等贺兰回来再说也不迟。想到这里皮皮拍了拍手，拍掉满手的草根草叶：“算了，一根手杖而已，我不要了。再见。”

说罢转身向外走去。

没走两步，脑后忽然传来风声，皮皮猛地向左一闪，“砰！”一把锄头砸在了身边的巨石上，砸出一道火花。

“喂！你讲不讲理呀！”皮皮大吼一声，气坏了。

锄头接二连三地抡过来，非但力道凶猛，而且招招致命。皮皮抱头鼠窜，东躲西藏，女孩紧追其后，根本不放。仓皇间，皮皮躲到一棵小树之后，刚从腰后抽出猎刀，锄头一把砸过来，“哗——”面前的小树断成两截！锄尖从皮皮的鼻头划过，幸亏她闪得快，不然小命休矣。俗话说：一寸长，一寸强；一寸短，一寸险。那女孩手执长锄在面前挥舞，自己手上只有一把不到一尺的猎刀，几招过去，皮皮已处于明显的劣势。所幸她身法灵活，左右躲闪，那女孩似乎眼力不佳，力气虽然大，总没砸中。最后一锄力道过猛一下砍入树干半天拔不出来。

趁她拔锄头的工夫，皮皮猛扑过去，将她扑倒在地，死死摁在身下。

“我都说了，手杖不要了，”皮皮吼道，“干吗还要动手？”

“因为我不想活了。”她眨着那双巨大的黑眼，幽幽地道。

皮皮用力反拧着她的手，将猎刀贴在她的脸上，咬牙威胁：“别闹了。人命不是这么玩的。你答应我乖乖的，我就让你走，只当你年纪小不懂事——”

女孩忽然张开了樱桃小口，一个红红的、好像龙虾钳子一样的东西从她口中缓缓伸出来。“咔咔”两声，“虾钳”在空中夹了两下。不知那东西是套在口中的暗器还是她身上的器官，皮皮以为夹子会飞出来取她性命，一时间魂飞魄散，手一软，女孩一拧腰，一翻身，将她压在身下。

“救命呀！”

两人扭打起来，先是在地上翻滚，滚到一个斜坡，又从斜坡一直滚下山谷。那女孩口中之物一直在她颈边张合着，毒蛇芯子般咝咝作响，几次差点咬住皮皮的颈动脉。两人疯狂地互相撕打，皮皮脸上中了几拳，脸破了，嘴角也破了。女孩个头不大，战斗力顽强，两人滚到一个洼地她又占了上风，坐在皮皮身上操起一块足球大小的石头向她的脑门砸去。皮皮用力将头一歪，只听耳边“啪”地一响，火星四溅，当下拼命挣扎扭动，无奈女孩骑在她身上死死夹着她的腰，令她动弹不得。女孩拾起石块再次向她砸去。慌张中，皮皮摸到一根树枝，往她的脸上一戳……

“噗！”女孩身子抽搐了一下，倒在一边，不动了。

一根树枝从她的左眼一直穿到后脑。

皮皮看着自己的手，又看了看那女孩的头，不敢相信这根树枝是自己插进去的，吓得一把推开女孩，浑身发抖地站起来大声喘气。

我杀了人！我杀了一个人！她惊慌地想到，而这人姓甚名谁她都不知道！

女孩看上去还没成年，家人一定就在附近吧？万一被他们找到一定会把自己活剥了吧？——皮皮越想越怕，只想快些回到树上，于是迅速从女孩的身上抽回盲杖

别在腰间，向前走了几步，拾起那把打斗中遗落的猎刀，正要爬上斜坡，脚忽然被绊了一下。皮皮定睛一看，差点失声尖叫！

灌木丛中有只苍白的手臂。

拨开一人多高的长草，地上趴着一个彪形大汉。一根长矛直贯后心，将他一动不动地钉在地上，看上去刚死不久。皮皮连忙蹲下身来，伏到草中，伸头张望。

大汉的身后有一片洼地，横七竖八地躺着另外六具尸体，五男一女，都是正常人模样，只是男子个个身高体壮、长发络腮胡，活像蒙古武士。女子则一头红发，腰挎箭囊，兽皮马甲、兽皮护膝，模样十分干练。地上散落着长弓、短弩、长矛、铁剑……每人身上都有多处伤痕，看样子也是死去不久。

皮皮怔了半天，以为遇到了生活在丛林的原始部落，不敢轻举妄动，手搭凉棚，四处张望，看看附近还有没有别的东西。正在这时，身后传来脚步声，皮皮抽出猎刀一个转身——

"哎，哎，哎——别动手！"一个声音叫道，"我是爱好和平的女孩子！"

面前又出现了一个绿衣女孩，长得和要杀她的女孩一模一样，脑后也梳着一根油光水滑的麻花辫。若不是穿着不同颜色的衣服，皮皮差点以为刚才的女孩还魂了。

皮皮紧握猎刀，猫下腰来，摆出随时准备攻击的姿势。女孩怔了怔，被她的样子吓到了，立即停步，很谨慎地站在三尺之外的地方。

"你是谁？"皮皮喝道。

"我叫嘤嘤，"她轻声道，"你刚刚杀死的那个叫丁丁。她出生的时候，我爸正在砍树。我出生的时候，我妈听见了鸟鸣。"

"……"皮皮没有搭话，高度警惕地看着她，怀疑她正在用计让自己分心。

"后来我妈作了首诗，不知你听说过没有：'伐木丁丁，鸟鸣嘤嘤。出自幽谷，迁于乔木。'——我妈可有学问了。"

这不是《诗经》上的句子吗，难道沙澜人也喜欢抄袭？皮皮看了她一眼，不敢乱批评："所以你和丁丁是亲戚？"

"她是我姐，我们是伐木家的孩子。"

皮皮下意识地退了一步，板起脸："少废话，想报仇就过来！"

"不不不，"嘤嘤连连摆手，"我有很多姐姐，我跟她不熟。上次她还抢过我的东西来着……"

皮皮觉得她的话不能信，猎刀举得更高了："那你想干吗？"

"我过来看看她的胃里还有些什么东西。"嘤嘤道，"你要是觉得恶心就别看了。"

“她的……胃？”

嘤嘤将丁丁的尸体拖了过来，掀开衣服，抽出一把小刀对准腹部用力一切，切出一道十厘米长的口子，然后将手伸进去掏摸……

她显然不是第一次做这种事，手法十分熟练，而且脸上完全没有悲伤的表情。

皮皮目瞪口呆地看着她，胃里一阵绞痛。仿佛那只手不是放进了丁丁的胃，而是放进了自己的胃。

皮皮在树下吐了多久，嘤嘤就坐在她身边的草丛里吃了多久。

皮皮将脸别过去，故意不看她，但耳边全是她愉快的咀嚼声。她不仅吃得香，而且吃得慢，从容不迫、细嚼慢咽，仿佛在吃稀世美食，又仿佛这是最后的晚餐。

“我们有两个胃。一个用来消化，另一个用来储藏食物。一般来说，关系好的话，另一个胃里的东西是可以分享的。”嘤嘤喃喃自语，“所以我不算得罪她。”

说罢很友好地递给皮皮一个红红的果子，“这东西味道不错，尝尝？”

皮皮猛摇其头，手中的刀握得更紧了：“我不饿。”她现在最想做的事就是立马离开，但呕吐之后双腿发软，只得倚在树边，稍作休息。

“你叫什么名字？”嘤嘤问。

“关皮皮。”

嘤嘤的样子很茫然，显然没听说过这个名字。见皮皮仍然一副高度防范的样子，她轻轻一笑：“干吗这么紧张？你刚杀了我姐，应当是我怕你才对。”

“不要靠近我。”皮皮冷冷地道。

“你要是不想遇到麻烦就赶紧走吧，这里是安平和修鱼两家的边界，经常会有打架的事情发生，昨晚闹了一夜呢。”

皮皮想起昨夜群兽互殴，不知跟这有没有关系。

“人已经死光了。”皮皮看着满地的尸体。

“宫家的人会来偷尸的。”嘤嘤道，“如果他们发现了你，顺手给你一刀，你不也完蛋了吗？”

皮皮眼睛一亮：“安平？修鱼？宫家？你是说，这附近住着人家？”

有人家就会有村落，有村落就会有炊烟，就会有宾馆、旅店、小卖部……

“什么人家？这里是沙澜狼族的领地，这一大片都是。”

“狼族？”又是个新名词。皮皮觉得既然这个世界有人类、有狐族、有外星人，照此逻辑，有狼族也很正常，“那蓄龙圃在哪？”

“过了沙澜就是蓄龙圃，蓄龙圃是狐族的地盘。”

“沙澜不是狐族的?”

“以前是,现在沙澜狐族差不多死光了,这地方就被狼族占领了。狐族和狼族可是死对头哦!两家只要遇到,那是见一个杀一个,见两个杀一双的。”

见她吃得香喷喷的样子,皮皮的肚子开始咕咕乱叫,嘤嘤硬将那个红果塞到她手中:“吃嘛,别客气!”

皮皮想起那天在地铁上误吃了青阳魅珠的事,再也不敢上当,只得咽了咽口水:“谢谢,真的不饿。”

嘤嘤终于吃完了从丁丁胃里掏出来的东西,擦擦嘴,从地上拾起一张弓递给皮皮:“这是修鱼家的弓,好东西,可以留着防身。”

皮皮看着她,想了想,觉得她是善意的,于是接过来背在身后:“冒昧地问一下,嘤嘤你也是……狼族的吗?”

嘤嘤脸上露出羞怯的神情:“不是。”

也许她像贺兰觽一样,是个注重隐私的人。皮皮笑了笑,没有追问,当下拾起地上几支乱箭塞入箭囊,道:“嘤嘤,关于你姐丁丁的事……很对不起。”

“没关系!认识你很荣幸,皮皮。我觉得你蛮有领导气质的。”嘤嘤认真地看着她,“你愿意做我的主人吗?”

她的样子很调皮,很可爱,一张白嫩的小脸吹弹欲破。皮皮心想,如果把这个嘤嘤缩小到十分之一,就是个可爱的布娃娃,看一眼都想搂抱她,心中的那份戒心愈发淡了,不禁微笑着摇头:“不要把命运交给别人,你应该做自己的主人。”

道理说得不错,嘤嘤的脸却不知为何气得通红,她用力咬了咬嘴唇,“哼”了一声:“看不起人就算了,别说得那么冠冕堂皇!”说罢一扭身,气呼呼地跑了。

“嘤嘤!”皮皮连忙追了上去,“嘤嘤!——嘤嘤!”

皮皮追得飞快,嘤嘤跑得更快,在草丛中几个跳跃,不见了踪影。皮皮连忙止步,抬头看着四周,心又开始咚咚乱跳。她发现自己迷路了,已经找不到昨夜所栖的那棵大树了。

这一着急非同小可。皮皮只知道是一棵高大的松树,但这里就是一片松林,每一棵树看上去都是一样的。皮皮倒不担心自己走丢,身上有祭司种的香,只要贺兰回来一定能找到她。问题是贺兰也一去不复返了……

皮皮看看天,看看地,长叹一声,正不知如何是好时,“嗖!”一支羽箭射过来,钉在旁边的树干上。皮皮回头一看,就在嘤嘤离开的地方,传来刀剑相击之声。

她就地一滚,躲进草丛。想到刚才就因为好奇险些惹来杀身之祸,这次无论发生什么,也绝不出头露面。于是凝神屏气,静卧草丛中,只等打斗结束,赶紧溜走。

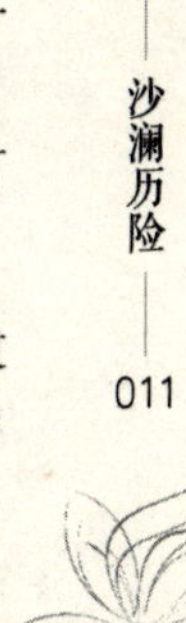

前面的丛林中，一个披着灰色连帽斗篷的人正在逃亡，身后追着三个头戴铁盔、身穿铠甲、套着羽毛项圈的男人。一人执斧，一人执刀，一人手举着一张巨大的弓弩。虽然都蓄着一脸胡须，但他们看上去谁也没有超过三十岁：敏捷的身手、矫健的步伐、结实的胸肌就是青春的证明。

而跑在最前面的斗篷君却显然受了重伤，满身是血、脚步颠簸，在林间像只无头的苍蝇一样仓皇逃窜，一面跑一面奋力挥舞铁剑，不断挡开雨点般射向他的短箭。

尽管斗篷君跑得也不算慢，但显然不熟悉地形，三人抄着近道很快就堵住了他。执斧人迎面一斧砸过去，斗篷君只得转身应战。

“锵！”

勉强挡住一斧，第二斧又带着呼呼的风声向他砸来。斗篷君机灵地往左一跳，“噼——”斧锋划过胳膊，划出一道又长又深的血口。斗篷君闷哼一声，聚起全身力气回了一剑，却连对手的衣边都没碰着。

见他败局已定，另外两人都收了手，站在一边抱臂旁观。

彼时的斗篷君已成了个血人，臂上腿上鲜红一片，背上还插着两支羽箭。他踉踉跄跄地走了几步，一失足，差点摔倒，见旁边有棵大树，于是将身子靠在树上站起来，将铁剑举到眉心，准备最后一击。

执斧人一步一步地走近他，在距离两尺的地方停住，冷笑一声道：“站着死，我砍掉你的头。跪着死，留你全尸。”

帽子从斗篷君的脸上滑下来，露出一张英俊而年轻的脸。是个二十出头的男子，留着凌乱的络腮胡，笔直的鼻梁，高高的眉骨，一双并不大的眼睛露出鹰隼般的目光。论个头他与贺兰觿相当，但与这三位精壮高大的武士相比，显得瘦小。

斗篷君环视四周，脸上一副誓死不屈的表情。他本来已经站不直了，整个身子都在往下滑，听完这话，居然又站了起来，还向前走了一步。

“我从不下跪。”

他的声音低沉而嘶哑，语调奇特，吐词缓慢，字斟句酌，似乎这不是他的母语。

说罢大喝一声，挥剑杀了过去。

林中兵器再次相接，“锵锵”作响，火花四溅。斗篷君不知哪来的力气，也许是最后一搏，居然猛攻数招，把执斧人逼得节节后退。一旁袖手的同伴没有加入战团，但其中一位举起了弓弩，以防万一。

不知为何，皮皮的心中涌起了强烈的不平。斗篷君已遍体鳞伤却还坚守着自己的尊严，宁可斩头也不下跪，年纪轻轻就这么死掉，太不公平。追他的人以三打一，胜之不武。

皮皮觉得不帮他一下说不过去，不然正义何在？公道何在？天理何在？于是乎悄悄地引弓搭箭……

“嘘——”

身边草丛中露出一张脸，嘤嘤拼命摆手，示意不要动手。

皮皮向她投过一个疑惑的眼光，嘤嘤叹了一声，悄悄爬到她身边，压低嗓门道：“这是修鱼家的人，沙澜最强大的狼族，如果我是你，绝对不想惹到他们。”

“……”

“拿斧头的是修鱼家的老二修鱼崐，拿剑的是老四修鱼峰，剩下的那个是老九修鱼峻。”

“披斗篷的是谁？”

嘤嘤仔细观察了一下，摇头：“不认识。据我看不是安平家的，可能是方雷家的，也可能是北山家的。等等，”她从身边摘下一片树叶，看了一眼上面的纹路，“五鹿原勾引修鱼家的三姑娘——呵呵呵——这位多半就是五鹿家的五鹿原了。哇，这么老远过来勾引女人，也只有五鹿家的人可以办到吧。”

皮皮看了一眼嘤嘤手中的树叶，发现它就是一片很普通的树叶，上面既没有写字也没有绣花，只有一些弯弯曲曲的叶脉和黄黄绿绿的斑点：“叶子会说这些话？瞎编的吧？”

“听说过龙族有报纸这事儿吗？”

“龙族？”

“龙族就是人类，他们号称是‘龙的传人’，所以我们就叫他们龙族。”

“哦，对对对，有听说。”皮皮心想，龙族这个称谓倒是蛮霸气的哦，和这些森林中的族类打交道，找准属性有利于沟通，“我以前还干过这一行呢。”

“所以你是龙族？”

“可以这么说。”

“这树叶就是‘森林小报’。有点什么新鲜事儿不出半天就会登出来让大家知道。当然不像龙族那样正规，我们没有电台、报社，也没有权威的统计机构，有的只是些小道消息，八卦、花边新闻最受欢迎，也有一些纯属谣言。”

“你们？”

“对，我们。只有我们可以看懂。”

“请问你们怎么发表小道消息到树叶上？”

“就像这样——”嘤嘤将旁边的一根树枝扯到嘴边啃了啃，啃罢树枝弹了回去，“我刚发了一条消息：‘修鱼三兄弟疯狂追杀五鹿原，目测生还的可能性为零。’我的

唾液进入根茎，根茎将信息带到树叶，改变它的纹路，有姐妹看见这个消息觉得有更多八卦的可能，就会去啃另一棵大树……很短的时间内，这一片地区的消息就全部更新了。”

“这不就是自媒体吗？”皮皮道。

“什么是自媒体？”嘤嘤问。

“算了，说了你也不明白。”初次见面，皮皮只想说三分话，“这么说来你有很多姐妹？”

“如果按人口来算，我们绝对是这片森林的主人。”

“那你们究竟是——”皮皮心里道，什么族？

嘤嘤没有接话，前面打得火热的两人已分出了胜负，五鹿原虽是拼命反攻，终究不敌，被修鱼崐一脚踹倒，一斧子正要劈下——

“嗖——”

皮皮射出了一箭。

这一箭并没射中，只是从修鱼崐的头顶飞过，却令他分了神。就在这一瞬间，五鹿原反手一削，剑尖从他颈部划过——

一排血滴洒向空中。

修鱼崐双目圆睁，似乎不相信眼前发生的一切。他一手捂住伤口，血源源不断地从指缝间涌出来。站在一旁的修鱼峰、修鱼峻也惊呆了，没料到会出现这样的事，连忙冲过去要扶住他，还没来得及伸手，修鱼崐已轰然倒地，颈中鲜血狂喷，趁两人七手八脚地帮他止血时，五鹿原向皮皮这边逃逸。

坏了。

皮皮以为五鹿原看见了自己，要跑过来道谢，不禁向他拼命摇头，手指另一个方向，让他不要靠近自己。嘤嘤则瞪了皮皮一眼，满脸写着“就你多事”四字。眼见五鹿原跑到跟前，皮皮只好从草丛中站起来，倒把五鹿原吓了一跳。

原来他只是盲目地跑向这边，并没有看见皮皮，见到皮皮手上的弓才明白是怎么一回事，正要张口，只听嘤嘤在身后叫着：“快跑！有人追过来了！”

皮皮哪有时间说话，立即拔腿狂奔。

五鹿原边跑边道：“你认得路？”

皮皮喘气道：“不认得。”

“那你干吗跑这边？”

“我在瞎跑。——你认得路？”

“不认得，我是外地人。”

两人没命地向前跑，林中草木纵横，几乎无法直行。他们不约而同地向树木稀疏的地方跑去。身后枝叶摇动，开始还是沉重的足步，紧接着传来野兽的奔跑声。皮皮忍不住回头一看，发现紧追着自己的是一头巨大的灰狼，比第一次见到贺兰觿时遇到的狼犬还要大上一倍，不禁吓得汗毛倒竖、两腿发软。

她还不大明白狼族与狼的关系。

不像狐族，狼族似乎可以随意变形……昨晚咆哮的群狼和今早洼地的死尸也许就是同一伙人。

见她脚步放慢，五鹿原回身拉住她的手，带着她向前飞奔。那灰狼一跃而起，“嗞”的一声，咬掉了皮皮一截袖子。皮皮操起盲杖向他打去，灰狼向后一缩，两人不顾一切拔足狂奔。

跑着跑着，前方出现了一团亮光——

在林中，如果有一团大面积的亮光就意味着有一片空地。如果在空地上被狼围剿，绝对死路一条。

皮皮灵机一动，忽然道：“快上树！树上安全！狼族不会爬树！”

“我也不会爬树。”五鹿原道。

在皮皮的印象中，不会爬树的女孩子很多，不会爬树的男孩子很少。

“怎么可能？”皮皮急了，“连我都会！”

“因为我也是狼族。”

“我的天！”

皮皮一面跑一面在心里唉声叹气，这一大早的经历够拍一部动作片了。这贺兰觿也不知去哪儿了，怎么过了这么久还没来找她？如果是以前的贺兰静霆，是绝对不可能这样放心的。

带着一肚子的恐惧和惊吓，两人跑出了树林，来到一处空旷的石地。阳光刺眼地照过来，皮皮还想继续往前跑，看看可有藏身的地方，忽然被五鹿原一把拉住。

幸亏止步，再晚一步皮皮就要掉下去了。

脚下是万丈深崖。

一阵清风吹来，山花零落、枝叶纷飞，也许是恐高的缘故，皮皮感到一阵晕眩。五鹿原紧紧地拉着她的手，已无路可退。

另一头狼也赶到了，一左一右向他们逼近……

皮皮忽然道：“别拉着我的手好吗？”

五鹿原道：“为什么？”

“如果我们手拉手跳下去，别人会以为是殉情。”

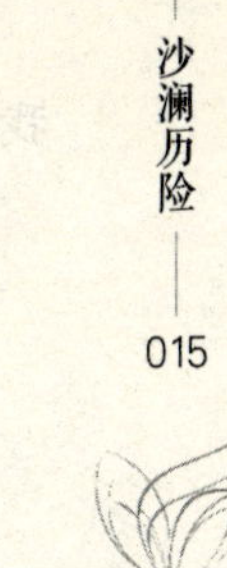

这话从皮皮的口中蹦出来就连皮皮自己也觉得很奇怪。她知道，无论是贺兰静霆还是贺兰觿都会介意这件事。

五鹿原的神情却是哭笑不得，但还是放开了手："那请问，能抱你一下吗？"

他的目光很沉着，无论是谈吐还是表情看上去都很绅士。

皮皮向他投去一道谴责的目光：不会吧，这人不会死到临头还想着占女人的便宜吧！

灰狼越逼越近，大约是忌惮皮皮手上的弓箭和盲杖，在一丈之外停住了。竖耳张嘴，弓颈缩鼻，喉咙中发出"呼噜呼噜"的声音，准备进攻。

忽然"哗"的一声响，五鹿原将背上的斗篷一掀，一道长长的阴影伸展开来，挡住了阳光。

皮皮呆呆地看着他，忘记了呼吸。

斗篷之下一直有个鼓鼓的东西，皮皮没有在意，以为是他的双肩包——

"双肩包"居然是一双灰色的翅膀，张开有数米之长，轻轻扇动，尘土飞扬……

没等皮皮反应过来，五鹿原将她一抱，振翅飞下了悬崖。

除了被陌生男人抱着有些尴尬之外，皮皮觉得，在山间滑翔是件非常享受的事，这辈子也许就此一回，个中滋味，必须细细品味。还记得小时候的自己有多么喜欢超人、仙女的故事。但那些都是小说，都是神话。

眼前的这一切是真的吗？还是脑死亡产生的幻觉？身体悠悠乎乎地在空中荡漾，就好像喝醉了酒一般惬意。

"你要去哪？"五鹿原问道，"我受了伤，不能飞太久。"

怕她掉下去，他将她抱得很紧，几乎是脸贴着脸。

"你到底是狼族，还是鹰族？"

"不知道五鹿家的人都是会飞的？"

"那你刚才为什么不飞？"

"我受伤了，不知道有多严重，"他咳嗽了一声，"万一支持不住掉下去，这辈子我可能都不会飞了。"

皮皮想起昨晚歇息的那棵树，道："那你能带我飞回山上吗？我先生可能在找我。如果飞到山底，离我住的地方就太远了。"

"对不起，我只能往下飞，不能往上飞。尽量争取平安着陆。"

听得出他受伤严重，几乎每说一个字都要深吸一口气，似在忍受巨大的痛楚。

"也行。能捡回一条命已经很好了。"皮皮道。

“谢谢你救了我。”

“不客气。”

“你我素昧平生，为救我你差点送命，请允许我回报你。”

“你也救了我一条命。”

“那不一样。”他淡淡地道，“你是可救可不救却救了。我只是随手之劳。——你的行为很高贵。”

不知为何，皮皮觉得五鹿原的用词有些古怪，但又说不清古怪在哪。就是那种无论你跟他谈多久，都没法和他亲近，都距离他的内心很遥远的感觉。

虽是滑翔，他们其实是以很快的速度往下飞，转眼间就看到了谷底的树尖。下面是一层密密麻麻的榉树，找不到一点间隙。

皮皮心想，没有空地，怎生降落？在林间，也展不开翅膀……也许可像老鹰一般歇在树尖？但他说过不会爬树……这果然不是五鹿原该来的地方。

皮皮在心中纠结得胃疼，忽然“噗”的一声，空中飞来一物，五鹿原的身子猛然一震，好像中了一枪。

一股血滴到皮皮的脸上。一抬头，五鹿原的翅膀上插着一把猎刀，刀尖穿翅而过，血将半只翅膀都染红了。正在缓缓降落的两人顿时失去了平衡，笔直地向树间摔去。

“啊！！！”

受了伤的五鹿原仍然紧紧地抱着皮皮，眼看就要跌到地面，他忽然凌空一翻，用自己的身子垫住了皮皮。

但他们还是重重地跌在了地上。

皮皮睁开眼时，五鹿原已经昏迷了。而自己被他紧紧地抱在怀中，半天挣脱不开。皮皮连忙用手拍了拍他的脸，轻声呼道：“五鹿原？醒醒！你醒醒！”

一摸胸口，他已没有了心跳，皮皮一着急，立即俯下身去准备给他做人工呼吸，刚把头低下，忽然身后传来一个不高兴的声音：

“好嘛，皮皮。离开你还不到一天，你就另结新欢了。”

第十四章

初次狩猎

这阴阳怪气的腔调除了祭司大人，谁还会有？

若在往日，以皮皮憨厚随和的性格，贺兰觿挖苦几句也不打紧。但人都是会成长的，特别是这几年皮皮走南闯北，三教九流都见过，黑社会也得罪过，打过流氓，雇过保镖，她学会了管理自己的情绪：不是变得更宽容更温顺更识眼色，而是变得不再忍气吞声，有愤怒就表现出来。

救命要紧，皮皮克制住了想骂人的冲动，不回话，也不抬头，继续俯身用力按压五鹿原的胸口。没按两下就被贺兰觿揪住衣领扯到一边。

“你干吗？让我救他！”皮皮猛地一甩他的手，“他救过我的命！”

“拜托，”贺兰觿冷笑，依然拽着她的衣领不放，“看清楚了再伤心欲绝。——他还没死。”

狐族的心脏一分钟只跳一下，狼族的心脏一分钟会跳几下皮皮就不知道了。总之五鹿原一动不动地倒在那里，看上去就像断气了。不过贺兰觿也犯不着骗她，关于狼族，他知道得肯定比自己多。皮皮悄悄地松了一口气。

地上的五鹿原仰面朝天，大半个身子被左翅掩盖着，无论从哪个角度看都给皮皮一种视觉上的震撼。每一根羽毛都那么真实，飞翔的样子又那么自如，这种天然的状态是生物合成或机械组装不可能做到的，除非到了未来世界。皮皮在心中不停地问自己：这是真的吗？这种生物可能存在吗？大灰狼还可以飞吗？

沙澜，多么神奇的土地！

“皮皮！”小菊叫了一声，跑过来拉住了她的手，“你没事吧？”

“没事。”

她这才看见贺兰觿的身后站着一群人。方氏一家和钟沂，金鹮、家麟和千蕊，还有两个脸涂迷彩、手拿猎斧、背着沉重行囊的陌生男子，清一色的英俊面容，大约也是狐族，是地面部队来接应他们的。皮皮的目光在小菊和家麟的身上停留了片刻，他们看上去衣冠不整，脸上有划伤的痕迹。家麟的猎刀上沾着血，好像经历过一场战争。

她向众人点头致意，心中挂念五鹿原，也顾不得团聚的喜悦，再回头时，五鹿原的双眼已经睁开了，企图坐起来，翅膀扑棱了一下，被贺兰觿一脚踩住，又翻倒在地。

“哎，轻点。”皮皮喝道，“他受伤了！”

贺兰觿没有理她，“嗖”的一声将翅膀上插着的猎刀拔了下来，没有半分怜惜之意地在羽毛上擦了擦血迹，放回别在后腰的刀鞘中。

皮皮的火腾的一下上来了，眼瞪圆了：“是你——投的刀？”

“他劫持了我的女人。”

“他救了你的女人。祭司殿下，你的女人被狼袭击的时候，你在哪？”

贺兰觿没有回话，脸已经绷得不能更硬了。一旁的金鹳微微挑眉，嘴角间不自觉地露出了笑意。怒火中的皮皮忘记了祭司大人不喜欢被人当众挑战权威，当她意识到这一点时，及时地闭住了嘴，将接下来的几句更刻薄的埋怨吞了回去。毕竟说好了这是一场合作，必须要给合作方一点面子。

似乎也意识到了这一点，贺兰觿将她拉到一边，避开众人，低声道：“我有没有叮嘱你留在树上不要下来？”

“……东西掉了。”

“就算需要下来，可不可以第一时间爬回去？”

“……迷路了。”

“也就是说你非但下了树，还在林子里逛了一圈？早锻炼？”

“……遇到了一些事。”

“只要听话都能避免。”

“只要你早点回来更能避免。”皮皮白眼一翻，“救我的人，应当是你。”

贺兰觿的脸僵了僵：“关皮皮，请不要转移话题。”

“我没转移。”皮皮一手叉腰，用手指着他，指认犯人似的，“说的就是中心思想！你把我扔在树上一去不回，我不是考拉，不可能永远待在树上。”

“……”

“要说错，都是你的错。贺兰觿，我对你很失望！”

“……”

“就今天的表现来说，你不配做我的夫君。”皮皮越说气越大，“合作伙伴也不合格。总而言之，糟糕透顶！”

祭司大人不知道局势是怎么一下子逆转的，张着嘴怔了半天，方道：“好吧，是我的错。现在就弥补错误。”说罢回到人群中，看了一眼五鹿原，对方尊嵋道：“杀了他。”

方尊嵋抽出铁剑刚要走上前去，皮皮赶紧冲过去拦住他：“哎哎哎！别动手，他是我的人！”

人群之中所有的狐族都抬起了脸，露出讥讽的笑意。因为皮皮“王妃”的身份，又统统收着下颌，不好意思把讥讽表现得太明显。

“你的人？”贺兰觿也笑了，“你的什么人？”

“被我保护的人。”

“知道他是谁吗？”

“五鹿原。”

“狼族是我们的天敌,向来都是我们的食物。”

“这里满地都是老鼠……兔子……”

“我们都饿了,有好的为什么要吃差的?”

皮皮看了看大伙儿,除了家麟、小菊和钟沂,所有人的脸都微微发绿,眼睛都盯着五鹿原的腹部。她完全相信只要贺兰觽一声令下,这些人全会扑过去将五鹿原撕得粉碎。

小菊手中的戒指也红了。

皮皮一拍脑袋,道:“想起来了!我知道一个地方,至少有七八具狼族的尸体,够你们饱餐一顿了!”

金鸐的目光一凛:“在哪?”

皮皮用手一指:“那边,山顶。我知道方向,带你们去?”

贺兰觽道:“你自己去。”

皮皮以为听错了,指着自己的鼻子:“我?我自己去?”

贺兰觽道:“你是王妃,负责喂饱大家。”

“开什么玩笑?我去打猎,那你们——”皮皮气傻了,“你们一大群男人好意思坐在这里?”

“我们负责打架。狼群来了,我们负责迎战。”贺兰觽道,“相信我,这比打猎辛苦多了。”

皮皮看着面前的一群人,大家都是一副坦然的样子,好像这是件天经地义的事,不禁倒抽一口凉气,在心中哀号:天哪,要让这么多人吃饱,得打多少头狼才够?

人群中忽然有个人道:“我跟你一起去。”

家麟走了出来。

“我也去。”

小菊也走了出来。

皮皮的眼睛红了,感激地看着他们。什么是朋友?这就是朋友!

贺兰觽淡淡一笑,伸手做了个“请便”的姿势,随手抽出别在皮皮腰后的盲杖,拿在手中敲了敲一旁的树干,似乎在检测它的硬度。

“我们只吃动物的肝脏,天黑之前回来,”他用盲杖点了点五鹿原,“不然就把他吃了。”

皮皮咽了咽口水,听见自己的肚子咕咕乱叫。她对自己说了三遍“我是王妃”、“我是王妃”、“我是王妃”,然后一咬牙,抹下额上一排冷汗:“去就去!你可要说话算话。”

贺兰觿双眉一展，没料到她答应得如此爽快："当然，我们等着你。"

"真的不陪我？"皮皮绝望地看着他，目露乞求。

"不陪。"贺兰觿耸了耸肩，"既然你觉得我很糟糕，就让你见识一下我有多么糟糕。——祝你一路平安。"

从飞机上跳下来的时候是深夜，虽有足够鸟瞰的高度，皮皮也没看清沙澜的全貌。五鹿原带着她飞向深谷，算是低空降落，皮皮仍没看清沙澜的全貌。只知道这一片森林一望无垠、古木参天，长着寒温带的树种。一条裂谷从中穿过，两壁峭立，断崖陡坡比比皆是。北部是耸立的群山，东边有条大河，水流湍急，半空中能听见隐隐的涛声。这大约就是这一带的主要地貌。更远的地方有些什么？是平原？是草地？是丘陵？是沙漠？抑或是溪谷、海洋？——就不得而知了。

一路上皮皮都在想现在距离家乡到底有多远。问家麟，家麟说很难计算。飞机飞了七八个小时，不知时速如何，是直线还是曲线，看气候、生态是南北混合，大约在北方，但也不是太北。皮皮又问昨晚的情况，小菊说，金鹳带着她平安着陆。但家麟和方氏一家因目标太大，一落地就遭到狼族的围攻，一群人差点被劫持到北边的巢穴。金鹳、千蕊因落地较远，开始还没发现出了事，四处找人，后来贺兰觿也赶过来了，三人找了一夜才发现五人的踪迹，大打了一架才把人救出来。小菊和皮皮一样，也在树上待了一宿。

"所以你们已经和狼族打过交道了？"皮皮轻轻地说。

"嗯。"家麟道，"交手的这家叫'北山氏'，这个家族近五十年来控制着沙澜的北部地区。按理说，这一带是安平和修鱼两家的交界，轮不到北山氏插足。但安平家的老大和老二在上个月的一场大战中双双阵亡，家中已乱成一团。修鱼、北山都想浑水摸鱼，取而代之。"

皮皮奇怪地看了家麟一眼："你怎么知道得这么多？"

家麟苦笑："听来的呗，一路上这么多人讲话。"

皮皮看着家麟，又看了看在前面打草开路的小菊，叹道："现在你是不是特别后悔坐上了飞机？"

实际上直到上飞机的最后一刻，皮皮还在说服家麟和小菊逃跑。有一趟去墨尔本的飞机比这趟专机提前五分钟起飞，皮皮已偷偷买好了机票。只要找个借口在起飞前溜掉，到了墨尔本再转机去更远的地方，贺兰觿想找到他们也不容易。何况他和皮皮要去沙澜办事，一定不想分心。无论皮皮怎么说，家麟、小菊都不同意，意志坚决地要跟皮皮"团结战斗"在一起。

"皮皮，我从来不同意你坐这趟飞机。"家麟道，"因为我知道这群人很危险。"

“……”

“假如贺兰觿喜欢你、保护你，你还有一线生存的希望。”家麟停下脚步，转过身来看着她，“据我观察，不是这样。”

皮皮抿了抿嘴，她无法反驳。

“让你来打猎？在这野兽出没的地方？”家麟控制自己的怒意，“他在乎你的死活吗？”

“……”

“在这里生活，不出几天，就算不被野果毒死、野兽咬死，也会被寒风冻死。”

“家麟……”

他摆了摆手，打断她，语气很严肃，好像要商量一件大事：“我有一个提议。——小菊，你也过来。”

林子里没有别人，但家麟还是把皮皮、小菊拉到一个巨石的背面，压低嗓门道：“我们要趁着这个机会——逃跑。”

“逃跑？”皮皮愣了一下，“不大可能吧？除非我们变成猴子。”

小菊抱着胳膊说：“或者有个直升飞机来接应我们。”

皮皮瞪了她一眼，这小菊习惯了异想天开，要么是007看多了，要么是大脑还处于电玩状态。

家麟叹了一口气，觉得自己根本就是在鸡同鸭讲：“皮皮，咱们谁也没打过猎，连只小鸡都没抓过，试问怎么可能打到足够多的猎物让这群人吃饱？”

“……”

“如果他们没吃饱就会吃掉我们，对不对？”

“可是狐族的嗅觉比狗还灵，无论我们跑多远都会被追上啊！”皮皮说。

“我说逃跑，不是指被人追着跑。而是指把人弄死之后……再跑。”

皮皮与小菊面面相觑，被这阴森的想法吓到了，一时不知如何接口。却见陶家麟从口袋里摸出一个黑黑的布包，从里面掏出几个邮票大小的密封纸袋，嗓音又低了两度：“这是一种化学药品——无色无味。只要把它悄悄地撒在食物上……”

下面的话他没说，只是一个意味深长的眼色。两个女生深吸一口气，不约而同地退了一步。

“你怎么知道这玩意儿能毒死他们？”小菊道，“万一毒不死呢？那我们岂非死得更惨？”

“万一失手，你们就说不知道这事儿，都是我干的。”家麟道，“我一人去死而已。剩下的毒药我会埋在一个地方，你们找时机接着干。”

他目光坚定，好像已经考虑了很久。

这不就是谋杀吗？皮皮心想，嘴上却不敢说："我觉得……既然你跟梨花在一起，小菊又跟金鹦在一起，大家算是自己人了，贺兰觿不会……不会轻易杀掉我们的。"

虽然祭司大人整天恐吓她，一会儿要掐死她，一会儿要饿死她，一会儿又要咬死她，皮皮打心眼儿里觉得这只是装腔作势。她不是活得好好的吗！

"不会？"家麟冷笑，"你还不明白他们为什么不让我们带方便面？因为我们仨就是他们的方便面。早晚都会被吃掉。不是被野兽吃，就是被狼族吃，要么就是被'自己人'吃。醒醒吧，皮皮！"

一股寒意沿着皮皮脊背一直爬到脑门，令她打了一个大大的寒战，一旁的小菊也沉默了。

"你怎么看，小菊？"家麟问道。

"好吧，"小菊抓了抓脑袋，"就算我们成功地摆脱了他们，怎么活着走出这片森林？你有主意？"

"有。"家麟道，"从飞机上下来的时候，我看见了灯光。在西边。说明西边有村落。只要有村落，就可以走出去。——我才不相信这是什么原始森林。"

"西边多远？"小菊问道。

"步行的话，七八天的样子。"家麟看着皮皮，"或许你能说服那位有翅膀的朋友捎我们一程？"

皮皮低头思索，半天没有回答。

"皮皮，我是认真盘算过的。"家麟急切地说，"如果现在不做决定，我们可能活不过今天。都已经走了三个小时了，连只兔子也没打着。就算拼了命去干，最多也只能喂饱这些人一顿。明天呢？后天呢？——每一天他们都会饿。"

"家麟，"皮皮抬起头来，定定地看着他，"我不同意这个计划。"

"嗯？"

"我是自愿来这里的，答应了贺兰陪他去蓄龙圃解救一位朋友。这是我和他之间的协议，也是我的承诺，我不能临阵脱逃，说话不算话。至于你和小菊，如果找到时机，我会尽全力帮你们逃跑。——但我自己不会跟你们走。"

"说了半天你怎么就不开窍呢？"家麟急出了一脑门的汗，"难道你还没看清他们的面目？小菊你说说她呀！"

小菊低头咬着指甲想了一会儿，道："我也不同意这个计划。"

家麟就差跺脚了："什么？"

小菊一脸坦然:“我也不愿意走,我喜欢金鹳,想跟他在一起。”

皮皮看着小菊,大跌眼镜:“不会吧!才认识一天你就喜欢上他了?”

“人家长得帅,对我又好,特别体贴。”小菊美滋滋地解下背后的一张红色的弓弩,“你看,这是临走时他特地交给我的,还教我怎么用来着。这东西稳定性强、准头好,三十米左右落点绝不会偏离五厘米。别着急,一会儿我就给你打只大鸭子带回去,晚上吃烤鸭!”

家麟气得两眼望天,原地打了个转:“女士们,姑娘们!我在讲野外生存,你们一个个的别演偶像剧好吗?——金鹳好,金鹳帅,等金鹳饿了把你当烤鸭吃了,看你怎么办!”

“既然来这里是为了保护皮皮,帮助皮皮,”小菊说,“那我们就得听皮皮的安排,不能自作主张。皮皮说要留下,我们就留下。皮皮要当王妃,我们就是大臣,就是亲信,就是先锋!我们的首要任务就是向贺兰觽证明,皮皮是狐族当之无愧的王妃!”

“辛小菊,”家麟叹道,“你是被爱情迷昏头了吗?”

“算是吧!抽出你的刀,上山砍豺狼去!——不要气馁喔,离天黑还早着呢。”说罢继续砍草开路向前走,“喂饱这群汉子我们必须打些大个头的动物,鹿、野猪、羚羊、豹子什么的。”

小菊一路咕哝着往前走,陶家麟垂头丧气地尾随其后。皮皮心中一片郁闷。连金鹳都知道送给小菊一件防身武器,皮皮走的时候,祭司大人连脸都没露,一块布都没送。唉,人比人,气死人……

三人在林中又走了大约两个小时,肚子饿得咕咕乱叫。一路上倒是有不少看似可吃的花草和野果,因无法断定是否有毒,谁也不敢贸然尝试。

在这期间,家麟打了一只野兔,皮皮打了一只松鸡,小菊的十字弩效率最高,打了三只松鼠。虽无大获也算小收,两个女生兴致颇高。

走在前面的家麟忽然指着一棵大树的树根处:“皮皮,这边有好多蘑菇!”

皮皮连忙跑过去拦住他:“科学频道上说,在野外行走要避免吃红色的植物,避免一切蘑菇。”

“临走前千蕊特地跟我说,她喜欢吃蘑菇,让我帮她带点回去。”家麟猫下腰去,仔细观察,“我知道花蘑菇是有毒的。这种我认得,我妈以前老用它来炒鸡蛋。”

松软的土壤中果然生长着不少白色的小蘑菇。家麟摘下一朵交给皮皮,皮皮看了一眼,连忙扔掉:“这是‘死亡帽’,世上最毒的蘑菇之一。小半个就能致命,曾经毒死过著名的罗马皇帝。赶紧离开这里!”

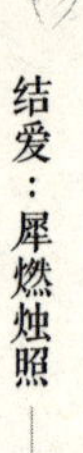

这么一说，家麟只好站起身来，叹了口气："你的花店也开了好几年了，你和小菊天天跟植物打交道，就不能认出一种可以吃的东西吗？"

"暂时没有。"

家麟咽了咽口水，只得继续往前走。皮皮一面走一面用猎刀在树干上刻下记号，以免忘记回头路。忽听见前面的小菊叫道："皮皮，快过来，这里有条小溪！"

走了大半天，又饿又渴，听见有水，皮皮、家麟不约而同地向小菊的方向跑去。

那小溪从前面的山上蜿蜒而下，不知是泉水还是高山融化的雪水，水面清浅见底，可以看见鹅卵石上墨绿色的青苔。皮皮跪在岸边一连喝了几口，擦了擦嘴道："走了这么久，就遇到这一个水源。我们要喝水，动物们也要喝水啊……"

小菊眼珠一转："刚才在山上我就看见了几只鹿，可惜太远。这东西格外警觉，跑得又快，不好捉，如果它们肯来这里——"

话还没说完，远处树叶摇动，明显有一物向溪边走来，个头绝对不小，踩得地上的树枝咯咯作响。三人连忙闪入草丛中，皮皮喜道："小菊你真是个福星，说曹操曹操就到。看这动静，不是一只梅花鹿也是一只——"

大黑熊。

"这家伙……至少有三百斤吧？"皮皮悄悄引弓瞄准。

家麟紧握猎刀，眯眼观察了一会儿，道："不止。"

山坡上走下来一只大黑熊，摇头摆脑、晃晃悠悠地来到溪边喝水，停在距离他们两百米之处。在此之前皮皮只见过两次黑熊，都是在动物园，而且没有这么大个儿。还记得爸爸当时告诉她，黑熊笨拙的步态容易给人以迟钝的印象，其实它跑起来跟马一样快，而且还是个爬树高手。所以熊来了千万别跑，也别上树，装死或能逃过一劫。

皮皮扫了一眼左边的小菊，发现她早已经举起了十字弩，脸紧贴着弩托盯着瞄准镜，上半身肌肉紧绷着，一副蓄势待发的样子。

所有人都进入临战状态，皮皮在心中计算射程。冷兵器力道有限，无论是自己的弓还是小菊的弩，都只适合近距离射杀。黑熊根本没有进入射程。是等它喝完水后回归森林，还是把它当作今天的猎物，需要立即做出决定。皮皮觉得以三搏一，且都有兵器，还是有机会的。但万一黑熊受了伤又没弄死，发起疯来也会特别危险。论到往日她绝没有这么胆大，但到了沙澜，第一天就发生了这么多事，皮皮得出一个结论：她已经不是人了，而是一只动物。贺兰觿也不是以前的贺兰静霆，不会在她最危险的时候现身。要动手就快动手，否则不是你死就是我亡。

就在这时，小菊忽然道："家麟，弄点动静，把它引过来。"

三人中唯一的男人没声儿了。

“家麟?”

“想杀一只鹿我不反对。但是……一只熊?”家麟摇头。

“怎么,你怕了?”小菊横了他一眼。

“我认为不能惊动它。太危险,不值得。熊走了,鹿会来。……还是再等一下比较好。”

“闭嘴,家麟!”小菊低声骂道,“你就是个孬货!”

几年前家麟为了田欣抛弃皮皮,这事儿在皮皮这边已经翻篇了,小菊却觉得不能轻易算完,逮着机会就要损他几句,不让他好过。可是皮皮觉得关于冒险的决定皆有送命之可能,每个人的命都是自己的,就算你愿意赌一把,也不能逼着人家这么做。于是道:“嘿,别这么说,家麟没错。安全第一,放弃目标。”

见小菊半天没动,她只好又说了一遍:“小菊,放弃目标。”

小菊狠狠地白了家麟一眼,放下弓弩。

三人趴在草丛中不敢动,静候黑熊离去。岂知黑熊喝了几口水,竟沿着溪流一摇一摆地向着他们走来。一面走一面抬着脑袋四下里闻闻嗅嗅。也许是视觉差错,从远处看黑熊个头虽大,但还没大到令人手足发软的地步。随着它越走越近,粗壮的脚掌拍着水花啪啪作响,渐渐看清这是只身长两米的成年黑熊,行走的样子像一座移动的小山。

究竟是什么气味引诱了它,谁也不知道。也许是人的气味,也许是皮皮腰后别着的松鸡的气味,也许什么气味也不是,不针对任何人,它仅仅只是路过。从神态上看,它是一副吃饱喝足的样子,目光散漫,对眼前的一切都不感兴趣。脚步比刚才下来喝水的时候快一些,偶尔停下来玩耍,前掌在水中拨弄一阵,继续前行。

但它毕竟是朝着他们的方向走来了!

一时间三人吓得一口大气不敢出。过了一会儿,皮皮悄悄举弓瞄准,低声问道:“它发现我们了?”

家麟道:“有可能,准备射击。”

小菊举起弩,盯着瞄准镜:“目标进入射程。”

皮皮道:“可惜角度不佳。”

以前为了训练狐狸,皮皮每年都会在大兴安岭的农场住一段时间,和当地的猎人混得很熟,没事就跟他们一起打猎。虽然没有猎过黑熊,松鼠、野猪、狍子倒打过不少。她知道对于大型动物来说,弓箭的最佳射点通常是侧面前腹靠近肩部的部位,也就是心肺所在。这只黑熊面朝他们走来,头部和前足都是厚实的骨骼,很难射

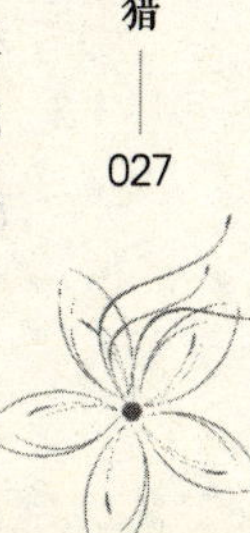

中，就算射中也不具备杀伤力。惹恼大熊，暴露自己，接下来必是一场血淋淋的厮杀。皮皮不敢往下想，生怕动摇了大家的军心。

正在这时，黑熊忽然抬头，向着三人躲藏的方向望来。似乎察觉到了什么，突然加速向他们冲了过来！没等皮皮反应过来，黑熊已经快到眼前。皮皮和小菊吓呆了，谁也没射击。一个人影蓦地从草丛中跳出来，向小溪的对岸跑去，留下一串声音："我引开它，你们射击。"

家麟一面跑一面故意踩得水花乱响，黑熊急忙收步，随即改变方向朝对岸追去。

就在它转身的一刹那，整个侧身暴露在眼前，只听见"嗖嗖"两声，皮皮、小菊各发一箭，如此近的距离，这么大的目标，想不中都难！

黑熊一声惨叫，掉头向林中逃逸——

它跑起来的速度果然像匹马，路线是弧形的。

两人赶紧从箭囊中各抽一箭装回弓弩，警惕地对准前方。只听得林中枝叶一阵乱摇，伴随着黑熊沉重的脚步声、受伤的嘶吼声、痛苦的喘息声，过了片刻方渐渐安静下来。两人稍稍松口气，一转身，家麟不知何时已经回来了，手拿猎刀，一脸胜利的笑容："姑娘们，配合得不错。"

谁也没想到会这么顺利，这么容易。除了家麟冒死引开黑熊这一节。

皮皮看着他，眼睛有点发酸。这是一着险棋，一来迫使黑熊转身，留给她们最佳射角；二来万一不中，牺牲了自己，皮皮和小菊还有还击和逃跑的时间。只要错了一点，他必死无疑，且死相凄惨。

千言万语都不能表达救命之恩。两个女生一跃而起，给了家麟一个大大的熊抱。

"怎么样，是不是特别优秀？"家麟从口袋里掏出那个小布袋，"刚才的计划要不要再考虑一下？"

"去去去！"

"负伤的熊能跑多远？"皮皮惦记着今天的任务，"赶紧追吧，不然给别的动物抢着吃了就白忙活了。"

"别着急，过两个小时再去找，死透了再下手。"家麟道，"放心吧，跑不远，地上有血迹，肯定能找到。"

"听你的！"小菊恩怨分明地道，"对不起家麟，刚才怪你胆小可别往心里去，你不是胆小，是胆大心细！"

"打高中起就是这样，要不怎么是篮球队队长呢？——打球这事也讲策略。"皮皮道。

“你俩也挺能干的，熊跑得那么快还能射中目标。”

“这么大个儿的熊，眼瞎了才射不中……”

因为猎物有着落，三人在溪边的空地上升起一团火，把打来的松鸡烤着吃了。没有盐和胡椒，松鸡没什么味道，但饥饿中的人仍然觉得香甜。皮皮的心中却涌起一丝惆怅。以往遇到生死关头，向来都是有惊无险，因为贺兰会像好莱坞大片里的美国队长那样突然出现，打跑一切牛鬼蛇神。到了沙澜，时间紧任务重，把她扔到树上不管也就罢了，树上毕竟还是安全的。可是，居然让她去打猎？居然没有悄悄地跟在身后？在这种地方，没有贺兰觿的保护，能活几天呀？

皮皮看着远处的山峰，深深地吸了吸鼻子，狠狠地咬了一口鸡腿，在心里悄悄对自己说，嗯，关皮皮，是时候摆脱幻想了。

“奇怪，这里的熊不冬眠啊？”小菊一面啃着鸡翅一面说道，“会不会等我们找到去，它摇身一变，成了一大活人，熊族？”

“这里的狼都长翅膀了，”皮皮道，“你还纠结冬眠的事儿？”

“现在应该算是春天了……”家麟道。

大伙儿三下五除二地将松鸡扫荡一空，坐在水边休息了片刻，觉得时间差不多了，于是沿着地上滴出的血迹一路寻回山去。山上枝繁叶茂，血迹忽有忽无，三人找了好半天，才发现那只黑熊一动不动地趴在一棵折断的枯树下，身上插着两支箭。满身黑毛，也看不清伤有多重，死没死，谁也不敢太靠近。

“我觉得它已经死翘翘了。”皮皮道。

“嗯，一直是这个姿势，一动不动。”小菊道，“有十分钟了。”

“先别过去。”家麟从地上捡起一颗石子扔到黑熊身上。

没有任何反应。

三人轻手轻脚地走到黑熊的身边，拔出猎刀，看着这小山一样的体形，想着要从里面掏出肝脏，恐怕还挺费劲儿。正在想从何处下手，黑熊忽然一声怪啸，猛然站起，一掌将家麟扫到一边，就向小菊扑去，将她扑倒在地。

“救命啊！！！”

家麟忙从地上爬起来，一刀捅在黑熊的背上，黑熊吃痛一转身，一掌拍倒家麟，将他按在地上，张开大口咬住他的肩膀，“哗”的一下，将一块皮肉撕扯下来。

皮皮这辈子都没听见过如此可怕的惨叫。她一咬牙操起猎刀发狂般向黑熊刺去！

一刀，一刀，又一刀！

眼前一道黑影，狂怒的黑熊向她扑来，她将身子往左边一闪，勉强避开，继续提刀向黑熊刺去！

不知道是熊的血还是自己的血喷了出来，喷了她一脸一身，她闻到一股刺鼻的腥味，身上似乎着了它一掌，但她已杀红了眼，感觉不到痛，也感觉不到光，木然地、机械地、不顾一切地、反复地刺过去！更多的血涌出来，一连刺了二十多下，黑熊终于"咚"的一声倒在地上，皮皮一脚踩着它，又狠狠地刺了十几刀，一直累到举不起手来，还不肯罢休。

一只手轻轻地按在她的肩上，她听见小菊说："皮皮，它已经死了。"

第十五章

狐史专家

足足过了三分钟，皮皮才从疯狂与惊恐中彻底清醒。见她满头满脸是血，看上去就是个血人，小菊急道："你伤得重吗？"

皮皮摇头："不重。你呢？"

小菊的右胸着了黑熊一掌，有块巴掌大的乌青。脸上、胳膊上都是血痕，因穿着质料结实的牛仔布夹克，伤口不深。伤势最严重的是家麟，他面朝地面蜷成一团，头皮掉了一块，肩部血肉模糊，伤口见骨。黑熊企图把他的身子翻过来咬他的喉管，被他用双臂死死地护住，所以没有致命的内伤。皮皮和小菊手忙脚乱地帮他清理伤口，家麟痛得牙关紧咬、神志不清，根本无法说话。

"看这里——"小菊指着家麟背上的一个齿痕，指头大小的血洞，鲜血不断地涌出来，"这血必须止住。"说罢撕下自己的一片棉布内衣，揉成一团堵住伤口。那棉布吸水性极强，很快就湿透了，血仍然不断地渗出来。

皮皮不禁蹙眉："从这里走回去大概还要三个小时。"

"带着家麟，至少六个小时。"小菊道。

皮皮的心沉了下去。家麟流血不止，恐怕走不了多远。就算一路顺利回到营地，天也黑了，五鹿原的命肯定完了。思索片刻后她忽然有了主意："要不你先走，把熊的肝脏交给贺兰，再让他过来接我。我留在这里照顾家麟，他要能走我就带着他慢慢走回去。"

小菊看着家麟，半天没有回答。兵分两路固然好，但也增加了风险。

"我不能离开你们，"小菊说出了自己的担心，"这一地的血腥很快就会引来别的动物。你怎么知道附近只有一只熊？万一又来一只呢？"

"可是，天黑前赶不到的话，五鹿原……"

"事到如今不能两全，家麟和五鹿你只能选一个，我选家麟，你呢？"

家麟，当然是家麟。

皮皮沉重地喘了两口气，点点头："好吧。先看看周围有什么草药可以止血。"

小菊低头四顾："三七和仙鹤草可以。"

"别找了。这两样都是亚热带植物，这里不会有。"皮皮看着面前的一棵棵大树，一个念头闪过来，"松脂也可以。"

一位猎人曾经说过，在野外生活，松脂有诸多用途，作为"植物创可贴"，它能粘住伤口迅速止血；作为"防水涂料"，可以抹在鞋上、衣裤上防湿；作为"燃料"，可以点火照明。

皮皮和小菊找了一圈，才从两棵折裂的松树上搜集到数滴半凝固的黄色松脂，当下捏成一小团堵在家麟的伤口上。松脂黏性甚强，血奇迹般地止住了。正在这

时，小菊忽向皮皮努了努嘴，指了指她背后的黑熊。不知何时，尸体上已多了两只正在啄食的乌鸦，皮皮急忙挥手将它们赶走。抬首看天，更多的乌鸦在空中盘旋。肉食动物都有灵敏的嗅觉，这血腥之气两三里之外都能闻到。皮皮深知此地不能久留，轻声问道："家麟，你能走吗？"

家麟点点头，在小菊的扶持下咬牙站起来。皮皮抽出猎刀，揣摩黑熊腹部肝脏的位置，正要动手，忽听林中树叶乱响，走出七八个穿着兽皮背心的灰衣大汉，清一色的络腮胡，手执各色兵器，为首的却是一位三十来岁的高个女人，丹凤眼、小山眉、高颧骨、方下巴，肤色微黑，手腕和颈间各戴几串五彩的珠子。

女子打量着他们，朗声道："这是安平的地界，我是安平蕙。闯入者，亮明你的身份。"

皮皮微微一怔，想起嘤嘤告诉过她，这一带是安平与修鱼两家的边界，此人复姓安平，想必是狼族的头目，于是双手作揖，大声道："打扰了，我叫关皮皮，路人借过。"

"既是借过，为何在我地界狩猎？"

"遇到黑熊，不得已而还击。"

皮皮说完这话，顿时想起腰后还别着一排松鼠和一只野兔，这不是当面说谎吗，正思忖该如何应对，一个随从向安平蕙耳语了几句，安平蕙道："你认识五鹿原？"

在这种时候遇到一群陌生人，且语气中充满敌意，皮皮不想惹事上身。但早上五鹿原被追杀之事动静不小，林中想必还有其他人看见，如果否认就是进一步撒谎，反而会触怒安平蕙。皮皮迟疑了一下，点点头。

"今天可以见到他？"

皮皮又点点头。

"麻烦转告他一句话。"

"请说。"

"让他三日之内务必带着礼物来安平堡求婚。"

皮皮张了张嘴，又闭上了。她隐约记得五鹿原被追杀是因为爱上了修鱼家的三姑娘，难不成这安平蕙是三姑娘的姨妈，想帮她一把？

"请问……"皮皮没听明白，"向谁求婚？"

"我，"女子坦然道，"安平蕙。告诉他，我看上他了。"

OK，OK，OK。皮皮心里道，这里有位安平家的大龄剩女，看上了五鹿家长着翅膀的大灰狼。皮皮不了解狼族的婚俗，但修鱼家势力雄厚，安平蕙恐怕惹不起，三姑娘更不能答应。出于好意，应该提醒她一下。

"那个……嗯……"皮皮小心翼翼地说，"您是不是误会了？"

“误会了什么？”

“听说……五鹿原喜欢的……是修鱼家的三姑娘。”

那几名随从互相看了看，均一脸诧异，好像第一次听说这个消息。安平蕙的表情却连半点变化也没有：“请你告诉他，不管喜欢谁，最好娶我，不然我就杀了三姑娘。”

她的嗓音非常独特，低沉而沙哑，有种奇怪的性感。说话时上上下下地打量着皮皮，目光缓慢而稳定。

皮皮不吭声了。狐族的婚俗已够怪异，但说到谈婚论嫁，女人们也会羞涩。这狼族的女人一旦爱上谁就要霸王硬上弓，而且遇鬼杀鬼遇魔杀魔，可真够彪悍的。

现在不是讨论文化差异的时候，皮皮只想快点溜，于是连忙点头：“好的好的，我一定把话带到。”

“留下黑熊和这个受伤的男人，你们可以走了。”

安平蕙做了一个手势，两名大汉走到黑熊跟前，挥刀赶走一群啄食的乌鸦，皮皮忽然大喝一声：“等等！——黑熊是你们的，但我要带走它的肝脏，还有这个男人。”

安平蕙走到她面前，在几乎脸贴脸的地方站住，一双寒眸如冬夜的冷星定在她的脸上：“不行。”

尽管一脸杀气，她的嗓音很平静。明明是霸道的要挟，偏偏要以一种礼貌的语气说出来：“这男人你带不走，伤成这样活下来也是累赘，不如给我们充饥。没要你的肝脏已经很客气了。”

皮皮双眼圆睁，目不转睛地看着她，毫不示弱：“不让我带走，你们什么也吃不着。”

终于，从安平蕙的齿缝中挤出一丝冷哼：“威胁我？不怕我杀了你？”

皮皮感到下巴被一个尖尖的东西顶着，低眼一瞄，是把雪亮的尖刀。

“我，是五鹿原的朋友，”皮皮用尽全力掩饰住自己发狂的心跳，“既然你想嫁给他，杀了我，他会怎么想？”

“你以为我会在乎他的想法？”

“……”

“还不快滚？”

皮皮一连退后三步，一抬手，从家麟的口袋中抽出一个小小的布袋：“这个，是剧毒药粉，别逼我撒在熊的身上，或者撒在我自己的身上。晚饭时间快到了，有话好好说不行吗？大家各取所需不好吗？何必让所有的人都吃不着？”

“毒药？”安平蕙道，“想使诈？”

皮皮抽出一个纸包扔到她手中:“不信你试!”

安平蕙冷笑一声,叫道:“虫子!”

“来啰!”

林间一阵窸窣作响,跑出一个绿衣女孩,小小个头背着三个鼓鼓囊囊的大包,满头大汗,一边跑一边喘气。女孩跑到皮皮跟前,瞪着一双超出比例的大眼睛,忽然愣住。

“嘤嘤?”

“皮皮?”

来者正是嘤嘤,背上沉重的包袱几乎将她压垮了,盘在颈间的麻花辫也散掉了一半。还没等她站稳,一个随从接过安平蕙递来的纸包,用力掰开嘤嘤的嘴,要将剧毒的药粉倒入她的口中。嘤嘤拼命挣扎,无奈随从的手如铁钳般钳住她的下巴,令她动弹不得。

皮皮不禁大吼一声:“住手!”

嘤嘤已经吓傻了,眼泪汪汪地看着她,浑身不停地哆嗦着。

“人命关天,怎么可以拿她试毒?”

“人命?”安平蕙轻蔑地笑了,“她是蚁族,寿命只有四十天。如果是春天生的,都不知道秋天是什么样子,还好意思给自己取个名叫‘嘤嘤’?一个只能活四十天的人,还指望有人记住她?太可笑了。”

皮皮冷冷地看着她:“哪怕她只能活一天,也配拥有一个名字。在你眼里,她也许一钱不值,但在父母心中,她就是个宝贝。”

“既然你那么心疼她,那就让她尝尝你的药粉呗。如果真的中毒也算是心甘情愿、死得其所。”

皮皮二话不说,抽出猎刀向安平蕙砍去,被她一个闪身躲过。安平蕙抽出腰后铁剑摆了一个简单的招式。随从自觉地后退了一步,也不参战,只是抱臂观望。皮皮知道狐族的部落发生冲突,一般是头领之间首先单挑。狼族的规矩大约也是如此。当下将心一横,只得拼了。两个女生厮杀开来,没过两招,皮皮就被安平蕙狠狠地踹了一脚,一头跌到地上。咬牙爬起来还没站直,又被安平蕙迎面一脚踹到脑门。

皮皮只觉头顶金星乱冒,耳朵嗡嗡作响,“哗”的一下瘫倒在地,晕了过去。

不知过了多久,冥冥之中皮皮感到有人用力地摇晃着自己,她勉强睁开眼,看见了两张熟悉的脸。

“青阳?……关鹖?”

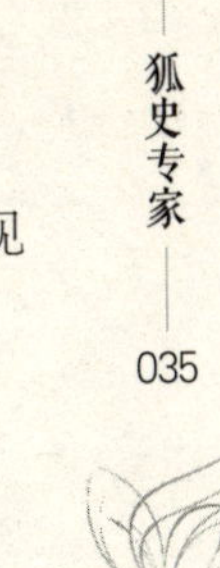

她发现自己倒在一片血泊之中，并没有挪动位置。那只黑熊已经被切割殆尽，只剩下一副骨架，上面趴着一群乌鸦。小菊不见了，家麟不见了，安平蕙也不知去向。青阳、关鹖一左一右半蹲在地上，一人伸出一掌贴在自己的后腰上。她记得以前生病时，贺兰也是这样给自己疗伤的。

"出了什么事？"青阳问道，"你怎么一个人倒在这里？"

"我……我们被……狼族袭击了。"

"哪家？安平？修鱼？北山？方雷？"

"安平蕙。"

"见鬼，皮皮你真会挑对手！"青阳叹道，"她刚死了老公和儿子，这种时候的母狼谁也惹不起。"

"她劫持了我的朋友！"

"说吧，需要我们怎么帮你？"

皮皮呆呆地看着青阳，脑子又开始乱了：面前的两个人都跟贺兰觿打过架，被贺兰视作仇敌。但他们现在对自己又这么好、这么友善，是真是假？应该信谁？

当务之急是救人。不论谁愿意提供帮助，她都要抓住机会。于是皮皮道："我的朋友一个叫辛小菊，一个叫陶家麟，还有一个……是蚁族，叫嘤嘤。你能帮我把他们找回来吗？"

"安平蕙刚走不久，应该离这里不远。"青阳看了看四周。

"从气味上看，去了北边。"关鹖道。说完这话，他忽然拔地而起，一掠十米，在树间几个轻纵，迅速消失在了林中。

皮皮看着青阳，轻轻地道："你不和他一起去？"

"对付安平蕙，他一个人够了。"青阳将她扶起来，坐到一棵大树旁，递给她一个牛皮水囊，"喝点水？"

皮皮对着水囊猛灌了几口水，擦了擦嘴："谢谢。"

她感到一股热气在胸间游走，这才意识到青阳的右掌一直抵在自己的后腰，真气正源源不断地注入体内。毕竟是个陌生男人，皮皮有些不自在，青阳立即意识到了，将手抽回来，安静地看着她："你可能有些轻微的脑震荡，凭着我给你的元气，应当可以走回营地。"

"谢谢。"

"到了营地，贺兰觿会帮你继续治疗。"

那可不一定，皮皮心里道。

"森林这么大，你是怎么找到我的？"皮皮问道。

“你身上有我的魅珠。”

皮皮苦笑一声。好吧，你在我身上安装了无线跟踪器，GPS全球定位系统……

“那天……在地铁隧道里，你跟贺兰……你们俩……”皮皮一直想知道这场架谁打赢了。

“我输了。”青阳坦然地道，“不是因为打不过他，我有机会，但我不忍心下杀手。我中了他一掌，他想乘胜追击，要不是隧道突然坍塌，我已经死在那里。”

“贺兰他……这么狠心？”

青阳点点头：“所以他肯定不是贺兰。”

皮皮怔了怔，一切疑问又回到了原点：“为什么？”

“真正的贺兰不会伤害我，更别说想杀掉我。”青阳看着皮皮的眼睛，认真地道，“真正的贺兰也绝对不会伤害你。就算他失忆、精神错乱——皮皮——你和我，不仅存在于他最深的记忆中，也存在于他的潜意识之下，就算这两处都没着落，我们也会存在于他的身体、他的肌肉之中。就算他不记得我们，闻到你我的气味也不会伤害我们。”

皮皮长长地叹了一口气：“也许这只是你我的一厢情愿。”

“相信我，他不是贺兰。”

“他是贺兰。他跟贺兰一模一样。”皮皮用力地点头，企图说服青阳，说服自己，“从里到外，每一寸肌肤，都完全一样。他甚至愿意让我检查他的DNA！”

“如果说我有一种办法能试出他是不是真的贺兰，你愿意试一试吗？”

皮皮的心怦怦乱跳：“什么办法？”

青阳从怀里掏出一个手指大小的玉瓶，从里面倒出几粒绿豆大小的白色药丸：“这东西叫‘惆怅’。类似于你们人类的致幻剂。非常珍贵。”

“你让我下毒？”皮皮瞪了他一眼，“我看上去就这么傻？”

“无毒无害，我现在就试给你看。”他拾起一粒放到自己口中咽下，“它会让贺兰觿暂时失去理智，最短三十秒，最多三分钟，他会在你的引导下……说一些真话。”

“……”

“他的身体会立即产生抗体，所以你只能试一次。”

皮皮道：“我怎么知道他说的话哪句是真，哪句是假？”

“你只用问他一个问题。”

“……”

“他的老家在哪里。”

贺兰的老家在北极，皮皮曾经问过他这个问题。

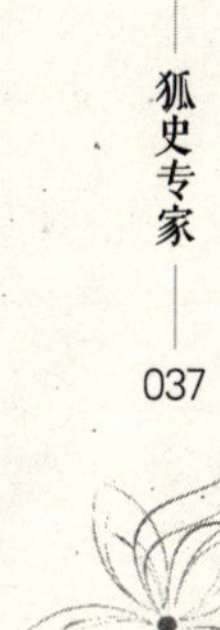

“如果他是贺兰，他会说他的老家在北极。”青阳道，“如果不是，他会说他的老家在东海。”

皮皮心中猛然一震：“所以你已有了嫌疑犯的人选？如果他不是贺兰，最有可能是谁？”

“我不知道。”青阳摇摇头，“这是青桑告诉我的。”

“青桑比你知道得还多？”

青阳忽然笑了。

“你笑什么？”

“皮皮，你不了解青桑在狐族中的地位。”

“我只知道她是一位女巫。”

“除了狐帝，关于狐族的起源，这世上没有人比青桑知道得更多。”青阳将玉瓶塞到她的手中，“所有的狐在修炼成人形之前，必须要来蓄龙圃面见青桑，在催眠中施行法术。换句话说，进去的是只狐，出来的是个人。这最关键的一步是怎么变化的，只有青桑一个人知道。”

“也就是说，如果没有青桑，这世上就只有狐狸，没有狐族？”

“不错。”青阳道，“当然，狐帝也能做这件事——据他说太麻烦——就全部交给了青桑。现在狐帝去世了，去世前跟儿子闹翻了，儿子又被打回原形了……这件事就连贺兰自己也插不上手了。”

不知为什么，皮皮忽然想起了女娲的传说。蓄龙圃中一定有个作坊，在那里，也不知是什么工序，青桑把一只只狐加工成人……

青阳忽然打了一个哈欠，眼皮子不规则地抖动了一下，似乎想睡了。

“青阳？”皮皮推了他一下，“青阳？”

难不成这“惆怅”发作了？

“什么事？”青阳恍恍惚惚地道，“皮皮？”

“你的老家在哪？”

“北极……”

“你是不是贺兰最好的朋友？”

“当然是……”

“你认为现在的贺兰……是谁？”

“不知道……”

“如果他是假冒的，你会怎么做？”

“杀了他。”

最后三个字说得坚定不移，青阳已经清醒了过来。

“杀、杀了他？”皮皮大脑先是一片空白，紧接着热血上涌，面红耳赤，“你不能杀他！如果他不是贺兰，也只有他知道真的贺兰在哪。”

“听我说，皮皮。”青阳握住了她的手，试图让她冷静，“如果他不是贺兰，你要准备好接受一个推测：真正的贺兰……多半被他杀害了。”

皮皮呆呆地看着他，半天没说话。这个可能性她当然想过，但她拒绝想下去。就像走进一个书屋，看见一本书，却不敢打开，因为不想知道书里的内容。

“不！”她果断地摇头，“不不不！我不接受！我不相信！这不可能！——他是贺兰，和他长得一模一样，身上有三颗痣，每颗痣都在正确的地方。是的，他变了，因为失忆了。他来找我，是想找回过去。你不了解他，和他没有肌肤之亲，有些习惯，有些动作……没法向你解释，这些动作……是贺兰的，只有贺兰才会这么做……总而言之言而总之，他是贺兰，毫无疑问是贺兰。”

像天下所有的夫妻一样，他们之间有着自己特殊的恩爱方式：一些习惯，一些动作、姿势、角度，怎么开始、怎么结束，结束后干些什么……这些都和以前的贺兰完全一样。如果这个人不是贺兰，皮皮已经和他不止一次地亲热过了，那真的贺兰归来，她将如何面对？她不敢往下想了。

“皮皮，我也愿意相信贺兰还活着。”青阳柔声道，“如果他是伪装的，你的处境非常危险。相当于和凶手生活在一起。”

“如果他真是假的，我该怎么办？”

“杀了他。”青阳道，“如果你下不了手，就制造机会让我来干。放心，我会替你报仇，我会让他痛不欲生，我会让他死得很惨，很惨。”

虽然声音很低，说这话时他几乎在咬牙切齿，脸上的表情也很奇怪，他在努力控制着一种汹涌而出的情绪，但皮皮不知道那是什么。愤怒？仇恨？后悔？惋惜？

皮皮久久地凝视着手中的玉瓶，心乱如麻。青阳的话能信吗？他这么说也许是为了挑拨自己与贺兰的关系，甚至利用自己杀掉贺兰。

最最关键的是，他自称是贺兰的好友，为什么贺兰从没提过他？

“夜光犀呢……不在你身上？”青阳忽然看着她的颈间，上面空无一物。

“在贺兰那里。”皮皮淡淡地道，“你知道那东西是干什么用的吗？”

“不清楚，我也是第一次听说它的存在。”青阳摇头，“只知道如果这个贺兰是假的，而这东西到了他的手中，狐族将面临一场灾难。青桑让我不惜一切代价弄回来。”

皮皮默默地点点头，没有接话。

“你还是不相信我，对吗？”青阳苦笑，“如果贺兰不发生意外，本来我是要来C城喝你们的喜酒的。”

“是吗？”

“你知道贺兰为什么要带着你来沙澜吗？”

“因为这里靠近蓄龙圃？”

“第一，这里的确挨着蓄龙圃，但步行的话，绝对谈不上‘靠近’。第二，你们的飞机可以直接飞到蓄龙圃的上空，用不着经过沙澜。”

皮皮想了想，道：“因为金鹮想回老家，看看父老乡亲？”

“自从沙澜被驱逐，他们的领地早已被狼族吞灭，人也差不多死光了，哪来的老家？哪里还有父老乡亲？”

“那你说他为什么要来沙澜？”

“我不知道，我以为你知道。”

“我不知道，贺兰没说过。”

“能打听一下吗？”

“我是不是长得特别像间谍？”

“皮皮，沙澜曾经是狐族最凶猛的部落，可狼族一入侵，他们就被杀得七零八落，几乎灭族。失宠于狐帝得不到支持是原因之一，但狼族的实力也可见一斑。这是个极度危险的地方，居住着狼族的五大家族。他们为了水源、为了地盘、为了食物、为了女人，几乎天天打仗。其中最厉害最棘手的人物就是狼王修鱼亮，当年狐帝都拿他没办法，青桑也不敢跟他硬碰硬，不到万不得已，贺兰绝不会来这里。——一定有什么目的。”

皮皮长长地叹了一口气：“说实话，我觉得你挺可怜的，青阳。”

“嗯？”

“你为青桑办事，但青桑什么真相也不告诉你。弄得两头都是谜，还让我帮你打听，不觉得累吗？”

“是哦。”青阳也自嘲地笑了。

“有这样的领导真是你的悲哀……”

“算是吧。我本来一直都在闭关清修，不会为小事劳神，一般的人也请不动我。”青阳两手一摊，“谁让我有个霸道的姐姐呢？”

皮皮只觉大脑“嗡”的一声，好像塞进了一颗手榴弹：青桑、青阳——她怎么就没猜到？

“你是柳灯族，你姐是昆凌族？”

“我姐也是柳灯族。昆凌与柳灯世代交好，互相混居联姻，所以有个柳灯族的首领一点也不奇怪。如果你怀疑我姐，那真没有必要。”青阳淡淡地道，“贺兰被打回原形而不是直接处死，就是因为我姐不同意，赵松才不敢。如果我姐有坏心，贺兰一直住在蓄龙圃的灵霄阁，一举一动都有人盯着，她什么时候动手不行，还能让他跑出来?”

“好吧，你的解释暂时通过。最后一个问题，”皮皮道，“如果事实证明这个贺兰是假的，怎样才能干掉他?”

青阳摸了摸脑袋，想了一会儿道：“单凭你一人之力杀不了他。尤其是他身边还有金鸐和方氏。莫说你，就算我和关鹖联手，加上我们手中的武器，胜算也只有五六成。”

“当然不是力敌，是智取。”皮皮说，“投毒、暗杀、伏击、围堵、人海战、车轮战……办法总是有的。”此时她的心境已然进入到当年要杀赵松时的状态。目标既然锁定，就不再纠结感情问题，而是像个职业杀手那样开始思考行动的具体方案。

“说得对，办法总是有的。”青阳的眼睛亮了亮，“最安全的办法是你把他单独引出来，趁他不备我们突袭。……不过他那么狡猾，沙澜又这么危险，他一定时时高度警惕，你恐怕不容易办到。”

皮皮觉得把贺兰觿骗出来难度不大，但青阳、关鹖能否偷袭成功倒要打个大大的问号。关鹖不止一次偷袭过他们，一次也没成功。

“还有一种办法是用这个东西——”他从腰后的鹿皮小袋中掏出一颗黑黑的卵石递给她，“丹石。”

皮皮顿时想起那一天关鹖与金鸐在闲庭街56号屋顶上的对话，提到过“峻锾铜管”和“马脑”，大约是青桑收藏的珍贵武器，轻易不肯拿出来使用，以至于关鹖都不舍得用在金鸐的身上。

“我见过它，”皮皮拿在手中端详，“有一次我们中了伏击，关鹖把这东西射进了我们的汽车，发出红色的烟雾……”

“那叫‘马脑’，斑马的马，脑袋的脑。和你手中的东西算是同一种材料，只是杀伤力不同。马脑是妖魅之血凝结而成。当年黄帝大战蚩尤及四方妖魅群凶，积血成渊，白骨如山，数年后血凝成石。冒红烟的马脑是妖魅群凶的血，能立即杀死修行不到八百年的狐仙。而你手中的丹石是蚩尤的血，能够杀掉天狐。”

皮皮呆住：“怎么用?”

“塞进贺兰的眼睛。”

“别的地方不行?”

“除了眼睛，什么地方都不管用。”

“然后呢？”

“然后他整个人就会从里到外地燃烧，元珠就会跑出来。”

果然是重磅武器。皮皮默默地看着他，因为紧张，重重地喘息，半天没有说话。

“像这样的丹石世上只有五颗。赵松抢走一颗杀掉了狐帝。我送给你一颗，身上还有一颗。青桑处收藏着另外两颗。——皮皮，坦率地说这就是我的底牌，请妥善保存。如果我不相信你，不会把底牌送给你。”

“因为你知道贺兰成天戴着墨镜，只有我可以接近他。”皮皮将丹石塞进口袋，“也只有我有机会将它塞进贺兰的眼睛。”

“那倒不一定。我也有机会。”他抽出一根洞箫般长短的黑管，“这是峻镤铜管，可以发射暗器，只要角度准确没有干扰，我可以远距离射进他的眼睛。”青阳拍了拍她的肩，“相信我，我的准头好极了。”

皮皮觉得，自己快要被青阳说服了。再说下去，策反就要成功了。正在这时，青阳忽道：“你的朋友已经救回来了，我要先走一步。——这个贺兰非常多疑，不要让他知道你见过我和关鹖。”

“我的人受了重伤，我们走不快，请保证安平蕙六个小时之内不会追上来。”

青阳站起来，奇怪地看了她一眼：“几百年过去了，你的性子还是这样。”

“我的性子？”

“你是将军的女儿，从小跟随父亲在军营中长大。说一不二，非常强势。”

“你指慧颜？”

青阳点点头，正要离开，突然想起什么，从口袋中掏出一物扔给她：“这药膏能止血止痛生肌，非常灵验。我会在暗中保护你们。”话音未落，人已腾空而起，不等皮皮说声“多谢”，已消失在视线之外。皮皮的手中多了一个清凉油大小的药盒，打开一看，是一种绿色的膏药，已经用掉了一半，发出一股薄荷的香味。

过了大约十分钟，前面林中响起一连串嘈杂的脚步声，小菊、嘤嘤一左一右地扶着家麟走了过来。

“小菊！”皮皮大喜过望，向他们奔去。

“皮皮！”

想不到还能生还，四人紧紧抱作一团。嘤嘤依然背着沉重的行李，三个兽皮缝制的包袱。皮皮一面帮她卸下来，一面问道：“你们是怎么逃出来的？”

小菊道：“我们一直被安平蕙的手下押着往北走。突然有个年轻人从树上跳下来，一掌将安平蕙拍昏，抱起她就跑，余下的人全部追了上去，我们就趁机跑掉了。”

说罢指着嘤嘤的包袱，“这三个包袱里全是安平家的猎物，这一整包都是肝脏，包括黑熊的那个，拿回去够贺兰他们吃好几天的了。”

真是否极泰来！皮皮大大地松了一口气，又去查看家麟的伤势，见他一脸苍白一蹶不振，忙扶他坐下，将青阳留给她的药膏全部涂在创口处，喂了他几口水，又将外套解开铺在地上。

“家麟，躺下来睡一会儿，你需要休息。”

“不用，我可以走……”

“我们有足够的时间回去。”皮皮轻声道，“你刚用完药，歇一会儿，走起来才会有力气。”

“这里不安全，”家麟被她强按着躺了下来，不放心地道，“安平蕙所有的辎重都在我们这，她会回来拿的。”

“她不会，”皮皮淡淡地道。

经历了黑熊和安平蕙事件，三人皆精疲力竭。皮皮知道若不稍事休整，谁也走不了这几十里的山路。果然，小菊和家麟很快睡着了。皮皮也很困，但她不敢睡，强睁着眼皮放哨。嘤嘤盘起双腿坐在她的对面，瞪大眼睛研究着她。

皮皮笑道：“瞧你，辫子都散了。过来，我帮你编一下。”

“好啊。”嘤嘤温顺地坐到她前面，掏出一把小木梳递给她。

“嘤嘤你是安平家的？怎么跟安平蕙走在一起？”皮皮一面梳头一面问道。

“哪里！我看见你和五鹿原一起飞下山崖，想下山看看，安平家正好在这一带巡逻，就被他们抓来当差了。”

“你真是……蚁族？”

嘤嘤点点头：“不要小看我喔，虽然我们只有四十天的寿命，在蚁族，我可是一位著名的学者哩。”

皮皮眉头微皱，很惊讶：“四十天？怎么可能。你从婴儿长到这么大至少也需要十几年吧？”

“在蚁族只需要十天。”

“那你多大了？”

“二十六天了。”

皮皮心中一算，不禁悲哀起来，嘤嘤只剩下两周可活了。

“你早上遇到的丁丁，就算你没杀她，她今天也会死。”

“我见丁丁的时候，她正在挖坑。”

“不是坑，是坟。今天正好是她的第四十天，快要死的人心情不会好。”

皮皮回想起丁丁疯狂的样子，心中一阵唏嘘。于是故意引开话题："你说你是学者，主要研究什么？"

"史学。"嘤嘤严肃地道，"我的两个祖师爷，一位叫山山，一位叫黄黄，所以我们这一脉叫'山黄学派'，主攻狐族史。"

"哇……"一切变得越来越有趣了，皮皮道，"狐族的历史很漫长吧？"

"当然啦。我主攻古代史，延保以后康平以前。"

"听说过真永之乱吗？"

"真永之乱是我的毕业论文。"

皮皮在心里号叫，这不是真的，这不是真的！遇到专家了！

"所以你一定知道贺兰静霆？"

"应当是贺兰觿，字静霆。"嘤嘤流利地答道，好像在背诵一道考题，"他是狐族的王子。狐帝杀死了他心爱的姑娘，为了报仇，他不惜掀起一场长达三年的战争，史称'真永之乱'，导致狐族分裂，南北分治。"

这些故事皮皮都知道，除了关于青阳的那一部分："那你听说过青阳这个人吗？"

嘤嘤点点头："青阳是昆凌族首领青桑的弟弟，青桑是狐帝最信任的女巫，他与贺兰觿从小一起长大，因为贺兰白天没有视力，出行狩猎都需要帮助，青阳经常伴随左右。"

"所以他们是铁哥们？"

"是的。"

"两人之间从来没有过冲突？"

"青阳……"嘤嘤停顿了一下，思考着措辞，"是个有趣的人。"

"你是指——"

"他喜欢男人。"

皮皮怔住。

"青阳喜欢贺兰，贺兰喜欢慧颜，所以有一段时间……两人的关系很僵很僵。但贺兰的魅力十分强大，不知怎的竟然说服青阳接受了慧颜。贺兰与慧颜出去幽会，会拉着青阳做掩护……"

"也就是说，"皮皮快哭了，"贺兰觿……是双性恋？"

"不是不是。可能是青阳看见贺兰对自己根本没兴趣，渐渐死心了。"嘤嘤道，"后来慧颜被杀，还是青阳冒死收的尸。狐帝为此勃然大怒，向他逼问尸体的下落，他宁死不说，被判了重刑，落得个终身残疾……"

终身残疾？皮皮的脑海浮出一堆问号。这青阳看上去身强体壮、四肢俱全，根

本看不出来有残疾。

“什么样的重刑啊?”

嘤嘤歪首支颐,又在思考措辞:“上次你说,你是龙族?”

“对,龙族,不过嫁给了狐族。”

“你是冰奴?”

“不不不,明媒正娶的合法夫妻。”

“既然你是龙族,听说过司马迁吗? 知道他受过什么刑吗?”

皮皮惊呆了,木然地点点头。

哦——她终于明白为什么贺兰觿没有提到青阳了。

见皮皮愣了半天不说话,嘤嘤掏出一块粗布,走到溪边用水湿了湿,回来递给她:“擦把脸?”

皮皮这才想起自己满脸是血,忙用湿巾擦拭:“对不起,样子怪吓人的吧?”

“这算什么?”嘤嘤抿嘴一笑,被大眼睛占了快一半的小脸上露出两个小小的酒窝,“这里是沙澜,每天都有血腥的事发生。”她笑起来的样子很甜美,好像日本动漫里的小姑娘。眼睛黑沉沉的,激动时会立即浮出一层湿湿的雾气,泪莹莹的样子,睫毛不多,但很长,弯弯地翘起来,好像随时都想拥抱你。

“这里这么乱,能好好活下来已经很不容易了,还有精力做学问?”皮皮好歹也考过一回研究生,知道做学问需要泡图书馆、坐冷板凳,出一本专著往往会耗费好几年甚至毕生的精力。不敢想象一个只能活四十天的人会选择这一行。

“对蚁族来说,这片森林就是我们的宇宙。这片土地上发生的事,我们的所见所闻,经历过怎样的一种人生,都应当写进书里,变成故事,留传后世。”嘤嘤认真地道,“因为这些东西一旦变成了故事,就再也变不回来了。”

蚁族研究狐族,其难度跟人类研究火星差不多吧? 自从遇到贺兰觿,皮皮觉得自己就被他的故事“锁”住了,越陷越深,根本无法好好地活在当下。真是应了嘤嘤的这句话,走进一个故事如同走进一个魔障,出不去也回不来了。

“嘤嘤,关于狐族,你听说过‘夜光犀’吗?”

“夜光犀?”她茫然地思索了片刻,摇了摇头,“没听说。我们蚁族最多只能活四十天,知识来得快,去得也快。”她指了指对面的山头,“那座山上有棵两千岁的老银杏,附近生活着一个学术世家,世世代代都研究狐史,有很多著名学者。如果你真想知道什么是夜光犀,或许他们能回答你。”

“真的?”皮皮听得心里直发痒,好像找到了一本狐族的百科全书,“我想拜访他

们，你能引见吗？”

“这个……”嘤嘤面露难色。

“是不是……需要什么特别的礼仪？”

“嗯……目前在世的，这个月你还能见到的一位先生叫‘泛泛’，最博学也最清高，就住在银杏树上。他专心学术，极少下树，也不搭理陌生人。除非……”

“除非？”

“除非你能弄到一滴‘眼泪’。”

皮皮又糊涂了：“什么眼泪？”

“我也不大清楚，只知道它是狐族的东西，在沙澜宫家的手上。”嘤嘤说，“有一次宫家人正在用它，忽然掉出来一滴，正好滴在一只蚂蚁身上。蚂蚁以为是露水就喝了下去。后来她变成了蚁族，名字叫‘翩翩’，居然活了整整一年！于是那滴水就有了一个名字叫‘眼泪’，因为是咸的。皮皮，你不是狐族的媳妇吗？如果你能从宫家那里弄到一滴眼泪给泛泛，再向他请教，他肯定知无不言，言无不尽啊。”

“是吗？”皮皮好奇地道，“我这是第一次到沙澜，不大知道宫家的事。不过这眼泪真够神奇的，相当于让一个只能活四十岁的人活到了三百多岁。这哪里是什么眼泪，明明就是长生果嘛。”

“泛泛最近在写一本《狐史新探》，号称汇集了家族几千代人的研究心得，目前还没写完。他比我小几天，也不知道在我的有生之年能不能看到……”嘤嘤叹了一口气，好像这是她此生最遗憾的事。

“你们也写书？写在……纸上？你们会……造纸？”

“当然不会，也不需要。说了这么久难道你还不明白，我们属于不同的物种，使用不同的语言和符号系统，我正在以一种你们龙族可以理解的方式与你交谈？很多词汇都是象征性的。我说纸，不是真的纸。我说屋子，也不是你们龙族理解的那种屋子。”

“好吧，我去想办法弄到一滴传说中的‘眼泪’。”皮皮道，“如果能弄到一滴，先给你，还有多的，再给泛泛。”

嘤嘤呆呆地看着她，大眼睛里又蒙上了雾气，声音开始发颤，那表情就好像是刚知道自己中了一千万的彩票：“真的？你真的愿意给我一滴？”

皮皮点点头：“只要它是狐族的，我弄到的机会还是蛮大的。”

“你是大人物？有后台？”

“算是吧。”

“请、请问……需、需要什么代价？”嘤嘤一下子结巴了，“我跑得快，能帮你放哨；

我有力气，能帮你扛东西；我知道很多这林子里的小道消息，能当你的顾问；我熟悉地形，是个很好的向导；我还知道所有的水源、地界……"

"嘿嘿嘿，干吗这么兜售自己？"皮皮摸了摸她的脸，轻轻地道，"不需要什么代价，你跟我在一起的时候，有空帮我出出主意就好啦。"

"没问题！我紧紧地跟着您！"嘤嘤一个劲地点头，"如果泛泛回答不了您的问题，我愿意把夜光犀作为我终生研究的课题。"

她居然改用敬语了。

"什么课题？"旁边一个声音问道，皮皮回头一看，发现小菊和家麟都醒了。

第十六章

交易

皮皮带着小菊、家麟和嘤嘤一共走了四个多小时的山路才赶到山谷的营地。

开始的时候家麟因伤势严重要人扶持走得很慢，一度慢到皮皮担心天黑之前赶不回去了。幸运的是，青阳的绿药膏终于开始起作用，血止住了，伤口渐渐愈合，疼痛也减轻了许多。众人这才得以加快步伐。也许有青阳的暗中相护，也许只是纯粹的好运，回去的路上平安无事。路过一道干净的山泉，皮皮帮家麟清洗了一下伤口，自己和小菊也趁机擦洗掉身上的血污，虽然看上去算不上干净，至少不是一副劫后余生的惨相。

皮皮将那颗丹石放在水中洗了洗，装进贴身口袋，故意混上三枚形状相似的卵石。她认真地清除了青阳可能留下来的气味，扔掉了绿药膏的瓶子。

林中暮色四合，快落山的夕阳像个挂在树上的鲜橙，头顶的霞光被余晖染成了紫色，流云如练在空中旖旎。

不知为何，皮皮觉得这里的山水气势狰狞，并不给人以如诗如画的感觉。道旁怪石嶙峋，一些不知是被风吹倒，还是被雷劈过，还是被雪压断的大树横七竖八地散落其间，合抱的树干被白蚁蛀空又成了蛇蝎的乐园。除此之外，山间还有不少沟壑，豁口深达数米，被乱草遮掩，冷不防掉进去，就算不死，半天都别想爬上来。

就算吹来的山风都带着一丝不祥，若有若无地夹着一丝血腥。

路上偶尔能看见巨大的死兽，被乌鸦吃尽筋肉后剩下的骨骼，半埋在土中生锈的大刀，遗落的箭镞，半干的血迹，高高挂在枯枝上的内脏……

谁也没有多说话，所有的人都在默默赶路，不敢弄出声响引来不必要的敌人。皮皮的心中本来就充满谜团，经过和青阳及嘤嘤的一番交谈，信息量倒是直线上升，脑子却更乱了。潜意识中，她觉得贺兰觿与青阳都不可信，毕竟是敌对的两边。嘤嘤的话倒可以信七分，但不是第一手资料，不能排除道听途说的可能。

眼看就要到达出发之地，前面小道上忽然传来一阵铃声。皮皮加快脚步，越过一棵白松，看见了一匹黑马，上面坐着一个穿着鲜红披风的男人。皮皮立即示意家麟、小菊、嘤嘤止步，自己躲在树后偷偷观察。

马上的人身材魁梧、衣着讲究，披风上用金丝绣着一只飞鹤，似乎很怕冷，戴着鹿皮手套，颈上还围着一条毛茸茸的围脖。左手缆缰，右手举着一根一米多高的长杖，上面拴着一只铜铃，飘着一排五彩的羽毛，看样子是在执行着什么仪式。

在大山中终于看见一个比较“文明”的人，皮皮还是有点激动的。

嘤嘤背着包袱走到她身边，轻声道：“别怕。他是修鱼家的使者，这身打扮一定是有要事在身，你不惹他，他不会理你的。”

“那我们就这么从他身边……大摇大摆地走过去？”刚跟狼族的安平蕙打完交

道，皮皮心有余悸，别看这人穿着讲究，毕竟是狼族，万一要咬人，谁也吃不消。

“对。这条道上路人很多，有赶集的，有押货的，有跑生意的，他不会对你感兴趣的。”

“他不是狼族的吗？”

“狼族也分很多种呀！有文明的，有不讲理的，有见人就咬的，也有三思而行的。这人要真想找碴，咱们背着这么重的包袱，里面全是好东西，可以说是香闻十里，人家早过来抢了！”

皮皮低头想了一下，点头：“也是。你认得他？”

“他叫方雷奕，狼王修鱼亮的女婿。狼族之间有冲突会先派使者交涉或者警告，相当于你们龙族的外交使节，都由族内有地位的贵族担当，一般不会理睬我们这些小鱼小虾的。”

听嘤嘤这么一说，皮皮觉得此人无碍，于是示意众人继续前行。

山道狭窄，黑马行走甚慢。皮皮一行很快就走到了他的前面。在越过方雷奕的刹那间，皮皮回头看了他一眼。

是个漂亮高大的年轻人，二十七八岁的样子，腰挺得笔直，头高高仰起，一脸胡须，充满英气。全身上下干净的程度跟青阳有一拼。他当然知道身后有人，皮皮从他身边走过时，他居然将马往右边一拉，把路让了出来，礼貌地示意众人通过。然后不紧不慢地跟在四人身后，保持大约五米的距离。皮皮不敢多回头，怕引起他的疑心，但清脆的马蹄声显示他们一直走在同一条路上，路的尽头就是狐族营地的入口。

走着走着，皮皮的步子渐渐慢了下来。如果方雷奕一直跟着她，很快就会见到贺兰觿。虽然单枪匹马不构成威胁，但在狼族的领地中暴露狐族的行踪肯定不是什么好事。想到这里，当前面出现一个岔道时，皮皮带着众人故意拐进了岔道，方雷奕没有跟过来，而是按照既定的路线继续前行。马蹄声渐远，不一会儿工夫，就完全消失了，连彩杖上悦耳的铜铃声也一并消失在风声之中。

皮皮重重地吁了一口气，打算等待片刻再折回主道，以免又碰上这人。仰头看天，太阳已快落山，再耽误下去，五鹿原的命恐怕没了，只得加快步伐。走了大约十分钟，眼看到达谷口，忽见前面一匹黑马上坐着一人，不是方雷奕是谁？

众人微惊却不害怕，刚才他没动手，估计现在也犯不着。

方雷奕骑马站在道口上，前面一条小溪。溪流的对岸就是狐族营地，隐约可见一团篝火和几顶白色的帐篷。看样子方雷奕也是刚到，正在打量对面的地形。皮皮带着众人走到他的身边，正要涉溪而过，方雷奕忽道：“各位——”

皮皮的脸白了白，转过身来。方雷奕在马上优雅地鞠了一个躬：“我有点话要和对岸的人讲，你们能不能在这里等我一下？”

“我们是生意人，要去北边赶集。”嘤嘤道，“大人想必也知道，晚了货就不新鲜了。”

“只耽误你们一只山鸡的工夫。”

这话皮皮没听懂，寻思着这可能是狼族表达时间的方式。比如吃掉一只山鸡需要五分钟，吃掉一头牛需要半个小时……当下不敢说不，对嘤嘤使了个眼色。嘤嘤答道：“好吧。”

“谢谢。”

“不客气。”

话音刚落，方雷奕忽然仰天长啸。

噢呜——噢呜——纯正清亮的狼嚎，在空谷间悠然回荡。

啸声方落，对岸林中果然走出一人，虽然看不清脸，但从头顶被风吹起的鬈发上可以猜出是金鹳。

只听得方雷奕朗声道：“在下方雷奕，奉我家大王之命问阁下几句话。这里是修鱼家的地界，闯入者，亮明你的身份。”

“沙澜金鹳。”

方雷奕微微一怔，沉默了两秒：“金鹳，金兄？哎哟喂——稀客啊稀客，不见您有年头了！我想想看，咱有多少年没见了？几百年了吧？自从您父亲去世您就消失了。那几年我们枕戈待旦，还以为您会回来报仇呢。您这是……去哪儿玩了？什么风又把您给吹来了？回乡探亲还是重整山河？”

最后一道夕阳照在金鹳的脸上，皮皮看见他的喉结滚动了一下：“只是路过。”

“哎哟，我说兄弟，说句不中听的话，沙澜可真不是您该来的地方，这里早已经不是狐族的地盘了。您到这儿来，就算只是路过，对我们来说也不能就是个旅行观光的事儿，而是个政治问题，会给沙澜不稳定的政局带来动荡的因素哇。您打算在这儿待多久啊，金兄？”

金鹳避而不答：“这就是修鱼亮托你带的话？”

“那倒不是。他老人家还不知道这两天会有前沙澜世子莅临，如果知道，派来传话的那个人肯定不是我呀。我呢，您也知道——和平的使者，友谊的桥梁——这辈子就想在这动乱的地方播撒些爱的种子，让沙澜变成一个爱的国度。我不惹事，更不挑事。再说了，这沙澜，咱方雷家也是后来的，金家和修鱼家的恩怨咱不参与。既然您说路过，我就当您是路人一个，没看见您，也不知道您往何方去。今天我来呢，目的只有一个，您把五鹿原交出来就行了。——不知金兄您意下如何？”

金鹳怔了一下，似乎被这冠冕堂皇的一套说辞绕晕了，半天方回过神来，两手一摊，道："五鹿原是谁？我刚来，没见过这人。"

"金兄真会开玩笑，我那几个兄弟亲眼看见五鹿原带着一个女刺客飞到了这里，然后就不见了。想必是被你们收留了。说实话当时我还不信呢，狐族收留狼族？闻所未闻。你们几时变得这样仁爱了？"

"你的判断是对的，我们肯定不会收留。"金鹳忽然一拍脑袋，"哟，想起来了，我的手下的确抓过一个长着翅膀的妖怪，问了半天也不肯说明来路，一怒之下，索性把他给吃了，莫非——他就是五鹿原？"

"吃了？"方雷奕耸耸肩，"那翅膀没吃吧？把翅膀交给我，我好回去交差。"

"翅膀也吃了。"

"那羽毛、骨架总还在吧？"

"方雷兄弟，狐多肉少哇……"

"凶残，啧啧啧，太凶残了。"

"对不住，您要早来一只熊的工夫，或许还能赶上点骨头。"

"活不见狼死不见尸的，让我怎么交差呢，兄弟？——我那老丈人的脾气您是知道的哇。"

"您这么能说还不能交差？肯定能啊！"

"要不……您跟我走一趟，在大王面前解释解释？"

"肚子饿，走不动。"

"您不知道五鹿原昨天杀了大王的爱婿，今天上午又杀了他的爱子吧？这事儿往小里说，一命抵一命；往大里说，就是一场战争。——别骗人了，您肯定没吃五鹿原，身上根本没他的气味儿。"

"这样吧，我回去看看还能不能找出点他的遗骨，再过来回复您？"

"交出五鹿原，否则你们全部都要为修鱼峴陪葬。"方雷奕一字一字地道，"这就是大王让我带的话，给你一天时间考虑，明天这个时候，我再来。"

说罢对着金鹳颔首致意，扬长而去。临走前还对皮皮也点了点头："耽误你们了，晚安。"

看着方雷奕的背影，四人面面相觑，安平蕙霸道强势令人胆寒，不敢相信狼族中还真有人讲文明懂礼貌。

再回头时，金鹳已涉溪而来，站在他们面前，满脸微笑，张开双臂做出欢迎的姿态："哇噢，都平安回来了，真不容易啊。"

他的笑容有点夸张，带着戏谑的味道。皮皮在平时会介意，但这次心中装了太多的心事，脑子有点累，不愿意做口舌之争。于是没有接招，淡淡地道：“有劳挂心。”

“咦，怎么多了一个大眼睛的小姑娘？”金鹳发现了嘤嘤。

“她叫嘤嘤，刚认识的朋友，一路上帮了我们很多。”皮皮指着嘤嘤背上的包袱，“这是你们要的猎物。”

她本想说“这是我们打来的猎物”，转念一想，在胜利面前还是低调一点好。

三个沾着血迹的包袱带着闷响落到地上，金鹳双眉一挑，将其中一个包袱拎起来掂了掂，赞道：“啧，真能干，收获不小！”

“够你们吃好几天的了。”

“哪里，”金鹳摇头，“有很多张口要喂，这些只够今晚一顿，最多加个早餐。”

“什么？”三人眼睛瞪圆了，同时吼道，“只够一顿？”

猎到一只熊已经拼老命了，另外三包算是关鹖帮忙从安平蕙手里抢过来的，算不上是他们的战绩。皮皮气得双手叉腰嚷道：“哎，金鹳，人类的生产力就这么大，你们狐族也要开源节流呀，如果天天敞开肚皮放量吃，我们就算不被野兽咬死，也会活活累死的！”

她嗒嗒嗒一顿说，嘴皮好像机关枪，金鹳听了也不动气：“能者多劳嘛。再说我们也没闲着。砍柴、生火、搭帐篷，刚把营地弄起来，正想好好地歇歇，方雷奕就来了。他的话你也听见了，交不出五鹿原立马就开仗。到时候谁去打架？还不是我们？我们既不是天神也不是金刚，我们也会活活累死，也会被野兽咬死呀。”

“你们——”

皮皮还要吵，金鹳的语气已变成了纯粹的哄，声音就好像在催眠：“皮皮、皮皮，大伙儿都饿了，你们也累了，赶紧吃饭休息吧。别担心，明天又是新的一天。”说罢向林中吹了一声口哨，片刻间快步跑来一个女生，穿着围裙，拿着锅铲，风风火火的样子，定睛一看是钟沂。

“大人，您有吩咐？”

“皮皮回来了，晚饭做好了？”

“马上就好，板栗烧野鸡，你们肯定爱吃！”

金鹳指了指最大的两个包袱，“这两包给宫家，”又指了指剩下的那个包袱，“这一包是我们的晚餐。”

“好嘞！”钟沂将三个包袱扛到肩上，整个人被压矮了一截。皮皮看着心中纳闷，嘤嘤一路扛着三个包袱，好像随时会翻倒的样子，她和小菊因要扶着受伤的家麟一直没有帮她分担。几个小时走下来，没见她喊累，也没见她休息，脸不红气不喘的，

大家还以为包袱只是个儿大，其实不重，没想到真的很沉。看来嘤嘤说自己个小力大还真不是吹的。

不过，这宫家又是从哪里冒出来的？凭什么要拿走一大半的猎物？

“等等！”皮皮的气又上来了，“宫家是谁？申明一下，我们只负责给飞机上的这群人打猎，其他的管不了！难不成你们全狐族都指着我们吃饭哪？真是这样的话，至少得给我一个团的兵力呀！”

“皮皮，皮皮，”金鸐低声道，“你是狐族的王妃，沙澜是狐族要地，虽然被狼族占去了几百年，遗臣旧部还是有一些的，在今后的日子里你会遇到他们——”

“这事儿跟我有关系吗？沙澜又不是我占领的，这些人我也不认识……”

“当然有关系了。说白了您是国母，他们都是您的臣民，都要领受您的关照和眷顾，您不管他们，谁管啊？”

“哎哎哎——别把担子全压在我身上！这不还有贺兰觿和你们吗？”

“我们有我们的工作。狩猎是殿下您不可推卸的职责，这是狐律。换句话说，打不打得到猎物是水平问题，去不去狩猎是原则问题。身为王妃不狩猎——”

“就是违法犯罪？”

“对。”

皮皮的嗓子“咯咯”响了两声，被金鸐这番话噎得半天说不出一个字，狠狠地白了他一眼，向营地走去。小菊、家麟、嘤嘤默默地跟在她的身后。走了几步，听见金鸐低声问小菊：“你没事吧？”语气温暖。小菊轻轻答道：“我很好。”嗓音温柔。

晚饭三菜一汤，味道好，分量足，荤素兼顾，清淡爽口，全是就地取材的绿色食品。钟沂的手艺堪比大厨。

吃饭前皮皮提出要去看望五鹿原，被告知他被关在营地的另一头，让她先吃了饭再说。狐族的人将打来的猎物分配之后，各自回到自己的帐篷内食用。皮皮没看见贺兰觿，说是有事出去了。倒是见到了先前谷中站在贺兰身后的那两位脸涂迷彩、手拿猎斧的陌生男子，金鸐介绍说是宫家的一对兄弟，按排行叫他们“宫二”和“宫四”。两兄弟均沉默腼腆，一副地面游击队员的打扮。寒暄过后，皮皮问他们要把那两大包食物带往何处，宫四双唇紧闭低下头，不愿意回答这个问题。宫二迟疑了一下道：“沉燃。”

金鸐说，沉燃就是沙澜遗族生活的地方，住在里面的人需要食物，全靠宫家的人照料。

皮皮没听明白，但也没有多问。狐族注重隐私，各部落之间联络松散，各有其历

史。在与贺兰觹相处的那些日子里,她已习惯了不向狐族打听自己不应该知道的事情。

肚子很饿,菜也很香,皮皮却吃得心不在焉。

祭司大人居然不在,居然不像金鹮等待小菊那样等待着自己的归来。

皮皮心中的失落就如同幼儿园小孩得了一等奖爸爸妈妈却不在场。如果知道自己杀死了一只熊,祭司大人会不会惊喜?退一万步说,就算这个祭司大人是假的,面前的这一群狐人肯定是真的,真永之乱也不是传说。八百年来贺兰觹一直守候的那个女人,花开花落,生生灭灭,如一场命运赛跑中的接力棒,既然交到了她关皮皮的手中,她绝不能做个孬包。

饭毕方尊嵋带着梨花过来接家麟回帐篷休息,皮皮有些不放心,想跟着一起去,被方尊嵋婉拒。想到家麟现在算是尊嵋的妹夫了,方氏一家在吃饱饭的状态下还是蛮团结、蛮有人情味的,只得应允。末了又不忘叮嘱一句:"我会随时去看他的。"嘤嘤则主动去林中拾柴,以备篝火。

一时间饭桌上只剩下了小菊和皮皮。

钟沂调制的果汁非常美味,皮皮喝了一口,望着远山发呆。小菊一直凝视着她,忽然道:"贺兰不在你连饭都吃不香了,被下降头了吗?"

"你才被下降头了,"皮皮啐道,"瞧你看见金鹮那神魂颠倒的样儿!"

"不算下降头,我是真喜欢他。"

"小菊,关于狐族,有件事你得知道,"皮皮轻轻拍了拍她的胳膊,"人狐异类,不能通婚。如果你想和金鹮做很亲密的事,比如……接吻、亲热……必须事先告诉他,做好……嗯……保护措施。"

其实这事皮皮在飞机上就想提,当时狐族一群人都坐在周围,怕他们听见,没找到机会。狐族男子只要有些修行的,基本上个个都帅。小菊对金鹮有好感很正常,没料到金鹮对小菊亦是如此。——原本是权宜之计,一下子歪打正着。皮皮顿时有点慌,不禁想起几年前的观音湖,因为一个没打招呼的吻,自己差点死去。她可不想小菊重蹈覆辙。

"他告诉我了。"小菊眨眨眼睛,脸红了,"说会预先吃药。"

"Oh My God!"皮皮惊呼了一声,"你们已经……亲热了?"

"拜托,我这都二婚了好吧。"

"那也太快了吧!"

"不是你让我闪婚的吗?"

“可是……”

“再怎么‘可是’，我的这位是真的。而你的那位，到现在还没弄清真假。说到小心，你比我更需要小心吧？”

这话让皮皮的心情一下子又灰暗了：“那你说说，这个贺兰是真是假？”

“你忘了，”小菊耸肩，“我没见过原版的贺兰，没法比较。”

皮皮这才意识到在贺兰被打回原形之前，自己经常向小菊提起贺兰，小菊也帮自己筹备过婚事，但小菊从没见过贺兰静霆本人。

“说说你的直觉。”

小菊用力拨了拨自己的头发，好像直觉也可以这样“拨”出来：“依我看，这个贺兰是真的，只是失忆了。”

“理由是？”

“以前的贺兰知道你是人类，所以在用一种人类喜欢的方式爱着你。而这个贺兰却跟金鸐一样，在用狐族的方式跟你打交道。言谈中能处处感觉到他们在强调自己的身份、立场，甚至看问题的角度。”

“有道理……”

“假如他要以假乱真，为什么不装得更像一点呢？皮皮你是个特别容易讨好的人，骗你上当一点不难。以他几百年的智商，把你卖了你都不知道，哪会弄出这么多破绽让你疑心？”

皮皮默默地看着小菊，纠结：“可是……很多时候，他真是一点也不顾我的死活啊。”

“第一，他失忆了，让他重新爱上你，还要像以前那么热烈，没那么容易。第二，也许你应当停止把自己想象成他在人间的恋人，而是像一个狐族的女孩那样接受他、适应他。特别是在这里，在沙澜，在这狐族的世界。”

皮皮窘了，戳着她的额头叫道：“哎哎哎，有没有觉得你的口气跟金鸐一模一样？”

“嫁狐随狐嘛。”小菊吐了吐舌头，“狐族的妻子要狩猎，我就去狩猎，努力多打猎物喂饱家人，就这么简单。反正在C城我也是个工薪族，挣的也是血汗钱。——靠劳动养活自己——本质是一样的……”

小菊自顾自地往下说，皮皮哭笑不得地看着她，心中叹道：唉！有些人的世界观就这么容易改变。她自己还在挣扎着适应狐族的文化，小菊已经跑向新生活了。正胡思乱想中，金鸐举着一个火把出现在她面前：“皮皮我们走吧。”

“去哪？”

“你不是要见五鹿原吗？我带你去。”

“我也去！”小菊站起来想跟皮皮一起走，金鹮拦住了她：“你回帐篷休息。”

天黑得很快，林间飘着一层薄雾。

燃烧的松油有股呛人的气味，松枝毕剥作响。

金鹮带着皮皮走向不远处的一道山坡，那里有一团篝火，一顶帐篷。与热闹的营地相比，这里显得有些孤零零的。

“五鹿原还关着？”皮皮问道，“还没释放？”

“有点话要问他。他拒绝交谈，除非你在场。”

帐篷并不大，两扇窗一个门。门是一道厚厚的布帘。

掀帘而入，当中一个木桩，坐着五鹿原。双手双脚绑着绳索，巨大的翅膀折叠在背后，上面凹凸不平、血迹斑斑。他看上去和上午自己离开时没什么两样，形容憔悴，双眸紧闭，倒也没受什么折磨，但也无人给他治疗。

皮皮快步上前，正要帮他解开绳索，金鹮忽然拉了她一下，这才发现窗边静悄悄地站着一个人，双手合十放在唇下，正默默凝视着窗外的星光。

皮皮微微一怔，没想到会在这里遇见贺兰觿。

金鹮也有些惊讶：“你回来了？”

“刚到。”贺兰觿缓缓转身，见到皮皮，脸上泛起一抹微笑，“你也回来了？”

皮皮“嗯”了一声。

“听千蕊说，你杀了一只熊？”

“对。”

“一定很惊险吧？”

“还好。”

仿佛是个局外人，她的回答简短而淡定，令他惊讶。他再次认真地打量她，目光落在额角遗漏的一道血迹上：“你受伤了？”

“轻伤。”

他察觉到了她的冷淡，向她凝视片刻，微微颔首：“你很勇敢，请接受我的敬意。”

“不敢当，我回来了，请你释放五鹿原。”

“会的。”他瞟了一眼沉默中的囚犯，“释放之前，我有些话要问他。”

金鹮走过去，解开五鹿原身上的绳索，递给他一壶水、两只鸡腿。他站起来，将水一饮而尽，然后舒展了一下筋骨，正要张开翅膀，忽然痛得“噢”了一声。

“你的翅膀骨折了，”金鹮道，“看样子是粉碎性的。”

五鹿原的脸白了白，颓然坐倒。

“你什么地方得罪了修鱼家？”贺兰觿问道。

“我是来求婚的。我喜欢修鱼家的三姑娘，修鱼亮不同意，让我立即离开他的地界。”

“为什么不走？”

“我没见过三姑娘，想见她一面。打听到她的住所，就悄悄地去了。不料她不在家，遇到了她的两个哥哥和一个姐夫，就打起来了。”

皮皮和金鹮同时愣住。

贺兰觿也听糊涂了：“你没见过三姑娘，就向她求婚？”

“我们……书信来往。”

“谁帮你们联络？”

“伐木家的丁丁。”

见贺兰一脸的不解，金鹮解释道：“这是蚁族建立的地面网络，叫‘水木寒山’。给她们一些礼物，可以拥有一个私人频道，可以互相传递消息。”

皮皮忽然想起了早上被自己杀死的那个女孩，名字也叫丁丁。难道是同一个人？

“勾引修鱼家的女人，”金鹮嗤笑，“没那么容易吧？难道你是卡萨？”

“我不是卡萨，”五鹿原的声音高了两度，仿佛受到了侮辱，“也知道沙澜不是什么好玩的地方。只是这两天联络忽然中断了，我很着急，就飞过来看看。”

“据我所知，五鹿家的男人如果成年，需要离开部落建立自己的领地。”金鹮说，“你想在修鱼这边试试运气？”

五鹿原迟疑了一下，点点头。

“做修鱼亮的女婿，瓜分他的地盘……”贺兰觿点点头，“嗯，这主意不错。”

五鹿原的喉结滚动了两下：“这世上只有永恒的战争，没有永恒的朋友，更没有永恒的地盘。这点你们狐族比我清楚。”

“是你自己野心大，别扯上我们，我们只是过路的。”金鹮道。

“如果你们愿意帮我杀掉修鱼亮，他的地盘我们对半分。”五鹿原道，“这样的话你们也不用流浪了。你是金鹮——沙澜狐族的现任酋长——对吧？”

皮皮一时愕然。这什么情节呀？翻转得也太快了吧？看着看着偶像剧怎么变战争戏了……

“如果三姑娘知道你想杀掉她的父亲，会跟你？”贺兰觿问道。

“你究竟是喜欢三姑娘，还是她家的地盘？”皮皮也问。

“这是一回事。”五鹿原道，“不杀修鱼亮，娶不到三姑娘。没有自己的地盘，谈何成家立业？——我至少要杀掉她家五个重要人物，修鱼亮才会出面。”

“你已经杀了几个？”

“两个。”

“你有帮手？五鹿家还有谁陪你过来了？”

五鹿原一翻白眼：“是我自己的事，不用家里人帮忙。”

“可是你现在受了伤，在沙澜自身难保，伟大计划恐怕要泡汤了……”

“我的伤势没你想象的那么糟糕。”

“方雷奕已经找到了我们，要我们在明天黄昏之前交人，”金鹮淡淡地看着他，“你说我们是交呢，还是不交？”

“狐狼势不两立，如果你们想杀我，早就杀了，”五鹿原看了皮皮一眼，“两位想要什么请直说。”

金鹮与贺兰觽互相看了看，目光无声地交流着。

一阵短暂的沉默。

“修鱼亮的手上有一枚银色的戒指，上面镶着一颗蓝色的珠子。”贺兰觽道，“我们要那个戒指。”

五鹿原目光凝重：“恐怕很难，我根本接近不了那个人。”

“三姑娘可以，不是吗？”贺兰觽道。

五鹿原的脸白了白：“我现在也见不到三姑娘……”

“我们帮你见到。”贺兰觽看着他的眼睛，一字一字地道，“我们帮你杀掉另外三个人。”

“何不索性帮我杀了修鱼亮？”

“如果什么都要我们帮，三姑娘会看不起你的。”金鹮微笑，“她是沙澜的明珠，你的情敌至少有几十个吧？”

“你们只要戒指？”

“对你来说，是的。”

“不要沙澜？”

“那是以后的事。”贺兰觽道，“刚才你也说了，这世上没有永恒的朋友、永恒的地盘，只有永恒的战争。既然你想立足沙澜，就要随时准备战斗。”

“成交。”五鹿原伸出手，摸了摸贺兰觽的额头。

贺兰觽亦摸了摸他的额头：“成交。”

第十七章

惆怅与迷惑

贺兰觿带着皮皮从帐篷中走出来，沿坡而上。皮皮见方向与营地相背，打了一个哈欠：“你要去哪？我累了，想休息了。”

在见到祭司大人的一刹那皮皮还是兴奋的，但审完五鹿原之后，皮皮觉得自己在这一群男人面前就是个十足的大傻子。关于此行的目的，皮皮自己的定义是为了爱情，但其他的人显然是为了兴邦建国、裂土封侯。她忽然觉得自己很多余，身上的伤口越来越痛，浑身的气味也很难闻。她现在最想干的事情是洗个热水澡，然后好好地睡一觉。

“跟我来。”贺兰觿走在前面，没有理睬她的请求，连头都没回，“我知道一个地方，可以让你放松一下。”

皮皮迟疑了一下，在心里鄙视了自己一百遍，还是老实地跟在了他的身后。

头顶的星光很亮，林间却伸手不见五指。贺兰觿步子轻快，敏捷地避开了一棵棵迎面而来的大树。

因为能见度太低，皮皮只能靠双手向前摸索，有几次差点撞到树上。

两人的距离越拉越大，终于，贺兰觿停下步来，在黑暗中问道：“我很可怕，是吗？”

皮皮摸索着走到他面前，坡有些陡，差点滑倒，连忙抱住一棵小树：“你有什么可怕？”

“天这么黑，为什么你宁肯撞树也不肯牵我的手？”

皮皮愣了一下，虽然“贵”为王妃，受宠的机会实在不多，祭司大人那句话就算连着上下文看也是宠溺的，不禁有些飘飘然，同时又提醒自己不要太当真，也许只是讥讽。正在这时，一只手伸过来，将她整个人悬空拎起来，像拎一只小鸡似的拎到自己身边。

“走了一整天的山路，”皮皮喘着粗气道，“腿快走断了。”

“是不是不想走了？”

“如果我有双翅膀，肯定不走了。”

“那倒用不着一双翅膀。”

“呃？”

“一匹马也行。”

他忽然弯下腰将她背了起来。皮皮有点不知所措，只好紧紧地搂住他的脖子，这才意识到他说的“一匹马”指的就是他自己，不禁笑了。小时候爸爸也这样背过她。公园里经常有表演，她个小又好奇，怎么也钻不进人群，这时候爸爸就会把她扛在肩上，一站两个小时。

与高大的狼族相比，贺兰觿不算壮实，身材匀称略显消瘦，戴着墨镜竖起衣领走入人群并不会觉得显眼。皮皮有些不好意思，自己个头不大，却很瓷实，所幸祭司大人的脚步一点也没放慢，步履也很轻松，背一个女人上山不算累活儿。

群兽出没的夜晚，山中充满了各种各样的声音。若是独行，皮皮会高度警惕，有了贺兰觿，这些声音都成了催眠曲。祭司大人的背又暖又滑，必须紧紧搂住脖子才不至于掉下。山上根本没有路，脚步一高一低忽左忽右，皮皮累了，就在这不均衡的晃悠中迅速地睡着了。

也不知过了多久醒过来，自己仍然伏在他的背上，嘴角湿湿的，哈喇子流了祭司大人一颈，领口全湿了。想起他严重的洁癖，皮皮窘到家了，忙用袖子拭干："对不起，我睡着了。"

"快到了。"

"这什么山呀，要爬这么久?"皮皮举头四顾，山并不算高，以贺兰觿的速度应当很早就到了。

"这是我带你爬的第三座山，前面两座山你睡过去了。"

"干吗走这么远?"

"你累吗?"

"不累，我又没走路。"

"那抱怨那么多干吗?"

"……"皮皮闭嘴。

见她沉默，他又开腔："今天过得好吗？除了遇到一只熊，你还遇到了谁?"

她提到了狼族的修鱼崐和安平蕙，提到了蚁族的丁丁和嘤嘤。当然还有青阳和关鹖，但皮皮没说。

"就这么多?"

"这还少?"

"也是，不算少了。"

皮皮忽然想起一件事："刚才你们问五鹿原是不是卡萨。什么是卡萨?"

"狼族有很强的领地意识。一般以头狼为主，家族聚居。成年的公狼出路有三：要么挑战头狼，取而代之；要么服从分配，留在族内；要么离家出走、自立门户。"

"哪一种是卡萨?"

"哪一种都不是。卡萨是情场高手，却没什么战斗能力，所以不受族人待见。他们喜欢四处闲逛，勾引别人家的女儿，又往往用情不专，被女儿的父兄攻击……所以通常死得很惨。"

皮皮想起了安平蕙，忙道："对了，安平蕙让我带话给五鹿原，让他三日之内带着礼物去安平堡求婚。"

贺兰觿"哧"了一声："好嘛，修鱼家的麻烦还没解决，又惹上了安平家。加上昨晚跟北山家打的那一架，咱们刚到沙澜，已经把一半以上的狼族得罪了。"

"说到这个，明天方雷奕过来向你要人，你打算怎么办？用外交辞令糊弄过去？"

"狼族非常记仇，不论我们放不放人，这场架肯定要打。能不能赢，要看他们会来多少人。"

"不如咱们趁着月黑风高，悄悄地溜掉？"

"这一带是修鱼家的地界，里面全是岗哨。跑是来不及了——"

皮皮怔住："局势这么紧张，你还有心情带着我来山里闲逛？"

"越是紧张越要放松。"

他们终于走到了山顶。夜风很大，吹得耳膜呼呼作响，皮皮冻得一连打了几个喷嚏。贺兰觿将她放下来，脱下风衣拢在她的身上。

"好冷！"

一双手隔着风衣搂住了她："这样呢？是不是暖和点？"

他用自己的背替她挡住了风口，皮皮的脸红了，额头顶着他的下巴，被上面的胡楂磨得微微发痒。心中甜蜜的同时又觉得有什么地方不对。祭司大人到沙澜肯定不是来谈情说爱的。方才和五鹿原的一番讨价还价足以说明他心中有个庞大的计划，自己只是计划中的一小部分，究竟承担什么样的功能目前尚且不知。想到这里，皮皮觉得不能装傻陪他演下去，想推开他，却被抱得更紧了。

"我想回去了。"

"干吗急着走？不觉得今晚的星光很美，山上的松木很香吗？"他轻轻地说，"如果你肯静下心来，可以听见很多的声音，风吹草木的声音，飞蛾破茧的声音，小鹿过河的声音……"

"狼嚎的声音。"皮皮接口。

"对。如果你和这座大山一样古老，可以像它一样思考，你也听得懂狼嚎……"

他从背后搂着她，两人的身体在风中轻轻摇晃，天地间只剩下了他们两个，成了大自然的音符，和满山的松涛、空谷的风声一起成为天籁的一部分。

皮皮不禁想起很多年前祭司大人在井底和她说过类似的话。他变了很多，但审美的情趣没变，还是那么喜欢自然，喜欢孤独，喜欢大地的声音。谈起这些喜欢的东西甚至连常用的句型都是一样的。皮皮的心软了，化了，只想一生一世就这么和他

紧紧地拥抱着直到天荒地老。

这个贺兰是真的。

绝对是真的。

夜空如深海般湛蓝。星光璀璨，照得天际微微发白。四周全是三十多米高的大树，在这个季节只剩下了一道道笔直的树干。光秃秃的枝丫在树顶密集，纵横交错连成一片。乍一看去，还以为世界倒过来了，那些全是根茎。

贺兰觿将皮皮的身子拧了拧，转了一个方向，用手指了指山的北坡。

那里有个小小的瀑布，瀑布之下有个水潭。水色碧蓝，在寒夜中冒着白汽。

一个温泉。

"口渴吗？"贺兰觿从腰间解下水壶递给她，皮皮喝了一口，跑到泉边，坐在石头上，脱下鞋子，将痛得发酸的双脚泡到水中，笑道："啊哈！贺兰！快过来！这里水温正好，还微微发烫呢！原来你说的放松，就是带我来这里做足疗？"

贺兰觿看了看四周，走到她面前，话里又冒出了酸气："是的，皮皮。我带着你翻越三座大山，走了两个小时，找到这个地方，就是为了让你来泡脚的。你的脚可真金贵呀。"

"除了泡脚还能干吗？"皮皮本来是逗他的，一面笑一面抬起头，忽然不说话了。

祭司大人在脱衣服，很快就只剩下了一条短裤。

苍白的月光下，他的身躯健美得有些不真实，特别是扇形的胸肌和结实的小腹，不像健美运动员那样夸张，却是饱满精致的。皮皮强迫自己移开视线，尽量不要去看他露出了一半的人鱼线。

水花微溅，他游到她的身边。皮皮脱掉外衣，穿着吊带小背心滑进水中。

一阵山风吹来，将旁边瀑布冰冷的水珠吹到她身上，皮皮一连打了两个喷嚏，忽觉喉咙异常疼痛，似有硬物卡在其间。吞又吞不下，吐又吐不出，又麻又痒，又肿又胀。其实一路上她都觉得喉咙有些疼，还以为是被风吹感冒了。

"这温泉里有一种特殊的矿物质，可以帮你的伤口消炎。不过我是带你来脱敏的。"

"脱什么敏？我又没过敏。"皮皮用力咽了一下口水，脸色蓦地苍白了。

"怎么啦？"

"喉、喉咙里……好像有个东西……"

皮皮用力咽了咽口水，企图将硬物咽下去，不料那物顽固地附着在喉间，一动不动。

“要我帮你吗？”他安静地凝视着她。

她恐惧地点点头。

“如果帮你的动作类似耍流氓，介意不？”

真是事越急礼越多，皮皮急得满脸通红，气都快喘不过来了：“快，快……”

他笑了，捏着她的下巴，将嘴拉到自己的唇边，漫不经心地吻了一下。到了这种时刻还要调情，皮皮气坏了，“啪”地反手一掌，痛得他龇牙咧嘴。他随即双手端盘子一般握住她的脸，用力地吻了下去。

慌乱中皮皮用力地扯他的头发，一样东西扫过来，卷住她的手。皮皮猛地一抓，手中多了一个毛茸茸之物，睁眼一看，是祭司大人雪白的尾巴，在她手中活泼地舞动，她吓得赶紧松手。

很深很长的一个吻，任性的、肆虐的，似乎要吸走她的五脏六腑。皮皮闭上眼，感到一阵晕眩，紧接的两秒几乎失去了意识。

她知道狐族的很多疗法都是通过身体进行的。祭司大人的手环住了她的腰，身子紧紧贴在她的身上，在水中抱住了她。很快，她感到一阵刺痛，用力想推开他，那条尾巴却像一副手铐将她的双手紧紧缠住。皮皮无法形容此时的感觉，整个身子都在下坠，陷入到最原始的欢娱，不知休止地迎合，被一团男人雄壮的汗气包围着，全身滚烫，如被焚烧。

过了片刻他松开手，发现皮皮像只考拉一样搂着他，脸是通红的，在水中兀自喘气。喉咙还是很痛，硬物还卡在原处，皮皮一阵沮丧：“那东西……还在。”

“是吗？”

“晚饭就吃了几颗板栗一些鸡肉，喝了两杯果汁。”皮皮快哭了，“我是不是长了肿瘤？”

“跟那些没关系。”

“不会永远长在那儿吧？”

“带你来就是为了帮你弄出来啊。这种事只有我出马才能办到。”

她一下子愣住了：“所以你知道那是什么东西？”

他淡淡地看着她，笑了一下，点点头，目光十分值得玩味。

“怎么弄？”

“再来一遍呗。”他几乎快笑出声来，“人类的方式不行，就用禽兽的方式呗。”

“贺兰觿！”

虽然这么说，他们只好又来了一遍，祭司大人体力了得，把皮皮翻来覆去地折腾了好几个回合，到了最后，她已经累得站不起来，任凭他抱着自己，这才感到喉间硬

物消失了。祭司大人洁白的齿间多了一颗湛蓝色的珠子，龙眼核般大小。

“这是——”

“青阳大人的魅珠。”他“噗”的一声将珠子吐到水中，“带你走这么远，就是为了帮你调动气血把它逼出体外。”

她有点心虚，抬头看了看他，确定他只是陈述事实，没有谴责的意思，解释：“他骗我吃进去的，在坐地铁的时候。我以为是……巧克力。”

“因为人家长得帅，给什么你都吃，猪脑啊你？”

“肉体凡胎，有什么办法？”

“接受他的魅珠，会很难抵御他的吸引。他会很容易找到你，找到我们。”

皮皮一时间沉默了。

所以刚才的那一切都是假的。

为了弄出魅珠，他可以这么卖力，卖力到让她以为是在取悦，是在交欢，说白了自己只是一枚导弹，祭司大人弄了半天，不过是在拆卸导弹的巡航系统。皮皮的心又开始崩溃，一路上山遇到的柔情蜜意、夜空、星光、诗一样的吻——纷纷退散。

“听说青阳是你最好的朋友，曾经为你……遭受重刑。”她掩饰着内心的沮丧。

皮皮不知道自己为什么要提这件事。她相信嘤嘤，隐隐地觉得，贺兰觿如何看待青阳很能说明他的立场。

“我没有朋友。”他从水中坐起来，“可能会有些盟友，但不是朋友。”

几年前的贺兰是喜欢朋友的。虽然狐族等级森严，他在修鹇、宽永面前基本上没有架子。

“为什么？青阳对你不是挺好的吗？”

他沉默了一下，感受到皮皮质疑的目光，于是道：“我不喜欢跟无能的人打交道。无能的人总是对别人的道德要求过高。”

皮皮心中一怔，面前的贺兰觿果然与青阳没有半分情谊，印象中的祭司大人虽然毒舌，却讲分寸，对和自己亲近的人，他不会轻易评论，更不会说坏话，无论如何也不会说“无能”二字。

她笑了笑，随手将水壶递给他：“累了吧，喝口水？”

他接过水壶一饮而尽。

皮皮默默地用泉水洗了洗脸，借着水的倒影，偷偷地观察他。

贺兰觿背靠着岸边，默然地望着星空，过了一会儿，眼皮颤动了一下，他揉了揉眼睛。

“贺兰？”

他打了一个哈欠:“嗯?”

“你的老家在哪?”

他没有立即回答,凝视着水面,目光恍惚。过了片刻,方道:“还记得我们到C城的第一天吗?你说你做了一个梦。白日梦?”

皮皮的心猛然下沉:“是的,我梦见了大海。”

“……在海的深处水很蓝,就像最美丽的矢车菊;同时又很清,就像最明亮的玻璃……”他喃喃地道,“你说得很对,海的深处,就是这种样子。”

“所以你的老家……在大海?”

“东海。”

一盆冰水浇下来,皮皮坐在发烫的温泉中,顿觉手足冰凉。记忆开始一幅幅地闪现——

祭司大人去花鸟市场买了一只海龟……

他的公司经营远洋航运……

他的办公室里有个巨大的水族箱……

她在井底遇见了漂浮的水母……

就在皮皮跑向温泉的时候,她往水壶里扔了一颗“惆怅”。

嘤嘤将一捆枯枝从背上卸下来,扔进火堆。

片刻间,奄奄一息的篝火又熊熊地燃烧了起来。点点碎碎的火星随着上升的热气像一群萤火虫飞到空中,对面的树影在火光中摇晃了起来。

她坐下来,从怀里掏出一颗糖,放到嘴边轻轻地舔了一下,忽听身后有人低低地咳嗽了一声,一个巨大的阴影从头顶压下来,嘤嘤吓得连忙站起来,转身抬头:“五鹿……公子?”

“吓到你了?”五鹿原的声音很温和,但吐字生硬,腔调不自然地起伏着,好像每一个从他口里蹦出来的字,都不能确定那是正确的发音。

“没……没有。”

“我过来烤烤火。”

“嗯……请坐。”

两人同时坐下。五鹿原身形高大,足足高出嘤嘤三个头,有压倒一切的气场。

——寿命只有四十天,且长相彼此相似,林中各族大多只把蚁族当作一种“集体性”的存在,他们在食物链的最底层,是扛货的苦工、探路的哨兵、被呼来喝去的小厮、大王面前逗人开心的小丑……他们人多却势弱,习惯于听话,习惯于被呵斥,习

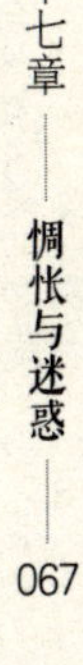

惯于逢迎讨好点头微笑，绝对是数一数二的好脾气。

借着火光，嘤嘤惴惴不安地打量着五鹿原。从面相看他不算凶，甚至有些腼腆。背后巨大的双翅令他整个人显得比例失调：就像一只老鹰，如果展翅高飞，你觉得一切正常；如果只是在地上跑，你会觉得很笨拙。显然，他受伤不轻，因为疼痛，一只手不由自主地颤抖着。

"你在吃什么？"他问。

"钟沂姐给了我一颗糖，"她将那颗裹着花纸的水果糖递了过去，虽然心里舍不得，但怕他一怒之下吃了自己，也只好进贡了，"柠檬味的，要吗？"

"不要，你自己留着吧。是你们蚁族喜欢吃的东西，对吗？"

她惶恐地点点头，五鹿家的人对她这么客气，好不习惯啊。

"你叫什么名字？"

"……嘤嘤。"

居然有人问她的名字，而不是叫她"蚂蚁""虫子"，也好不习惯啊。

她的嗓音不知不觉地颤抖起来。五鹿原越是和气，她越是猜不出他的意图，心中就越是打鼓。就这么猜来猜去，糖在嘴里，渐渐地化了，甜味也没了。

"嘤嘤，你认识丁丁吗？伐木家的丁丁。"

"她是我姐，不过不熟。——你知道的啦，我有几百个姐姐。"

五鹿原眼睛一亮："我想见她。能帮忙吗？"

"她……去世了。昨天早上的事。"

"对不起。"

他的声音里含着明显的沮丧，接下来是一段长时间的沉默。不知是冷还是急躁，他不安地搓着手。

嘤嘤想起了一件事："对了，昨天我们在林子里碰到了安平家的头人安平蕙，她让我们带个话，让你三天之内带着礼物去安平堡提亲。"

五鹿原"哼"了一声："你们没有告诉她——我受伤了？"

"没有，我不知道你受伤。"

"没人会嫁给一个受了伤的狼族，无论受伤前有多么厉害，你懂？"

嘤嘤点点头，看着他手臂上长长的伤口和翅膀上结了痂的血痕，咬了咬嘴唇："伤势……很重？"

"翅膀骨折。"

嘤嘤内心唏嘘，欲言又止。在沙澜，一个受了伤的闯入者将是众矢之的，在这片硝烟四起的森林里几乎无法存活。看他的伤势，恐怕半年之内都无法起飞。

“那公子你的处境很凶险呢。”她轻轻地道。

“嘤嘤，你能帮我联络到修鱼清吗？也就是修鱼家的三姑娘。”五鹿原急切地问道，“我知道蚁族有个地面网络叫‘水木寒山’，我和三姑娘就是在网络上认识的。”

“水木寒山上的消息只能通过蚁族传递，”嘤嘤沉吟，“除了丁丁，三姑娘还认得其他的蚁族吗？修鱼堡里应当住着一些吧？”

“不清楚……她没提。”五鹿原摸了摸额头，很烦恼的样子，“她只说狼语。”

“那就不好办了。”嘤嘤道，“你想给她发什么消息？”

“只想……报个平安。”五鹿原道，“我大闹修鱼堡，她想必听说了，让她安心等着我。”

“五鹿公子——”

“我不是什么公子，叫我五鹿大哥。”

“五鹿大哥，”嘤嘤目光幽幽地看着他，心中感叹：这位远道而来的人，消息如此闭塞，“狼王修鱼亮已经把三姑娘许配给了方雷家的大公子方雷盛，听说快要办喜事了——这事你知道吗？”

五鹿原的脸瞬时白了，茫然地看着她，摇了摇头，不肯相信这是真的。

见他失魂落魄，嘤嘤觉得很可怜，于是道：“人我联系不上，给你出个主意吧。”

“都要嫁人了，还有什么主意？”他苦笑。

嘤嘤将辫子拿到口中咬了咬，道：“抢亲。”

皮皮不大清楚狐族神秘的致幻剂“惆怅”功效究竟有多大，能维持多久。据青阳说，“惆怅”只能使用一次，身体会迅速产生抗体。当贺兰觹说自己来自东海时，皮皮只觉晴天霹雳、魄散九霄、手足发抖、心乱如麻。待她从震惊中缓过神来想趁机再问几个问题时，林间忽然传来一阵轻微的响动。

紧接着传来一声野兽的呜咽，低低的、悠长的。

有动物从温泉正前方的树林中向他们跑来。

此时的贺兰仍然呆呆地坐在水中，双眼微闭，眼皮微微发颤，还没从“惆怅”的状态中醒过来——

霎时间林中之物开始加速，枝摇叶晃、簌簌作响……伴随而来的还有轻快的脚步声和急促的喘息声。

情急中皮皮推了一下还在发呆的贺兰觹，发现已经晚了。

一头灰狼凌空而跃，在泉边巨岩上一个借力，张开血盆大口，带着一股劲风向他们扑了过来！

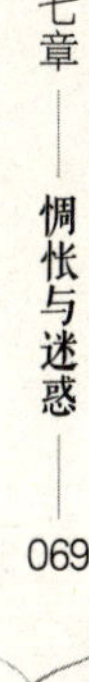

猎刀就在岸边，皮皮要去拿，忽听一声轻喝："别动。"

贺兰觿从水中站了起来，随手拾起岸边的风衣，足尖一点，跃入空中，一个转身，将风衣披上，一掌挥去！

皮皮看呆了。

有敌迎面而来，杀气破空，祭司大人的第一反应居然是穿衣服！穿衣服！

没等她反应过来，空中传来一串银铃般的娇笑。那头灰狼已变身二八女子，长腿细腰，上穿一件紧身的豹皮马甲，一对丰乳将马甲撑得几乎爆裂了。下着一件半透明的绿罗长裙，长腿在空中跨越，姿态如芭蕾舞般美妙，长发纷飞，衣袂飘飘，顺着贺兰觿的掌风向左一让，翩然落在瀑布旁边的一块巨岩上，"咔嚓"一响，双手多了一对三棱银刃旋转飞刀，手指一拨一送，飞刀转成两道银光，一前一后向皮皮射来。

这哪是什么飞刀，明明就是两台高速切割机！皮皮还坐在水中，下意识地往水里一钻，与此同时，飞刀破水而来。原来那女子早已算好她会往水中躲避，后一道飞刀向下斜飞，激出一团水珠，皮皮双手抱头一声尖叫，眼看要被一劈两半，忽听"锵"的一声，火星四溅，飞刀打在贺兰觿伸来的盲杖上，向西边弹去，贺兰觿顺势一拨，飞刀又滴溜溜地转回来，以不可思议的速度向那女子飞去。

那女子见状凌空一跃，企图越过温泉，蹿入林中，却听"噗"的一声，头被飞刀击中，散架一般从半空落下，落到泉边草地时，已变成了一头口吐白沫的灰狼，身首异处、血溅十尺。

空气中弥漫着一股浓郁的血腥味。

皮皮目瞪口呆地从水中站起，赤裸的身躯被夜晚的寒气激起一阵战栗。她以最快的速度穿好衣服，看见贺兰觿垂首赤足，站在灰狼的尸边一言不发。

皮皮问了一句废话："她死了？"

"嗯。"

"她是谁？"

"不认识。"

林中传来几声鸣叫，似有野兽盘桓其间，蠢蠢欲动。

"我们走吧，"皮皮轻轻推了他一下，"她的同伴可能就在附近……"

贺兰觿低头看了她一眼，除了风衣他什么也没穿，皮皮发现自己的手放在一个错误的位置上，连忙缩回去。

贺兰觿蹲下身去，从地上拾起猎刀，将狼尸翻了个个儿，让它仰面朝上，摸了摸腹部，似乎在寻找什么。

"吃完了再走，"他淡淡地说，"我饿了。"

说罢手起刀落，从狼腹中掏出一块深红色的东西，软软的，冒着热气。祭司大人很优雅地用猎刀剖出一小片，放入嘴中，好像在吃一片三文鱼刺身。一面吃一面颇觉美味地点点头。

皮皮默默地看着他，头皮一阵发麻。

她当然不是第一次看见狐族生吃动物的肝脏。无论是金鸐还是贺兰觿，吃相都绝对优雅。无论盘中之物多么不堪入目，他们都能吃出新科进士赴琼林宴的范儿。

果然，祭司大人割下一小片递给她："尝尝？"

她接过来，将心一横，塞入嘴中，不敢细嚼，一口咽下，然后擦擦嘴角。

他目光炯炯，带着一丝诧异，没料到皮皮居然这么爽快地吞了下去。

"味道好吗？"

"还行。"口腔的肌肉高度紧张，皮皮硬着腮帮，保持平静的表情，"很嫩。"

他盘腿坐下来，慢条斯理地吃着，细细地咀嚼着，目光却一直停留在她的脸上。在通常情况下，皮皮会受不了祭司大人这么长时间的审视，会心跳加快、喉咙发干、手心发热，再深沉的心思也会变得一目了然。但这一次，她掩饰得很好。祭司大人观察良久，一无所获，终于轻哼了一声道："你和以前不大一样。"

"这里是沙澜。"

"你适应得真快。"

"因为我想活下来。"

他垂眸而笑，迅速吃完站了起来，从风衣的口袋里掏出了一样东西："这个给你。"

他的掌心上有一颗红色的珠子。

皮皮用手掂了掂，拿到眼前：很小、很沉、很硬，上面布满细小的孔穴和花纹。

时隔四年，她还是能一眼认出这是当年贺兰静霆送给她的魅珠。

狐族人每到成年，伴随自己的修炼，体内都会产生一颗龙眼核大小的珠子，作为定情之物赠予心爱之人。女的的叫"媚珠"，男的的叫"魅珠"。就像人的指纹，魅珠颜色各异、纹理不同、气味有别，每一颗都不一样。

皮皮将魅珠放到手腕的脉搏上，那珠子轻轻地振动起来。

一瞬间周身的血液就有了感应，胸闷心慌、浑身燥热、头脑恍惚、虚汗淋漓。

那魅珠越振越快，在腕间微微发烫，皮皮的心也越跳越快，几乎要从胸腔里跳出来了。

她忙将魅珠移开，握在手中，粗声地喘息。

——就算面前的贺兰是假的，这颗魅珠肯定是真的。

在狐族文化中，魅珠是主人身体的延伸，具有很强的催情效果。一旦靠近所爱之人，感情越深，反应越大，温度越高，振动越快——往往导致双方体内荷尔蒙的激荡，立即产生强烈吸引。

所以关系没到一定程度，狐人不会轻易交出魅珠，更不会轻易接受它。

“这珠子，怎么会在你的手里？”皮皮抬起眼，定定地看他。

“我的东西不该在我手里？”

皮皮说出了自己的怀疑：“四年前在北极，千花从我手中抢走了这颗魅珠，我亲眼看见她吞进了肚子。”

“你怀疑它是……”他很淡定，“假的？”

“它是真的。”皮皮盯着他的眼睛，举着魅珠，一字一字地道，“但你是怎么把它从千花的肚子里弄出来的呢？”

魅珠入体，所受之人可运功自行吐出，强行取出是件极难的事，多半只能在尸体上进行。

他笑了笑，接过魅珠，忽然一把将她搂在怀中。

皮皮“哦”了一声，被他胸膛里散发的雄性气息包围了。

嘴边一凉，他拿着魅珠在她唇上轻轻地摩擦，好像在涂口红：“问那么多干吗？吞下去。”

“不！”她紧闭双唇，将头扭到一边。

“听话。”他的脸挨着她的脸，鼻尖蹭着她的额头，声音越来越低，带着蛊惑的味道，“万一你迷路了，或者被人抓了，我可以找到你。”

“不。”

这一声没有前面响亮，几乎是呻吟的。魅珠摩挲着她的耳垂，胸口柔软之处被另一只手握住，一番揉搓之后她几乎站不住了。

皮皮当然想要这颗魅珠，但不敢确定吞下魅珠之后身体会起什么反应，会不会意乱情迷变成钟沂那样的冰奴？恍惚间下巴已被他捏住，掌心微微用力，皮皮的嘴张开了。在舌头顽强的抵抗中，他缓慢而坚定地将魅珠塞了进去。

她鼓着腮帮含糊地吼了一声：“混蛋！”

“啪”，头顶被人拍了一下，她一不留神做了个下咽的动作，魅珠立即溜进了喉咙，很快从食道中消失了。

顷刻间皮皮只觉一个火球滚入体内，五脏六腑都燥热起来。一道神秘的大门打开了，潮汐般涌来一堆芜杂的情绪。她下意识地退了两步，一个念头一闪而过：如果面前的贺兰觿是假的，她的身体不会有这么大的反应。记得苏湄曾经说过，吞下魅

珠，催情的效果将达到最大化，会陷入一种自我陶醉的情爱境地。这就是为什么每次千花拿到贺兰的魅珠都会迫不及待地吞下它。

她越是这么想，心中越是有了一种暗示，就越是感到上半身如赴冰窖，下半身却如坠热泉，似有数不清的鱼追着她噬咬……

他观察着她的变化，似在意料之中，手在她脸上摸来摸去，好像在做一件陶器："想要我了，是吧？"

她一脚踹过去，被他信手一叼，轻轻一拉，整个人都倒在他身上。皮皮一把扯开他的风衣，在他坚硬的胸肌上狠狠地咬了一口。

一定很痛，流了血，但他没动。

她又咬了一口，更狠更深，看得见清晰的牙印，他都没动，一言不发地看着她，眸中尽是促狭的笑。

"贺兰觿你无耻！"她骂道。

"一颗魅珠而已，气成这样值当吗？"他摸了摸伤口，痛得直吸气，"这里是沙澜，不用遮遮掩掩，喜欢我就说出来。想要我，就给你——"话音未落，"啪"，脸上着了皮皮一记耳光。

"流氓！"

"更正一下，是流狐。"

"啪！"又是一巴掌。

"尽情地打，谁让我是你的男人。"祭司大人一面说一面笑，觉得自己逗极了。

皮皮却开始冷笑："祭司大人居然会把自己的魅珠硬塞给别人——我觉得你不该笑，该哭才对。要知道送上门的东西不值钱，上杆子的也不是买卖。"

那只死狼就倒在脚边，不知为何，血腥散发出引人食欲的香味，伴随着贺兰觿雄性的汗水，皮皮努力地克制着自己，却有一种强烈的想吻他的欲望。

忽然，他一把将她抱起来，走到一棵大树边，让她背靠着树干。

"小姑娘，你半夜三更，跟着个修行了九百年的雄性老妖，在漆黑的山上走了几个小时，还说自己没送上门？嗯？"

她想挣扎，被他死死地搂住，她双腿绞着他的腰，拼命地扯着他的头发。

"以为你是小红帽吗？以为你是来采草莓的吗？别告诉我你很天真不认识狼外婆喔。"

"……"

"或许刚才我不该救你，就让你被那头狼咬死……"

"……"

"关皮皮你才是采花大盗好吗？如果我想采花，你都不够我一顿的。祭司大人喜欢你，才会让你采，才会给你魅珠。人家给你一盒饼干，打开盖子吃就好，别说那么多废话行不？"

她轻呼了一声，他将头埋进她的胸口，轻轻地，用舌尖舔了一下，然后慢慢地从颈窝一直吻到她的唇，动作竟然出奇地轻柔。

祭司大人的呼吸是滚烫的，滚烫到融化了一切真相。四周冰凉的空气都被他烤热了，头顶树枝轻微地摇晃，露水滴在她的额上、脸上、颈上——和汗水混在一起，又被祭司大人的热度蒸发。皮皮只觉呼吸急促、面色潮红、暖气袭人——不知不觉想要更多，却在诱惑和恐惧之间彷徨。

哦，他不可能不是贺兰。

她确信自己在和一个熟悉的男人亲吻，所有的感觉、动作、气味都和以前一模一样。他们像一对老夫老妻那样如鱼得水、配合娴熟。

可是那个贺兰不可能来自东海。

他甚至很少提到海洋。

那颗迷药不可能有电脑芯片的效果，不可能让他说出预设的答案。

皮皮觉得自己快疯了，脑袋快炸了：如果这人真不是贺兰，自己的节操不是也没了吗……

怎么办？怎么办？怎么办？

"你在想什么？"

祭司大人很动情，但皮皮的脑子却在跑马，他很快意识到她心不在焉。

"千花……"皮皮忽然换了个话题，"会不会也在沙澜？"

他的身子僵硬了一下。

"千花要是知道我们在一起，会杀了我的。"皮皮看着他的眼睛，捕捉着他的目光。

他的睫毛动了一下："你怕？"

皮皮点点头："怕。"

她的身子抖了一下，感到自己的腰被他宽大的手紧紧握住。

"不用担心千花。"他缓缓地说，"她不会杀你。"

"肯定会。"

"肯定不会。"

"为什么？"

他停顿了一下，似乎在斟酌，过了片刻方抬起头："因为她已经被我杀了。"

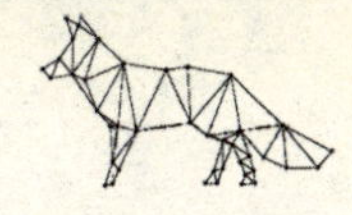

月光幽幽地洒向他的额头，在他脸上形成丰富的阴影。皮皮觉得这阴影带着一团寒气一直照进了自己的心底，一时间全身冰凉，不知是喜是悲。难怪他要自己吞下魅珠。这东西不藏进肚子，戴到手上给千蕊看见，后果不堪设想。她怔怔地看着他，祭司大人的目光如风暴中的大海波澜四起。

“真的？”她觉得难以置信。

“你一直认为我没有告诉过你真话，皮皮。”他凝视着她的脸，“现在，我把这个无人知道的秘密告诉你，你可以安心了？作为合作方，我算是有诚意吗？”

皮皮半天没有说话，一动不动地看着他，企图从他的目光中看到一丝闪烁，但至少那一刻，他的目光是纯净的。

印象中的贺兰静霆虽然从不接受千花的表白，内心也明白她的心意。对她一直保持距离与礼貌，甚至很多时候，会多加关照。他们是友好的同事，曾多次同行去各大农场购买狐狸。可以说千花是除了皮皮之外，贺兰静霆接触得最多的女人。从关鹖、青阳的口中也知道贺兰闭关期间千花负责照料他，对他无微不至，她失踪了贺兰却不闻不问只想撇清关系，以至于昆凌族人对此大感不平。

甚至千蕊那么欢快地叫他姐夫也能窥出两人在蓄龙圃的关系非比寻常。

祭司大人不可能杀掉千花，更不可能逼皮皮吞下魅珠。对于心爱的女人，他从不会强迫她做不愿意的事。当初他亲手将这颗魅珠系到她的腕上，也只是说如果哪天不想要了，不要扔掉，仍旧还给他。

假如千花是被冒充者杀掉的，那么青阳说得很对，这个冒充者多半也囚禁甚至谋杀了贺兰。

这么一想，皮皮猛然出了一身冷汗。

见她低下头去，贺兰觿又道：“你说得很对，这里是沙澜。让你狩猎，你满载而归，说明你能干；明明可以趁机逃走，你回来了，说明你守信。皮皮你有契约精神，我们可以成为很好的盟友。不要调查我，我也不想调查你，我们都不必知道彼此的往事。你我之间唯一的纽带就是我们的协议。”

“协议？”

“你帮我救出东灵，我还你你想要的贺兰，成功了，皆大欢喜。记住这个目标，一切都会变得简单。”

“简单？祭司大人，你太高估我的能力了。”皮皮淡淡地道，“赤手空拳、身无长物。说白了，我来这里就是送死的不是吗？”

他摘掉了落在她头发上的一小片树叶，顺手摸了摸她的脸：“所以我要你吞下这颗魅珠，让它唤醒你身上的另一个人。”

冰凉的指尖划过脸庞，她的心猛地一颤："谁？"

"慧颜。"

皮皮更迷惑了："这颗魅珠——能把我变成慧颜？"

"那倒不至于，"见她很紧张，他笑了，伸手安慰地摸了摸她的肩，"身体是有记忆的，几百年前的沈慧颜是将门之后，精于骑射，是不折不扣的武林高手。你体内的魅珠会调动你身体的记忆，让你反应更快，跳得更高，射得更准……"

见皮皮仍在发呆，他又换了一个角度解释："就像打游戏通关，我替你更新了装备，无非是为了让你武功更高、战斗力更强——"

"——以便更好地完成任务？"她替他完成了这个句子，强笑了一声，"明白。"

"不要生气，皮皮。"他察觉出了她的不快，"劳动带给你快乐，战斗带给你胜利，完成任务就是成功，成功了就能抱得美人归。问问你的心，难道这不是你最想要的吗？"

她被他气笑了。

"不要做个婴儿，等着人家喂。你是狮子，要向沙澜怒吼，说出你的心愿——"他伸出手掌，做出喇叭的形状，"我要！我要我的祭司大人！"

皮皮两眼看天。

夜雾忽然笼了上来。

沙澜的夜雾非常奇特，有时候像一团一团的棉花，摸在手中有纤维的触感；有时候又像灭火器里挤出来的泡沫，黏黏地悬浮在空中。贺兰觿就站在她的对面，却像隔了一层乳白的奶油，看不清他的脸。

"雾浓了，回去吧。"她轻声道。

"等等。"

他忽然伸出手指在浓雾中戳戳点点，在白雾上画了一匹马："这是我小时候喜欢玩的游戏。"

皮皮也伸出手指画了两道，什么也画不出来，浓雾根本不理睬她……

他轻轻一吹，那匹马向她跑了几步，在她的面前散开了。他孩子气地笑了，道："野马也，尘埃也，生物之以息相吹也——"

那张熟悉的脸又浮现在眼前，眸中有种罕见的天真。

此刻的皮皮却没了心动的感觉，她的判断越来越走向反面：以前的贺兰也有很多秘密，但他对自己是虔诚的，虔诚到近乎偏执；而面前的贺兰却扑朔迷离，暗藏杀机。

她必须理智地谋划后面的行动。不能相信直觉，不能沉溺于快感，更不能投降于他的魅力。

这人绝对不是贺兰静霆。

他是个魔术师，而自己只是他手中的一张牌，正被他翻来翻去。

回到营地时已过了午夜。

贺兰觿说要找金鹳说点事，让皮皮先睡。于是她钻进帐篷，爬上吊床，瞬间进入了梦乡。

也不知过了多久，忽然醒来，发现吊床沉甸甸的，身后睡着另一个人，半蜷着身子紧挨着自己，脸埋在颈边，均匀地呼出一团团热气。一只毛茸茸的尾巴绕过来，被她紧紧搂在怀中，好像抱着一个热水袋。难怪夜寒如水她居然睡得如此安稳。

皮皮翻了个身，正面对着他。祭司大人睡得正香，全身上下处于放松的状态。睡姿霸道，一条大长腿搁在她的腰上，好像要把自己当作一张毯子将她紧紧包住。

她轻轻摸了摸贴身的口袋，那颗丹石妥妥地放在原处，于是慢慢掏出来，捏到手中。

夜长梦多，真要下手，现在就是最佳时机。只要他一睁眼，一颗丹石塞过去，便是大仇已报。

握着丹石的掌心已被冷汗浸湿了，脑中有数不清的念头在打架。

渐渐地，理智还是占了上风：不能让他轻易地死，更不能让他带走最后的真相。

活要见人，死要见尸。必须顺藤摸瓜找到真正的贺兰。

不就是演戏吗，皮皮咬咬牙，在心中愤愤地想道：贺兰觿，你继续装，本姑娘我陪你玩下去！

第十八章

早餐时间

晨光熹微，白雾迷蒙。

皮皮在一块空地上打了一套咏春拳，眼看到了收势，雾中隐隐约约走出一个女子，穿一身月白色一字襟梅兰竹菊图案的旗袍，身形窈窕，绰约多姿。

天气如此寒冷，那旗袍居然是短袖的。恍惚间，皮皮还以为自己在做梦，却下意识地握住了腰后的猎刀："千花？"

印象中只有千花才有这种玛丽莲·梦露般前凸后翘的身段儿。

那人径直走到她面前，化着与千花一样的妆容。皮皮这才意识到是千蕊，淡定开腔："早。"

千蕊冷冷地打量着她，忽从她的发梢上摘下一根柔软的白毛，放到眼前端详，"哼"了一声，道："他很喜欢你，嗯？"

说罢轻轻一吹，白毛飞到空中，不见了。

那是贺兰觿尾巴上的狐毛，皮皮抱着睡了一夜，自然会沾到身上。见她来者不善，皮皮抿了抿嘴，没有接茬，正要继续打拳，千蕊忽然一把扭住她的衣领，鼻尖几乎戳到她脸上："我姐呢？你把她怎么了？"

"我不知道。"皮皮保持镇定。

"整个蓄龙圃都知道她失踪了，"千蕊咬牙切齿地道，"姐夫绝不会伤害我姐，但如果你对他说了些什么，或者自己干了些什么，就难说了！"

"我一直住在C城，不可能知道蓄龙圃发生了什么事，你应当直接去问贺兰觿。"

"他要肯说，我还来问你？"

皮皮刚想接口，颈上一凉，一把锋利的匕首逼过来，令她起了一身的鸡皮疙瘩。千蕊喝道："说！你是不是杀了她？"

"我乃一介平民，她有八百年修行，你觉得我行？"

"你不行？你不行能杀掉赵松？——既然我姐夫给你种过香，就说明你不是一般的女人。"

皮皮推开她的手："千蕊我跟你说句实话。自从四年前北极一别，我再也没见过你姐。我托她照顾贺兰觿，对她只有感激，没有仇恨。她的失踪，跟我没有半毛钱关系。"

"关皮皮你听好，"千蕊的声音很轻，却充满怨毒，"就算你害死了我姐，也别想得到贺兰觿。我一定会把你扔到狼窝里，让一群狼咬死你！让你身首异处，永世不能翻身！——沙澜，不是你们人类可以活下来的地方，如果我是你，根本不会来，更不会带着朋友来。既然你们自不量力地来了，就别想着回去。"

皮皮安静地看着她，深深地吸了一口气。

“姐夫的魅珠在我姐身上，”她吐气如兰，幽幽地笑道，“别看祭司大人身边无人就想上位，你得先拼过我。贱人！”说罢反手一刀，皮皮脸上一阵刺痛，右边的脸颊已被她划了一道，几滴血渗了出来。

她捂着脸呆呆地站着，千蕊在她面前走来走去，似乎在平息自己的怒气：“你不是王妃吗？你看你都没生气，都不敢还手，不要以为你是慧颜的转世你就成了慧颜，你差着人家十万八千里呢。靠着一段稀薄的往事享受着不属于你的恩宠，你配吗？能长久吗？”

“……”

“做了亏心事对吧？”她将匕首插回皮套，“关皮皮，这只是一个开始。咱们走着瞧。我会让你死得很难看的！”

说罢转身要走，被皮皮一声喝住：“站住。”

千蕊走回来，轻蔑地看着她。

“告诉你一个道理，也许今后用得着，”皮皮淡淡地看着她，“这世上没有什么值得不值得，配得上配不上。只有愿意不愿意。——贺兰觿他愿意喜欢我，不愿意喜欢别人。你姐要是有办法，也不用等几百年。”

千蕊怔住，脸越发白了。

“你说得很对，”皮皮接着道，“赵松我都能杀掉，又怎么会怕你？”

营地静悄悄的，众人似乎仍在沉睡。

皮皮在昨天的狩猎中受过不少皮肉伤，在贺兰觿背着她去温泉的路上已渐渐愈合，不然也不可能舒服地享受温泉浴。

一路上想必费了祭司大人不少功力。

脸上被划了一刀，皮皮起初并不在意，找了块松脂涂在伤口上。过了片刻未见好转，半张脸反而红肿起来。她用清水冲洗了一下，被刺骨的山风一吹，冻得一连打了几个喷嚏，连忙找到一堆最旺的篝火坐下来取暖。一转头发现嘤嘤正靠在树边打盹，听见动静睁开眼：“王妃殿下？”

皮皮一愣：“你叫我什么？”

“钟沂姐说，您是贺兰殿下的妻子……”

“叫我皮皮，而且不要用‘您’字，不然我可不理你啦。”

“那就叫你皮皮姐，好不好？”

“这还差不多。”皮皮摸了摸她的头。

“皮皮姐你的脸怎么了?”嘤嘤指着她脸上的伤口,“流脓了?”

“这是松脂。小伤,没事的。”

“不要乱涂药喔,会破相的啦。”

心里装了太多事,皮皮无心闲聊,随手拾起一根树枝,将火堆里的柴松了松,问道:“嘤嘤,请教你一个专业上的问题,可以吗?”

“你说。”

“狐族中大概有多少人具有贺兰、青阳这样的功力?”

——这个冒充者有白狐的尾巴,说明他是狐族。与关鹖、青阳交过手,功力相当,说明他不是一般人物。了解贺兰的行为习惯,说明他擅长模仿且熟悉贺兰。

满足这三个条件的人在狐族中应当不会太多,用排除法就可以把他找出来。

嘤嘤想了想道:“应当不超过十五个。长老会的长老、左右祭司,各部落的酋长、护法。”

皮皮心想,这些人选青阳、关鹖一定都考虑过了。如果连他们都摸不着头脑,想必不在其间。

“除此之外,还有什么特殊的高手吗?”

“嗯……沙澜族里有不少神秘人物。早年得罪青桑,又遭狼族入侵,加上内部互相残杀,能在上百次战斗中活下来的就只剩下顶尖高手了。不过他们行踪诡秘,流窜于穷山恶水之间,与其他部落不相往来,小一辈的人都不大知道他们的身份和下落。”

贺兰与金鹳差不多是结伴来到C城的,皮皮心想,这个冒充者很可能是沙澜族。但很快又否定了这个想法。之前她一直戴着金鹳的戒指,也遇到过祭司大人饥饿的时候,戒指从未变过一丝颜色。他若与金鹳同族,戒指应当有所感应。于是又问:“为什么沙澜族不能忍受饥饿,一旦饥饿就会自相残杀?”

“说来话长。开始的时候不这样……”嘤嘤打了个哈欠,“沙澜族骁勇好斗,能征善战,深得狐帝的喜欢。酋长金泽——也就是金鹳的父亲——娶了柳灯族的美女姜圆圆。圆圆生得一头鬈发,大家都叫她‘鬈儿’。据老一辈的人说,金泽居功自傲、恃宠而骄,向狐帝进言要求取代青桑掌管蓄龙圃。青桑看出狐帝有点动心,反咬一口说金泽企图谋逆,曾潜入蓄龙圃偷窥禁地,还盗走了里面的一件珍贵物事。狐帝大怒,命他一日之内将那物事交出来。金泽交不出,招来灭族之祸。长老会向狐帝求情想保住他,但架不住青桑几句谗言,最终被判了个去籍驱逐。沙澜族于是和昆凌族结下了仇怨。”

嘤嘤噼里啪啦地往下说,皮皮没听到重点,只好插口又问了一遍:“那沙澜族为

什么饿了就胡乱咬人？”

“去籍的惩罚就是这样啊。狐帝一道旨意下来，所有沙澜族人必须去沉燃古渡报到削籍。那地方是狐族的刑区，进去的人多半就出不来了。勉强出来的就成了现在你看到的样子，饿起来根本管不住，亲儿子都能活活吃了。沙澜族本来就爱聚居，那年沙澜大旱，人祸之后赶上天灾，大部人马在流徙途中就开始互相残杀，远方的狼族闻讯而至，不出数载就将他们的领地侵占殆尽。话说这金泽下场很惨，被狼王修鱼亮追到潼海边，一刀斩首，当众分食。他的妻女被掳回修鱼堡送与众兄弟取乐。怕女儿受辱，圆圆不得不趁人不备将她咬死，自己则在被狼族的男人玩弄了一圈后就疯了，绑在地穴里天天吃土，还给修鱼亮生了个儿子，等她清醒过来想咬死那个婴儿时，又被拖出去砍成几段当众分食。唯一的儿子金鹳被宫家拼死救下向北逃逸，才躲过这一劫。”

皮皮听得头皮一麻，金鹳身世如此凄惨，此番故土重游，必是复仇。可是数来数去狐族的人就算加上宫家兄弟也不到十个，怎可能是狼族的对手？

这么一想，顿觉自己到沙澜最多是个一日游，真出了什么事，贺兰、金鹳还能溜掉，家麟、小菊和自己肯定是炮灰，莫说一条命，只怕一块骨头都捡不回来……

“所以贺兰觿与金鹳走到了一起，因为他们都恨狐帝？”

“俗话说，兵到用时方恨少，船到江心补漏迟。沙澜族出事的那年，狼王修鱼亮想乘胜攻下蓄龙圃，两边人马在潼海打了起来，结果是：修鱼亮没攻下蓄龙圃，狐帝这边也彻底地丧失了对沙澜的管辖权。这就是狐史上著名的‘潼海之战’。”

“这事发生在真永之乱之前，还是之后？”皮皮问道。

“之前。真永之乱的时候，假如沙澜族还在，贺兰觿就算有天大的本事也休想扳倒狐帝。沙澜式微，会打仗的就剩下了柳灯族。这一族倒也个个强悍，偏偏最爱的是窝里斗，谁也不服谁，所以一打起来就是一盘散沙。如果狐帝能预知未来，知道儿子要打老子，就算发再大的火儿也断断不会驱逐了金泽。说到底还是搬起石头砸了自己的脚……”

听到这里皮皮心中忽然有了主意。

既然此行的任务是帮金鹳救东灵，金鹳肯定知道贺兰觿的真实身份。别看他平日喜欢调笑、好打嘴仗，其实城府极深、刀枪不入。自己肯定撬不开他的口。若让小菊拿一颗“惆怅”去试试，倒有可能成功。

想到这里，恨不得快些找到小菊将口袋里的玉瓶交给她。一抬头，嘤嘤忽然不说话了，仿佛中了邪一般，呼吸急促，满脸通红，嘴半张着，好像要流口水的样子，双手紧拽着皮皮的衣角，两只脚激动得在地上乱跺。

“嘤嘤？”

“呃，我的偶像……祭司大人……贺兰殿下……好帅哦……”

皮皮转过身去，看见贺兰觿拿着一个牛皮水袋正穆穆闲闲地站在帐边喝水。喝了几口，将余下的水滴在食指上，用手指向空中测了测风向。

再回头看嘤嘤，见她捂着胸口，半瘫在自己身上喘着粗气，心里觉得好笑，却不好意思笑出来。假如有谁将毕生的精力用来研究秦始皇，忽然见到了活人，一定也会激动成这样吧。于是拍了嘤嘤一下，将她拉起来：“啊哈！你的论文课题出现了，跟我来。”

嘤嘤扭捏地躲在她身后，一步两蹭地跟着她。

“贺兰，这是嘤嘤，我在路上认识的一个妹子。”皮皮介绍道。

嘤嘤单腿下跪垂首：“小女嘤嘤，问候祭司大人。恳请大人赐福。”

贺兰觿迟疑了一下，伸手摸了摸她的头顶：“嘤嘤，嗯，你有个很好听的名字。”

“蝼蚁小族，不敢当得殿下的夸赞。”嘤嘤干脆将另一条腿也跪了下去。

“起来吧，你是外族，不用讲这些虚礼。”

“有幸沾得大人的手泽，必然是吉祥的。”

嘤嘤说罢站起身，见贺兰觿看着关皮皮，似乎有话要说，于是知趣地退了一步，道：“钟沂姐该做早饭了，我去帮帮她。”说罢一溜烟地跑了。

皮皮看着嘤嘤的背影，吹了一声口哨：“你俩的对话，让我有种穿越到清宫的感觉。”

“昨晚回来的路上，你一句话也不说，”贺兰觿拾起门边的盲杖，“是在生我的气吗？”

“不敢。”

他捏住她的下巴，空洞的目光落在她的脸上：“有什么不敢，我喜欢有脾气的女人。”

看着他漆黑不见底的瞳仁，皮皮的心微微一动。

白天贺兰喜欢摸她的脸，因为看不见，仿佛用手摸也能明白她的表情似的。也喜欢捏她的下巴，以确信她在听他讲话。除了慧颜以及她的几个转世，祭司大人洁身自好，从未跟任何女人亲近过。这伪装者居然能获知这些细节，可谓神奇。

他的气息在她脸上吹拂，暖洋洋的，皮皮看着他的眼睛，研究他的瞳孔：“天已经亮了，你能看见我？”

“不能。”

“那你盯着我的脸干吗？”

“我闻到了一丝血腥气。”他的手指在她脸颊上轻轻地摸着，微温的指腹抚过红肿的肌肤，停留在那道伤痕上，眼睛眯了起来，“你有一道新鲜的伤口。有人……划了你一刀？”

皮皮不是个告状的人，何况她的心已经够乱了：“手误。”

“你的心可真大，”他幽幽地笑了，将她的身子拧过去，双臂从背后环住她的腰，“这里就这么几个女生，谁划了这一刀，很难猜吗？”

“放开我。”

他只当没听见，反而搂得更紧，顽皮地用鼻尖拱着她的脖子，像个病人那样将全身的重量压在她的背上：“昨晚人家背了你那么久，腰疼。”

皮皮两眼望天，在心底郁闷地嗷了一声。贺兰觿极少在公共场合展示与他人的亲昵，不过她很快明白了他的意图。

不远处的帐篷掀开了，千蕊翩然而出，正好看见这一幕，气得反身要折回帐篷，被贺兰觿叫住：“千蕊。”

他放开皮皮，走过去，低声和她说了几句。

皮皮听不见他们的对话，但千蕊的脸色越来越黑，目光越来越仇恨。末了向贺兰觿怒吼一声：“凭什么！你凭什么说我任性！”

“千蕊。”祭司大人的声音也抬高了一度，带着无形的压力。

她用力咬了咬牙，憋住快要涌出来的眼泪，终于低下头。

贺兰觿说完话，转身向皮皮走来，千蕊忽然在他身后大声道：“那我姐呢？为什么不在你身边？为什么不回我的信？——你说她不想跟你去南岳，出了蓄龙圃就分道扬镳了，那她究竟去哪了？”

贺兰觿的身子滞了滞，没有回答，继续前行。

“你关心她吗？在蓄龙圃，我姐是怎么对你的？为帮你修炼，她去偷狼族的草药，命都快丢了。现在她不见了，你就这么不闻不问也不去找吗？”

“……”

“你们吵架了，是不是？我姐说你在南岳有女人，曾经给她种过香。如果你是她，怎么可能不生气不伤心，还愿意去南岳吗？现在你身边有了这个女人，你恨不得我姐马上消失，是不是？最好死掉，对不对？”

千蕊一边哭一边骂，贺兰觿阴沉着脸没有还嘴，只是拉着皮皮走回自己的帐篷。

皮皮靠在吊床边，看着他冷笑：“千蕊划我一刀，我不介意。因为我知道千花已经死了。她要知道了真相，挨刀的人可不是我。”

贺兰觿淡定地整理着东西。

"贺兰觿,不想说点什么吗?"

"……"

"她照顾了你这么久,就算不是爱人也是亲人——"

"——是她想杀我在先。"耳边传来他的低吼,"难道你不知道真永之乱?——我会杀掉任何人,包括我的亲人。"

皮皮一阵哑然。

一个药膏扔过来:"涂一下这个,你的伤口很难愈合。"

"一点刀伤而已。"

"刀锋上有毒。"

皮皮倒抽了一口凉气。昆凌族精通草药和巫术,族内出了不少著名的巫医。当年贺兰静霆受伤,苏湄的第一个建议就是叫她去找千花。

"我暂时不能帮你治疗,需要元气应付一些事。"

"……"

"只好委屈你破相了。"

"无所谓,我不关心自己的脸。"皮皮弯下腰,紧了紧靴子,"我去找小菊。"

皮皮大步离开帐篷时,确定自己在两人之间喷了一道制冷剂。狩猎归来,她明显感到贺兰觿对自己的态度变好了,但她对贺兰觿的态度却……变糟了。

路过家麟的帐篷,皮皮决定先看看家麟,却发现方辛崃正坐在一个树桩上往自己的左手断腕处缠布基胶带,上面接着一个沉重的铁钩,皮皮看得心惊肉跳。这只手是为皮皮而断的,这些天方家人都避免跟她说话,方辛崃基本上不理她。皮皮有些讪然,走过去厚着脸皮道了声"早"。

方辛崃面无表情地说:"陶家麟还没醒。"

"哦。"

皮皮俯身要钻进帐篷,被那只冰凉的铁钩拦住:"我妹也在里面。"

"哦。"皮皮知趣地退了一步,"那就……不打扰了。"

方辛崃用牙将银色的胶带咬破一个口,"哧"的一下撕断,用铁钩在树桩上划了几道深深的印子,仿佛在测试它的强度。皮皮本来有些歉意,转念一想,当初他拿刀割自己肝脏时可一点儿没手软,于是说了句"我晚点再来"后坦然地走了。

营地西边有个空地,皮皮找到小菊时,她正举着十字弩瞄准靶心练习射击。皮皮摸出装着迷药的小瓶正要开口,忽见小菊腕上多了一根红绳,上面拴着颗湛蓝色

的珠子，不禁怔住。小菊发现了她的目光，美滋滋地笑了："这是魅珠，金鹳送的。"

皮皮暗自叫苦。小菊好不容易从不幸的婚姻里走出来进入新的恋情，这种时候让她当间谍刺探金鹳不妥吧？当然啦，为了友情，她多半也会答应，心底一定不情愿。皮皮一连转了好几个念头，见小菊仍然眼睛亮晶晶地看着她，想了想，道："刚从嘤嘤那边听了一些关于金鹳的家事。"

"真的？快跟我说说！"

皮皮将听来的故事一字不落地告诉了小菊，小菊听得眼睛都红了："这些事我一点儿也不知道。在飞机上还问过他家里有没有兄弟姐妹，他避而不答，看来是有点创伤后应激障碍。"

"创、创伤后……什么？"

"'创伤后应激障碍'，简称 PTSD。"小菊道，"如果一个人受到重伤或目睹了亲人的惨死，精神上没扛住，就会产生这种心理疾病。"

"你确定金鹳他会有吗？……他又不是人。"

"你家贺兰也不是人，不也有吗？你不觉得动物比咱们人类更懂感情吗？"

"也是。"皮皮叹了一口气，"虽然你说得不错，为了安全起见，我还是要提醒你一下，沙澜族是狐族最凶猛的部落，饥饿起来不受控制，有可能会伤害到你，要千万小心。"

"明白。"小菊举弩正要射击，忽听有人喊道："皮皮姐！小菊姐！"

嘤嘤向她们跑来："看见钟沂姐姐了吗？"

皮皮与小菊同时摇头。

"早饭的时间都过了，大家都等着吃饭呢。"

"是不是还没醒啊？"

"天不亮就醒了，里里外外地忙个不停，还吩咐我看着火呢。"

皮皮微微纳闷，印象中钟沂十分敬业，在闲庭街时就日日早起，到点不开饭是不可能发生的事。何况这里有一群嗷嗷待哺、不吃饱就会闹事的沙澜族人。所幸昨晚的猎物还有些剩余，早餐应当是足够了。

"走，找找她去。"

三人正要动身，前面营地里传来一阵骚动，她们忙向营地跑去。

所有的人都从自己的帐篷里出来了，聚在快要熄灭的篝火边。

皮皮最先看到家麟，他看上去气色比昨天好多了，至少脸没那么苍白。但整个人仍处于痛楚之中，背上伤势未愈，站都站不直，几乎是半倚在树边。他的身边站着穿着绿花小袄、戴着毛线帽的方梨花，正专心地玩着一个魔方。千蕊已换了黑色的

猎服，全副武装，弓箭齐备。看得出她认真地化过妆，戴着宽大的墨镜，涂着鲜艳的口红，头上系着一条红色的丝巾，打着漂亮的蝴蝶结。与她正好相反的是金鹳，显然是听到动静刚从吊床里爬起来的，一头凌乱的鬈发，赤着脚，穿一条斜纹短裤，套一件紧身背心，露出壮实的胸肌。贺兰觿的旁边站着五鹿原，衣衫褴褛，鹑衣百结，但他挺胸抬头、精神健旺，一看即知除了受伤的翅膀已元气大复。

所有的人都神色凝重，似有大事发生。

正在说话的是方尊嵋，在所有的狐族成员中，他个子最高、体格最壮，浅灰色的眼珠露出与世隔绝的表情："……食物是我清点的，钟沂做完晚饭后，还剩下小半袋，就堆在她的帐篷里。早上她说要去对岸采蘑菇，然后回来做早饭，说明当时一切正常，食物还在原地没动。"

原来是昨晚的猎物丢了。

"钟沂还没回来?"贺兰觿问道。

"辛崃去找了。"方尊嵋道。

"钟沂出去后，还有谁可能去她的帐篷?"金鹳道。

"她的帐篷应当是空的，我和辛崃、梨花都在陶家麟的帐篷里，帮他治了一夜的伤。"方尊嵋道。

皮皮看着众人，心中暗想:钟沂负责饮食，不会监守自盗;猎物是小菊、家麟和自己辛苦打来的，也肯定不会拿。方氏一家、千蕊和金鹳昨夜那顿都吃得很饱，没必要偷吃。宫家的兄弟带着两大袋食物已经离去了。贺兰觿在温泉边吃了狼女，也不饿。最大的嫌疑恐怕就是嘤嘤和五鹿原这两个外人了。

果然，方尊嵋的目光在五鹿原的身上扫来扫去，一脸敌意。

"昨晚我有吃的。"五鹿原淡淡地道，"金鹳给了我食物。"

"五鹿大哥早上一直和我在一起，就坐在这里烤火。"嘤嘤轻声道。

"先别替人开脱，"千蕊冷笑，"天知道是不是你拿的。这一袋够你们蚁族吃一年了吧?"

"我……我没偷。这……这东西就是我背回来的。我要想偷……这么远的路，小菊姐、家麟哥都受了伤，半路上我就能跑掉。"嘤嘤急于辩白，语速飞快，不免结结巴巴。但毕竟是做学问的人，逻辑很清楚，这么一说，大家也都觉得在理。

方尊嵋握住腰后的斧头，向五鹿原逼近了一步:"是你拿的吧，五鹿原?"

"我没拿。"五鹿原双臂抱胸，不屑而笑，"想吃什么我自己会找，犯不着去偷。"

"东西丢了也饿不着谁，"方尊嵋阴森地看着他，"对我们来说，你自己就是一顿上好的早饭。"

“我的确是。”五鹿原的眼睛眯了起来，手已经捏成了拳头，向前逼近一步，一字一字地道，“只要你吃得下。”

两个男人脸挨着脸，眼看就要动手，皮皮一步抢上，挡在中间：“我觉得不会是五鹿原。他的翅膀受了伤，又得罪了修鱼家，现在急需我们的保护，又何必引火烧身做偷窃之事？明知道我们第一个就会怀疑他。”

“没人知道五鹿与修鱼是什么关系，他极有可能是狼王派来的奸细，在我们面前施苦肉计。”千蕊道。

“这只是你的猜测。”家麟道，“有证据吗？”

小菊碰了皮皮一下，皮皮低头，看见小菊的左手伸了过来，上面的戒指已经变成了粉红色。怕引起恐慌，她摇了摇头，示意小菊不要声张。

如果仅凭他们三人之力就可以猎到一只熊，饿极了的沙澜族人可以扫荡方圆几里之内所有的猛兽。回来的路上，就在营地附近的林中，她还见过一群野鹿。就算这些都没有，还有老鼠、松鸡和蛇。沙澜族人还不至于那么不变通，明知饥饿的后果，还坐等戒指变红。

“什么蘑菇要去那么远的地方采？”金鹮皱眉，“如果这里谁也闻不到她的气味，说明她的人在几里之外……”

远处传来一声口哨，一个灰影快速向他们跑来，是方辛峡。

见他是一个人，方尊嵋问道：“钟沂呢？”

“没找到。”辛峡摇摇头，举起一个布袋，“这是她的袋子，里面还有一些蘑菇。”

“在什么地方捡到的？”贺兰觿问道。

“对岸不远的林子里，离这里最多五百步。”

一时间众人都沉默了。大家心中都在想两个最大的可能：一、钟沂被野兽攻击了，或者说吃掉了；二、她被狼族劫持了。

虽然狐族嗅觉超群，但大家或在帐篷里休息，或专心替人疗伤，谁也没注意到对岸发生了什么事。

贺兰觿忽然道：“辛峡，去溪水那边看看。”

溪水很浅，最深之处淹不过膝盖。水流缓慢，杂草丛生。

方辛峡找到钟沂时，发现她一动不动地躺在水底。鼻尖离水面只有不到半寸的距离。只要她还有一丁点儿力气，把头略微抬起来，就可以呼吸到空气。

看得出她已死去多时。肌肤苍白而无生气，一团长发和水草搅在一起，两手摊开，投降一样举在头顶，指尖被水泡得起了皱纹。

所有的人都跟了过来，方辛崃跳进水中将钟沂抱了起来。

就在这个过程中，裹在她身上的外套滑落了，皮皮这才看见她身上有个比碗口还大的洞，皮肉已失，内脏掏空，肋骨清晰可见。

一定流了很多血，但已被水冲洗得干干净净。难怪什么气味也没有。

最诡异的还是她的表情，双眼圆睁，很惊讶，似乎完全没料到今天就是自己的末日。

死状太惨，小菊和家麟同时别过脸去。狐族的人则皆表情木然。方辛崃低下头，长发掩面，看不见他的表情。一旁的方尊嵋腮帮子硬了硬，一双眸子淡如远山，默默地看着天空。

南岳狐族几百年来与人类为伍，各方面看起来都与人类极为相似；北关狐族则多在深山野林中生活，更习惯过刀头舔血的日子，也保留了更多“狐”的一面。皮皮一直很好奇钟沂是怎么走进这一家人的，又是怎么心甘情愿为奴的。开始的时候她觉得这中间一定有强迫的成分，可钟沂看上去就是个忠实的仆人、快乐的厨娘。方辛崃对她，也没有很霸道的地方。皮皮觉得，随着与她相处得越来越多，自己会渐渐揭开这个谜底，哪知一切还没开始就已经结束了。她甚至不知道这钟沂父母是谁，家乡何处，只知道钟沂做的包子很香，昨晚的三菜一汤，美味还留在齿间。

她看了一眼身边的嘤嘤，她的双眼好奇地扑闪着，以一种学者研究的目光看着钟沂的尸身。感觉到皮皮的目光，她回头轻轻地道：“蚁族是冷血动物。”

在这片森林，死亡是件最经常发生的事，过多的同情只会带来灾难。

一只手按住了她的肩膀，不知何时贺兰觿走到了她的身后：“你在发抖。”

“人已经找到了。”她说，“在水里。”

“她……”

“已经死了。”

贺兰觿低头沉默了一下，没有问更多。皮皮感到他想知道一些细节，于是附耳过去，向他描述了一下案发现场以及钟沂身上的伤口。他只是安静地听着。

方辛崃抱着钟沂的尸身向林子深处走去，方尊嵋牵着梨花尾随其后。仿佛知道他们将要做些什么，其余的人都转身走向营地。

“走吧，”见皮皮留在原地半天不动，贺兰觿拉住她的手，“辛崃他们需要一些单独的时间。”

皮皮迟疑了一下，不知道钟沂的尸身会被如何处置，低声问道：“他们会埋葬她吗？钟沂还有家人吗？以后我回到C城，需要知会一下她的父母吗？”

据她所知，钟沂十七岁离家出走跟了方辛崃，到如今至少十年了。按沙澜族人

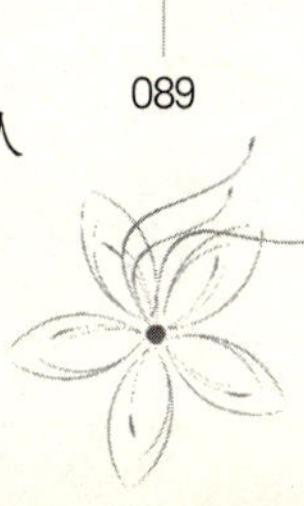

游牧的习性，她应当与家里失去了联系。这么年轻，父母想必还健在，或者仍在四处寻找她。皮皮觉得无论如何应该给他们一个交代。

“你是不是还想邀请他们过来参加葬礼？”

“……”

“你是不是还打算在这里建一座庙，请几个和尚？”

“……”

“你是不是还想修一片墓地、陵园？”

“我去！贺兰觿，”皮皮翻脸骂道，“你他妈真不是人！”

面前的人一下子僵住了，脸阴沉了：“你骂我？”

皮皮的下巴扬了起来：“骂了，怎样？”

一团黑云罩过来，他的目光明明很空洞，凝视她长达十秒之后，皮皮只觉全身像被机枪打了几百个洞，找不到心跳了。

“以前没人教过你怎样尊敬自己的夫君吗？”他的声音很冷。

“尊敬？你们尊敬钟沂吗？人家跟了你们这么久，让她入土为安至少是你们狐族可以做到的事！”

一阵长时间的沉默。贺兰觿仍然握着她的手，指尖渐渐冰凉。他用力地抿了抿嘴，花了近一分钟的时间平息怒气。皮皮用力甩开他的手，转身走向林中，被他一把拽回来，喝道：“别去。”

他的手铁钳般抓得她生疼，皮皮挣脱不开，不禁吼道：“放开我！我得去问问清楚，他们不能就这么把钟沂给吃了！”

“你想埋葬她？”

“对！”

“知道地底下住着些什么族吗？”

“我管他什么族！”

“蚁族、鼠族、蛇族、蛆。你觉得钟沂给它们吃掉会更舒服些？”

“……”

祭司大人将皮皮一顿暴损后扬长而去。皮皮愣在原地发呆，心中纠结究竟要不要去劝说方辛崃埋葬钟沂。忽见梨花从林子中匆匆忙忙地跑出来，一脸的泪痕，忙拉住她问道：“梨花，你大哥、四哥还在林子里？”

“嗯。四哥在挖坑，说钟沂姐姐喜欢睡在地下。”

皮皮长舒一口气，柔声道：“你饿吗？我们这就去打猎。”

“饿。”梨花的眼皮红红的，“我问四哥可不可以吃一点点钟沂姐姐的手，四哥不给我吃。其实钟沂姐姐以前都跟我们说了，她要是倒下了随便我们怎么吃都可以的。”

皮皮一下子窘到了。见梨花眼泪汪汪的样子还以为她为钟沂的死难过，没想到居然是因为没能吃到她的手，不禁白了她一眼：“哦，你倒是挺实在的喔。”

“四哥不让我吃，还打了我一下。”梨花呜呜地哭起来，很委屈的样子，“昨天家麟哥哥回来，一直躺在床上，我以为他快不行了，哪知道大哥、四哥忙了一夜，又把他给救活了……”

皮皮简直快气笑了。方辛崃还挺有人情味，这方梨花简直无法理喻。当下想起口袋里还有一颗钟沂用鱼肝做的棒棒糖，掏出来递给她：“拿着，先垫垫肚子。”

“谢谢。”有东西吃了，梨花立即乖了，接过糖，蹦蹦跳跳地走了。

众人随着贺兰觿向营地走去，家麟步子慢，落在最后，皮皮快步追上他，低声警告：“家麟，你得好好地防着点你的小媳妇，我担心她会咬你。”

家麟双眉微皱：“昨晚她在我身边走来走去，还悄悄地舔我的手指头，我还以为这是狐族特殊的表白仪式，难道……”

皮皮急出一身冷汗。这方梨花貌似只有十岁女孩的智商，可毕竟修行了三百年，方家兄弟好几个，据说都很厉害，最后活下来的居然有她，说明她绝非泛泛之辈，忙道：“从现在开始，你不能跟方家人住在一起！切记，切记！”

家麟斜睨了她一眼：“所以昨天我在林子里说的事，你愿意重新考虑？”

皮皮坚定地摇头。

家麟耸肩苦笑：“那我只好继续做方梨花的夫君呗。只要保证她吃饱，我就是安全的。”

“你倒是很乐观喔！”皮皮拍了他一下，家麟一个闪身触发伤势没站稳，差点摔倒，被皮皮及时扶住。不料她被家麟的惯性带着也差点摔了，两人的身子撞到一起，为了稳住重心，家麟紧紧地搂住她。皮皮下意识地推了一推，家麟连忙撤手。

他停步下来，看了她一眼，目中充满了感情。

“怎么了？”皮皮问道。

“没什么。有次打篮球，我被人故意绊了一跤，一下场腿就肿了，是你陪我去的医院。”他笑了笑，“时间过得真快，那时候就惦记着赢球，输了会难过好久，好像遇到了人生的重大挫折。可现在呢？那场球是跟谁打的都想不起来了。”

“清宁高中，三比一。还是你投的篮呢。绊你的那个人叫陈晓涛，平头，三角眼，嘴边有颗痣，记得不？”

他摇头："还是你的记性好。"

皮皮低下头，脸莫名其妙地红了。直到今天她才意识到自己与家麟的那些恩怨可以放下了，可以心平气和地提起过去了。那些少年往事又浮上了心头，在这荒凉野蛮的沙澜，显得格外地温暖而有人情味儿。

"知道现在我最想念什么吗？"家麟叹道。

"什么？"

"奶奶做的豆瓣酱。用刚出蒸笼的馒头蘸着吃……"

"或者炒茄子……"皮皮加了一句。

"早饭没了，咱们恐怕要提前出发打猎了。"家麟加快了步子。

"你别去了，好好养伤，我让贺兰多给咱们派些人手。"

"没事，伤好得差不多了，我还吃了止痛药。"

"家麟……"

皮皮还想再劝，不远处小菊忽然跑回来向他们招手："皮皮！家麟！快过来，拿好兵器，到篝火这边集合！"

"打猎去？"

"不是打猎，是狼来了！"小菊一边在前面跑，一面示意篝火的方向，背后的弓弩像只老鹰伏在她的背上一上一下的，不一会儿工夫就消失了。

皮皮没听明白："她是指狼，还是指狼族？"

"肯定是狼族。"家麟看了一眼身后茂密的丛林，"如果只是原生态的狼，犯不着这么兴师动众。"

"为什么我什么动静也没听见？"皮皮一面快步走，一面问。

"昨晚你不在这，金鹳已经警告过我们了。狼族特别记仇，方雷奕的外交辞令不过是个幌子，今天不论我们交不交出五鹿原，修鱼家都会派人马过来歼灭我们。——方家兄弟为我治了一夜的伤，就是为了确保咱所有的人都有足够的战斗力。"

"那为什么不趁着天黑逃跑呢？林子这么大，总有躲的地方吧？"

"这一片都是修鱼家的地界，重要关口都有岗哨。这么多人一起行动很显眼，逃是逃不掉的。不过沙澜的规矩是两边的头儿先单挑，输了的那边会撤退，我们还是有胜算的。"

有胜算吗？皮皮的心怦怦乱跳。打几只野兔和山鸡是可以的，运气好也能打下一只鹿一只熊，但对付力大无比又能随时变形的狼族……她可没有什么信心。更何况贺兰觿还有致命的弱点：白天看不见……

所以皮皮一溜烟儿地跑进帐篷抓起猎刀、拿起弓箭、背上行囊，掀帘出帐时正碰上贺兰与金鹮在树边低声交谈，她冲过去拍了贺兰一下，大声地对两个男人道："王妃负责打猎，你们负责打架——这可是你们说的喔！"

"皮皮，"贺兰觿道，"来的人比较多，要做好两手准备。如果出现混乱，千万不要乱跑，也别想着救人。以你的水平谁也救不了，紧紧地跟着我，小菊跟着金鹮，家麟跟着尊嵋，明白？"

"明白！"

他从腰后的一个皮套中抽出五支箭递给她："拿着这个。"

皮皮接到手中一看，与其说是五支箭，不如说是五条僵硬的死蛇，褐色的身子上有一道道金环，嘴大大地张着。皮皮吓得差点扔掉："这是什么？"

"它叫冻蛇，是沙澜族里珍贵的兵器。当它不动的时候，很硬，可以当作箭来使用。"他将一条冻蛇装到皮皮的弓弦上，三角形的蛇头向外，让她引弓如满月，"这蛇被弓弦催发之后，射出去就是活的，如果力道足够，它会像所有的箭那样穿胸而过。与此同时，还会咬他一口。"

他将皮皮手上的弓略略抬高了两寸，让她对准不远处一棵高大的杉树。那树五十多米高，枝繁叶茂，距离他们大约六十步的距离，皮皮什么也没看见，问道："目标在哪？"

"上面有只鸟，看见了吗？"

"没有。"

"仔细看。"

皮皮集中精神眯起眼看了半天，摇头："看不见。"顿了顿，又道，"你怎么知道？你又看不见。"

祭司大人的脸立即板了起来，皮皮这才意识到自己又犯了忌，不能哪壶不开提哪壶。

"我能感觉到。"他说，"朝这个方向射就好。"

"嗖——"

一箭发出，那蛇仿佛充了电一般瞬间灵动起来，扭动身子向杉树飞去，只听得"呜"的一声怪叫，一只白鸟直直跌落下来。那蛇完成使命之后，竟然在空中一个转弯，飞回到皮皮的箭囊中，"叮咚"一响，又变回出发前的僵硬状态。

皮皮的眼睛都看直了，连忙跑过去将死鸟捡回来，是只猫头鹰，脸是白的，翅膀上满是黑色的花纹。

"是只猫头鹰。"

“它叫雪鸮。”金鹳更正了一下。

“刚才梨花还叫饿呢，这下可有饭吃了。”皮皮正准备将雪鸮别在腰后，被金鹳拦住，“千万别！”

他用剑鞘在地上刨了个坑，将白鸟埋进土里：“这蛇有剧毒，被咬上一口就没命了，连我们自己也没解药。”

俗话说，开弓没有回头箭，这箭不但能射击，能致命，还能回头，可以反复地使用，简直就是一神器啊，皮皮的安全感顿时增加了几十个百分比，连忙将冻蛇悉数装入箭筒。

“不要滥用，”贺兰觿道，“宫二昨晚拿过来的，一共十支，你五支，小菊五支。——它不是万能的。被人一剑削掉蛇头就成了死蛇，不能再用了。”

“明白。”

“还有，如果狼族的人追你，不要爬树。”

“为什么？不是说树上安全吗？”

“当他们没有注意到你在树上时，当然安全。如果他们知道你在树上，就不安全了。他们也有箭，可以把你射下来。”

“好的。”

“还有——这是最坏的情况——如果眼看自己要被狼族抓到，你最好在被抓前结束自己。”

“结、结束？”皮皮一下子结巴了。

“用刀，这样一划。”他用手比着自己的脖子，做了一个示范，“同时切开气管和血管；或者刺中心脏，都行。——这是最快的死法。”

皮皮呆呆地看着他，内心呻吟着，半天没说话。

“当然，如果你不怕疼的话，这些也用不着……”

她定定地看着他，以为他在开玩笑，或者是恶作剧。但他的表情是认真的，有一种可怕的诚恳。她克制着自己的恐惧，不想在他面前表现出来，但腿已开始发软，脑海里出现了恐怖片中怪兽吞吃活人的场面。

“你又在发抖？”他说。

“没有。”

“是你的嗓音。”

她狠狠地瞪了他一眼，他反正看不见，自顾自地笑了：“狼来了，皮皮你准备好了吗？”

皮皮这才认真地打量起眼前的贺兰觿来。他穿着一件黑色竖领猎装风衣，里面只有一件浅灰色的高领毛衣，迷彩裤、猎人靴。两腰的皮套上各别着一把猎刀。手中的盲杖已经拉成一米多长，在晨曦中闪着金属的光泽。身旁的金鹮则穿着件深绿色的牛仔布夹克，上面的口袋里装满了各种飞镖，斜背着一把剑。一头黑色的鬈发如金蛇狂舞般飘散开来。

看着他们无上的容颜，皮皮在心里“噢”了一声。这两人的做派不像是马上要出场厮杀的武士，倒像是要走 T 台的男模，或是准备拍动作片的主演：太白、太香、太有派头，举手投足太有耍酷的嫌疑。

“别动，”皮皮弯下腰，在草地上抠了一团又黑又臭的污泥，往两个男人白皙的脸上、额上各抹了几道黑黑的条纹，又用余下的土往自己的脸上拍了拍，满意地道，“好了。”

两个男人显然不喜欢脸上涂着臭泥，但已来不及嫌弃。远处林中传来一阵嘈杂的响动，仿佛有一支军队向这边开来。马蹄声、奔跑声、兵器碰撞声、枝叶摩擦声……伴随着一声递着一声的长嚎，不一会儿工夫已到了溪边。

狼真的来了。

皮皮忽然把贺兰觿拉到一边，低声道：“贺兰，我有事要拜托你。”

“嗯？”

“万一我出了事，见不到贺兰静霆，请不要告诉他我来过沙澜，也不要告诉他我是怎么死的。我不希望出现在他的记忆里，不希望他再为我痛苦，更不希望和他一次又一次地重复一场场无谓的相遇。请让我这个人在狐族的记录中彻底消失。”

他怔了一下，表情很惊讶：“为什么？”

“为了自由。我的贺兰值得拥有一个崭新的、从未界定过的未来。”

“如果没出事呢？”

“那我绝不放弃我的目标、我的爱情，”皮皮扬起脸，“我会不惜一切代价活下来，见到祭司大人。”

贺兰觿的脸抽动了一下，从背后抽出一把一尺长的开山刀递给她：“拿好你的武器，为目标努力奋斗，王妃殿下。”

第十九章

修鱼狼族

空中的云是铁铅色的，白雾笼罩的山峦如仙境般悬浮在天际，延绵不绝，直到视线的尽头。

霞光透过树隙点点洒在溪水上。青草在寒气中瑟缩地伸出自己的新芽，几只松鼠在树间跳跃，地上落着厚厚的松针。

“目测是修鱼家。”金鸐道。

皮皮和家麟站在贺兰觽的身边。众人在篝火处交谈了一番之后，皮皮才知道沙澜狐族自去籍之后，死的死，逃的逃，走的走，几百年下来，金鸐和方氏都还是第一次回到老家。在此之前，沙澜的狼族只有修鱼一家。之后外地狼族纷纷迁入，相互拼杀了几百年后，才由修鱼的一家独霸变成了如今的五族鼎盛。其中安平、方雷、北山、修鱼占据着沙澜的中心地带。最南边的五鹿家族从更遥远的荒漠迁徙而来，是新崛起的狼族。修鱼亮虽号称狼王，领导地位已经动摇。

贺兰觽本人与狼族之间并没有打过实质性的交道。遇到慧颜之前，他来过沙澜，当时狼族尚未入足北关。慧颜死后，他一直被囚禁，金泽获罪这么大的事也只是听说。真永之乱，南北分治，贺兰觽去了遥远的南岳，与北关不相往来，与狼族更无纠葛。

众人全副武装来到溪边时，狼族的人已经到了，陆续在溪水的南侧一字排开。

为首的一位骑着黑马，手提一把六尺来长的朴刀，身形高大，眉骨突出，蓄着北欧海盗那样浓密的胡须，垂下来遮住了半个脖子。脸上一道长长的刀疤从左颊一直划到嘴边。受伤的嘴角翻起来，露出尖利的犬牙。他的身边跟着八名骑马大汉，带着三十来个拿着兵器的随从。个个虎背熊腰、魁梧彪悍，一副身经百战、训练有素的样子。

说是军队有点夸张，但论实力、论人数，狐族这边处于明显的劣势。

皮皮的心微微一沉。

大家都以为带队的人会是方雷奕，没想到他根本没露面。金鸐走上前去，朗声道：“阁下是谁，有何贵干？”

刀疤汉一脸的轻蔑与不屑，只从齿间弹出了三个字：“修鱼睿。”

“昨天方雷奕已经来过了，我们说好了黄昏时候交人。”

“他跟你说了什么不干我事。”修鱼睿的嗓门仿佛也受过伤，十分嘶哑，“第一，本大爷我今早巡山一无所获，心情不好，要找人出气；第二，五鹿原杀了我的家人，顺路过来拿他的人头。——咱们的事儿完了，你还有活气儿，再去找我姐夫理论。”

皮皮不由得看了一眼站在旁边的五鹿原，狼族人的块头普遍高过狐族，背上还有一双翅膀，他在狐群中特别显眼。

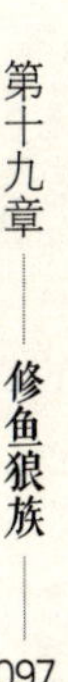

“阁下今早巡山，我们这边有位姑娘被人偷袭遇害。这事是谁做的？出来一下，咱们说道说道。”金鹳抱臂冷笑。

“修鱼家的人来了只玩一个姑娘就走？不是我们的风格嘛。”修鱼睿一双灰色的眸子像两把刷子在千蕊的脸上扫来扫去，“我看你们这边姑娘不少，模样也俏。兄弟们都单着呢，今晚有人暖床了！”

狼群一阵哄笑，有人跺脚，有人吹哨，有人将兵器对磕砰砰作响。

“怎么打？”金鹳懒得啰唆，“一起上还是单挑？”

“单挑，免得你说我们以众欺寡。”

“各出三人，三打两胜？”

“行。如果我们赢了，男人斩首，女人带走。”

“输了呢？”

“输了撤退。”修鱼睿左手一挥，“方雷奕说你们只是路过。既然路过，我们放行。”

“好笑，我们输了就要斩首，你们输了只是撤退，公平吗？”

“不撤退？我们这边有几十个人，输了也不会老老实实地伸出脖子让你们砍，一起杀过来搞人海战，你们吃得消？”

金鹳一想也对，于是点头：“行，开始吧。”

修鱼睿吹了一声口哨：“既然说到姑娘，就让姑娘们先来，怎么样？我七妹修鱼冰已经恭候多时了。”

狐族这边的男人们一下子怔住了，没想到修鱼睿早已看出狐族这边男强女弱，竟让素以凶悍著称的狼女首先出战。按照沙澜的规矩，一方是女人出场，另一方若是派出男人，就是丢人现眼。

果然！金鹳的眸子暗了暗。这边出身狐族的女人只有千蕊和梨花，梨花修行尚浅、心智不熟，皮皮、小菊、嘤嘤都谈不上有战斗力。唯一功夫厉害点的钟沂刚刚去世。能应战的就只剩下了千蕊。千蕊乃昆凌族护法，能坐上这个位子功夫绝对不差。他看了千蕊一眼，发现她两眼望天、面无表情，一副“我才不去送死”的样子。

金鹳小声道：“千蕊，不想与七姑娘……切磋一下？”

“这种事怎么会先轮到我？”千蕊白眼一翻，“咱不是有个英勇的王妃吗？”

金鹳无言以对，一抬头，对面的狼群中走出一个高个子女人。这么冷的天，她上身只穿了件紧身的鹿皮马甲，下着一条豹纹短裙，脚蹬黑色长靴，露出两条光滑健壮的长腿。大脸、厚唇，戴着一对金光闪闪的月牙耳环。她走到溪边的空地上，从腰上解下一条铁链，链子的底端套着一个皮囊。她抽出绳套，里面掉出一个铁球，目测有

五六十斤重，上面钉着狼牙状的铁钉。

狼女向狐族拱了拱手，口里咕噜咕噜地说了几句狼语，大约是在邀战。

狐族这边无人响应，一时间有些冷场。金鸐咳嗽了一声，只得道："打架是男人的事，修鱼睿，你舍得你妹妹，我们还怜香惜玉呢。换个男的吧！"

"哈！话不能这么说。打架是日常，男女都得会。难不成你们狐族就没一个像样的女人？没有能干的母亲，你们这些能干的儿子是怎么生出来的呢？"

"这个——"金鸐正要继续打哈哈，忽见一个小个子女人提着刀从人群中钻出来，快步走到场地的中央。竟然是关皮皮。他不禁看了一眼贺兰觿，发现他脊背蓦然一凛，腰挺得更直了。

皮皮往身高一米九的修鱼冰面前一站，拱了拱手："我叫关皮皮，请指教。"

修鱼睿垂眸一看，鼻子动了动，似乎发现了新的物种："你是狐族的女人吗？不像啊。"

皮皮道："我嫁给了狐族，就是狐族的女人。"

修鱼睿两手一抬，笑道："我倒不介意你是什么族，我老婆也不是狼族。请。"

人群很快安静了下来。

皮皮看了一眼地上的铁球，那东西貌似从未洗过，利齿与凹槽间布满了黑黑的血迹，还有一些动物的皮毛与残肉。皮皮深吸一口气，后退一步，捏了个刀诀，道："请。"

忽然间铁链哗哗作响，铁球在空中转了几圈后带着呼呼的风声向她砸来。皮皮连退三步，抽刀一挡，铁球带着强大的力道在刀上急绕三圈，将它卷起来甩到半空，"嗖"的一声倒插在树干上，直没入刀柄。

第一回合还没正式开始，皮皮手中已没了兵器。所幸没有砸中，不然已成肉饼。她寻思绝不能再给修鱼冰第二次机会甩出铁球，于是双手各抽出一把猎刀向修鱼冰冲去，左右连环砍去五刀！

所谓一寸软一寸险，软兵器适合长距离攻击，在肉搏的范围内不好使力。她已看出七姑娘是左撇子，只要不停地削她左侧她不仅没机会使出铁球，还会成为负累。果然，修鱼冰将铁链一抛，从背后抽出一把铁锤向着皮皮头顶砸去！

一道劲风袭来，吹得她汗毛倒竖。皮皮连忙向右一闪，身子一弯，那铁锤贴着她的腮帮而过。还没等她站直，皮皮的脸就中了七姑娘一拳。

"砰！"

皮皮只觉半张脸都开了花，鼻血长流，眼冒金星，看不清面前晃动的人影。她挣扎着想看清目标，胸口又中了一脚，整个人飞起来，重重地掉入溪中，溅起一团巨大

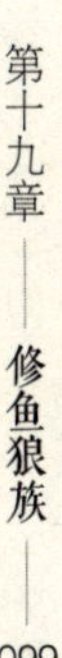

的水花。

不知是肾上腺素的作用还是溪水太冷，她感觉不到痛，鼻子被水呛了一下，颤颤巍巍地从水里爬出来，右手仍然紧紧地握着猎刀。一步一歪地走了两下，一种无法形容的剧痛让她流了一头冷汗。她用手擦了擦脸，血水打湿了手，正当她痛到半身抽搐几乎迈不开步子的时候，她再次听见了铁链的呼呼声。

她本能地向后一躲，铁球转了一圈又砸过来，皮皮拾起地上的一截枯木扔了出去。也合该她运气好，链条遇到阻碍蓦然改变方向，铁球竟向修鱼冰砸去，迫使她甩掉手把，抽身一让。

沉重的铁球携裹着链条飞向空中，砸中一棵小树。"咔嚓"一响，小树断成两截。

趁着七姑娘这一分神，皮皮操起猎刀一跃而起，将她扑倒在地。两个女人在地上厮打起来。

肉搏术这一项，皮皮也不擅长。虽然走南闯北的四年中遇到过多次打劫，但祭司大人留下了很多的钱，足以让她雇用保镖解决人身安全问题。

跟狼女打架她不懂技术，只会用最野蛮的办法，那就是用牙咬、用手抠、用头撞、用刀砍——一句话，拼了。

论个头论体重，七姑娘差不多是她的两倍。皮皮知道一旦被她压在身下就永无翻身之日，所以她扑过去的第一件事就是用力戳她的眼珠。七姑娘只好闭住眼，一手抓住皮皮的手腕，用力往外掰。她既然使得动六十斤重的铁球，臂力绝不亚于男人。皮皮只觉得手骨咯咯作响，眼看就要断了，当下一头撞了过去。

"当！"

传来修鱼冰鼻骨断裂的声音，皮皮自己的头盖骨也撞得嗡嗡作响。就在这一瞬间，修鱼冰的手忽然松了一下。

不能算是松，是微微地撤了一点力道。

就在这一刹那，皮皮一刀横切了过去。

气管、血管。

狂涌而出的血喷了她一脸，但修鱼冰并没有放弃，反而一个翻身将皮皮压在身下，用力掐住她的脖子，力道之大，几乎要将脖子拧断。

皮皮的脸憋得通红。她知道修鱼冰越是用力，伤口就裂得越开，血涌得越多，就死得越快。修鱼冰似乎也很明白这一点，用力收紧下巴，企图阻止流血的速度，在死之前掐死皮皮。

没到十秒，身上人突然失力，轰然倒在皮皮身上，很快就不动了。

除了赵松那一次，四年来这还是皮皮第一次蓄意地去杀一个人。哦，不能算人，

算狼族。如此近距离的接触，她能感到利刃刺入肌肤的战栗，听见挣扎如狂的心跳，看见七姑娘脸上震惊的表情，以及生命之光从她眼中迅速消散……

皮皮从血泊中站了起来，心突突乱跳，身后传来响亮的喝彩声。她木然地走了两步，几乎摔倒，有人过来扶住了她，是小菊，半是欢喜半是担心："皮皮，你赢了！"

皮皮咬牙走回溪边，不想示弱，反而加快了脚步，以至于小菊几乎跟不上她。回到人群中站定，透湿的身子被冷风一吹，瑟瑟发抖。有人拉了她一下，将她拽到僻静角落，帮她脱下湿漉漉的外套和里面的内衣。

皮皮赤裸着，冻得牙齿咯咯作响，任由他摆弄自己。

他脱下自己的毛衣套在她的身上。瞬时间，她感到了他的体温。

"成天说我是冒牌货，就这么光着身子站在我面前，不害臊吗？"贺兰觿道。

"你不是瞎的吗？"

皮皮觉得这一架打得有点冤，明明该千蕊上场，千蕊不干，她只好硬着头皮上，送去半条命，侥幸赢了，也是狐族的荣光。没听贺兰觿道声谢，还变着法儿地挖苦她，这一肚子气就要撒在他身上，偏要把他最忌讳的"瞎"字当重音念。贺兰觿"哧"了一声，打开行囊，摸出一件干燥的外衣、一条牛仔裤递给她："打得真够辛苦的，光用耳朵听都替你累。"

"有轻松的打法吗？你倒说说。"

"你背上有弓，我刚给了你箭，从水里爬起来，一箭射死她，不会啊？"

皮皮这才想起有弓箭，就背在身上，一直没用。一来是一上场她就被那呼呼作响的铁链给唬住了，使起来密不透风，弓箭根本射不进去；二来是脸上中了一拳，眼珠都快被打出来了，视力大受影响，就算有弓在手，也瞄不准。她也懒得解释，说道："忘了。"

"不是忘，是笨。——那只雪鸮算是白死了。"

这一刻，皮皮很想抽他，念及他刚刚奉献了自己温暖的毛衣，及时忍住："要是我输了呢，肝脑涂地血溅当场呢？你是不是还要鼓掌呀？"

"那倒不至于。"他严肃地摸了摸她的脸，"我会让你入土为安的，放心吧。"

两人都惦记着接下来的战事，连忙回到人群中。皮皮脸上的伤口原本痛如刀割，站在贺兰觿身边，顿时减轻不少。她不禁想起在C城被无明火灼伤的事，当时只要靠近贺兰觿就不疼，祭司大人的气场就有这么大，还附带疗伤功能。这么一想，她索性将贺兰觿的手拖过来，摁在腰间的命门穴上。

"干什么？"

"给点元气。"

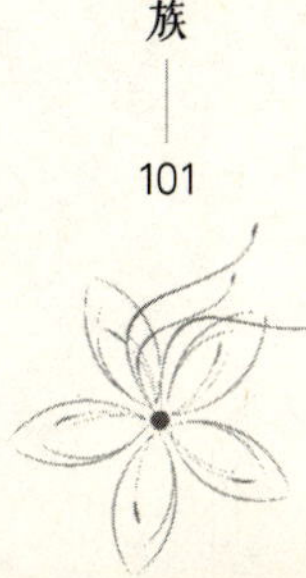

“当我是充电器啊？”

“下雨天打孩子，闲着也是闲着。没准等下打起群架来，我还能帮你杀出一条血路呢！”

祭司大人的喉咙“咕噜”了一声，没说给也没说不给。皮皮横竖赖在他身上，心想接下去两场若是再赢一场，今天的劫数就算解了。若是输了，狐族不会束手就擒，会有一场更残酷的厮杀，到时候谁也顾不上谁，“互相照应”什么的全是屁话。与其被狼族活活咬死，不如现在赶紧恢复元气为逃命做准备。

狼族打架从不收尸。空地上修鱼冰的尸身被移到一棵树下，修鱼睿将一片树叶插进她的嘴中，便算完成了葬礼。

第二场狐族这边派出了金鸐。

沙澜各族都有很强的阶层观念，排行是打出来的，地位越高说明战绩越多，功夫肯定越好。修鱼睿是家族第二号人物，动物学里称为“Beta”，也就是说家族中除了老大修鱼亮，谁也打不过他。

既然狐族赢了第一场，对狼族来说第二场派什么人就成了关键。赢了这场还有胜算，输了就是满盘皆输。而狐族这边的金鸐，武功应当与贺兰觿不相上下，在夜晚时分可能比他略差，但这是白天，贺兰觿什么也看不见。就算他听力超群外加红外线感应、超声波探测，近距离搏杀反应也会慢一些。而且狼族似乎将全部的注意力放在前来复仇的金鸐身上，没人认识贺兰觿，也没人注意到大祭司的存在。所以这一场大家都以为是金鸐对修鱼睿。

不料修鱼睿将马头一拉，退了几步，向着狼群道：“六弟，你来会他。”

人马一阵攒动，从后面走出一个穿着亮银色锁子甲的青年。像所有的狼族一样，他高大健硕、蓄着一脸的胡须，左颊一道浅浅的刀疤反而令他更有魅力。看得出是个讲究人，胡须的边际修理得整整齐齐，恰到好处地衬出强硬的下颌。胸高高挺起，嘴角微微上扬，脸上有股森然的傲气。

然而，他身上也有一些地方看上去与狼族大相径庭。首先是肌肤格外白皙，而狼族肤色灰黑，两相参照，就像一盘围棋里的黑白子那样泾渭分明。其次是他有一头与金鸐一模一样的螺丝鬈发，不仅一样长，卷度也极其相似。而其他的狼人都是一头又粗又直仿佛上了浆一般的直发。最后一点，他的脸很瘦、下巴很尖，轮廓鲜明，线条却细腻柔和，而狼人的脸型则普遍比较宽大，骨骼突出，线条也很粗糙。

皮皮的第一印象是，这位“六弟”绝不是纯种的狼系，应当是个混血儿。

紧接着，她看见了金鸐惊愕的眼神，忽然间想起了早上嘤嘤讲的故事，立即明白

了他是谁。

金鹮的母亲姜圆圆被修鱼亮掳到狼群，受尽侮辱后发疯而死，临死前生过一个儿子。

这“六弟”可能就是修鱼亮与姜圆圆的儿子，也就是金鹮的弟弟。

如果这个故事连嘤嘤都知道，那么在狼族、狐族，这恐怕是个尽人皆知的故事了。皮皮不由得看了一眼不远处的小菊，发现她很焦急，用力地咬着嘴唇，显然也猜到了。

似乎感到有什么地方不对，贺兰觿附耳过来，低声问道：“怎么了？”

“出场的这位长得很像金鹮，也有一头鬈发——他们有没有可能是……亲戚？”

这么一说，贺兰觿也怔住了。

一旁的嘤嘤立即道：“他叫修鱼稷，是修鱼堡的三号人物，这些年打过几场大胜仗，安平家的老大老二就是他带人灭掉的。最近这段时间风头盖过了修鱼睿。所以两人表面和气，私底下互相猜忌。这修鱼睿也不是盏省油的灯，不然也想不出这么毒辣的一招：老六输了，自然成了金鹮的刀下鬼，也除去了他的心头患；老六赢了，队伍是他带来的，剿灭沙澜狐族首领成了他的功劳。——这一局对他来说是双赢。”

众人的猜测很快得到了证实，只见修鱼睿冷冷一笑，道：“你们兄弟俩——还没见过面吧？”

人群一遍哗然，各种窃窃私语、交头接耳。

场上的两个人在转圈子，彼此观察着。

“阁下是——？”

“修鱼稷。”

“金鹮。”

“幸会。”

“请。”

高手相遇，话越少越好。修鱼稷表现出对这个名字无动于衷的样子，麻利地从腰后拔出一对鸳鸯钺：“请。”

空地上两个人厮杀起来，瞬时间就只剩下了一团不断变幻的人影。

皮皮的心思却越飘越远：让一对素未谋面的兄弟一上来就互相残杀，修鱼睿的用心着实险恶。只要金鹮顾念兄弟之情，下手不够狠，就会给修鱼稷一些机会。

谁先心软谁先死。

从策略上说，修鱼睿赌金鹮先心软，必是对修鱼稷充满信心，料他不会受突如其来的“亲情”干扰。生于狼族，长于狼族，父亲是狼族的大王，修鱼稷纵然有个狐族的

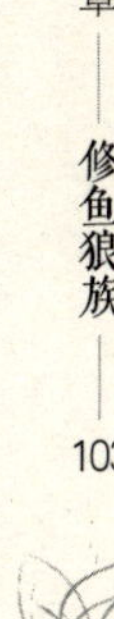

母亲，归根到底是狼人，自会忠于狼族、捍卫狼族。就算心底有一星半点的犹豫，也绝不会显露在众目睽睽之下，恰恰相反，会更加勇猛以证明自己的立场。

天已经大亮了。

风还是很冷，阳光亮得让人睁不开眼。

草地上人影翻飞、银光闪烁。内行人都看出两兄弟武功相若，势均力敌。修鱼稷身高手长，整个人都比金鹳大一号，体力上有先天优势。金鹳轻功卓绝、剑法纯熟，无论技术还是经验都更加老练。金鹳曾有两次杀机，念及一母所生，都在最后一刻放弃。相比之下修鱼稷则毫不客气，一对鸳鸯钺舞得呼呼作响、滴水不透，对金鹳连环绞杀，逼得他连连后退。

忽然间"呛"地一响，金鹳一剑挑飞了对方的一把钺，连劈三下，刀刀不离修鱼稷的颈部。

旁观者都知道，大哥烦了，不想让了，这是要下杀着。

旁观者不知道，面对如此凌厉的剑风，修鱼稷不仅没躲，反而迎了上去！

这是要送死的节奏吗？

皮皮的心却一下子沉到了谷底。在这你死我活的一瞬间，眼看金鹳的剑就要刺进修鱼稷的喉，剑风忽然硬生生地转了一个方向。

就是这一下的迟疑，修鱼稷一钺飞出，砸向金鹳的右胸，只听重重一声钝响——"噗！"皮穿骨裂，金鹳仰天倒下。修鱼稷抽出腰刀一跃而起正要一刀斫下——

一团黑影闪电般扑来，将地上的金鹳向后一拉，修鱼稷斫了个空，钢刀落地泥土飞溅，抬头一看，一道颀长的身影挡在眼前。

皮皮这才发现身边的祭司大人已经不见了。

贺兰觿淡淡地道："第二场，我们输了。"

狼族人没见过贺兰觿是真，但没听说过这个名字却不大可能。就像狐族里没几个人见过修鱼亮，却都知道他是沙澜的狼王。

从动物学上说，沙澜各族生理结构各异，发声器官不同，都有属于自己的语言和交流方式。与此同时，共推人类的语言为官话，一般贵族特别是男性都会自幼习得以作外交之用。是以各族的基本常识——地界、历史、风俗、首领——彼此都略知一二。一些知识如果官方渠道无法获得——比如狼族与狐族，基本上是见面就打，上层之间零交流——很多人会向蚁族咨询，宁可花点钱、送点礼物。一来，蚁族的"水木寒山"无处不在，对介绍、传播沙澜各族文化起了推进的作用。二来，蚁族崇尚学问，所以消息可靠；寿命短，所以更新快，符合沙澜日新月异的资讯现状。

狐族的历史先以民间小报、花边新闻的方式点点滴滴地从水木网传入狼族，为

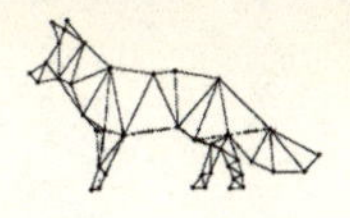

了作战时了解敌情，渐渐地，狼族这边也开始派人来搜集情报。所以狼族知道狐族的现况是：狐帝已逝，太子闭关，目前由女巫青桑摄政。这位太子先天不足有目盲症，所以不大管事，至多是个狐族的形象代言人。关于他的过去，只知道曾为一个女人与父亲翻脸，掀起过一场战乱，之后隐姓埋名在遥远的南方修行。随着贺兰觿从北方政权中的突然淡出，几百年后，沙澜各族已经不大提起这个人，仅作为背景知识出现在偶尔的谈资中。

贺兰觿蓦然上场，修鱼睿知道他一定是比金鹮更厉害的人物，不然不会藏到最后。

而皮皮的心绪却更加不安。

说实话，她没怎么见过贺兰觿打架，尤其是与本族人动手。以他的修行，在C城教训几个地痞流氓绰绰有余。但与赵松呢？每一次都受伤，最后一次还伤得不轻，独自躺在井底差点死过去。

在她的记忆中，祭司大人是优雅的、高贵的，如雅典卫城中的神像那样受人仰慕。他不是来打架的。

转眼间又为自己的念头感到好笑。贺兰觿早已不是四年前的贺兰觿了，昨晚自己那么恨他都起了杀心，还担心他的安危作甚？怕他输吗？他要是假冒的，死在修鱼睿手里倒省心了。可是这样的话，皮皮他们也会被砍头呀……所以这一场，祭司大人还得赢。

修鱼睿长腿一摆，从黑马上跳下来，走到贺兰觿的面前："阁下是——"

"如果你赢了，"他指了指身后的狐族，"他们会告诉你。如果你输了，就不必知道了。"

皮皮心想，狐族此行的目标并非是深入巢穴夺回失地，果然就是路过，顺便盗走那颗蓝色的珠子。所以贺兰觿不想报出真名引来更多的注意。若是狼族知道这里有狐族的储君，一定会千方百计地抓他做人质。毕竟蓄龙圃就在沙澜的尽头，再往西北的一大片地方都是昆凌族地界。那里每年都会举行神秘仪式，包括狐族长生的秘密，狼族想必也是觊觎良久。

修鱼睿的朴刀，杆是千年藤条，刀是百炼精钢。一刀抡来，空气都被他裁成了线。只见他点、戳、批、抹、切、斫、砍、掤，刀尖就在贺兰觿胸前来回舞动。

祭司大人倒也不慌，盲杖轻轻一挡一挑，身子左右晃动，连退三步，卸下他的力道，反手忽然一抽，正好抽在修鱼睿手腕的某个穴位上。修鱼睿吃痛撒手，仿佛受不住这一抽的强大力道，"咣当！"朴刀掉到地上，眼看藤杆就要着地，被贺兰觿忽地用脚一挑，"嗖——"，朴刀带着十足的力道以不可想象的速度飞射回去，"哧"的一下正

中修鱼睿的心脏，将他的前胸刺了个对穿。

贺兰觿双目失明，却胜得如此轻松，在场所有的人都惊呆了。

皮皮突然想起以前看武侠小说时经常看到的一句话：高手对决，几招之内能见胜负。

狐族能弹跳，可以在树尖上打斗，狼族不能上树，所以贺兰觿选择留在地上。狼族能变形，变形之后跑跃更快、咬肌更强，修鱼睿没有变形。高手有高手的道德，谁也不想以己之长胜其之短。所以这一局，修鱼睿输，狼族心服口服。

皮皮松了一口气，忽然想起一件事，心情又紧张了起来。

前面狼族输了就撤的承诺是修鱼睿许下的，现在，修鱼睿死了，余下的人还会践行这个承诺吗？以狼群的人数，这个时候发起群攻，狐族这边可吃不消啊。

果然，狼族人的目光一致地看向了修鱼稷，一副唯他马首是瞻的模样。

——狼律，二号人物死亡，三号人物自动接替他的领导位置。

贺兰觿抬起头，缓缓移过脸去，对修鱼稷道："你们输了。"

狼群沸腾了，传来各种吼叫：

——"灭了他们！"

——"给老二、七姑娘报仇！"

——"老六，你给个话，兄弟们一起上，今天跟他们拼了！"

——"那个戴红头巾的姑娘今晚可以跟我吗？"

——"杀死七姑娘的凶女人脸破成那样，没法看。我不要了！四哥，归你了。"

——"我也不要，不过肉还是嫩的，咱们直接吃了得了。"

——"哇，还有个小姑娘！阿稷，你知道哥哥我那点小趣味……"

一群人七嘴八舌，仗着人多势众，半点撤退的意思都没有。冷不丁有个秃头大汉道："老二跟着老大走南闯北，立下丰功伟业。这几千里沙澜，谁不知修鱼睿的大名？给这瞎子没到五招就打发了，要是传了出去，修鱼家岂不名声扫地？只怕北山那边听到风声，会拉帮结派地杀过来。六弟——"

修鱼稷冷冷地看着众人，等着各种声音停歇下来，道："大丈夫一诺千金，言出必行。二哥的人虽然不在了，他说过的话还在，节操还在，狼族的信誉还在。"

说罢对着贺兰觿拱了拱手，说了句"后会有期"便掉转马头扬长而去，众人只得骂骂咧咧地转身跟在他的身后。

狐族这边，大家都悄悄地松了一口气。金鸐让了修鱼稷一剑，修鱼稷顶着压力撤走众狼，也不失为一种回报。两边人正要各自散去，忽然间，天空一阵阴暗，传来一阵叽叽喳喳的鸟鸣，伴随着哗啦啦翅膀扑棱的声音，一群黑鸟铺天盖地地飞

过来——

还没明白是怎么一回事，狼群中有人喝道："中埋伏了！这是狐族的灵鸦！"

话音未落，横飞的群鸟突然变换队形凌空而下，纷纷向众人扑去。

群鸟从突至到扑到眼前，只有数十秒的工夫，狐族、狼族听力敏捷，居然谁也没有察觉。

起初，皮皮还不能确定这就是青桑的灵鸦，直到它们越飞越近，才看清了样子：黄嘴、黑背、白腹，翅膀上有白色的条纹，不管是狐是狼，只朝人的眼睛啄去。狼人们挥舞着手中的刀斧在空中乱砍，那鸟也不知躲避，笔直地冲向目标，一刀砍中，立即如一道黑烟散入空中，与此同时，一颗浅蓝色的光珠跃了出来，在空中兀自悬浮。

看来狼族已不是第一次被群鸟偷袭，个个训练有素，每三人一组，背靠背，高举盾牌边挡边杀，瞬时间空中已一片蓝光。修鱼稷坐在马上大喝一声："点狼烟！"

两个随从听命立即从马背的包袱里掏出一团团黑乎乎的枯草一样的东西，火石点燃，往空中一扔。

顿时浓烟滚滚，发出一股浓郁刺鼻的味道。群鸟纷纷坠地，如同蚊香熏死蚊子一般。瞬时间，剩下的鸟群逃之夭夭……

地上又多出了三具狼尸，均是双眼被啄，脸上两个黑洞。脸白如纸，血色尽失，似被吸去了魂魄。

狐族这边也刚刚消停，所幸重伤昏迷的金鸐已被千蕊和小菊背回营地救治。余下的人包括梨花、嘤嘤等均在贺兰觿、方氏兄弟及五鹿原的护卫下毫发未损。

奇怪的是，这一回灵鸦攻击的目标似乎不是群狐，而是群狼。而群狼也颇有经验，显然不是第一次被袭。狼烟一过，群鸟顿时消失殆尽。几个卧进草丛举盾护头的狼人刚刚站起来，"嗖嗖"几声，树顶方向射来一批冷箭，一个狼人被射中肩膀，顿时一团火沿着肩膀向他头顶烧去，狼人狂嚎起来："树上有人！无明火！无明箭！"

几个狼人立即向这边奔来，挽弓狂射。两边箭雨翻飞，对峙了一会儿，地上又多了两具狼尸。身上毫发未损，各个关节都弯折起来，一张脸痛得扭曲变形……显然是被无明火烧死的。

难道是青阳暗中帮忙？皮皮心想，如是真是这样，这可是帮倒忙啊！

远远看见修鱼稷越来越阴暗的脸，皮皮暗叫一声"糟糕"，狼族一定把灵鸦之袭算在他们的头上。果然，修鱼稷掉转马头，举起手中的鸳鸯钺，向着贺兰觿冲了过来。

他这一带头，余下三十多人也向着皮皮这边冲过来。

瞬时间群狼已将皮皮等人团团围住，摆出群攻的架势。骑马的八个大汉从马上

跳下来，余下的随从，有的已变形成狼，有的保持人形，各执兵刃，向狐群杀来！

皮皮与贺兰觿背对背，紧紧贴在他的身后。贺兰觿道："皮皮，紧紧跟着我。"

"明白。"

这话说来容易，当几十头狼杀过来后，就变得很不容易了。

群狼已知贺兰觿在狐群中武功最高，一半以上的狼人——包括修鱼稷——都冲向他。贺兰觿左手挥刀，右手挥杖，身边的方氏兄弟、五鹿原也帮他抵御。这几个最厉害的男人迅速被狼人或三人一团或五人一党地一一围住，分而击之。

皮皮很快就跟贺兰觿分开了。他被群狼死死围住，以一敌十，根本无法脱身兼顾。皮皮自己也被两个狼人围住，挥刀力搏，边砍边向林中跑去。她心中暗想，贺兰觿的附近还有挥着双斧苦苦作战的家麟，能引开几个是几个，让几个男人的压力小一些。而且她最擅长的弓箭也需要一点距离进行射杀。

所以皮皮没命地向林中狂奔，两个狼人变形成狼，紧追其后。眼看抛开了双狼约二十米的距离，皮皮一个转身，引弓搭箭，回头一射，一气呵成。

冻蛇弹出，"嗖"的一声在弦上激活，扭动身躯向目标飞去。

"噢！"一狼中箭倒地。那蛇自行从狼躯中飞回，"叮当"一响，掉回箭囊。

另一头狼显然吓到了，在一瞬间变回人形，手中拿着一面盾牌向皮皮扑去！

他知道距离越近皮皮越不好射，趁着她搭弓引箭这几秒，飞扑到她身上，皮皮还没拉开弓，人已经被他扑倒在地。

一双粗壮的大手紧紧地扼着她的脖子。

皮皮在他身下拼命挣扎，乱蹬乱踢，力气越来越小。她感到狼人整个身子都压在了自己的身上，凌乱的胡须扫着自己的脸。一双铜铃般贪婪的眼睛离她越来越近，呼吸越来越粗……

他忽然抽出一只手扯开了皮皮的上衣，一把扯掉了她的吊带，手用力地捏着她的胸部……

在把她弄死之前，他还想干点别的事。

皮皮的眼瞪圆了，想叫，喉咙被死死卡住。那人开始拉她的裤子……她听见纽扣爆裂的声音……

"当！"

一股灰白的东西喷出来，洒了皮皮一脸，狼人倒在她怀中不动了。一只手将皮皮从地上拉了起来。

是家麟。手中的斧头鲜血淋漓。回首再看狼人，后脑被劈成两半，那灰白的液体是他的脑浆。

皮皮惊魂未定地看着他:“家麟,你怎么过来了?”

“我看见你往这边跑了,怕你有危险。”

“贺兰呢?”

“他和方家两兄弟都被围得死死的,脱不开身。”

“赶紧回去!”皮皮说罢转身要走,家麟一把拉住她:“别去。”

“嗯?”

“趁着他们手忙脚乱,我们趁机逃跑。”

“小菊不在啊!要跑至少也要找到小菊啊!”

“刚才看见小菊了,我让她过来找你。”

“你就忍心在这种时候跑?……扔下他们?”

“狼族人数是我们的好几倍,正围着贺兰觿他们搞车轮战,看架势抵抗不了多久,等他们杀光了那边再杀过来,咱们谁也跑不了,皮皮你必须要下决心!”

皮皮下不了这个决心:“你和小菊先走,我过去看一下再来找你们。”

“你是猪脑啊!到这个时候还要救他?刚才你被修鱼冰打成那样,他连眼皮都没眨一下!我要去救你,他还拉着我,说是单打独斗,不能坏了规矩。——可以眼睁睁地看着你去死,这是你的男人吗?”

家麟还要再说,一抬眼,小菊也向他们跑过来:“皮皮!家麟!”

皮皮迎上去道:“你怎么来了?金鸐呢?”

金鸐重伤,完全没有防御能力,以小菊的个性,这种时候绝不会撇下他。难道已经遇难了?

“我把他藏起来了。他听见外面打得厉害,担心你们,让我过来帮忙。”小菊气喘吁吁地道,“哪知道一到溪边,碰见千蕊,她说梨花不见了,往这个林子来了,说你们也在这里,让我先跟你们会合,再找梨花……”

“贺兰呢?”皮皮问道。

“还和方尊嵋他们在苦苦地打。一地狼尸,一时半会儿见不了胜负。”

皮皮想起贺兰觿早上的吩咐,说如果两边打起来,自己要跟着贺兰,小菊要跟着金鸐,家麟要跟着尊嵋,现在他们三个,一个也没跟着,这是有多么不服从命令,等下见到贺兰,还不被他骂死,正要建议大家回去帮忙,忽然林中深处有人叫道:“救命啊!救命啊!”

是奶声奶气的童声。

小菊立即道:“是梨花!”

救不了贺兰先救梨花也是好的。三人操起兵器循声向林中狂奔。

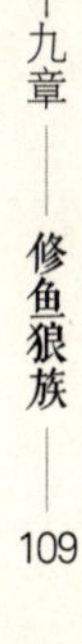

第二十章

家麟之死

救命声忽有忽无，时断时续，似乎是梨花被人抓了向森林深处跑去。家麟忽然放慢了脚步，道："别冲动！劫持她的人显然是要借她把我们三个引过去……如果是假的呢？是个圈套呢？"

"再怎么假声音不假！小姑娘才十岁，是你老婆，"小菊拽着他往前跑，"你真不管她呀？"

"不是十岁，是三百五十岁。"

"就算你不喜欢她，昨晚人家大哥、四哥为你的伤忙了一宿，不然现在你哪里跑得动。见死不救说不过去，"皮皮也道，"等下见到辛崃怎么交代？"

"不是不救，是要小心，别进了狼族的圈套。"家麟叹了口气，见两个女生拔足疾奔，只得追过去。

跑了大约七八分钟，前面是个洼地，草很深，声音渐渐地近了，仍然在叫"救命"，倒是底气很充足的样子。

三人扒开草往前一看，洼地的中央有块半人高的大石，梨花独自坐在大石的中央，背对着他们，正仰天一声接一声地叫着"救命"。

皮皮连忙从草中走出来，生怕惊吓到她，轻声道："梨花！"

梨花缓缓地转过身来，眼神木讷地看着他们，一副受惊的样子。

"梨花，没事了，下来，到姐姐这里来。"皮皮一步一步向她走去。忽然一只手伸过来拉住她，小菊低声道："你看。"

她手上的戒指已经红得发紫了。

还没等皮皮反应过来，梨花已经从石头上飞下来，一口咬住了小菊的胳膊，眼睁睁地看着她咬下了一块肉。

梨花很享受地嚼着。

皮皮连忙将小菊拉到自己身后，"唰"的一下抽出猎刀比着她，颤声道："梨花，我知道你饿了……那边……那边有头狼……我带你去！"

"我现在就要吃。"她一步一步地逼近。

"你吃了……这个姐姐就要死了。"皮皮急着道。

"光她一个不够。我——"

话音未落，她整个人被突然冲过来的家麟一脚踹倒。家麟二话不说，拉着小菊、皮皮就跑。刚跑两步，只见空中一个细小的身影飞过来，正好落在小菊的身上，小菊"啊"地尖叫一声，双手抱头，摔倒在地，所幸闪得快，不然已被梨花咬掉了耳朵。家麟一把扯开梨花，举起斧头就要砍下去……

"家麟哥哥！"

梨花哀哀地叫了一声。面对眼前小女孩这一双亮晶晶泪盈盈的无辜的眼睛，家麟下不了手，叹了口气将她猛地往地上一推："滚！"

说罢正要将地上的小菊拉起来，冷不防梨花一下子又扑上来，手中已多了一把匕首，一刀刺中家麟的大腿。家麟回手就是一斧，梨花将头一缩，一口死死咬住家麟的手。

皮皮只听得"咔咔"两声，她已咬下了家麟右手的两根指头，满嘴是血，一脸坏笑地看着他们……

十指连心，家麟疼得丢下斧头，差点晕过去。梨花作势又要扑来，这回直奔家麟的喉管。皮皮怒了，不管三七二十一地扯开家麟，扑到梨花身上，将她的双臂死死按住。

岂知梨花个头虽小，却力大无穷，双臂一振，居然将皮皮手中的猎刀振飞，整个人紧紧抱住了她，向她的颈上咬去。

情急中皮皮手中已没有了武器，身子用力一歪，梨花没咬到喉咙，便狠狠地咬在她肩头上不松口，似乎要把肩头上的一大块肉全都撕入口中。

皮皮伸手在地上乱摸，企图摸到一块石头好去砸她的脑袋。可是地上只有一丛一丛的草皮和泥土。忽然间皮皮想起了裤子口袋中还有青阳给她的一颗丹石。忍痛不让自己晕过去，将手伸入口袋掏出丹石，见梨花正专心用力撕咬，猛地一转身，将丹石塞入她的左眼。

梨花的身子蓦地一抖，松开口，呆呆地从地上站起来，呆呆地看着皮皮。

她的右眼还是那么大，那么亮晶晶，充满泪光。她的左眼已只剩下了一个黑黑的洞。她忽然仰天发出一声响亮而可怕的惨叫……

皮皮吓得汗毛直竖，连退三步，这才想起这叫声她曾经听过……当初在峰林农场里给白狐剥皮的时候，那里的狐也发出了同样的惨叫，只是没有这么大声……

紧接着她闻到一股皮肉焦煳的气味，一道黑烟从梨花的左眼中冒了出来。她整个人仍然站着，痛苦地发抖，又摆脱不掉，就那么十分无助地哭叫，无休止地哭叫……渐渐地，黑烟从她的七窍冒出来，恶鬼般在她身上环绕着，哭声渐渐地断了……黑烟越来越浓，已将她全身笼罩了起来。

小菊和家麟都看呆了……

几件衣服完好无损地落在了地上。黑烟渐散，梨花的人已经不见了，草地上多了一颗紫色的元珠，随风飘荡，渐渐上升……碰到一根松枝，"啵"的一声，破裂了……

皮皮吓得发毛的心刚刚恢复了心跳，猛听家麟叫道："有人追过来了！快跑！"

说罢不顾腿上的伤，拾起地上的斧头，拉着两个女生没命地往森林深处跑去。

皮皮一面跑一面回头，看见梨花燃烧之处不知何时多了一个人，一脸的伤，一身的血，仿佛刚经过一场鏖战，猎服上的布被刀剑削成了无数的细条，旗帜一样飘扬着。

方尊嵋。

愤怒已经不能用来形容他了。他仰天长啸，拔足向他们追了过来……

皮皮边跑边道："家麟，我们三个不是他的对手，也跑不过他。请让我跟他讲道理……我们不是故意的，我们是……我们是正当防卫！"

弓在手中，皮皮却打不定主意要不要射击。一来这箭不中则已，一中必死，毕竟是条人命，在沙澜也算是同一战壕的战友，下手还须慎重。二来皮皮不知道方尊嵋的状态，他比谁都了解梨花，如果头脑清醒，就应当知道皮皮这么做也是不得已……

"防卫个屁！"小菊吼道，"戒指又红了！他就是来吃我们的！"

皮皮瞄了一眼小菊的戒指，按理梨花已逝，戒指应当恢复成本来的蓝色，可是它仍然红得发紫。

当下拔出冻蛇，回头射出一箭。

冻蛇在空中逶迤而去，眼看就要射到，方尊嵋身形一纵，手中猎刀反手一削，蛇头从七寸处断开。

几乎只是刹那间，方尊嵋已经追到脚边。三人却已跑出了草地，前面是道陡坡，陡坡下面是个杂树丛生的山谷。

皮皮止步转身，咬牙喝道："拼了！"

家麟忽然将皮皮和小菊猛地往陡坡下一推，喝道："你们先跑！"

两个女生一下子没站住，两人同时滚下坡去。只听见坡上传来乒乒乓乓的打斗声。皮皮的眼睛红了，知道家麟是决定牺牲自己只身迎敌，让她们先走。

她从地上爬起来，不顾一切地向坡上冲去，被小菊一个飞扑死死摁住。

皮皮一个跟头重重地摔在地上，披头散发，脸紧贴着草皮，泥土扑进鼻子，她大声地喘息着。小菊在她耳边低声道："听，你听。"

头顶上传来一记闷哼，紧接着，又有钝钝的"噗"的一声，仿佛有什么东西被一撕两半。

"放开我！"皮皮吼道，"放开我！！！"

"如果现在杀过去，我们两个都不够他一顿的。家麟……"小菊哽咽地道，"家麟就白死了！"

"不！我要救他！家麟不能死！让我去！放开我！小菊！小菊！"

皮皮用力挣扎，小菊整个人都扑在她身上，双腿紧紧地夹着她的腰让她动弹不得："嘘！小声！"

皮皮将脸埋在草中哭泣，小菊将拳头塞进嘴里用力地咬着。

很大的咀嚼声，伴随着撕扯声。那种饿极了饥不择食连皮带肉的啃噬……

所有的声音像一把嗡嗡作响的电钻钻进皮皮的大脑，钻得她全身瘫软，头痛欲裂。伴随而来的是一波又一波的愧疚。她一遍又一遍地问自己：为什么要带家麟来这里？为什么不听他的话早些逃跑？为什么要来找梨花？

为什么，为什么要跟这群野兽走在一起？

头顶传来一阵轻快的脚步声，一个清脆的声音叫道："尊嵋？"

是千蕊。

"那边还没打完？"方尊嵋的嗓音已恢复了平静。

"死了二十多个，剩下的跑了。"千蕊道，"贺兰和辛崃都快撑不住了，你倒好，跑到这里吃——咦，这……这不是陶家麟吗？"

"饿了，管他是谁。"

"梨花呢？"

"死了。"

"快收拾一下，陶家麟是关皮皮带来的，我姐夫要是知道就麻烦了。"

头顶传来几声响动，几个东西扔了下来，掉进树林中。有一个正好掉在皮皮的身边。

一只胳膊。

皮皮认出这是家麟的半截右臂，小指和无名指被梨花咬掉了，她只觉胃里仿佛被人放进了一个秤砣，浑身沉甸甸的，想吐但又发抖得厉害。想起刚才逃命的时候，正是这只带血的手一直牵着她，好像他还活着，不禁将那半截手臂紧紧抱在怀里，眼泪扑扑直掉。

头顶传来更多的脚步声。其中一个人问道："皮皮她们呢？"

是贺兰觿，只是声音有些疲惫和沙哑。

"没看见，"千蕊道，"我们也在找她。"

另一个声音道："梨花呢？"

是辛崃。

"我看见她往这边跑了。"说话人腔调古怪而陌生，是五鹿原。

"应当就在这附近。"贺兰觿将头探出陡坡，呼道，"皮皮！小菊！"

此时此刻的皮皮就好像刚吞了一颗炸弹，怒火万丈地顶着一双哭得红肿的双眼

就从坡底冲了上去。小菊紧随其后。两人爬上坡顶，看见方尊嵋，抽出猎刀就砍。见皮皮、小菊一副拼命的架势，方尊嵋冷哼一声，身形一闪，避过刀锋，将她们一推，两个女生一个趔趄，差点栽倒，被贺兰觿一手一个地拉住。

其余的人大眼瞪小眼，都不知道发生了什么事。只听得皮皮、小菊大呼小叫：

“食人魔！”

“禽兽！”

“我跟你拼了！！！”

皮皮用力一挣，又要向方尊嵋砍去，被贺兰觿死死拉住，他看不见她们脸上的眼泪，问道：“怎么了？有话好好说。”

“他杀了家麟！”皮皮一面哭一面吼，“把他活生生地……活生生地吃了！”

贺兰觿怔了怔，皱起双眉。

“她手里有丹石，用它杀了梨花！陶家麟是一条命，我妹就不是一条命了？”方尊嵋狠狠地道，“她是青桑派来的奸细！”

一听这话，方辛崃的脸色也变了，目光森然地盯着皮皮。

贺兰觿的声音微微一冷，道：“皮皮，你有丹石？谁给你的？——青阳？”

皮皮沉着脸拒绝回答。

“哈！我说呢！本来好好的，怎么突然冒出灵鸦和无明箭，”千蕊冷笑，“关皮皮，钟沂是不是你杀的？你一定跟青阳他们碰过头，里应外合，借狼族之手消灭我们……”

“胡说八道！”小菊吼道，“皮皮战了第一场，并卖命赢了！这叫里应外合？千蕊你少在这挑拨离间！”

皮皮努力保持镇定，抽了抽鼻子，擦干了眼泪，坦然道：“我们听见梨花喊救命，一起赶过去救她。没想到中了她的圈套。她饿了，疯狂地袭击我们。小菊的腿中了一刀，家麟被她咬掉两根手指头，我的肩膀也被咬伤了，不信就看上面的牙印！我们是不得已只好自卫，不然就没命了。——方尊嵋，你们沙澜族人饿起来就吃人，不管他是谁，难道你不知道？”

“我是知道！”方尊嵋冷笑，“你也知道！我饿了，别说家麟，就是辛崃在附近也跑不掉。这里是沙澜，别老拿你们人类的道德来说事儿。”

千蕊淡淡地道：“皮皮你既然这么勇敢地要替陶家麟报仇，何不拿出你的刀按咱们狐族的规矩和方家的人单挑？老大、老四你随便挑一个。”

“这是我们跟方家的恩怨，关你屁事！”小菊吼道，“你别在一边煽风点火好吗？别以为我不知道你那点小心思，你就想弄死皮皮，对不对？”

“辛小菊，你的话真搞笑，我修行几百年，弄死一个二十多岁的小丫头还用想？”

“你才是搞笑——”小菊还要继续骂，皮皮一摆手制止。她深吸一口气，转过身，看着贺兰觿，一眨不眨地道：

“贺兰觿，此时此刻，我要你替我杀了方尊嵋，为陶家麟报仇。你愿意吗？”

她的语速很慢，一个字一个字，说得很清晰。

祭司大人没有回答。

“贺兰觿，再问你一遍。”皮皮铁青着脸，用目光碾压着，“我要你杀了方尊嵋，现在就要。你杀，还是不杀？”

一阵长时间的沉默。

“回答我！”皮皮紧握双拳，双眸如火，大声道，“贺兰觿，你说话！”

他抬起头：“皮皮，我不能杀他。”

皮皮听见自己的牙齿咬得咯咯作响，心一点一点地变硬，声音一点一点地变冷：“好。很好。”

贺兰觿挥了挥手，示意方尊嵋等人离开。走到她身边，轻声道：“皮皮，我知道你很难过，家麟死得这么惨，我也很痛心。这是一场灾难，我们之所以要来沙澜，就是为了结束它。”

皮皮漠然地盯着他，一言不发。

“沙澜族人一饿就形同疯子，见人吃人，见鬼吃鬼，连自己的兄弟儿女也不会放过。这个族就是这么灭亡的。今天是你第一次看到，但几百年来这悲剧已发生过太多次。……这不是尊嵋或梨花在理智的状态下做出的行为。他们不知道自己在干些什么，我们不能要求他们为自己的行为负责。”

“说得好轻松！所以家麟的死就是个遗憾？就是个偶然事件？”

“听我说……”

“我不听！我不想听！”皮皮吼得嗓子都哑了，“出了这种事，你还替凶手说话！一个活生生的人没了！家麟是无辜的！杀他的人必须要负责，必须要承担后果！你必须要替我还他一个公道！否则——”

贺兰觿定定地看着她，一双眸子深不见底：“否则怎样？”

“否则从此刻开始，我跟你们这群人没关系！你走你的阳关道，我走我的独木桥！”她转过身，大步向山谷走去。没走两步，忽听贺兰觿一声大喝：“站住！”

在她的印象中，祭司大人从来没有对她这么大声过。皮皮身形一滞，停下脚步。

“那我们之间的协议呢？”

“你的人杀了家麟，还跟我谈协议？”皮皮转过身，目眦欲裂，“贺兰觿，我关皮皮

哪怕是把沙澜搅个天翻地覆也要替家麟报仇。既然你不愿意把方尊嵋的脑袋交给我,没关系,我会自己去拿!你不帮我,我找别人。”

“找谁?”他的声音忽然变得很冷静,冷静得近乎冷酷,“青阳?”

“你管不着!”皮皮吼道。

祭司大人极少怒形于色,但这次,她清楚地看见了他的怒气。但他很快镇静下来:“不要意气用事,皮皮。狼族的人还在附近,我们马上转移去别的地方,你现在离开我们很危险。”

“留下来可以,你杀了方尊嵋。”

“对不起,这一点我做不到。”他的回答直截了当,“第一,如果方尊嵋伤的人是你,作为夫君,我可以为你报仇。但他伤的不是你。第二,别忘了昨天晚上,他们兄弟为家麟治了一夜的伤,不然家麟活不过今天。第三,也是最重要的一点,我警告过家麟不要来沙澜,是他自己一定要来。既然来了,就要面对各种后果,包括死亡。如果你是狐,是狼,或者是这里的任何一种动物,就可以心平气和地理解这件事。关皮皮,你一定要挑这种时候来证明你是个人吗?”

皮皮闭上眼,努力平息疯狂的心跳,但她的脑子很烫,脸很热,全身的气血都在沸腾。

“那我们之间已无话可说,”皮皮狠狠地盯着他,“再见。”

她转身又要走,被贺兰觿一把拉回来:“走可以,把我的东西还给我。”

皮皮的眼眯了眯,见他的目光落在自己的胸口上,下意识地摸了摸藏在皮肤下面的夜光犀:“这不是你的东西。”

“这是我的东西。”

“你的东西?”皮皮冷笑,“你叫一声试试,看它答应不?”

“啪!”贺兰觿凭空打了个响指,那枚原本藏在皮肤之下的夜光犀忽然出现在颈间。皮皮心中一愣,原来它不是自己钻到皮肤下面的,而是祭司大人让它藏起来的。正要张口,颈间蓦地一凉,夜光犀已到了贺兰觿的手中。

就在这一瞬间,皮皮引弓搭箭对准了他:“还给我。”

弓越拉越满,她一字一字地道:“还,给,我。”

“想射我?”他将夜光犀塞入口袋,淡定地道,“你不敢。”

“嗖——”

冻蛇飞出,直扑贺兰觿的咽喉,前后之间,不到一秒。他反身一让,双指一夹,金环蛇光滑的身躯在他指间拼命扭动,“咔嚓”一声,蛇头拧断了,掉到地上。

皮皮正要搭起第二支箭,蓦地一道人影闪到她的身后,一只冷凉的手摸着她的

脸，她的下巴，她知道那只手再往下，一用力，会卡住她的咽喉。

不知道是想象，还是他真的在用力，皮皮感到一阵窒息。

“难道你忘了——”他在她耳边喃喃地道，“杀了我，有个人你就再也见不到了？”

“别再装了，贺兰觿！”他的气息吹在她的颈间，很酥很痒，却失去了魅力，“昨天夜里，温泉旁边，我在你的水壶里放了迷药。你喝了，发作了，告诉我你的老家在东海。——所以你不是贺兰静霆，你是一个冒牌货。你把他怎么了？劫持了还是绑架了？还是……和千花一起杀了？好汉做事好汉当，有种你现在就告诉我！”

抚在她脸上的手僵了一下，抽了回去：“你，给我下药？”

“不论你是谁，你是个男人，”皮皮的话像一把刀子，“最起码要做你自己。戏演太多会累。万一你连自己本来是什么样子都忘记了怎么办？”

“……”

“假如你伤害了贺兰静霆，你就是我的敌人。我跟你势不两立，会不惜一切代价消灭你。”皮皮的声音很冷，愤怒的顶点往往是平静，一种绝望的平静。

“不要做我的敌人，皮皮。”祭司大人的声音很空洞，“既然不想和我在一起，咱们好聚好散。”

“他还活着吗？”

忽然间，皮皮觉得自己正在接近某种可怕的真相，一个自己不愿意相信的事实，也许早已经存在，只是她不肯面对：贺兰静霆已经死了。

她永远也等不到相聚的那一天了。

“他是不是还活着？”她又问了一遍，声音颤抖，嗓子里有一团火在燃烧。

他拒绝回答。

“带我来沙澜，只是想骗我帮你做事，做完你就会杀掉我，对吗？”

逻辑一旦有了前提，就会像麻绳一样拧动起来，一个沉重的锚从深水和淤泥中缓缓升起。

他笑了，笑声中有一丝苦涩：“刚才你拿箭射我，没有一丝迟疑。你不也一样想杀我吗？”

“……”

“我们是一样的人，皮皮。谁也不比谁更有道德。”他信手用盲杖点了点地，似乎在确定方向，“祝你一路平安。”

说罢转过身，头也不回地离开了。

皮皮呆呆地看着贺兰觿远去的背影，身子在冰凉的空气中发抖，愤怒的同时又

感到悲伤。脑海中全是家麟、家麟、家麟。

这个皮皮家的理想“女婿”，这个打幼儿园起就认得的男闺蜜，这个曾经背叛过她的前男友，终于用自己的命偿还了一切。而此时此刻她的心却被愧疚和悔恨拖进了深渊。

她不该把家麟扯进来，不该透露狐族的存在，不该不听他的话，一意孤行。

地上有一大摊血。她这才意识到刚才跟贺兰觿大吼大叫时自己就踏在这摊血上。

这是家麟的血。她跪在血中，一面哭一面刨土，将草叶和土灰撒在血上。

空中忽然飘下一片落叶。

轻轻地，在风中旋转，缓缓地落在她的肩头。

皮皮将树叶托在掌中，泣不成声。她从不相信鬼魂，但家麟死得太惨，太突然，他的魂魄一定还在附近，一定不愿意离开人间。

身后传来一声叹息。她一回头，发现不远处的一棵松树下，小菊安静地站着。

她一直没有走。

皮皮走过去，轻轻拉着她的手：“小菊，你没跟他们一起回去？”

“我是跟你一起来的。”小菊的手很小，但很温暖，“你去哪儿，我就去哪儿。”

“可金鸐受了重伤……”

“会有人帮他治疗……我也帮不上忙。”

“小菊，”皮皮紧紧地拥抱着她，“你的心意我知道，但跟着我太不安全，你还是留在金鸐的身边比较好。”

小菊喜欢金鸐，对这场“赐婚”十分满意，皮皮不想她因为自己而与心爱的人分开。

“皮皮，家麟是因为担心你才陪你来沙澜的。现在他不在了，”她哽咽了一声，“但我知道他最大的心愿。我会替他一路陪着你，直到平安回家。”

两个女人相拥而泣，痛哭良久，方用猎刀在地上刨了一个深坑。将家麟四散的遗体收拾到一起，用他的衣物包着，埋入谷边的一棵巨松之下。末了又搬来一块大石放到坟前。用刀割开一块树皮，刻下“陶家麟之墓”五个大字。

她们在家麟的墓边坐了大约一个小时，头顶传来轰隆隆的雷声，不一会儿工夫就下起了大雨。皮皮忙从行囊中找出一块防湿布挡在自己和小菊的头上。

脸上的伤令她整个头都肿了起来。再看一旁的小菊，也好不到哪里去，胳膊上被梨花咬掉的一块肉还在不停地渗血，若在平时，这都是要去医院挂外科打麻药缝针的光景。一想到暴露的血腥味会招来附近的野兽，皮皮从包里翻出一个针线盒，

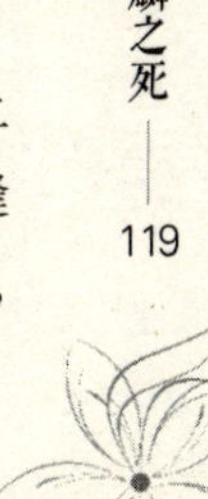

穿针引线之后将针放进酒精里消了消毒，对小菊道："闭眼睛，我帮你消炎，然后缝合伤口。"

小菊怀疑地看着她："你会？"

"会。干过。"说罢将一个毛巾卷成一团递给小菊，"有点痛，咬住这个。"

——那一年，在井底，受伤的贺兰静霆拒绝见医生，是皮皮给他缝的伤。

一针刺进去，小菊整个身子猛地抽搐了一下。为了减少她的痛苦，皮皮加快进度，三下五除二地缝好伤口，在上面撒上消炎药粉，用绷带包好。

小菊痛得面无人色，指着皮皮肿得发亮的脸颊道："你这伤口也挺深的，要不我也帮你缝一下？"

"免了吧，这可是我的门面，你这手艺，缝不好会破相的。"

"我觉得贺兰觿不会这么丢下你……有可能悄悄地跟在咱们的身后。"小菊轻轻地说，"要不然这人就太没心肠了。"

"到现在你还认为他是真的？"皮皮冷笑，"想当初——"

——想当初皮皮要跳湖，祭司大人一个电话就飞奔过来。

——想当初皮皮被地痞调戏，祭司大人一脚把地痞踹飞。

——想当初皮皮要救前男友，祭司大人二话不说，奉献元气……

皮皮长长地叹了一口气："我已经放弃幻想了。"

家麟的死，皮皮固然伤心，但贺兰的无情，更令她绝望。见她心灰意冷，小菊换了一个话题："有吃的吗？我饿坏了。"

皮皮把双肩包翻了个遍，包里有衣物、绳索、水壶、毛巾、救生药品之类，却没有任何食物。一说饿，她自己的肚子也咕咕乱叫起来。早上没吃早餐，和修鱼冰大打了一架，紧接着又被梨花袭击，体力消耗过多，不饿才怪。忙将小菊拉起来："走，打猎去！"

大雨如注，砸得树叶噼里啪啦乱响。林间杂树丛生，没有所谓的"道路"，皮皮挽着弓、小菊背着弩在一地的积水和泥泞中跋涉。

所幸换上了防水的猎衣，但湿冷的空气令她们不得不快步行走以摆脱彻骨的寒冷。

从上午一直走到黄昏，什么猎物也没打到。

一来两人都受了伤，战斗力大不如前：小菊的胳膊痛得拉不开弓，皮皮也跑不动。二来森林里的能见度本来就低，加上乌云和大雨，山路忽而崎岖，忽而陡滑，走路都要格外小心，更别说打猎了。

皮皮抬头看着天色，暗暗地想，天一黑就更难了。

两人饿得头昏眼花，情绪开始烦躁不安。小菊见路旁的灌木丛里长着几串山楂一样红红的果子，终于敌不过诱惑，摘下一把和皮皮分吃。岂料果子刚一进肚，就引发严重腹泻，两人狼狈地躲在草丛中拉了一通肚子，几乎脱了水。

等她们颤颤巍巍、互相扶持着从树后走出来，脸都绿了。小菊一抬眼，忽然指着不远处一个石穴道："咦——皮皮，是我眼花吗？那里有只鹿。"

皮皮立即引弓搭箭："哪里？"

"那块大石头的下面。——不对，这鹿怎么不动啊。"

皮皮观察了一下，叹了口气，将弓放下来："是头死鹿。"

"死鹿也可以吃呀！"小菊显然饿慌了，"说不定它还没断气呢，这不就给咱们逮着了吗？"

何止是饿慌，小菊还有低血糖，心慌、出汗，全身颤抖，一听见有吃的，声音都兴奋了："我包里还有一瓶盐、一袋辣椒粉。等下咱们烤着吃。记不记得《红楼梦》里凤姐都说鹿肉好吃？"

这么说着，嘴咂巴两下，哈喇子都快掉出来了。皮皮苦笑地看着她。人毕竟也是动物，果然是饿不得的。

两人快步进到鹿前，顿时呆住。

呃——

鹿已经死了好些天了。只是面对着她们的那一面有一对漂亮的鹿角，完整的鹿头，以及上半身一大块鹿皮。腹部已被小兽咬空，身子塌陷下来，里面爬满了白色的蛆虫。

小菊一看，扭头就走，被皮皮一把拉住："其实，有一样东西是可以吃的。"说罢伸手从死鹿身上掏出一把蛆虫，走到一边，摊开手掌，在雨水中冲洗。

小菊瞪眼："你想干吗？别告诉我你要吃它喔！"

"这个东西吧，富含蛋白质和卡路里，可有营养了。"皮皮凝视着手中蠕动的蛆虫数秒，将其中的两只放入口中，一口吞下。

小菊捂住嘴，恶心到吐："啊！我不吃我不吃，饿死是小，失节是大！"

"我吃过岩洞里的蜗牛，这个比蜗牛的味道好多了。"皮皮递给她一小把，"尝尝？"

小菊拼命摇头。

皮皮将那一小把全数倒入口中，嚼了嚼，强行咽下，冲小菊一笑，"不骗你，味道真心不错。你就当它是爆米花儿……"

此时的小菊早已饿得前胸贴后背，也从野鹿腹中掏出一把白蛆，在雨水中洗了洗，眼一闭，心一横，一口吞下。

除了形状恶心之外，肠胃倒是没有任何不良反应。

饿疯了的两人也顾不得许多，如法炮制，各吃了几把蛆虫后，肚子奇迹般地饱了。小菊拍了拍肚皮，用刀在树上画了一个大叉："做个记号，过几天饿了，咱们再来。"

肠胃正常蠕动之后，理智终于跑回脑中。

天已经彻底地黑了。

在离死鹿半里多的地方，皮皮和小菊找到了一个温泉。

她们在温泉的后面发现了一个干燥的岩穴，小菊累得倒地而卧，立即熟睡过去。皮皮则拿起弓箭，来到温泉边放哨。

雨已经停了，宁静的夜空星光璀璨。

远山如画，绵延不绝，淡蓝色的月光洒向无尽的苍穹。

雨夜的森林出奇地安静。温泉冒着一团团白汽，皮皮脱掉鞋子，将冻僵的双脚伸进水中试了试，水温有些偏热，但对于在寒风冻雨中行走了一天的人来说正好。

一团久违的暖意从脚尖一直升到膝盖，但空气仍然寒冷，身体仍在瑟瑟发抖。她弓背曲膝，将上半身尽量贴近水面，凝视着水光中自己模糊的倒影。

她又想起了家麟，眼泪止不住地滴下来：

——小时候和家麟去植物园看花，她拿着根树枝去掏蜂箱里的蜜蜂，结果蜜蜂追出来，家麟一把抱住她，自己被蜇成了一个猪头。

——中学时小腿骨折，家麟在学校背着她上下楼，被同学们嘲笑说"猪八戒背媳妇"。

——妈妈写信向他借钱，在国外勤工俭学的他二话不说寄钱回来。

——车祸重伤回国，不愿意连累她，对她冷言冷语，还赶她走。

——昨天狩猎，为了保护自己和小菊，他舍命引开黑熊……

从三岁到二十岁，皮皮生命中的大多数美好时光都有家麟的身影。他们之间没有大事，只有无数件小事，细雨微风、春蚕吐丝，点点滴滴缠绕在一起，掰不断解不开：一个温暖的眼神，一个善意的微笑，大雨天里为她举起的伞、写作业时扔过来的橡皮、假装吃不下的半袋零食、饭盒里特意留给她的鸡腿……他们的感情是天然的、纯净的、亲人一般的，像熟悉自己的左右手那样熟悉对方。就算吵得天翻地覆互不理睬，她有难，他还是会管。反之亦然。

闭上双眼，她强迫自己不要回忆家麟临死前的那一刻：恐怖的咀嚼声、一地的鲜

血、凌乱的尸身……但可怕的场景却像电影般一幕幕在脑中循环闪现。

她无法忘记方尊嵋那双冷漠的、死亡般的眼睛，以及贺兰觿那几句近乎撇清关系的开脱之词。

——“这不是尊嵋或梨花在理智的状态下做出的行为……”

——“他们不知道自己在干些什么……”

——“我们不能要求他们为自己的行为负责……”

这是她的家麟，从来没变过。这不是她的贺兰，真正的贺兰生死不明。蓦然间，她感到一阵从未有过的慌张与孤单，仿佛同时失去了生命中最重要的两个人，不禁泪如雨下，心中有个声音越来越大，响彻云霄：家麟，我一定会为你报仇！

第二十一章

修鱼堡

皮皮在温泉边放肆地哭着，夜雾渐渐地浓了。

风吹树叶，哗哗作响。

在纷杂的树叶声中模糊可辨一阵细微的脚步声。皮皮猛然睁眼，以意想不到的速度抽箭引弓！

一秒之前她什么也没看见，等她揉了揉哭坏了的眼睛重新聚焦时，离她十步之遥处，赫然站着一头白狼，一双圆眼在夜晚发着幽幽绿光。

皮皮原以为是只白狐，甚至猜想是祭司大人，但她很快意识到这是一头狼。

狼的个头比狐大，基本上要大一倍以上。

这是一头经常打架的狼，毛色白净，上面有很多伤痕。几处比较大的伤疤上，毛已经掉光了，只长着一层浅浅的绒毛。

但这并不影响它站立时的高傲姿态以及睥睨一切的目光。

听说狼攻击时会耳朵前竖，颈毛倒立，四肢紧张，尾巴翘起。而这头狼慢慢地向她走过来时，头高抬，尾下垂，目光中有三分好奇七分观察，并没做出攻击的姿势。

皮皮有些犹豫，如果只是路过的动物，或者过来喝水的动物，她不想打扰它，更不想要它的命。

白狼对皮皮的弓箭视若无睹，继续不紧不慢地向前走。

皮皮深吸一口气，全身肌肉瞬间绷紧，三指扣弦，脸颊定位，“嗖”的一声，冻蛇弹出，直取狼的右眼。

仿佛早已料到，白狼身形一侧，张嘴一咬，“咔嚓”一响，将冻蛇咬成两段扔到地上。

皮皮立即去抽第二支箭，却已经来不及了。瞬时间白狼已到了她的面前，伸出鼻子嗅了嗅她的脸。

它的鼻尖冰凉而湿润，蹭在脸上有种奇怪的麻痒感。

皮皮浑身僵硬，一动不动。那颤动的鼻尖沿着她的脸颊一直嗅到颈窝，激起她一身鸡皮疙瘩。皮皮不敢激怒它，只得佯装淡定，只觉冷汗湿背，心脏都要爆炸了。

白狼绕着皮皮嗅了一圈，充分满足了好奇心之后，竟然慢悠悠地走进了树林。

皮皮手捂心脏，大大地喘了一口气，慌慌张张地穿上鞋子正要逃走，一转身，差点撞到一个人的怀中！

身后不知何时站了一个高大的男人，正安静地打量着她。皮肤很白，有一头好看的鬈发，全身都裹在一件灰色的风衣里。

修鱼稷。

“你的功夫不错。”他淡淡地道，语音中有股怪异的腔调。

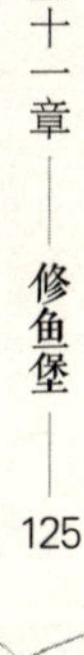

“谢谢。”皮皮强自镇定。

小菊就睡在不远处，他多半没有发现，或者暂时没有注意。绝对不能让他知道林子里还有另外一个女人。

“虽然不算最好，但你反应够快，也够勇敢。”修鱼稷又道。

“……”

“你叫关皮皮？”

“对。”

“听说你是贺兰觿的女人？”

她怔了一下，还以为贺兰觿的真实身份并未暴露，原来狼族已经知道了。

“我跟那人没关系。”她板着脸说。

“很好。”

“什么很好？”

“我喜欢你，”他淡淡地看着她，目光像一面镜子，谁也看不见藏在背后的用意，“你愿意做我的女人吗？”

她不知如何回答，想了一下，道：“抱歉，我已经嫁人了。”

“这里是沙澜。”

“我遵守心中的道德，跟地理位置没关系。”

他沉默了一下，道：“也就是说，你更情愿被我吃掉？”

“不情愿。”

“我想不出你还有什么别的选择。”

“修鱼先生，”皮皮朗声道，“吃掉我跟吃掉一只野鸡、一只野鸭——”

“——鸡就是鸡，鸭就是鸭，不要在前面加个‘野’字。”他打断，并且更正，“这里是沙澜，这里没有家禽。”

“OK！OK！吃掉我跟吃掉一只鸡没什么两样。”皮皮的表情很严肃，“你是狼族未来的领袖，与其让我在你的胃里消化，不如让我做你的助手，帮你消灭敌人。”

他双眼一眯，目光莫测，好像第一次听到这个名词：“助手？”

林中传来杂沓的马蹄声，他的随从就在附近。皮皮心中十分焦虑，担心这些人发现了小菊的踪迹。

“对，助手。”

不知是因为寒气还是受了伤，她的膝盖忽然闪电般地疼了一下，皮皮痛得“咝”了一声，抚住自己的腿。

“你可以骑我的马。”他指了指离泉边不远的一棵松树。那里立着一匹漆黑光亮

的黑马，安静到不出一丝声响，几乎与黑夜融为一体。

她得跟他走，没有别的选择了。

“有白马吗？”皮皮很拽地说，“我不喜欢黑马。”

“你有种族歧视？”

“……”

他的眸中多了一丝笑意：“是的，我有白马。”

说罢走入林中，牵出一匹白马，手里拿着一支火把。趁这工夫，皮皮已将猎刀和弓箭背在身后。

见她拿着武器，修鱼稷也不介意，脱下风衣披在她的身上，然后很绅士地将她扶上马背。正要翻身上马，一低头，看见泉边的一块巨石上用泥土写了一个“鱼”字。皮皮自知难逃此劫，怕小菊醒来后惊慌，趁他牵马之际留下记号言明去向。她以为天黑修鱼稷看不到，不料他竟拿来一支火把。

“这是什么？”他指着那个字。

——他居然不识字，难怪腔调就像一个外国人说中文那样僵硬生涩。

“不知道。”皮皮决定死不认账。

“看形状是龙族的文字，你是龙族？”

“嗯。”

“会说狐语？”

皮皮摇头。

“会说狼语？”

她又摇头。

“你连我们的语言都不会，怎么做我的助手？”

“我只是不具备你们的发音器官。”

“如果一直用你们的语言和你交谈，我会觉得累。”他的语速很慢，不知道是因为不流利还是深思熟虑，“也许我们需要请个翻译？”

“用不着用不着，你的话我能听懂。”皮皮连忙道，“交流没问题。”

皮皮可以理解狐族能说多种人类的语言，毕竟千年来他们与人类混居。她对狼族的历史一无所知。看样子，五大狼族至少在沙澜居住了八百年，沙澜并无人迹，没有老师，没有语境，这语言是从何处习得的呢？

如果说狐帝贺兰鹝一手缔造了狐的王国，那么修鱼亮是不是一个和他类似的人物？修鱼家族与另外四大家族是一种什么样的关系？狼族如此强大，其领地观念又如此强烈，蓄龙圃就在沙澜的西北，为什么不打过去，一统天下呢？

“我们的语言是谁教你的?”她按捺不住心中的好奇。

“这是沙澜外交通用的语言,最早是狐族使用的。”

“也就是说,狐族和狼族曾经有过一段平等交流、和平共处的时期?”

“谈不上。我们的祖先以前居住在沙澜以北,相当于狐族的邻国。狼族与狐族拥有一些共同的资源,有时候是分享,有时候是争抢,外交上常年处于紧张状态。进入沙澜之后,我们发现龙族的语言是这个地区的通用语,各族都在使用,也就只好默认了。”

他翻身上马,坐在她的身后,揽起缰绳向林子的深处走去。身后跟着七八头巨大的灰狼。

马背颠簸,皮皮尽量挺直身躯不要靠在修鱼稷的身上。尽管累了一天也困得要死,她浑身紧张,处于高度警惕状态。身后的人,胸膛宽阔得就像个单人沙发。

山道崎岖,马蹄忽然打了个滑,一只粗壮的手臂自然而然地搂住了她,将她往自己的怀里紧了紧。

皮皮抗拒地推了推,手臂粗硬,推不动。

“你很累,为什么不睡一会儿?”修鱼稷道。

这么一说,她反而更警惕了,用力拧了拧脸,强迫自己保持清醒。狼族特别记仇,今天她杀了修鱼冰,也就是他的妹妹,被他抓住带回巢穴,指不定要受什么折磨。

“我不困。”

“怕什么?”他“哼”了一下,“如果我想吃你,你已经跑不掉了。”

“……”

“不要逼我说‘吃’这个字,我不会恐吓。”他冷冷地道,“一旦说了,就真的会吃。”

皮皮怕极了,不是怕死,而是怕他这种捉摸不定的口吻。她用力睁开眼,看看天上的星光,又看看山脉的走向,感觉一行人正在西行。在马蹄均匀的节奏中,她与睡意顽强地搏斗,残留在树叶间的冷雨不断地滴下来,冻得她浑身哆嗦。坚持了大约一个多小时,终于背靠着修鱼稷睡着了。

迷迷糊糊,不知在马背上坐了多久,皮皮忽然醒了。发现自己靠在修鱼稷的怀中,身后的男人充满了热量,令她全身暖和得发烫。她连忙坐直身子,睁大眼睛四下张望,忽然感到脸上黏糊糊的,同时闻到一股浓郁的血腥味。她摸了摸,黏糊糊的东西是血,满头满脸都是,以为伤口迸裂,吓得“噢”了一声。

“不是你的血。”身后一个声音懒洋洋地道,“路上遇到偷袭,打了一架,血溅到你脸上,看你睡得香,就没叫醒你。”

皮皮扭过头，惊魂未定地看着他。

“你也太能睡了，在梦里脑袋搬家也不知道吧！”他轻喟。

皮皮掏出一叠湿纸巾用力擦拭，直到纸巾全部用光，才觉得干净。

那七八头灰狼仍然紧随其后。一行人正在下山，已经到了谷底。从树叶的间隙可以看见天上淡淡的星光，前面黑漆漆的，耳边只有单调乏味的马蹄声。

过了片刻，修鱼稷放慢马速，停在一个洞口，吹了一声口哨，后面的狼立即四散离开。修鱼稷带着皮皮下了马，拿着火把，向洞内走去。

皮皮的心怦怦乱跳。几次掉进井底，致使她一看见洞穴就会产生幽闭恐惧感，就想立即逃走。

洞很宽大，迎面吹来一股阴森的冷风。两壁由巨岩凿成，每隔数米点着昏暗的松油灯，弥漫着一股呛人的烟味。

“这是什么地方？”皮皮问道。

“龙关驿站。”

“……驿站？”

“也是蚁族的地宫。”

“来这干吗？”

“如果是我自己回去，不用来这里，很快就能到家。”他转过身，将火把举了举，“带上一个你，只好抄近路。”

皮皮知道他的意思，如果他自己走，自然是变回狼形，但带着她，速度就慢多了。

借着火光，皮皮发现面前是个两层楼高的球形大厅，涂着白色的涂料。一扇木门挡在前面，门边有个类似售票处的小亭，里面坐着一个大眼睛的小个男生，桌上一堆树叶，他正全神贯注地翻弄着。一看眼睛就知道是蚁族。

修鱼稷敲了敲窗子：“唐唐。”

“六爷。”唐唐的脑袋从窗口探出来，一脸讨好的笑容，“回家去？”

“两张票。”修鱼稷从口袋里掏出两颗红色的豆子，咖啡豆大小，扔给他。

“好嘞。”唐唐将豆子扔进一个巨大的木桶，按动开关，木门开了。

眼前豁然一亮：大厅空旷，行人寥寥，从面相看，多是蚁族。面对着皮皮有一排两人多高的椭圆形洞口，一共六个。修鱼稷带着她走入其中的一个洞，通过一扇门，走进一节白色的车厢。

车厢的形状犹如巨大的蚕蛹，功能却类似绿皮火车，很短，只够坐四个人。两排椅子，一张桌子。皮皮和修鱼稷面对面地坐下来。不一会儿工夫，车厢开动，在甬道中快速行驶起来。

车厢的两面都没有窗，头顶是空的，没有玻璃，两侧各有一盏灯，发着类似磷火般诡异的蓝光。

皮皮本来昏昏欲睡，突然间看到这么奇异的现象，忍不住问道："这是你们的地下交通系统？"

"准确地说，是蚁族开发的。大家都可以用，给他们东西就行。"

"靠什么驱动？——煤？电？气？"

"听说是从海藻里提炼的动力，蚁族对技术高度保密，我知道得不多。"

"这东西很像我们的地铁。"

"地铁——是什么？"

"嗯……在地下挖洞，各种地道，各个方向，里面有车，可以把人送到各个出口。"

"是吗？"他很好奇。

"你从没离开过沙澜？"

"没有。"

"也就是说，你没有见过龙族的世界？"

"没见过……听说过。"

"那你应当出去看看，背包旅游一下，长长见识，开开眼界，"感觉对面坐着一位"摩登原始人"，皮皮顿时有了优越感，"你这么年轻，外面的世界大着呢。"

这句话一出口，她才想起来修鱼稷恐怕不年轻了。金鹮与贺兰觿年岁相当，他是金鹮的弟弟，也小不到哪里去，几百岁是有的。

"出不去。"

"不可能。如果出不去，我是怎么进来的？"

"我正想问你这个问题。"他的目光很专注，用一种研究外星人的眼神盯着她。

皮皮抓了抓脑袋："我是从飞机上跳下来的。"

"什么是飞机？"

"就是……一种……巨型铁鸟。"

他一脸茫然："铁鸟？可以飞的？"

"嗯。"

"所以你是飞进来的。"他说，"我又不能飞。"

"地球——也就是你们脚下的这片土地——是圆的，你知道吧？"

"不知道。"

"地球是绕着太阳转的——你知道？"

"不知道。"

皮皮傻眼了:“那你告诉我,你们为什么出不去?”

“沙澜的周围,生活着一些非常可怕的族类……没有谁敢惹他们。”

“连你们也不敢?”

他摇头:“尝试过,死伤无数,从未成功。不过沙澜对我来说已经够大了。我活了这么久,沙澜有一些地方我至今没去过……”

皮皮凝视着他的脸,觉得他的表情中有一丝遗憾。

“你刚才说,地是圆的?”他摸出腰间的牛皮水袋,喝了一口水,“为什么?”

沙澜果然很大,这趟蚁族的“地铁”行驶了两个多小时才到达终点。一路上皮皮高谈阔论,从印刷到 iPad,从手机到电脑,从汽车到大炮,从核电站到太阳能,从九大行星到黑洞,从宇宙飞船到太空探测器……

修鱼稷基本上不说话,脸上也没什么表情,但他一直没打断皮皮,偶尔问一两个问题,显然对皮皮的话题很感兴趣,又不想让她觉得自己一无所知……就这么聊着聊着,忘记了时间,直到车厢开始减速,他还在问:“那你们龙族……每天都做些什么?”

“工作啊,各种各样的工作。和你们狼族差不多,你们打猎,我们——”

皮皮的手在空中划了几下,想抽象地概括一下,觉得一言难尽。仔细想想自从有了手机她最经常做的一件事是——

“打字。没有高低贵贱,只有分工不同,人与人之间自由平等、彼此尊重。”皮皮故意在“尊重”两个字上用了重音。

他看着她,摸了摸腮上的胡须,忽然“哧”的一声笑了。

“你笑什么?”

“想给我洗脑?没那么容易。”

皮皮一听,心灰了半截:虽说是摩登原始人,但人家可不脑残,想忽悠他投敌叛变,难度不小。

到了站,修鱼稷带着皮皮从站台上下来,依然经过一个球形大厅,不过要宽敞气派得多。出了大厅仍是一个石砌的甬道,灯火通明,人来人往,十分热闹,就像春运时期的火车站。

皮皮仔细打量,发现大多数是身形魁梧、蓄着胡须、别着腰刀的狼族,中间夹杂着小个头大眼睛的蚁族,还有一些个头中等、相貌奇特、说不清来路的族类。有花枝招展、服饰华丽的,也有蓬头垢面、衣衫褴褛的;有潇洒走在前、身后跟着一排随从

的，也有背着包、扛着货、提着袋的；有牵着马、推着小车的，也有拎着一串山鸡、携家带口的……皆川流不息地向洞口走去。

一位马脸长鼻的妇人从皮皮的身边经过，皮皮友好地“Hi”了一声。妇人冷冰冰地瞥了她一眼，忽然张开大嘴，露出一排锯齿般错落的尖牙，向她“咝咝”地叫了两下，把皮皮吓得一抖后，傲然地拎着长裙走开了。

皮皮转头又去看一位长着六只手的男子，怀疑他是某种爬行动物，头就被修鱼稷拍了一下：“不要盯着人家看。”

出了洞口，面前豁然出现一座石砌的牌坊，上面刻着一尾鱼，四周环绕着五彩的纹饰。皮皮仰头仔细地看了看，没找到文字，问道：“这就是你住的地方？”

修鱼稷点点头：“这里是修鱼堡。”

西边有村落，难怪家麟从飞机上下来时说看见了灯光。

青石板的街道两旁是鳞次栉比的木楼。中间夹杂着一些燕尾式的青砖瓦房、杉木板搭成的商铺，树皮制作的招牌闪着磷光。松油灯无处不在，以至整条街都弥漫着浓郁的松油味。

狼族跟狐族一样，只用口头语言。街上没有任何文字，没有街名，没有门牌号，商铺也没有店名。不过整体看去，与人类普通的村落没太大区别。

修鱼稷带着她在街道中走了一会儿，拐入一条小巷，推开门，走进一家院落。

“这是你的家？”皮皮问道。

“嗯。”

院子不大，门廊很高，适合修鱼稷这类平均身高一米九的狼族。他将皮皮引入一间厢房：“你住这里。”

屋子很宽敞，地上铺满兽皮，像猎户之家。靠窗一张式样简单的木床，上面垫着厚厚的皮毛，铺着一床灰色的毯子。室内陈设和人类没什么不同，有桌有椅，还有柜子。墙上涂满了画，各种鲜花各种植物，色彩十分鲜艳。

皮皮暗想，这不大像是男人的房间啊。

就在修鱼稷捻亮桌上的松油灯时，她看见了一样奇异而熟悉的东西。

一本书。线装书。

借着灯光仔细一看，是本《高常侍集》。纸页泛黄、年代久远，封面掉了一半，显然被人多次翻阅。

“你识字？”

“不识。”

“那你怎么读书？”

“这是以前狐族人留下的书，”他轻声道，“有位朋友帮我读。你识字？”

“当然。”

“我朋友说上面的字是古代的，现在流行的汉字是另一种样子。”

“这是繁体字。”皮皮翻到其中一页，信口读道：

雪净胡天牧马还，
月明羌笛戍楼间。
借问梅花何处落，
风吹一夜满关山。

他一面听一面走到了她身边，挨着她的肩膀，将头凑过去看书上的字。皮皮只觉半个身子都紧绷起来，仿佛随时会被袭击似的，念到最后几个字，声音都有些发抖。

她回头看了他一眼，隔着银色的锁子甲感觉不到他的心跳，个子太高也看不清他的表情。

“你的声音很好听。”他终于察觉到她的不安，走到桌子的对面坐了下来，“你来了，我感到梅花吹进了这间屋子。”

“啪！”

皮皮被他的文艺腔吓得一抖，书掉到地上。

他弯腰拾了起来，递给她。皮皮接过书，将它放到桌上。

修鱼稷忽然向手心吐了两口唾沫，双手抓了抓皮皮的头发，将唾沫抹在她头上，好像一个理发师在给她上摩丝。

“你、你干吗？”

“这是我的气味，给你做点记号。”

“怕、怕我跑啊？”

“跑不了。”他淡淡地说，“很晚了，睡吧。”

皮皮心想，如果这屋子的主人认得汉字，她一定是人类，也许像自己一样被他劫持，不知为何又离开了。

“你的朋友……是龙族？”

“她叫丁丁，蚁族。”修鱼稷道，“她是一位翻译家，懂很多种语言。”

皮皮心中一震：“丁丁？伐木家的丁丁？”

“对。”修鱼稷道，“她在这里住过一段时间，后来她说——她的日子快到了，不想

死在这里,我就让她离开了。”

听他的语气,似乎是遗憾的。

“每当出门打仗前,我都会来这里,让她为我念一首诗。有时候我会跟着她一起念,念好几遍,她会给我讲解,纠正我的发音。每当走出这个门时,我都感到热血沸腾、斗志昂扬。”

皮皮呆呆地看着他。

而他的目光深深地定在她的脸上:“你也会帮我念的,对吗?”

Oh My God! 皮皮在心中惨叫,修鱼稷抓我过来,是让我当他的书童!

这一夜虽然充满了惊吓,皮皮还是睡着了。毛茸茸的垫子,暖和的被子,在这没有人迹的沙澜,就是天堂。

皮皮在感到舒适的同时又陷入另一种惶恐:跟着贺兰觿,至少知道他的目标,他的计划。跟着修鱼稷,下一步会遇到谁,干什么,去哪里——完全没底。文艺不等于文明。修鱼稷可以在喜欢诗歌的同时兽性大发。相比之下,皮皮宁愿他一直保持狰狞的一面,至少让她时时警惕。

醒来的时候,太阳正透过窗隙照在她的脸上。

屋内十分明亮,空中飘着一股淡淡的松香。离开C城不过短短四天,这柔软的枕头、暖和的被子让她有了一种久违的安全与宁静,恍惚间还以为是回到了家。可是,昨天早上还言笑晏晏的家麟已经不在人间了,那个千期万盼的贺兰觿带给她的不是希望而是骗局。这是一趟走向死亡之旅,不但葬送了自己,还葬送了朋友。皮皮越想越觉得家麟死得冤,一切都是自己的错。愧疚加绝望,一时心痛如割,泪流满面。哭了好一会儿,方从床上爬下来,穿好衣服,拉开门溜了出去。昨天除了几把白蛆她什么也没吃,肚子很饿。

大街上十分热闹,各种小贩、各种声音。有卖山鸡的,有卖死鹿的,有卖水的,有卖干果的,扯着各种皮皮完全听不懂的语言吆喝着。

皮皮溜达了一圈,没有人卖熟食,包子、馒头、花卷什么的根本没有。大家都是兽,都吃生肉。她想买干果,栗子、松仁之类倒是有卖,但她没钱。大家都用一种硬邦邦的红色豆子进行交易,或者一物换一物。皮皮身上倒是有几样可以拿来换的东西,但她舍不得。上飞机前金鹮说了一大堆来沙澜的禁忌,什么一个月内无法回收的东西都不能带之类。后来皮皮反复恳求贺兰觿,才勉强同意她带些铜铁之类的工具,但不能多。皮皮千挑万选,带的都是精品。

最后她终于用一把水果刀跟一位黑脸小贩换了一小包松仁。也听不懂他的话,

用手比画着完成了交易。末了小贩还好心地送了她一杯果汁。

松仁下肚，对付个半饱，皮皮正要往回走，忽听对街有个男人说道：“田田你去西街找你姐夫，就说水哥向他借把斧子。”

有人应了一声走了。皮皮循声看去，是个蚁族的男人，脸上有两撇八字胡，正在自己的小铺子里擦桌子。皮皮连忙跑过去叫道：“大叔！大叔！”

那人怪眼一翻：“大叔？我才十八天，有那么老吗？”

“大哥，向您打听一件事。您认得嘤嘤吗？”

“什么嘤嘤、嗡嗡的，不认得。”

皮皮想起蚁族寿命不长，人数众多，就是兄弟姐妹也不一定彼此认得，于是道：“是伐木家的嘤嘤，一个很有学问的女生。”

“哦，那个嘤嘤啊。”那人道，“倒是有听说，狐史专家，对不对？”

“对对对！能帮我联系她吗？用你们的网络。”

“哪要这么麻烦，她姐丁丁就住在附近，找她姐问一下不就行了？——哦，想起来了，上次她来我这的时候就说日子不多了，现在恐怕不在了吧？”

“已经去世了。”

“嗯。”

“那大哥您能帮我联系一下嘤嘤吗？”

“可以。”他问，“你想通过什么频道联系？”

皮皮有点摸不着头脑：“都有哪些频道？”

“有公共频道，有私人频道，还有特快加密频道。公共频道就像龙族的报纸、电视，内容打上去，人人都看得到。私人频道就像写信，只有彼此可以看见。特快加密频道就是加密后以最快速度送达。服务不一样，价钱也不一样哇。”

“我要特快加密频道。”

“五十颗红豆。”

“用东西换，”皮皮在身上摸了摸，摸出一个指南针，“这个行不？”

“对不起，我只收豆子。”

皮皮叹了一口气，笑道：“那我弄到豆子再来找你。”

“行。”

皮皮转身向店外走去，走了两步，又折回来：“大哥您这铺子做什么生意？”

“婚介。我叫水水。这铺子叫‘水水婚介’——小姑娘，有对象吗？”

皮皮第一时间窘了。

那人见她脸红，以为生意来了，脸一下子笑开了花，忽从抽屉里捧出一本厚厚的

册子，里面是一张张薄薄的木片，一面翻一面问：“你喜欢什么族的男人？我这里有狼族、狐族、蚁族、蛇族……如果姑娘你喜欢重口味也不介意异地恋的话，我还有熊族、豹族——”

皮皮以为这里的相亲跟人间的相亲网站一样，都有照片可以挑选。不料低头一看，册子里全是一张张的手印，还有与之相配的爪印，一时间好奇心大起：“你们相亲只看手吗？”

“对。各族有各族的相貌，同一族的都长得差不多，脸对我们没什么吸引力，我们只看手。你看这只手，无名指长于食指，这就是优点，就是帅哥，双商都高。——来我这里登记的客人男多女少，女生供不应求，怎么样，帮你登记一下？”

皮皮心想，如果我登记了，照顾了你的生意，你也照顾照顾我吧。于是点头：“行。”

那人拿出一个墨盒，让皮皮伸出一只手往空白的木片上一按：“好了。……对了，你是什么族？”

“……龙族。”

“龙族？稀罕啊！姑娘我保证你的信息在网上一公布，就有大把的男人追你！你就瞧好吧！对了，你会变形吗？”

“什么？”

“你会不会像狼族那样变形？”那人道，“会的话，最好也给我一只前爪的爪印。”

“变不了。”

“那就给我一束头发吧。相亲这种事，身体的气味也是重要的参照物哇。”

皮皮想起昨晚修鱼稷往她头上抹了口水还没有洗，也顾不得许多，用刀割下几根头发递给他。那人认真地将头发扎成一小束，贴在木片上，口里道：“好啦，资料齐了。有信儿我通知你。你住哪儿？”

皮皮指着街对面：“我就住在丁丁的屋里。在那个巷子，往左第三家。”

“那不是修鱼稷的院子吗？”

“对。”

水水看了她一眼，目光很八卦，半笑不笑地道：“知道了。”

皮皮站着不肯走，瞪大眼睛请求：“水水大哥，我需要联系一个人，真的很着急……您能通融一下吗？”

“也罢，”水水无奈地叹了口气，“既然在我这登记了，就算是我的客户。想给嘤嘤发什么消息，我帮你，费用先欠着，等你有了还上。”

“真的？大哥，您太好了！”

“以后有什么好闺蜜也想征婚的，记得找我喔！”

“肯定呀！大哥，请您告诉嘤嘤，两件事：第一，请务必找到小菊，送她去安全的住处；第二，皮皮在修鱼稷家，让她尽快来找我。”

“知道了，马上去发。有回复通知你。”

“谢谢！”

皮皮大大地松了一口气，来到修鱼堡感觉就像是出了国，语言不通、文化不通，货币也不同。狼族生性残忍，一族之内竞争激烈，部落之间斗争频繁。这修鱼稷一口的文艺腔绝不代表他多愁善感。恰恰相反，昨日一战，他利用金鹮对自己的不忍之心将之打成重伤，正是冷酷无情的写照。

如果被软禁在修鱼堡，狼族中最有可能帮助皮皮的人就是三姑娘修鱼清。不知道嘤嘤和她联系上没有。借助五鹿原与修鱼清的关系让她保护自己或帮自己逃亡，还是有指望的。

皮皮一路走一路想下一步该怎么办：手中没有夜光犀，她失去了与狐族谈判的筹码。为了替家麟报仇，找到失踪的贺兰静霆，她需要借助狼族的力量，同时手中还要有一样能制衡狐族的东西……想到这里，眼中忽然一亮：

那枚戴在修鱼亮手上的戒指！

皮皮回到丁丁的小屋时，发现屋门是敞开的。

她记得很清楚，自己走的时候把门关了，难道修鱼稷回来了？

走进屋内，房中无人。她发现房间的西面还有一扇门虚掩着，走过去轻轻一推。

里面居然还有一间房，比丁丁的这间更大更宽敞。靠北的墙壁上钉着几排木架，密密麻麻地摆着一些瓶瓶罐罐和动植物的标本。当中一张巨大的书桌，上面有台老式的显微镜以及两排试管。有个人背对着她正用放大镜观察着手中一只巨大的甲虫。

那是个高个子女人，穿一袭浅蓝色的丝袍，式样简洁，手工精致，一直拖到脚踝。

女子听见动静转过身来，看见皮皮，嘴角一弯，恬静地笑了。

皮皮好奇地打量着她，问道：“你是——”

女子叽里咕噜地说了一堆话，皮皮听不出是哪种语言，只觉类似法语，发音部位总在口腔前部，元音饱满，辅音有力，显得清脆明快。

见皮皮听不懂，她放慢语速夹杂着各种手势又重复了一遍。皮皮双手一摊，还是摇头。女子只得耸耸肩，坐下来拿起放大镜继续研究甲虫。

见她如此坦然，想必是这里的常客，且与丁丁关系匪浅。皮皮正不知如何是好，

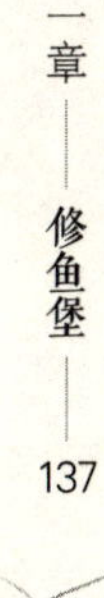

门外响起了脚步声，修鱼稷进来了，看见她们，微微一怔："你们都在？"

他先用狼语跟女子说了几句话，大约是介绍皮皮，然后对皮皮道："这是我三妹修鱼清。她只说狼语。狼族的女人——尤其是未婚的——多半不懂汉语。"

皮皮心中一喜，正愁如何找到三姑娘，她就送上门来了，可惜语言成了大问题。狼语是口头语，没有既定的文字，若无高科技助力无法远距离传达。而这三姑娘偏偏喜欢异地恋，难怪需要丁丁这个翻译家。三姑娘想说的话需要丁丁译成蚁族网络通行的中文发给懂汉语的五鹿原，两人的恋爱才成为可能。

"你妹妹……也住在这里？"皮皮问道。

"她还没出阁，跟着她妈住在我父亲的院子里。"修鱼稷道，"她喜欢生物，我出去的时候会帮她采集一些标本，弄来的东西就存放在这间屋里，所以她经常过来。"

"相当于是她的……实验室？"

"对。"修鱼稷将她往门外一拉，似乎害怕打扰了妹妹的研究，"吃饭吧。"

皮皮只吃了一小包松仁，当然不算饱，将门掩了，跟着修鱼稷回到丁丁的房间，见桌上摆着两只鸡腿，烤得焦黄，冒着浓浓的香味，一旁放着一碟红枣，顿时垂涎三尺。

狼族只吃生食，能把两只鸡腿烤一烤，待客也算周到了。皮皮道了谢，拿在手中狼吞虎咽。没有盐没有胡椒的鸡腿只有最原始的香味，皮皮吃到一半，想起把两只鸡腿全吃光是不是不大礼貌，于是举起剩下的一只，问道："很好吃，你要吗？"

他默默地观察着她："不要，都是你的。"

她三下五除二，吃得只剩下光光的骨头，连关节处的软骨都一一咬碎咽进肚中。

"一会儿我要去见我父亲，你也来吧。"

皮皮正在吃枣，愣了一下，这么快就打入狼族内部参拜狼王，完全没有心理准备啊。于是看了一眼修鱼稷，发现他从神态到语气都不容置疑，刚才那话，根本不是问句。

"那个……不怕我是间谍？"

"你怕不怕被三千只老鼠活活咬死？"

在打猎的路上，嘤嘤曾经告诉皮皮狼族有许多残酷到充满想象力的刑法，皮皮嘴里含着颗枣，听修鱼稷这么一说，差点噎住，只得用力点头。

第二十二章

乌龙事件

狼王修鱼亮的府第坐落在修鱼堡的最北端，是这个小城最壮观的建筑。气派的大门，高高的拱顶，四角有四个尖尖的哨塔。离修鱼稷的小院步行有十五分钟的路程。

修鱼稷说，这是个小型的家庭聚会，基本上每隔几天就有一次，族人过来议事或者汇报战况，让她不要紧张。皮皮不了解狼族的风俗，以修鱼稷的地位，开会带个跟班也很正常。鉴于自己已被软禁，目前的方针是八个字：少问多看，见机行事。

两人走进院内，远远看见一个男人站在一角的冷风中吸烟。

“老四。”修鱼稷打了个招呼。老四将烟扔在地上，用脚踩了踩，向他们走来。

“老六。”他打量着皮皮，笑道，“这姑娘我见过，几时抓到的？”

皮皮微微一怔，忽然想起这位“老四”就是那天追杀五鹿原的三个狼人之一，老二修鱼崐被五鹿原杀了，还有个老四叫修鱼峰，老九叫修鱼峻。

“你在什么地方见过？”修鱼稷问道。

“要不是她偷偷躲在草丛里射了一箭，二哥不会死，五鹿原也跑不掉。”修鱼峰警惕地看着皮皮，“她怎么会跟你在一起？”

听出他语带不敬，修鱼稷目光陡寒：“因为我喜欢箭术好的女人。”

修鱼峰打量了皮皮一眼，挖苦的语气更浓了：“非我族类，其心必异。小心人家把你卖了。”

“非我族类？什么意思？”修鱼稷向前走了一步，几乎与他脸对着脸，“你是在讽刺我不是纯粹的狼族吗？”

“哪里是讽刺？这就是事实好吧。”修鱼峰抱臂冷笑，目光更加挑衅，“以为崐哥、睿哥死了你就能顶上？我押一万颗红豆你没戏。”

“我没戏，你更没戏。”

“杂种。”

修鱼稷忽然出手，猛地将修鱼峰推了一个趔趄。修鱼峰连退三步站住脚跟，抽出腰刀就要砍，一个人影忽然冲过来，将修鱼稷往大门处一拉，叫道：“老六，老六！你跟他一般见识？”

说罢一口痰吐在地上，冲着修鱼峰吼道：“有种你别窝在家里，也出去打啊！要嘴皮能耍上老二的位置，那我早就是老二了，还轮到你？”一回头瞥见皮皮，很友好地“Hi”了一声，伸出手去和她握了握：“修鱼笙，老七。”

“关皮皮。”

大厅里坐了二十几个人，有男有女。首座上的狼王修鱼亮和他的妻子方雷燕看

上去四十来岁。皮皮觉得修鱼稷的体格已够魁梧，但修鱼亮的块头比他还大一号，虎背熊腰，眼似铜铃，密密麻麻的络腮胡一直垂到胸前。方雷燕的体格亦十分壮硕，眉眼与修鱼清相似，只是轮廓更硬朗些，一看就是一对母女。

余下的人，皮皮认得的有方雷奕，参与追杀五鹿原的修鱼峰、修鱼峻，以及刚刚认识的修鱼笙。他们的身边，如果已婚，都坐着自己的妻子，个头长相各异，还有六只手的，一看即知不一定全是狼族。皮皮听嘤嘤说，狼族不大介意与异族通婚，虽然贵族多半不会这么做。狼女在族中地位颇高，自幼习武，可冲锋陷阵，议事也有发言权，这样一看，果然如此。

修鱼稷简要地汇报了昨天与狐族的战况以及两位主将修鱼睿、修鱼冰之死。方雷燕的脸上浮出一丝悲伤的神色，但她高傲地抬起头，很快就镇定了。

“也就是说——我们这边死了二十几个，狐族那边只有一人重伤？”一位坐在方雷奕左侧的黑衣大汉道，“这一仗是怎么打的，也太丢人了吧？”

“杀死三哥的那人不肯报出名头，据蚁族过来的线报，他是狐族的储君贺兰觿。”修鱼稷道。

果然是个响当当的名字，众人开始交头接耳。

修鱼亮缓缓地道：“贺兰觿？你确定？”

“不确定，不过从长相和武功上看，和我们以前掌握的资料很相似。”修鱼稷看着大家，“我们谁也没见过这个人。听说他一直生活在南岳，已经有几百年没回北关了。这次回来，而且有金鸐的陪同，我猜他是来帮金鸐复仇的。”

一时间，桌子上的人七嘴八舌地议论开了：

——“贺兰觿怎么会跟金鸐混在一起？沙澜族不是被狐帝驱逐的吗？金鸐应当恨贺兰觿才对哇。”

——“天知道蓄龙圃那边发生了什么事！”

——“真永之乱后，贺兰觿也被狐帝驱逐了，他和金鸐联手很正常。”

——“不管这人是不是贺兰觿，替三哥、七妹还有死去的二十几个兄弟报仇是第一位的！”

——“狐族在沙澜还有一批旧部，金鸐是个隐患，必须除掉！”

——“必须把贺兰觿抓回来！”

终于，坐在修鱼亮左手边的一位金鱼眼汉子清了清嗓子，道：“三军不可无帅，群龙不可无首。老二不在了，修鱼峰，以后出门作战的担子就要落到你的身上了。”

此话一出，一屋子人都安静了下来。

很多人脸上都露出不服的表情。论能力论功夫，狼族的二号人物去世，应当由

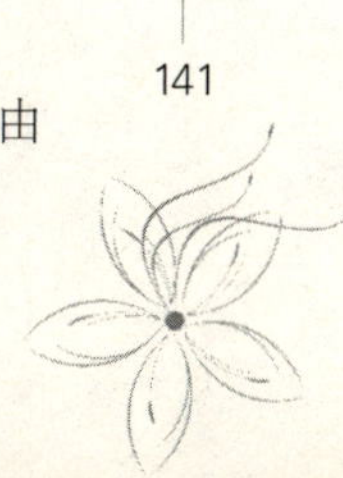

三号人物修鱼稷接替。修鱼稷死掉了，才会轮到修鱼峰。

金鱼眼汉子一脸威严，似在族中颇有地位。他话一出口，竟无一人敢扬声辩驳。

皮皮知道自己是这屋子里唯一的陌生人，不想引人注目，一直半低着头。她悄悄地瞄向修鱼亮，见他的左手中指上果然戴着一枚银色的戒指，当中镶着一颗蓝色的珠子。思考时，他会习惯性地用手转动那枚戒指，仿佛这样能给他带来灵感似的。

修鱼稷忽然沉声道："三叔，您这话，不公平。"

"怎么不公平，说来听听。"

"我为什么不能接替三哥，带兵作战？"

"你跟何人战？"

"狐族。"

"你母亲是什么族？"

修鱼稷的背蓦然挺直，额上青筋暴起，一只手用力地握着。三叔只当没看见，冷笑一声，继续道："不觉得这种事……你需要避嫌吗？"

"如果想避嫌，我根本就不会去，"修鱼稷看着他，一字一字地说，"更不会重伤金鹳。"

屋中的气氛陡然凝滞，空中有一股奇异的酸气，一种攻击性的气味。

每个人的表情都不一样，有赞同的，有反对的，也有不想得罪人、不愿意表态的。

"只是重伤？以你的水平，明明可以杀死他，是你下不了手吧！"三叔不依不饶地道。

修鱼稷"砰"地一拍桌子，站了起来："三叔——"

一个轻柔的声音忽然打断他，方雷燕发话了："稷儿，坐下。"

修鱼稷的喉咙咕噜了两声，坐了下来。

"三弟，"方雷燕淡淡地道，"狼族以武定位，老二这个位置，谁的武功高就是谁的，这是族里定下的铁规矩。稷儿的母亲固然是狐族，但他的父亲是狼王，他在狼族出生，狼族长大，说的是狼语，替狼族出战，立下赫赫军功。你说他不是狼族，不配当老二，我不同意。相信在座的各位也会觉得不公。作为狼族的一员，稷儿非常出色，我为他感到自豪。"

修鱼稷的拳头松了松，目露感激之意。

皮皮呆呆地看着方雷燕，心道：好家伙，方雷氏果然是外交世家，这话说得太响亮了。

"稷儿，你过来。"修鱼亮忽然道。

修鱼稷走到父亲的身边，修鱼亮将手中的戒指摘下来，递给他："老二，把贺兰觿

抓回来。要活的。”

在场所有的年轻人都以艳羡的目光看着那枚戒指。因为它戴在修鱼亮的手上已经几百年了,几乎算是他身体的一部分。摘下它,交给谁,意义重大。修鱼稷身世特殊,得到这枚象征权力的戒指,有种特别恩宠的意味。

庭院中,人渐渐地散了。

修鱼稷对皮皮说:“在这里等我一下。”

说罢走到修鱼亮面前,垂首:“父王。”

狼王伸出肥厚的手掌拍了拍他的肩:“我给你的戒指——要妥善保存。”

“父王之物,便是孩儿心爱之物。”

“你错了,这不是我的东西。”狼王淡淡地道,“这是你母亲的戒指。”

修鱼稷微微一怔。打他出生那天起,狼王就对他的母亲只字不提,好像这人根本不存在。上行下效,渐渐地在公共场合谁也不提,成了禁忌。

但这并不能阻止小道消息的泛滥,该知道的还是知道了,不该知道的也从别人的眼神里知道了。

“是金泽送给她的。”

“……”

“你可知道沙澜狐族为何被驱逐?”

“据说是得罪了青桑?”

“我听说——你母亲胡言乱语的时候告诉我——是因为这个戒指。戒指里藏着狐族的一个重大的秘密。”

修鱼稷凝视着手中这枚发着幽幽蓝光的戒指,蹙起了眉头。

“抓住贺兰觿,问问他,这戒指究竟有什么用。”

随从牵来了白马,但皮皮说,她更愿意和修鱼稷一起散步回去。

阳光暖洋洋地洒在肩头,石板路上泛着青苔。一队人马越过他们向东驰去。为首的是穿着铠甲的修鱼笙,他在马上叫道:“六哥,我去巡逻!”

修鱼稷点点头,目送马队绝尘而去。

“能看看你的戒指吗?”皮皮故作好奇地问道。

修鱼稷摘下戒指递给她。

纯银的指环上打着龙纹,双龙戏珠地托出一颗眼珠般大小的湛蓝珠子,就是青天白日也幽幽地泛着蓝光。非珠、非石、非玉。上面有许多细小的纹路。

“你认得它？”修鱼稷随口道，“我父亲说，这是狐族的东西。”

“没见过。”

“有人说这是夜明珠，因为夜晚会发光。”

“从质地上看，不大像珍珠。”皮皮将戒指还给他。

“我也觉得不是。比珍珠硬，而且非常耐磨。”

两人各怀心事地走了一会儿，修鱼稷又问：“你在贺兰觿身边待了多久？”

“前后加在一起四五个月吧。”

“狐族是一夫一妻制。通常，妻子死了丈夫才可以再婚，所以狐族的男人不轻言嫁娶。”

“你的论点是——”

“他应当是喜欢你的。”

“你觉得他喜欢吗？”皮皮苦笑，“他要是真心喜欢我，会让你这么轻易地接近我、带走我？”

“这点我也想不明白。”修鱼稷淡淡地说，“如果他真的在乎你，还派你过来做奸细，代价也太大了。除非你真的很能干，让他很放心。”

“所以你认为我是奸细？”

“如果你是，你会被三千只老鼠活活咬死，我消灭了奸细；如果你不是，祭司大人惦记你，会来这里找你。”

他幽幽地笑了：“你看，关皮皮，有你在手，我是双赢。”

“为了证明我不是奸细，我也表个态，”皮皮也笑了，“祝你马到功成，我现在就想找贺兰觿算账。”

他瞥了她一眼，目光中有明显的怀疑，但也不愿与她较真：“狼行千里吃肉，马行千里吃草。我会满足你的愿望，到时候可别后悔哟。”

“我不会。”皮皮的声音很果断。

“既然你我目标一致，你又愿意当我的助手，可不可以告诉我贺兰觿下一步的计划是什么，我可以在哪里找到他？”

皮皮沉默了一下，道：“我可以告诉你，但有代价。”

“代价？”修鱼稷身形微微一滞，“饶你不死就是代价。”

“你觉得我怕死吗？”

他“哼”了一声，道：“什么代价，说来听听。”

“你手上的戒指。”

他皱起双眉：“如果你只是喜欢戒指，我有更好看的，也有更贵重的。”

"我就要你手上的这枚。"

"不行。"

"请恕我无法回答你的问题。"

皮皮昂首挺胸,双手插进牛仔裤的口袋,目光无所畏惧。

修鱼稷"呵"的一声笑了:"沙澜就这么大,遍地都是蚁族的网络,我就不信找不到贺兰觿。"

"咦,你看——"皮皮忽然指着街边的一角。

那里有个四五岁的男孩,看面相是蚁族。头很大,超出了比例,像长着巨型肿瘤。最最恐怖的是他的头顶上长着一根类似树枝一样的东西,上面有一团类似蘑菇的球状物。男孩半闭着眼睛,茫然地向树林走去,状如僵尸。脚边不远处有一道半人高的水沟,他好像没看见,径直地向前走。

"喂!小心!"皮皮拔腿追过去要拉住他,却被另一只手用力地拽了回来。

"那边有个小孩——"皮皮急道,修鱼稷喝道:"别碰他!"

于是他们眼睁睁地看着男孩跌进了沟中。修鱼稷让皮皮站住不动,自己走过去,从怀中掏出一样东西往沟里一扔,一股浓烟冒了出来。皮皮惊呆了,冲过去一看,沟里一团火烧得正旺,火苗早已将男孩吞噬,只有一个黑黑的人影在火焰中挣扎。

皮皮不禁冲着修鱼稷吼道:"哎!你干吗!你……你想活活烧死他?"

"他已经死了。"

"明明是活的,还能走路!他爸妈在哪?我们需要通知他的家长!"皮皮被浓烟呛了一下,嗓子都嘶哑了。修鱼稷不由分说地将她拉到街对面,好像这烟气会传染似的。

"这是蚁族中的一种流行病,叫'僵尸症'。"修鱼稷道,"别看他可以活动,但命令他活动的不是他的大脑,而是他头上长出来的那个东西。"

"那个东西……是什么东西?"皮皮的心怦怦乱跳,方才的场景恐怖至极。

"不知道。——这是最近一年发生的事,开始只有两三例,非常罕见,渐渐地越来越多,一家一家地死掉,谁也不知道为什么。反正蚁族人多,寿命又短,大家都不在意。我三妹对这个感兴趣,正在研究它的病因。"

"该不会爆发什么流行病吧?"皮皮道,"你确定只在蚁族中流行?别的族类没有传染?"

"目前所知,没有。每次出门我三妹都让我留意,看看别的族类是否也会感染。"

皮皮不淡定了:"有没有想过万一最坏的情况发生了,你们怎么办?"

修鱼稷瞥了她一眼："什么怎么办？"

"大规模的传染病啊！脑膜炎、肺结核、SARS、鼠疫、疟疾、天花、血吸虫病……这是我们龙族的传染病。每爆发一次，成千上万的人死去。你没听说过吗？"

"没有。我又没有去过你那边，怎么可能听说？"

"万一传染病爆发，你知道怎么隔离、怎么转移、怎么离开这里吗？"

"皮皮，"他淡淡地道，"万一你说的这个爆发了，我们哪也去不了。"

她愕然："为什么？"

"沙澜的四周环绕着一片巨大的水域，很浅，大部分是沼泽，我们叫它'潼海'。远古时候，蚩尤为了迎战黄帝曾在这里集结四方凶兽及各种妖魅，从中挑选精锐以备出征。半数以上跟随蚩尤出战，剩下的都是些狂野嚣张、不服管教之辈，它们互不相容大打出手，以至于尸横遍野、血流成河、白骨如山。群凶之血流入潼海，滋养了水中的凶兽。后来狐族想在这里建立领地，发现太不安全，狐帝于是用法术将凶兽尽数引到蓄龙圃的流光河……"

"所以这些凶兽是生活在淡水中的？"

"是的。"

"金泽获罪之后，狼族闻讯大举进攻，一直打到潼海。为了保住蓄龙圃，青桑请求狐帝释放流光河中的凶兽。这些水兽回到潼海，将正在战斗中的狼族吞食殆尽，我们只好退却。于是在沙澜与蓄龙圃之间就有了一道天然的屏障。"

皮皮想了想，问道："这些水兽只攻击狼族不攻击狐族？"

修鱼稷点点头："因为长年受制于狐帝，它们普遍惧怕狐族，只要不是故意挑衅，不会主动攻击。经过多年的繁衍生息，凶兽越来越多，遍布整个水域，对我们狼族来说，沙澜渐渐变成了一座孤岛。外面的进不来，里面的出不去……"

"其他的族类呢？"

"这些凶兽胃口巨大，天上地下，什么都吃，只有蚁族偶尔可以进出沙澜，会从外面贩货进来。他们的水木寒山网通过水草也可以延伸到外面的世界。"

"环境这么封闭，狐族也退出了，你们的汉语是从哪里学到的呢？"

修鱼稷的汉语发音有些怪，一听就不是母语，但语法是正确的，词汇文白夹杂，基本上是白话文。

"我们通常会雇用蚁族的人当我们的翻译，或者是语言老师。但这也存在着很多麻烦，因为他们学会一门知识要用十几天，最多也只能教我们二十天就要换人，经常需要一整个家族的人前赴后继地进行教学……"

皮皮觉得这种现象闻所未闻，鉴于蚁族只有四十天的寿命，细思下来也全在情

理之中。

“你说你是从飞机上跳下来的?”他忽然换了一个话题。

“对。”

“也就是说,办完了事会有飞机接你们回去?”

“不会,飞机降落需要跑道。”皮皮想了想,“这里全是山地,除非用……直升机。”

“直升机?”

“就是一种可以垂直起降的航空器。”

“贺兰觽有没有告诉过你,他打算怎么回去?”

皮皮摇头。

“他有没有带来什么特别的东西或者设备?”

皮皮迟疑了一下,想到了那枚夜光犀,但她继续摇头。

“最后一个问题,”修鱼稷转动着手上的戒指,“你为什么要这枚戒指? 它有什么用途?”

皮皮两眼看天,拒绝回答。

她不知道戒指的用途,却知道戒指中的珠子是什么。

那是一颗魅珠。

虽然她见到的魅珠都不发光,但从形状、质地和上面的纹路来看,肯定是一颗魅珠。

接下来的五天,皮皮一直住在修鱼堡内,日子过得很平静。每天早上天刚亮,修鱼稷会过来和她一起吃早饭。然后带着人马去深山搜索贺兰觽。大多数时候空手而归,据他说只碰见过两次,双方厮杀得十分惨烈,主管兵权的三叔不肯给他足够的人手,贺兰觽还是逃脱了。修鱼稷晚上回到小院,如果皮皮屋里的灯还亮着,他会敲门进来,和她聊聊一天的战况,身上带着伤,但很干净。

这期间皮皮只见过修鱼清一次,企图告诉她五鹿原正想方设法要见到她。为了说清这件事,她在纸上画了一头狼,又画了一对翅膀,各种手势、各种描绘,修鱼清看了,一会儿点头一会儿摇头,一会儿叽里咕噜地解释,皮皮完全摸不着头脑,又不敢央求修鱼稷翻译,只觉牛头不对马嘴。两人费劲地交流了半天也不能确信修鱼清听明白了没有。当晚皮皮找到水水请他帮忙,不料水水也不懂狼语,说是学“二外”太花时间,整个蚁族也找不出几个人通晓三门语言,皮皮只得作罢。再想联络三姑娘时,修鱼稷却说她不会过来了,因为马上要出嫁了。

剩下的时光皮皮会去街上溜达,修鱼稷给了她一些红豆。皮皮于是去水水婚介

把上次的账还了。水水说一直没收到嘤嘤的回信，皮皮于是又发出一封："请告五鹿，三姑娘七天后出嫁，东西在修鱼稷手中。"又过了两天，终于收到回音："知悉。小菊在安全处照顾金鹦。我即日启程。"

趁着每晚修鱼稷过来聊天，皮皮抓紧机会给他"讲课"。修鱼稷对人类的生活非常好奇，话匣子一打开就问个没完。刚开始的几天他还有些羞涩，不好意思暴露自己的无知，随着两人越来越熟，他已不满足于东问一句西问一句，要求皮皮像蚁族那样"系统开课"。皮皮于是干脆拟了个提纲：

第一天，日常生活。

第二天，交通与科技。

第三天，教育与职业。

第四天，信仰与战争。

第五天，音乐与文化。

在四年运送狐狸的生涯中，皮皮的大多数时间都是在旅途中度过的。漫长的火车、颠簸的大巴，她再不健谈也成了聊天的高手。做生意离不开讨价还价，她学会了沟通、协商，也知道了妥协、合作。每个人都有自己的软肋，只要你找到它。比如说修鱼稷，把他定位成"狼族的青年领袖"那就对了。青年领袖喜欢出征、喜欢挑战、喜欢新奇、喜欢领导族人开天辟地打江山……皮皮投其所好，向他讲起了精彩丰富的大千世界：穿越群山的隧道，跨越江湖的大桥，天上的热气球，无人驾驶的汽车——

"比马还快？"他听得津津有味。

"快多了。"

"不吃草？"

"不吃。吃油、吃电。"

"什么……是电？"

"这个——说来话长。"她拿出一张纸给他讲解，什么是电荷，什么是电子、质子、中子，什么是电流，什么是电压，什么是电池……所幸初中物理她还记得个大概。看着修鱼稷认真的样子，皮皮油然升起了一种去大山支教的成就感。

到了第六天，修鱼稷忽然说："今晚不讲课了，给我读首诗吧。"说罢递给她那本《高常侍集》。皮皮翻了翻，将书放到一边："里面的诗你都读过很多遍了，不如我给你背首新的吧。"

"你很博学，"他说，"请。"

皮皮微微一笑，朗声诵道：

青海长云暗雪山，
孤城遥望玉门关。
黄沙百战穿金甲，
不破楼兰终不还。

他低眉垂首，态度虔诚，在心中默默跟着她诵念。没像以前那样问她每一句是什么意思，她也没有讲解，似乎这千古名句可以直达狼心深处。

皮皮带着他吟诵三遍，修鱼稷忽然抬头，问了一个不相干的问题："皮皮，你从哪来？"

"C 城。"

"C 城的……什么地方？"

皮皮用目光探寻他的意图："闲庭街。"

"街上……都有些什么？"

"房子。大大小小的房子。当中有个很大的街心公园。每天早上热闹极了，有很多老太太在那儿跳广场舞。"

"广场舞？"

"嗯，就是这样——"皮皮模仿着大妈们边扭边唱，"你是我的小呀小苹果儿，怎么爱你都不嫌多，红红的小脸儿温暖我的心窝，点亮我生命的火火火火火火……"

皮皮滑稽的样子把修鱼稷逗得哈哈大笑，几乎喘不过气来。而她的心却突突乱跳：糟糕，这算是引狼入室吗？随即想到沙澜四面都是水怪，修鱼稷根本不可能跑出去，一颗焦虑的心这才平静下来。

"对了，问你个事儿，"修鱼稷笑了半天，喝了一口水，道，"明天三妹出嫁，我负责送亲，贺兰觽他们会来砸场子，是吗？"

她的背直了直，假装淡定地看着他，脑子里一片混乱，有种被摊牌的惊慌。但他脸上的表情却平静得好像如来佛，一切都在预料之中。

"你去水水婚介，被修鱼峰的人跟踪了。"他说。

"所以你来吟诗，因为明天会有一场大战？"皮皮道。

"你希望我赢吗？"他安静地看着她。

皮皮低头沉默了一下，抬起头："何止是希望，我跟你一起去。"

他的嘴用力地抿了抿，思索片刻，问道："他们会来多少人？"

“不到十个。你不是要抓贺兰觿吗?”皮皮凝视着他的脸,“贺兰觿是你的。方尊嵋是我的。”

“什么意思?”

“我要亲手杀了方尊嵋。”

“嗯。”

“五鹿原也会来,请你放过他。他与你三妹是真心相爱。你让他们走,成全一对恋人。”

“什么? 五鹿原……和三妹?”他的眉头拧成一团,显得十分意外,“不可能。五鹿原的确提过亲,但三妹什么也没跟我说啊。”

“女孩的心事怎么会告诉你? 装作不知道就好。睁只眼闭只眼让他劫走。”

“睁只眼闭只眼?”他突然“砰”地一脚踢翻了面前的椅子,把皮皮吓了一跳,“她是我妹! 那小子在我眼皮底下说抢就抢,门儿都没有! 他要敢动我三妹一根毫毛,我先把他的头咬下来!”说罢气得甩门而去,皮皮冲着他的背影叫道:“人家有翅膀,能带她飞出去!”

院子里回荡着修鱼稷的吼声:“不行! 绝对不行!”

送亲的马队浩浩荡荡地向东驰去。

迎亲的方雷家来了二十人,都是精锐,戴着翻耳兜鍪,穿着细鳞皮甲,由新郎方雷盛领队。修鱼堡这边送亲的也是二十人,由修鱼稷领队。皮皮披着件灰色的连帽斗篷,骑马走在队伍的尾端。

营地一战,狐族那边死了钟沂、梨花、家麟,重伤了金鹳,跑了皮皮,战斗力所剩无几。贺兰觿唯一叫得动的帮手是宫家兄弟。狐族战营不会超过十人。如果打群架,胜算几乎是零。

狼族这边,修鱼稷没跟方雷家提到可能被抢亲的事,只是叮嘱他们一路格外小心。因为最近修鱼与安平两家局势紧张,北山家也蠢蠢欲动,路上什么事情都可能发生。

方雷盛在狼族中算是长相比较斯文的。瘦高个儿,浅浅的胡须,笑起来有些腼腆。因为是新郎,着意打扮了一番,待人非常周到有礼貌。他与修鱼清并排骑行,一直用狼语交谈。

无论是修鱼稷还是关皮皮都很注意观察修鱼清的表情。她看上去从容不迫、谈笑自如,一点也不失落。皮皮在心中暗自佩服:狼族女人的心理素质果然强大,眼看就要私奔了,还跟新郎聊得火热,降低他的戒备之心。

四十人的队伍在崎岖的山路上走了一上午，什么人也没碰到。狼族人一天只吃一顿饭，遇到特殊情况可以几天不吃，所以一路上谁也没停。皮皮在马背上吃了一点干粮，喝了几口水，修鱼稷策马过来问道：“刚才走过的那段路，是偷袭者的最佳选择，你确定他们会来？”

“会的。”皮皮很自信，但她想到一个问题，“你们为什么不选择去龙关驿站坐车呢？那样岂不快些？”

“快是快，没有仪式感。”

皮皮笑了，心想如果添上一排唢呐、一顶花轿，就更有仪式感了。但她没说出来，怕修鱼稷问她什么是唢呐、什么是花轿、龙族结婚都有些什么仪式，又要解释半天，不免心累。

“哎，我看你妹还挺淡定的，跟方雷盛挺聊得来的样子。”

“也许她是想让我们放松警惕。”昨晚皮皮的话虽然让修鱼稷大发雷霆，冷静下来之后他还是选择了相信。

“出发之前，你没旁敲侧击地问问她？”

“你不是让我装作不知道吗？”

“好荣幸喔！我说什么你听什么。”皮皮瞪了他一眼，“等下人家来抢亲，你是放人还是不放？”

“只要我妹喜欢，放。”修鱼稷一咬牙，“借口都编好了。就说五鹿原带着她飞走了。——说实话，他要不是五鹿家的，这谎还真不好撒哪。”

然后他的话就多了，问五鹿原的人品怎样，脾气好不好，打算在什么地方建立领地……

皮皮默默地看着他，有点哭笑不得。五鹿原的计划就是联合狐族消灭修鱼亮占领你们的地盘，这她可不敢说出来。

“你对你妹真心不错。”皮皮叹道。

“她对我也很好。”修鱼稷道。皮皮看出他有些焦虑，握着腰刀的虎口紧绷着，整个胳膊都是硬的。

“怎么了？”她四下张望了一下。

“我听到——”

这话还没说完，“哚”的一响，一支箭射过来，将皮皮前面的一个随从射了个对穿。那人“噢”了一声，摔下马去。

还没看清情况，箭如雨下，众人纷纷举起盾牌，只见前方一队人马冲了过来，将队伍截成两段，两边人都下了马，拿着兵刃厮杀起来。

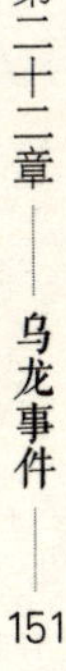

皮皮连忙溜下马，摘弓搭箭，悄悄猫在一棵大树后观察。

她首先看见了贺兰觿，左手拿刀右手拿杖与方辛崃联手攻向方雷盛及他的三个手下。方尊嵋则一人独战修鱼稷。果然狐族这边多了四个帮手，其中两人是宫家兄弟，另外两个皮皮没见过，是一对双胞胎。双胞胎手执双刀，身手不凡，眨眼工夫就杀到了修鱼清的身边。

一个灰影忽然疾掠过来，一个空翻抱起马上的修鱼清就跑。他几乎是与皮皮擦肩而过的，从侧颜可以清晰地辨认出那是五鹿原。皮皮冲他点了一下头。修鱼清哪里认得出那是五鹿原，蓦然被人抱住，发出一声尖叫，接着是一串狼语的惊呼——

修鱼稷正被方尊嵋死死缠住，根本抽不了身，听见了三姑娘的叫喊，心中焦躁，攻势更加猛烈，手中左钺斜飞而出。五鹿原怀抱修鱼清，眼前银光一闪，凭直觉身子一低向左一歪勉强避过，鸳鸯钺紧贴着头皮飞过，削下一把头发，在空中滴溜溜一转，回到修鱼稷手中。他将双钺往地上一扔，整个人突然拔地而起，放开方尊嵋，化作巨狼向五鹿原扑去！

方尊嵋正与修鱼稷激烈搏杀，对手忽然变形不见，正要喘口气，一抬头，发现面前多了一个举着弓箭的灰袍女人。

"方尊嵋！"皮皮大喝一声，"拿命来！"

"嗖"地一响，冻蛇飞出，直奔方尊嵋的心脏！

就在这一刹那，旁边闪出一只手臂将方尊嵋推了一下，"哚"的一声，这一箭正中那人的左肩。皮皮使出了十足力道，冻蛇贯肩而过，反首向那人咬去。

方尊嵋一剑疾削，蛇头飞出——

皮皮毫不罢休，眼早已经红了，一心只想着替家麟报仇，也不顾自己的死活，抽出猎刀向他砍去，方尊嵋亦挥斧向她斫来！与此同时，两人却谁也没注意到修鱼稷已经赶回来了，比他回来得更快的是飞在空中的鸳鸯双钺。

"噗！"

皮皮只觉眼前一花，一股温热的鲜血喷在脸上，低头一看，方尊嵋中钺倒下，身首分离。皮皮抹了把脸转过身去，这才看清中箭的那人竟是贺兰觿。左肩被血染红了，冻蛇贯穿之后在上面留下一个清晰的血洞。

三十多人已将他团团围住。

他的风衣已被削成了彩旗，胸前、腿部也满是伤痕。贺兰觿默默地看了她一眼，忽然吹了一声口哨。

狐族人迅速撤离。

满地一片狼藉。狼族这边死了七个，狐族这边，除了死去的方尊嵋、被捕的贺兰觿，其他人全身而退。皮皮在地上挖了个坑将方尊嵋埋葬，将他的剑插在坟头。

狼族人以战死沙场为荣，他们会拼死救回伤者，但不会掩埋尸体。

贺兰觿嘴里塞着棉布，被五花大绑地扔在马上。

修鱼稷正在轻声安慰受惊的修鱼清，皮皮不知道他为何改变主意，不由得叹道：“我以为你会成全他们。”

“我是想成全，”修鱼稷的脸色很难看，“可是，我妹在喊救命。你说那人是五鹿原，他的翅膀在哪？”

皮皮愕然。这才想起抱走修鱼清的人虽然长着一张五鹿原的面孔，背上并没有一团隆起之物，难怪他在密集的林中穿梭，身手如此敏捷。

“奇怪……他看上去明明就是五鹿原啊！”她争辩。

“关皮皮！”修鱼稷一把将她拎到半空，切齿吼道，“你摇唇鼓舌地想让人劫走我妹，就不怕被我撕成两半？”

皮皮的腿徒劳无益地在空中蹬了两下，叫道：“我也不知道是怎么回事，这中间一定有误会！”

见两人大声争执，方雷盛走过来察看。修鱼稷放下皮皮对他耳语几句，方雷盛点头上马到前面带路去了。

皮皮对修鱼稷道：“帮我翻译一下，我要问个清楚。”说罢翻身上马，拉住修鱼清问道：“三姑娘，你认识五鹿原？”

修鱼稷译成狼语，修鱼清听罢点点头，叽里咕噜说了好几句。

“她的确认识，在蚁族的网络上。他们都对生物学感兴趣，聊得很投机。”修鱼稷道。

“然后呢？”

修鱼清又说了一堆话。

修鱼稷道：“他们通过几次信，五鹿原说想来沙澜看看，我妹就劝他别过来。一来蚁族正在流行僵尸症——那天你也看见了——过来了有可能会传染；二来进入沙澜必经潼海，怪兽会飞出水面捕食，很不安全。”

“然后呢？”

两兄妹交谈了几句，修鱼稷道：“然后他们就没再联络了。”

“什么？”皮皮有点傻眼，“你是说——他们根本不是恋人？”

“五鹿原的最后一封信的确向她表达了爱慕之意，但我妹觉得这事不知根不知底不大靠谱，再说我父亲已经把她许给了方雷盛，她挺喜欢的，就没再回复。”

这可是天大的乌龙啊！皮皮窘哭了："五鹿原可不是这么对我说的！他说他们热恋已久，已到了谈婚论嫁的地步，三姑娘提出让他来修鱼堡求亲，所以他才冒死飞过来的。"

修鱼稷将这话翻译过去，修鱼清拼命摇头，情绪激烈地一边说一边打着手势。

"绝无此事，他们认识的时间很短，根本没聊到这个程度。"

"很短？有多短？"

"从认识到停止交谈，只有五天。"

皮皮呆呆地看着他们，忽然，脑中冒出一个可怕的念头："丁丁！"

——皮皮遇到丁丁的那天，正是她的死期，她在唱歌，在给自己掘墓，还把一腔莫名其妙的愤怒发泄到皮皮身上。

"丁丁？"修鱼稷也意识到了。

"你三妹不懂中文，一切依赖丁丁的翻译。丁丁知道他们之间发生的一切。当丁丁发现三姑娘对五鹿原不感兴趣之后，她开始假冒三姑娘继续跟他恋爱……我不知道她的动机，也许她想尝尝爱情的滋味，又或许死期将至人格分裂——"

修鱼稷将皮皮的话翻译给修鱼清，她愣了一下，拼命点头，叽里咕噜说了一堆话。

"我妹说很有可能。丁丁临死前的一段时间情绪很差，经常彻夜哭泣，说不想死，因为恋爱了。我妹以为她爱上的是蚁族的小伙子，还陪她一起流泪呢。在生前的最后两天，丁丁说想去龙关驿站坐车见爱人最后一面。我妹给了她一些红豆，还给了她一套新衣服作礼物。"

"她冒充别人谈恋爱，也许只是为了寻找刺激、排遣郁闷。没想到五鹿原真的飞过来求亲，还大闹了修鱼堡，她害怕被揭穿，就提前逃跑了。只有五鹿原还被蒙在鼓里……"

三人面面相觑。皮皮对着修鱼清深深地一鞠躬："对不起！是我弄错了，差点坏了你的大事。"

修鱼清微微一笑，拉着皮皮的手轻轻地摇了摇，放到修鱼稷的手中，柔声地说了一句话，一脸的祝福。

修鱼稷急忙抽回手，不自在地看着别处。

"你妹说什么？"皮皮问道。

"没说什么，瞎、瞎说。"修鱼稷有点结巴，"我去前面看一下……"说罢拉着修鱼清打马去了队伍的前端。

皮皮默默地看着前面被绑在马背上的贺兰觽。他晕了过去，像一块软布那样搭在马上，垂下来的指尖一点一点地滴血。他当然不会束手就擒，背上被方雷盛重重地捶了一斧。皮皮能听见祭司大人骨头开裂的声音。

不知为何，见他受此折磨她并不觉得快意，反而有些惘然。需要在心里一遍又一遍地告诉自己，此人居心叵测、巧舌如簧，把自己从C城骗到了沙澜，企图欺骗青桑、偷袭蓄龙圃、夺取贺兰静霆的半壁江山。

他是假的、假的、假的！她有多傻才会错成这样！

第二十三章

千分之一的可能

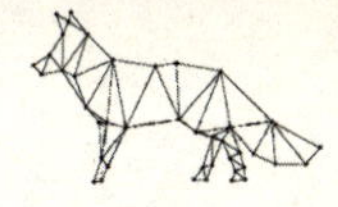

这天晚上，皮皮早早就睡了。修鱼稷过来敲门，发现皮皮赤着脚，穿着一袭白色的长裙。

月光从头顶照下来，裙子在风中拂动，她很瘦，在他面前犹如一道影子般飘动着。

“这么早就睡了？”

皮皮拉开门，脸上有泪痕：“我有一个好朋友去世了，今天是头七。”

“头七？”

“人死之后的第七天，他的魂魄会回家。”

他皱起双眉，指了指院子，当中的一张石桌上摆着三碗菜和一双用树枝削成的筷子：“那是什么？你要请客？”

“魂魄回来的时候，我们要为他准备一顿饭，他吃了好上路。”

“那你干吗睡觉？哭累了？”

“我必须回避。”皮皮幽幽地道，“躲进被窝，不让他看见。他要是看见了我……就会惦记，就不肯走……”

说着说着，她的眼泪就哗哗地往外涌，忍不住低声抽泣：“会影响他去投胎……”

修鱼稷看她一把鼻涕一把泪的，半天没说话，末了只得道：“去睡吧。”

皮皮转身进屋，又被他叫住：“这个给你。”

他摘下手中的戒指放到她的掌心：“谢谢你帮我抓到贺兰觿。”

他怔怔地凝视着她，似乎有很多话要说，但皮皮什么也不想说。她点点头，擦了一把眼泪，回屋了。

狼人尚武好斗，勇敢是他们最看重的品质。

因为皮皮一箭导致贺兰觿被擒，族人们都对她产生了敬意。修鱼稷带她参加会议时，大家也对她客气了许多，女眷们主动过来搭话，还叫人送来各种零食。大家都以为她是修鱼稷新交的女友。皮皮没有解释，修鱼稷也不解释，以至于散会的时候，方雷燕也开始叫住皮皮跟她聊起来。问她的家乡，问她的父母……一副将她看作是准儿媳的样子。

贺兰觿被关押在后山的一个洞穴中，皮皮一直没见到他。接下来的三天，审讯工作并不顺利，每天晚上，修鱼稷回来都很沮丧：无论怎么严刑拷打，贺兰觿都不开口，不回答任何问题。

修鱼稷最后说，他的耐心已到了极限，贺兰觿也被打得差不多了。

——与狐族相比，狼族人普遍性急、缺乏耐心。吃东西都是三口并作两口，撕、

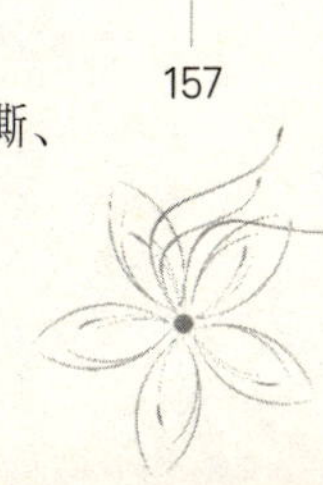

咬、吞、咽，如风卷残云般地扫荡。打一场仗，不论胜负，掉头就走，同胞的遗体也不掩埋。他们相信武力，也只屈服于武力。在这样的文化里，喜欢诗歌的修鱼稷绝对是个异数。如果连他都失去了耐心，贺兰觿只剩下死路一条。

“明天他要是再不回我的话，我就把他扔进鼠洞，让那些老鼠把他吃得只剩下一副骨架。”

皮皮听罢站起身来道：“让我去试试？”

他研究着她的表情，声音很冷：“你该不会想救他吧？”

皮皮连眼皮都没眨：“不会。”

地穴里弥漫着一股令人窒息的腐臭。

寒冷、潮湿，凹凸的岩壁滴着水。

地上也是湿的，混着黄黄的泥泞，青苔很滑，皮皮一步没站稳差点滑了一跤，被修鱼稷及时地拉住。

拉住她的那只手再也没有放下来。

皮皮不自在地挣了一下，没有挣开，他丝毫不肯松手。她抗议地看了他一眼，修鱼稷左手举着火把，右手拉着皮皮，目视前方，从容前行，好像什么也没发生。

甬道很长。

忽然，他在黑暗中笑了一声。

“笑什么？”皮皮道。

“觉不觉得五鹿原抢亲的事很乌龙？”

“人家是认真的。”

“没本事的男人才会抢亲。”

“如果是你，肯定不抢？”

“绝对不抢。——我要喜欢一个女人，会让她自动往我身上扑。”

皮皮觉得他话中有话。

在修鱼堡的这些天，修鱼稷几乎天天过来找皮皮，美其名曰“学习龙族文化”。但他从没有强迫她做任何事，也没限制过她的行动。反而是带着她四处串门，广而告之，介绍给亲友。皮皮不想与狼族有太多的瓜葛，修鱼稷却以最快的速度让她在自己的圈子里混熟了。

每次出征回来，不论有多晚有多累，他都会沐浴更衣，再来见她。有时夜半醒来，她会看见窗外的院中有一头白狼，像只警犬般默默地蹲在门边——修鱼稷一点也不在乎显示自己的本来面目。

有次走在街上，皮皮手里玩着一个毛皮缝制的小球，无聊地往草地上一抛，“唰”的一下，身边人瞬间变形飞出去，一口叼住空中的小球，向她飞跑回来，眨眼间变回人形，手中多了一个小球，得意扬扬地向她晃着，皮皮哭笑不得。

——也许早晚有一天，皮皮也会这样扑向他吧。

甬道的尽头是一扇沉重的铁门，打开门，是一个球形大厅。修鱼稷指了指左侧的刑室：“他在里面。……要我陪你吗？”

“不用。”

刑室也是球形的，令皮皮想起了蚁族的地宫。当中有一根一人多粗的木柱，顶端钉着铁环，祭司大人的双手被铁链绞着，整个人悬空地挂在上面，全身上下只穿了一条短裤，赤裸的上身血肉模糊。小腿上皮开肉绽，血一直流到脚跟，凝固了，变成深紫色。

皮皮绕着他走了一圈，发现他背后的伤更重。除了方雷盛的一锤，还有很多咬痕，清晰可辨是狼的犬齿插入、下颌用力咬出的深深牙洞。身上唯一齐整之处是他的脸，为了招供，必须留下脸部的肌肉，不然会影响到发声。

地上堆着各种刑具，最恐怖的是一条长鞭，上面装着参差的锯齿。鞭子上沾满了血和撕下的皮肉。皮皮的身子抖了抖，从里到外地打了个寒战，走到他的面前叫道：“贺兰觿。”

他原本好像睡着了，听见声音睁开眼，却没回答，只是默默地看着她。

“夜光犀在哪？”

他颈间什么也没有。她伸手顺着他的胸口摸了一圈，以为那东西藏在皮下，如果真是那样，她会摸到一个硬块，但皮下空空如也。

“不在我这。”他终于开口，目光落在套在皮皮拇指的戒指上，“戒指已经到手了？很好。等你遇到金鸐，记得交给他。”

他的语气一点不像阶下囚，皮皮不禁连连冷笑：“死到临头还对我发号施令。在你眼里，我真有那么傻、那么乖吗？”

“当然不是。”他叹了口气，“你要是又乖又傻就好了。”

“贺兰静霆在哪？”她不想胡搅蛮缠，“你把他怎么了？”

“你忘了？只有帮我救了人，我才会把贺兰静霆交给你。这是协议。”

“都到这份上了，你还有什么资格跟我谈协议？”她拾起地上的鞭子，“交出贺兰静霆，留你一条性命。——天大地大，计划再大，也不比你的命值钱！”

“呵呵。”

“你说不说？”

“No.”

她一鞭抽过去，“啪！”，祭司大人痛得一哆嗦，咬紧牙关，额上青筋暴起。

“贺兰静霆是活的还是死的？”她用鞭柄用力顶住他的下巴，“你是不是杀了他？”

“别问了，皮皮。”他痛得“咝”了一声，却半点不让步，“修鱼稷都没问出来，你的胆子不可能比他大，白白耽误工夫。”

他一定不想活了，才这么故意激怒她！皮皮一咬牙，连抽三鞭，抽到手臂发酸，他痛得浑身抽搐，还不忘损她一句：“用点劲，打人也是会产生快感的。”

“啪！”

“姿势不对，手举高，往后扬——”

“啪！”

“好性感，你是专门为了抽人才穿的这套紧身衣吗？”

“啪！啪！啪！”

真正的祭司大人才不会对她说这种话！皮皮气得一顿猛抽，他晕了过去。

她从地上拾起一个水盆，里面装着黑乎乎的脏水，发着浓烈的臭味。她知道贺兰觿有洁癖，将脏水往他脸上一浇，他被臭气一呛，苏醒过来。

“关皮皮！”

“很脏，是不是？”她冷笑，“我让他们去找堆狼粪糊在你脸上、塞进你嘴里，活活臭死你！”

“最毒妇人心，我终于信了！”

“贺兰觿，你招是不招？”

“No.”

皮皮忽然抽出猎刀，一刀挑开他的裤子：“如果我把你的蛋割了呢？”

完全没料到她会来这么一招，贺兰觿整个人都僵住了。一个冰凉的东西挨在他的下身，不知道是难受还是紧张，那东西受到刺激，反而硬了。

“我想喝水。”他忽然道。

“少打岔！”

“喜欢就割吧。”他冷笑，“这东西反正也是你的，只有你用过，没什么好遗憾的。”

蓦然间皮皮想起那天晚上，两人在温泉中亲热，不知为何，狠不下心来，手顿时软了。于是将猎刀插回腰后，凝视他的脸，一字一字地道：“知道吗，他们对你已失去了耐心。明天早上会把你扔进鼠洞。洞里有几千只老鼠，顷刻间会把你吃得只剩下一副骨架。”

他的表情没什么变化。

“贺兰觿，你我认识一场，就算你骗了我，害了我丈夫，我也不希望看见你是这么个下场。”

他安静地说道：“那就给我个痛快。”

见他主意已定，皮皮掏出那天家麟给她的毒药，倒进一杯水中，将杯子晃了晃，让药和水更好地融合。

“说出你的遗言。你一定有什么话想带给金鹮，对吧？”

“没有什么话带给他，只有一句话带给你。”

她冷冷地看着他，等他说下去。

他的脸因疼痛扭曲着，眸中却有一丝莫名的宁静，如夜晚的星空，如晴天的云海，如深海中随着水流翕动的海葵。

“I love you. ”

他淡淡地看着她，眼神中没有任何怨恨。

而皮皮的心却感到一阵刺痛，仿佛被人插进了一根针。拔出来，疼；刺进去，更疼。

那目光似曾相识。

那一年祭司大人要与赵松同归于尽，命令她点燃神木。当时的他就是这么毫无畏惧地看着她，耳旁响起了他当时的话：“皮皮，点火！一切都会很快！我不会有痛苦！”

瞬时间她的眼睛湿润了，他说一切都远未穷尽，事实上一切都结束得很快……

明日贺兰觿走进鼠洞，一切都将终止，成为永恒的谜团。她以为抓到他就可以逼他说出真相，严刑拷打就可以让他屈服，事实证明，这个假的贺兰觿与真的祭司大人一样顽固。

她没法在刑室里继续待下去，贺兰觿嘴角的一抹嘲笑让她觉得自己是个彻头彻尾的失败者，出尽手中所有的牌也没见到对方的底牌。

她快疯了。

皮皮回到自己的小屋时感到剧烈的头痛，耳鸣如鼓，心中嘈杂，浑身热烘烘地整个人都不好了。冷静下来歪在床上发呆，觉得自己的战略有问题：让她杀死贺兰觿，她下不了这个手。

一想到明天他要被推进鼠洞，哪怕他十之八九就是杀害贺兰静霆的凶手，她也没有半分复仇的兴奋，仿佛他的死会带走自己的一部分，会把自己的灵魂挖一个洞，

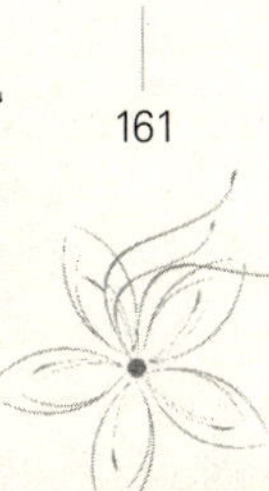

像用一把剪刀硬生生地剪掉了一个结局。

她恨自己为什么没有当年处心积虑杀死赵松时的决心。因为对她来说，赵松完全是个陌生人，而这个贺兰觿却假扮着祭司大人与她有过肌肤之亲。他了解她的喜好，救过她的命，说出的情话也和当年贺兰静霆说的一样动听。正因为他演得太入戏，足以以假乱真，才让她一而再、再而三地以为他就是那个自己朝思暮想的人。

从一开始看出苗头不对，她就开始给自己找借口，各种对比、各种原谅，主动洗脑去配合这个冒牌货。而他就像潜入电脑中的病毒，正在悄悄地修改着程序，以至于她对以前的贺兰静霆已渐渐印象模糊，脑海中面前的这个人已成功地取代了他，成为更真实更具体的祭司大人。

温水煮青蛙，习而不察。皮皮这么一想，仿佛自己就坐在热锅里，顿时出了一身大汗。

一时间她很烦躁，觉得自己把事情完全搞砸了。

她需要出去走走，厘清头绪，想想解决的办法。

街上的人不是很多，小贩们一个个都懒洋洋的。狼族的生活十分简单，除了狩猎、巡逻、养育小狼没什么太多的事情。

皮皮边走边想，贺兰觿死活不肯招供，如果他真的劫持了贺兰静霆，也只有他一个人知道下落。他不能死。

但此时的他以及他手下的狐族肯定都恨死自己了，救他出去会是个大麻烦。

他们会来报仇。方辛崃报杀兄杀妹之仇，千蕊报杀姐之仇，五鹿原怪她没成全自己和三姑娘，金鸐怪她跟重伤了自己的修鱼稷混在一起。她得罪了狐族所有的人。

皮皮闷头往前走，越想心越烦。忽然，一只手从路边伸过来，将她猛地拉到一棵松树后。还没等她尖叫，一只手捂住了她的嘴。

“皮皮，是我。”

那人穿一件灰色的风衣，拉下风帽，露出一张英俊的脸和一头螺丝鬈发。

“金鸐？”

“他在哪？”

“一个……洞里。”

“你们打算怎么处置他？”

皮皮怔了一下，他说“你们”，她听了有点不习惯。

“今天晚上……鼠刑。”

“你必须要把他弄出来！”他说。

“告诉我真相，我就想办法。”皮皮看着他，“你和他这么亲近，一定知道他的秘密。”

“我是知道。”

“请说。”

“但我向他发过誓要保密。”

“我不告诉他是你说的。”

“不行。这样做有违我心中的原则。”

“那就没什么好谈的。”皮皮扭头就走，被他一把拉住。

他看上去气色恢复了不少，但还是有些虚弱，皮皮有些不忍。金鹳果然是贺兰觽的死党，此番冒险过来找她也是豁出去了。

“皮皮，我只跟你说一句话就走。”

她停步，冷冷地看着他。

“祭司大人等了你八百年，可你对他的耐心只有这么一丁点儿。你觉得你们的爱情匹配吗？”

皮皮听罢心中猛地一震，忽然间泪水就模糊了眼睛。她深吸一口气，正要说话，面前的人已经消失了。

皮皮茫然地走在大街上，头大如斗，心乱如麻。让贺兰觽死，不甘心；帮他逃，又没办法。每条路都被堵死了。

恍惚间对街有个小个子男人向她招手，皮皮定睛一看，认出是婚介中心的老板水水。她忽然想起一件事：必须要把丁丁冒充修鱼清谈恋爱的事告诉嘤嘤，让五鹿原放弃行动，不然他还会再次策划劫持事件。于是她向水水走去。

“关小姐，来来来，请进，请进！我正四处找你呢！”水水一脸神秘而讨好的笑容，热情地将她请进后院。

“水水大哥，我也正好有事找你。能帮我发个短信吗？”

“没问题，等一下好吗？”水水道，“上次你托我的事，有眉目了！”

“我？托过你什么事啊？”皮皮很纳闷。

“终身大事，相亲啊！”

“呃……”皮皮想起来了，刚到修鱼堡的第二天，水水硬拉着自己登记征婚，还按了手印、留了头发呢。当时皮皮身上没钱，为了联络嘤嘤只得迎合他。

“我把你的情况放到网上，大家一看你的手印，响应十分热烈。我收到了很多见

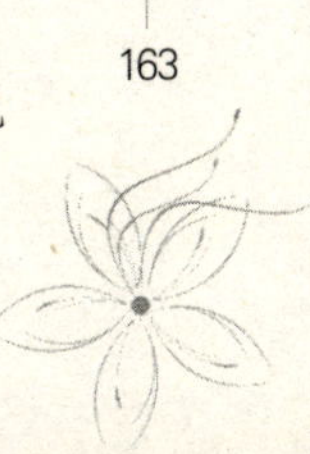

面的请求。”水水道，“今天给你安排了两拨，就在那两间屋里。走，我带你进去，水果随便吃，你们好好聊哈！”

皮皮窘了，身子直往后缩：“那个……水水大哥……今天不方便……”

“哎呀呀，好不容易逮到你，也不花多少时间，就是见个面而已嘛！”水水道，“不瞒你说，人家那边都交了申请费，不能白跑一趟啊！”

“真的不行……”

“那你以后还想在我这里收发短信吗？”他脸一板，不高兴了。

“好吧，好吧。”

皮皮被水水拉进一间挂着绿布窗帘的屋子，进去一看，里面坐着十几个衣衫笔挺的蚁族男子，见她进来，都齐刷刷地站了起来。

男人们服色各异，但脸长得一模一样，好像是一个妈生的，根本分不清谁是谁。

皮皮一把拉住水水：“这么多人，究竟是哪一个？”

“都是。”

“什么？”皮皮急了，“我们龙族是一夫一妻制的，你这可是群婚的节奏哇！”

“你误会了。关小姐，我们也是一夫一妻制。”水水道，“可我们蚁族的寿命只有四十天啊。这十八位小伙子的平均岁数是二十天，你说你们龙族从恋爱到结婚至少需要一年时间，一年三百六十五日，你每谈二十天就换下一个，等轮到最后一个，差不多就成熟了。”

蚁族男子齐齐地笑着向她点头，意思是水水的分析很对。

“所以我先跟你把人约好，排个序，省得到时候有选择障碍。”

“不对呀，”皮皮一跺脚，低声对水水道，“你是怎么算的？再过二十天，这一屋子的男人差不多都死光了呀……”

“你要见的只有一位，剩下的都是各家族派来的代表，他们先来相看，下个月再把候选人送过来。那时我也不在了，接待你的会是我儿子——不瞒你说，排场比皇帝选妃还大呢。”

皮皮急得将水水死拉活拽地拖出门：“这批人不行，我没看上。”

“为什么呀？”

“不够高，不够帅，没个性。”

“关小姐，恕我直言，如果你肯认真地与他们接触、交流，会发现他们每一个人都不一样，各有所长。可以这么说，以关小姐你的条件，他们还是匹配的，来的都是蚁族各界的精英和世家，有工程师、建筑师、科学家、学者、医生……”

“可他们最多只能活二十天啊！”皮皮叫道，“二十天能了解一个人吗？就算了

解，人家转眼就去世，让我不停地当寡妇啊！”

“你们龙族有一首词，是我们蚁族人都喜欢的，”水水吟道，“两情若是久长时，又岂在朝朝暮暮——”

皮皮的嘴张成了一个大鸭蛋，半天没合拢，想了半天才道：“对不起，水水大哥，怪我没把条件说清楚。下回你给我介绍一个寿命稍微长一点的，行不？”

水水一拍大腿，眼睛亮了：“关小姐你这么在乎长寿，你要见的下一位绝对长寿，而且是个高富帅，百分之百地符合你的标准！人家为了见你，从远方赶来，昨天就到了，让我立即去约你，我怕遇到修鱼稷，没敢去你的府上。”

他把皮皮拉到另一间屋子，一推门，皮皮一怔。

窗边坐着个修长的男人，穿着漂亮的灰色西装，细纹衬衣，打着宝蓝色的领带，仿佛要赴国宴一般，居然是青阳。

见皮皮呆呆的，半天不说话，水水以为对上眼了，“嘿哧”一笑，缩了缩肩，道了声“你们聊”，猫着腰退出去，将门关上了。

“皮皮，好久不见。”青阳道。

“好、好久不见。”

“贺兰觿消除了你的气味，又扔掉了我的魅珠，皮皮——”青阳幽幽一笑，“我以为再也找不到你了。幸亏你在水木网上登了个征婚启事。……看来我猜得没错，你对贺兰觿是死心了。”

皮皮找了把椅子坐下来：“这里是修鱼堡，你敢只身混进来，不要命了？”

——这个看似懒散的小镇其实防卫森严，哨卡林立，若出现了不明身份的人，堡内的居民都有义务向执法机关报告。狼族允许其他的族类在自己的地界买卖、交易、嫁娶、落户，唯独禁止狐族。

“你给祭司大人吃了一颗‘惆怅’，对吗？关于那个问题，他是怎么回答的？”

“……”皮皮在犹豫，不知道应不应该告诉他真话。但青阳的目光很快看透了她的心。

“我猜他说的是——他来自东海？”

“……”

“皮皮，我过来是要带你走。”青阳看着她，“青桑想见你，她终于弄明白了一切，想告诉你一些真相。”

“托你转告不行吗？”

“这是狐族的最高机密，我没有资格知道。”

“那她会愿意告诉我？”

“因为我们要你手中的夜光犀。”

夜光犀不在她手中，但皮皮没吭声，宁愿让青阳相信她手里还有几张牌。

“等我办完了事就跟你去见她。”皮皮冷冷地道。

“听说贺兰觿被抓了。”

“对。”

“狼族会怎么处置他，我可以想象。”青阳道，“他一定会死得特别难看，也算帮你报仇了。”

皮皮不停地捏着自己的手：“可是……贺兰觿死了，我就见不到贺兰静霆了。”

“青桑让我告诉你，这个贺兰觿百分之百是假的。让他死在修鱼堡，不要跑出来作乱，对你我来说都是最好的结局。”

“你们说他是假的，那他是谁？真的在哪？”

他摇摇头：“我也想知道，但我真的不知道。”

“青阳，”皮皮“哧”的一声抱胸而笑，“别逗了，也别兜圈子了。真相未明，这个贺兰觿不能死。”

“我知道你的心很乱，皮皮。但我们一直是站在你这边的，请你坚信这一点。如果不是，你根本活不到现在。”

“你让我活是因为你想要夜光犀。”

“那天在地铁里，夜光犀就在你的脖子上，我没拿。你说要找真相，我给了你一颗‘惆怅’。怕你打不过贺兰觿，又给了你丹石。你把昆凌族最珍贵的东西塞进一个修行不到五百年的小丫头眼里——关皮皮，这有多浪费你知道吗？你还要我怎么做才肯相信我是好意呢？你能坚定你的立场吗？难道你没发现你是这片森林里最安全的人？贺兰觿不为难你，我不为难你，现在就连狼族也不为难你。你这么跳来跳去的让大家很烦躁知道吗？”

“是的，是我立场不清，因为谁也不肯告诉我真相，所以我谁也不相信！”

“皮皮，如果你企图救出这个贺兰觿，就是跟狐族为敌。只要贺兰觿活着从这里出来，你就成了我们的敌人。我们几次三番下不了狠手，只是因为这群人中有一个你。你是我们的王妃！我们投鼠忌器。如果你继续一根筋地往前走，你就是叛变，你就是逃犯，你就是在颠覆你的夫君！想清楚了皮皮，请你仔细想清楚！”

“说完了吗？说完了你可以走了。”皮皮站起来，淡淡地道，“我已经想清楚了，只要这个贺兰觿有千分之一的可能性是贺兰静霆，我就要把他救出来。因为我不能错过这千分之一的机会。请转告青桑，等我弄清了这些事，就去见她。”

青阳的脸上扫过一团阴影，他也站了起来：“皮皮，你不能救贺兰觿，我不会允许的。”

“不允许?”她冷笑,“我需要你的允许吗?”

“皮皮,有些事我知道你很难接受,但你一向是个勇敢的女孩。”他的目光一片迷蒙,似乎回到了几百年前,“你的祭司大人多半已经不在人世了。”

“不会,不可能。”她的态度十分果断,不知道是在说服他,还是在说服自己,“这一世,贺兰静霆绝不能死在我关皮皮的手里,绝对不能,我不允许!”

他默默地凝视着她,片刻,叹了一口气:“这是我最后一次出现在沙澜。青桑觉得我办事不力,让我回蓄龙圃述职,她派来了子阳。”

皮皮急促地呼吸着。

“跟我走,皮皮,让我带你回C城。你不该搅进来,想想你那位无辜的朋友,和这一路上死掉的人。越往前走死的人越多。——跟我走,忘了这件事,继续你的生活,我保证不会再有人来打扰你。”

他伸出了手,目光很诚恳。

她直直地看着他:“不。”

他抬眼看了她一会儿,似乎这是个意料中的答案,沉默了一下,扭头看向窗外:“你走吧,别等我改变主意。”

第二十四章

沉燃古渡

修鱼稷一大早出去巡山，通常下午才会回来。皮皮决定趁他不在，混进关押贺兰觿的后山。

守门的狱卒与修鱼稷相熟，知道皮皮与他的关系，也目睹过皮皮抽打贺兰觿，对她一路放行。皮皮边走边想，祭司大人虽然被打得变了形，毕竟只是皮肉之伤。只要没被天狐咬过，他自身的元气很快就能将伤口修复。只要松开捆绑的铁链，贺兰觿凭着武功就能闯出去，这些守门的喽啰根本不是他的对手。

屋内弥漫着一股腥臭，好像放着一具正在腐烂的尸体，又好像发酵的动物粪便，在潮湿的环境中久未清理。皮皮恶心欲吐，摘下丝巾，捂住鼻子。

狐族爱美有洁癖，尽人皆知。让他们身处污秽就是酷刑。

借着昏暗的油灯，她看见贺兰觿仍然双腿悬空地吊在柱子上。被铁链绞住的双手是惨白的，腕上一道两指宽的血印。身上的伤口开始结痂，青灰色的皮肤有了些血色，腿上的裂口正在肿胀愈合，那些凹下去的咬痕全都一块一块地凸了起来。

所以他的样子看上去有些滑稽，身上一个一个的鼓包，纵横交错的鞭痕，凝结的血痂，像鳄鱼的表皮一般粗糙。几天没吃饭也瘦了许多，胸前的肋骨一根根地露出来了，双腿显得不合比例般修长，上面爬着青色的血管。

他的头低垂着，双眸紧闭，仿佛睡着了。

“喂，”她叫了一声，“贺兰觿。”

没动静，也没答应。她伸手拍了拍他的脸：“贺兰觿，你醒醒！”

一连拍了十下，他的眼睛才缓缓睁开，却是眯着。看见是她，微微一怔。

皮皮顾不得许多，移动旁边的椅子，站在上面帮他解开了铁链。她以为他可以站起来，不料铁链一松，他整个人向地上倒去，皮皮一把抱住他，祭司大人浑身没有一丝力气，沉重的身躯将皮皮也带到了地上。

她的心沉了下去。如果贺兰觿伤重不能行走，需要她背着他逃跑，他们连这个门都别想闯出去。

这一跌动静太大，祭司大人痛得“哼”了一声。

“贺兰觿，我来救你出去。”

“……”

“你还能不能站起来？”

“……”

“能不能干掉外面的守卫？”

“……”

“我背不动你，你要是现在不能逃跑我也完蛋了。”

他半醒不醒的，皮皮只得用力拧他的耳朵："听见没，你说话啊！"

"关皮皮，"他有气无力地道，"你的蠢让我无话可说。"

"你是不是饿？"皮皮觉得如果能给他吃一点东西，力气可能就恢复了。她摸了摸口袋，什么吃的也没带。

"你快走吧，"他冷冷地道，"我不想跟你死在一起。"

"我也不想！"

皮皮气坏了，明明是自己经过痛苦的思想斗争才决定救他，他倒跩起来了。

"你是个不守信用、摇摆不定、没有判断力的女人。"他道，"当初来找你就是一种错误。"

"你是个花言巧语、阴险狡诈、满肚子阴谋的骗子！遇见你算我倒了八辈子血霉！"

"滚！"他吼道，"我只想平静地走完最后一刻，别让我再看见你，别在这烦我！"

"贺兰觿，不管你是真是假，我都对你不差！你让我狩猎，我打来一只熊。你让我当王妃，我卖命为你出战！可你呢？你为我做过些什么？"

"你被狼族抓了，我去救你，打架打得血喷了你一脸，你倒好，在刚认识的男人怀里呼呼大睡，叫都叫不醒！"

皮皮这才想起那次在跟修鱼稷去地宫的路上醒来，发现自己一脸的血，修鱼稷轻描淡写地说和别人打了一架，没想到那血居然是贺兰觿的。

她喉咙一下子堵住了，呆了几秒说道："贺兰觿，你真的一点也不能动了？"

"是的，在你抽了我那么多鞭之后，还指望我一跳而起带你逃跑？关皮皮，你的脑子是树皮做的吗？"

皮皮忽然指了指他身上的某个部位："这里呢，也不能动了？"

他身子一僵："你想干吗？"

"我有元气，我给你。"她开始脱衣服。

"皮皮——"

"闭嘴！"

"我不喜欢被强迫……"

"你干不干？"

"不干。噢！"

皮皮狠狠地踢了他一脚，贺兰觿痛得蜷起身子。

"你不是想跑吗？你不是有远大的计划吗？"她狠狠地道，"我不是在救你，我是不得已，因为我要救贺兰静霆。所以必须是强迫，你想干得干，不想干也得干！"

"你这个女人,你疯了!"

"你才疯了!"

"说真的,皮皮,我现在提不起兴趣……对你只有恐惧……"

"我会唱《十素》,要听吗?"

"闭嘴。"

她按住了他的手,开始吻他。关于狐族如何渡元气,皮皮了解每一个细节,因为多年以前,祭司大人曾经在井中治疗过她。就在亲吻的一瞬间,贺兰觿的身体释放出一股诱人的芳香,无力的肌肤开始紧绷,越来越热,昂起头,用力地吻了回去。起伏的胸口摩擦着,他抱着她翻了个身。皮皮双手死死地抠住他微凹的脊背,在他强势的回应中仿佛到了另一个世界,一个轻飘飘、软绵绵又热烘烘的仙境,没有恐惧没有悲伤,有的只是一种淡淡的平静,一种远离尘嚣的快乐,仿佛坐在高速旋转的木马上,背景飘浮起来,一切都离开了,都抛在了脑后。他的汗水不断滴到她的脸上,深山木蕨的气味笼罩着她,他们紧紧相拥,直到最后的战栗。

皮皮轻轻地喘气,一场剧烈的运动令她几乎直不起腰来。她勉强站起来穿上衣服,发现贺兰觿仍然躺在地上,枕着双臂,仿佛在回味刚才的一切,不禁踢了他一脚:"元气吸够了吗?可以起来了吗?"

"一次不够。"

"什么?"皮皮的脸噌的一下红了。

"你听见了。"

"贺、兰、觿!"

皮皮抬起腿,恨不得将他一脚踹飞,不远处的门边,忽然有人鼓掌。

"精彩,太精彩了。"

黑暗中走出来两个人:鼓掌的那位一脸坏笑,是修鱼峰。剩下的一位满脸通红,一直低着头不肯看人,是修鱼稷。

鼠洞真的就是一个洞。

在地底深处,没有窗,没有光,连空气都好像没有多少。皮皮和贺兰觿被麻绳捆成两只粽子扔了下来。

紧接着,头顶沉重的铁门就关上了。

洞里也不是全黑,土壁上有一些苔藓发出亮绿色的荧光。里面的气味比腐臭的刑室好不了多少,跟C城地铁隧道里的味道十分相近,只是更加浓郁。

皮皮在黑暗中长长地叹了一口气,道:"上个月我还好好地活在C城,早饭是豆

浆油条，中餐是一荤一素，晚上还能吃到我奶奶烧的豆瓣鲫鱼。我是抽了什么风啊，听了你的煽动，以致今天命绝于鼠腹？贺兰觿，你对我有这样的下场难道就不感到一丝丝的愧疚吗？”

“关皮皮，在这么脏这么臭的地方谈人生，你真能优雅。”

蓦然间眼前多了一道白光，祭司大人的尾巴出现了：“就算你想谈，也需要解放一下双手吧？”

狐尾在空中灵活闪动，像根灵巧的手指，快速地解开了绳扣。两人忙将套在全身的绳索一一拆落，扔到地上。

洞只有一人来高，皮皮勉强可以站直，贺兰高出她一个头，只能弯腰。两人往前走了几步，被一道木门挡住。木门的那边传来嘈杂的声响。不知是木门太厚、泥洞的隔音效果太好，还是离得太远，那声响开始的时候就像潮声一样不引人注目，渐渐地越来越清晰，呈现出越来越多的细节，可以从潮声中分辨出一个个的个体，如咖啡馆里喁喁交谈的人声，如球场上万人的呼声，海浪般忽远忽近——

皮皮一屁股坐在地上：“那是什么声音？”

“老鼠。”

她开始胡思乱想，心怦怦乱跳，仿佛三千只老鼠一下子钻进了脑子，怎么也淡定不了。皮皮不安地啃着自己的指甲，弄出很大的声响。

贺兰觿瞥了她一眼，将手指从她嘴里拿开：“你是想在老鼠咬死你之前，先咬死自己吗？”

皮皮不由自主地往墙壁边挪了挪，地上发出“咔咔”的响声，低头一看，自己坐在一堆厚厚的白骨上。因为洞中光线不好，还以为是些石块。那些白骨干净得好像实验室里挂着的标本，被老鼠洗劫之后连点肉末都没留下。

皮皮只觉得大脑嗡嗡作响，忽然一把抱住贺兰觿的胳膊，大声道：“贺兰觿，今天你我死在这里，也算是有缘分。在死之前，请满足我最后一个心愿！”

他歪着头看她：“你有什么心愿？”

“告诉我，你是真的还是假的？”

“你说呢？”

“假的。”

“那就是假的。”

“贺兰觿，说真话！”

“你觉得我是假的，我就是假的；你觉得我是真的，我就是真的。爱情这种事，无非是你的感觉。”

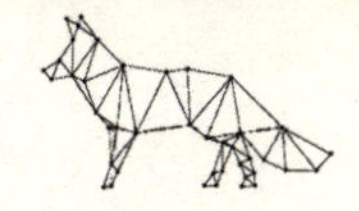

“贺兰觹！你真是无耻至极！都到这种时候了还在骗我？”

木门外的潮声越来越大，“吱吱”的鼠声正向他们涌来。

“贺兰静霆在哪？”皮皮双眼圆睁，死死地盯着他，“告诉我，让我死个明白。”

木门开始吱呀吱呀地向上移动，洞与门之间，多了一条缝，那声浪明显地大了十个分贝，仿佛一列向他们开来的火车——

“别吵，皮皮，让我想办法。”贺兰觹指了指自己的脑袋，“时间不多了，你不要大喊大叫的像发疯一样，行不？”

话音未落，“啪”，脸上挨了皮皮一掌：“我就是疯了！你不告诉我，贺兰觹你要是不告诉我，我先咬死你！我现在就咬死你！”

皮皮跳到他身上，在他肩膀上狠狠地咬了一口，贺兰觹疼得“嗷”了一声，双手死死地抱住她的头：“皮皮，镇定！听我说，你知道野兽除了怕饿，还怕什么吗？”

“不知道！”

“怕受伤，野外受伤就意味着死，或者意味着被别的野兽吞吃！”

皮皮开始尖叫，贺兰觹用力地摇晃着她：“等下老鼠过来，你抓到一个就咬一口，然后扔回去。”

“我什么也不做！你不告诉我贺兰静霆的下落我就死在这里，你也别想跑！你这只臭狐狸！记住这个量词——只！你只配用这个词！”

“关皮皮你是有多健忘？”贺兰觹吼道，“那天在山顶上，我就说得很清楚，你帮我救出东灵，我就还你贺兰静霆。如果贺兰静霆已经死了，我还怎么还你？他当然还活着！”

“还活着？”皮皮神经质地看着他，神经质地笑了，“他还活着？你别骗我，贺兰觹你要骗我，我变成鬼也要找你算账！”

“活着，我向你发誓，他还活着。你还能见到他！”

她的心忽然一冷：“所以你不是他？”

“你觉得我是吗？”

“你又来了！绕口令很好玩吗！”

“没时间了，皮皮，老鼠来了！”

老鼠真的来了。

贺兰觹半蹲了下来，做出蹲踞式的起跑姿势：“皮皮，站我背后。”

皮皮也学着他蹲下来，发现他挪动了一下位置，身躯将自己完全挡住。

“挡着我干吗？”皮皮将他拉了拉，企图上前与他并肩，被贺兰觹一把按住。

“你是我的女人，老鼠就算要吃你，也得先吃光了我再说。”

“现在逞英雄，早干吗去啦？”皮皮蹲在他身后，不忘记嘀咕。

感谢洞中的黑暗，她看不清群鼠涌来的盛况，除了嘈杂的“吱吱”声，只觉远处黑压压的一群向他们狂奔而来。

第一批老鼠冲过来，贺兰觿眼疾手快一左一右各抓了一只放到口中，狠狠地咬了一口后扔回鼠群。老鼠吃痛掉头跑去。皮皮如法炮制，闭眼往地上一捞，也一手抓住一只，那老鼠个头不小，在手中拼命挣扎，皮皮张口在它背上狠咬一口，“呸”的一声将鼠肉吐出，往地上一扔。两人双手一刻不停，片时间已咬伤了几十只。群鼠见领头的拼命往回跑，也掉头跑去，顿时一片混乱，坑道里出现短暂的拥堵。洞里猛然来了两个吃老鼠的人，群鼠以为见到了猫，片刻间，逃得无影无踪。

贺兰觿拉着皮皮的手：“跟我来。”

两人猫着腰向群鼠逃跑的方向跑去。跑了约十几米，道口越来越窄，只够俯身爬行，贺兰觿在前，皮皮在后，匍匐前进。爬着爬着，洞口越来越小，贺兰觿停住了。

“怎么了？”皮皮问道。

“卡住了。”

洞里只是暂时地安静了片刻，但鼠群并未消失，躲在黑暗中窥视。一旦知道他们卡在道上不能动弹，就会再次进攻。果然，前面一阵窸窣的鼠声，浪潮般向这边涌来。

皮皮急道：“快撤！”

“等等！”他挪动着身子换了个方向，“那边还有个洞。”

那个洞的洞口很小，爬进去后却越来越大，让皮皮怀疑是恐怖片里废弃的矿洞。他们沿着洞道不停地向前跑，约莫跑了一百来步，前面忽然“轰”的一声巨响，炸药爆炸，尘土飞扬，震得皮皮耳膜发麻，定睛一看，洞顶坍塌了，露出一个两尺多宽的圆洞，透过洞口可以看见树隙中的阳光。皮皮紧紧地拽着贺兰觿，犹豫着要不要爬出去，修鱼家的人会不会守在洞边。一个人头从洞外探进来，叫道：“皮皮姐！”

是嘤嘤。

贺兰觿将皮皮举起来，让她抓住绳索，皮皮爬到洞口，外面伸进来一只手臂将她拉了上去。

皮皮落地抬头一看，是金鹳，身边站着五鹿原和嘤嘤。

紧接着贺兰觿也跳了上来。

皮皮四下一看，这是关押贺兰觿的后山，远处次第挑起的屋檐说明他们仍在修鱼堡内。

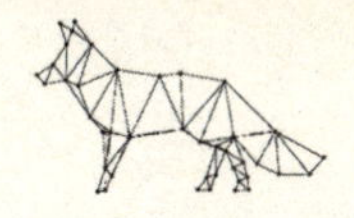

“快走！”金鹳低声道，“狼族听见了爆炸声，已经向这边冲过来了！”

皮皮来不及多想，当下随着金鹳向森林深处狂奔。

林中没有道路，不可能像百米冲刺那样走直线，大家都在密密麻麻的树干中绕行。众人的身影很快就在皮皮的眼前消失了，只听见前面传来树叶摇动的簌簌声，身后有越来越清晰的马蹄声。跑着跑着，前面的金鹳忽然不见了。皮皮一下子迷失了方向，不由得放慢了脚步。旁边忽然又有了动静，一只手伸过来拉住她：“皮皮，往这边！”

是贺兰觿。原来他一直悄悄地跟在她的身后。

跑了大约十分钟，前面是一片空地，皮皮看见金鹳、五鹿原和嘤嘤站在空地的中央等着他们。皮皮跑过去问道：“现在去哪？”

话声刚落，狼族人马已追到眼前，为首的是那位三叔和修鱼峰。皮皮以为修鱼稷也会在内，但狼群中没有他。

皮皮心中一寒，三叔不满修鱼稷在族中的地位，必将皮皮与贺兰觿的逃走怪在他身上。

金鹳从背后摘下弓箭扔给皮皮，又将盲杖扔给贺兰觿：“狼族的人马上就到，五鹿原，你带着皮皮和嘤嘤先走，我们断后，在老地方会合。”

五鹿原点头，带着皮皮和嘤嘤向山下跑去。

一路上皮皮看见五鹿原后背一片平滑，根本没有鼓鼓囊囊的翅膀，边跑边问：“五鹿，你的翅膀呢？”

“切了。”

“什么？”

“等下再跟你说。”

看着前面隐约的街道离自己越来越近，皮皮急道：“五鹿，是不是走错了？前面就是修鱼堡的主街啊！”

“没错，我们去龙关驿站。”嘤嘤喘着气道，“在那坐车……”

皮皮一下子急了：“绝对不行！龙关早被狼族的人层层把守了。”

“不行也得行，那是唯一的出路，皮皮。”嘤嘤道。

三人从林中钻出，嘤嘤递给皮皮一件斗篷，他们假装路人走在街上。

这天正是狼族的集市，街道比往常热闹许多。沿街充斥着从四面八方赶来的小贩，带着各种各样的商品、喊着各种各样的语言在卖力地兜售。街上充满了各种动物的叫声。

皮皮钻进人群，身边一个狼人推着一辆三轮平板车，上面摆着各种死兽和内脏；

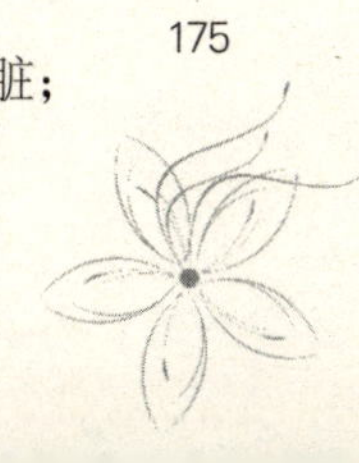

一个有着松鼠那样大尾巴的女人企图向她推销一篮子松果。有人卖从桦树里流出的淡青色树汁，一杯只要一颗红豆；有人卖各色树皮与蠕虫……

三人在人群中穿行，不敢走得太快，怕引起注意。若是遇到穿着铠甲的士兵，还要掉过头去假装挑货。就这么一路躲闪着混到了龙关驿站的洞口，嘤嘤掏出一盒眼影，将皮皮和五鹿原的脸涂抹了一番，给了他们一人两颗红豆，大家分头混入进出的旅客人群。

人群中一半以上是蚁族，男的女的长得一模一样，所以嘤嘤很快就通过了进站的小亭。五鹿原若是有翅膀目标肯定很大，但他现在的样子跟修鱼家的狼人没有区别，脸上是密密麻麻的胡须，也很快放行。但皮皮过关时，守卫的目光在她脸上扫了扫，道："你是什么族？"

皮皮估计这人倒不怀疑她是逃犯，而是沙澜这地方根本就没有人迹，长得最像人的就是狐族。所以怀疑皮皮是狐人。

"噢——叽叽——呜呜——"皮皮从喉腔发出一串古怪的声音，双肩一耸，表示听不懂守卫的问话。

我是外星人，行不？皮皮心道。

那守卫根本不开门，将她拉到一边，示意她在一旁等着，走入亭内，说了一串狼语，似乎在向长官报告。不一会儿，窗子打开了，一人站在亭内透过窗子向她看来。

皮皮的脸顿时僵了。

居然是修鱼稷。

她的脸上化了浓妆，昏黄的灯光下不易辨认。身上也没有特殊的气味。但她的脸型、身高、五官的特点和侧颜都是改变不了的。

修鱼稷的目光在她的脸上扫来扫去。皮皮不敢看他，故作淡定。

"你的票呢。"他淡淡地说。

"六爷，她听不懂。"守卫道。

此时若是交出票，就说明她听得懂，前面都是假的。皮皮只好摇头耸肩，指了指前面的车厢，做出各种手势表示自己急着赶路。

修鱼稷眯着眼，从一旁的杯子里掏出一把红豆放在掌中示意："票。"

他的目光定在她脸上，不是很专注，但也没有移开。

直觉告诉皮皮，修鱼稷认出了自己。

她从口袋里掏出两颗红豆递给他，两人掌心相触，皮皮觉得手中多了一个东西。她赶紧握住塞进口袋。

修鱼稷不耐烦地说了几句狼语，守卫将门打开了，皮皮一溜烟地跑了。

三人在球形大厅会合，上了站台，坐进车厢，不一会儿工夫，“地铁”向地宫深处疾驰而去。

直到车厢移动，大家方松了一口气。

皮皮从口袋里掏出修鱼稷塞给她的东西，正是那枚蓝色的戒指。在被扔进鼠洞时已被修鱼峰强行摘下还给了修鱼稷，不料他还记得送给她。一时间心绪翻腾，一阵浓浓的伤感涌上心头。

过了片刻她忽然想起一个人，忙问嘤嘤：“小菊呢？”

“她一切平安。金鹳让她和千蕊在渡口等着我们。”

自从家麟死后，皮皮就与嘤嘤、五鹿原分开了，只通过水水婚介联系过一次。这期间众人被狼族追杀，无一宁日，嘤嘤也跟着他们四处乱窜，无暇上网收发短信。

因为带着一对受伤的翅膀，五鹿原在林中奔跑非常吃力，打起架来也不方便，几次因它陷入险境，幸得贺兰觿赶到将他救出。逃亡的日子水深火热，翅膀渐成重负，五鹿原不想再拖累大家，于是请贺兰觿挥刀斫下。

皮皮看着他清瘦的脸庞，心知这对翅膀对他意义重大，失去它就像失去了双臂，定是极大的打击，不禁长叹一声，想起了那位并不爱他的三姑娘，不忍心说出真相。岂知五鹿原一双眸子已火热地盯在了她的脸上：“听说——你见过三姑娘？”

皮皮迟疑着，点点头。

“她……好吗？”

“三姑娘只会说狼语，”皮皮回避着他的目光，“我们之间没办法交流。”

“对的。”五鹿原一拍脑袋，“看我这记性。”

他的脸有些发红，觉得一个大男人向一个小女生追问自己的恋人很不好意思，但又目光炯炯地瞅着她，希望她说点什么。

皮皮低着头看自己的手指。

“那天抢亲没成功，五鹿大哥挺难过的。”嘤嘤察觉出了不对劲，轻轻地道，“他是怕打不过修鱼家，抢不到人，才让贺兰殿下砍下了他的翅膀。”

皮皮沉默了一下，终于道：“五鹿，当你抢到修鱼清时，她为什么喊救命？——不知道是你吗？”

“我们没见过面，而且我没翅膀，她可能以为我是冒充的吧？”五鹿原道，“我也觉得奇怪，后来我告诉她我就是五鹿原，还提到信里只有我和她才知道的话，她还是拼命喊救命……”

皮皮叹了一口气：“你和三姑娘的所有通信都是丁丁翻译的？”

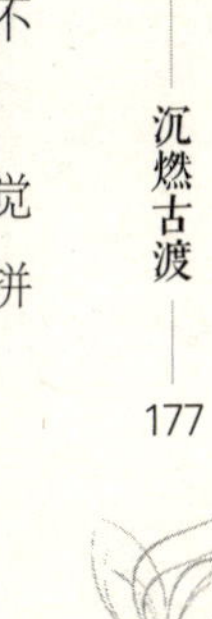

五鹿原与嘤嘤对视了一眼，点点头。

“事发之后我通过修鱼稷问过三姑娘，她说她和你只是在水木网上认识的朋友，没有进一步的关系。”

五鹿原的脸一阵白一阵红：“不可能！这十几天我们几乎天天通信，每封信都很长，她说想见我，还让我去修鱼堡求亲……”

“这……不是她说的。”

“什么？”五鹿原不敢相信自己的耳朵，“你说什么？”

“三姑娘对我说，她的确和你聊过天，但自从你向她表白后，她就没再回复，因为她父亲已经把她许配给了方雷盛。所以……所以后面的信不是她写的。”

五鹿原一副惊呆了的样子，嘴张得大大的，半天没说话。

嘤嘤已经听明白了：“是丁丁？后面的信是丁丁模仿三姑娘的语气写的？”

皮皮点点头。

嘤嘤气得一拍桌子：“这不是害人嘛！”

“也许她觉得五鹿的一番苦心不该辜负？又或者她死期将至，不甘心在人间白走一遭，想尝尝爱情的滋味？”

“可这都是假的啊。”嘤嘤道，“这丁丁也太胡来了！”

皮皮默默地看了看五鹿原，想着他冒死飞越潼海，又被修鱼家追杀，重伤后不得不自断双翅，一切的一切，竟是为了一段并不存在的爱情。

“别这么说丁丁，毕竟那些信都是真的。”五鹿原的嗓子哑了哑，“其实无论是三姑娘还是丁丁，我都没见过面。她俩对我来说没太大区别。如果丁丁还活着，我也愿意娶她……”

嘤嘤呆呆地看着五鹿原，眼睛里满是泪水。

“就算我发现了真相，在她生命的最后几天，我也愿意飞过来陪她。”

“蚁族人多命短，”嘤嘤不由得轻叹，“沙澜的大多数人连我们的名字都懒得记，更懒得分清谁是谁……”

“你姐是个可爱的姑娘，非常博学。她的信给我带来了很多快乐，让我不远千里地想飞来看她、娶她——她比我认识的所有姑娘都特别，我会永远记住她的。”

嘤嘤怔怔地看着他：“你不生她的气？”

“不生，何况她已经去世了。”

“五鹿大哥，你真好。”

五鹿原苦涩地笑了。

“那你今后打算怎么办？”皮皮问道。

"没想好。你的消息太突然……"他耸耸肩,"不过沙澜这么大,总有我的容身之处。"

"是啊,"嘤嘤轻声道,"我知道有几个地方靠近水源,离狼族的边界也远,你可以考虑在那里安家。趁我还在……"

她忽然打住。

皮皮蓦然想到,初遇嘤嘤那日她说自己"二十六天了"。接下来的日子差不多又过了两个星期,她的生命只怕接近尾声了。于是问道:"嘤嘤,你已经多少天了?"

"三十八天。"回答很淡定。

五鹿原和皮皮都怔了一下,心情顿时灰暗了。

"朝菌不知晦朔,蟪蛄不知春秋。哀吾生之须臾,羡长江之无穷。——这是你们龙族的想法。"嘤嘤拍了皮皮一下,苦笑,"别难过,我们蚁族对生死看得很开的。"

"地铁"行驶了约一个小时,三人下了车。这是个荒凉的小站,出了洞口,是一片茂密的松林。嘤嘤带着皮皮和五鹿原在林中穿行,一直走到天黑方到达一处山谷。

前面露出一团火光,紧接着出现了三顶帐篷。三人走到近前,亮光是一团篝火。嘤嘤吹了一声口哨,一人拿着弓弩向他们飞奔而来,看见皮皮,欣喜若狂:"皮皮!皮皮你回来了!"

是小菊。

两个女人紧紧拥抱。千蕊闻声走出帐外,倚在门边抱臂冷观,也不上来打招呼。皮皮看见篝火边静静地坐着一个长发男人,手拿铁剑拨着烧得噼啪作响的松木,连站都没站起来。

方辛峡。

她的心沉了沉。方家和她,现在算是血海深仇了吧。她杀了梨花、杀了尊嵋,只怕他把钟沂的死也算在了她的身上。

皮皮没有过去打招呼,因为辛峡的脸阴沉得可怕。如果今晚贺兰觿赶不回来,皮皮都不敢住在这里。

宿怨已非一日,这局面小菊已经料到了,忙说:"皮皮、嘤嘤,你们累了吧,快到我的帐篷里歇息,里面有干净的衣服。我先给你们烤只鸡,填填肚子,马上送过来。"

皮皮一面和嘤嘤走进帐内,一面问道:"不是说在渡口会合吗?渡口在哪?湖在哪?"

在她的印象中,如果是渡口,必临近江河湖海。这里只是一片山谷,目光的尽头都是树,哪有什么渡口?

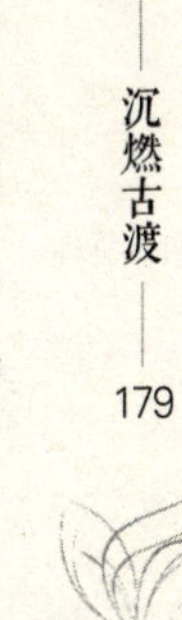

嘤嘤也不知道:“他们说这地方叫渡口,我也不知道为什么叫渡口。”

一会儿工夫小菊送来了香喷喷的烤鸡,招呼着五鹿原也过来吃。皮皮本来见到小菊十分兴奋,但这一腔喜气硬是被帐外两个人的杀气给搅没了。松嫩的烤鸡嚼在嘴里,也没了滋味。

所幸饭后没过多久,帐外传来脚步声,贺兰觿与金鹮也平安地回来了。皮皮连忙跑到帐外,众人听见动静也都跑了出来。贺兰觿道:“收拾东西,我们去沉燃。”

皮皮一把抓住他,拉到一旁低声道:“贺兰觿,我需要一滴‘眼泪’。”

他沉默了。

“听说这是狐族特有的东西。不要多,只要一滴给嘤嘤,她只有两天可活了。”

“知道了。”

“‘知道了’是什么意思? 给还是不给?”

“你以后能少刷点我的人情卡吗?”

“哎哎哎,我帮你弄到戒指,你还我一滴眼泪,不算欠你人情吧。”

“那你抽了我那么多鞭子呢? 我也想抽回去……”

“祭司大人,亲爱的夫君,”皮皮涎皮赖脸地道,“行个方便呗。”

他翻了一阵白眼,不理她,回到人群中。

小菊问道:“沉燃在哪? 要坐船吗?”

贺兰觿用脚踩了踩地:“要坐船,就在这里。”

金鹮从包中掏出一个拇指大的小瓶,皮皮借着火光一看,是个眼药水瓶,市场上最常见的那种。皮皮的眼睛每到花粉季节就会过敏发痒,她自己都用过好几个。

贺兰觿让大家睁开眼睛,给每个人的眼里都滴了一滴。

“这是什么药水?”皮皮问道。

“眼泪。”

嘤嘤的身子猛地一震:“殿下,这就是传说中的‘眼泪’?”

“什么传说?”

“我们蚁族有人喝过一滴,然后她就活了整整一年,比我们大家多活了三百多天。”

“对。”贺兰觿道,“它是有这种功能。”

“那两滴就是……七百三十天?”嘤嘤的声音都颤抖了,“也就是说……”

大家都定定地看着她,嘤嘤的嘴哆嗦着,怔怔地盯着贺兰觿,生怕他在开玩笑:“也、也就是说……”

“也就是说——你是蚁族史上活得最长的蚂蚁。”贺兰觿帮她完成了句子。

嘤嘤的眼睛本来有点痒，想揉一揉，听他这么一说，吓得不敢揉了，赶紧仰头看天，让眼泪尽数流入眼眶充分吸收。

眼泪跟普通的眼药水没什么两样。滴到眼珠上，先是有点微微的刺痛，然后只觉光线暗了暗，一股水草的腥味扑面而来。

面前出现了一片大湖，往前十步，是三丈来宽的石阶。众人逐级而下，来到一个荒凉的渡口。岸边有一根一丈来高的四方石柱，柱顶凿空，四面开窗，内有一盏油灯。虽然光线微弱，在漆黑的夜色中竟十分亮眼。皮皮知道这叫“天灯”，古代的渡口多有此物，方便航船夜间靠岸。岸边果然拴着一条乌篷船，贺兰觿示意大家上船。

从众人惊讶的表情来看，这里只有金鹮与贺兰觿来过。五鹿原接过船橹，将船摇向对岸。

皮皮问道：“刚才这里明明是一片山谷，怎么滴了一滴眼药水后，就变成了一片大湖？”

“这里是沉燃，狐族的刑区。”贺兰觿举了举手中的“眼药水”，“滴一滴眼泪我们进去，再滴一滴，就出来。这个地方只有狐族知道，沙澜狼族看不见，除了我和宫家兄弟，只有青桑有办法任意进出。”

“也就是说，这是个平行空间？”小菊看过很多科幻小说，“眼泪就是入口？”

“从某种意义上说，是的。”

“看起来蛮安全的样子，为什么不早点躲进来呢？”皮皮问道。

“整个沉燃种满了毒草，进去的人不能待太久。”贺兰觿道，“狼族派了大批人马追过来，我们暂时避一下。”

“修鱼稷也来了？”皮皮问道。

“没看到他。他要来了就好了，我们还需要那枚戒指。”

“戒指在我这。”皮皮掏出戒指递给他，“是这个吗？”

夜色中，戒指发着幽幽的蓝光。

贺兰觿仔细地看了看，还闻了一下，点点头：“谢谢。”

湖并不大，很快就靠岸了，岸边站着宫二和宫四。方辛崃将一个沉甸甸的大包交给两兄弟，两人迅速离开了。

林中长满了一种发光的小草，叶子一根根竖起来，明亮如蜡烛，散发着一股奇特而辛辣的气味，类似花椒。空中紫雾弥漫，奇花妖娆，宛如仙境。

皮皮看呆了，眼前晶光闪烁，仿佛遍地水晶，不禁伸手去摸，被贺兰觿一把拉住：“别碰！这是宵明草。夜晚发光，白天光灭，只在沉燃生长，对狐族人有剧毒。对你

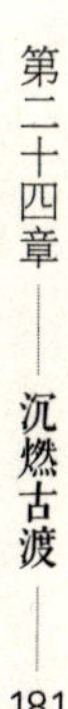

们人类有没有毒性，暂且不知。”

除了奇花异草，林中树木与沙澜没太大区别。只是四周出奇地安静，夜间本是群兽活动的高峰，这里却连一声虫鸣也无，安静得令人胆寒。皮皮记得嘤嘤说过，被驱逐的沙澜族人被统一押送到沉燃去籍，去籍之后金泽一家回到原地，方氏一家去了远方，也就是说在这个过程中，沙澜族由一个正常理智的狐族，变成了一旦饥饿就失去控制、为了食物互相残杀的兽类。

贺兰觿带着众人向林子深处走去，里面巨木参天、藤树相连，完全没有路。小菊忽然拍了皮皮一下，轻声道：“你看——”

前方的一棵树上有个一人多高、篮球大小的树洞，洞里伸出一个人的脑袋，闭着眼仿佛在梦中，却又做出张嘴讨食的样子。

那是一个典型的狐族青年，面孔英俊而精致，只是苍白无血色，皮肤也无任何光泽，似乎“住”在树洞里有些年头了。金鹳走过去，从背包中拿出一块食物塞进他的嘴中。那人也不说话，机械地咀嚼起来，也不睁眼，一副梦幻般的表情。

“他是谁？”皮皮问道。

“我表弟。”金鹳说，指了指树后，“他全家都在这。”

这么一说不打紧，皮皮定睛一看，周围的大树每隔几株都有一个树洞，洞里都伸出一个头颅，或男或女，或老或少，全都闭着眼，晕晕乎乎，如在梦中。

“那你是怎么出来的呢？”皮皮看着他。

“宵明草毒性太强，沙澜族一千六百人，一进沉燃，功力最差的五百人首先倒下了。余下的捡得一命发配去北方，一路上都是荒漠，大家在饥饿中互相残杀，几乎死光，还剩下最后一百多人散入人间，因控制不了饥饿，只能打家劫舍、为匪为盗，被捕快追踪、被官兵剿杀……几百年下来，又死了一多半，剩下的三十多人天各一方，这些天我四处探访，有的联系不上，有的故意回避，愿意过来帮忙的只有方氏兄弟，因为他们还有两个妹妹困在沉燃。”

金鹳正说着，走在他前面的方辛崃忽然停步，拐到一棵树边，树洞里有个十六七岁的女子，他伸手去摸了摸女子的脸，低头在她耳边说了些话，那女子好像完全没有注意到他的到来，依然一副梦中状态。辛崃抱住她的头，背着众人，肩膀耸动，似在痛哭。

“为什么要住在树洞里？”小菊问道。

“是我们把他们关进去的。虽然没有太多的意识，只要放出来，他们还是有攻击性，饿了就会吃人。没有食物也会死掉。”

小菊将头轻轻地靠在他的肩上，掏出一块鸡肉喂入洞中人的口中：“这么多年来，一直是宫家的人照顾他们？”

金鹳点点头:“他们在外面狩猎,然后把食物运进来。宫家兄弟十八个,自愿留在沙澜打游击,照顾沉燃中的狐族。几百年下来只剩了六个。沉燃里的狐族也饿死了一半,如今还剩下一百五十人。”

皮皮心想,沙澜族剩下的人中,一定还有一个最厉害的或者说最重要的人物被关在蓄龙圃,他就是东灵。可无论是金鹳还是贺兰觿,对这位东灵的来历只字不提。

“你来沙澜,就是为了救他们出去?”皮皮道。

“对。他们当中有我的亲人、我的朋友、我的父老乡亲——”金鹳还要继续往下说,脸色忽然变了变,指着她的脸道,“皮皮,你有流鼻血的习惯?”

皮皮摇了摇头,一抹鼻子,发现一手是血,不禁有点头晕。

金鹳以为人类也对宵明草的毒性有反应,连忙看了一眼小菊,发现她一切正常。

“没事,青菜吃得少,上火了。”皮皮用袖子擦了擦脸,鼻血仍然不停地往外流,一会儿工夫袖口就湿透了。贺兰觿走过来问道:“你没事吧?”

皮皮的身子僵了一下,忽然双手抱头,脑袋就像插进了一把刀子般绞痛起来,忍不住“嗷”了一声,身子软绵绵地往下坠,被贺兰觿一把抱住:“怎么了?”

“头痛。”

“有多痛?”

“还……行。”那痛虽然剧烈却是一闪而过,皮皮一身冷汗地倒在贺兰觿的怀中。疼痛消退后连忙站直身子,一抬眼,见一旁的千蕊轻蔑地看着自己,似乎是嫌她多事,忙挣开贺兰觿的手道:“已经好了。”

她自顾自地向前走了几步,身子一歪,“扑通”一声,直直摔到地上。

小菊急忙跑过去,将她扶着坐起来:“皮皮,你怎么了?”

剧烈的头痛再次袭来,脑袋好像要爆炸一般,痛得皮皮全身瘫软、眼冒金花,两眼一翻,昏了过去。过了片刻,疼痛骤然消失,她睁开眼睛,发现自己平躺在地上,贺兰觿一只手搭着她的脑门,正闭眼运气。

众人都围了上来。

千蕊皱着眉道:“看来宵明草对人也有毒性,这里她根本不该来。”

小菊摇头:“如果有毒性,为什么我没事?”

五鹿原道:“会不会是吃错了东西?”

小菊道:“那应当是肚子痛,而不是头痛。”

金鹳问道:“除了头痛,你还有哪里不舒服?”

皮皮的表情很安静,半天没说话,似乎在竭力地隐瞒着什么。

“皮皮?”小菊摇了摇她,“皮皮你说话啊!”

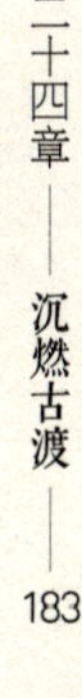

"腿……没力气。"她轻轻地说。

"呵！"千蕊一下子笑了，"关皮皮你可真能作啊，都什么时候了你还抢关注？"

"哎，你这话什么意思？"小菊不高兴了，"皮皮病了，没看出来吗？"

"是病了，公主病。杀了尊嵋、杀了梨花，祭司大人也被她抓了——现在回来了怎么面对我们？相逢一笑泯恩仇？辛崃，你会同意？——就只好装病啰。"

皮皮气得发抖，正要反驳，头又开始痛，只得咬紧牙关，拼命忍受。

小菊扬声道："千蕊，别在这冷嘲热讽！你们当中有谁敢深入狼穴拿回那枚戒指？你敢去吗？"

千蕊正要回嘴，嘤嘤忽然问道："她在发烧？"

贺兰觿摸了摸她的额头："很烫。"

"四肢呢？"

贺兰觿抬起皮皮一只胳膊，手一放，胳膊又垂了下来："无力。"

"脖子硬不硬？"

小菊伸手过去捏了捏，皮皮颈项强直，就像犯了癫痫的病人："很硬。"

嘤嘤的脸变了变，不吭声了。

"嘤嘤，"贺兰觿看着她，"你知道她得了什么病？"

"很像是……很像是……"嘤嘤紧张地咽了咽口水，"森林脑炎。"

所有的人都看着她，谁也没听说过这种病，等着她继续说下去。

"沙澜有蜱虫，也有蜱族，俗称草爬子，喜欢寄宿到人兽的身上，会传播病毒。蜱族信奉苦行，出过许多著名的苦行僧。他们喜欢选择隐居在人兽的脑中修行。"

大家傻眼了。

"我们怎么知道进入她脑中的是蜱虫，还是蜱族？"贺兰觿问道。

"皮皮，你身上有没有什么地方很痒？"嘤嘤问道。

皮皮摇头。

"是蜱族。如果是蜱虫，会不停地吸血，身上一定有瘙痒。"

"那这位蜱族，怎样才能请他出来？"小菊急道。

尽管见识过森林中的各种族类，皮皮觉得只要自己不惹到他们，无缘无故，他们也不会来招惹自己。但这蜱族不知何方神圣，居然不知不觉地光顾了自己的大脑，还要在里面修行，想想都觉得是天方夜谭。

嘤嘤不吭声了。

"有办法吗？"五鹿原问道。

"他们不会出来。"嘤嘤轻轻道，"但凡蜱族人看中的，都是些思维活跃很有想法

的人。他们觉得在这种环境里修行比较好。一般进去了就不出来了。直到——”

下面的话她没说,大家都知道她的意思:直到思维停止,人死了,才会出来。

“那有没有可能,”小菊抓抓脑袋,“让这位蜱先生在脑中与皮皮和平共处?他修行他的,咱们过咱们的日子?怎样才能让他不折腾皮皮?喝酒行吗?吃药行吗?”

嘤嘤叹道:“他们是寄生族,不会关心宿主的死活。你看皮皮现在头痛得厉害,四肢瘫痪,就是因为他们在脑中活动……情况只会越来越严重。不过——”

一群人被嘤嘤爱说半截话的风格折磨得不行了,金鹮道:“你们蚁族消息灵通,有学问的人也多,一定听说过治疗的办法。”

嘤嘤沉吟不决,片刻方道:“每年都有被蜱族上脑发狂而死的消息,没听说过治疗的办法。不过我来到这个世界也才三十几天,知道的东西不多。我们那里有位叫泛泛的先生非常博学,可能知道解法。”

“泛泛?住哪儿?”

“离这很远,离家麟哥去世的那个营地很近,在同一座山上。那里有棵两千多岁的老银杏,泛泛就住在银杏树上。”

贺兰觿将皮皮打横抱起,大步往回走:“我去找他。”

“姐夫!现在不能去!”千蕊一把拦住,“修鱼家的大批人马已经追来了,一定就在附近。有可能一出去就被攻击,我们人手本来就不够,还带着一个不能走的病人?——更何况我们千辛万苦地赶到这里,已经快到蓄龙圃了,再折回去不就是白忙活了吗?”

宫二也道:“各个驿站已被严密把守,坐车肯定不行了。步行的话从这里到营地不吃不睡也要三天时间。关鹖和子阳也在追杀我们。殿下,想想您来这里的目的,请三思而行。”

“我哪也不去。”皮皮坚定地道,“就留在这里。”

“当然要去!”小菊大声道,“皮皮,他们不去我带你去!”

“小菊,我意已决,请帮我找个树洞。”皮皮定定地看着她,“贺兰,附耳过来,我有些话要交代。”

贺兰觿根本不听:“有什么话以后再交代。”说罢快步向渡口走去,“我带皮皮去找泛泛,不愿意跟我去的,在这一带等着我。六天后渡口会合。”

“我去!”小菊和嘤嘤同时道。

“我也去。”五鹿原也道。

金鹮叹了一声,从地上拾起背包跟在贺兰觿的身后。千蕊与辛崃对视了一眼,犹豫了一下,也只得跟上。

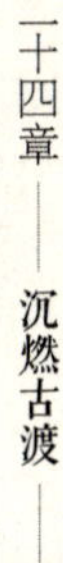

第二十五章

断崖涛声

众人划船回到岸边，贺兰觿拿出眼药水让每人滴了，大家都准备好了兵器。果然，眼前景物一换，眼睛还没完全适应，就听见一声狼嚎，七八匹快马向这边冲来。贺兰觿将皮皮背在背上，抽出盲杖，对金鹳道："我们需要一匹马。"

金鹳一面点头一面和方辛崃、五鹿原杀入狼群。小菊躲在树后用弓弩射击，千蕊掩护贺兰觿和嘤嘤。

皮皮伏在贺兰觿的背上，脑门一阵一阵地抽痛，痛到口吐白沫。由于手脚瘫痪，全身无力，她的身子软绵绵的，全靠贺兰觿的双手托住方能固定，导致贺兰觿除了背她之外完全无法防御。一旁的千蕊挥剑如风，帮他挡住了射来的飞镖和短箭。

一狼骑马操着流星锤向他们冲来，被小菊一箭射中，冻蛇入体，那狼人"啊"的一声坠落。嘤嘤冲过去将马缰牵住，拉到贺兰觿的身边，帮他一起将皮皮放到马上。

贺兰觿吩咐了一声"看着她"后亦杀入狼群。

皮皮趴在马上，脸歪过来，看着不远处四个男人与群狼搏杀，马背上的狼族忽而人形忽而狼形地变换着，血溅到空中，兵器相击锵锵乱响，大家都在做殊死拼杀。皮皮在疼痛的时候完全不能思索，在疼痛的间隙她才想到：就因为嘤嘤说了句银杏树上的泛泛可能有办法治病，贺兰觿就决定带她出沉燃，不惜更改既定的计划。

——他已经拿到了夜光犀，也拿到了戒指。

——沉燃就在蓄龙圃附近，看样子不用走多远就可以到达。

——他已具备了救出东灵的所有条件。

离成功只差一步，为了她，他却要折回靠近降落地点的营地，冒着被狼族与昆凌族同时追杀的风险。一路上还要带着个完全不能动的人。

千蕊说得没错，这事用脚趾想都知道贺兰觿错得厉害。最大的可能性就是皮皮死在半路上，带累着大家前功尽弃。

而贺兰觿居然没听出来嘤嘤所说的这个"可能"有多么不确定！

皮皮越想心越灰，忽觉身子一沉，腿似乎被一物拽住，垂眼一看，一头狼不知何时已悄悄地溜到她面前，一口咬住了她的腿，将她用力地往下拽。彼时附近的小菊正专心地瞄准远处，嘤嘤拿着皮皮的弓和小菊一起射击。皮皮的身边站着千蕊，千蕊假装没看见，掏出弹弓对准远处的目标射出一弹。

那狼力大无比，猛一用力，将皮皮拖到地上，一只爪子踩在她的胸前。

皮皮的面前出现了一颗狰狞的狼头，半张着嘴，露出尖尖的犬牙。她手足瘫痪，一动也不能动，想呼救，张了张嘴，闭上了，决定一声不吭，宁愿死于狼口，也不给大家添麻烦。那狼的涎水滴到她的脸上，皮皮恐惧至极，却也心意已决，于是将眼一

闭。正在这时，忽听“铮”地一响，灰狼呜咽了一下，倒在她身上，背上冻蛇狂舞，已中了小菊一箭。千蕊趁机抽出猎刀在狼身上掼了一刀。

小菊和嘤嘤跑过来，将灰狼挪开，见皮皮的腿已被它咬了一大口，皮肉撕裂，血流如注。嘤嘤忙从包里拿出绷带替皮皮包扎。小菊站起身来，看着千蕊，怒道：“这头狼把皮皮从马背一直拖到地上，你没看见？”

“没看见，”千蕊曼声道，“我正专心射击呢。”

“你是故意的吧。”小菊道。

“随便你怎么想。”千蕊一声冷笑。

“千蕊，别跟我玩阴的。”小菊推了她一下，“皮皮要是有个好歹，我就算在你头上！”

千蕊一把将小菊推了个趔趄：“想打架是吧？我怕你啊！”

小菊猛地冲过去将千蕊扑倒在地，两个女人在地上翻滚了起来。前面的男人刚把群狼打跑，一回首，这边两个女人互相扯着头发打得正酣，急忙冲过来将两人拉开。

一阵撕裂般的头痛袭来，皮皮只觉面前有许多影子在晃，很多声音在说话，很吵，但她一句也听不清。渐渐地，影子不见了，她感到有人在晃动她的身子，在叫她的名字，但她眼一黑，晕了过去。

等她悠悠醒来时，发现自己坐在马背上，身后的贺兰觿一只手紧紧地箍着她。

天已经大亮了。

马走得不快，其余的人都是步行，林间树木交错，阳光透过摇动的树隙照进来，晃得人眼睛发花。

皮皮想活动一下手脚，发现病情完全没有好转，除了头之外全身上下都不听使唤，坐在马上，全靠贺兰觿抱住她，不然就会像一条泥鳅那样滑下马去。

她看了看自己的身子，发现衣服从里到外地换过了。腿上鼓鼓囊囊地包着一块白布，大约是狼的咬伤，手指像中风病人那样蜷曲着。一阵疼痛袭来，头顶如被铁锤重击，她用力咬咬牙，没吭声。

身后的人感觉到了什么，摸了摸她的脸，皮皮正在忍痛，他摸到了坚硬的腮帮和强直的颈项，轻声道：“头很痛，是吗？”

她疼得说不出话，过了片刻方道：“还好。”

“痛就叫出来。”他用力地揉了揉她的太阳穴，想帮她减轻痛苦。

“不叫。”皮皮淡淡地道，“叫不是我的风格。”

“狼都把你拖下马了你也不叫？想竞选什么？忍痛冠军？”

“……”

“现在哪里不舒服?”

“都挺好。”

他苦笑了一声:“真服了你了。”说罢喂了她一口水,生怕她呛到,小心翼翼。

“昨晚我在哪里睡的?”皮皮问道。

“马上。我们差不多走了一整晚的夜路。”

“谁帮我换的衣服?”

“你吐得厉害。路过一个温泉,我帮你洗了洗。”

“脏点没关系。”

“我不喜欢脏。”

她听到一声低低的叹息,就目前的情况来看,似乎连他也束手无策。

看日头已经是下午了。皮皮这才意识到自己昏迷了很长时间,但头痛一直没有停歇,几乎每隔几分钟就发作一次。痛的时候她双眼发直,口角歪斜,浑身抽搐。严重时贺兰觿不得不停下马,将她抱到草地上休息。

但她拒绝喊痛,用尽全部意志来维持表情的平静。在沉燃第一次发作时,她还会忍不住呻吟出声,现在连呻吟也没了。如果不看她的脸她的头,会以为她一切安好。除了喝水,她吃不下任何东西,因为吞咽很困难,固体的食物很容易让她呛住,只能喝一些树汁和动物的血。

皮皮不习惯这些味道,树汁苦涩不堪,野兔的血腥臭难闻,喝进去立刻呕出来。与此同时,她却能强烈地感觉到肚子饿,饿到虚脱。每次发作贺兰觿都会命令大家停下来,等皮皮休息片刻才继续赶路。

大家越走越慢,预计三天的路程现在算起来,六天都不一定能到达。谁也没有抱怨,除了千蕊偶尔瞥过来的谴责目光。

这一天的第三次强烈呕吐之后,皮皮对贺兰觿说:“送我到那棵树下,扶我坐起来。”

他以为她不舒服,立即将她抱下马,将她的背靠在树上坐起来。皮皮气喘吁吁地道:“别管我了,你们回去吧。”

他的目光很空虚,脸僵硬了一下。

“以我现在的状况……挺不过两天了。”皮皮淡淡地道,“我只想在这里静静地坐着。”

“等死?”

“这里风光不错,山清水秀,天高云淡,是我的归处。”

她安静地看着他，意志坚定，目光纯净。

“不行。”他面色一寒，“无论如何我也要带着你去见泛泛。——哪怕带去的是你的尸体。”

“贺兰，理智一点……”皮皮轻轻地说，“陪你走这一趟，我不后悔。你是真是假，我也不想知道了。我对你不坏，你对我也不坏，就算你不是贺兰静霆，你也不是一个坏人。”

“皮皮，我不会让你这么轻易死掉。”

“我想死，真的。”皮皮虚弱地看着他，“太痛了，生不如死。”

他双手抚摸着她的脸，空洞的目光凝视着她：“你很痛，就叫出来。”

她坚定地摇头：“我不叫，不想叫。”

“你是怕我听见吗？”他喃喃地说，“就像几百年前你被行刑的那一天？你以为我看不见也听不见，就不会难受了？”

皮皮微微一怔，这话十分耳熟。

“你知不知道这世上有种东西叫作想象？”他轻声道，“爱一个人的感觉……就像你的心脏跳动在身体之外？”

她的眼睛红了，泪水在眼眶中打转，仿佛穿过千年雾霭，看见了那一天的自己：“……静霆？”

“我不许你死，你就得给我活着！听见了吗，关皮皮？”他一面吼一把将她打横抱起，送到马上，猛拍马腹向前疾驰。

又走了大约一个时辰，在前面探路的方辛崃忽然快步跑回来：“前面来了一队人！”大家连忙掏出兵器，各自埋伏。

贺兰觿让皮皮趴在马上，自己翻身下马问道：“这里是哪家的地界？”

嘤嘤道：“安平家。”

说话间，那批人马已经冲到面前，有三十多人，将他们团团围住。领头的是个高个子女人，戴着五彩的珠链。嘤嘤一闪身，躲到贺兰觿的身后，颤声道：“她是安平家的老大安平蕙。”

安平蕙看了一眼伏在马上半死不活的皮皮，又看了看嘤嘤，冷笑一声：“关皮皮，我们又见面了。”

她还记得她的名字。

“上次饶你一命，你居然派青桑的人过来偷我的猎物！”安平蕙道。

“青桑的人？”千蕊道，“谁呀？”

“关鹖。”

千蕊转身，怒目看向皮皮：“关皮皮，还说你没勾结青桑！你趁打猎之机偷偷跟他们联络。难怪满载而归，还吹嘘自己打到一只熊？就凭你——”

“千蕊——”

皮皮正要解释，被安平蕙打断：“我让你带的话呢？为什么三天后没见到五鹿原？”

她提起五鹿原，金鸐、千蕊和辛峡都是一头雾水。狩猎后发生了太多的事，皮皮早已忘到脑后。可安平蕙一直惦记着，听到三姑娘嫁人的消息，以为自己更有机会了。皮皮不知如何作答，他们人多势众，此时说“No”肯定要打。

五鹿原忽然从人群中走出来，一抱胳膊道：“放了他们，我跟你走。”

安平蕙双眼一翻：“你是谁呀？”

“我就是五鹿原。”

安平蕙上上下下地打量他，半天没说话。

“如假包换。”嘤嘤加了一句。

“你的翅膀呢？”安平蕙问道。

“砍了。”

她怔住：“有没有办法装回去？”

“没有。”

安平蕙忽然笑了，那表情仿佛是买了 A 货：“没翅膀你算老几啊？还好意思跟我走？白送我都不要！”

这话赤裸裸的，直说得五鹿原的脸红一阵白一阵。

安平蕙失望地往人群中一看，忽然指着贺兰觿道：“老娘今天心情好，放你们一马。走吧，这个男人留下。”

贺兰觿什么也看不见，当然不知道她指的是谁，嘤嘤附耳过去，低声道：“殿下，安平蕙看上您了。”

贺兰觿头一歪，指着墨镜：“对不起，我是个瞎子。”

“瞎子？”安平蕙来来回回地打量他，一脸的不相信，忽然“嘿嘿”一笑，“瞎子就瞎子，老娘喜欢你。跟我走，明媒正娶不亏待你！”

说罢拿眼斜斜地看着他，那高高的胸脯蓦然鼓胀起来。身后一帮喽啰吹起口哨拍掌起哄。

贺兰觿笑道：“可是，我连你的声音都不喜欢呀。”

安平蕙“呵呵”一笑，正要变色，一道黑影已经袭到她面前，双指一戳，她身边一

位近侍的脸上已多了两个洞："看你看男人还算有眼光，姑且留下你这对眼珠。"

他的手法奇快，安平蕙一时没反应过来。面前一张俊美绝伦的脸，随之而来的是一股撩人的雄性香气，她呆了一下，"哦"了一声。副手见她只顾发花痴，手一挥，喝道："上！"

安平蕙这才回过神来，手一挥道："这个男人我要了，伙计们，抢！"

三十多个人冲上来，皮皮这边的人群就散开了。金鸐对贺兰觿使了一个眼色："你带着皮皮先跑，我断后。"

余下的五人冲了上去，贺兰觿骑上马带着皮皮向前冲，那马吃了贺兰觿一掌，惊跃而起，竟从众狼的头顶飞越而去。有十个狼人立即变形，转身狂追。

山路崎岖，林木密集，那马驮着两人在林间穿梭，不知为何，越走越慢。贺兰觿低头一看，发现马腹上中了两箭，血流如注。那十头狼已瞬间追到，他只得放下皮皮，对付群狼。

皮皮只能安静地伏在马上，那马受了伤，已不能负重，走了两步，身子一歪，将皮皮甩到地上。皮皮原本头痛如裂，被马一颠，身子重重地掉在地上，脸被地上粗硬的树枝划了一道，如刀割般刺痛。

林中，贺兰觿已大开杀戒，身形在树间闪动，墨色的盲杖带着无穷的杀气，左手的猎刀也是起落如虹，顷刻间一地狼尸，最后一头狼豁出性命向皮皮冲去，被他一刀远远地甩过来，正中头颅。

林间有了短暂的安静，那匹受伤的马已倒地不起。贺兰觿抱起地上的皮皮，将她背在背上向南面疾奔。

皮皮将脸埋在他的颈间，发现他一头的汗，肌肤因紧张而坚硬，脸上有几道新鲜的血痕，浑身上下激荡着一股莫名的杀气与活力，仿佛全身的精力和反应都已调动到了最佳状态。

奔跑了大约十来分钟，千蕊与方辛崃从左侧闪出，身后跟着两头灰狼。三人一起向前跑去。

贺兰觿问道："金鸐呢？"

"打散了，他们被围在另一头！"方辛崃一面跑一面反手一刀，削掉一头灰狼的脑袋。千蕊亦回首一弹弓，射中另一头狼的左眼，那狼吃痛逃窜。

三人冲到林边，只觉眼睛一亮，脚步忽然顿住。

前面是一道深深的峡谷。两岸断崖峭立如刀削，之间宽达百余米。崖下怪石急流，浪涛汹涌。连接两道断崖的，只有一道藤条编织的绳索。

皮皮倒吸一口凉气。她知道狐族善于跳跃，但一步绝对跳不到对岸。靠近崖边

是裸露的岩石，对岸的树离得更远，借助树枝的弹力跳向对崖也不可能。

唯一的办法就是抱着藤索，四脚朝天，手足并行爬过去。

贺兰觿对方辛峡和千蕊道："你们先过。"

方辛峡点点头，当即抱着藤索向对岸爬去。虽然少了一只手，所幸他手长腿长，爬得甚是灵便，一会儿工夫就成功到达对岸。

千蕊看着贺兰觿以及他背上的皮皮，咬牙道："姐夫，如果你带着关皮皮，肯定过不去。"

"别管我，你先走。"

她猛然一跺脚，急道："眼看安平家的人就要追过来，你真以为能救她吗？——放下皮皮，你已经尽力了！她不会怪你的。"

"贺兰，放下我。千蕊说得没错。"皮皮坚定地道，远处已传来了群狼奔跑之声，"没时间了，你们赶紧走！"

贺兰觿喝了："别说了，快走！"

千蕊咬咬牙，狠狠地盯了皮皮一眼，爬上藤索，手脚并用，向前挪去。

贺兰觿将风衣一撕两半，将皮皮牢牢地捆在身后。见千蕊已顺利爬到对岸，一猫腰，翻过身来，紧紧地抱着藤索向前爬去。

皮皮感到自己沉重地垂在贺兰觿的身下，四肢无力地张开着，就像一块石磨那样吊着他的腰，不禁颤声道："贺兰——"

"闭上眼，相信我，我能带你爬过去。"他沉声道。

凌厉的山风从峡谷穿过，崖间风速陡然加快，藤索晃得厉害，皮皮只觉得自己连同贺兰觿都快被风吹到天上了。头顶是蓝蓝的天，身下是狂吼的涛声，脸上湿湿的，是贺兰觿颈间滴出的汗。

虽然身负重物，贺兰觿爬得很快很专心，带着皮皮很快爬过了中点。

正在这时，忽然"嗖"的一箭从岸边射来，正中贺兰觿的小腿。

他身子滞了一滞，紧接着，不顾一切地继续爬行。

皮皮听见对面千蕊的方向传来"嗖嗖"几声，是她在连发弹弓，掩护他们。身后更多的箭射过来，贺兰觿无处规避，不顾腿上的箭伤，专心向前爬。

有两支箭射穿了皮皮身上的风衣。那布本来很结实地捆着皮皮，出现裂口之后，忽然"哗啦"一下撕裂开来。余下的布绳吃不住皮皮的重量，"哧"的一声，断成两截。皮皮如果双手有力，还可以顺势抱住贺兰觿，可她浑身瘫痪，身子便滑了下去。

就在这一秒，贺兰觿忽然腾出一只手，及时地抓住了皮皮的手腕！

皮皮抬起头，看见贺兰觿整个身子吊在半空，正使出全身力气拉住她。

“松手，贺兰。”皮皮轻轻地道。

“No.”

“松手。”皮皮定定地看着他，贪婪地凝视着他的脸，也许这就是最后一面了，“让我走。”

她的手没有丝毫力气而且出了很多汗。她感到手腕在渐渐地往下滑，而他的虎口如铁钳一般死死地握着她，令她感到手腕的关节都快脱臼了。

藤索忽然剧烈地晃动了一下，一头狼已然赶到，化作人形正用一把大刀用力地斫着藤索。藤索十分结实，一时斫不断。贺兰觿身子一斜，另一只手也悬空了，只有双腿还倒挂在索上。

“放手，贺兰！”皮皮叫道，她明明就在他的身下，听上去却很遥远，声音被强烈的风声掩盖了。

“不！”

又一箭飞来，正中贺兰觿拉着皮皮的那只左臂，力道之大，几乎将手臂射了个对穿，血飙了皮皮一脸，但他仍然不肯放手。

“放手！”对面的千蕊叫道，“姐夫！快放手！”

贺兰觿忽然松开双腿，抓着皮皮掉了下去！

那一刻只有短暂的几秒。

两人同时下坠。

皮皮紧张得感觉不到心跳了。只知道有一只手一直紧紧地抓着她，一刻也没有松开。

狂涌的波涛在岩间飞溅，带着彻骨的冰凉，皮皮感到自己的脸被水花打湿了。

眼看两人就要掉进水中，空中忽然甩过来一道绳镖。那镖撞到贺兰觿的手臂，将它紧紧地缠住。

贺兰觿趁机一拽，将皮皮紧紧搂在怀中，借着镖绳的力量沿着悬崖的绝壁疾步攀登。上面有个巨大的力量拉着他们，终于将他们拉上崖岸。

“辛苦了，两位。”一个熟悉的声音道。

皮皮抬头一看，是金鹳，旁边站着方辛崃。

贺兰觿放下皮皮，抽出猎刀削掉左臂上的箭镞，然后将箭杆用力一抽。一团血喷出来。千蕊连忙在伤处撒上消炎药粉，用一条白布紧紧缠住。然后如法炮制地拔下他小腿上的箭。

“这里不安全，必须马上走。”金鹳拾起地上的背包，“皮皮，贺兰受了伤，你不介意我背你一阵吧？”

皮皮摇摇头:“你们真的不用——”

她想说,你们真的不用再管我了。但贺兰觿冷冷地横了她一眼,她只得噤声。

刚才的一切已向众人证明了贺兰觿的态度,他宁死也不会放弃皮皮。

“小菊呢?”贺兰觿问道。

“嘤嘤带着她和五鹿原抄小道先走了,也帮我们引开了一部分安平家的人。”

“那你是怎么过来的?”

“那个,我说了你可别揍我——那边往右再拐个弯,有座桥。”

贺兰觿和皮皮一听,气得差点吐血:“什么?!”

“这里看不见。——嘤嘤告诉我的。”金鸐两手一摊,“你们慌不择路,嘤嘤被那群狼挡在后面,等我过了桥找到你们,千蕊和辛峽已经爬过来了,你正好在中间。”

贺兰觿喝了一口水,正要喝第二口,头顶蓦然一黑,群鸦乱鸣,向这边飞来。金鸐喝道:“是灵鸦!”说罢负起皮皮,贺兰觿收起水壶,五人向林中狂奔而去。

树上枝叶哗哗响动,似有人在踏枝行走,一个阴阳怪气的声音幽幽道:“贺兰觿,我寻你来了!”

只听得空中“嗖嗖嗖”乱响,一枚枚马脑破空而过,林间出现道道刺鼻的红烟。

“马脑有毒! 屏气!”金鸐边跑边对着背上的皮皮道。

“是子阳!”贺兰觿的脸硬了硬,一左一右,抽出两把长长的猎刀,双刀翻滚向空中的一道白影砍去。

皮皮伏在金鸐的背上定睛一看,那白影在空中旋转,一头丝缎般的白发飘成伞状,是位白衣美少年,手中一柄乌梢长剑,剑身是纯黑色的,非金非木,不知是何物所制。

贺兰觿冷笑道:“丹阳神剑,青桑真心舍得,把自家的镇山之宝都拿出来了。”

“青阳办事,效率太低。”子阳看着手中的剑,“为了拿你,我年假都没休完。”

只听树枝摇晃间,空中又跃下一人,戴着鹿皮手套,手执峻锾铜管,正将一枚马脑塞入铜管的孔中,是关鹖。紧接着哗啦啦一阵乱响,又跃下两人,一身乌衣,手执弓箭,一面降落,一面向着众人连射数箭。其中一支钉到皮皮身边的一棵树上,“嘭”的一声,蹿出幽幽的蓝色火焰,正是皮皮以前所见的无明火。

豢灵师也来了。

贺兰觿冲过去与子阳厮杀起来。金鸐将皮皮往千蕊怀中一递,头向左一偏:“你看着她。那边有个洞,先躲一下。”说罢与贺兰觿、方辛峽一起杀了过去,林间树叶被兵器所割,漫天飞舞,众人身影在空中跳跃,弓箭乱飞、兵器相接,锵锵作响,打成一团。

千蕊背着皮皮趁乱滚入洞中。

不料那洞口虽小，被杂树掩盖，一滚进去却是个向下的深坑。两人同时跌下，千蕊抛开皮皮抓住一根青藤稳住身形。皮皮"砰"的一下，重重地摔到洞底。

她不能动，却能听见身边有数物微微移动，发出"哧哧"之声。洞内光线昏暗，勉强可辨是几条蛇，身体粗短，三角形的脑袋，尾部突然变细。那蛇受到骚扰，不安地蠕动着。

因为经常与动物打交道，皮皮认得这是常见的蝮蛇，有剧毒。

"别下来，千蕊。"她呼道，"这有毒蛇。"

千蕊抓着青藤"哼"了一声："别自作多情了，我本来就不会下来。"

一条蛇渐渐爬到皮皮的胸前，在她颈间嗅来嗅去。皮皮吓得一口大气也不敢出。

"事到如今，关皮皮，"千蕊拾起旁边的一根枯枝，向群蛇抽打了一下，几条蛇越发不安地爬动起来，"你还不愿意死？还要我们等多久，拖累我们到何时？"

更多的蛇爬到皮皮的身上，咝咝地吐着红芯。

千蕊冷笑地看着她，离地上的皮皮只有两步之遥，却根本不施手相救。

"千蕊——"

"关皮皮，你那么能干，那么勇敢，为什么就不可以安安静静地去死呢？"

她想尖叫，想呼救，想咒骂。喉咙酸酸的，有股强烈的意志禁止她这么做。

"如果——"

千蕊还想继续说，洞外忽然伸进来一只手，向她们招了一下："千蕊、皮皮！跟我来！"

是贺兰觿。语气急促，还喘着粗气。

"这里有个洞，皮皮掉下去了。"千蕊道。

话音未落，一个人影飞进来，跳到皮皮身边，抓起她身上的蛇往洞壁上一扔，"啪！"力道之大，撞到壁上的蛇被摔成几截。

贺兰觿一把抱起皮皮，不理睬千蕊，跳出洞外。

"哎——姐夫！等等我！"千蕊也跟着跑了出去。

皮皮只觉眼前一亮，兵刃之声不绝于耳，前面几十米处，金鹳与辛崃边战边退，贺兰觿背着皮皮带着千蕊向山下疾奔。身后无明箭嗖嗖乱响，伴随马脑着地发出的漫天红烟，金鹳向子阳猛斫三刀后一面掩护众人，一面也向山下跑去。

贺兰觿身背皮皮，速度怎么也快不了，金鹳要与追过来的子阳、关鹖作战，也是边跑边停，眼看众人就要被昆凌族的大队人马追上，前面草丛中忽然伸出一个脑袋。

嘤嘤向众人招手："殿下——往这边来！"

贺兰觿目不能视物，循声辨位，果断向嘤嘤的方向跑去。皮皮伏在贺兰觿的背上，看见前面杂树掩隐之处站着小菊，小菊将树叶拉开，露出一个洞口，道："在这边！"

五鹿原则从洞中跑出来接应。

一群人鱼贯而入，嘤嘤走在最前方，大声道："这里是蚁族地宫的一个出口，跟我来！"

那地宫是按蚁族的身量建筑的，高不足一人，贺兰觿抬不起身子，只得与金鹮一起猫着腰，一人扛头，一人扛腿地抬着皮皮。高大的五鹿原更只能跪行。

走了几步，断后的方辛崃道："他们追过来了。"

嘤嘤的身子忽然一拐，拐向另一个洞口："放心吧。这地宫路线超级复杂，他们很快就会迷路的。——就算听得见我们的声音也找不到我们！"说罢点燃松油领着众人向地宫深处走去。

皮皮惊讶地发现这地洞与龙关驿站的地铁隧道十分相似，只是更加矮小一些。洞口伸展至四面八方，到处都是出口，到处都有拐弯，有无数的岔道和上下的楼梯。有时在一些较大的洞道内还能见到蚁族人的背影。

道中有种古怪而阴森的气味，皮皮记得龙关驿站的地宫人来人往十分热闹，为何这里这么凄凉呢？

走了片刻，果然听见洞中传来喧哗之声，应当是昆凌族人也入洞了，但很快就与嘤嘤这边走岔了。渐渐地，声音变得越来越小……

"这里离泛泛的银杏树还有多远？"贺兰觿问道。

"不远，过了这座山就到了。"嘤嘤道。

"有地宫直通泛泛的家？"金鹮道。

"不是直通。我们不能在这里久待，下一个洞口就要出去。这一带……蚁族人不爱来。"嘤嘤迟疑了一下，"如果不是情况紧急我也不会挖开洞口带你们进来。"

"为什么？"

嘤嘤欲言又止，一个念头从皮皮的脑海中滑过："僵尸蚂蚁？"

大家的步子都慢了，面面相觑。这是个新名词，听起来很吓人。

"你怎么知道？"嘤嘤问道。

"三姑娘说的。"

"我也有听说，"五鹿原道，"当时水木寒山上全是关于僵尸蚂蚁的讨论，大家都担心这病会传染到别的族类，狼族的人也参与了。我跟三姑娘就是这么认识的。"

皮皮看着前面球形大厅的一角，地上躺着两具蚁族人尸体，两人面色灰白，头顶上长出一根树枝，上面顶着一个拳头大小的菌球状物。

她不禁大喝一声："停！"

很快，前面的洞口处出现了两三个蚁族人，半闭着眼，茫然地向他们走来。头上都有一根树枝，树枝上都顶着一个小球。

"嘤嘤，这一带的蚁族人是不是染上了僵尸症？"

嘤嘤点点头。

"多大的规模？"小菊问道。

嘤嘤叹了一声："这座山都是。有人建议我们的母后将这些感染的蚂蚁全部烧光。母后……不忍心。所以让人把前面的洞口堵上，让他们在里面自生自灭。"

皮皮朗声道："请大家千万小心，僵尸症高度传染，大家千万不要碰他们。赶紧撤！"

众人跟着嘤嘤继续向洞口前行。

地宫的甬道越来越宽，似乎到了中心处。贺兰觽已能站直身体，于是将皮皮背在身后。忽听嘤嘤轻喝一声："小心！"

前面的一条甬道中，密密麻麻地走来一群僵尸蚁人。有些走得快，有些走得慢。其中一人绊了一下，扑倒在地，余下的人也都跟着倒了下去，却又不知道站起来，只在地上无意识地爬行。众人从蚁群身边悄悄走过，火光所照之处，他们脸上半梦半醒的表情形如鬼魅。甬道的两边，倒着一些死去的蚁人，那树枝有的已从他们的脑中穿颅而出，长出根须，与土壁上的树根搅缠在一起。

皮皮只觉毛骨悚然。

"其实，冬虫夏草不就是这种东西吗？"小菊好奇地驻足观看，被金鹮一把拉走。

"这症状最先是怎么发现的呢？"金鹮想到自己来沙澜的目的无非是收回失地，让沙澜族人重新回到这里生活。如果这片土地上有传染病，那麻烦就大了。

"沙澜以南最靠近人类的地方有个大型化工厂，设备泄漏、污水排放影响了这一带的土质和水质……最早的僵尸症是在那里出现的，渐渐蔓延到了这边。"

"你确定它只在蚁族中存在？"

"不确定。"嘤嘤叹了口气，"与蚁族关系最近的蛇族已出现了几个病例。我高度怀疑它会传染到别的族类。"

她这么一说，众人的内心都有点恐慌，只想早点离开地宫。嘤嘤指着右边一个黑黑的洞口道："把这个洞口挖开就可以出去了。——这世上还是懒人多。这一带虽有僵尸蚂蚁，还是有些不愿绕远路、怕地面上有危险的人宁愿选择走地宫。所以

这几个洞口经常被人挖开。”

五鹿原用斧子挖了挖，洞口的土果然很松，金鹳与方辛崃忙过去和他一起挖，片刻工夫，洞开了，外面的天已经黑了。众人一一从洞内爬出，决定先在附近休息片刻，再整装出发。

第二十六章

真相

从地宫出来走了半个多小时的路，他们又遇到三个狼人，看装束是安平家往日巡逻的哨兵，被金鹳轻松干掉，缴获一匹马。三头变回原形的狼被大家分吃了，解决了肚中之忧。皮皮粒米未进，被严重的头痛折磨得毫无食欲。

众人燃起一团篝火，围在火边打盹。五鹿原放哨。贺兰觿将皮皮抱上马，让她趴在马上，对千蕊道："千蕊，陪我去那边散散步。"

金鹳一直闭着的眼睛猛然睁开了，方辛崃也诧异地看着他。皮皮更是惶惑：这都什么时候了，还有闲心散步？

千蕊的脸白了，从篝火边站起来，颤声道："姐夫……有话要单独对我说？"

贺兰觿的脸上没什么表情："嗯。"

他牵着马带着皮皮向林中走去。千蕊不安地看了金鹳一眼，金鹳耸耸肩，表示不解。她又看了一眼方辛崃，方辛崃则紧皱双眉。

刚从地宫出来时，林间下过一场大雨，地面泥泞不堪。他们沿着一条巡山的小道一直走向山顶。一路上贺兰觿什么话也没说，皮皮头痛如裂，只想在篝火边安静地躺一下，不明白祭司大人既然有话要和千蕊说，为何要带上她。

夜晚的空气十分清新，远处偶尔传来一声狼嚎，让这黝黑的山野显得愈发幽静。

没过多久，他们就走到了山顶。

千蕊一直在马边尽责地扶着皮皮歪斜欲倒的身体。皮皮知道她一向讨厌自己，且从不向人隐瞒她的厌恶，不清楚她为什么这么做。

贺兰觿找到一块开阔的平地，地上堆积着几块巨岩。他停下步来，拴好马，安静地看着千蕊道："千蕊，你觉得这里的风光……好吗？"

"挺、挺好的。"千蕊的嗓音有些嘶哑，扶着皮皮的手在不停地打战。

"带你过来，是想告诉你一个秘密。"贺兰觿淡淡地道，"当我说完这个秘密后，你也要告诉我一个秘密。"

千蕊抬起头，直直地看着他，轻轻辩解："姐夫，皮皮是自己掉进坑里的，你总不能希望我冒着被毒蛇咬死的危险去救她吧？"

皮皮的心"咯噔"一沉。

"你错了。"贺兰觿道，"我希望。因为如果掉下去的人是你，皮皮会救你。"

千蕊忽然笑了，眼中亮晶晶的，显然含着泪水："所以你叫我过来，是想替她报仇？"

"那倒不至于。"他说，"因为皮皮运气好，她还没死。"

千蕊沉默了一下，道："那姐夫想告诉我什么秘密？"

"千花已经死了，是被我杀的。"

千蕊身子一抖，不由得退了一步："你说什么？你杀了我姐？"

"对。因为她要杀我。"

"不可能……这不可能！我姐为了得到你的欢心，宁愿为你去死！"千蕊哭了，"我明白了，因为你要找关皮皮，我姐不愿意，你就杀了我姐！"

贺兰觿没有解释更多，嗓音很平静："我的秘密说完了。轮到你说了。"

"我？我有什么秘密？"

"那天，营地的早饭是你偷的。"贺兰觿看着她，一字一字地道，"钟沂也是你杀的，是吗？"

她的脸苍白如死灰。

"你打发钟沂出去为你采蘑菇，然后去她的帐篷偷走了食物。你知道那一天会有一场大战，大家都来不及狩猎，想制造饥饿和混乱，然后利用方氏除掉皮皮。你知道钟沂若是回来，第一个怀疑的人就是你，于是你干脆把她杀了。"

"我没有！我冤枉！这些都是你的猜测！"

"你用匕首杀死了钟沂，怕暴露自己的气息，将她扔进水里。然后你用溪水清洗凶器，又用它去划皮皮的脸。也许是太匆忙，也许是太紧张，你没洗干净。匕首上残留着溪水和钟沂的气味，一抹极细微的气息，但我还是闻到了。"

"姐夫——"

"开始我也不敢确定，怕错怪了你。和修鱼家打起来，你居然让小菊去找皮皮救梨花……我就知道你不怀好意了。"

千蕊忽然垂下头："姐夫我错了。请你看在我姐的分上饶了我吧。"

贺兰觿正要说话，千蕊忽然身形一飞，手中已多了一把猎刀向马背上的皮皮砍去！

就在这一瞬，"啪"地一响，她的脑门中了贺兰觿一掌。

皮皮惊呆了，一只雪白的狐狸跌倒在地，口吐鲜血，倒地而亡。

空中忽然多了一颗淡蓝色的光珠，在夜空中冉冉升起，随着夜风越飘越高，如一颗移动的星辰，越来越远。

贺兰觿在地上挖了个坑，将千蕊的尸身埋进土内，用脚将土踩实，掩上枯枝败叶。

皮皮长长地叹道："她做的这一切，只不过是为了帮她姐姐。——你就不能原谅她吗？"

贺兰觿跳上马，将她的身子扶着坐起来，双手紧紧地环着她的腰，向山下走去，缓缓地道：

“她杀了钟沂、变相地杀了家麟——只有钟沂和家麟可以原谅她。你没有资格说‘原谅’二字。”

“那我总有资格说点什么吧!”

“你可以说自己缺心眼儿,这点我绝对同意。”

因为森林脑炎,皮皮觉得自己多半活不成了,而且会死得很惨。趁着清醒跟祭司大人斗斗嘴,也算是个消遣。正要反驳,忽然一阵头痛袭来,整个身子都抽搐了起来。

“皮皮?”

她痛得脸都歪了,牙关紧咬,无法说话。

见她难受,贺兰觿将她抱下马去,摊开自己的外套,让她睡在地上。

“贺兰觿,”皮皮轻轻地喘息,“不如你也杀了我吧。”

“很痛吗?”他摸了摸她的脸,“可惜我帮不了你。你脑中的东西对我的元气十分敏感。”

“紧紧地搂着我,”她说,“好冷。”

他躺下来,脱光上衣,将她用力地揽入怀中。

她能感到他的体温和缓慢的心跳,身上散发着熟悉的气息。除了贺兰,不可能还有谁这么爱她,他还是她的贺兰,她的祭司,她的夫君……

他开始轻柔地吻她,然后咬她的耳朵,分散她对疼痛的注意力。她忽而清醒,忽而昏迷,很快就睡着了。

醒来时他仍然紧紧地搂着她,一条毛茸茸的白尾将她裹住。尽管她不能动,也能感到全身温暖得好像睡在被窝里,头又开始一阵阵地抽痛。

他的眼睛一眨不眨地看着她,很亮,像夜空中的星星。

她也一眨不眨地看着他,他的表情罕见地温和,连呼吸都是温柔的。

“再睡一会儿,还要赶夜路呢。”他说。

“我不大相信泛泛能救我,”她轻轻地道,“别抱太大希望。”

“他要不救你——”他将头闷在她的胸口,胡楂揉搓着她的脖子,“我一把火把那棵老银杏给烧了!”

贺兰觿牵着马回到篝火边时,所有的人都正襟危坐地看着他,似乎猜到发生了什么事情。他一言不发,将皮皮抱下马,让她躺在地上休息,自己则伸手过去,默默地烤火。

过了一会儿,嘤嘤终于忍不住问道:“千蕊姐呢?没跟你们回来?”

“她走了。”贺兰觿淡淡地道。

那颗元珠在夜空中冉冉升起，分外明亮，相信所有人都看见了。

众人休整片刻，行了一夜的路，次日清晨，到达了泛泛所居的银杏。

虽然银杏很粗很大，比起四周高大的红杉，在这座山里也不是太起眼。最特别的地方是树上搭着一个木屋，一道窄窄的楼梯一直通到树下。

在路上，嘤嘤已经告诉了大家泛泛先生在蚁族学界的泰斗地位以及他清高傲慢的脾气。但她也说泛泛在这世上已经活了三十七天，如果再晚到三天就只能参加他的葬礼了，临近死亡的蚁族人脾气不会好，希望大家说话小心。

嘤嘤拉了一下楼梯旁边的拉绳，不一会儿工夫，一个大眼睛男生从楼梯上走下来，青衣布鞋，书童打扮，表情十分肃穆。

“嘤嘤？”

“虔虔，”嘤嘤微微一笑，“先生在家吗？有客人带着贵礼求见。”

“先生不见生客，”虔虔双眼一垂，“你都来多少遍了还不知道？”

“请告诉他，我们这里有一滴眼泪。”嘤嘤说，“想请问先生可知道森林脑炎的疗法？”

“眼泪？”虔虔打量了她一眼，觉得是忽悠，“你是指——传说中的‘眼泪’？”

“对。”

“先生正在睡午觉，等他醒了，我跟他说说。”说罢转身上楼了。

众人一片哑然。

贺兰觿看着嘤嘤，觉得不可思议：“你们蚁族只活四十天，还天天睡午觉？”

“虽然命不长，我们也讲究生活质量呀。”

“这午觉一般睡多久？”

“几个小时吧。”嘤嘤耸耸肩，“有一次我等了六个小时。”

贺兰觿转身从马背上拿下一把斧子，走到银杏树前，“当”地一响，就朝树上砍了一斧。

整个树摇动了一下，树叶纷纷下落。

三斧子下去，小木屋里的人不淡定了。一个身形矮胖蓄着短须的男人噔噔噔地从楼梯上走下来，气急败坏地喊道：“谁呀！谁砍我的树？”

贺兰觿将斧子一扔：“我。”

嘤嘤将脑袋一缩，低低地道：“先生。”

泛泛将手笼在袖子里，仰头打量着贺兰觿：“你问森林脑炎的治法？”

“对。我妻子快不行了,您不能治就说一声,我找别人。”

“能治。”

“太好了。”

“但你砍我的树,这不对。树也是一种生命。你不能因为它说不了话,就欺负它。”

“说吧,怎么赔偿?”

“你有眼泪?”

“对。可以给你六滴,让你再活六年。”

“六滴不要。”他冷冷地道。

贺兰觹呆住,生怕他犯倔不干了,一下子结巴了:“别,老先生您别客气,数目可以商量。”

“我要一千滴,不商量。”

“开什么玩笑!”金鹮吼道,“这是眼泪,不是水!以为我们有水龙头啊!”

泛泛怪眼一翻:“你能弄到六滴就能弄到一千滴。也不算多,半杯水的样子!”

“活那么长干吗?”五鹿原也道,“一千年您想活成妖怪啊!”

“就您这个头、这身板,别说一千年,过几天走在大路上给狼一挤就没了!”方辛崃道。

“大叔咱打个商量,少一点成不?我们手上只有十滴,全给您行不?”小菊道。

“哎呀妈呀!您这也忒缺德了,一把年纪了,发死人财合适吗?老而不死是为贼,说的就是您吧!”众人七嘴八舌地骂起来。

“各位别劝了。我要么痛快死,要么活个够。既然你们来了不让我痛快,我就只求长寿了。别吵,别吵,看人家小姑娘都痛得抽抽了。快把她抬到这里,我给她把把脉,看她脑中的蜱族是哪一派的长老。”

众人见他说得挺专业,半信不信,将皮皮抬到他面前。泛泛伸出双指往她颈动脉上一搭,闭着眼晃了两下,抽回手道:“这是苦修派的伽叶长老,挺难请出来的,一千滴我都要想想呢!”

“贺兰——”皮皮轻轻地拉着他的手,低声道,“这眼泪是哪来的?一定很难弄吧?老先生也太刁钻了,我不治了,走吧。”

贺兰觹在她身边坐下来,用力地挠了挠头道:“不难弄,有的是。”想了想,忽然一拍大腿,“好!一千滴就一千滴!拿杯子来!”

皮皮记得在沉燃的时候,那眼泪就装在眼药水瓶里,拿出来的时候就只有小半瓶了,给大家一滴,没剩下几滴了。当时看他谨慎的样子就知道这眼泪来之不易。

“眼泪……就在你身上?”皮皮迷惑地看着他。

“对。”

“在哪里?”

“眼泪能在哪里? 当然在我眼睛里。”贺兰觿道,“皮皮,虽然你现在很悲惨,我也很难受,但让我为这事儿哭出半杯子眼泪——这比上刀山下火海还难。”

小童恭敬地拿出一个小木杯递给贺兰觿,然后扶着泛泛上楼继续睡午觉去了。贺兰觿拿着杯子长吁短叹地走入林中。

看着祭司大人的样子,大家都有些哭笑不得。

“如果是我或者皮皮,半杯子眼泪,小事一桩!”小菊道,“遇到伤心事,半小时就能哭出来。”

“所以你的眼泪才不值钱啊。”金鹮道。

小菊气得拍了他一下,他呵呵地笑了。

结果贺兰觿在林子里努力地哭了一下午,才哭出十几滴。晚上,大家轮番上阵,将自己听过的最惨、最悲、最伤心的故事一一讲给他听,他听完一轮,硬是一滴眼泪没流。

看着看着,皮皮都觉得贺兰觿太可怜了。男儿有泪不轻弹,只是未到伤心处。就算到了伤心处,也最多哭几滴吧! 祭司大人努力地哭了一夜,终于又哭出小半杯,离需要的数目还差一半。眼看皮皮的脸渐渐发灰,似离死期不远,他很着急,越急反而越哭不出来。

金鹮抱着胳膊看着愁眉苦脸的贺兰,叹了一声:“这女人生孩子,吃条鲫鱼能下奶。这男人想哭,得吃点什么呢?”

小菊忽然道:“吃点辣椒,行不?”

众人眼睛一亮,兴奋地道:“对对对! 辣椒! 这个怎么没想到! 嘤嘤,快去找沙澜最辣的辣椒过来!”

嘤嘤闻讯立即和小菊钻入林中,找了一圈,终于找出几十颗小小的、红红的灯笼辣椒交给贺兰觿:“这个辣! 比朝天椒还辣十倍。”

贺兰觿拿起一颗放入口中嚼了两下,顿时呛得满脸通红、泪如泉涌。

“脑袋别动。”小菊死死地按住他的头,嘤嘤赶紧用木杯对着他的眼睛,将每一滴眼泪都接到杯内。五鹿原、方辛崃和金鹮则抱着胳膊在一旁观看,想笑又不敢笑,一脸严肃,生怕破坏了“悲伤”的气氛。

终于凑够了半杯眼泪,交到泛泛手中,他先闻了闻,又舔了舔,然后一饮而尽。见杯中还剩下数滴,又用半杯白水兑了喝下去。直把旁边的小童看得眼都直了。

皮皮心道，这先生也够小气的，自己把一千滴眼泪都喝了，哪怕留下一滴给虔虔让他多活上一年也好啊。

泛泛将木杯一放，命众人将皮皮的身子放平，道："等下我会变形回去，从她的鼻孔钻进去，和伽叶长老谈谈哲学，争取把他引出来。——在这个过程中，关小姐你的头可千万别动，更别打喷嚏喔！把我喷死事小，惊动了长老，就算他出来也把你弄成半身不遂，你家先生就白哭了。"

皮皮被高烧和头痛折磨得半昏不醒的，胡乱地点了点头，面前的泛泛忽然不见了。小菊指了指皮皮的手，一只黑黑的大蚂蚁从地上沿着手指爬上来，一直爬到皮皮的下巴。

大家屏气凝神，仿佛正在观摩脑科手术，谁也不敢出声。

蚂蚁虽小，爬过之处麻痒难当。皮皮脸上的肌肉不由自主地抽搐起来，眼珠不安地转动着。

"看着我，皮皮。"贺兰觿轻轻地握着她的手，另一只手按住她的额头，"看着我的眼睛。"

她凝视着他的眼，墨色的眼珠如深海般静谧。他的目光有股奇特的吸引力，仿佛在向她招手，又仿佛在喃喃絮语，邀请她进入另一个世界……

她感到鼻子一阵发痒，咬牙拼命忍住。蚂蚁越爬越深，沿鼻腔向上，在那里停留了约莫半个小时。然后，在众目睽睽之下，蚂蚁从鼻腔中爬出，身后跟着一粒芝麻大小的肉红色小虫。那小虫从皮皮的嘴角爬入草中，顿时不见了。

蚂蚁钻入先前泛泛的袍中，眨眼间鼓成一团，皮皮的眼前又出现了泛泛圆圆胖胖的脸。

"坐起来。"他道。

皮皮动了动四肢，发现虽然有些发软已能运动自如，不禁喜出望外，用力一撑坐起身来："谢谢先生!"

贺兰觿扶着皮皮问道："您和伽叶长老都聊了些什么?"

泛泛摸着胡须摇头晃脑，闭眼吟道：

"已去无有去，未去亦无去。离已去未去，去时亦无去。"

大家听得一头雾水，全装作很受教的样子竖起了大拇指："高！学问太高了!"

泛泛得意地拱了拱手，正要上楼，皮皮忽然道："先生留步，还有件事想请教。"说罢将他远远地拉到僻静的一角，低声道："听嘤嘤说，先生是狐史专家?"

他傲然点头。

"您听说过贺兰觿这个人吗?"

“他是狐族的储君。”

“您可知道贺兰觽与东海有什么关系?”

泛泛想了想，说：“他母亲是东海的采珠女。”

皮皮呆住。

贺兰觽与父亲关系恶劣，说老家在东海也没错。

“那您可听说过一位叫‘东灵’的人?”

他摇摇头。

一连几天没走路，皮皮的腿还有些发软，一跛一跛地回到队伍里，接过贺兰觽递过来的盲杖，拄在手中。

她乖乖地牵着他的手，温顺地靠着他的肩头。

“泛泛跟你说了些什么?”他问。

“没什么。”皮皮轻轻道，“贺兰，我听你的，再也不跟你闹了。”

短暂的兴奋之后是一场接着一场的鏖战。

行动的自由恢复了，赶回蓄龙圃的几天却形同噩梦。他们遇到昆凌、安平和修鱼三家的轮番堵截。不得不迂回行进，四处游击。本来三天可以赶到，硬是走了五天。多亏嘤嘤识路，指引他们走了一条极为隐蔽的路线，才多次脱险。

翻过最后一座山时皮皮听见了涛声，贺兰觽道：“下了山就是潼海。”

众人爬到山顶，皮皮只觉眼前一亮：山下是一片银色的沙滩，沙滩的尽头是一片碧绿的海洋，海水极浅，最深处也仅有一人多深。对面隐隐可见一座岛屿。

潼海不是海，只是一片广袤的淡水域，一半是浅水，一半是沼泽。

令人惊讶的是，沙滩上三三两两点缀着几个渔村，有妇人坐在岸边织网，有男子在水中叉鱼。有些破旧的渔船，她甚至看见了集市。

皮皮迷惑地看了贺兰觽：“这里有村庄?”

贺兰觽长长地叹了一口气，道：“说来话长——”

皮皮知道一定有典故，正要听下去，身后人群骚动，方辛崃喝道：“快跑！后面有人!”

大家闻讯向山下冲去，身后传来疾驰的马蹄声。

“是修鱼家!”金鸐边跑边道。

小菊、皮皮和嘤嘤紧跟着贺兰觽，金鸐、方辛崃与五鹿原断后。

众人眼看就要冲到沙滩，前面一块空地上却突然出现了一队人马。

皮皮倒吸一口凉气，过来堵截的是修鱼稷，身后跟着十来个随从。从山上追来

的是三叔和修鱼峰，有二十几个手下。狼族人骑着清一色的黑马，全身穿着坚硬的皮甲，到了空地，都从腰间取出头盔套在头上。金鹳立即挡住修鱼稷的去路。

贺兰觽忽从颈中取下夜光犀交给皮皮，低声道：“拿着这个。小菊、嘤嘤、五鹿，你们跟着皮皮躲到水中。要紧紧地挤在一起，把夜光犀放到水下。我不叫你们，千万别过来。”

皮皮点点头，五鹿原挥斧开路带着三个女生向水中冲去。身后乒乒乓乓，两边人大打起来。

一出空地即是沙滩，四周的渔民听见动静，都停住了手中的工作，抬头向打斗之处看去。四人跑到水中，将夜光犀浸在水里，背对背地站着，摆出防卫的姿势。小菊悄悄地戳了皮皮一下，皮皮向左看去，不远处一个女子正专心地补着渔网。她突然注意到女子的右脸沿着太阳穴一直到颈中排列着七个铅笔般粗细的小洞，仿佛是某种腮状物。

那女子注意到她们的目光，也向这边看来，但神态平静，没有攻击的意思。

皮皮这才发现四周的渔民每人脸上都有七个小洞，不是狼族，不是狐族，也不是蚁族，而是另一种陌生的族类。嘤嘤很紧张，示意大家不要出声。五鹿原也不知道这是什么族，神情和皮皮一样迷惑。

沙滩上，贺兰觽、金鹳、方辛崃与狼族打得十分激烈，狐族企图跑向水中，狼族则死死拦住他们的去路，把三人往山上驱赶。狐族人少不敌，越打离水边越远。

正在这时，水中叉鱼的男子忽然吹了一声口哨。

十几个正在劳作的渔民立即放下工具向沙滩跑去，跑到一半，纷纷腾空而起，化作十几条细长的鳗鱼，圆形的嘴状若吸盘，布满锯齿，疯狂地向狼族扑去。

狼族全副武装，见状倒还淡定，但身下的骏马已不安地嘶叫起来。那些鳗鱼顷刻间已如吸血蚂蟥般地钻入马腹，大半身躯没入体内。众马一时乱了阵脚，惊恐逃窜、跳跃如狂，将背上的人全都甩到地上。瞬间马血就被吸干，巨大的身躯倒下来。更多的渔民游过来，皮皮还没看明白，他们已化作一条条鳗鱼扎入马身，转眼间就把马吃得只剩下了一副副骨架。

狼族爱马，开始还想用刀护住，不料一条鳗鱼从马腹中蹿出，一头钻入一个狼人的上身，尽管他穿着厚厚的皮甲，仍被锯齿咬破，穿胸而过，留下手腕粗细的一个大洞……

狼族见状顿时化作狼形向山间逃窜。

皮皮来到沙澜，也算是“久经沙场”，虽然历经各种恐怖事件，但沙澜各族都有可爱之人：狐族自不用说，狼族的五鹿原和修鱼稷，蚁族的嘤嘤和泛泛，都给她留下了

深刻而友好的印象。

但这鳗鱼带给她的，则是纯粹的恐惧。

狼人尽数散去，走在最后的是修鱼稷，他一直没有变形，跑得也不是很快，但那些鳗鱼似乎对他不感兴趣。方辛崃正要追杀，被金鹳一把拉住。

眼看着修鱼稷的身形将被树影掩没，他忽然回头向皮皮的方向看来，深深地凝视了她一眼。

皮皮呆了一下，觉得他似乎有话要说。

他忽然说了一句狼语，然后转身隐没于树丛之中。

皮皮将身边的五鹿原一拉，低声问道："刚才修鱼稷说了什么？"

五鹿原道："他说……他会来找你。"

"我？"皮皮指着自己的鼻子，"确定是我？"

五鹿原点点头："原话是：皮皮，我会来找你的。"

皮皮心中不知为何涌起了一阵复杂的情绪，不安地四处张望。那些吃饱喝足的鳗鱼已变成一个个渔民回去继续劳作：织网的织网，叉鱼的叉鱼，划船的划船……沙滩复现一派祥和宁静的渔村景象。

雪白的沙，雪白的骨架。鳗鱼吸血速度很快，还很干净，连一滴多余的血也没留下。

皮皮拉着小菊和嘤嘤，和五鹿原一起向沙滩走去。贺兰觿快步走过来，将她拦住："皮皮，跟我来。我有些话要和你说。"

他的表情很严肃，皮皮看着他，轻轻地点点头，拉着他的手向沙滩的西边走去。其他人则陆续聚集在林边歇息。

"贺兰，这些渔民怪吓人的……是什么族啊？"

贺兰觿将她带到一个无人的僻静角落，缓缓说道："当年蚩尤迎战黄帝，兵力不够，于是召集四方群凶妖魅在这里会合，练兵作战。后来蚩尤战败，那些妖魅失去管束互相厮杀，以致白骨如山、流血千里——他们的恶血滋养了水中的怪兽。那些看似渔民的男女就是怪兽中最可怕的一种，叫作'鳗族'，以吸食动物的血肉为生。他们不但会捕食岸边的动物，甚至可以从水中蹿出百米之高捕食天上的飞鸟。所以这地方看似平静，实则非常危险。"

"那我们还待在这里干吗？快走吧！"

"他们害怕狐族，也害怕夜光犀。"

"所以他们没有攻击修鱼稷，因为……他身上有狐族的血脉？"

"谁也不知道他们会不会攻击，不过从今天的情况看，是这样。"

他将手中的戒指摘下来，交给皮皮，指着潼海的对面："那个岛就是蓄龙圃。听说过温峤的故事吗？"

皮皮摇头。

"东晋时候有个叫温峤的人来到长江的牛渚矶，发现那里的水很深，传来音乐的声音。他听说里面有很多水怪，于是点燃一只犀牛角向水中照看。过了一会儿，果然有怪物向火光扑来，有坐马车的、有穿红衣的。夜里这些水怪托梦埋怨他说：'我们跟你生活在不同的世界，你无端端地照我们干吗？'第二天温峤醒来，忽然牙痛，找大夫拔牙的时候就中风了，回到镇上不到十天就死了。"

"这犀牛角就是夜光犀？"皮皮道。

贺兰觿点点头。

海风中有股水藻的芬芳。

皮皮闭目凝神，深深地吸了一口气，笑道："贺兰觿，前面就是蓄龙圃。你说过，只要我帮你引开青桑，救出东灵，你就还给我'失忆前'的贺兰静霆。我们的协议——还算数吗？"

"算数。"

她站起来，将弓箭背到身上，弯腰系紧了鞋带："说吧，下一步怎么做？"

"你带着夜光犀和戒指去见青桑。"他指着远处岸边系着的一只独木舟，"划着它过去。"

皮皮看着手中的戒指，问道："这是一颗魅珠对吗？"

"这是狐帝的魅珠。"

皮皮心头一震，尽管有过种种猜测，甚至想过是青桑的媚珠，但没料到它居然是帝王之物。

"你对青桑说，你得到一个消息，贺兰觿被囚禁在流光湖内，你只有到了流光湖才会把夜光犀交给她。"

"你们要找的东灵——就关在流光湖里？"

贺兰觿看着她，没有说话。

"他长什么样儿，有没有联络的暗号，怎么说服他跟我走？"

他继续沉默。

皮皮踢了他一下："贺兰觿，咱们一路走到这儿，遇鬼杀鬼遇魔杀魔，马上就要见真佛了。你再这么吞吞吐吐的就没意思了。"

他低头看地。

"还有，咱们怎么交接？东灵救出来，怎么碰头？你又怎么把——'失忆前'的贺

兰静霆——还给我？”

“……”

“贺兰觿，说话。”

一阵更长久的沉默。

“怎么了？”

他抬起头，安静地凝视着她，缓缓地道：“皮皮，我就是东灵。”

一个完全没有预料到的答案。

她瞬间呆住，仿佛身上的血液停止了流动。

虽然不知道发生了什么，皮皮在骨子里一直相信——或者说一直说服自己相信——面前的这个人就是贺兰静霆，只是由于某种苦衷不愿意承认而已。

经过种种试探、争吵、分手、拯救、求证、复合……这些疑虑终于消除了。到了最后，事实证明最初的怀疑是真的。好不容易被她否定的直觉，也是对的。

头脑一片空白。她不自觉地倒退了一步：“你是东灵？为什么要冒充静霆？你们长得一样，说话的语气一样，一些动作习惯也一模一样，你、你是从哪学来的？”

“不用学。”他的语气很轻，很柔，尽量不刺激到她，“从某种意义上说，我也是贺兰静霆。”

皮皮怔怔地看着他，脑子全乱了，慌乱中引弓搭箭对准了他。

“如果你想杀我，现在就可以动手，我不会还手。”他的表情很平静，一副随时准备迎接死亡的样子。

“把贺兰静霆还给我，我饶你一命。”她一字一字地道，冻蛇上弦，引弓如满月。

他转身看向潼海：“当年狐帝修成人形，得意之余想普度众狐，享万世之寿。在他的悉心培养下，第一批狐族诞生了。紧接着问题也出现了，这批狐族无法顺利混迹人间……”东灵笑了笑，叹了口气，“人兽毕竟有别，狐族的野性极难克服，一旦陷入饥饿、受到攻击，或者到了发情季节，就会凶相毕露、兽性大发，给周围的人造成灾难。于是狐帝来到东海，用自己的魅珠诱走了东海灵族之母云鹢以及追随她的十万灵族，将他们囚禁于蓄龙圃的流光湖内。云鹢就是我的母亲。”

皮皮的身子在发抖：“你是……灵族？”

他点点头：“灵族一旦进入狐的身体，被狐的意念催化，就会变成你所看见的元珠。我们是海的灵魂，每个灵族都是单独的个体，有自己的感受和意识，你们看不见我们的形状，因为我们生活在另一个世界。狐族的很多超能力都跟我们的存在有关：惊人的长寿、灵敏的感官、对异性的吸引力、耐寒与变形……因为我们天性温和、热爱自由，具有比人类更丰富的知觉和情感。不仅狐族，沙澜所有的族类都因为灵

族的存在或多或少地受益。狐帝认为如果我们能介入狐族的修行，他们的野性和兽性将得到很大的改善。”

皮皮蹙眉沉思。

“当狐族修炼到一定阶段即将变成人形时，必须要到蓄龙圃的青桑处报备，由她亲自举办成人仪式。”

“也就是让灵族进入狐族的体内？”

“应当说是‘逼迫’。灵族入体，狐族就可以克服自身的兽性，更具有人的气质，可以像人那样遵守规则、控制欲望，顺利地进入人间生活。但灵族本身却因此失去了自由和意志，终生囚禁于狐族体内，成为服务于他们的奴隶。”

一些东西在她的心中渐渐明亮，草蛇灰线，马迹蛛丝，最后凝成了一个点，一个她不愿意看见的黑点。

忽然间，她什么都明白了：“你就是贺兰静霆体内的那个灵族。”

他安静地点点头。

“贺兰静霆先天羸弱，而我是云鹞之子，是灵族未来的首领。整个灵族除了我母亲就属我的灵力最强，所以狐帝挑选我进入他的身体。我虽无形体却有知觉，被他人意念所控制，囚禁于贺兰体内长达九百年，像一个植物人——这是什么样的日子你知道吗？”

皮皮安静地看着他：“因此你寻找每个机会逃跑。”

“开始的时候我寻找每个机会破坏，”他的脸上浮出一缕微笑，仿佛那是个有趣的游戏，“那时你的祭司大人刚刚修炼成人，意念不强，狐帝以为我的进入可以治好他的日盲症，我偏偏让他继续瞎。接着狐帝又相中了你，或者说你的肝脏。就在你们相遇的那一刻，我撩动了他的心绪，让他情窦初开爱上了你，为了你不思进取，与父亲对抗，掀起真永之乱……”

皮皮深吸一口气：“也就是说，从头到尾，贺兰静霆其实并没有爱上慧颜。”

“他爱慧颜。”东灵淡淡地道，“但也可以不爱。你们的相遇，可以就是一场简单的例行狩猎，而不是一见钟情、生死不渝。是我——给了他这颗初心，引他走向了一条不归之路。”

“他是无辜的，”皮皮吼道，“他什么也不知道！”

“我们更无辜。”东灵冷冷地说，“他父亲囚禁十万灵族，逼迫我们世代为奴，让我的母亲在那个肮脏发臭的小湖中苟延残喘！他必须要为这份罪恶付出代价！”

“所以他说的那些话……做的那些事……其实只是你的意志？”皮皮强烈地感到上当受骗，“既然你能调动他的意识，何不干脆让他暗杀狐帝？”

东灵摇摇头："我在他体内清醒的时间很短，他与慧颜相遇后不久我就完全被他的意识控制了。后来发生的一切与我无关。我只在他受伤最重的时刻会有些微薄的感知，比如慧颜行刑那天，他五内催伤；又比如被天狐咬伤躺在井底，你用手电找到了他……这些我都有感觉。"

她静静地听着，思考着。

"如果你在一个人的身上停留了几百年，看他哭，看他笑，经历他所有的悲伤与快乐——你也成了他的一部分。面具戴久了，忘记取下来，面具也成了你自己。"他继续道，"那年贺兰静霆被赵松打回原形。当你把元珠——也就是我——送回北极时，他已濒临死亡。元珠入体勉强延续了他的性命，但他元气大失，神志失控。千花送他回蓄龙圃，恳请青桑用珍贵的药物治疗。青桑以前没遇过类似的情况，不免病急乱投医……"

"在这个过程中，你篡夺了他的身体。"皮皮道。

"这是我唯一的机会。"

"千花立即发现了。"

"她倒没有发现，但她相信青桑，认为我必须再闭关修炼九百天才能确保恢复如初，所以死活不让我离开蓄龙圃，还说要报告青桑。"

"你只好杀了她。"

"她们都是修行了几百年的狐狸，并不像你这么好骗。随着元气的聚合，贺兰静霆的神志将迅速恢复，我连一天都等不了。正好这时金鹮偷偷潜入灵霄阁，想劫持我向青桑换取元珠，以治疗沉燃中昏睡的沙澜族人。我于是向他说明身份，请他助我逃出蓄龙圃，然后一起去C城寻找夜光犀。流光湖内有一条水道通往流光河，河里充满了蚩尤迎战黄帝时驯养的水怪，如果没有夜光犀开路，灵族会被水怪全部吞噬。河的尽头就是东海，只有到达东海才是安全的。"

"沉燃中的那些狐族——还能活过来？"

东灵点点头："狐帝在沉燃种满了宵明草，这种草所散发的香气对灵族有剧毒，去过的人元珠受损，出来之后就变成了金鹮、梨花那种样子。"

"那滴眼泪就是解药？"

"这是眼泪的功能之一，只是暂时有效。"东灵苦笑，"我身上所有的东西都是祭司大人的，只有这眼泪是我自己的。金鹮助我解救灵族，作为回报，我会帮他修复沉燃境内沙澜族人的元珠，让他们摆脱兽性，回到人间自由修炼，不再因为饥饿互相残杀。"

"可是——"皮皮紧皱双眉，"释放了灵族，如果再有狐狸想变成人形，就办不到了呀!”

“办不到是早晚的事。当你看见了僵尸蚂蚁就应当想到,这一带的湖水、河水出现了严重的污染,困在流光湖中的灵族已经死掉了一大半,剩下的也已病入膏肓。如果再不回到东海,这里就是他们的葬身之所。”

沙中出现了自己的一双脚印,皮皮低头沉思,用脚将印迹抹平。

灵族固然渴望自由,解放奴隶固然是一项义举,但这么做也葬送了整个狐族的未来。从今以后,狐族死一个少一个,不再有新人补充——祭司大人会同意吗?

恐怕整个狐族都不会答应,青桑更不会答应。

“东灵,我理解你的一片苦心,这么做也有足够的理由,”皮皮轻轻地放下弓箭,“但我如果帮你释放了灵族,就会成为狐族的罪人——”

“我知道这是个艰难的决定。”东灵伸出双手按在她的肩上,“所以提前把全部真相告诉你。我可以一直瞒你到最后,但这样对你不公平。——蓄龙圃,你可以选择去,也可以选择不去。我不会逼你。不去的话,我让金鹳送你回C城,忘掉一切,继续生活。你我就当不曾相识。”

不知为何,皮皮心中涌出一阵酸楚,怔怔地看着他,眼泪在眼眶中打转:“那……你呢?”

“我会继续我的计划,万死不辞。”

她听见自己的声音在发抖,胸口闷得喘不过气来:“那……贺兰静霆?”

“这是一个选择,皮皮。……你不能两样都要。你不去,我就会去。我会想办法混进流光湖释放灵族。在这个过程中,极有可能碰到青桑,我和她会同时自焚。你就见不到祭司大人了。”

他们像两只猎豹一样对视着。

她的脚在沙中不停地画圈,过了片刻,猛地将地上的沙一脚踢飞,抬起头,定定地看着他:“我去。”

他有些惊讶:“决定了?”

她的情绪已完全平静:“决定了。”

“我曾经对你很粗暴……对不起。”他的目光柔和了,充满了歉意,“因为我恨他。你说得对——我是我,他是他——好不容易有份自由,可以去人间走一趟,我不想扮演成另外一个人。”

难怪,他有那么多地方与贺兰不一样;难怪,他的演技那么“拙劣”。

“拿着这个。”他从口袋里掏出一个圆圆的、巴掌大小的东西递给她。

皮皮怔住。

是那个镶着照石的镜子。

她明明记得从银行地库出来的那天遇到袭击，汽车翻入湖中，镜子也跟着失落了：“你怎么有这个？”

“下湖捞的。”

“关鹏、子阳追我们的时候怎么不用？”

“第一，镜子容易反射，有可能伤到我自己；第二，我不想让他们知道这个秘密武器。”他紧紧地握住她的手，连同那面镜子，“留给你最后对付青桑。”

第二十七章

漫长的旅途

远处的蓄龙圃像一座中世纪古城，四面是高高的城墙，从外面根本看不见里面的风景。东灵说，蓄龙圃面朝沙澜的这一面防范严密，为了阻挡狼族的进攻，狐帝放出了养在流光河中的鳗族。面朝大海的那一边地势较低，沼泽遍布，基本上没有陆地。

流光湖就在城堡的正中央，旁边是青桑的宫殿。四面筑着石墙铁壁，外人无法进入。湖与东海之间有一条大河，河中充满捕食灵族的水怪，需要夜光犀在水中开路。

一只海鸟从她头顶飞过，"噢"地叫了一声，水中忽然飞出数只吸血鳗鱼将鸟拖入水中。一滴血滴在皮皮的额上，她抬起头，看见空中飘着几片羽毛。再看水中，一群鳗鱼扭结成一团，在舟的右舷滚动。她的心突突乱跳，不敢多想，用力划桨，独木舟飞快地向对岸驶去。

远处的码头挑着一根高高的木杆，上面垂下一排橙红的灯笼，一座由木船连接的浮桥一直伸到水中。

天空中忽然飘起了小雨，皮皮看见桥上有个穿着黑色风衣的人，长长的衣摆被海风吹得横了起来，像旗帜一样飘荡着。

她跳上岸，将船系好，那人脱下风帽，露出一张白皙的脸。

"青阳？"

他一笑："皮皮，你终于来了。"

"我来见青桑。"

他的目光很怀疑："你以什么立场见青桑？"

她将夜光犀举到他面前："我知道那个贺兰觿是假的，带了你们要的东西。"

他笑了笑，伸手去拿，被皮皮挡住。她将夜光犀戴回颈中："有人告诉我贺兰静霆被囚禁在流光湖。我要亲眼见到他的人，才会给你这个东西。"

他身子一顿，道："皮皮，你的消息有误。第一，贺兰殿下是储君，在狐族的地位至高无上，我们不可能也不敢囚禁他。第二，就算是囚禁，也不可能是在流光湖。那里是狐族禁地，几千年来，除了先帝与青桑，谁也没进去过。"

"那我就只好回去了。"皮皮说罢转身就走，被青阳叫住："等等，我跟我姐说说。"

皮皮以为青桑是个上了年纪的妇人，见到她时才发现只有三十出头。虽有千花那样斜飞的凤眼和细薄的红唇，因笑时多出一对酒窝而显得平易近人。个子很高、身量丰满，举手投足间有股干练之风，应当是个善于杀伐决断之人。

为了与自己在狐族的身份匹配，皮皮把头昂得很高，想象自己是一个坐在谈判

桌上的CEO。

“王妃殿下。”青桑微微垂首。

“青桑大人。”

“听青阳说，殿下一定要去流光湖？”

“是的。”

“您怀疑我囚禁了贺兰殿下？”

皮皮两眼直视前方，没有说是，也没有说不是。

“请跟我来。”青桑淡淡地道，“我若说贺兰殿下不在流光湖，您一定不相信。此事重大，关涉狐族的未来，我也只好为您破例一次。若先帝还在世，我可真不敢做这个主。请——”

青桑的宫殿是个宫廷式的院落，傍水依山，就在湖边。地上白石铺地，假山堆叠，种满奇花异草。在皮皮的眼中类似江南园林。

——“这是闻遐草，闻闻看，是不是有桂花的香味？”

——“这是紫菊，我们用它泡茶，很甜。”

——“这是灵茅，清凉解毒。”

青桑边走边说，又指着远处一幢挑起飞檐的三层高楼，道：“那就是灵霄阁。殿下一直在那边闭关，可惜我不能探望。”

狐律，祭司不可与女巫相见，否则同时自焚。

在狐族各种古怪的律法当中，属这条最难理解。显出狐帝对青桑的绝对信任，希望狐族的机密永远留在青桑一人身上。

皮皮有重任在身，哪有心情赏花？但青桑是千年狐精，脸上若有半点急躁就会立即被她发现。也只得将一朵紫菊摘到手中，含笑抚弄。

穿过几道院门，青桑忽然停步，面前出现一扇高高的铁门。门边趴着两只怪兽，人面虎身，獠牙高高挑起，一见到皮皮立即冲过来，在她身边警惕地嗅着。皮皮吓得一动不动，那怪兽有她的三倍大，呼哧有声，嘴角垂涎，似乎一张口就能将她整个吞掉。青桑拍了拍它们的头，怪兽立即安静下来，退到一边。

“这是——”

“梼杌，是上古的凶族。”

青桑掏出钥匙打开铁门，用力一推，一股清香迎面扑来。面前果然有一个巨大的湖泊，上面种着大片荷花，一茎四叶，每叶如雨伞般大小。

在皮皮的印象中，荷花夏天盛开，现在只是初春。但沙澜这里无论水土、植被还是气候，都十分混乱，难以界定，于是问道：“这个是荷花？”

“低光荷。你们那边没有。果实是一串串黑豆，我们通常把它当作口香糖。”说罢从口袋里掏出一个小瓶，倒出一颗黑豆递给她，“就是这个东西。尝尝？”

皮皮生怕是毒药，摆手笑道：“我容易过敏，吃块芒果都会全身长包。下次吧。”

见她犹疑，青桑也不勉强，将黑豆放入口中含着，果然有股薄荷的香气洋溢而出。

皮皮放眼一看，这湖除了荷花就什么也没有了。岸边即是高墙，连棵树都没种，更不可能住人。湖的当中有一圈玻璃做的桥，又将湖水与外面的墙壁隔开。

青桑笑道：“这湖并不大，可谓一览无余。您看可有什么地方关押贺兰殿下？”

皮皮信步走到玻璃桥上，四下一瞧，问道：“这桥怎么是玻璃的？不会碎吗？”

“这不是玻璃，这是水晶。”

皮皮低头一看，桥下入水的部分是整块的水晶，一圈围起来，相当于一个巨大的水晶瓶。皮皮在桥上走来走去，东摸西看，东问西问，根本没有离开的意思。青桑有些不安，却也不愿露出不耐烦，只得亦步亦趋地跟在她身后。

两人沿着水晶桥渐渐走向湖心，皮皮发现桥上有个四方形的水晶柱，上面装着个透明的水晶壶，壶中盛放着一些水状的液体。壶的底端有三根手指粗细的水晶管道通到湖水之下。柱上有个圆孔，仿佛是个机关。

临行前东灵告诉皮皮，一旦狐帝的魅珠与云鹞相遇，可以催发出伤心的眼泪。灵族的眼泪有许多神奇的功效，为了弄到更多，青桑竟然发明了一种装置专门提炼它。当年青桑说金泽盗取魅珠，其实是诬陷。金泽自知难保，在被捕的前夜索性潜入流光湖盗取魅珠和眼泪，以解救困在沉燃的族人。他将眼泪留给了最信任的宫家，魅珠却在潼海一役中被狼族所获。

她假装好奇地将手指伸到孔内摸了摸：“咦——这是什么？”

青桑的脸变了变，欲言又止：“殿下，天不早了。”

皮皮往水中一看：“咦——水下有扇门？”

“贺兰殿下不是一条鱼，我们不可能把他囚禁在水下。”

“这门怎么打开？”

青桑脸色一沉，正要出手将皮皮拉开，皮皮掏出那面镜子，将镜面朝下，道：“别动！照石！”

天光正亮，四处水晶极易反射，青桑身形一滞，定定地看着她：“原来您要找的人不是贺兰殿下。”

皮皮掏出戒指，摘下魅珠塞入孔中。只听得滴溜溜一声响，里面的机关打开了，水下闸门滚动，水晶桥忽然沉下去一段，足足有五米来宽。

青桑一声长啸,两只梼杌猛地向皮皮这边扑过来。皮皮将镜子对着它们一照,根本无效。再回头时,青桑已经不见了。当下顾不得许多,往水中一跳,只听得“扑通”“扑通”两声,巨兽也跃入水中。

皮皮拼命向湖的对岸游去。梼杌身躯庞大,一入湖中即被荷叶绞缠,速度反而慢了。正在这时,身后嗖嗖数声,无明箭如密雨般向她射来。

皮皮深吸一口气,钻入湖底,潜至铁门水闸之处。流光湖内有两个水闸,她负责打开水晶闸,东灵负责从潼海绕道蓄龙圃,去开启外围的铁闸。按原定计划,当皮皮游到外闸时,它应该已经被打开。

湖水原本混浊,加之天色已暗,皮皮在水中看不甚清,伸手一摸,那闸居然是关闭的,中间连条缝也没有! 皮皮只觉头皮一麻,拉住闸上的铁环向外用力一推,纹丝不动。

顷刻间两只梼杌已然追至,皮皮以手握拳,拼命捶打闸门。眼看着一只梼杌张开血盆大口就要向她咬来,闸门忽然开了,出现一道半尺来宽的缝隙!

皮皮身子一缩,挤了过去,梼杌体形巨大,被挡在里面。在水中的一口气已憋到了极限,她正要游向水面,忽觉头皮一痛,身子一沉,头狠狠地撞在了铁闸上。原来她人虽已过了闸门,长发还留在门内,被梼杌一口咬住,用力往水底拖去,企图要将她溺死在水中。皮皮拼命挣扎,头皮撕裂,双手死死拉着闸门上的铁环不松手。另一只梼杌则伸出爪子去抓皮皮的手,企图将她拽回闸内!

皮皮气力已尽,鼻腔进水,神情开始恍惚。

眼前的水忽然红了,一个人影出现在她身旁,手起刀落,削断被梼杌咬住的头发,将她拖出闸外,送到水面。

她不顾一切地大口呼吸着。水被血染红了。头皮在滴血,耳朵在滴血,身边的东灵情况更糟,脸上、肩上伤痕累累,仿佛一条血路杀过来的。

他吸了吸鼻子,忽然抱着她的头用力地吻了过去,脸贴着脸,舌头激烈地挤压着、缠绕着,一面亲吻,一面胡言乱语,她完全听不清,因为水拍打着她的耳朵。她挣扎,用力地咬着他的唇,却又徒劳无益,他根本不放过她,张开五指,揉搓着她的腰际,上上下下地吻她,咬她的耳根,她的头倾斜到无法动弹……不知为何,心中酸楚,眼中满是泪水。

他不是贺兰静霆,不是祭司大人。

在修鱼堡的刑室中,他被她折磨,被她抽打,在被推入鼠洞之前她问他有什么遗言,他说:“I love you.”

I love you.

皮皮被一种奇怪的情绪纠结着,他曾经粗暴地对待过她,恨她,挖苦她,折磨她,

考验她……但这一路上，他也背过她、救过她，重病瘫痪时不曾抛弃她，甚至为她杀掉了千蕊。

他可以不必这么做。

在那么多的恨与骗中，一定还有一种别的感情。

I love you.

夜光犀必须一直留在水中，皮皮把它从颈间解下交给东灵。他用一根长绳系住，一头留在水中，一头拴在自己的手腕上。两人一身透湿地爬上船，皮皮冻得牙齿咯咯直响。船上有个防水袋，东灵掏出一套干燥的衣服让她换上，又拿出两件救生衣，两人各自穿上。

这是艘简易的木船，除了一个乌篷、一双船桨、一根缆绳，别无他物。

“船哪来的？”

“抢的。”

皮皮脑海中掠过那些脸上有七个腮孔的渔民：“鳗族？”

“对。”

“青桑他们会追过来吗？”

“会。”

“明知我手里有照石也会？”

“会。——入了海才安全。”

“赶紧划船。”

皮皮坐进篷中，沉默地看着他操起了双桨。

天已经完全黑了。

河道很宽，两面是一片沼泽，沼泽的尽头是森林。

小船从流光湖的水道划出，进入一条大河。大河源自蓄龙圃西部的崇山峻岭，地势崎岖、落差极大、水深流急，路过流光湖后方进入平坦开阔的下游，漫延约四十公里汇入东海。

她很奇怪河面会这么安静。皓月当空，苍穹如洗，天地间只有桨声和水声。

月光照在东灵赤裸的双臂上，沾了水的背心是透明的，紧紧地裹着他的身体。他一言不发，专心划船，桨声有规律地拍打着水面，掠起一排排水滴。看得出他丝毫没有松懈，呼吸匀称，争分夺秒，胸肌有节奏地开合着，仿佛在参加世界杯划船决赛。

运气不错。水是顺流、风是顺风——小船加速向大海驶去。

东灵的桨忽然停住，他喝道：“卧倒！”

说罢将皮皮一扑，躲进篷中，趴到船底。

只听得“哧哧”之声不绝于耳，空中箭如雨下，眨眼间整条船已被扎成了一个刺猬。

皮皮悄悄探出头去，远处有六艘龙舟疾驶而来，每艘船上并排坐着八个水手，十六支船桨同时划水。

每艘船的船头都坐着两个弓箭手。弓上居然装了一把银色的反光伞！

如果皮皮拿出照石，非但照不到他们，反射的光还会消灭东灵。

“看来青桑决定放弃祭司大人的性命了。”东灵道。

“或许她想抓到我们，再用夜光犀把灵族带回去？”

“有可能。——他们还有两个小时的行动时间。一旦到达东海，灵族就自由了，会立即消失在海的深处。”

皮皮将船上的一块木板拆下来，竖到船尾，挡住射来的箭，示意东灵爬过去继续划船。她点燃一个火把插在船头，将照石镜打开，固定好方向，朝龙舟照去。

那边的箭顿时停了。有人坠入水中。几颗蓝色的元珠跳入空中，荧光四射。

皮皮挤到东灵身边坐下，一人一支桨一起用力向东划去。

龙舟越追越近，见“光”死的狐族也越来越多，一颗接一颗的元珠弹到空中，向着海的方向飘去。

渐渐地，空中的箭越来越少，龙舟的速度开始放慢，却并没有停下。

皮皮和东灵发疯似的、不顾一切地拼命向前划……

忘记了手酸，忘记了腰痛，忘记了擦汗……

他们没有说话，甚至都没有互相看一眼……

就这么一刻不停地划了两个多小时，前面终于出现了大海。

忽然空中“嗖”的一声，一支带火的箭落到船篷，皮皮抬头一看，更多的“火”箭向这边射来。

船篷为了防雨涂了很多油，顿时熊熊燃烧起来。

两人只当没看见，继续向大海划去。

片刻间，船尾用来挡箭的木板也着了火，火势顺风，几乎燎到两人的脸上。

东灵叫道：“皮皮，跳水！”

两人同时跃入水中，带着夜光犀向大海游去。

龙舟停了，不敢向燃烧的木船靠近，毕竟上面还绑着照石……

两人在水中潜泳了片刻，钻出水面，拉开救生衣的充气阀，大口呼吸。

“看——”东灵的目光如星星般闪烁，“前面就是东海。”

“你快回家了。”皮皮定定地看着他，“东灵。”

“过来，给你看一样东西。”他忽然道。

皮皮游到他面前，东灵从救生衣的口袋里掏出一个眼药水瓶，将最后一滴眼泪滴到皮皮的眼中。

“干吗？”

“看水里。”

皮皮潜入水中瞪大眼睛，东灵腕间的夜光犀发着橙红色的荧光，十分明亮。

比它更明亮的是追随着它的一大群浅蓝色的小水母……一个挨着一个，发着幽幽的蓝光。

跟那天她在井中看到的“灯塔水母”一模一样。

还记得百科上说，灯塔水母成熟到一定程度，身体细胞会“返老还童”，变回到初生时的状态，从理论上说可以长生不老。

而水母的四周，是一些面目狰狞的水怪：纯白的蛟龙、背上长刺的鳄鱼、一人粗的水蟒……在夜光犀的照耀下，它们不敢靠近。

皮皮看呆了，以为自己到了仙境……她长久地停留在水中，凝视着它们，触摸着它们，与它们一起玩耍……

那些水母围绕着她悠闲地翕动着、漂荡着，在她的指尖舞蹈，在她的眼前跳跃，用触须拱着她的额头……

皮皮的心中有种难以形容的震撼，终于明白这世上还有些东西比自我更大，比爱情更高，比人类更重要……

那是大自然的灵魂，是海洋的精华，是我们的母亲——地球，乘载一切美好的生命。

她差点忘记了呼吸，终于被一口咸水呛出了水面。

东灵一把拉住她：“你没事吧？”

皮皮举头四望，面前是一片浩瀚的海洋，无边无际，一直延伸到星河倒垂的地方。

“已经到东海了？”

“对。”

东灵将手中的夜光犀解开，远远地扔入海底。刹那间，水中的水母闪电般地消失了。

“你呢？你怎么回去？”皮皮打量着他。

东灵安静地看着她，轻轻地道："我不回去。"

皮皮的目光充满了疑惑。

"我答应过你，会把'失忆前'的贺兰静霆还给你，所以我会继续留在他的体内。"

皮皮呆住。

"说实话，开始我没想这么远。我以为你不会跟我来沙澜，就算来了，也不会帮我救灵族——所以我以为这句承诺十之八九是无法实现的。"

"东灵，你不必留在贺兰的体内。最需要自由的那个人，是你。"皮皮轻声道。

"如果我离开，会带走他的记忆，带走他身上属于'人'的那一部分。"

皮皮的心顿时变得紧张："你是说，他会变回原形？"

"不会。当初狐帝没有灵族的帮助就修成了人形。我离开后，贺兰觿会变成什么样的一个人很难说。这取决于他曾经是个什么样的人……或者兽。"

"能不能你走，把他的记忆留下？"

东灵摇头："我留下，可以不断地刺激他的脑部让他自己产生回忆。我走了，他只会记得十七岁以前发生的事情。"

皮皮沉思片刻，抬起头："你走吧，东灵。"

"我不走，我愿意留下来。"

"留下来，你是奴隶！"

"我愿意。"他深深地凝视着她，"我愿意做你的奴隶。"

"不！你必须走。"皮皮目光坚决，"我不愿意在我与贺兰之间，多出一个你。东灵，我爱的那个人不是你，是贺兰觿。"

他静静地看着她，一阵沉默。

"哇，这话好伤人。"他自嘲地笑了，却看见皮皮眼中的泪水在不停地打转，月光、泪光与海中的波光都混合在了一起。

泪终于没忍住，一滴接着一滴地流了出来。

他轻喟一声，用手指擦掉她脸上的泪痕："我走后，你……真能应付？"

皮皮点点头："这世上所有的爱情无非就是来和去。它来我就让它来，它去我就让它去。"

他幽幽地看着她，笑了笑，摸了摸她的救生衣："这里面有卫星定位装置。你看那边——"

远处的海面上，不知何时出现了一艘巨轮。

"这是我安排来接你的船，正向你开来。我走后，你带着贺兰觿上船。船上的人会安排你们一起回C城。"

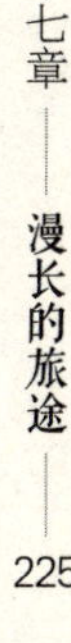

皮皮蓦然想起一个人："小菊呢？"

——在沙滩彻底摊牌后，她与东灵计划了一番，决定立即分头行动，都没来得及向众人告别。

"她决定和金鹳、辛崃一起留在沙澜。过几天金鹳会把沉燃的人带到东海，我会帮他们修补受损的元珠。"

"嘤嘤呢？"

"五鹿原向她求婚，她答应了。"

"什么？"皮皮又被惊到了。

"他们也决定留在沙澜，已经在蚁族的地宫里租了一套房子。猜猜她的新婚礼物是什么？"

"一滴眼泪？"

"我又吃了辣椒，二十滴。"

皮皮忍不住笑了，笑到一半，又哭了。

"我也给你留了一件礼物。"

"什么礼物？"

"你会知道的。"

那艘巨轮离他们越来越近了。

东灵握住皮皮的手，轻轻地道："我要走了。你准备好了吗，皮皮？"

她强装镇定，心头掠过一丝惶恐："准备好了。"

"抱着我，沉到水中，数十下，浮上来。"

"明白。"

"让我再看看你。"

她的眼泪大颗大颗地往下掉，视线模糊了。

"I love you."他轻轻地在她的脸颊上亲了一下，"如果哪一天你路过海洋，我们可能还会相遇，可惜你看不见我……"

"谢谢你把贺兰还给我。"

"谢谢你释放灵族。"

"再见。"

"保重。"

她一咬牙，抱住东灵，潜入水中，在心中默默地数了十下，浮出水面。

怀里的人猛然睁开眼，忽然打了一个大大的喷嚏。

皮皮吓了一跳："东灵？是你吗？你还没走？"

面前的人目光一片茫然，皱起双眉，问道："谁是东灵？"

皮皮一时哑然，嘴张了张，又闭上了，过了几秒方道："东灵……是我的一个熟人。"

他眯着眼睛继续打量她："你……是谁？"

皮皮瞪大眼睛想了想，道："我是你妻子，我叫关皮皮。你知道你自己是谁吗？"

"贺兰觹，字静霆。"

皮皮紧紧地抱着他，喃喃地道："你当然是贺兰觹，我的贺兰觹……"

他被她在水中抱得有些不自在，却也没有推开她："我们怎么会在这里？这是什么地方？"

"东海。我们……嗯……遇到了船难。"

他将信将疑，手一指："那边有艘船！"

船越来越近，有人在船上打开了探照灯，几个巨大的光柱向水面扫来，似乎在找人。皮皮看见船身上用白色的油漆刷着几个大字：Rino Group。忽然想起普安街88号，她去送花的那座大厦，前台说这家公司的主要业务是远洋航运。

原来一切都安排好了。

"对！它是来救我们的。贺兰，赶紧游过去！"皮皮带着他向轮船游去，他默默地跟在她的身后，保持一米的距离。

她知道他在观察她。

船上垂下来一道绳梯，他们爬了上去。船长是个三十出头的高个男人，英俊而沉默。

"关皮皮？"他用狐族的礼仪向他们垂首，看样子他是沙澜族人，不认识贺兰觹。皮皮点点头。

"我是沈凤歧。金鸐让我过来接你们。"

"你好。"

"这位是——"

"我先生。"皮皮看了贺兰觹一眼，发现他很淡定。果然，他没揭示自己的身份，保持一贯的低调。

仿佛知道她有很多秘密，沈凤歧没有多问，将他们引到一间宽敞的客房，手下人送来两套干净的衣物。他们换了衣服，到餐厅吃饭。皮皮很饿，狼吞虎咽，贺兰觹却没有动筷。

"吃啊。你不饿吗？"皮皮讶然。

“你是我的妻子?”

“对。”

“却不知道我吃什么?”

“哦——知道。我知道,我知道,你等等!”

皮皮一阵风似的冲进船舱,见会客厅里摆着五盆兰花,毫不客气地全部摘下来,包在餐巾纸上,回到餐厅,放到贺兰觿的面前:“你喜欢这个。吃吧。”

他姿态优雅地摘下一片花瓣,气定神闲地放入嘴中品尝,无声地咀嚼着。

看着祭司大人一副气度不凡的样子,不知为什么,皮皮有一种回到封建社会的感觉。

见她局促不安地看着自己,贺兰觿忽然笑了。

“笑什么?”

“别介意,刚才我在开玩笑。”

她一下子结巴了:“什、什么玩笑?”

“你当然是我的妻子。身上有我种的香,还有我的魅珠……虽然不知道发生了什么事,”他指了指自己的脑子,“但我从来不是个将就的人,你一定有什么地方特别吸引我。”

“是吧。”皮皮一拍桌子,顿时得意了,“就是吧!”

“只是一时没看出来。”他接着道。

她正在喝红酒,差点一口呛住:“我有很多优秀的品质,以后你会慢慢体会到。”

“至少现在我知道你有一样东西特别优秀。”他晃了晃酒杯,闻了闻里面的酒味。

皮皮怔了怔。

“你的肝脏很优秀。”他半笑不笑地说。然后,平白无故地,舔了舔嘴唇。

这是个下意识的动作,若在平时,皮皮会觉得很性感。

可是……

可是……

可是!

夜雾很浓,甲板上有一排躺椅。吃了饭皮皮说有点晕船,想在船头坐一坐,呼吸新鲜的空气。

她抱着毯子默默地看着海洋,眼前的雾忽然越来越浓,好像是浴缸里的肥皂泡。

忽然间,浓雾在她面前堆叠成一匹马的形状……

皮皮惊呆了。记得有一次在温泉,东灵也这样跟她玩耍过。

仿佛有人吹了口气，那匹“雾马”向她奔跑了两步，散开了。

——野马也，尘埃也，生物之以息相吹也。

皮皮将手伸向雾中，轻轻地摸了摸，心中喃喃地道：东灵，是你吗？你来看我了吗？

回答她的只是一片茫茫的雾霭和无穷无尽的大海。

皮皮在躺椅上渐渐地睡着了。

过了很久，有人推了推她：“皮皮？”

她睁开眼，发现是贺兰觿。

“天亮了？”她看了看天。

“不想和我一起看日出吗？”他深深地，几乎是贪婪地凝视着远处的一轮红日。

皮皮的心猛地一跳：“你看得见？”

他点点头：“这是我第一次看见太阳。”

看得出，他的心也很震撼。

皮皮闭了闭眼，将涌到眼眶的泪憋了回去。

——东灵答应过她，会给她一件礼物。一件珍贵的礼物。

祭司大人终于回来了，这会是个什么样的贺兰觿呢？

她用力地摇了摇头，否定了心中的疑问：无论祭司大人变成什么样，她都会一如既往地爱他。这就够了，不是吗？一切困难都是可以解决的。

她将头靠在他的胸前，紧紧地拉着他的手，享受着这一刻的美好与宁静：“是啊，日出真美。”

“可以问你一个严肃的问题吗？”他说。

“你问。”

“当初，我是怎么爱上你的？”

“不知道……”皮皮摇摇头，忽然笑了，转头看着他的脸，“只知道你爱我，是一刹那。而我爱你——从头到脚，从脸到心——却是一段漫长的旅途。”

（完，敬请期待下一部：《结爱：南岳北关》）

版权合同登记号:图字:11-2015-317 号

图书在版编目(CIP)数据

结爱. 犀燃烛照 / 施定柔著. —杭州: 浙江文艺出版社, 2016.10(2018.6 重印)

ISBN 978-7-5339-4536-7

Ⅰ. ①结… Ⅱ. ①施… Ⅲ. ①言情小说—中国—当代 Ⅳ. ①I247.5

中国版本图书馆CIP数据核字(2016)第 107732 号

选题策划　王晶琳
责任编辑　徐　旼
装帧设计　荆棘设计
卡片设计　吕翡翠
责任校对　许龙桃
责任印制　朱毅平

结爱.犀燃烛照
施定柔 著

出版　浙江文艺出版社
网址　www.zjwycbs.cn
经销　浙江省新华书店集团有限公司
制版　浙江新华图文制作有限公司
印刷　杭州杭新印务有限公司
开本　700 毫米×980 毫米　1/16
字数　466 千字
印张　26
插页　2
版次　2016 年 10 月第 1 版　2018 年 6 月第 2 次印刷
书号　ISBN 978-7-5339-4536-7
定价　59.80 元(上、下册)